Weißmeer
Nafraím Sai
TODESVRAKK
Ringmark
SARGSTEIG
Nákla-zing
Brenn-markt
NÁKLAMAUER
Zunge
MAUERSTRASSE
ZUNGENSPALT
Stille
Leichenbucht
Kleft
HEERSTRASSE
BUDENSCHANZE
Florians Salon
PROF.-DOLGS-VEI
Náklav Høgskole
Vinter-hagen
MÜNZEREY
Herad
RINGKOLLEN
Dunst
GÖTTERBRÜCKE
LATERNENKOPPEL
Náklaborg
SCHICKSALSKEHRE
Sannseyr-Haus
Jölshov
Hungerloch
STEINSTRASSE
Wolfshang
Hvalbucht
Ausblut
Schlachtnes
Náklav

VARDARI – TEIL 1

SIRI PETTERSEN

EISENWOLF

Aus dem Norwegischen von
Dagmar Mißfeldt und Dagmar Lendt

ARCTIS

Die Originalausgabe erschien 2020 unter dem Titel
Jernulven im Gyldendal Norsk Forlag, Oslo.

Die Übersetzung wurde gefördert von NORLA,
Norwegian Literature Abroad.

NORLA
NORWEGIAN LITERATURE ABROAD

FSC
www.fsc.org
MIX
Papier aus verantwortungsvollen Quellen
FSC® C083411

Deutsche Erstausgabe
1. Auflage

Übersetzung: Dagmar Mißfeldt und Dagmar Lendt
Lektorat: Maike Frie, Münster
Umschlaggestaltung: Siri Pettersen
Satz: Greiner & Reichel, Köln
Druck und Bindung: CPI books GmbH, Leck
Printed in Germany 2021
ISBN 978-3-03880-042-2

www.arctis-verlag.de

Folgt uns auf Instagram
unter @arctis_verlag

Für die Wölfe, mit denen ich laufe.

Und für dich. Für dich und für alle, die Angst haben.
Für dich und alle, die in unfassbarer Unruhe gefangen sind.
In gnadenloser Angst, die urplötzlich zuschlagen kann,
wenn ihr es am wenigstens erwartet. Für dich und alle,
die einen Krieg gegen den eigenen Körper führen und
sich vor dem Geräusch der eigenen Herzschläge fürchten.
Das hier ist euer Buch.

PROLOG

Nafraím öffnete das Glas und schnupperte am Rogen. Der war frisch, aber etwas zu knapp bemessen. Er schüttete ihn auf ein Leinentuch, das das überschüssige Salzwasser aufsaugte.

Er rollte eine der rötlichen Perlen zwischen zwei Fingern, drückte sie. Die Konsistenz war perfekt, die zähe Hülle bekam man nur vom Weißen Harving. Sie war jedoch kaum größer als ein Gerstenkorn. Hier waren Konzentration und eine ruhige Hand gefragt.

Er knackte mit den Knöcheln und zog die Lampe näher zu sich heran. Die Flamme flimmerte, ein Ärgernis, mit dem er leben musste, bis er die Gaslaternen in Gang gebracht hatte. Drei Explosionen in einem Monat gaben Anlass, den gesamten Versuch in Zweifel zu ziehen. Zum Glück stand ihm unbegrenzt Zeit zur Verfügung, um die Ursache zu finden.

Er schwenkte die Lupe über den Schreibtisch. Die kupfernen Halterungen quietschten. Er zog die Schrauben nach, um den Rahmen um das Glas fester zu spannen. Ein provisorisches Instrument, wie er zugeben musste; doch auch dieses Vorhaben eröffnete unbegrenzte Möglichkeiten. Und auch das musste warten. Das Wichtigste zuerst.

Unter der Lupe wurden seine Finger zu einer blassen, gerillten Landschaft. Er nahm eine Rogenperle und stach in ihre Haut. Dann drückte er sie behutsam. Ein Öltropfen wuchs um das Loch.

Der zitterte, löste sich und tropfte auf das Tuch. Man durfte nicht zu fest drücken, weil sie dann riss. Ein haarfeiner Grat. Er drückte, bis die Haut zwischen den Fingern platt war, und atmete vor dem schwierigen Teil tief ein.

Er zog den Pfropfen aus dem Blutkolben und schob die Spitze der Spritze hinein. Sie glich einem Folterwerkzeug: eine längliche Glasampulle, eingeschlossen in einer morbiden Fassung aus Silber. An Spritzen würde er sich nie gewöhnen, obwohl er mit ihnen schon so lange arbeitete, dass er in der Lage war, sie mit einer Hand aufzuziehen.

Jetzt ganz ruhig.

Vorsichtig setzte er die Spritzenspitze auf die Rogenperle. Sie verschmolzen. Die Nadel glitt hinein, und er drückte, bis das Blut herauströpfelte. Das war immer ein faszinierender Anblick. Anfangs wirkte die Haut geschlossen. Widerwillig. Doch dann sog sie sich um die Nadel fest, bis sie wie ein Balg anschwoll. Eine hungrige, zum Platzen mit Blut gefüllte Beere.

Seine Hand begann zu zittern, von uralten Schmerzen gereizt, und er drehte den Arm leicht, gerade so viel, um die Kontrolle zurückzuerlangen. Er ließ die Blutperle wieder ins Glas fallen und nahm sich einen neuen Rogen. Es klopfte an der Tür.

Nafraím antwortete, ohne seine Arbeit aus den Augen zu lassen. »Ich bin beschäftigt, Ofre.«

Ofres Stimme klang gedämpft durch die Eichentür: »Herr, er besteht darauf.«

»Alle bestehen darauf. Wenn es nicht die Königin ist, will ich niemanden sehen.«

Eine Weile blieb es still, er wusste aber, dass Ofre noch dort stand.

»Herr, er sagt, du *willst* ihn sprechen.«

Nafraím stach ein Loch in den Rogen. »Dann bitte ihn, morgen wiederzukommen.«

»Herr, er sagt …«

Durch die Pause hob Nafraím den Blick, unfreiwillig neugierig auf die Fortsetzung.

»Er sagt, er sei Mönch, vom Surtfjell Hov, und dass er ein Zeichen hat vom … Teufel?«

Nafraím schob die Lupe beiseite, setzte sich auf dem Stuhl aufrecht und merkte, wie dunkel es in der Werkstatt war. Das Licht der Lampe reichte nicht bis zu den obersten Brettern der schweren Bücherregale, und durch die Schatten wirkte das Zimmer seltsam fremd, voller beunruhigender Umrisse. Modelle und Instrumente, Karten und Zeichnungen. Die Bank mit den Kupferrohren und Kolben wie ein mechanisches Monstrum. Früher wäre das Licht für die Arbeit unzureichend gewesen. Die Augen hätten ihn im Stich gelassen, doch das war lange her. Viel zu lange her.

Ofre auf der anderen Seite der Tür räusperte sich. »Ich bitte ihn, morgen wiederzukommen, Herr.«

»Nein, nein … Komm rein, Ofre.«

Ofre öffnete die Tür und machte einen zurückhaltenden Schritt ins Zimmer. Nafraím schlug den Rogen ins Leinentuch ein und legte es in die Schreibtischschublade. Er wischte sich die Finger mit einem Taschentuch ab und zog die Handschuhe an.

»Herr?«

»Ja, schick ihn nach unten, Ofre.«

Der Blick des alten Hausdieners wanderte die Regale mit den in Alkohol eingelegten anatomischen Objekten entlang. »Bist du sicher, dass du nicht lieber hochkommen willst, Herr?«

»Ofre, ich bin zu alt, um auf die Befindlichkeiten anderer Rücksicht zu nehmen. Schick ihn nach unten.«

Ofre nickte und stieg die Wendeltreppe nach oben, wobei er sich auf den Knien abstützte.

Kurz darauf kam er wieder nach unten, nun nicht mehr allein. »Bruder Laurus vom Surtfjell Hov, Herr«, sagte er und ließ den

Mann eintreten. Danach schloss er die Tür, überlegte es sich anders und kam wieder ins Zimmer. »Tee, Herr?«

Nafraím schüttelte den Kopf und Ofre entfernte sich wieder.

Der Mönch blieb an der Tür stehen. Nafraím hatte ihn vorher noch nie gesehen. Ein schöner Mann, um die dreißig, mit einem gutgläubigen Gesicht. Am Saum des regenschweren Umhangs klebte Matsch, die Schuhe waren schief ausgetreten. Er drückte ein Bündel an die Brust und hielt den Blick gesenkt.

Nafraím erkannte, dass der Mönch vorher noch nie einen Ewigwährenden gesehen hatte. Das versetzte ihm einen Stich aus schlechtem Gewissen. Er hätte sie häufiger besuchen müssen, hätte die Bande zu jenen stärken müssen, die ihn schon seit Generationen begleiteten, doch die Jahre vergingen so schnell.

Er winkte den Mönch näher. »Laurus? Wir sind uns noch nicht begegnet«, sagte er, ohne sicher zu sein, ob das eine Entschuldigung war. »Aber habe ich vielleicht deinen Vorgänger kennengelernt?«

»Nein …« Der Mann begegnete Nafraíms Blick. Der schien ihn zu beunruhigen und er sprach schleunigst weiter: »Du hast aber den Vorgänger meines Vorgängers kennengelernt.«

»Ach …«

Der Mönch machte ein paar Schritte auf den Schreibtisch zu, doch seine Füße schienen beim Gehen immer schwerer zu werden. Sein Blick wanderte über die Instrumente und blieb an einem Herz in vergilbtem Alkohol hängen.

»Wolf«, sagte Nafraím, ohne sich sicher zu sein, ob das die Sache besser machte. Der Mönch nickte heftig, als habe er nichts anderes angenommen, während er mit offenem Mund vor den Instrumenten stand. Er streckte die Hand nach den glänzenden Reglern am Gasbrenner aus.

Nafraím sprang vom Stuhl. »Nicht anfassen!«

Der Mann zog die Hand an sich und wich zurück.

Nafraím beherrschte sich und wiederholte: »Nicht anfassen. Nichts anfassen … gar nichts. Lass sehen, was du da hast.«

Laurus legte das Bündel auf den Tisch und löste die Riemen. Er breitete das Tuch aus und legte darunter ein neues Tuch frei. Er öffnete auch dieses und enthüllte eine Glasschale, halb mit Erde gefüllt. Aus der Erde ragte ein winziger grüner Sprössling.

»Woher?«, fragte Nafraím, obwohl er die Antwort kannte.

»Svartland, Herr. Mitten im Wolfspadd.«

Nafraím guckte auf seine Taschenuhr. »Es ist schon spät, Bruder Laurus. Du hast bestimmt Hunger und Durst, daher schlage ich vor, du bleibst bis morgen. Geh hoch und bitte Ofre, ein Zimmer und ein Abendbrot für dich vorzubereiten.«

Laurus senkte den Blick. »Das ist großzügig von dir, Herr. Sei gesegnet.« Dann entfernte er sich mit dürftig verhohlener Erleichterung die Treppe hinauf.

Nafraím ließ sich auf den Stuhl fallen. Er starrte den grünen Sprössling an und wusste ganz genau, dass er seinen eigenen Tod sah.

Er hatte sich immer vorgestellt, das Ende von allem käme wie ein Raubtier. Wie eine gewaltige Tobsucht, uralt, mit Zähnen und Klauen. Es schien widersinnig, dass es seine Ankunft als junges, zartes Pflänzchen ankündigte.

Zwei Blättchen spreizten sich wie ein aufgeschlagenes Buch, im Begriff, sich von Erzählungen über unheimliche Dinge, die er getan hatte, zu vollem Wuchs zu entfalten. Von Sünden, für die er sich zu verantworten haben würde, und davon waren viele bei ihm zusammengekommen. In über sechshundert Jahren. Aber nur wenige waren schlimmer als jene, die er jetzt zu begehen gezwungen war.

DER NEULING

Der Neuling war von der schlimmsten Sorte. Ein Streuner aus der Stadt, der sich schon nach der ersten Nacht in Svartland für einen Wolfsjäger hielt. Er war ungeschickt, machte krampfhaft auf Kumpel und redete am laufenden Band. Juva war kurz davor, sich die Ohren mit Schnee zuzustopfen, um ihn nicht mehr hören zu müssen.

Stattdessen stand sie auf und rollte die Schlaffelle zusammen. Die anderen konnten gern sitzen bleiben und nachsichtig nicken, wenn der Anfänger wertvolles Tageslicht wegwitzelte. Und dafür war sie in aller Frühe aufgestanden? Hatte das Feuer angemacht, damit die anderen beim Aufwachen Wärme und Essen hatten. Einer nach dem anderen waren sie aus den Schneehöhlen gekrabbelt. Eine Gruppe von sieben diesmal.

Sechs war üblich. Sechs war besser.

Der Neuling war als Letzter auf die Beine gekommen. Trotzdem hatte er seinen Hintern gleich ans Feuer gepflanzt, ohne einen Finger krumm zu machen, und dort saß er immer noch und schwatzte mit vollem Mund. Stattdessen hätte er lieber seine Sachen packen, sich fertig machen sollen, so weit fertig wenigstens, wie er mit dieser Ausrüstung werden konnte.

Juva schmiss die Felle auf den Schlitten, wobei sie heimlich zu ihm hinüberschielte. Seine Lederstiefel waren neu und weit um die Unterschenkel, besser geeignet, um auf den Straßen von Náklav herumzulatschen. Er war gestern bis auf die Haut nass geworden, und das würde ihm heute wieder passieren. Seine Armbrust steckte mit dem Bogen im Schnee, als ob er nicht wüsste, wo bei der oben und unten war. Wenn er denn jemals zum Schießen kommen sollte, wäre der Bolzenlauf mit Eis verstopft. Die Bolzen lugten aus einem Köcher an seiner Hüfte, und sie klickerten bei jeder Bewegung gegeneinander. Der einzige Wolf, in dessen Nähe sie kommen würden, musste ein taubes Tier sein.

Juva guckte zu den anderen hinüber und stellte fest, dass Broddmar sie beobachtete, als er den letzten Löffel Sauergrütze aus seiner Schüssel kratzte. Sie kehrte ihm den Rücken zu und schnallte sich das Geschirr um. Es war für sie schon immer etwas zu breit gewesen, weil es Vater gehört hatte; aber das Leder war weich gewetzt und hatte schon längst aufgehört zu scheuern. Sie hatte es außerdem gut für sich angepasst: hatte einen Riemen über der Brust angebracht, der das Gewicht der Armbrust auf dem Rücken erleichterte, eine größere Tasche und ein Futteral fürs Schindermesser am Hüftgürtel. Sie zog die Schnalle enger, die die Bolzen am Schenkel festhielt. Sie waren nebeneinander aufgereiht, die giftbraunen Stahlspitzen sicher verborgen. Sie mussten leicht herauszuziehen sein, aber fest genug sitzen, um bei einem Sturz nicht herauszufallen. Sie hoffte für den Neuling, dass er sich keine Giftbolzen umgeschnallt hatte, denn dann würde er sich wohl selbst umbringen, sobald er stolperte.

Sie hörte hinter sich Broddmars Schritte im Schnee.

»Du, Juva …«

»Nein, ich nehme ihn nicht.«

Broddmar reagierte nicht gleich, er dachte immer erst nach, bevor er den Mund aufmachte, im Gegensatz zum Neuling. Er war aber auch so alt, dass er ihr Großvater hätte sein können, im Lauf der Jahre wurde man wohl stark und wortkarg. Darum hatte er das Sagen. Und jetzt hatte er beschlossen, einen Grünschnabel mitzunehmen, der die Jagd im besten Fall vergeblich und im schlimmsten lebensgefährlich machte.

»Na gut«, sagte Broddmar endlich. »Er geht mit mir, wenn wir uns aufteilen.«

Juva zog die Schnur um eins der Schlaffelle fest, bis es eingeschnürt war wie eine behaarte Sanduhr.

Broddmar hüstelte hinter ihrem Rücken. »Ich glaube nicht, dass die Felle vorhaben, abzuhauen …«

Sie drehte sich um und wies mit dem Kopf in Richtung Neuling, der vor den anderen mit seiner Armbrust angab. »*Du* hast doch immer gesagt, die Gruppe ist nicht stärker als das schwächste Glied! Guck ihn dir an! Er ist vorher noch nie auf der Jagd gewesen, er ist ein Kind!«

Broddmars Wangen fielen noch weiter ein; der Beweis, dass er sich ein Lächeln verkniff. »Du bist neunzehn, er hat dir mindestens zehn Jahre voraus.«

Ihre Augen verengten sich, und er sprach schnell weiter: »Hör mal … Er ist mit einer Freundin von Mottes Schwester zusammen, und der hat es nicht fertiggebracht, Nein zu sagen. Und es ist nur dieses eine Mal, Juva.«

Letzteres war ein Geständnis, das ihren Ärger dämpfte. Er wusste, dass er sich einen Schnitzer erlaubt hatte. Er lächelte aufmunternd, mit einer großen Lücke dort, wo Vater ihm einmal die Schneidezähne ausgeschlagen hatte. Im Oberkiefer hatte er nur noch die Backenzähne übrig. Und dadurch klang ihr Name aus seinem Mund wie *Jufa*, wenn er aufgeregt war. Das war entwaffnend, und das nutzte er immer aus, wenn es sich lohnte.

»Er wird es versauen«, murmelte sie.

Broddmar klopfte ihr mit einem pelzigen Wollfäustling auf die Schulter und wandte sich zum Gehen. Sie hielt ihn am Arm fest.

»Dann schuldest du mir was, Broddmar. Ich will mitkommen, wenn du dich nächstes Mal rot anziehst.«

Broddmar linste zu den anderen, doch niemand konnte sie durch den endlosen Redefluss des Neulings hören.

»Nein, du willst nicht mit mir kommen, Juva. Vergiss das auf der Stelle! Lagalune würde mir die Haut abziehen, wenn ich dich mitkommen ließe; und ich bin nicht so blöd, mich mit deiner Mutter anzulegen.«

Als ob sie das interessieren würde.

Juva ließ ihn gehen. Broddmar konnte man nur bis zu einer bestimmten Grenze reizen. Sie vertraute ihm, trotz des Neulings. Wenn sich Broddmar bei ihm sicher war, dann sollte sie das auch sein. Doch die Unruhe wuselte wie Würmer durch ihren Bauch. Das lag nicht daran, dass der Schwachkopf keine Erfahrung hatte, die hatte sie vor ein paar Jahren auch noch nicht besessen. Da war noch etwas anderes; er war nervös. Rastlos. Er schwang die Armbrust an ihren Platz, als wäre sie eigentlich nicht wichtig. Als hätte er es nicht auf Felle und Wolfszähne abgesehen.

Sie wünschte, sie hätte nie gelernt, Leute zu lesen. So was vergaß man nicht mehr. Ob man es wollte oder nicht, man schnappte allein schon durch die Bewegung der Menschen etwas auf. Durch die Worte, mit denen sie sich ausdrückten. Darum kam sie sich wie eine Diebin vor, die ihnen die Gelegenheit stahl, selbst zu zeigen, wer sie waren. Sie wusste schon mehr über den Neuling als er selbst über sich. Sie hoffte nur, sie irrte sich.

Die anderen brachen allmählich auf. Hanuk kickte Schnee ins Feuer, das sich zu Tode zischte. Lok saß in der Hocke, um die Schneeschuhe anzuschnallen. Sein rostrotes Haar reichte ihm bis zum Hintern, wenn er so dasaß. Er nickte zu den Stiefeln des Neulings, der sich noch immer nicht erhoben hatte.

»Hast du keine Angst, mit feuchtem Brand nach Hause zu kommen?«

Juva war erleichtert, dass ihn endlich jemand fragte. Lok konnte ein Großmaul sein, meinte es aber gut, so voller Gefühle, wie er war. Weinte grundlos. Und vermisste seine Kinder nach einem halben Tag. Und sogar er, der vier Mäuler zu füttern hatte, trug geeignetere Schuhe.

Der Neuling zog die Beine an und schaute auf seine Füße. »Was ist mit denen? Waren sauteuer, das kann ich euch sagen. Von Kastor in der Scherengasse, vom besten Schuhmacher in ganz Náklav! Er hat eine Warteliste, aber ich …«

»Daran habe ich keinen Zweifel«, schnitt Lok ihm das Wort ab. »Wir haben zusätzliche Schuhe und Fäustlinge, falls jemand welche braucht.«

»Ja, ich werde das nicht sein, um es mal so auszudrücken; ich habe die besten, die für Geld zu kriegen sind.« Der Neuling schlug Lok auf die Schulter, als teilten sie ein Geheimnis. »Außerdem habe ich das Schicksal auf meiner Seite. Ich war vor knapp drei Tagen bei einer Blutleserin, die hat auch eine Warteliste.«

Juva hielt die Luft an.

Das hatte gerade noch gefehlt …

»Und sie hat gesagt, du kannst nicht erfrieren?«, fragte Lok.

»So gut wie. Sie hat gesagt, ich hätte kaum angefangen zu leben.«

Juva verdrehte die Augen. Wie konnte man nur so leichtgläubig sein? Die Formulierung war eine Absicherung nach allen Seiten, die sie schon tausend Mal gehört hatte. Die Blutleserin hatte nichts weiter gesagt, als dass er jung war. Dass er noch lange zu leben hatte, war seine Schlussfolgerung.

Hanuk brach in schallendes Gelächter aus. »Hört sich nicht wie eine Garantie fürs Altwerden an.«

Der Neuling sprang auf, eindeutig entrüstet, dass jemand an der Vorhersage kratzte, auf die er sich verlassen hatte. Er stotterte sich durch die Fabel, wie und woher die Blutleserinnen ihre Kräfte bekommen hatten, nämlich vom Teufel persönlich, im Wolfspelz. Als ob nicht jedes Kind in Draumheim das »Märchen von den drei Schwestern und dem Wolf« schon mit der Muttermilch aufgesogen hätte.

»Das ist Scheißgeschwätz«, sagte Motte. »Stimmt's, Juva?«

Juva biss die Zähne zusammen. Broddmar stieß ihm den Ellenbogen in die Seite, sodass Motte zusammenzuckte. Er guckte zu Juva hoch, beschämt über den Versprecher, was traurigerweise so typisch für ihn war. Er war schwerfällig wie ein Berg und einem solchen auch nicht ganz unähnlich.

Der Neuling hatte das mitgekriegt und kam zu ihr, mit Gier im Blick. »Warum fragt er dich? Kennst du Blutleserinnen?«

Juva zeigte auf seine Stiefel. »Du kannst wenigstens was drumschnüren, damit dir kein Schnee reinfällt. Wir drehen nicht um, nur weil du kalte Füße kriegst.«

»Kennst du welche? Bist du mit Blutleserinnen verwandt?« Er ließ sich offensichtlich nicht dazu verleiten, seine Frage zu vergessen.

»Wenn ich Ja sage, schnürst du dir dann Fell um die Schuhe?«

Sie kehrte ihm den Rücken zu, doch er schmuggelte sich vor sie und lehnte sich an den Schlitten. »Antworte! Du bist zu süß, um dich so anzustellen.«

Sie zog am Schlitten, sodass sein Ellenbogen von der Kante rutschte. »Wenn eine Blutleserin dir sagen würde, du sollst dich von der Ulebrücke stürzen, würdest du es tun?«

Der Neuling schwieg, und es dämmerte ihr, dass er tatsächlich darüber nachdenken musste. Juva hatte die Nase mehr als voll und ging rasch in den Wald. Die anderen eilten ihr hinterher.

»Wer ist sie?«, kam es von dem Neuling, ein Stück hinter ihr.

»Juva«, antwortete Broddmar.

»Aber wer *ist* sie? Wie lautet ihr Familienname?«

»Jäger. Sie ist Juva Jäger.«

»Das soll ein Name für eine Blutleserin sein?« Die Frage endete mit einem Grunzen, weil er stecken blieb.

Juva wartete nicht, sondern marschierte weiter zwischen die verkohlten Bäume, nach denen Svartland benannt worden war. Vor dem weißen Schnee glichen sie Flüssen aus Tinte, und man konnte sich leicht verlaufen. Hier gab es weder Farben noch Leben, und nichts Neues wollte wachsen. Riesige Tannen spannten ihre Äste über sie und sogar deren Nadeln waren schwarz. Einige hart wie Stein, andere fein wie Staub.

Eine Strafe der Götter, sagte man sich auf dem Land. Als Regel für alles, was in Náklav passierte. Sündige Städter, sündiges Geld, und in gewisser Hinsicht hatten sie recht. Münzen hatten in der Hauptstadt schon längst den Platz der Götter übernommen.

Juva suchte beim Gehen blinzelnd nach Spuren im Schnee. Die Dunkelzeit neigte sich allmählich dem Ende zu, doch das Licht war nach wie vor spärlich. Der Vorteil war, dass fast alle Spuren, die man sah, von Wölfen stammten. Nur wenige Tiere verirrten sich in die toten, nahrungsarmen Wälder von Draumheim. Wölfe waren die Ausnahme. Sie konnten enorme Strecken zurücklegen und die schmalste Stelle der Todeswälder an einem Tag durchqueren.

Sie blieb stehen. Horchte. Sicher, dass sie etwas gehört hatte; doch das einzige Geräusch, das sie hörte, war das Knirschen der Schneeschuhe und der Kufen vom Schlitten, den Broddmar hinter sich herzog.

Da war es wieder. Die Unruhe in der Brust, als würde ihr jemand aufs Herz pusten.

»Was macht sie?«, fragte der Neuling.

Er wurde wortlos zum Schweigen ermahnt.

Juva ging weiter. Langsam und suchender. Die Spuren tauchten unmittelbar vor ihr auf. Ein junger Wolf. Allein. Sie hob die Hand und gab den anderen hinter sich das Zeichen.

»Was ist los? Was meint sie damit?«

»Sie sagt, da ist ein Streifwolf, ein einsamer Wolf.«

»Woher weiß sie, wa…?«

»Sie hat einen Sinn für sie, halt's Maul jetzt.«

Wenn er noch ein Wort sagt, ersticke ich ihn im Schnee.

Juva schnürte die Schneeschuhe ab und legte sie in den Schlitten. Die anderen taten es ihr nach und hielten sich bereit. Sie nahm die Armbrust vom Rücken, stellte den Fuß in den Bügel und zog die Sehne zu sich, bis sie an ihren Platz klickte. Dann verfolgte sie die Spur bis zu einem Abhang und gab das Zeichen, dass die anderen sich aufteilen sollten.

Zwischen den Bäumen vor ihr lag eine Senke. Der Schnee wölbte sich in großen Verwehungen das Gefälle hinab, wie Wellen auf weißer See. Sie schlich nach Süden, sich sicher, dass Lok und Nolan ihr folgten. Broddmar hatte die anderen nach Norden geführt.

Sie ging auf alle viere und kroch zum Abhang. Der Wolf war bei einem schneeschweren Berg unten in der Senke stehen geblieben, als spürte er, dass er vor dem grauen Gestein schwerer auszumachen war. Er spitzte die Ohren und der gelbe Blick wanderte auf Broddmars Seite der Senke die Baumreihe entlang. Juva robbte weiter vor. Sie hätten keine erfolgreichen Aussichten, wenn sie ihn nicht einkreisen konnten.

Ein leises Knacken brach die Stille. Eine Armbrust, die gespannt wurde.

Verdammt! Der Neuling!

Der Wolf rannte los, in die falsche Richtung.

»Motte!« Juva rief, während sie auf dem Rücken den Abhang nach unten rutschte.

Motte mit dem Langbogen war der Einzige, der in der Lage war, auf diese Entfernung zu treffen. Sie konnte den Pfeil erst kommen sehen, als er sich schon in den Wolf bohrte, der auf die Seite geworfen wurde. Seine Pfoten liefen im Liegen noch weiter, aus reiner Verleugnung.

Der Neuling jubelte und kam den Abhang hinuntergelaufen. Er

stolperte, segelte ein Stück im Schnee, rappelte sich wieder auf und näherte sich der Beute.

»Warte!« Juva streckte unwillkürlich den Arm aus, obwohl sie viel zu weit entfernt war, um ihn aufzuhalten. Der Neuling sah und hörte sie nicht, blind vor Blutnebel. Er kniete vor dem sterbenden Tier. Verzweiflung wallte in Juva hoch.

»Er beißt dich!«

Der Neuling hörte nicht. Wenn sie noch einen Schuss auf den Wolf abgab, lief sie Gefahr, stattdessen den Schwachkopf zu treffen.

Juva warf die Armbrust weg und rannte auf ihn zu. Jeder Schritt musste aus dem Schnee erkämpft werden. Der Neuling fasste den Pfeil an, der aus dem Fell ragte.

Juva rief beim Laufen: »Weg da!«

Der Wolf schnellte mit dem Oberkörper hoch, schnappte zu und schlug seine Zähne in den Unterschenkel des Neulings, dass es knackte. Dieser fiel nach hinten in den Schnee, schrie und trat um sich. Juva erwischte seine Kapuze, um ihn wegzuziehen. Er fuchtelte mit den Armen und klammerte sich an ihr Bein. Sie verlor den Halt, fiel auf den Rücken, in ein Schneegestöber und starrte in ein schäumendes Wolfsmaul. Eisnebel und Reißzähne. Weiße, scharfe Messer.

Sie starrte sie an. Erinnerte sich an sie. Sie hatte ein Leben lang gebraucht, um sie zu vergessen.

Der Wolf knurrte, ein Urlaut, der ihren Körper lähmte. Sie wusste, sie musste handeln, war aber nicht in der Lage, sich zu bewegen. Das hier war ihre Schuld. Sie hatte dafür gesorgt, dass das hier geschah. Ihre eigenen Worte über den Neuling schossen ihr durch den Kopf.

Er wird es versauen.

Er beißt dich.

Das Wolfsmaul kam auf sie zu. Sie hörte mehrere Rufe und

plötzlich erwachten ihre Arme. Sie zog einen Bolzen aus dem Schenkelgurt und rammte ihn mit beiden Händen in den Wolfsbauch. Für einen Augenblick stand alles still. Der Wolf zitterte. Die grauen Fäustlinge tranken Blut, wurden satt vom Rot.

Es wird tropfen!

Sie warf den Kopf zur Seite. Die Tropfen regneten ihr auf die Wange, und sie wischte sich das Gesicht fieberhaft am Ärmel ab, damit ihr kein Blut in den Mund lief. Durch die Bewegung gaben ihre Arme nach und der Wolf sackte auf ihr zusammen. Schwer und warm. Seine Schnauze war feucht an ihrem Hals und er schnaufte stoßartig. Das Tierherz schlug mit ihrem, ein Wettlauf ums Leben. Langsamer und immer langsamer. Bis nur noch ihres übrig war.

Sie hörte den Schlitten. Die Kufen, die rasend schnell durch den Schnee schnitten. Mottes Gesicht tauchte auf, kräftig und mit großen Augen. Er hob den Wolf von ihr herunter und zog sie mit seinen keulengroßen Händen auf die Füße. Sie spürte, dass Tränen drückten. Dann kam die Angst, viel zu spät, jetzt, da alles vorbei war. Sie rang nach Atem, meinte zu schluchzen, merkte aber, dass es von jemand anderem kam. Vom Neuling.

Broddmar versuchte, dessen blutgetränktes Hosenbein hochzuschieben, doch der Bursche heulte und schleppte sich rückwärts, hinterließ eine knöchelbreite Blutspur im Schnee.

»Wir müssen umkehren«, sagte Broddmar.

Juva starrte den Neuling an. Sie hatte es knacken gehört, als er gebissen wurde, und jetzt wollte er nicht, dass jemand die Verletzung sah? Plötzlich wusste sie, warum er keine passenden Schuhe trug.

Verfluchter Schwachkopf! Soll er doch verrotten!

Sie stürmte vor und setzte sich rittlings auf sein Bein, kümmerte sich nicht um den Widerstand, als sie ihn festhielt und sein Hosenbein hochzog. Die Socken waren zerrissen und klafften um einen bogenförmigen Riss, der stark blutete. In der Wunde funkelte etwas. Glasscherben, von einem Kolben, den er über dem Knöchel festgeschnürt hatte, versteckt in den weiten Stiefeln.

Ein Wutsturm tobte in Juva. Sie riss den Riemen ab und hielt ihn dem Neuling unter die Nase, packte ihn am Unterkiefer und zwang ihn hinzuschauen. Er hob die Arme, um sich zu schützen. »Das ist für Branntwein! Roggenschnaps! Nehmt sie von mir. Die Schlampe ist nicht mehr ganz dicht!«

Juva warf den Riemen weg und trat ihm gegen die Brust. »Was in Gaulas Namen denkst du dir dabei? Glaubst du, du lebst ewig, oder was? Wenn du genug davon trinkst? Oder ist es bloß der Rausch? Wo auf der Rangliste für Schwachköpfe stehst du?«

Broddmar zog sie weg. »Du hattest recht, Juva, lass es jetzt auf sich beruhen.«

Angst und Wut schüttelten ihren Körper. »Da scheiß ich drauf! Lass *ihn* da bis in alle Ewigkeit ruhen! Seinetwegen hätten wir tot sein können! Er ist ein beschissener Bluthändler!«

Kurz fürchtete sie, die anderen würden ihm glauben und ihn nicht sehen wie sie. Nicht seine Unruhe und komische Freundschaftlichkeit lesen. Wie er die Füße angezogen hatte, als sie ihn auf die Stiefel angesprochen hatten, als ob er sie instinktiv verstecken wollte. Normale Leute hatten Glück, sie wuchsen in Familien auf, in denen man nicht lernte, auf so etwas zu achten.

Aber der Kolben ließ keinen Zweifel zu. Die anderen versammelten sich um den Neuling. Der höfliche und diplomatische Nolan, mit einem ungewohnten Zug von Verachtung im Mundwinkel. Hanuk, der Sonnenstrahl aus der Eiswüste in Aure, jetzt aber ohne Lachgrübchen. Dem rothaarigen Lok war fast zum Weinen, verständlich. Aber am schlimmsten nahm es Motte mit. Der große, gutmütige Motte. Er ließ den Kopf hängen und sein Unterbiss war auffälliger als sonst, unter der Kapuze am mottenzerfressenen Umhang, von dem er seinen Spitznamen hatte. Er starrte den Neuling mit einer Enttäuschung an, die eindeutig verstärkt wurde dadurch, dass er ihn mitgenommen hatte.

Broddmar ging neben dem Neuling in die Hocke, dem der Schweiß ausgebrochen war, obwohl er im Schnee lag.

»Du hättest uns mit diesem Dreck die Erlaubnis kosten können. So was machen wir nicht. Das Blut ist für die Steine und nur für die Steine. Das Einzige, was du von hier mitnehmen wirst, ist ein Riss im Bein. Kapiert? Sei froh, dass der Kolben leer war, sonst hätte ich dafür gesorgt, dass sich die Ringgarde um dich kümmert.«

Der Neuling schluckte.

Juva war außerstande, sich zu beruhigen. Angst flimmerte in ihrer Brust und sie stand unsicher.

Reißdorn. Ich brauche Reißdorn.

Ihre Hand fand die Gürteltasche, doch sie zögerte, wollte nicht, dass die anderen sie mit der Panik kämpfen sahen. Hanuk kam zu ihr und setzte seine Kapuze ab. Die schwarzen Haare klebten ihm links und rechts am Gesicht, wie Flügel einer toten Krähe. Er trug ihre Armbrust.

»Die ist unter die Kufen gekommen«, sagte er und hakte sie an ihrem Platz in Juvas Rückengurt fest. Hanuk holte die Gruppe immer aus schlechter Stimmung heraus, und es half zu sehen, dass er wieder seine Grübchen hatte. »Das wäre fast ins Auge gegangen, Juva! Aber alle leben, und wir können einen Wolf entleeren, dank deiner Geistesgegenwart. Geh und zieh dir frische Fäustlinge an.«

Der einfache Befehl gab ihr wieder sicheren Boden unter den Füßen, was zweifellos auch der Sinn war. Sie zog die blutigen Fäustlinge aus und warf sie weg. Nie wieder würden sie zu gebrauchen sein. Sie wusch sich die Hände im Schnee, bohrte die Finger tief hinein, für den Fall, dass ihr Blut unter die Nägel gelaufen war. Sie waren abgekaut, aber trotzdem … Im Schlitten fand sie ein Ersatzpaar Fäustlinge, streifte sie über, dankbar für die Wärme. Sie nahm auch den Strick heraus und machte sich daran, die Hinterbeine des Wolfes zusammenzubinden, während die anderen besprachen, wie sie den Neuling auf den Schlitten verfrachten könnten.

Ihr Körper beruhigte sich bei der Arbeit. Broddmar half ihr, den Kadaver die Schräge bis zum nächsten Baum hochzuziehen. Sie klopfte einen der verkohlten Äste ab, der kräftig genug zu sein schien. Keiner von der brüchigen Sorte, die als Brennmaterial verwendet wurden. Bei Leichenholz konnte man nie sicher sein.

Juva warf den Strick über einen Ast, und Broddmar zog den Wolf an den Pfoten hoch, bis er über dem Boden baumelte. Beide sagten keinen Ton. Sie hatten das schon so oft gemacht, dass jedes Wort überflüssig war.

Broddmar nahm eine lederne Blutflasche aus dem Rucksack und gab sie Juva. Ein vertrautes Gewicht in ihrer Hand. Schwerer als ein üblicher Wasserbeutel, weil sie größer war, gegen ein mögliches Leck einen Doppelsack und einen Stopfen hatte, der mit Stahlbügeln und Schließklemmen gesichert war. Außerdem war auf der einen Seite des schwarzen Leders Náklavs Stadtsiegel und auf der anderen das der Ringgarde eingeprägt. Wasser war nie so viel Aufwand wert gewesen.

Juva zog den Stopfen heraus und wappnete sich gegen den Gestank von verfaultem Rotklee. Eine ekelige Mixtur, doch ohne sie würde das Blut gerinnen. Sie hielt die Lederflasche ruhig an den Hals des Wolfes, fand die vielversprechendsten Adern und rammte mit der Faust die messerscharfe Tülle hinein.

Die Blutflasche schwoll langsam zwischen ihren Händen an. Sie füllten drei Flaschen, bis das Tier ausgeblutet war; und in der Zwischenzeit hatten die anderen den Neuling den Hang hinaufbugsiert. Broddmar trug die Blutflaschen weg und verschloss sie in der Kiste an der Seite des Schlittens. Der Neuling bekam nicht einmal mit, was unter ihm verstaut wurde, er war mehr als reichlich durch Motte abgelenkt, der ihm Glassplitter aus dem Unterschenkel zog.

Juva wünschte ihm, dass es saumäßig wehtat. Und zwar so sehr, dass er für den Rest seines Lebens einen ganz großen Bogen um sie alle machte. Sie fierte den Wolf ab und zog das Schindermesser aus dem Gürtel. Dann kam die Schwermut. Die Trauer, ein Leben verebben zu sehen und gleichzeitig zu wissen, dass es sein musste, um sich sicher fühlen zu können.

Sie schob die Hand in den Kettenhandschuh. Schnell hatte man sich geschnitten, denn die Haut war zart und die Zeit knapp. Sie umschloss den kleinen Messerknauf mit der Hand und ließ den Stahl sich unter dem Fell voranfressen. Anschließend brach sie die Zähne aus dem Wolfsmaul. Das Geräusch quälte sie nicht mehr, nicht wie beim ersten Mal. Sie wischte sie ab, wickelte sie in einen Lappen und verstaute sie in ihrer Tasche. Broddmar kam zurück und tauchte den rosa Kadaver in Öl. Dann zündete sie ihn an.

Flammen in Svartland waren nicht wie in der Stadt. Hier draußen wirkten sie immer so stark, waren das Einzige, was Farbe hatte, so weit das Auge reichte. Tieforange und lebendig, vor schwarzem und totem Wald. Die Flammen fraßen sich über den Schlachtkörper, trugen den Gestank und das Leben mit hinauf zwischen die Bäume. Endlich hörte der Puls auf, in ihren Ohren zu pochen.

Sie hatte ihn verbrannt. Den Wolf verbrannt.

Broddmar hatte einmal gesagt, sie sei die widerwilligste Jägerin, die ihm je begegnet war, und er nahm an, das habe mit Vaters Tod zu tun. Aber das es mit tausend Dingen zu tun: mit Vater, Mutter, Blutlesen, Albträumen, Herzschlägen.

Sie tötete Wölfe nicht für Geld und keinesfalls wegen der Freude am Jagen. Sie tötete, weil sie musste. Weil die Welt aus den Fugen gehen würde, wenn sie damit aufhörte.

BLUTGESCHMACK

Ein scharfer Schmerz im Kiefer riss Rugen aus dem Schlummer. Hatte ihn jemand geschlagen? Ihn beim Rauschausschlafen überfallen? Er tastete nach dem Geldbeutel. Der war noch da, wenn auch schmaler.

Er machte widerwillig die Augen auf. Leute, Männer wie Frauen, pennten vor ihm auf der Schlafbank. Ineinander verflochten wie ein Knäuel Welpen. Fremde Menschen, von denen er nur eine vage Wahrnehmung hatte, dass er vor nicht allzu langer Zeit deren bester Freund gewesen war. Jetzt war ihm bei dem Gedanken unwohl.

Er versuchte die Hand zu heben, die bewegte sich aber nicht. Verflucht noch mal, war er gelähmt? Er guckte auf den behaarten Arm, der auf seinem Bauch lag, und stellte fest, dass es nicht seiner war, sondern er dem Mann gehörte, der dicht neben ihm schnarchte. Rugen stöhnte und versuchte, seine Gedanken zu ordnen. Wo zum Henker hatte er sich nur rumgetrieben?

Er robbte weg. Der Fremde rollte auf den Rücken, ohne aufzuwachen, und gab den Blick frei auf eine kleine Tasche am Gürtel. In der konnte ein nettes Sümmchen Geld stecken … Nein, er fühlte sich zu elend. Außerdem erinnerte er sich, dass er den Burschen gemocht hatte. Ein erfolgloser Bierbrauer aus Grimse, der schlecht Norran sprach und kürzlich mit dem Schiff hier eingetroffen war. Niemand, der auf dem Seeweg nach Náklav kam, hatte viel Geld in der Tasche.

Ein neuer schmerzhafter Stoß. Es zog in den Backenzähnen, bis oben in den Kopf. Was zur Wolfsfotze war das? Zum letzten Mal hatte er Branntwein getrunken und gleichzeitig ... Er musste auf die Beine kommen. Von hier verduften.

Rugen quälte sich hoch und knetete sich das Kreuz. Die dünnen Bankkissen hätten sie sich auch sparen können. Die Kerzen auf dem Tisch waren zu einer unförmigen Masse mit ertrunkenen Dochten verschmolzen. Eine einfache Schenke, in Ordnung; aber war es zu viel verlangt, dass sie die Kerzen austauschten?

Die Luft war stickig. Er guckte zum Fenster, ehe ihm einfiel, dass es falsch war. Die Schenke befand sich in einem Keller, die Wand war also mit Sprossen verziert und bemalt, damit sie aussah, als hätte sie Scheiben. Wenn er frische Luft schnappen wollte, musste er nach draußen gehen.

Er riss seine Jacke unter dem Grimsländer weg, warf sie sich über und lauschte an der Tür. Der Lärmpegel dahinter ließ vermuten, dass der Abend seinen Höhepunkt erreicht hatte. Jubel, Trubel, Heiterkeit und das unverkennbare Schaben von Stühlen und Tischen, die Betrunkenen plötzlich im Weg standen.

Rugen zog die Kapuze über den Kopf, öffnete die Tür und schlüpfte mit gekrümmtem Rücken nach draußen, für den Fall, dass dort jemand mit ihm noch eine Rechnung offen haben sollte. Ihm kamen saurer Tabaksnebel und Männer entgegen, die wie auf einem Schiffsdeck schwankten. Er hatte den Eindruck, dass es ihm ähnlich ging. Was hatte er hier verloren? Er, der für die Reichsten gearbeitet, mit den Vornehmsten getrunken und die Frauen der Mächtigsten gevögelt hatte. Eine von ihnen von hinten, noch mit Schuhen an den Füßen, und anschließend hatte sie ihm ihren mit Perlen eingefassten Kissenbezug geschenkt, damit er sie in Erinnerung behielt. Er hatte ihn noch am gleichen Tag verkauft.

Bei dieser Erinnerung musste er grinsen und abermals kam der Stoß. Ein heftiger Schmerz, bei dem er sich an den Kiefer fasste.

Ein paar Kerle schauten zu ihm herüber. Das hier war nicht der richtige Ort, um krank zu werden. Er musste hoch zum Steinring, in den zivilisierten Teil der Stadt.

Rugen gelangte ins Freie und die Treppe hinauf in die dunkle Gasse. Sie war eng, sogar für Náklaver Verhältnisse. Er kannte Kaufmänner, die hier stecken geblieben wären. Die Gasse mündete in die Segelfahrt, eine Straße, die die seltsame Eigenschaft hatte, die Kälte vom Meer einzuschleusen. Das Eis funkelte zwischen den Pflastersteinen und es war bitterkalt. Immer kalt. Und dunkel. Er zog die Jackenärmel über die Finger und verfluchte die Steintore. Wären die nicht da, würde zum Henker niemand hier wohnen. Aber die Götter mussten einen verdorbenen Humor gehabt haben, denn in Náklav lebten Hunderttausende. Eine unglaubliche Hauptstadt. Die geschäftigste Stadt der Welt, so hoch im Norden, dass Männern schon der Pinsel abfror, bevor sie ihn überhaupt eintunken konnten.

Er machte den Mund auf, um die Steifheit aus dem Kiefer zu dehnen, spuckte aus und schmeckte Blut.

Kälte kroch in seine Brust. Das hier war kein normaler Kater, jedenfalls keiner, wie er sie früher erlebt hatte. Er musste rauskriegen, was ablief, einen Spiegel finden. Die Schenke, aus der er gerade gestolpert war, hatte so etwas nicht, er musste hoch in die Stadt, in die Salons. Er massierte sich den Kiefer mit dem Daumen. Er tat weh, aber die Schmerzen waren nicht ununterbrochen da. Das Schlimmste war die Angst vor dem nächsten Stoß.

Er überquerte die Ulebrücke, ohne von der Meeresbrise weggefegt zu werden, und bog links in den Nachtkerzendeckel ein, eine Straße, die unter einem gewölbten Dach verlief und in der mit Leichenholz brennende Laternen hingen. Dieses Licht hatte ihm noch nie gefallen. Leichenholz brannte ohne Flammen, mit einer grässlichen Glut, bei der er das Gefühl hatte, Geister zu sehen.

Er blieb vor einem Laden mit Sprossenschaufenster stehen, das sich aus der Wand wölbte. Er beugte sich zum welligen Spiegelbild seines Gesichts vor. Ein Gerippe grinste ihn an. Er zuckte zusammen, doch es war nur die Zeichnung auf einer Karte. Davon hingen mehrere im Fenster, das sah er jetzt. Schicksalskarten, wie sie die Blutleserinnen benutzten.

Er hatte im letzten Jahr etwas mit einer von ihnen gehabt. Oder war es im vorletzten Jahr gewesen? Ein herrlich molliges Mädchen, die auf ihm immer wie ein Alb ritt. Er hatte sich Geld aus ihrer Schublade geliehen und seitdem einen großen Bogen um sie gemacht. Ehrlich gesagt hatte er davon das Zittern gekriegt, und es nagte noch immer ein bisschen an ihm. War das der Grund für seine Schmerzen? Hatte sie ihn mit einem Fluch oder so was belegt? Rugen schluckte und starrte auf die Todeskarte. War das hier ein Zeichen?

Verfluchter Unsinn!

Das Ladenschild über ihm kreischte am schmiedeeisernen Haken, schaukelte in einem Windstoß. Er hastete weiter, hoch zum Marktplatz, wo eine mit Raureif bedeckte Statue eines verstorbenen Stadtrats über die Häuser ringsum wachte. Licht brannte hinter bunten Glasfenstern in einer Reihe von Vorbauten, die so weit über die Straße ragten, wie die Gesetze es erlaubten, und noch ein bisschen darüber hinaus.

Er hörte klimpernde Harfenmusik aus Florians Salon und ging dem Klang nach durch einen Bogengang, bis er den Salon sah. Er gehörte zu den Orten, vor deren Türen ein Mann stand. Fiffen glaubte, er sei da, um die Türen zu öffnen; alle anderen wussten, dass er dort war, um auszusieben, wer überhaupt durch sie hineingelassen werden durfte.

Rugen zögerte. Vor ein paar Jahren hatte er dort gearbeitet, musste aber zugeben, dass er jetzt nicht gerade in Höchstform war. Und er hatte drinnen niemanden mehr, auf den er sich berufen konnte. Doch der Kiefer pochte vor Schmerzen, er musste zum Henker rauskriegen, was los war.

Er fuhr sich durchs Haar, versuchte so auszusehen, als gehöre er hier dazu. Dann ging er schnurstracks los, ohne den Wachmann eines Blickes zu würdigen. Die meisten Versager machten den Fehler, zu lächeln und freundlich zu sein. Genauso gut hätten sie sich ein Schild um den Hals hängen können, auf dem stand, dass sie vorher noch nie da gewesen waren. Die richtige Eintrittskarte war eine Aura von Arroganz.

Die Tür öffnete sich für ihn und er setzte seinen Weg in die Eingangshalle fort. Der Kontrast zur Schenke, in der er aufgewacht war, hinterließ einen bitteren Nachgeschmack in seinem Mund. Die Wände waren in goldene Paneele unterteilt, geschmückt mit Malereien von Fischen, die nur in der Fantasie existierten. Protzige Glastüren standen zum Salon hin offen. Er konnte die gewölbte Decke dort drinnen erahnen. Seegrünes Glas in schmiedeeisernen Rahmen, durch die das gesamte Gebäude aussah wie im Meer versunken. Den Preis konnte er sich noch nicht einmal vorstellen.

Die dort sitzenden Menschen gehörten zu jenen, die sich nie Gedanken darüber zu machen brauchten, ob sie dorthin gehörten. Sie spielten sich wie Großkotze auf in ihren bestickten Westen, steifen Winterröcken, mit Nadeln und Haarschmuck, von dem er schwören konnte, dass er aus toten Käfern angefertigt worden war. Geschmeide funkelte im Schein von tausend brennenden Kerzen und Gläser klirrten. Hier sollte sein Platz sein. Er wusste von allen am besten, wie man das Leben genoss. Der Wohlstand war an diese scheißlangweiligen Menschen völlig verschwendet.

Der Bursche, neben dem er aufgewacht war, war wochenlang auf dem Schiff von Grimse verrottet. Niemand hier im Saal würde auch nur zwei Tage auf einem Schiff überleben. Aber das brauchten sie auch nicht, natürlich nicht. Sie bezahlten die Gebühr für die Steintore im Náklaring, ohne mit der Wimper zu zucken, und brauchten nie Zeit mit einer Reise vom einen Ende der Welt zum anderen zu verplempern. Die Zeit der Reichen war heilig. Vielleicht war das auch der Grund, warum sie herkamen, in der geheimen Hoffnung auf mehr Zeit?

Rugen schmeckte Blut. Er schlich ins Bad.

Sie hatten seit seinem letzten Besuch einiges auf den neuesten Stand gebracht. Kupferrohre verliefen unter der Decke, die blau schimmernden Wände hinunter in ein silbernes Waschbecken. Keine Pumpe, sondern Hähne für warmes und kaltes Wasser. Verdammt, wenn er doch nur einen Bruchteil all dieser Gelder hätte …

Über dem Waschbecken hing ein Spiegel an der Wand. Rugen betrachtete sich in Silber eingerahmt und musste erkennen, dass er pures Glück gehabt hatte, dass er hier hineingeschlüpft war. Er sah aus, als hätte er schon mehrere Nächte kein Auge mehr zugemacht. Die braunen Locken, von denen er sich ziemlich sicher war, dass sie der Schlüssel zu den Damen waren, klebten platt auf seiner verschwitzten Kopfhaut. Daran musste der Übergang von der eiskalten Straße in die Wärme hier drinnen schuld sein.

Rugen beugte sich zum Spiegel vor und machte den Mund auf, ohne zu wissen, wonach er suchte. Er befühlte die Zähne mit der Zunge. Was war er nur für ein Schwachkopf. Nichts war faul, er hatte nur einen Kater.

Die Überzeugung zerbröckelte unter einem neuen Schmerzensstoß. Der pochte jetzt wie ein Puls und wollte nicht aufhören.

Scheiß Gaula, ganz tief in der Dränke!

Er schlug mit der Faust auf die Wand ein, der Schmerz hörte aber nicht auf. Er spuckte Blut ins Waschbecken. Roter Regen in der Silberschale. Eine Gewissheit stellte sich ein und bescherte ihm Zittern. Brechreiz. Er neigte den Kopf schräg und machte den Mund wieder auf, ruckelte mit den Fingern an einem Zahn. War der ein bisschen locker? Bei der Fotze der heiligen Jól, der war locker! Panik durchflutete seinen Körper und nahm ihm den Atem, schnürte ihm die Kehle zu, sodass er keinen Ton herausbekam.

Warum? Warum passierte das hier? Hatte er zu viel genommen? Nein, er hatte es nie übertrieben, zumindest nicht genug, um …

Sein Gedankenfluss wurde von einem tiefen Dröhnen in der Ferne unterbrochen. Das Totenhorn … Der Ton breitete sich wie Eiseskälte in seiner Brust aus. Gnadenlos. Zerstörerisch. Eine unheimliche Warnung, wie echt sein Problem werden konnte.

Rugen lehnte die Stirn an den Spiegel, starrte auf seine Knöchel, die auf dem Rand des Waschbeckens weiß anliefen. Er träumte. Das hier war ein Albtraum, er war noch nicht aus der Kellerschenke nach oben gekommen. Das hier passierte nicht. Er schlug mit der Faust gegen den Spiegel und hörte, wie er zersprang.

Die Harfenmusik aus dem Salon klang verzerrt, ein Geklimper in einer Halluzination. Neben dem Waschbecken stand ein geöffnetes Ei aus Perlmutt, darin drei Parfümfläschchen. Parfüm … so etwas vollkommen Absurdes! Der unnützeste Nippes, den er sich jetzt vorstellen konnte.

Der Raum geriet ins Schwanken. Er hielt sich mit den Händen am zerschlagenen Spiegel fest, um das Gleichgewicht nicht zu verlieren. Er zog einen Splitter heraus, lang und scharf wie ein Messer. Er drückte den Splitter auf sein Handgelenk. Zögerte, zitterte.

Schneide! Tu's!

Aber er wusste, dass er nicht den Mumm hatte, es zu tun. Die Welt konnte morgen schon wieder ganz anders aussehen. Vielleicht hatte er schlechte Ware gekriegt und bildete sich jetzt alles nur ein. Bloß ein mieser Rausch. Er ließ die Scherbe fallen. Sie klirrte ins Waschbecken und nahm rotes Erbrochenes mit hinunter.

Er brauchte Hilfe.

Aber mit dieser Sache konnte er nicht zu neuen Freunden gehen, und von den alten waren ihm kaum noch welche geblieben.

Die Liste war viel zu kurz. Er hörte sich selbst lachen. Von seinem Atem beschlug der Spiegel, und es war eine Erleichterung, dass er sich in den Bruchstücken nicht sehen musste.

Der einzige nützliche Name auf der Liste war vielleicht noch furchteinflößender als das Problem. Was zum Henker sollte er also machen?

Denk nach! Alle haben ab und zu mal Zahnschmerzen.

Er atmete ganz tief durch. Er würde abwarten und hoffen, dass es etwas anderes war, so würde er das machen. Zahnschmerzen waren kein Grund, zum Berserker zu werden, es gab weitaus offenkundigere Dinge zu fürchten. Draußen von Knokle her brummte das Totenhorn seine Bestätigung.

NÁKLAV

Juva hätte zusammenbrechen und im Schnee einschlafen mögen, als sie endlich an der Küste angekommen waren, wo sich Náklav aus dem Meer erhob. Sogar zu dieser Tageszeit glitzerten die Lichter im Blaudunkel. Hunderttausende, auf der riesigen Insel eingepfercht. Zwei Inseln waren es eigentlich, aber die kleine lag so dicht neben der großen, als wären sie einmal eine gewesen. Überbevölkert waren sie trotzdem alle beide. Náklav war so randvoll, dass man kaum sehen konnte, wo die Gebäude aufhörten und die Klippen anfingen. Die Leute sagten den Besuchern immer aus Jux, dass die äußersten Häuser oft abrutschten.

Sie waren die halbe Nacht stramm marschiert, um den Neuling ans Ziel zu bringen, bevor Dreck in die Wunde kam. Er hatte ein Viertelfässchen Roggenschnaps bekommen und in dem Schlitten geschnarcht, den Broddmar und Motte zwischen sich zogen. Das Wolfsfell lag aufgerollt hinten auf Juvas Rucksack, weil sich der Neuling über den Gestank beschwert hatte.

Juva verstand ihn nur zu gut. Jedes Mal, wenn der Wind über das Fell fegte, roch es stark nach Blut und löste bei ihr das Gefühl aus, als würde sie noch unter dem haarigen Wolfskörper liegen. Davon flimmerte das Herz in ihrer Brust. Sie war jetzt schon ein paar Wochen ohne Reißdorn ausgekommen, doch diese Jagd hatte ihr zu viel abverlangt. hatte die Furcht geweckt, die schon immer in ihr geschlummert hatte.

Sie erstickte sie, indem sie an die Flammen dachte, als sie durch Naar gingen. Das Dorf endete am Fuß der Brücke hinüber nach Náklav. Sie trennten sich, bevor sie das Brückentor erreichten, weil Lok hier wohnte. Hanuk auch, aber er sollte sich um den Schlitten kümmern, darum musste er mit ihnen kommen, bis sie den Neuling abgeliefert hatten.

Das Naar-Tor war eher ein Festungsturm als ein Tor, schwer und schwarz, mit Schnee auf der Wetterseite. Broddmar zeigte den Jagdschein dem einen Torwächter, der ins Innere verschwand und in Begleitung eines Wachhabenden, eines vollkommen humorlosen Vertreters der Ringgarde, wieder auftauchte, der sich die Augen rieb und aussah, als hätte man ihn geweckt. Er zog wie immer den Karren.

Broddmar schloss die Kiste im Schlitten auf und hob die drei schwarzen Blutflaschen auf den Karren. Der grinsende Mann unterschrieb ein Papier, wobei er die Jagdgruppe mit anmaßender Miene musterte. Juva war übermüdet und hätte ihm am liebsten gesagt, dass er es sich schenken konnte, so zu tun, als hätte er alles unter Kontrolle. Er würde das Blut in eine Truhe einschließen, und anschließend würde es umgehend zum Náklaring befördert, ohne Halt auf der Strecke, aber dennoch würde etwas davon auf Abwege geraten und Leben kosten.

Aber sie hielt den Mund. Nicht nur, weil man ein Schwachkopf war, wenn man die Schwarzröcke mit Ringsiegel auf der Brust reizte, sondern auch, weil das Papier, das er in der Hand hielt, ihnen die Bezahlung sicherte.

Broddmar nahm es entgegen und verstaute es in der Tasche. »Wir haben hier einen neuen Burschen, der einen Unfall hatte«, sagte er und nickte zum Schlitten. »Biss ins Bein.«

Der Wachhabende starrte Broddmar an. »Wer hat ihn gebissen?!«

»Nein, nein, kein Mensch. Ein Wolf. Nur ein Jagdunfall.«

Der Wachhabende verdrehte die Augen. »Gut. Ladet ihn hier ab, dann schicken wir ihn im Wagen in die Krankenstube auf Kviskre.«

Er kläffte den anderen Wachleuten einen Befehl zu und drohte Broddmar an, ihnen nächstes Mal die Wagenfahrt abzuziehen, bevor er mit dem Karren im Turm verschwand. Juva nahm ihre Armbrust aus dem Schlitten und weckte den Neuling. Die Torwachen kamen, um ihn herauszuhieven, und er starrte sie benebelt an. Juva widerstand der Versuchung zu sagen, dass sie ihn wegen Diebstahls von Blut angezeigt hatten.

Der Schwachkopf hatte die Jagdzeit zunichtegemacht, als ob die nicht ohnehin schon kurz genug war, zwischen der allzu schwarzen Dunkelzeit und der Frühjahrs-Tagundnachtgleiche. Broddmar würde in den Dienst der Ringgarde treten, und Lok erwartete sein fünftes Kind. Hätten sie überhaupt noch Zeit für weitere Jagdausflüge?

Mit dem bisschen Geld, das sie hatte, konnte sie vielleicht auskommen, aber für eine neue Armbrust reichte es nicht.

Hanuk übernahm den Schlitten, nickte ein »Gute Nacht« und kehrte ins Dorf zurück.

»Also wollt nur ihr vier rüber?«, fragte der eine von der Wache. »Dann müssen wir auch den Mund sehen.«

Es ist wieder passiert …

Motte machte den Mund auf, ohne Fragen zu stellen. Nicht zum ersten Mal mussten sie die Zähne blecken. Juva öffnete ihren, und ein Wachmann schaute hinein. Er wirkte lustlos, darum machte er seine Arbeit nicht sehr gründlich. Wahrscheinlich, weil sie so oft hier vorbeikamen, behandelte man sie wie Bekannte. Sie guckte zu Broddmar, der leise mit der anderen Wache flüsterte. Sie spitzte die Ohren, bekam aber nichts mit.

Nolan blendete die Wachen mit einem Lächeln, das in Windeseile überprüft wurde. Er kam immer leicht davon, so ordentlich, wie er war. Gepflegte und schöne Sprache, aber er konnte die derbsten Witze reißen und immer die unangenehmsten Fragen stellen.

Als sie endlich ihren Weg über die Brücke fortsetzen durften, kam es ihr gnadenlos vor, dass sie sich wieder bewegen musste. Juvas Füße zitterten, weil sie abermals zum Gehen gezwungen wurden. Das Meer brandete gegen die massiven Brückenpfeiler, und wenn die in der Lage waren, stehen zu bleiben, musste ihr das auch gelingen. Die Brücke hieß Die Sechste, und das Dümmste, was man beim Besuch der Stadt tun konnte, war, die Wachen zu fragen, was mit den fünf Ersten passiert war. Der Witz war so ausgelutscht, dass man Gefahr lief, dass sie die Überquerung verwehrten.

Eiswind vom Fjord biss in die Wangen, legte sich aber, sobald sie durch das Brückentor in den Windschatten der endlosen Burg aus Bauwerken gelangten, die Náklav war. Juva fragte einen Torwächter, ob ihm Läufer zur Verfügung standen; und er räumte ein, dass er sich zweier erbarmt hatte, die im Turm warteten. Er hämmerte an die Tür, und ein junger Bursche, den sie wiedererkannte, trat verschlafen nach draußen.

»Läufer, Frú?«

»Kannst du zu Ester Spinne laufen, Münzerey 7? Da bist du schon mal gewesen. Sag, dass Juva zurück ist, zwei Tage zu früh. Wir hatten Probleme, haben nur ein Tier erwischt.«

»Ja, Frú! Ester, Münzerey 7, Juva hatte Probleme zwei Tage zu früh, ist nur mit einem Tier zurück.«

Juva war zu erschöpft, um ihn zu korrigieren. »Ester bezahlt dich«, sagte sie.

Der Bursche wollte gerade loslaufen, als Juva einfiel, ihn zu bitten, mit der Ausführung des Auftrags noch bis zum Läuten der Morgenglocken zu warten.

Motte verabschiedete sich und bog nach rechts nach Rautan ab, wogegen Nolan zum Muunsvei hinaufging. Juva und Broddmar nahmen gemeinsam den Irrvei. Beide sagten keinen Ton. Juva hörte an der Art, wie seine Zunge an den Gaumen klickte, dass er nachdachte, aber er würde keine Antwort geben, wenn sie ihn fragte. Weder zur Überprüfung der Zähne noch dazu, was außerdem passiert war.

Sie gingen schweigend, unter gedämpften Laternen entlang durch die Nebelgasse, bis sie an der Schinderhalle ankamen. Sie war es gewohnt, vom Lärm aus der Bierstube empfangen zu werden, wenn sie sich näherte, doch jetzt war es still. In ihrer Kindheit war die ganze Halle nur Jägern vorbehalten gewesen. Ein massives Steingebäude, am äußersten Rand der Klippen, wo sie Waren präparierten und verkauften. Inzwischen gab es weniger Jäger, aber mehr Leute, darum war die eine Hälfte der Halle zu einem Wirtshaus umgebaut worden. Bier brachte mehr Geld als Häute. Doch das Wirtshaus wurde weiterhin Schinderhalle genannt, weil der Name sich bei allen eingeprägt hatte.

Broddmar wünschte ihr kurz eine gute Nacht und verschwand im Nachbarhaus. Juva nahm den Hintereingang in die Schinderhalle. Die Gemeinschaftsstube war menschenleer, aber nicht kalt, dank der Kaminwand zwischen Stube und Küche. Es glomm hinter dem Funkenfänger. Ein spärliches Licht, das gerade eben die Schädel mit den Geweihen erreichte, die das Holzgeländer oben auf der Galerie zierten.

Sie wollte nur noch schlafen, musste aber die Haut einsalzen, damit sie nicht verdarb. Mit bleischweren Beinen begab sie sich in die Salzkammer, schabte die letzten Reste von der Wolfshaut, salzte sie, faltete sie in der Mitte und legte sie in eins der Salzfässer, das sie in ein leeres Regal an der Wand schob. Die Zähne in ihrer Tasche müssten in Alkohol eingelegt werden, doch das konnte bis zum nächsten Tag warten.

Juva schleppte sich die Treppe zur Galerie hoch und schloss sich in ihr Zimmer ein. Obwohl es eher wie ein Tunnel war. Ein Übergang über die Gasse zum Nachbargebäude, doch schon lange abgesperrt. Sie hatte am Ende gerade eben Platz für die Schlafbank, und in den kältesten Nächten musste sie die Tür zur Gemeinschaftsstube einen Spalt offen stehen lassen; aber das Zimmer war billig und alles andere war besser als ihr Zuhause.

Sie legte den Rucksack und die Armbrust ab, ließ die Jacke zu Boden fallen, zog die Schuhe aus. Die hatten sich an den wunden Füßen festgesaugt. Mehr schaffte sie nicht. Sogar das Aufbrühen von Reißdorn-Tee kam ihr wie eine nicht zu bewältigende Aufgabe vor. Juva fiel aufs Bett und schlief ein.

VORZEICHEN

Juva breitete in der Gemeinschaftsstube ihre Habseligkeiten auf dem vernarbten Holztisch vor dem Kamin aus. Sie reihte alles ordentlich auf, um festzustellen, was zu tun war. Die Armbrust war von den Schlittenkufen beschädigt worden und musste gerichtet werden. Der Kettenhandschuh hatte am Daumen leicht Rost angesetzt. Das Leder um den Flachmann von Vater musste eingeschmiert werden. Sein eingeprägter Name war unter dem Schmutz und den Fettflecken fast unleserlich geworden.

Kleinigkeiten. Beschäftigten ihre Gedanken kaum mehr als eine Stunde.

Sie schüttete den Rucksack ganz aus, damit sie auch den reinigen konnte. Was noch? Sie hatte neue Kerzen in den Kronleuchter gesteckt, eine leicht übertriebene Bezeichnung für das Gewirr aus Geweihen unter den Deckenbalken. Sie hatte die alten Kerzenstummel aufgehoben, damit das Wirtshaus neue gießen konnte. Die Wolfszähne waren in Alkohol eingelegt. Die blutigen Kleider hatte sie geschrubbt, bis ihre Finger taub waren. Alles war ausgespült und zum Trocknen aufgehängt. Gewaschen werden musste nur noch sie, aber das konnte bis später warten.

In ihrem Körper spürte sie Muskelkater, und die Jagd war gescheitert. Der Neuling hatte sie mit Blutleserinnen genervt und sie war rücklings unter einem fauchenden Wildtier gelandet, trotzdem hatte sie den Vormittag ohne Reißdorn überstanden. Das sollte sich für sie wie ein Sieg anfühlen, doch sie fühlte nur Unruhe. Als ob alles, worauf sie keine Antwort wusste, das Herz empfindlicher machte.

Juva setzte sich an den Tisch, trank einen Schluck Tee und versuchte, Ruhe im Unveränderten zu finden. Sie saß in derselben Halle und bestimmt auf demselben Stuhl, auf dem Vater einmal gesessen hatte. Er hatte dieselbe gewölbte Holzdecke gesehen und dieselben Steinwände, dieselben Geweihe am Geländer entlang hinauf in den ersten Stock, die zuckende Schatten auf die Glut im Kamin warfen. Er hatte bestimmt auch gedacht, dass die Schatten aussahen wie Krallen. Er hatte Häute in denselben bauchigen Fässern eingesalzen und Suppe in denselben Kupferkesseln gekocht. Sogar die Jagdgenossen waren dieselben, zumindest Broddmar und Motte.

Die Stille wurde vom Quietschen einer Tür gestört.

»Juva? Wo ist mein Mädchen?« Esters Stimme gellte im Windfang.

Kurz befürchtete Juva schlechte Neuigkeiten, doch dann fiel ihr ein, dass Ester wegen des Laufburschen hier war, den sie zu ihr geschickt hatte. Egal … Wenn Ester sie *mein Mädchen* nannte, bedeutete das Ärger.

Die alte Frau kam hereinstolziert, als würde ihr die Wirtschaft gehören, und das war im Grunde auch in Ordnung so, weil es der Fall war. Sie blieb vor der Öffnung zur Küche stehen, schüttelte den Kopf über das, was sie dort drinnen sah, wahrscheinlich Blutwasser vom Wäschewaschen und die Jagdstiefel, die über der Feuerstelle trockneten.

»Mannsleute! Die leben wie die Tiere, die sie jagen«, sagte sie verbissen.

Juva verzichtete auf die Erklärung, dass das meiste ihr gehörte, damit Ester nicht auf die Idee kam, ihren Schlafplatz jemand anderem zu geben. Das Entgelt, das sie verlangte, war für Náklaver

Verhältnisse lächerlich niedrig, und Juva konnte nirgendwo anders hin.

»So …« Ester stützte sich auf den Stock und ließ sich schwerfällig auf den Stuhl neben Juva plumpsen. »Was für Probleme? Bist du unverletzt?«

»Oh … Ja, wir mussten nur umkehren. Nichts Ernstes.«

Ester sah sie mit scharfen grauen Augen und hochgezogenen Brauen an. »Mhm, das sehe ich. Du hast Blut im Haar.«

Juva fasste sich in das lange blonde Gewirr, in dem tatsächlich Blut klebte. »Ich bin noch nicht zum Baden gekommen …«

Sie war auch noch nicht dazu gekommen, sich richtig anzuziehen, trug nur lange Strumpfhosen und ein viel zu großes Wollhemd, weil sie ohnehin noch in den Zuber steigen wollte. Sie zog die Füße unter sich und schob die Ärmel des Hemdes über die Hände, um den heißen Becher festzuhalten.

Ester lehnte sich auf dem Stuhl zurück. Sie war um einiges älter als Broddmar, bestimmt annähernd siebzig. Juva hatte sie nie gefragt, aber sie verhielt und kleidete sich, als hätte sie das ganze Leben noch vor sich. Oder wohl eher, als ob ihr nichts etwas anhaben konnte. Juva hätte einiges dafür gegeben, sich genauso zu fühlen.

Um den Kopf hatte sie sich ein weißes Tuch gewickelt, wie es die Frauen aus Ruv oft machten. Es war über der Stirn mit einer goldenen Nadel befestigt. Der Seehundfellmantel schimmerte im Schein des Kamins, und sie trommelte mit den faltigen Fingern, an denen Ringe steckten, auf den Knauf des vergilbten Elfenbeinstocks. An dessen Ende saß eine geschnitzte Faust. Es gab Gerüchte, er habe ihrem Mann gehört und sie habe ihn damit erschlagen, als junge Frau. Auch danach hatte Juva nicht gefragt.

Ester verzog die braun angemalten Lippen, als würde sie sich über etwas amüsieren. »Also keine ernsten Probleme, aber genug, um umzukehren?«

»Ja, wir hatten einen Neuling dabei. Er ist gebissen worden. Nächstes Mal kommt er nicht mehr mit, um es mal so auszudrücken.«

»Gebissen? Was in Gaulas Namen hat er angestellt, um gebissen zu werden; hat er versucht, auf dem Tier zu reiten?«

Juva verschluckte sich am Tee. Sie lachte, wobei sie nach Worten suchte, die nicht durchblicken ließen, dass sie einen Blutsklaven mitgenommen und die Jagderlaubnis aufs Spiel gesetzt hatten. Das mitzuteilen war Broddmars Sache.

»Keine Ahnung«, antwortete sie. »So weit ist er nicht gekommen. Hat nur Streit angefangen, bevor der Wolf tot war. Willst du eine Tasse Tee?«

Ester durchbohrte sie mit Blicken. Sie war alles andere als leicht hinters Licht zu führen, stellte aber keine Fragen mehr, und das war ein noch sichereres Zeichen, dass sie etwas auf dem Herzen hatte. Ein genauso sicheres wie *mein Mädchen*.

»Tee? Jól befreie mich von dem Übel, das hört sich widerlich gesund an. Hast du keinen Wein?«

Juva nickte zur Tür, die die Jagdhalle vom Wirtshaus trennte. »Nein, den holen wir immer bei denen, wenn wir was zu feiern haben.«

»Na gut«, murmelte Ester enttäuscht. »Dann besorge ich welchen, damit ihr was vorrätig habt. Sieht ja sonst so aus, als würde ich die Jäger verdursten lassen!«

Juva stellte die Tasse ab und nahm die Armbrust vom Tisch. Sie stellte den Schaft zwischen die Knie, um die Sehne zu wachsen. »Die haben am Naartor unsere Zähne überprüft. Hat das Totenhorn geblasen?«

Ester klopfte mit dem Stock auf den Boden und riss die Augen auf. Sie sah wie ein kleiner, dicklicher Vogel aus. »Ja, befreie und beschütze mich, die haben einen Mann auf Ausblut gefunden, bei dem war das halbe Gesicht weggenagt! Weggenagt! Was sagst du dazu? Das ist das Schrecklichste, was ich in meinem Leben je gehört habe!«

»Nicht schrecklicher als der arme Kerl vom vorigen Jahr, dem die Gurgel gefehlt hat.«

»Nein, aber …«

»Oder die, bei der der Bauch …«

»Ja, ja, aber es wird doch immer schlimmer, finde ich!«

Ester stützte sich auf den Stock und erhob sich von dem niedrigen Stuhl. Anscheinend machte ihr die wehe Hüfte wieder Beschwerden, aber sie jammerte nie. Außer, wenn sie die Burschen bat, Wein für sie zu holen; dann konnte sie plötzlich kaum noch gehen. Es machte ihr Spaß, wenn junge Männer für sie um die Wette liefen. Dann konnte sie so tun, als würden sie immer noch für sie rennen, weil sie schön, und nicht, weil sie reich war, hatte sie gesagt.

Ester öffnete einen geräumigen Geldbeutel mit einem pfiffigen Knöpfverschluss und fischte Münzen heraus, die sie auf den Tisch legte, unpassend zwischen Schindermesser und Kettenhandschuh. Es waren fast dreißig Runen, für eine einfache Haut. Es lag eindeutig etwas in der Luft.

Juva musterte sie. »Du hast die Haut doch noch nicht mal gesehen …«

Ester schnaubte. »Still jetzt, lass mich anständig bezahlen, wenn ich will. Sei schlau, mein Mädchen.«

Sie setzte ein strenges Lächeln auf, das zu Kummer zerrann. Juva machte sich auf das gefasst, was da kommen mochte, aber das war schwierig, wenn sie keine Ahnung hatte, worum es ging.

»Wie behandeln dich die Kerle, Juva?«

»Sie könnten netter nicht sein.« Juva widerstand der Versuchung, sie zu bitten, zur Sache zu kommen.

»Du weißt ja, du kannst mir erzählen, wenn was ist?«

»Ja. Danke.«

»Kannst du eine schlechte Nachricht verkraften?«

»Kommt auf die Nachricht an.«

Ester machte ein leicht erstauntes Gesicht, weil Juva nicht überrascht war, kam jedoch nicht dazu, weiterzusprechen, weil die Tür zum Wirtshaus aufflog. Eine blutrote Gestalt erschien im Türrahmen. Rotes Kleid, roter Umhang und roter Schleier vor dem Gesicht, doch Juva brauchte es nicht zu sehen, um zu wissen, dass das die schlechte Nachricht war.

Sie schoss vom Stuhl und konnte die Armbrust gerade noch auffangen, bevor sie auf den Boden fiel.

Sie starrte Ester vorwurfsvoll an. »Solde?! Du hast meine Schwester mitgebracht?«

»Natürlich nicht«, antwortete Ester und betastete ihren Ohrschmuck. »Aber ich könnte erwähnt haben, dass du hier bist«, fügte sie hinzu, etwas schuldbewusster. Dann wedelte sie mit den Handschuhen Juva zu, um ihr den Wind aus den Segeln zu nehmen. »Guck mich nicht so an, Kind, hätte ich einer Blutleserin widersprechen sollen?«

Ester nickte Solde zur Begrüßung zu und verschwand durch die Hintertür, ohne eine Antwort abzuwarten. Eine Antwort war auch nicht nötig. Sie hatte recht. Niemand widersprach einer Blutleserin.

Solde schlug mit gekonnter Handbewegung, für deren Vervollkommnung sie bestimmt den ganzen Morgen gebraucht hatte, den Schleier über den Kopf zurück und zeigte ihr Gesicht. Juva schaute sie argwöhnisch an. Es kam ihr wie ein halbes Leben vor, dass sie sie zuletzt gesehen hatte, obwohl es in Wirklichkeit erst knapp ein halbes Jahr her war.

Das schwere Winterkleid und der Umhang waren aus einem schwindelerregenden Rot genäht, das so stark leuchtete, dass es den Leuchtturm auf Kleft hätte ersetzen können. Der Rock war steif und weit genug, um sich im Türrahmen zu verkeilen. Das

Mieder war mit rotem Band geschnürt, derart stramm, dass die Hüften unnatürlich ausladend aussahen.

Solde war drei Jahre jünger als sie; doch so, wie sie angezogen war, würden die Leute das Gegenteil vermuten.

Juva holte tief Luft. Ihre Schwester war schon immer ganz in ihrer Rolle als Blutleserin aufgegangen, aber dieser Auftritt war vollkommen übertrieben. Das hier war eine Zurschaustellung. Eine Warnung. Der Schmuck setzte dem Werk die Krone auf. Primitiv im Kontrast zum Kleid. Lange Lederriemen, mit silbernen Muunes-Monden und Knochen mit geschnitzten Runen, die mit Mystik überladen waren, von deren vorgeblichem Verständnis die Blutleserinnen lebten.

Solde segelte in die Schinderhalle und rümpfte ihr Stupsnäschen. »Was *ist* das für ein Geruch?«

»Blut und Eingeweide hauptsächlich.« Juva hatte gehofft, sie damit aus der Deckung locken zu können; doch Solde behielt die Maske der Unterkühlten auf. Wenn man viel Übung im Lesen von Leuten hatte, wusste man, was man selbst verbergen sollte. Juva merkte, dass sie es wahrscheinlich genauso machte, häufiger, als sie daran denken mochte.

Soldes Haar war heller als Juvas. Fast weiß und stramm zurückgestriegelt. Dadurch sah sie von Weitem kahlköpfig aus. Wie ein Totenkopf. Der Hals verschwand in einem steifen roten Kragen, als wären die Kleider im Begriff, sie aufzuessen. Sie war ein Tod, in einem Kleid, das sie verzehren würde, langsam, aber sicher.

Die Schwester zog die roten Handschuhe aus, Finger für Finger, während sie sich umschaute. »Hier wohnst du? Wirklich?«

Juvas Blick fiel auf Soldes Daumenring, und für einen kurzen Augenblick hielt sie ihn für eine Blutlesekralle, obwohl Solde das Erbe noch nicht angetreten hatte oder in die Gilde aufgenommen worden war. Aber es war keine Kralle, bloß ein schwarzer Vogelschädel, der sich über ihrem Daumenglied krümmte. Der Schnabel reichte fast bis zum Nagel. Eine sichtbare Übung, bis zu dem Tag, an dem die Kralle ihr gehören würde.

Soldes Blick schweifte im Raum umher, bis er an Juva hängen blieb, mit gespieltem Schock, als hätte sie sie gerade eben erst entdeckt. »Wie um Himmels willen siehst du denn aus?«

Juva legte die Armbrust auf den Tisch. »Was willst du, Solde?«

Solde kam näher. »Ich versuche dir zu sagen, dass jemand in deinem Haar seine Notdurft verrichtet hat.«

Juva kehrte ihr den Rücken zu und ging in die Küche. Sie stützte die Hände auf die Bank und sah, dass sie zitterten. Ihr Herz schlug schneller.

Reißdorn. Ich brauche Reißdorn.

Sie machte die Teedose auf und sah die schwarzen Blätter mit den orangefarbenen Stückchen von getrocknetem Reißdorn. Deren Anblick machte ihr Mut, noch zu warten. Sie weigerte sich, Solde die Genugtuung zu verschaffen, sie unausgeglichen zu erleben. Sie hörte, dass Schuhe auf dem Weg zur Küche auf dem Boden klackerten. Solde blieb in der Tür stehen. Es gehörte viel dazu, ihre Schwester in eine Küche zu locken, und genau jetzt sah sie wirklich so aus, als hätte sie vorher noch nie eine zu Gesicht gekriegt.

»Was kommt als Nächstes?«, fragte Solde verächtlich. »Wirst du auf die Flöße umziehen? Einen Schuppen zum Wohnen finden, mit einem alten Fischer, oder was?« Das Lachen war schrill vor Hohn. Eine Besonderheit, die Solde schon in viel zu jungen Jahren beherrscht hatte.

Sie kreuzte Juvas Blick und ein Hauch von Unsicherheit huschte über Soldes Gesicht. Mit einem theatralischen Seufzer hatte sie sich wieder im Griff. »Mama ist krank.«

Juva stellte die Teedose wieder zurück ins Regal. »Sie ist nicht krank.«

»Ist sie doch!« Solde stemmte die Hände in die künstlich breiten Hüften und sah endlich aus wie das trotzige Kind, das sie war.

»Sie liegt seit mehreren Tagen im Bett, und ich bin ihr kaum von der Seite gewichen!«

Juva drückte sich im Türrahmen an Solde vorbei, rasch, damit das rote Kleid nicht auch noch sie verspeiste. Sie setzte sich wieder vor die Feuerstelle und nahm von den Dingen, die sie auf dem Tisch ausgebreitet hatte, einen Bolzen und fing an, die stählerne Spitze zu putzen.

»Tut mir leid, Solde, ich bezweifele nicht, dass sie *gesagt* hat, sie sei krank.«

»Glaubst du wirklich nicht, dass ich den Unterschied erkenne?«

Solde kam an den Tisch und begann, mit ihren langen Fingern Juvas Sachen anzufassen. Es war, als würden zwei Welten, die einander nie berühren sollten, zusammenstoßen. Die, in der Juva leben, und die, an die sie sich nicht erinnern wollte.

Sie verscheuchte Soldes Hand von der Armbrust. »Lass das!«

Solde nahm das Glas mit dem Bolzengift.

Juva riss es ihr aus der Hand. »Lass auch das, es sei denn, du möchtest dir gern die Seele aus dem Leib kotzen. Gut, dann ist sie eben krank, na und?«

Solde machte ein Gesicht, als erwöge sie, sich hinzusetzen; doch der Stuhl genügte offensichtlich ihren Ansprüchen nicht. Oder aber sie war zu dem Schluss gekommen, dass Sitzen in dem Kleid nicht möglich war; darum blieb sie stehen.

»Sie will, dass du kommst. Ich weiß zwar nicht, warum, weil das keinen Unterschied machen wird, Juva. Aber weil sie krank ist, kannst du wenigstens kommen, um dich zu verabschieden. Und deine restlichen Sachen abholen.«

Juva hatte ohnehin vor, ihre Sachen zu holen, und sie wollte so wenig wie möglich mit dem Erbe zu tun haben. Schon gar nicht mit dem Sitz als Blutleserin. Aber die Selbstverständlichkeit, mit der Solde sie abschrieb, ließ ihre Knöchel um den Bolzen weiß anlaufen.

Solde fummelte an den Lederriemen um das Zeichenbuch. Juva schlug mit der flachen Hand darauf und riss es an sich. Niemand durfte ihre Zeichnungen sehen, am allerwenigsten ihre Schwester. Ihr schnürte sich die Kehle zu. Die Erinnerungen drängten sich auf und die Angst drohte überhandzunehmen. Sie musste Solde loswerden und Reißdorn schlucken.

»Hast du gesagt, weswegen du gekommen bist?«

Solde sah quietschvergnügt aus, weil ihr das Erbe nicht abgesprochen wurde. Sie kehrte ihr den Rücken zu, sodass der Rock über den Boden fegte. »Du machst, was du willst, ich habe mein Bestes gegeben.«

Juva lachte kurz. Ihre Schwester hatte genau das getan, was ihr aufgetragen worden war, weder mehr noch weniger.

Solde öffnete die Tür zum Wirtshaus, und die Gespräche dort drinnen verstummten sofort. Juva konnte die Blicke sehen, mit denen sie die junge Blutleserin bedachten. Einige voller Furcht, andere voller Hoffnung. Ein älterer Mann stand auf und faltete die Hände wie zum Gebet. Juva konnte nicht hören, was er sagte, aber er wollte wohl das wissen, was alle wissen wollten. Wie lange er noch zu leben hatte.

Solde drehte sich zu Juva um und grinste. Die Ähnlichkeit mit einem Totenkopf war vollkommen. Der Tod in Rot, umgeben von Menschen, die so dringend eine Antwort haben wollten. Dann schlug sie die Tür zwischen ihnen zu.

Juva sprang auf und rannte in die Küche. Sie hob den Kessel an. Leer. Er war leer. Sie ging auf die Wasserpumpe los und pumpte kräftig im Takt ihres Herzens. Nur Tropfen kamen aus dem Hahn.

»Verfluchte Scheiße, was zum fetten Wal …«

Sie kämpfte gegen die Panik und stemmte sich auf die Pumpe, nutzte ihr Körpergewicht, um die Tropfen hervorzulocken. Das Wasser begann zu fließen, alles auf einmal. Juva füllte mit einem Schwall den Kessel und stellte ihn über die Feuerstelle. Sie suchte nach der Tasse, und ihr fiel ein, dass sie in der Stube stand. Ein kleines Problem, das mit einem Mal unlösbar schien.

Reiß dich zusammen, Juva!

Sie nahm eine frische Tasse aus dem Regal, glaubte, sie gehöre Broddmar. Ließ zwei Prisen Reißdorn-Tee auf deren Boden fallen und trat von einem Bein aufs andere, während sie auf den Kessel starrte. Sie konnte nicht warten, sondern goss das lauwarme Wasser auf den Tee und setzte sich auf die Küchenbank.

Die Blätter hatten sich noch nicht entfaltet, als sie schon den ersten Schluck trank. Gut schmeckte es nicht. Bitterer Dreck, von dem sich ihr die Kehle zuschnürte. Aber sie wusste, dass es half. Sie hatte ihn schon als Kind getrunken. Ein ängstliches Kind hatten sie sie genannt, weil sie aus geringstem Anlass Herzklopfen bekam. Das stimmte nicht. Die Leute hatten vor den seltsamsten Dingen Angst, vor denen sie sich nie gefürchtet hatte: Dunkelheit, Nordlichter. Die höchsten Klippen, die ins Meer stürzten. Schwachsinnige Zeichen, wie Gesichter in glühender Kohle und in Eingeweiden, die nach dem Schlachten falsch lagen.

Aber von anderen Dingen wurde ihr vor Angst schwindelig. Von Dingen, die die Leute nicht nachvollziehen konnten, weil die sie daran erinnerten, dass ihretwegen grausame Dinge geschehen konnten. Hatte sie wieder den Wolf heraufbeschworen? War Solde aus dem Grund gekommen?

Juva trank einen großen Schluck und merkte, dass sich ihr Herz beruhigte. Sie hatte den Wolf getötet und die Reste verbrannt, das dürfte zumindest einen Tag mit Katastrophen abwehren.

Sie wusste, dass das nicht logisch war. Nicht das war, was ein klar denkender Mensch tun würde, doch sie hatte das Gefühl, dass sie daran nichts ändern konnte. Sie hatte diese Regeln nicht gemacht.

Sie setzte sich mit dem Zeichenbuch auf dem Schoß hin. Das in weiches Leder gebundene Buch hatte ihr schon viele Male das Leben gerettet. Sie schlug es in der Mitte auf, damit sie die frühsten Zeichnungen nicht sah, die zusammengefaltet zwischen den ersten Seiten lagen. Einige davon waren zehn Jahre alt.

Sie fand eine leere Seite und zeichnete. Der Stift fühlte sich in der Hand sicher an. Sie hatte ihn selbst hergestellt, aus einem verkohlten Zweig aus Svartland, mit einem ums zerkaute Ende gewickelten Bindfaden. Ihre Hand bewegte sich wie im Dämmerzustand, und sie wusste nicht, woher das Bild kam. Der Teufel nahm Gestalt an, wie er es immer tat. Ein Tierkörper auf zwei Beinen. Sehnig und nackt wie ein gehäuteter Wolf. Der Kopf gleichermaßen der eines Mannes wie eines Tieres, mit kreideweißen Augen und Reißzähnen. Lockend, lebensgefährlich. Das Tier in ihrem Leben.

Sie riss den Bogen aus dem Buch und warf ihn in den brennenden Kamin. Der Teufel vergilbte, bevor er Feuer fing und in Flammen stand. Er kräuselte sich zu glühender Asche und war weg.

Juva klappte das Buch zu und lehnte sich auf dem Stuhl zurück. Sie konnte wieder atmen.

DAS GESCHLECHT DER BLUTLESERINNEN

Der Eisnebel kroch vom Meer herauf und verdichtete sich um die Stadt; doch Juva brauchte nichts zu sehen, um zu wissen, wohin sie ihre Schritte lenken musste. Sie war hier aufgewachsen, im Gegensatz zu den anderen Besuchern, die auf der Suche nach Náklavs berühmtesten Schätzen und Kuriositäten abwechselnd auf ihre Notizen und die Kupferschilder guckten.

Juva näherte sich der Kreuzung, und ihre Füße wurden schwerer, wie um sie zu erinnern, dass sie in die falsche Richtung unterwegs war. Geradeaus führte die Straße direkt hinauf zum Náklaring, zu den Steintoren, die den nie abreißenden Strom von Besuchern aus aller Welt durchmahlten. Rechts schlängelte sich die schmale Laternenkoppel. Dort gab es keinen Unterschied zwischen dauerhaften Einwohnern und Besuchern. Da hatten alle ein und dasselbe Ziel: Blutleserinnen.

Juva atmete die kalte Luft tief ein und bog nach rechts ab. Sie wollte nur Soldes Erbberechtigung unterschreiben und wieder gehen, dann wäre es vorbei. Sie würde nie wieder etwas mit Mutter, Solde oder einer anderen Blutleserin zu tun haben müssen. Nur dieses eine Mal noch, danach konnte sie ihr eigenes Leben leben. Unsichtbar. Frei. Vielleicht etwas Geld sparen, Náklav verlassen und einen Ort finden, wo sie festen Boden unter den Füßen hatte. Einen Ort ohne Blutleserinnen und ohne Vardari.

Die Laternenkoppel war unbestritten die Straße der Blutleserinnen. Leute scheffelten in der ganzen Stadt Geld mit Weissagungen, natürlich, aber hier saß die Macht. Von hier aus konnte man ganz bis zum Jólshov auf der Spitze von Skodda, dem Hauptsitz der Seidagilde, sehen. Und die Blutleserinnen, die der Seidagilde angehörten, waren leicht ausfindig zu machen. Man brauchte sich nur nach den roten Laternen zu richten.

Rot war den echten vorbehalten. Den *wahren* Blutleserinnen. Als ob irgendetwas, das mit ihnen zu tun hatte, wahr wäre. Sie hatten versucht, das Alleinnutzungsrecht für Laternen durchzusetzen, aber nicht einmal die Seidagilde konnte es Leuten verbieten, Lichter neben ihre Türen zu hängen. Das Stadtrecht hatte den Farben eine Grenze gesetzt, aber nicht den Laternen. Das Ende vom Lied war, dass sich in der ganzen Straße Leute tummelten, die die Gilde als Amateure bezeichnete, mit Laternen von Gelb über Orange bis fast Rot, sodass ihnen eine Geldstrafe und die Änderung der Farbe auferlegt wurde.

Juva zog die Kapuze tief in die Stirn. Eisnebel verengte die ohnehin schon schmale Straße und verstärkte das Gefühl, in eine Falle zu laufen.

Anbauten ragten aus allen erdenklichen Flächen. Genehmigungen für Neubauten gab es seltener als Sonnenwende; aber wie die Leute eben waren, umgingen sie die Regeln und bauten trotzdem. Übergänge, Brücken und Treppen tauchten schneller auf, als der Stadtrat sie erfassen konnte, und die fein säuberlich gezeichneten Karten, die man an die Besucher verkaufte, waren selten auf dem neusten Stand.

An vielen Stellen waren die Häuser über der Straße zusammengewachsen oder durch Übergänge aus Stein und Holz verbunden, die kleine Fenster hatten. Die Besucher nannten sie Náklabrücken, ohne zu ahnen, dass sich die Einwohner am meisten wegen dieser Übergänge in die Wolle kriegten. Es hatten sich sogar Leute trauen lassen, um zwei Fenstererker zu einem ganzen Übergang zu verbinden, den man für eine nette Summe vermieten konnte. Das war Náklav in einer Nuss-Schale.

Juva blieb vor dem Sannseyr-Haus stehen, dem Familienhaus, das sie als Sechzehnjährige verlassen hatte. Schon lange hatte sie keinen Fuß mehr hineingesetzt, und der Anblick beunruhigte sie mehr, als sie zugeben mochte.

Das Steinhaus war das letzte in der Reihe. Groß genug, damit die anderen im Vergleich dazu zerdrückt aussahen, als ob sie langsam, aber sicher von dem dunklen Haus der Blutleserinnen verdrängt würden. Turmartige Anbauten mit Gebälk aus Eschenholz ragten aus dem ersten Stock. Die Fenster waren hoch und schmal, mit Sprossen und gewellten Scheiben, die den Einblick verhinderten.

Zwischen den beiden Eingangstüren hing die schwere Laterne aus rotem Glas, das den Nebel bluten ließ.

Zum letzten Mal. Bald ist es vorbei.

Juva hatte noch die Schlüssel im Rucksack, aber es fühlte sich nicht richtig an, das Haus aufzuschließen, das nicht mehr ihr Zuhause war. Sie stieg die Treppe hoch und schlug mit dem Klopfer gegen die Haupttür. Sie war schmal und aus massivem Schmiedeeisen. Lagalune hatte einmal erwähnt, sie gegen eine größere auszutauschen, gegen eine, vor der sich die Leute kleiner fühlten. Juva hatte das nie vergessen.

Die Tür wurde von einem fremden Mädchen in schwarzem Kleid geöffnet, das bis unters Kinn zugeknöpft war. Sie holte ein Buch aus der Tasche und schlug es mit einem Lesebändchen auf.

»Erstes Mal? Du musst die andere Tür nehmen, die zur Wartestube für Gäste. Hast du ein Treffen vereinbart?« Ihr Zeigefinger fuhr eine Reihe mit Namen nach unten und blieb bei dem stehen, den sie bestimmt für Juvas hielt.

»Nein. Ich bin …«

»Verstehe, du kannst zum Wochenende hin kommen, am Fluttag.« Das Mädchen legte Juva die Hand auf den Arm und schaute sie mit einem Blick an, den ein unerfahrener Mensch für fürsorglich gehalten hätte. »Denn ich spüre, dass es bei dir dringend ist.«

Juva biss sich auf die Lippe, um sie nicht aufzufordern, sich das Theater zu sparen. Es kribbelte in ihren Füßen, wieder wegzugehen, aber später wäre es auch nicht einfacher. Sie musste es hinter sich bringen.

»Ich bin Juva. Juva Sannseyr. Lagalune ist meine Mutter.«

Dem Mädchen klappte kurz die Kinnlade hinunter, sie hatte sich aber schnell wieder im Griff. »Vergib mir, Frú Sannseyr, ich wusste nicht, dass …«

»Juva.«

»J… Juva. Ich wusste nicht, dass du kommst.«

»Ich auch nicht. Ist Lagalune zu Hause?«

»Ja. Oder, das heißt … Lagalune hat sich in den letzten Tagen unwohl gefühlt. Sie empfängt gerade Besuch im Schlafgemach, zwei Damen von der Seidagilde, aber sie unterhalten sich schon lange, sie sind bestimmt bald fertig.«

Das Mädchen trat beiseite, um Juva ins Haus zu lassen, doch Juva blieb auf der Treppe stehen. »Und Solde?«

»Solde ist unterwegs.«

Also doch nicht ganz an Mutters angebliches Krankenlager gefesselt.

»Ich warte«, sagte Juva.

Das Mädchen schaute sie an, eindeutig verwirrt. »Ähm … Üblicherweise wird drinnen gewartet.«

Juva zwang sich über die Türschwelle. Die Tür fiel hinter ihr zu, schwer und eisern. Es klang unangenehm endgültig und löste eine Unruhe im Herzen aus, mit der sie schon im Voraus gerechnet hatte.

»Soll ich dir die Jacke abnehmen, Frú Sannse… Juva?«

»Nein, danke, ich bleibe nicht lange.«

Das schien dem Mädchen, die sich entschuldigte und Juva zurückließ, eine schwere Last von den Schultern zu nehmen. Juva blieb allein in der Diele stehen, in der es wie immer war. So düster, dass man genauso gut hätte in der Dränke gelandet sein können.

Dunkle Wände mit feinen Goldstreifen um die Paneele und die pechschwarze Treppe, die sich zur Galerie emporschwang. Das Geländer war so filigran, dass es schwarzer Spitze glich. Unter dem obersten Teil der Treppe befand sich der Mittelpunkt des Hauses: die Feuerstelle, die die Diele von der Bibliothek trennte. Ein riesiger, brennender Mund. Die Flammen waren das einzige Anzeichen von Leben. Feuerstellen gab es mehr als genug, weil die Häuserzeile die letzte zum Meer war, am Rand der Südklippen.

Auf dem Boden lag ein langer Teppich, der die Mondphasen darstellte, und an der Wand stand eine schwarze Bank mit einer Rückenlehne, die aussah wie Rippen. Sie war verdammt unbequem, aber das war auch Sinn der Sache. Alles in diesem verfluchten Haus hatte seinen Sinn.

Gäste sollten sich unterlegen fühlen. Hilflos beim Zusammentreffen mit einer dunklen Macht. Die skelettartige Bank und die Regale mit den grotesken Kuriositäten ließen auf eine Welt schließen, in der andere Regeln galten. Ein geschnitzter Totenkopf, ein Stundenglas, eine uralte Pestmaske … Gegenstände, die andeuteten, dass nicht einmal der Tod das Schlimmste war, was passieren konnte.

Juva hasste es, hasste das ganze Haus. Und es war ihr nie gelungen, sich von dem Gefühl zu befreien, dass es auf Gegenseitigkeit beruhte. Sie konnte hier ihr eigenes Herz fühlen, als läge und schlüge es in einem erschreckenden, unsteten Rhythmus gleich unter der Haut. Innerhalb dieser Wände hatte sie nie die Kontrolle gehabt. Hatte sich nie auf etwas verlassen können.

Juva legte die Hand auf die Tasche, um sich zu vergewissern, dass die Reißdorn-Beeren dort drinnen waren, für den Fall, dass es zu schlimm wurde.

Ich bin kein Kind mehr!

Es fühlte sich wie eine Prüfung an. Das Haus prüfte sie, aber sie wohnte hier nicht mehr. Sie hatte gewonnen und verspürte das dringende Bedürfnis, es zu beweisen. Die Tür zum Blutlesezimmer stand offen. Juva hob das Kinn und ging hinein. Da war er. Der Wolf.

Er türmte sich vor ihr auf, in blauschwarzen Tönen auf die gesamte Wand gemalt. Er war ein Umriss aus Dunkel, gefüllt mit Sternen. Den Wolfskörper anzustarren war, wie in den Nachthimmel zu starren. Die Augen waren zwei weiße Schlitze, fast leuchtend. Er sah schlau aus, der Teufel, wie er sich da um eine Frau krümmte, die verschwindend klein neben seinem Körper wirkte.

Die Schwester aus dem Märchen. Die überlebt hat.

Juva hob die Hand zum Motiv, das ihr als kleines Kind eine Todesangst eingejagt hatte, konnte sich aber nicht überwinden, ihn zu berühren. Ganz unten, bei der einen Pfote, stand der Name, so verschlungen, dass er unleserlich war: *Síla Sannseyr*. Ihre Urgroßmutter. Die Frau, die das Haus dem damaligen Hafenmeister abgekauft hatte. Dass das Gemälde Mutters Einfälle für Änderungen überstanden hatte, war ein Wunder. Doch das lag ohne Zweifel daran, dass das Bild eine eindeutige Botschaft vermittelte: Leuten in Erinnerung zu rufen, woher die sogenannten Kräfte der Blutleserinnen stammten.

Es waren einmal drei Schwestern, die zogen zur Jagd aus. Sie fingen einen Wolf, doch der war kein gewöhnlicher Wolf, sondern der Teufel im Wolfspelz. Er versprach, wenn sie ihn freiließen, dann würden sie immer wissen, wo er war. Und sie würden immer wissen, wo das Böse war. Tod, Krankheit, böse Absicht, nichts davon würde ih-

nen mehr verborgen bleiben. Die drei Frauen erfüllten ihm seinen Wunsch und der Wolf teilte sein Blut mit ihnen. So wurden sie Blutleserinnen.

Die älteste Schwester, die immer ein grünes Kleid trug, stellte sogleich fest, dass sie selbst böse war, und warf sich von den Klippen. Die mittlere Schwester, die immer ein blaues Kleid trug, kehrte nach Hause zurück und stellte fest, dass sie sich mit einem bösen Mann vermählt hatte. Sie stürzte sich auf ihn und er tötete sie. Die jüngste Schwester, die immer ein rotes Kleid trug, stellte fest, dass der Teufel allerorten und in aller Herzen war. Sie tat nichts und überlebte. Seitdem wissen die Blutleserinnen immer, wo der Teufel ist.

Lüge.

Schicht um Schicht Lügen und Märchen, seit Generationen von der Seidagilde gemolken. Auf der Welt gab es vermutlich keinen Ort, wo so viel Dichtung mit größerer Überzeugung aufgetischt wurde. Tag für Tag. Ein Tempel der Fantasie, geboren im Blutnebel.

Juva hörte jemanden husten und zuckte zusammen. Es kam aus der Wartestube, bestimmt von Kundschaft, die dort wartete, sich blank machen zu dürfen.

Das geht mich nichts an.

Sie kehrte dem Wolf den Rücken zu und blickte sich um. Hier gab es keine Fenster, weil die Westwand an ein anderes Haus grenzte, aber in jeder Ecke war eine Feuerstelle. In der Mitte stand ein runder Holztisch, übersät mit Pünktchen, die wie Rost aussahen. Blut von Tausenden von Kunden.

An der Tischkante stand das Kästchen, eisenbeschlagen, wie um die Welt vor dem Inhalt zu warnen.

Juva hob den Deckel und schaute auf die beinernen Karten. Für Blutlesekarten waren sie ausgefallen, wie sie zugeben musste. Sie waren kleiner als ihre Hand und fast hauchdünn, aus vergilbtem Walbein hergestellt. Biegsam und stabil. So haltbar, dass die Karten viele Generationen Sannseyr überlebt hatten und bestimmt auch Solde überleben würden.

Die Motive waren farblos, ins Bein gebrannt. Der Rabe lag ganz oben, mit geöffnetem Schnabel und grimmigem Blick.

Schicksal. Urkraft. Veränderung. Ein Fremder.

Würde sie jemals deren Bedeutungen vergessen? Alles, was sie sich hatte einpauken müssen, bevor sie das Haus hatte verlassen können? Neben den Karten lag die Kralle, der silberne Daumen-Gliederring, der ein Loch in die Haut stach.

Wieder hustete jemand und Juva knallte den Deckel zu. Wie lange wollten sie die Leute noch warten lassen? Sie öffnete die Flügeltür zur Wartestube. Eine Frau stand schnell auf, mit Hoffnung in den Augen. Die verflog, als sie merkte, dass da nicht die Blutleserin stand, und sie plumpste schwer auf den Stuhl zurück, starrte auf ihren Geldbeutel, den sie fest an sich gedrückt hielt.

Juva wollte nichts über sie wissen, doch die Eindrücke ließen sich nicht abwehren. Diese zu lesen war Lehrstoff für Kinder. Sie hieß Vera, wenn das Besuchsbüchlein des Dienstmädchens stimmte. Die Art, wie sie sich hingesetzt hatte, verriet, dass sie lange gewartet hatte. Sie hielt das Geld fest, nicht aus Besitzgier, sondern mit einer Deutlichkeit, die besagte, dass sie es sich eigentlich nicht leisten konnte, herzukommen. Sie war kaum älter als Juva und die kleine Rundung des Bauches sprach für sich. Unfreiwillig schwanger? Nein, sie hatte nicht versucht, ihn zu verstecken.

Die Frau lächelte entschuldigend zu ihr hoch. »Ich hatte ein Treffen vereinbart. Mit Solde Sannseyr. Aber das ist schon eine Weile her, ich glaube … Vielleicht will sie mich nicht sehen?«

Sie hat dich vergessen, oder du bist ihr schnurzegal, das am wahrscheinlichsten.

Juva schloss die Augen. Das war nicht ihr Problem. Das hier ging sie überhaupt nichts an. Sie sollte gehen. Doch sie wusste, dass sie den Kampf schon verloren hatte. Sie seufzte.

»Ich bin Juva, Soldes Schwester. Warum bist du hier, Vera?«

Juva hasste sich dafür, dass sie den Namen der Frau ausgesprochen hatte. Das war ein billiger Trick, verfehlte aber seine Wirkung nicht. Vera sprang wieder auf die Beine, reif, an alles Mögliche zu glauben. Ihr Blick spiegelte ein rührendes Vertrauen wider, dessen sich niemand hier im Haus verdient gemacht hatte. Sie guckte auf den Geldbeutel hinunter und wieder zu Juva hoch.

»Ich … Glaubst du, man kann weniger als … nur ein halbes Treffen kriegen?« Ihre Hand schlich sich zum Bauch.

»Du hast Angst um dein Kind«, sagte Juva und hatte dabei ihren eigenen Tonfall berechnet. Wenn sie recht hatte, würde das Mädchen es als eine Weissagung deuten. Wenn sie falschlag, würde es wie eine Frage klingen.

Vera nickte. »Meine Mutter ist gestorben, als sie mich gekriegt hat. Und die Wolfsseuche breitet sich aus! Leute sagen, in der Stadt ist böses Blut. Ich habe Solde gefragt, als ich letztes Mal hier war, ob Jól mir was Böses will. Ob die Götter auch mich holen. Mein Mann … Er könnte es nicht ertragen, wenn …«

Juva versuchte durch ihre wachsende Wut zu lächeln. »Und Solde hat gesagt, sie ist sich nicht sicher, sie müsste dich wiedersehen, um es zu wissen?«

Um dir auch noch die letzten Kronen abzuluchsen.

Die Frau schluckte. Ihre Augen waren feucht. »Sie hat gesagt, etwas stimmt nicht! Etwas, das sie nicht klar sehen konnte, aber das passieren könnte. Ich musste wiederkommen, ich weiß nicht, was ich machen soll!«

Juva ergriff die Hand der Frau und drückte sie zwischen ihren. Sie schloss die Augen und setzte eine Maske der Konzentration auf. Die Selbstverachtung fraß sie innerlich auf, obwohl sie nicht behauptet hatte, Blut zu lesen. Mit keiner Silbe.

Nach einer Weile ließ sie die Hand los und schaute die Frau wieder an.

»Du musst den Göttern helfen, dir zu helfen, Vera. Kriegst du das hin?«

Vera schlug die Hand vor den Mund und ihr entfuhr ein leiser Schluchzer. »Ich tue alles!«

»Gut. Geh zu einem Arzt. Erzähl, was mit deiner Mutter passiert ist, und sorge dafür, dass du nicht allein bist, wenn es so weit ist. Mehr brauchst du nicht zu tun und du musst nie wieder herkommen. Hier kann dir niemand etwas sagen, was du nicht schon weißt.«

Die Frau nickte und öffnete die Geldbörse.

Juva hielt sie zurück. »Spar dein Geld fürs Kind. Die sind nicht billig.«

Vera deutete das offensichtlich als gutes Zeichen und die Augen liefen ihr über. Sie wischte die Tränen mit geballter Faust weg und murmelte einen Dank, bevor sie durch die Tür verschwand mit einer Leichtigkeit, die Juva noch vor einem Augenblick nicht für möglich gehalten hätte.

Genug! Nie wieder!

Juva ging ins Blutlesezimmer zurück und hörte Stimmen von zwei Frauen in der Diele. Sie erkannte sie. Ogny Volsung, Gildemeisterin der Seidagilde. Die andere war Maruska Auste. Sannseyr, Volsung und Auste. Das Rückgrat der Gilde und Familiennamen, die ganz Náklav kannte.

Sie begaben sich zur Haustür, wobei Ogny weinerlich klagte, dass jetzt ein ungünstiger Zeitpunkt war, um wankelmütig zu werden, und Lagalune zusehen musste, dass sie bald eine Entscheidung traf oder sich auf Vergeltungsmaßnahmen gefasst machen musste.

Von den Ewigwährenden …

Juva legte eine Hand auf ihre Brust, um das flimmernde Herz zu beruhigen. Möge Gaula beide Blutleserinnen und die Ewigwährenden holen. Sie wartete, bis die Tür hinter Ogny und Maruska wieder zugefallen war, dann marschierte sie durch den Flur zu Lagalunes Schlafzimmer.

Die Tür stand zum dunklen Himmelbett hin offen, das von hohen Kerzenleuchtern umgeben war. Lagalune saß auf einem Stuhl am Fenster, das sich über das offene Meer wölbte. Eis lag auf den Sprossen, und eine der kleinen Scheiben hatte Sprünge, vom jahrelangen Kampf gegen gnadenloses Wetter.

Sie entdeckte Juva und klopfte eine dünne Zigarre in den Aschenbecher ab. Ihr schwarzes Haar war lose hochgesteckt. Die Lippen waren ebenso schwarz angemalt. Sie sah verräterisch jung aus, trotz ihrer beinahe fünfzig Jahre.

Juva blieb im Türrahmen stehen, mit hämmerndem Herzen, was sie mit aller Macht zu verbergen versuchte. »Solde hat gesagt, du seiest krank.«

Lagalune erhob sich, legte die Zigarre ab und zog das Kleid über den Kopf, um sich umzuziehen, ganz ohne Verlegenheit. »Selbstverständlich bin ich nicht krank! Hast du schon mal von einer kranken Blutleserin gehört?« Sie warf das Kleid aufs Bett und blieb entblößt stehen, in einem weißen Schnürmieder, das gefährlich stramm gezurrt war. Sie blickte sich um und fand einen Rock, der über einer Stuhllehne hing. »Aber wie hätte ich dich denn sonst herkriegen sollen?«

Juva zuckte die Schultern. »Fragen, wie normale Leute?«

Lagalune band sich den Rock um die Taille. Sie zog wieder an der Zigarre und stieß eine Wolke aus weißem Rauch aus dem Mundwinkel aus, während sie Juva musterte. »Wo sind deine Sachen?«

Juvas Gefühl von Grausen wuchs zu einer erdrückenden Gewissheit. Das hier war nie als Kurzbesuch geplant gewesen, aber Juva hatte sich vorgenommen, das Schicksal zu bekämpfen. »Ich habe meine Sachen da, wo ich wohne.«

Lagalune tat, als hätte sie es überhört, und fing an, die Nadeln in ihrem Haar neu festzustecken. Juvas Blick wanderte im Zimmer umher und blieb an der Kommode hängen, auf der ein kleiner, mit Fischrogen gefüllter Glaskolben stand. Rote Perlchen, die nie anfingen zu faulen oder zu stinken. Blutperlen. Und Juva wusste, woher die stammten.

Von den Vardari. Den Ewigwährenden …

Der Brechreiz im Mund war bitter. Die Legende von Mutter hatte immer gelautet, dass sie die brauchte, um ihre Sinne zu schärfen, um besser zu lesen. Sie konnte sagen, was sie wollte, aber nicht einmal Blutleserinnen standen über dem Gesetz. Wolfsblut war für sie genauso verboten wie für den verdammten Neuling auf der Jagd, und im schlimmsten Fall konnte man sich mit der Wolfsseuche anstecken.

Die widerlichste Folge war die Gewissheit, die es zu geben schien. Das hatte Juva schon als Kind beobachtet. Die Erinnerungen durchfluteten sie, unwillkommen und gnadenlos. Sie hatte es immer Blutsicherheit genannt. Mama war blutsicher.

Lagalune nahm die Haarnadeln aus dem Mund, die sie zwischen den Zähnen festhielt, und durchbohrte damit ihren Haarknoten. »Du bist wahnsinnig stur, Juva. Das musst du von deinem Vater haben. Oder von Broddmar. Du treibst dich viel zu viel mit diesem zahnlosen Kerl rum, der immer was zusammenflunkert.« Ihr Blick glitt an Juvas Körper hinab. »Du hast ihn doch nicht etwa zwischen deine Schenkel gelassen, oder?«

Schluck den Köder nicht!

Juva spannte den Kiefer an. »Warum bin ich hier, Lagalune?«

Mutter setzte ihr tödlich beleidigtes Gesicht auf. »Juva, bist du nicht schon ein bisschen zu alt zum Schmollen? Mir ist klar, dass es einfacher ist, mir die Schuld für alles zu geben, was im Leben schiefläuft, aber aus dem Alter musst du endlich herauswachsen. Außerdem passiert auch mal etwas, wo es *nicht* um dich geht! Glaubst du, ich würde dich einladen, wenn es nicht wichtig wäre? Wir müssen über die Zukunft reden, ob dir das passt oder nicht!«

Einladen? Schmollen? Schuld geben?

Juva war jetzt schon erschöpft und sie beide hatten kaum ein Wort gewechselt. »Worum geht es? Gib mir die Papiere und ich unterschreibe! Solde kann alles haben, was sie will, das Haus und den Beruf. Sie kann mich sowieso nicht schnell genug loswerden.«

Lagalune nahm ein Gehänge aus schwarzen Perlen vom Nachttisch und befestigte es im Ohr. Sie baumelten an ihrem Hals herab.

»Solde ist zu …«, Mutter öffnete einen Spiegelschrank und musterte sich, während sie nach Worten suchte, »verantwortungslos.«

»Verantwortungslos? *Solde* ist zu verantwortungslos?« Juva hätte gelacht, wenn es nicht so traurig gewesen wäre.

»Du weißt, was ich meine! Sie ist … sadistisch.«

»Sadistisch?«

»Reg dich nicht auf, Juva, das steht dir nicht. Du weißt, was ich meine. Sie ist schadenfroh und unreif. Heilige Muune, das Mädchen war erst acht Jahre alt, als sie deine Katze erschlagen hat! Du warst immer ein aufgewecktes Mädchen, sag jetzt nicht, dass du das nicht so siehst!«

Juva fühlte sich verschlungen, gefangen, wieder einmal, in einem Drama, das rätselhafterweise konstruiert wurde, damit es sie anging. Und wieder einmal entglitt ihr die Wirklichkeit. War das passiert oder dachte sie sich das einfach nur aus?

»Welche Katze?«

Lagalune zog abermals an der Zigarre und schob die Brüste im Schnürmieder an Ort und Stelle. »Die Katze! Die gestreifte Läusekatze, die du ins Haus gebracht hast. Weißt du das nicht mehr?«

»Tatze? Du hast gesagt, eine Schneelawine vom Dach hätte sie erwischt!«

Lagalune wedelte abwehrend mit der Hand. »Das habe ich nie gesagt! Aber das ist egal. Ive hat dein Zimmer hergerichtet; du bleibst ein paar Tage, mindestens. Wir haben viel zu besprechen.«

Juva hielt sich am Türrahmen fest. War das ein geschmackloser Scherz? Eine Prüfung? So etwas wie Rache? Wie hatte sie in diesem Haus ihre ganze Kindheit und Jugend überlebt? Es konnte keine Rede davon sein, dass sie bleiben würde, der bloße Gedanke war unerträglich! Nach fast drei Jahren auf eigene Faust war schmerzlich klar, dass das hier kein normales Verhalten war. Das hier war Lagalune. So waren Blutleserinnen. Es war bedeutungslos, was tatsächlich wahr war und was nicht.

»Du siehst blass aus, Juva. Du nimmst Reißdorn, richtig? Vergiss nicht, was Doktor Emelstein gesagt hat; du musst auf deine Nerven achtgeben.«

Juva fand nicht die Kraft zu antworten. Sie zerdrückte ein paar ganze Reißdorn-Beeren in ihrer Tasche und kämpfte gegen das Gefühl an, dass die Welt um sie ins Wanken geraten war.

VERBANNT

Rugen zögerte an der Straße, die er für die Laugengasse hielt; denn in diesem Labyrinth von Stadt war das nicht leicht zu erkennen, und jetzt hatte es obendrein auch noch angefangen zu schneien. Feuchte Flocken klebten sich an seine Kapuze, und er schlich unter Brücken und Übergängen entlang, um nicht nass bis auf die Knochen zu werden.

Er beschirmte die Augen mit der Hand und blinzelte in die Gasse. Sie ging unter einem schmalen Haus weiter, das zwischen zwei anderen Gebäuden eingeklemmt hing. Mickrige Butze, aber doch, er war am richtigen Ort.

Das Fenster im ersten Stock war kaum mehr als eine Luke, dahinter flackerte aber Licht; wenn sie nicht umgezogen war, war sie also ganz klar zu Hause. Ebenso ganz klar würde es Krach geben, aber er hatte keine andere Wahl.

Außerdem hatten sie sich doch nicht gestritten, oder? Alles war irgendwie außer Kontrolle geraten, wie das in solchen Fällen nun einmal so geht. Da war der Brief, den sie geschrieben hatte, damals, auf den er nie geantwortet hatte; aber soweit er sich auskannte, konnte er verloren gegangen sein. Briefe kamen in Náklav immer mal wieder abhanden, besonders an solche wie ihn, der von einer Bleibe zur nächsten zog. Deshalb konnte sie unmöglich böse auf ihn sein. Außerdem war es total verrückt, zu erwarten, dass jemand auf vier Seiten mit Sachen antwortete, oder?

Ein neuer Stoß zog eiskalt durch seinen Mund. Seine Hand flog unwillkürlich zum Kiefer; er konnte aber nichts tun. Es fühlte sich an, als würde eine Nadel von der Lippe bis zur Nasenwurzel gebohrt. Er musste sich in Sicherheit bringen. Ein Zimmer finden, bei jemandem, der sich um ihn kümmerte, wenn alles zur Dränke ging.

Rugen betrat den Bogengang unter dem Haus und entdeckte die Tür. Er schob die Kapuze vom Kopf, fuhr sich durchs Haar und klopfte. Eine dicke Frau mit Nachthaube öffnete einen Spaltbreit. Sie versteckte etwas hinter dem Rücken, wahrscheinlich ein Messer. Das hier war nicht die beste Gegend in der Stadt, die Götter wussten, dass er was Besseres verdiente.

Er versuchte, den Eindruck zu erwecken, als würde er erwartet.

»Hallo, ich will nach oben. Ich bin ein guter Freund von Aletta.«

»Alette …«

»Alette. Das habe ich doch gesagt.«

Die Frau machte die Tür etwas weiter auf, blieb aber stehen, darum musste er sich an ihr vorbeizwängen. Entweder hoffte sie, sie könne das Messer in ihn rammen, oder sie hatte Lust auf einen Mann. Das war bei Frauen nie leicht zu sagen, er hatte oft das Gefühl, dass sie beides wollten.

Rugen kletterte die Treppenleiter hoch und blieb vor Alettes Tür stehen. Es hörte sich an, als würde sie dort drinnen herumfuhrwerken. Er übte sein Lächeln und klopfte an die Tür. Es wurde still. Dann hörte er ein vorsichtiges Hantieren am Schloss und begriff, dass sie versuchte zu sehen, wer draußen stand. Rugen beugte sich nach unten, drehte das Gesicht in den Schein der Wandlaterne und grinste ins Schlüsselloch. Die Tür wurde einen Spalt geöffnet.

»Was in Gaulas …« Alette steckte den Kopf nach draußen und schaute sich um, als hätte sie erwartet, dass noch andere bei ihm waren.

Ihre dunklen Locken waren schwer und ungewaschen. Sie war verschwitzt und sah insgesamt etwas krank aus.

»Hallo … Kann ich reinkommen?«

»Reinkommen? Du kannst abhauen, Rugen. Du bist der Letzte, für den ich jetzt Zeit habe.« Sie wollte die Tür schließen, doch er konnte gerade eben noch seinen Fuß in den Spalt stellen. »Habe ich was falsch gemacht? Bist du über was wütend?« Im Zweifelsfall stellte man sich am besten immer dumm.

»Rugen, ich ertrage es nicht, mit dir zu reden. Hau jetzt ab.«

Rugen suchte nach einer Erinnerung, die erklären konnte, warum sie so nachtragend war. Doch er war sich ganz sicher, dass der Abschied gar nicht so übel ausgefallen war. Egal, keine Frau war wie die andere, darum konnte man nie wissen. Hier musste er die höchste Karte ausspielen.

Er lehnte die Stirn an die Tür. »Entschuldigung?«

»Lass gut sein, Rugen, geh jetzt!« Sie donnerte die Tür gegen seinen Fuß, dass er fluchte.

Verdammtes Weibsstück, war ihr denn nicht klar, welche Überwindung es ihn gekostet hatte, herzukommen? Er würde diesen Scheiß nicht auf sich nehmen, wenn er nicht dazu gezwungen wäre!

»Alette, ich meine es ernst. Ich brauche Hilfe!«

»Nicht so viel wie ich.« Sie verschwand, und er hörte, dass sie die Tür losließ.

Rugen schlüpfte ins Zimmer. Es wirkte kleiner, als er es in Erinnerung hatte. Die Bank unter der Fensterluke füllte die gesamte Breite aus. Der schwarze Eisenofen war die einzige Kochmöglichkeit, und eine Leiter führte hoch zum Schlafboden, wo das Bett stand. Da war kaum Platz für sie beide, das wusste er aus Erfahrung. Aber es befand sich so dicht unter der Zimmerdecke, dass sie sich mit den Füßen dort abstemmen konnte, und das hatte er als eindeutigen Vorteil in Erinnerung.

Er lächelte, aber sie schaute ihn nicht an. Die Schranktür stand offen, und sie war dabei, Kleider in einen abgenutzten Koffer zu packen, der aussah, als hätte jemand die Ecken angeknabbert. Hier ging es offensichtlich um etwas anderes als ihn. Er war erleichtert und ein bisschen enttäuscht.

»Was ist los?«

»Das geht dich nichts mehr an. Sag, was du zu sagen hast, und verzieh dich.« Sie ging zur Fensterluke, guckte auf die Straße hinunter und zog ein Handtuch vor, das als Gardine seine Aufgabe erfüllte.

»Alette …« Rugen hielt sie am Arm fest, aber sie riss sich los.

»Ich habe nichts, womit ich dir helfen kann, Rugen. Kein Geld, keine Blutperlen, nichts. Du bist an der falschen Stelle, verstehst du?«

Beinahe hätte er gesagt, dass sie ein warmes Bett zu vergeben hatte, falls sie verreisen wollte; aber das würde jetzt nichts bringen. Er musste es ruhig angehen lassen, wenn er das hier zu einem glücklichen Abschluss bringen wollte. Außerdem log sie. Ihre Tasche hing offen am Haken und der kleine Geldbeutel darin sah nicht leer aus.

»Wo willst du hin?«

»Irgendwohin.« Sie stopfte ein Wollhemd in den Koffer, als würde sie es hassen.

»Kannst du kurz mal aufhören?«

Sie hielt inne und sah ihn an. Sie hatte keine Schminke aufgelegt, dabei hatte sie sonst immer ganz tief in die Tiegel gelangt. Das Kleid war in der Taille nicht geschnürt. Sie war müde und ungekämmt. Die schon geschwollenen Augen wurden feucht.

»Nein, ich kann nicht aufhören, Rugen! Ich bin fertig! Ich bin tot!«

Er ging zu ihr und zog sie an sich. In seinen Armen wurde sie weich und brach in Tränen aus.

»Du wirst nicht sterben, Alette. Hör auf.« Er streichelte ihr übers Haar, bohrte seine Finger hinein und spürte, dass er härter wurde.

Sie spannte sich wieder an und schob ihn weg. »Du weißt einen Scheiß, Rugen!« Sie fletschte die Zähne vor ihm wie ein Tier.

Kurz glaubte er, sie sei verrückt geworden, doch dann fiel ihm der Eckzahn auf. Der war scharf. Etwas kürzer und blasser als die anderen Zähne. Neu. Nicht ausgewachsen.

Rugen zuckte zurück. »Was zur Wolfsfotze?!«

Alette knallte den Koffer zu, aber er war zu voll. Sie drückte mit den Händen den Deckel nach unten, mehrere Male, wobei sie schluchzte. Ihm war schlecht. Er war auf vieles gefasst gewesen, aber nicht auf das hier.

»Wie … Du hast doch nie viel genommen?«

»Viel? Ich habe nichts genommen, bevor du aufgetaucht bist!«

Rugen unterdrückte einen Stich von schlechtem Gewissen. Ihm fehlte zum Henker die nötige Kraft, um für jemanden den Sündenbock zu spielen. Nicht jetzt. Er ging auf und ab, die paar Schritte, für die Platz war. Das würde nicht passieren. Die Wahrscheinlichkeit ging gegen null! Die Wolfsseuche war eine leere Drohung, etwas, das man zu Rotzgören sagte, um sie vom Blut fernzuhalten. Es traf wenige, und nur die, die nicht in der Lage waren, sich zu beschränken, soweit er wusste. Und jetzt waren sie zwei in einem Zimmer. Was zum Henker lief hier ab?

Er fuhr mit der Zunge die Zähne entlang, erleichtert darüber, dass er noch seine eigenen Eckzähne hatte. Ihm blieb noch mehr Zeit als Alette. Es sei denn, er wurde schon langsam verrückt und nichts von alldem hier passierte in Wirklichkeit …

Bei dem bloßen Gedanken überlief es ihn kalt.

Er zog sie wieder an sich, wie um sich zu vergewissern, dass sie echt war. »Verdammt, Alette. Ich weiß nicht, was ich machen soll.«

»Nee, das hast du ja noch nie gewusst, Rugen.« Sie klang trotzig, blieb aber bei ihm stehen.

»Hast du mehr genommen als früher?«, fragte er und wusste, dass er eher seinet- als ihretwegen nach Antworten suchte.

»Nein. Und nein, ich habe nichts von Unbekannten gekauft. Das haben auch die anderen nicht, von denen ich gehört habe.«

»Welche anderen?«

Sie schaute zu ihm hoch. »Andere Wolfskranke. Rugen, sie überprüfen an den Toren wieder Leute, wie tief im Blutnebel hast du gesteckt?«

Er hatte davon gehört. Aber die Leute redeten immer viel, wenn der Tag lang war. Und nie über etwas, das ihn anging.

»Ich dachte, die Wolfsseuche wäre … Ich weiß nicht, etwas, was man erfunden hat, eine Ausrede, um Aufwiegler oder Gesetzlose zu jagen. Arme Leute. Unerlaubt Reisende. Ich dachte …«

Sie zog die Oberlippe hoch, entblößte den Reißzahn, der an der Wurzel blutete. »Sieht das aus wie Politik?«

Er schaute angewidert weg. »Was hast du jetzt vor?«

»Was meinst du wohl? Ich will weg von hier, bevor mir der rote Jäger im Nacken sitzt und mich ausbluten lässt!«

Ihre Angst war so roh und nackt wie seine eigene. Ein erschreckendes Spiegelbild. Er überlegte, ihr zu erzählen, dass er sich in der gleichen Situation befand. Das würde sie bestimmt trösten, doch das Risiko war zu groß. Was, wenn sie nicht in der Lage war, den Mund zu halten? Oder würden sie zusammenhalten? Würde er gezwungen sein, bei ihr zu bleiben, bis sie ein wildes Untier wurde? Nein, zum Henker. Alette hatte nie so einen starken Willen gehabt wie er, sie war verloren. Er konnte nicht mit ihr untergehen.

Er brauchte nur einen Schlafplatz, dann konnte er morgen nach einer Lösung suchen.

Er ergriff ihre Hand, zog sie wieder an sich. »Das wird schon, Alette. Hab keine Angst! Ich bleibe heute Nacht bei dir und wohne einfach hier, während du weg bist. Passe auf deine Sachen auf, bis du zurückkommst. Das findet sich.«

Alette riss sich los und fing an, ihn zur Tür zu schubsen. Er wehrte sich so lange, bis er die Hand in die Tasche an der Wand stecken konnte, ohne dass sie es mitbekam. Er verstaute den Geldbeutel in seiner Hosentasche. Dann ergab er sich und ließ sich von ihr nach draußen schieben. Das tat sie mit mehr Kraft, als er für möglich gehalten hätte. Beinahe wäre er die Treppenleiter hinuntergefallen.

»Fahr zur Dränke, Rugen!«

Die Tür schlug zu. Er blieb stehen und starrte sie an. Die Tür sah so endgültig und stabil aus, verstärkt dadurch, dass sie die letzte in einer langen Reihe von verschlossenen Türen war, vor denen er in seinem Leben gestanden hatte. War die Welt schon immer so gewesen, dass Leute nur an sich dachten?

Rugen schlenderte die Treppe nach unten und trat widerwillig abermals hinaus ins Schneewetter. Er schaute in Alettes Geldbeutel und fand drei armselige Runen. Ein anständiges Fest, mehr nicht. Das Bitterste war, zu wissen, dass in dieser Stadt massenhaft Geld steckte, bloß nicht in seinen Taschen. Wo konnte er sich ein bisschen von dem Überfluss beschaffen?

Bei Nafraím …

Wenn es so etwas wie Vardari gab, dann war er einer von ihnen. Rugen gruselte es. Der Gedanke an sie hatte ihm noch nie gefallen. Gaula mochte wissen, was wahr und was erfunden war, aber eins war sicher: Nicht der Handel allein führte Leute aus allen Ecken und Enden der Welt nach Náklav. Es waren auch die Gerüchte über etwas Unheimliches, das in den Schatten lebte, über Leute, die nie älter wurden. Aber wie viele von denen, die herkamen, glaubten eigentlich, dass es sie gab, die Ewigwährenden?

Und wie viele von denen, die an sie glaubten, kamen in der Hoffnung, so zu werden wie sie?

Warum sollte sich jemand wünschen, in diesem Jammertal einen Tag länger zu leben als nötig?

Wer hatte das gesagt? Jemand, mit dem er getrunken hatte … Doch, der Wachmann, der rausgeflogen war. Alle wussten es, hatte er gesagt, dass die übelsten Gesetzlosen unter einer Decke steckten. Man konnte ein armes Schwein hopsnehmen, das Wolfsblut in einer Schenke verkaufte, und man konnte seinen Chef hopsnehmen oder den Chef vom Chef, aber früher oder später würde jemand dem ein Ende machen. Irgendwo ganz oben an der Spitze gab es Leute, die man nie hörte oder sah oder anrührte. Leute, denen man nicht zu nahe auf den Pelz rückte, ohne dass es sich rächte. Er hatte Glück gehabt, der Wachmann, weil er nur rausgeflogen und nicht in der Dränke gelandet war. Danach hatte er sich auf den Schoß gekotzt.

Rugen hatten in der Nacht damals Gedanken gequält. Er hatte für Nafraím einen Auftrag zu erledigen gehabt und hatte es vor über einem Jahr versaut. Hatte er Glück gehabt, dass er nicht hingerichtet worden war, oder war das nur eine Frage der Zeit? Hatte er sein Todesurteil unterschrieben, weil er abgehauen war, ohne einzugestehen, dass er sich danebenbenommen hatte? Nafraím war ein mächtiger Mann, und wenn er einer von *denen* war …

Rugen blickte sich um, sich mit einem Mal im Klaren darüber, wie allein er war. Es schneite mittlerweile tatsächlich stark und lang anhaltend. Er fand Windschutz bei einer Treppe unter einem schmalen Bogengang. Die Kälte kroch in seine Knochen, er hatte nasse Füße bekommen und die Zahnschmerzen waren nicht mehr auszuhalten.

Würde es so zu Ende gehen? Würde er erfrieren und an die Steine verfüttert werden? Würde sein Blut mit dem Blut von Wölfen und einfachen Gesetzlosen vermischt werden und in der Rinne unter dem Náklaring fließen, sodass andere reisen und das Leben genießen konnten?

Rugen lehnte die Stirn an die Wand, schlug mit der Hand gegen die Steinmauer und stöhnte. Das hier war nicht er. Er war kein finanzschwacher Fetzenschädel von den Flößen. Kein Flegel und Faulenzer. Er wusste ein Fest zu schätzen, bekotzte sich aber nicht selbst. Er fürchtete sich nicht vor mächtigen Männern, er müsste einer *sein*. Er gehörte nicht auf die Straße, er gehörte zu denen, die alles hatten.

Er war auch kein Blutsklave, er nahm nur sehr wenig. Und selten. Er nahm Blutperlen wegen des Genusses. Weil es ein schönes Gefühl war, und nie so viel, um die Wolfsseuche zu riskieren. Er gehörte nicht zu den Schwachköpfen, die glaubten, Wolfsblut würde ihm ewiges Leben schenken. Das war nie sein Ziel gewesen.

Aber er hatte vorher auch noch nie im Sterben gelegen.

DER ZEUGE

»Weißt du, wie Leute aus Fimle die Náklaborg nennen?«

Die Königin streckte die Hand nach der Teekanne aus. Dies veranlasste einen Diener an der Tür sofort, sich in Bewegung zu setzen, doch sie hielt ihn mit einem diskreten Wink auf und schenkte in beide Tassen auf dem Tisch ein. Nafraím deutete es als beunruhigendes Zeichen, dass sie eine vertrauliche Unterredung wünschte.

»Sie nennen sie das hässlichste Schloss der Welt!« Sie deutete mit der Hand um sich, um die Widersinnigkeit der Behauptung zu unterstreichen.

Nafraím brachte es nicht übers Herz, ihr zu sagen, dass *alle* sie das hässlichste Schloss der Welt nannten, auch hier in Náklav.

»Sie haben sie doch nur von außen gesehen, Euer Hoheit.«

Sie blickte sich mit einer Unzufriedenheit um, die dem Raum nicht gerecht wurde. Zwar war er für die Verhältnisse auf der Náklaborg persönlich, aber dennoch prächtig in Blau ausgeführt. Eine meerblaue Deckenvertäfelung ruhte auf blassblauen Balken, die in der Mitte zusammenliefen. Es mutete an, als säße man unter einer blauen Glockenblume gefangen.

Nafraím rutschte unruhig hin und her. Vom Knistern im Kamin hatte er das unangenehme Gefühl, als würde der Raum hinter seinem Rücken brennen.

»Wer hat Euch das erzählt, Euer Hoheit?«

»König Margen. Ich bin kürzlich aus Skaug zurückgekehrt.«

»Die Skauglinge sagen genau das Gleiche, aber das hat König Margen wohl unterlassen zu erwähnen?«

Sie lächelte. »Du meinst also, mit uns ist es schon so weit gekommen, dass man in politischen Ränkespielen Architektur bemüht?«

»Euer Hoheit, Thervia ist vor dreihundert Jahren wegen eines Schmuckkissens unabhängig geworden.«

Die Königin brach in ansteckendes Lachen aus. Sie war eine warmherzige Frau. Weich auf eine Weise, dass sie nicht zu knacken war. Nafraím hatte über Jahrhunderte Regenten und Regentinnen kommen und gehen sehen und ertappte sich bei der inständigen Hoffnung, dass Königin Drøfn noch lange auf dem Thron bleiben möge. Doch dafür war es erforderlich, dass er Abstand hielt, natürlich, und diese Aufgabe machte es schwieriger mit der Königin, als er zugeben mochte.

»Das Schlimmste ist, dass er mich in Bedrängnis bringt«, sagte sie erschöpft. »Wenn ich renoviere, wird er glauben, ich täte es seinetwegen, weil er mich beleidigt hätte, nicht wahr? Darum kann ich jetzt an diesem schwarzen Koloss nichts machen!«

»Ihr könntet ihn zu einer Besichtigung einladen, Euer Hoheit. Ihm diesen ›schwarzen Koloss‹ zeigen und ihm erklären, dass ein Volk ein wenig anders ist als seine Geschichte, und hier kann sie an jedem Stein abgelesen werden.«

Drøfn verzog die Lippen zu einem lustlosen Lächeln. »Ich glaube, ich muss selbst erst diese Besichtigung machen.«

Nafraím überraschte sich selbst mit einem Lächeln. »Die Bescheidenheit steht Euch, Euer Hoheit, aber dieses Gewimmel aus Klötzen ist über Jahrtausende alles gewesen, vom Feuerturm bis zur Festung. Niemand kann die ganze Geschichte kennen.«

»Niemand außer dir, meinst du?«

Die Königin trank einen Schluck Tee und musterte ihn über den Rand ihrer Tasse. Nafraím verfluchte sich, dass er sie so leicht auf die falsche Fährte gelockt hatte. Die Frage, wie alt er eigentlich war, lauerte gleich um die Ecke, und wenn sie gestellt wurde, war meistens nur noch wenig Zeit, bis Veränderungen vorgenommen werden mussten. Neue Rolle, neue Geschichte, neue Bestechungen. Im schlimmsten Fall kostete es auch Leben. Die Welt war nicht mehr wie früher; jetzt gab es kaum etwas, das nicht niedergeschrieben wurde. Sich selbst zu beerben war immer eine einfache Angelegenheit gewesen. Jetzt war es ein ermüdender und riskanter Vorgang. Er musste Drøfn in die Richtung drehen, in die sie eigentlich wollte.

»Ich habe viele Bücher geerbt, Euer Hoheit. Aber ich weiß mehr über die Krankheit als über Náklavs Geschichte. Ich gehe davon aus, das ist der Grund meines Hierseins?«

Die Königin stellte die Tasse ab und schaute ihn an. »Klemens vertraut dir nicht, das weißt du?«

»Er ist ein kluger Mann.«

»Willst du damit sagen, er hat recht?«

»Ich will damit sagen, wenn sich die obersten Befehlshaber der Ringgarde auf andere verließen, handelten sie unklug.«

Drøfn lachte in sich hinein. »Er hat neulich das Gleiche gesagt. Aber er sagt auch, dass du ein ausgezeichneter Wissenschaftler bist und dass wir dir dankbar sein können, dass die Tore noch ihren Zweck erfüllen.«

»Er ist zu großzügig, Euer Hoheit.«

»Er sagt auch, dass ihr die Krankheit unter Kontrolle habt. Habt ihr sie unter Kontrolle, Nafraím?«

»Das wäre dann ein Wunder, Euer Hoheit. Die Wolfsseuche hat viele Namen in vielen Ländern und hat die Menschheit schon zu allen Zeiten geplagt. Uns bleibt nichts anderes übrig, als mit ihr zu leben.«

»Wir können mit drei Fällen im Jahr leben, aber mit drei Fällen im Monat? Bedenke, welche weiten Kreise das zieht! Die Wolfskranken, die armen Opfer von bestialischen Überfällen, die Hinterbliebenen … Was kann ich Sinnvolles sagen, wenn der Reichsrat zusammentritt? Dass uns nichts anderes übrig bleibt, als damit zu leben?« Die Königin zog ihren schweren Rock zurecht, der genauso blau war wie der Raum. »Ich hatte gehofft, du würdest mir eine bessere Antwort geben als Klemens.«

Nafraím trank einen Schluck Tee, wobei er seine Worte abwog. »Klemens hat recht. So weit wie möglich hat die Ringgarde sie unter Kontrolle. Es handelt sich nicht um die Pest. Menschen haben sich untereinander nie angesteckt, obwohl die Leute das leicht vergessen, wenn wir diese Art von … Häufung erleben. Klemens ist ein Mann der Tat, er sagt, wie es ist, nicht, wie ein Politiker es ausgedrückt hätte. Wenn Ihr mich fragt, was Ihr dem Reichsrat sagen sollt, dann ist das eine ganz andere Angelegenheit.«

»Nun?«

»Euer Hoheit, ich würde sagen, die letzten Fälle stammen offenbar aus ein und demselben Vorrat, der auf Abwege geraten ist. Es ist nicht auszuschließen, dass Wilderer auf eigene Faust einen Wolf gefangen haben oder dass untreue Diener Blutflaschen aus der Lieferung gestohlen haben. Es kann sogar aus anderen Ländern zu uns geschmuggelt worden sein, trotz Bewachung. Es gibt viele Möglichkeiten. Höchstwahrscheinlich ist das Blut schon längst verkauft und verbraucht, darum haben wir also die schlimmsten schädlichen Auswirkungen schon gesehen. Wenn sich die geachteten Männer und Frauen des Reichsrates dennoch Sorgen machen, könntet Ihr doch vorschlagen, die Wölfe auszurotten.«

»Die Wölfe ausrotten? Bist du wahnsinnig, ich soll eine Maßnahme vorschlagen, die die Steintore töten würde? Das würde den wirtschaftlichen und politischen Ruin bedeuten, für ganz Draumheim!«

Nafraím lächelte. »Genau, Euer Hoheit.«

Das Verstehen klärte ihren Blick. »Ah, der Reichsrat würde genauso reagieren wie ich. Und gezwungen sein zuzugeben, dass die Nebenwirkungen vom Wolfsblut etwas sind …«

»Womit wir leben müssen, richtig, Euer Hoheit. Das bedeutet selbstverständlich nicht, dass wir nicht unser Äußerstes tun, um die Löcher zu stopfen. Die Ringgarde nimmt es nicht auf die leichte Schulter, dass Blut auf Abwege gerät, und sie haben gerade begonnen, den Strafrahmen zu besprechen für … Euer Hoheit?«

Die Aufmerksamkeit der Königin wurde ihm von einem Jungen gestohlen, der ins Zimmer gelaufen kam. Er hatte große Augen und trug von oben bis unten einen Winterpelz wie ein flauschiges Robbenbaby.

»Mama! Du musst gucken kommen! Das Ding im Ring bewegt sich!« Der Sohn zog die Königin auf die Füße.

»Was redest du da, Eljas?«

»Im Náklaring! Das Eisenkreuz zwischen den Steinen ist lebendig geworden! Gerade eben!« Der Blick des Prinzen huschte zwischen ihnen hin und her, während er nach Worten suchte.

Der Bruder der Königin und dessen Frau kamen ebenfalls herbeigeeilt, mit dem halben Hof an den Hacken, genauso aufgeregt.

Nafraím erhob sich vorsichtig, damit niemand sah, wie wackelig er sich plötzlich fühlte.

Eine Kammerzofe half der Königin in den weißen Winterumhang, während sie erklärte: »Er meint den Zeugen, Euer Hoheit. Den alten, kupfergrünen Turm in der Mitte des Steinkreises. Sie sagen, er ist zum Leben erwacht! Die Schlitten kommen sofort, Euer Hoheit.«

Die Königin lächelte Nafraím zu. »Du großer … Das muss das größte Missverständnis des Jahres sein, meinst du nicht auch? Komm mit nachschauen, Nafraím!«

Nafraím versuchte zu lächeln.

Sie hat recht. Das ist ein Missverständnis. Etwas anderes kann es nicht sein.

Er folgte ihnen auf den Schlossplatz, wo es vor Leben nur so wimmelte. Hofstaat, Dienerschaft, Kinder, Pferde und Hunde in einem einzigen Durcheinander, bereit, auf die Godebrücke zu ziehen. Mit Recht konnte man Náklaborg ein hässliches Schloss nennen, doch die Godebrücke war eins der Wunderwerke dieser Welt. Ein breiter Kanal, oben auf die alten Mauern gebaut, die sich um die ganze Königskuppe zogen. Er war mit Wasser gefüllt und fast das ganze Jahr zugefroren. Vom Schlossplatz schlängelte er sich ostwärts bis zur Zunge, schillernd wie das Nordlicht, hoch erhoben über der Stadt auf riesigen Pfeilern, die weiter unten zwischen den Häusern verschwanden.

Die Dienerschaft half den Königlichen beim Einsteigen in die Schlitten. Die Pferde stampften mit ihren mit Nageleisen beschlagenen Hufen auf dem Eis und schnaubten Frost. Nafraím fühlte sich so fremd wie schon lange nicht mehr. Das hier war für sie nichts weiter als eine spannende Neuigkeit. Für ihn war es der Weltuntergang.

»Komm mit, Nafraím! Wir wollen ganz rauf zur Spitze, dort haben wir Aussicht auf den Ring.«

»Mein ergebenster Dank, Euer Hoheit, aber …«

Die Königin winkte mit der Hand. »Ach, natürlich. Du musst selbstverständlich nach unten und es dir mit eigenen Augen ansehen. Sag Klemens, dass ich auf den Bericht gespannt bin; wir sehen uns später.«

Die Schlitten setzten sich in Bewegung und pflügten durch ein Gestöber aus Neuschnee davon.

Nein, Euer Hoheit. Wir haben uns schon zu viel gesehen.

Nafraím hastete durch das Tor und die nächste der vielen Treppen hinab, die von der alten Mauer nach unten führten. Er wäre mehrmals fast ausgerutscht, wurde aber vom bloßen Grauen vorwärtsgetrieben, obwohl er wusste, dass er nichts dafür oder dagegen tun konnte, wenn es sich als wahr erweisen würde.

Selbstverständlich stimmt es. Habe ich es nicht schon lange gewusst?

Er hatte es seit mehreren Jahren gewusst, ganz tief in seinem Inneren, hatte es gefühlt durch die Rastlosigkeit, die er mit Arbeit zu betäuben versucht hatte; hatte den einen oder anderen Spielstein verschoben, nur für den Fall …

Er manövrierte durch die Menschenmassen, die die Neuigkeit noch nicht erfahren hatten. Sie bewegten sich, als hätten sie alle Zeit der Welt. Die Schellen klimperten an den Ladentüren, wo Besucher nach den ungewöhnlichsten Einzelstücken stöberten, um sie zu Hause vorzuführen, vollkommen unwissend, dass nichts mehr bleiben würde, wie es war.

Die Mauer um den Náklaring ragte am Ende der Straße hoch auf, und dort hatte sich die Neuigkeit verbreitet. Leute strömten vor den Toren zusammen, wo die Wachen standhielten. Dann hatten sie also zugesperrt, während sie Untersuchungen vornahmen. Wahrscheinlich waren die obersten Wissenden bereits dort drinnen. Historikerinnen, Wissenschaftler, Mechanikerinnen, alle Gelehrten, die noch keuchen und krauchen konnten. Ein Mann, der ohne Mütze und Fäustlinge unterwegs war, zeigte entrüstet zur Høgskola, als er mit den Torwächtern stritt, die ihn am Ende durchließen. Der Volksmenge entfuhr ein kollektives Stöhnen des Missfallens.

Nafraím musste sich einen anderen Weg suchen. Er nahm die Straße um die riesige Ringmauer. Um die Mauer zu sehen, musste man den Blick heben, weil sich die teuersten Geschäfte der Stadt daran festgeheftet hatten. So war es nicht immer gewesen, und lange hatte er die Veränderung gebremst, aber im Lauf der Zeit hatten sich die Vorteile gezeigt. Niemand sah eine Tür in einer Stadt voller Türen.

Nafraím blieb vor der Eingangstür stehen, vor einer einfachen Eichentür zwischen zwei Läden, die antike Karten, Muscheln, versteinerte Eier und erschütternde Objekte in Glasbehältern verkauften. Die Eichentür sah so aus, als hätte sie zu einem von beiden gehören können, doch sie gehörte niemandem.

Er tastete nach den Schlüsseln und schloss auf. Der Raum dahinter war ein schmaler Schlauch, der geradewegs zu einer Eisentür in der Ringmauer führte. Sie schrie in den Scharnieren, wie um wehleidig zu klagen, dass sie lange niemand mehr benutzt hatte. Innerhalb der Mauer war es kühler und so düster, wie es für ihn werden konnte. Ganz pechschwarz blieb es nie länger, immer gab es Abstufungen von Grau.

Er erreichte die Treppe und machte sich ans Hochsteigen. Die Geräusche der aufgeregten Menschen klangen dumpf durch die dicke Mauer. Die Unruhe nahm mit jeder Stufe zu. Er blieb erst stehen, bis er ganz oben angekommen war und wieder nach draußen aufschließen konnte, zum schmalen Balkon auf der Innenseite der Mauer. Gleich unter der Holzkuppel.

Er trat ans Geländer und blickte zum Náklaring.

Es stimmt.

Auf dem runden Platz unter ihm brodelte es. Hier hatte sich einmal ein Ort des Friedens befunden, der so heilig war, wie etwas in Draumheim nur sein konnte, doch jetzt war er ein Ort des Handels. Zu ebener Erde waren unter das Vordach Geschäfte eingebaut worden, obwohl es keinen teureren Ort zum Handeltreiben gab. Die dort arbeiteten, waren zum Gucken aus den Läden und Teestuben gelaufen. Sie strömten um den Steinkreis in der Mitte zusammen. Sechzehn hohe Denkmäler aus massivem, schwarzem Stein.

Sie waren paarweise aufgestellt. Acht Paare. Acht Tore. Náklavs pulsierendes Herz.

Keine andere Stadt besaß mehr Steintore oder ihretwegen größeren Wohlstand. Sie waren die Quelle der Macht, des Geldes, der Wissenschaft und der Diplomatie. Nafraím hatte mehr als siebenhundert Jahre der Entwicklung miterlebt und wusste, welche grundlegende Bedeutung sie hatten.

Er war immer wieder aufs Neue überrascht, für wie selbstverständlich die Leute sie hielten, obwohl sich eigentlich niemand mit ihnen auskannte. Die wissenschaftlichen wie religiösen Erklärungen waren rar gesät und sehr dürftig; aber die Tore wurden nicht mehr wie ein Wunder wahrgenommen. Bei versteinerten Vogeleiern und Weingläsern aus schimmernden Käferpanzern blieb ihnen der Mund offen stehen. Kästen, in die man Geld einwerfen konnte, um von einer mechanischen Puppe ein Schicksal zugeteilt zu bekommen, waren offensichtlich ein größeres Rätsel, als innerhalb nur eines Wimpernschlages zwischen den Weltstädten zu reisen.

Doch jetzt wunderten sie sich.

Sie rangelten um einen Platz mit der besten Sicht, während die Ringgarde sie zurückdrängte. Nafraím konnte das ganze Wunder von oben bestaunen. Mitten im Steinkreis stand das, was die Leute für ein dekoratives Stück Altertum gehalten hatten, für eine antike Säule, alt wie die Sünde. Offiziell hieß sie der Zeuge, doch sie hatte viele Namen. Wegweiser, Wolfswände, Votna-Turm, Teufelskreuz …

Trotz all der Namen war sich da unten niemand des Sinns und Zwecks sicher. Sicher waren sie sich nur, dass sie bis in alle Ewigkeit dort stehen würde, ebenso unveränderlich wie die Steine um sie herum. Bis heute.

Nafraím stützte sich aufs Geländer, sich schmerzlich im Klaren, dass er der Einzige war, der das Ende aller Dinge in jeder Bewegung erkennen konnte.

Von hier oben glich die Säule der Klinge eines dreischneidigen Schwertes, in den Boden gerammt. Drei gewaltige Wände, die sich in der Mitte trafen. Das Eisenkreuz, wie es der junge Prinz genannt hatte. Es war nicht aus Eisen, es war aus Kupfer. Durch den Grünspan von Jahrhunderten sah es aus, als würde es leuchten, in der gespenstischen, blaugrünen Farbe, die für Náklav so typisch war.

Drei Tiere thronten oben, ganz außen auf jeder Wand: ein Rabe, ein Wolf und ein Hirsch. Sie standen mit gebeugtem Nacken da, als würden sie auf die Menschen herabblicken, die sich um sie scharten.

Die Wände waren über drei Mann hoch und ähnelten dem Innenleben einer Uhr, einem riesigen mechanischen Wunderwerk. Scheiben, Ringe und Zahnräder, und in der einen Wand drehten sie sich jetzt in unterschiedliche Richtungen in unterschiedlicher Geschwindigkeit, dem Anschein nach aus eigener Kraft. Raue Kanten schrien, als Jahrhunderte von Grünspan abgeschabt wurden.

Und wie den Aufmerksamsten dort unten aufgefallen war: Dem Raben fehlte im Schnabel eine Kugel. Groß wie ein Kopf, doch ein Kopf wäre weniger beunruhigend gewesen. Die Kugel war in die Rille auf der Innenseite der Wände gefallen und hatte den Mechanismus ausgelöst, wie die Gelehrten beizeiten entdecken würden.

Nafraím verspürte eine gewisse Erleichterung, dass die Kugel aus dem Schnabel des Raben stammte. Dem Wolf und dem Hirsch klemmten ihre grün angelaufenen Kupferkugeln nach wie vor fest im Maul.

Dann gibt es noch Hoffnung.

Fachleute rannten zum Messen und Skizzieren umher und stritten sich über das, was sie sahen. Einige studierten die Zeichen, die in die Scheiben eingraviert waren. Mondphasen, Jahreszeiten, Sternbilder, Tage und Götter, alles auf Núr. Das war eine ausgestorbene Runensprache, aber darüber würde man sich noch bald einig werden, sie hatten schließlich Bücher, die sie zurate ziehen konnten. Sie waren gut gekleidet, darauf vorbereitet, so lange durchzuhalten, wie der Stadtrat willens war, die verlorenen Einnahmen durch die Reisenden hinzunehmen. Von hier oben sahen sie aus wie Hasen. Wie einfache Beutetiere, die unten um die viel größeren Tiere auf der Spitze des Zeugen herumwuselten.

Die Kaufleute auf dem Platz wurden langsam ungehalten. Sie redeten mit den Wächtern der Tore, wahrscheinlich darüber, wie lange sie geschlossen bleiben würden. Wohl kaum lange. Es gab nicht viel, was den Náklavingern weniger missfiel, als ihr Geld zu verlieren; darum ging Nafraím davon aus, dass sie die Steintore in ein paar Stunden wieder öffnen würden.

Es war nicht immer so leicht gewesen, sie zu öffnen. Früher einmal bedurfte es primitiver Rituale, bei denen ein Wolf geschlachtet wurde, um mit dessen Blut die Steine rot zu bemalen. Nur blutende Steine würden Leute durchlassen, so glaubte man damals. Jetzt lagen Röhren unter dem Boden, die das Blut bis zu den Steinsockeln führten, vor den Blicken empfindlicher Besucher unter dekorativen Gittern verborgen, wie über irgendeiner Kloake. Die Tore wurden jeden Morgen geöffnet und jeden Abend wieder geschlossen mithilfe eines so einfachen Instruments wie einem Hahn im Amtszimmer der Ringgarde.

Die Welt war früher anders gewesen. Aber ganz bereit unterzugehen war sie zum Glück nicht.

Nafraím wusste, dass es für ihn auch weiterhin noch viel zu tun gab. Er musste sich Lagalune wieder nähern. Die Blutleserinnen konnten nicht länger die Kontrolle für sich allein beanspruchen, das war nicht sicher. Er holte tief Luft, erinnerte sich, dass es hätte schlimmer kommen können, und ging zur Tür. Er hörte einen Aufprall. Dann noch einen Aufprall. Das Knirschen von erwachenden Zahnrädern, begleitet von lauten Rufen. Er ging zurück ans Geländer und starrte nach unten.

Alle drei Wände im Zeugen waren in Bewegung.

Drei Kugeln fehlten. Der Rabe, der Wolf und der Hirsch standen mit leeren Mäulern da. Der Anblick fraß sich in sein Herz und brachte es zum Rasen. Den Tieren standen die Mäuler offen.

So offen wie vor Schock über alles, was er getan hatte. Sie tadelten ihn. Die Natur tadelte ihn, zerrte Erinnerungen an uralte Sünden ans Licht, so klar und deutlich, als hätte er sie erst gestern begangen.

Nafraím blickte zur Holzkuppel hoch. Sie hatte in der Mitte ein Auge, ein Loch zum Himmel. Schneeflocken verirrten sich hindurch und tanzten um den Zeugen. Sein Arm begann zu schmerzen wie die Glieder eines alten Mannes. Chaos herrschte unten auf dem Platz. Niemand dort hatte jemals gesehen, dass sich die Wände bewegt hätten. Nur er. Er war dort gewesen, als sie angehalten hatten, vor über sechshundert Jahren. Er hatte früher schon einmal gesehen, wie sich diese Scheiben gedreht hatten. Immer langsamer, bis sie vollständig zum Stillstand gekommen waren. Winter waren gekommen und vergangen, und am Ende geriet in Vergessenheit, dass sie sich jemals bewegt hatten.

Die Gabe ist wieder da.

Er hatte es geahnt. Es gefühlt. Hatte schon vor langer Zeit den grünen, sprießenden Beweis gesehen. Und nun war es für alle ersichtlich. Für alle, die davon wussten und überhaupt davon gehört hatten. Niemand von den Sterblichen da unten auf dem Platz, so viel war sicher. Aber die Ewigwährenden … Die wussten es. Spekulationen und Panik würden kommen. Anklagen. Konflikte.

Krieg.

Nafraím konnte Krieg nicht ausstehen. Es war eine unerträgliche Lösung unter Menschen, und noch schlimmer unter Vardari. Ganz zu schweigen von Wolfskranken; die Götter mochten wissen, was das hier für die Blutschlürfer bedeuten würde. Die Worte der Königin kamen ihm wie ein Wispern in den Sinn.

Habt ihr es unter Kontrolle, Nafraím?

Er hatte sie belogen.

Nafraím ging zurück in die Mauer, schloss die Eisentür hinter sich und lehnte sich dagegen. Sie war kalt am Rücken, biss durch den Mantel, durch die Haut. Mit geschlossenen Augen blieb er im Dunkeln stehen. Es roch moderig. Nach Tod.

Seine Zeit war abgelaufen.

Viele von den Ewigwährenden wussten Zeit nicht zu schätzen, doch er hatte sie immer gemessen. Es immer als Geschenk verstanden, dass sie ihm unbegrenzt zur Verfügung stand. Gerade weil er es hasste, unter Zeitdruck zu stehen. Es hasste, schnell zu handeln. Schnell war oft unklug, doch bald würden sich die Vardari versammeln und Fragen stellen. Die Uneinigkeiten würden sie spalten. Er musste herausfinden, wo er stand, was zu opfern er bereit war, *wen* zu opfern er bereit war.

Ein kaltes Kribbeln keimte in seiner Brust, als ob er bald krank würde. Er brauchte eine Weile, um das Gefühl als Furcht wiederzuerkennen. Roh und erdrückend. Alles verschlingend. Ganz genau so, wie er sie in Erinnerung hatte.

DER EWIGWÄHRENDE

Der Stuhl wurde nicht gemütlicher, ganz gleich wie sehr Juva hin und her rutschte. Die anderen Gäste machten nicht den Eindruck, als ginge es ihnen genauso, gehörten aber auch zu den Leuten, die in Teestuben herumhingen. Gut angezogen steckten sie die Köpfe zusammen. Sie lachten viel und strahlten eine Sorglosigkeit aus, wie Juva sie noch nie empfunden hatte, so weit sie sich zurückerinnern konnte.

Das hier waren Leute, die sich teure Blutleserinnen leisten konnten, und bei der Vorstellung, wiedererkannt zu werden, fühlte sie sich unwohl. Juva kehrte ihnen den Rücken zu, so gut es sich machen ließ, und sie kam wieder darauf, warum sie hier war. Nicht nur, weil Ester bezahlte, sondern weil sie am Náklaring waren. Hier wurde das Wolfsblut verwendet, und vielleicht wurde es auch von hier gestohlen.

Die Jagdgruppe ließ den ordnungsgemäßen Ablauf nie schleifen und lieferte das Blut jedes Mal an der Brücke ab, aber trotzdem … Das lästige Gefühl der Verantwortung nagte an ihr. Sie war ein Teil des Problems.

Der Eintritt zu den Steinen kostete fünfzig Skár, auch wenn man nicht reisen wollte, jetzt war also die Gelegenheit günstig, um ein wenig herumzuschnüffeln.

Wenn sie denn endlich mit Essen fertig wurden …

Der runde Tisch vor ihr bog sich unter gelbem Teegebäck, Frostbeerencreme und süßen Haferfladen; es war ein fadenscheiniger Versuch, sich für Soldes Besuch in der Schinderhalle zu entschuldigen.

Jedes Mal, wenn Juva den Becher absetzte, fürchtete sie, dass etwas von der Tischkante fallen könne. Ester bestellte aber immer mehr, offensichtlich fest entschlossen, das Leben des Wirts zu einer Prüfung zu machen, wie er dastand und nach einer leeren Schüssel suchte, die er gegen eine volle austauschen konnte.

Kam so das Blut auf den Schwarzmarkt? Durch einen Wirt oder eine Wirtin? Oder durch jemand anders, der hier Geschäfte betrieb? Die Miete für diese Räumlichkeiten war hoch, vielleicht war jemand verzweifelt genug, um die Einnahmen aufzubessern.

Verzweifelt genug, um die Wolfsseuche zu verbreiten?

»Das ist doch ein merkwürdiges Rätsel«, sagte Ester und reckte den Hals zum Fenster, das aussah wie eine Scheibe aus Flaschenböden.

Juva war mit ihren Gedanken woanders und brauchte einen Augenblick, bis sie begriff, dass Ester den Zeugen meinte. Den Kalender oder das Uhrwerk oder was das Ding in der Mitte des Steinkreises sein sollte, das angefangen hatte, sich zu drehen. In der Stadt gab es kein anderes Gesprächsthema mehr. Sie hätte sich bestimmt auch darüber unterhalten, wenn sie den Kopf nicht mit Mutter, Solde, Erbe und Blutperlen voll gehabt hätte.

Ihr Krug mit Sauerbier wurde durch einen neuen ersetzt, obwohl noch ein Rest darin war. Sie bedankte sich und unternahm einen aufrichtigen Versuch zu lächeln, bevor sie einen großen Schluck nahm, um ihre Verbitterung zu ertränken.

Ester lehnte sich zu ihr über den Tisch und brachte die Teekanne in unmittelbare Gefahr. »Was meinst du, wie das kommt?«

Juva schaute hinaus zum Steinkreis in der Mitte des Platzes. Im Zentrum des Kreises stand der Zeuge. Die Leute sagten immer, die drei Wände glichen einem dreischneidigen Schwert, doch sie war schon immer der Ansicht gewesen, er habe Ähnlichkeit mit aufgeschlagenen Büchern. Drei mechanische Bücher aus grün angelaufenem Kupfer, zu einem Turm verschmolzen, Rücken an Rücken.

Oben auf jeder Wand stand eine Tierfigur, der grundlos der Mund offen stand. Die Kugeln, die sie immer im Maul getragen hatten, lagen jetzt in den Wänden, hatte sie gehört. Sie waren ein Teil der Maschinerie der rotierenden Scheiben, die sich vorher noch nie bewegt hatten.

Niemand wusste, warum die Kugeln herausgefallen waren oder was das Uhrwerk in den Wänden antrieb, aber eine Menge Blutleserinnen hatten sich natürlich darauf berufen, dieses Ereignis vorhergesehen zu haben.

Dort draußen hielten sich auch viele Reisende auf. Sie waren träger als sonst, weil sie stehen blieben, um die sich drehenden Scheiben und klickenden Zahnräder anzuglotzen. Selbst Leute, die so aussahen, als seien sie sich vorher noch nie begegnet, tauschten ihre Meinungen über dieses merkwürdige Vorkommnis aus, bevor sie ihre Reisekarten der Ringgarde überreichten, zwischen die Steine gingen und verschwanden. Andere hingegen tauchten zwischen den Steinen auf, blieben zum Gucken stehen und mussten weitergescheucht werden, damit sie nicht den Weg versperrten.

»Das muss doch vom Blut kommen«, beantwortete Ester ihre eigene Frage.

Juva wusste, was sie dachte, aber das ergab keinen Sinn. »Nein, das muss etwas Neues sein. Das Wolfsblut ist schon immer verwendet worden, um die Tore zu öffnen, aber die Wände haben sich vorher noch nie bewegt. Vielleicht ist etwas dazwischen?«

»Wozwischen?«

»Zwischen den Steinen.«

»Da ist überhaupt nichts zwischen den Steinen. Willst du mir etwa weismachen, dass du sie nie benutzt hast, oder wie? Heilige

Jól, dann müssen wir das bei der erstbesten Gelegenheit nachholen!«, rief Ester und pfefferte die Leinenserviette auf den Tisch.

Juva schaute sich um, aber niemandem waren sie aufgefallen. »Doch, ich habe sie benutzt. Ich bin mit meiner Mutter in Haeyna und Kreknabork gewesen. Aber das ist schon lange her. Sie reist lieber allein oder mit den anderen beiden.«

»Mit welchen beiden anderen?«

Juva senkte die Stimme. »Mit Ogny und Maruska. Von der Seidagilde … Du weißt schon, die Blutleserinnen? Sie verreisen jedes Jahr nach Kreknabork, nur die drei.«

Juva hatte die Reisen nur als Augenblicke schwarzer Leere in Erinnerung, von denen ihr etwas schlecht geworden war. Sie durfte auch ihren Rucksack nicht mitnehmen, als sie noch klein war.

»Da ist doch *etwas* zwischen den Steinen«, sprach sie weiter. »Sonst hätten sie keine Regeln, was man mitnehmen kann. Nie mehr als das, was man selbst tragen kann, und nichts zu Schweres, weil das im Luftzug abhandenkäme. Und was geschieht mit den Sachen, die die Leute verlieren und nicht festhalten können … wo landen die? Es kommt doch ständig vor, dass Kaufleute Dinge verlieren, und die müssen doch irgendwo ankommen. Also ist da etwas zwischen den Steinen.«

Ester legte die Hand auf den Stock, der an den Tisch gelehnt stand, und starrte sie mit ihrem verzogenen Lächeln an. »Du magst keine Rätsel, was?«

Juva trank noch einen Schluck. Durch das Sauerbier fühlte sie sich sicherer, hatte weniger Angst, dass das Herz loshämmern würde so wie zu Hause. Das lag aber meistens an der Person, mit der sie zusammen war. Ester war gut. Alte Leute vermittelten ihr ein Gefühl von Ruhe, dass Dinge unverändert blieben, sogar ihr Herz.

»Ich mag Rätsel«, widersprach sie. »Aber ich mag die Lügen nicht, die man über sie erzählen kann, bevor sie gelöst sind.«

Ester liebkoste mit ringschweren Fingern den Knauf ihres Handstockes. »Du bist nicht gnädig zu ihnen, mein Mädchen.«

»Zu wem?«, fragte Juva, obwohl kein Zweifel bestand, wen sie meinte.

»Zu deiner Mutter. Oder der übrigen Seidagilde. Auch was man verachtet, kann Gutes bringen.«

Juva schluckte ein Schnauben hinunter. »Gutes? Ich brauche nur das Wort ›Lüge‹ in den Mund zu nehmen, und schon fällt dir die Seidagilde ein; was kann schon Gutes von denen kommen?«

Ester hob die Hand und gab das Zeichen zum Bezahlen. »Weißt du, in dir erkenne ich viel von mir wieder, Juva. Du bist eine junge Frau und du bist Wolfsjägerin. Ich bin eine alte Frau und Krämerin. Wir sind unseren Herzen gefolgt und niemand hat uns aufgehalten.«

»Warum sollten die uns aufhalten?«

Der Wirt kam an ihren Tisch und legte eine Tafel hin, auf der er fein säuberlich alles aufgelistet hatte, was sie gegessen und getrunken hatten. Juva sah die Summe und ihr blieb das Bier im Hals stecken. Sie hatte drei Jahre lang nicht wie eine Sannseyr gelebt und vergessen, was Überfluss war.

Ester legte einen Stapel Münzen auf den Tisch und schaute Juva mit ihrem vogelartigen Blick an. »Sie hätten dich aufgehalten, wenn sie sich getraut hätten. Mich auch. Die heilige Jól weiß, dass sie ihr Bestes gegeben haben. Doch die Furcht vor Blutleserinnen bedeutet Furcht vor Frauen. Die Macht der Seidagilde hat uns Freiheit beschert. Ohne sie hätten wir einen König, keine Königin.«

Juva lag die Frage auf der Zunge, was die Freiheit wert sei, wenn sie auf Furcht beruhte; doch dann fiel ihr das Gerücht ein, dass Ester ihren Mann getötet hatte, und behielt sie für sich.

Ester stand auf, fast ohne Hilfe des Stockes. Juva warf sich ihren Rucksack auf den Rücken und sie gingen gemeinsam auf den Platz hinaus. Das Ganze hatte etwas Fesselndes. Das Geräusch der mechanischen Scheiben und die bewundernden Äußerungen der Reisenden. Juva überlief es mehrmals kalt. Jemand nannte es ein Vorzeichen für den Weltuntergang, doch in Náklav waren Weltuntergangs-Vorzeichen bloß eine weitere Sehenswürdigkeit.

Man brauchte Reisekarten, um zu den Steinen vorgelassen zu werden, sie mussten sich darum damit begnügen, in gebührendem Abstand den überdachten Umgang entlangzulaufen. Juva nutzte die Gelegenheit, um nach Schwachstellen in der Bewachung Ausschau zu halten. Davon gab es nur wenige.

Der Náklaring war eine uneinnehmbare Festung. Eine dunkle Ringmauer mit drei Toren in jede Richtung. Die Metalltüren in den Toren konnten sich rühmen, die größten der Welt zu sein. Nicht alltagstauglich, weshalb man in sie kleinere Türen eingebaut hatte, die täglich benutzt und gut bewacht wurden.

Die Mauer hatte drei Stockwerke mit Laufgängen. Die bogenförmigen Öffnungen waren neueren Datums, das war leicht an den kleinen, exakten Mauersteinen zu erkennen. Nur das obere Stockwerk befand sich noch im ursprünglichen Zustand. Unverändert, mit schmalen Schießscharten. Sie zeigten nach innen, zum Steinkreis, und das hatte immer komisch gewirkt. Als ob Reisende einmal eine Gefahr dargestellt hätten.

Das Dach war nur zwei-, dreihundert Jahre alt. Eine schwindelerregend große Holzkuppel, die bei Weitem das Können zu Zeiten des Ringmauer-Baus überstiegen haben musste. Das Gebälk bestand wie die Unterseite eines goldenen Giftpilzes aus Tausenden von Lamellen. Das Loch in der Mitte verstärkte noch den Eindruck; es sah aus, als hätte jemand den Stiel abgenagt, um das spärliche Tageslicht hineinsickern zu lassen. Man konnte also auch nicht über die Mauer klettern.

Dennoch hielt die Ringgarde draußen und drinnen Wache. Sogar neben jedem Steinpaar stand ein Wächter. Also acht Mann auf Wachposten, nur an dieser Stelle.

Das Blut floss in Röhren, die versteckt unter der Erde und bis ganz zu den Steinen führten. Dort hatte man vielleicht Zugriff darauf, wenn man eins der Gitter im Boden aufbrach. Doch wann ergäbe sich dazu Gelegenheit, an einer so überlaufenen Stelle zu graben? Das wirkte unmöglich. Aber irgendwo musste es eine Schwachstelle geben, höchstwahrscheinlich ein bestechlicher Mann in der Ringgarde. Jemand hatte den Vardari Wolfsblut beschafft, und sie verkauften es weiter, an Leute wie ihre Mutter, ohne einen Gedanken daran zu verschwenden, dass es Wolfsseuche auslösen konnte.

Wölfe. Wölfe überall.

Juvas Blick wurde von der Wolfsfigur oben auf dem Zeugen angezogen. Der Wolf sah im Lichtkegel vom Dach naturgetreu aus. Das Tier machte einen Buckel, dass sich das Fell sträubte, wobei es auf die Menschen hinabschielte, die zwischen den Steinen kamen und gingen.

Warum bist du zum Leben erwacht? Warum jetzt?

Ihr fiel der Wolf im Wald ein, das schäumende Maul über ihr, und sie riss den Blick los. An diesem Ort konnte sie jetzt nicht Herzklopfen bekommen.

Ester gab die Besuchskarten am Tor ab, dann trennten sich ihre Wege. Juva hätte sich am liebsten zur Schinderhalle begeben, ging aber zur Laternenkoppel. Drei Sauerbier hatten sie zuversichtlich gemacht. Alles, was sie brauchte, hatte sie im Rucksack, und sie konnte diese eine Nacht aushalten, damit Mutter sagen konnte, was sie ihr mitteilen wollte.

Die gute Laune verflog, sobald sie die Tür aufgeschlossen hatte. Das Haus, in dem sie aufgewachsen war, war nicht wie andere Häuser. Es fühlte sich lebendig an. Die Erinnerungen saßen in den Wänden und atmeten. Fühlten. Warteten. Die schwarze Diele war wie der Eingang zur Dränke. Ihr persönliches Totenreich, wo alles, was sie sein wollte, unterdrückt wurde, und alles, was sie verachtete, gehegt und gepflegt wurde: Lügen, Unsicherheit, Scham. Und Furcht …

Albträume, schweißnasse Hände und Herzklopfen, seit ihrem siebten Lebensjahr. In den letzten Tagen hatte sie mehr Reißdorn getrunken als sonst in einem Monat, weil sie wusste, dass sie wieder hierher zurückmusste. Reißdorn beruhigte das Herz, konnte an der Vergangenheit aber nichts ändern.

Juva linste durch das Guckloch in die Wartestube. Zwei saßen dort, ein Mann und eine Frau. Die Tür zum Blutlesezimmer war geschlossen. Gut, dann war zumindest Solde beschäftigt.

Im Kamin unter der schwarzen Treppe brannte Feuer, und zu beiden Seiten des Schornsteins führte je ein offener Bogengang in die Bibliothek. Dort hatte Juva sich immer so sicher wie nirgendwo sonst gefühlt. Die Bücher steckten voller Schicksale, schlechteren und besseren als ihrem, und das war bei Mutters hysterischen Anfällen und Einfällen immer ein Trost gewesen.

Juva ließ sich Zeit, in den langen Raum zu gehen, in dem Bücher an den beiden Längsseiten vom Boden bis zur Decke standen. Die dunklen Regale waren mit Aussparungen versehen, die kleine Kästen bildeten, in denen sie sich immer versteckt hatte. Die einzigen Fenster befanden sich in der Kurzseite, ganz am Ende. Sie wölbten sich über das Meer wie das Achterdeck eines Schiffes.

Leichenholz glomm in einer offenen Feuerstelle in der Mitte des Raumes, umgeben von einem tiefen Ledersofa, ein paar Stühlen und einem lackierten Barschrank. Ein unbekannter Lodenmantel hing sauber und ordentlich über einer Stuhllehne, sonst war alles wie immer.

Sogar die blöde Schicksalsmaschine. Sie stand neben dem Schornstein, zwischen den Türen. Gebaut wie ein Schrank, ein gutes Stück höher als Juva. Der untere Teil war mit Runen und unzähligen Worten von der Sorte verziert, wie man sie auf jedem beliebigen Markt für sogenannte Mystik finden konnte. Den oberen

Teil bildete ein Glaskasten, der einen schlecht ausgestopften Raben behütete. Groß, schwarz und mottenzerfressen. Die Augen ragten ein wenig heraus, und die Dienerschaft bildete sich ein, er verfolge sie mit Blicken, ein Gerücht, zu dessen Entkräftung Lagalune natürlich keine Anstalten machte.

Vorn hatte er einen Münzeinwurf, und zehn Skár würden das Federvieh in Bewegung versetzen, auf einer Schale mit Runenwürfeln zum Wippen bringen. Eine billige, allgemeingültige Weissagung, im Haus einer der am besten bezahlten Blutleserinnen der Stadt. Ironie des Schicksals, wortwörtlich verstanden. Lagalune liebte das Ding, weil sie die Vorstellung hatte, dass ein Unterschied in dem bestand, was sie lieferte und was der Vogel. Juva missfiel es, weil sie wusste, dass das Geld in beiden Fällen zum Fenster hinausgeworfen war. Der Vogel verlangte wenigstens nicht mehr als den Preis eines Brotes. Was Lagalune zurzeit nahm, wollte sie lieber nicht wissen.

Juva hörte, dass eine Tür aufflog, und Stimmen im Flur, der an der Bibliothek entlanglief. Da waren ihre Mutter und ein Mann. Juva merkte, dass sie die Stimme von früher kannte.

Das ist er!

Die Gewissheit schickte ihr einen kalten Schauer der Angst durch den Körper. Ihr unruhiges Herz begann unregelmäßiger und oben in der Brust zu schlagen. Die Kontrolle, die zu haben sie sich eingebildet hatte, war spurlos verschwunden.

Nafraím! Der Ewigwährende!

Vardari waren im Haus … Die Schweine, die Mutter die Blutperlen gaben und die bestimmt wie die Maden im Speck davon lebten, dass sie sie in der ganzen Stadt unter die Leute brachten, ohne sich um die Wolfsseuche zu scheren.

Juva versteckte sich beim Rabenschrank, aus Reflex, als wäre sie wieder ein Kind. Der Rucksack wurde an den Schornstein gedrückt.

»… dass es unwesentlich ist, wie lange, ändert nichts an der unbestreitbaren Tatsache, dass wir am Ende angekommen sind, Lagalune.« Seine Stimme war angespannt. Gefährlich beherrscht.

»Das hängt nicht von mir ab, es gibt schließlich mehrere von uns.«

Mutter. Ihre Worte waren selbstsicherer als ihre Stimme.

»Was meinst du, was werden sie dazu sagen, Nafraím? Das hier liegt uns im Blut, wir machen das schon unser Leben lang!«

»Durch meine Gnade. Der Wolf gehört uns, hat uns schon immer gehört.«

Die Stimmen kamen näher, als die beiden den Flur zur Diele entlanggingen.

»Dafür haben wir keine Garantie. Sollten wir uns verleiten lassen, mit einer Tradition, einem Pakt zu brechen, allein aufgrund deines Wortes? Du musst es von unserer Warte aus betrachten. Denn bei allem, was wir wissen, kann es sich dabei um ein krummes Ding von deiner Seite handeln. Wissen die anderen Ewigwährenden, dass du hier bist?«

Juva riss die Augen auf. Die Frage war mehr als mutig, es war ein gefährlicher Vorwurf. Die Stille verdichtete sich so sehr, dass sie nicht zu atmen wagte. Zur Dränke, sie würden ihre Herzschläge hören. Sie mussten bis Naar zu hören sein!

»Solche Plattheiten sind überflüssig und machen eine Antwort nicht weniger erforderlich. Ja oder nein, Lagalune?«

Abermals Stille. Das Geräusch eines Einatmens, Lagalune zog an ihrer Zigarre.

»Nein.«

Juva schlug die Hand vor den Mund. Eine unerwartet große Freude vermischte sich mit Furcht. Wer wagte es, Nein zu einem Ewigwährenden zu sagen, und das auch noch ihm direkt ins Gesicht?

Lagalune Sannseyr.

Plötzlich war Juva klar, dass ihm der Mantel gehörte, den sie über der Stuhllehne gesehen hatte.

Verflucht!

»Ich kann nicht mehr sagen, als dass es mir leidtut«, meinte Nafraím.

Die Worte waren furchteinflößender als alles andere, was er gesagt hatte, und sie hätte schwören können, dass er nicht log.

Juva zog sich in die Diele zurück. Sie wäre auf der Treppe fast gestolpert, konnte aber gerade noch ein paar Schritte hinauf schaffen, bevor Mutter und Nafraím hereinkamen und sie entdeckten. Juva blieb stehen, die Hand auf dem Geländer, als sei sie gerade eben erst durch die Haustür gekommen.

Ruhig atmen. Zähle die Treppenstufen.

Doch gerade jetzt konnte sie nicht bis zehn zählen, wenn es um Leben und Tod ging. Die Pulsader im Handgelenk zitterte rasch und ungleichmäßig. Sie starrte den Ewigwährenden an. Hätte sie es nicht besser gewusst, dann hätte sie ihn auf ungefähr fünfzig geschätzt. Die wenigen Falten, die er hatte, waren dieselben wie in ihrer Kindheit. Und vielleicht schon, als Mutter noch Kind gewesen war.

Reiß dich zusammen, Juva! Alle sterben.

In den Mythen hieß es, sie hätten Reißzähne, die Ewigwährenden. Aber das stimmte nicht. Nafraím war verräterisch normal. Schlank und gut angezogen, das braune Haar kurz geschnitten. Sein Blick war durchdringend und neugierig. Jung. Wäre er ein Fremder auf der Straße gewesen, hätte sie ihn für einen gut aussehenden und belesenen Mann gehalten. Für einen Lehrer vielleicht.

Doch Nafraím war kein Lehrer. Er war Mutters Quelle fürs Blutschlürfen und der Schatten, der immer auf dem Haus gelegen hatte. Er war vor Vaters Tod hier gewesen, und das war es, wofür die Vardari standen: Tod. Unheil. Blut.

Juva war schlecht. Sie blieb stocksteif auf der Treppe stehen, als er einen Blick auf eine Taschenuhr warf, ein Besitz, der nur wenigen vergönnt war. Seine Hand wirkte steif, als könne er die Finger nicht richtig beugen, und er trug Handschuhe. Der graue Lodenmantel, den sie in der Bibliothek gesehen hatte, lag über seinem Arm.

»Kann ich deinen Mantel holen?«, hörte sie sich selbst fragen, ohne dass ihr der Grund klar war. Im günstigsten Fall war das ein verzweifelter Versuch, so zu klingen, als sei sie nicht in der Bibliothek gewesen. Im schlimmsten Fall war es ein unangebrachtes Gefühl von Loyalität Mutter gegenüber. Ein Weg, ihn zum Gehen zu bewegen.

Nafraím sah sie verwundert an. »Ich habe ihn hier, aber vielen Dank für dein Angebot, Juva.« Er sprach ihren Namen langsam aus. Als wolle er ihn sich auf der Zunge zergehen lassen.

Lagalune stand mit der dünnen Zigarre zwischen den Fingern hinter ihm. Asche fiel auf den Boden, doch Mutter schien es nicht zu merken. Ihre Mundwinkel zuckten, und sie starrte Juva mit einer Welt voller Warnungen in den Augen an.

Nafraím zog den Mantel an, wobei er den Blick schweifen ließ, als hätte er die schwarze Diele vorher noch nie gesehen. Sein Blick blieb wieder an Juva hängen. »Ich hoffe inständig, dass dir … all das erspart bleibt«, sagte er.

Dann stellte er den Kragen auf, nickte ihnen beiden zu und ging nach draußen. Die Tür fiel nach ihm wieder zu. Juva sank auf der Treppe zusammen und atmete durch. Ihn dort stehen zu sehen … Genau dort. Der Albtraum stieg in ihrer Erinnerung auf. Ein Traum aus ihrer Kindheit, den sie vergessen geglaubt hatte. Es war dunkel, und sie wusste, sie sollte schlafen. Aber sie hatte etwas gehört, oder doch nicht?

Sie kam die Treppe hinunter, genau hierher, wo sie saß. Und dort, auf dem Boden vor ihr, wo Nafraím gerade gestanden hatte, stand ein verrosteter Eisenschrank. Eine schwere Kiste, hochkant, und sie wollte nachsehen, was darin war.

Nein! Das ist nie passiert. Mutter hat gesagt, das war ein Traum!

»Juva?« Lagalune kam zur Treppe.

Juva umklammerte das Geländer mit klammer Hand. Vater … Er war an dem Abend gestorben. Und das war ihre Schuld. Ihre Schande. Sie hatte den Wolf heraufbeschworen, der ihn geholt hatte. Hatte den Teufel heraufbeschworen. Den Teufel, von dem Mutter immer gesagt hatte, dass Juva ihn nie erwähnen durfte. Weil es nur ein Traum war. Ein Märchen.

Lagalune streckte die Hand nach ihr aus. Juva hob den Arm, um sich zu schützen. Wovor? Die Erinnerungen verliefen ineinander, bis sie nicht mehr in der Lage war, Fantasie von Wirklichkeit zu unterscheiden. Mutter hatte recht, sie dachte sich Dinge aus. Fantasierte. Immer.

Juva warf sich herum und kroch wie ein Tier auf allen vieren die Treppe hoch, mit dem Rucksack im Schlepptau. Sie lief den langen Flur entlang in das Schlafzimmer, das sie viele Jahre nicht betreten hatte.

Sie zündete die Tranlampe an. Die Flammen leckten am vergilbten Glas, als sie das Buch aus dem Rucksack klaubte und mit zitternden Händen darin blätterte. Nach hinten, weiter nach hinten, zu den losen Blättern, zu den ältesten Bildern, die sie hatte.

Sie fand eine Zeichnung, die in der Strichführung so naiv war, dass sie mindestens zehn Jahre alt sein musste. Ein Mann mit scharfen Zähnen wie ein Tier. Juva rollte den Bogen zusammen und schob ihn in den Lampenkolben. Die Flammen wuchsen plötzlich und spuckten Ruß. Sie zog das Blatt heraus, drehte es um und ließ es verbrennen, bis die Flammen ihre Finger erreichten und sie es loslassen musste.

Die letzte Ecke des Papiers segelte zu Boden, rollte sich zu einem brüchigen schwarzen Ball mit laufender Glut zusammen. Dann erlosch es.

Juva nahm eine Reißdornbeere aus der Tasche und kaute sie. Sie fühlte sich selbst wie in Stücke gebissen. Die Schuld hatte an ihr genagt, seit sie ein kleines Mädchen gewesen war. Hatte sich in ihrem Körper festgefressen. Sie hatte getan, was Mutter verlangte, und sich so verstellt, als wäre es nie passiert. Vater war auf einer Jagd verletzt worden, sagten sie. War an Fieber gestorben. Doch daran war er nicht gestorben. Vater war da unten umgebracht worden, in der Diele, weil sie die Wölfe hervorgelockt hatte. Sie waren überall.

Im Wald, im Blut, in den Träumen, an den Wänden … Sogar zwischen den Steinen im Náklaring. Und jetzt waren sie dabei, zu erwachen.

WOLFSSEUCHE

Juva trank einen Schluck Roggenschnaps und schaute den Mann an, der sich an ihren Tisch geklemmt hatte, in dem überfüllten Wirtshausteil der Schinderhalle. Er saß mit dem Rücken zu dem riesigen Weinfass, das die eine Wandnische ausfüllte. Sie wollte mit niemandem reden und gerade aufstehen, um sich in die Jagdstube zu verziehen, wo sie ihre Ruhe hatte. Doch da hatte er ein Buch ausgepackt und angefangen zu lesen, als würde er sie nicht weiter beachten.

Also, nicht von der übelsten Sorte, der Kerl.

Nach kurzer Unterhaltung hatte sie erfahren, dass er Lodd hieß, aus Undst kam und das heilige Buch las. Ein Fanatiker. Also von der zweitübelsten Sorte, der Kerl. Aber sie blieb trotzdem sitzen. Er war eine willkommene Ablenkung vom Gedanken-Chaos, von Mutter und dem Ewigwährenden und der Scham über den Zusammenbruch, den sie zu Hause erlitten hatte.

»Ich sage nicht, dass ihr keinen Glauben habt«, meinte Lodd. »Ich sage, dass ihr gestohlen habt, woran ihr glaubt.«

»Alle haben gestohlen, woran sie glauben. Oder glaubst du, deine Götter wären die ersten gewesen?«

»Wir haben nur einen.«

Juva verdrehte die Augen. »Und den einen Gott, den ihr habt, den hat Náklav gestohlen, meint ihr?«

Er lächelte, und das machte ihn fast attraktiv. Er beugte sich vor und stützte die Ellenbogen auf den Tisch. »Nein, ihr habt nicht Gott gestohlen. Ihr habt den Teufel gestohlen. Und das besagt nicht gerade wenig über die Náklavinger, oder? Ihr habt jede Menge Götter, aber keinen betet ihr an. Kaum einen Tempel in der ganzen Stadt, außer Jólshov, und selbst das ist eher eine Anhäufung von Festsälen. Nein, das Einzige, was ihr mit echter Leidenschaft umarmt, das ist der Teufel. Und der kam von uns.«

»Da irrst du dich, Lodd. Bei uns hat es schon immer den Teufel gegeben. Wir haben uralte Märchen über ihn.«

Lodd hob den Zeigefinger. »Du *glaubst*, dass es so ist, aber ihr hattet den Wolf. Die Leute in Draumheim sind schon seit unvordenklicher Zeit vom Wolf besessen. Doch dann habt ihr eure Mythen mit unserem Teufel in einen Topf geworfen, und jetzt sind sie ein und dasselbe. Der Teufel und der Wolf.«

Juva zuckte mit den Schultern. »Und in Ruv haben sie die Schlange. Na und? Das nennt sich nicht stehlen, das nennt sich lernen. Náklav hat mehr Besucher als jede andere Stadt auf der Welt. Und wir haben gelernt, ohne die Hilfe der Götter klarzukommen.«

»Wirklich?« Er lehnte sich wieder zurück. »Wolfszähne als Talismane gegen Krankheiten? Schauermänner, die Zeichen in Fischeingeweiden sehen? Ganz zu schweigen von der Laternenkoppel, wo es viele Leute gibt. Sind die berühmten Blutleserinnen von Náklav nicht so was wie Göttinnen für die, die für die Antworten bezahlen können?«

»Du meinst, für die Fantasien bezahlen?«

Ihre Antwort schien ihn zu überraschen, doch er lächelte noch breiter, und Juva fluchte, dass er plötzlich anziehend geworden war. Sie hatte seit Rugen keinen Mann mehr angefasst. Verfluchter Rugen … Ein paar Monate mit zuckersüßem Gesäusel und sie war um vierzig Runen ärmer. Er hatte sie ihr gestohlen, bevor er sich aus dem Staub gemacht hatte. Sie klemmte ihren Rucksack zwischen den Füßen, um sicherzugehen, dass er noch da war.

Vierzig Runen, verdammt, was war sie doch für ein Schwachkopf gewesen. Der einzige Trost war, dass das sein Leben kein Stück besser machen würde.

Meins auch nicht.

Lodd schob das heilige Buch zur Seite. »Du siehst klug aus für dein junges Alter. Und so süß …«

Ach was … Zeit, zu gehen.

Juva schüttelte das Glas, ließ aber den Rest Roggenschnaps übrig. Sie musste einen klaren Kopf bewahren, jetzt, da sie wieder nach Hause gehen musste.

Sie wünschte, es würde sie nicht weiter kümmern und sie könnte Mutter und Solde ihrem Schicksal überlassen. Die beiden hatten doch selbst Schuld, wenn sie mit Vardari und Blutperlen liebäugelten, denn dabei kam nie etwas Gutes heraus. Doch selbst verschuldetes Elend war wohl das Schlimmste. Außerdem konnte sie nicht vergessen, dass Mutter Nafraím widersprochen hatte. Der Ewigwährende hatte um etwas gebeten, um etwas, das sie ihm seiner Meinung nach schuldig war. Nicht einmal Mutter war wohl dumm genug, den Vardari etwas zu stehlen oder von ihnen zu leihen? Sie war aber dumm genug, um Nein zu sagen. Mutter hatte zu einem Ewigwährenden Nein gesagt.

Juva empfand etwas, das an Stolz erinnerte, doch der gehörte nirgendwohin.

Der Wolf gehört uns, hatte er gesagt. Welcher Wolf?

Ist Mutter in Gefahr? Hat sie mich aus dem Grund gebeten, wieder nach Hause zu kommen?

Juva stand auf. Lodd sah aus, als wolle er sie davon abhalten, doch ein tiefes Brummen in der Ferne schickte eine Welle der Stille durch das Lokal.

Das Totenhorn! Eine neue Tötung!

Der lang gezogene Ton trug gut über den Strudelsund und war in den letzten Monaten viel zu oft zu hören gewesen. Halb angetrunkene Männer wurden plötzlich nüchtern und ließen die Köpfe hängen. Einige Gäste brachen auf, ohne ihr Bier auszutrinken, von der Gewissheit nach Hause getrieben, dass ein Wolfskranker in den Straßen umging. Rut schlüpfte um den Schanktisch herum und ging zur Tür, um abzuschließen. Das Totenhorn hatte der Stimmung einen Dämpfer verpasst.

Juva raffte Jacke und Rucksack an sich, warf Lodd ein rasches Lebewohl zu, drängelte sich zur Tür vor und wartete. Es dauerte nicht lange, bis die Leute die Hälse zu den Fenstern reckten und flüsterten.

Die Wolfsseuche. Der Jäger. Der Bluthund.

Juva guckte aus dem Fenster. Es schneite leicht, jedoch stark genug, um den Wind sichtbar zu machen. Broddmar stand draußen auf dem engen Vorplatz und leinte Skarr an. Der graue Wolf blieb ruhig stehen, als er die Stricke festzog. Das Tier drehte den Kopf zum Wirtshaus, und die Leute bogen sich von den Fenstern weg, alle auf einmal, wie ein Fischschwarm.

Ohne Skarr wäre Broddmar unmöglich wiederzuerkennen gewesen. Vom Scheitel bis zur Sohle rot gekleidet, wie eine offene Wunde vor den dunklen Steinhäusern. Ein roter Ledermantel spannte sich um seinen Leib, flatterte jedoch um die Oberschenkel. Sein Gesicht war hinter einer roten Maske verborgen, die unangenehm an einen Maulkorb erinnerte.

Der rote Jäger. Der Ausbluter.

Er wollte auf die Jagd. Auf richtige, sinnvolle Jagd, die tatsächlich etwas veränderte. Die Leben retten konnte. Oder ihn sein eigenes kosten, obwohl der Mantel gute Dienste leistete, ihn zu schützen. Das Leder um den Hals war mit Stahlnieten verstärkt, die Reißzähne nicht durchdringen konnten. Sie glänzten im Schein der Laternen. Lockten Juva mit einem Sinn, an dem sie nie Anteil haben würde, weil er immer Nein sagte.

Die Leute fürchteten ihn und brauchten ihn. Er konnte sich

nützlich fühlen, verweigerte ihr aber dasselbe. Sie hätte am liebsten gerufen, dass er nicht zum Gruseln war, dass er ein alter Mann war, dem die Hälfte seiner Zähne fehlte.

Broddmar und der Wolf verließen den Vorplatz.

Nein! Warte!

Die Leute nahmen zaghaft ihre Unterhaltungen wieder auf, erleichtert, dass der Jäger nicht zu ihnen hereinkam. Juva zog ihren Jagdgürtel aus dem Rucksack. Sie fluchte, klinkte die Tür auf und schlüpfte nach draußen. Schnallte sich den Gürtel um, als sie Broddmar nachlief. Es war keine leichte Aufgabe, weil die Bolzen und das Messer am Gürtel hingen und am Schenkel festgebunden werden mussten. Beim Festschnüren hinkte sie vorwärts wie ein verletzter Hase, in Sorge, Broddmar aus den Augen zu verlieren. Doch sie verlor ihn.

Zum Glück lag in der Nebelgasse Neuschnee, sodass sie leicht den Wolfsspuren nach Norden folgen konnte. Bis sie am Nachtkerzendeckel ankam. Die Straße führte durch einen langen Bogengang, in dem nur Schnee lag, der dorthin geweht worden war.

Zur tiefsten Dränke!

Waren sie hier hineingegangen oder nicht? Sie lief zur nächsten Gasse weiter, fand aber auch dort keine Spur. Juva blieb einen Augenblick ratlos stehen; doch dann fiel ihr ein, dass sie das hier konnte. Das hier war ihre Aufgabe: Wölfe jagen. Sie hatte es nur noch nie in der Stadt getan.

Wölfe waren in den Wäldern zu Hause, gehörten nicht in die Gassen von Náklav. Egal, Broddmar hatte immer gesagt, dass sie einen Sinn für Wölfe hatte. Sie wusste, wo sie waren.

Juva holte Luft und sammelte die Gedanken um ihr Herz. Sie unterdrückte die Furcht, die das Flimmern immer auslöste, und konzentrierte sich auf das zarte Gefühl von Gemeinschaft. Sich in der Nähe von etwas Gefährlichem aufzuhalten, das an ihrem Herzen schnupperte.

Das Gefühl wurde stärker, obwohl sie ganz ruhig stehen blieb. Plötzlich wusste sie, was das zu bedeuten hatte. Sie waren auf dem Weg zu ihr! Natürlich, Broddmar musste zuerst in die nächste Wachstube, um sich zu erkundigen, wohin er gehen musste, und die stand an der Ulebrücke. Sie huschte in eine Gasse, die vom Nachtkerzendeckel abging, und wartete, bis sie die beiden wieder entdeckte. Ein Zweibeiner und ein Vierbeiner, die in einer Seitenstraße verschwanden. Sie zwängte sich an einem Paar vorbei, das vor Schreck wie angewurzelt dastand und dem roten Jäger mit dem Wolf nachstierte.

Sie umrundete die Ecke hinein in die Schmalspur und blieb stehen. Die enge Straße war von einer Menschenmenge versperrt, die vor einer Tür zusammengeströmt war. Wegen der weit auseinanderstehenden Laternen war es zwar schwierig zu erkennen, was sich im Dunkeln abspielte, aber nicht schwierig zu erraten. Juva kletterte auf eine breite Fensternische, um sich einen besseren Überblick zu verschaffen.

Was sie zunächst für eine Tür gehalten hatte, war ein Loch in der Wand mit einer Steintreppe im Hausinneren. Die Leute standen anscheinend handlungsunfähig um eine Gestalt, die auf der untersten Treppenstufe wie hingeworfen dalag, auf dem Rücken, mit dem Oberkörper zur Straße. Es war ein junger Mann, kaum älter als sie. Leicht bekleidet. Zwei Finger waren in einem unnatürlichen Winkel abgespreizt, als sei er gestürzt und hätte sich abfangen wollen. Der Schnee um seinen Kopf war blutig, ein roter Heiligenschein. Schneeflocken rieselten auf sein Gesicht, in die weit aufgerissenen Augen, doch sie schlossen sich nicht. Sie starrten einfach unheimlich weiter hinauf zum Nordlicht, das wild über den Dächern flackerte. Ein Riss klaffte seitlich an seinem Hals.

Jemand hatte ihn gebissen. Ihn angefressen.

Wo ist Broddmar?

Einige Schwarzröcke von der Stadtgarde stellten sich für die Fragen aus der Menge taub, als sie die Leute auf Abstand von der Leiche hielten. Einer von ihnen sagte, dass sie auf die Ringgarde und den Ausbluter warteten, dass es aber gar nicht sicher war, dass ein Wolfskranker dahintersteckte. Er sah nicht so aus, als würde er selbst daran glauben. Die Leute standen bei ihren Eingangstüren, bereit, ins Haus zu stürmen, falls notwendig.

Juva entdeckte eine Katze, die die Treppe herunterkam. Sie trat über die Hand des Toten, als sei er nur ein Stein im Weg, bevor sie weiter an der Wand entlangschlich. An der Wegkreuzung weiter oben in der Straße blieb sie plötzlich stehen, machte einen Buckel und schoss davon.

Broddmar … Er hat einen Umweg genommen.

Broddmar kam mit dem Wolf an der Leine an und sah geradewegs hoch zu ihr, als habe er sie aus den Schatten lange studiert. Hitze stieg ihr in die Wangen und sie wurde vor Scham wütend. Sie starrte auch ihn an, weil der Tote ihr alles Recht dazu gab.

Siehst du? Leute sterben! Du kannst mir nicht verbieten zu helfen!

Sie verhärtete den Blick. Sie würde ihm beweisen, dass sie weder Tod noch Blut fürchtete. Dass sie stark genug war, um eine Ausbluterin zu werden. Eine rote Jägerin. Sie bezweifelte, dass er sich beeindrucken ließ, aber das konnte sie nicht wissen.

Kaum hatten die Leute ihn entdeckt, drückten sie sich an die Hauswände, jemand gleich unter Juva. Sogar die Stadtgarde wich ein paar Schritte zur Seite. Vor wem hatten sie mehr Angst, vor dem Wolf oder vor dem roten Jäger?

Broddmar führte Skarr zur Leiche. Sein Nackenfell sträubte sich, noch bevor er zu schnuppern angefangen hatte. Er verzog das Maul und knurrte. Das Raunen, das durch die Volksmenge ging, verriet, dass alle wussten, was das zu bedeuten hatte.

Juva hörte eine Frau murmeln, dass der Tote zu einer Blutleserin hätte gehen sollen und so vielleicht sein Leben hätte retten können. Der Mann daneben antwortete, dass für die ganze Stadt Blutleserei betrieben werden müsse, kostenlos, damit die Leute wussten, wo der Angriff zu erwarten war.

Juva konnte nicht wütend werden. Das Schicksal, vor dem sich die Leute fürchteten, war keine Fantasie mehr, lag vor ihren Augen im Schnee und blutete aus. Ein zufälliges und unbegreifliches Böses, dem zu entkommen sie gern die Blutleserinnen bezahlten. Wenn sie selbst daran geglaubt hätte, was wäre sie dann bereit gewesen zu geben, um zu erfahren, dass es beim nächsten Mal nicht sie treffen würde?

Dann kam die Ringgarde. In Mannschaftsstärke. Leicht zu erkennen am Zeichen, das alle auf der Brust trugen: dem Náklaring. Sechzehn weiße Punkte im Kreis. Sie hatten ein Pferd dabei, das einen schwarzen Leichenwagen zog, der mit Ach und Krach durch die Gasse passte. Es bestand nicht der geringste Zweifel, dass der Todesfall etwas mit der Wolfsseuche zu tun hatte. Der an ihrer Spitze sprach mit Broddmar, während mehrere andere den Toten mit einem Tuch zudeckten und ihn auf den Leichenwagen hoben. Seine Glieder waren noch beweglich, er konnte also noch nicht lange dort gelegen haben.

Die Schaulustigen wirkten wie gelähmt, aber niemand von ihnen beschwerte sich oder weinte. Vielleicht hatte der Tote allein gelebt. Oder war er vielleicht ein Gesetzloser oder ein Namenloser? Juva hoffte es nicht. Sein Schicksal war tragisch genug, selbst wenn man ihn nicht auch noch für die Steine ausbluten ließ. Seins mit Wolfsblut verquirlt, nicht mehr wert als Wasser in einer Suppe.

Eine Ringgardistin mit eingefallenen Wangen und totem Blick sprach mit den Umstehenden. Sie sonderte Lügen ab wie die, dass es in Náklav keine weiteren Wolfskranken gab und sie auf das Gerede der Leute nicht hören durften, ihr nur ihre Namen nennen und erzählen sollten, was sie gesehen hatten.

Juva war klar, dass sie von hier verschwinden musste oder sonst gezwungen sein würde, anzugeben, wer sie war, umgeben von all diesen Menschen. Sie hielt nach einem Ausweg Ausschau und entdeckte einen Mann, der sich von den anderen entfernte. Er warf einen Blick über die Schulter, zum Leichenwagen. Ein ängstliches, blasses Gesicht. Braune Haare schauten unter einer unbrauchbar dünnen Kapuze hervor.

Rugen?!

Wut blies den Schock über Blut und Tod weg. Verdammt, natürlich war das Rugen! Sie hatte ihn ein Jahr lang nicht gesehen! Nicht mehr, seit er mit ihrem Geld abgehauen war. Juva sprang von der Fensternische und kämpfte sich mit den Ellenbogen an den Leuten vorbei, um ihn zu verfolgen. Das Spiel mit Broddmar war ohnehin verloren, er hatte sie gesehen, und es war sinnlos, zu hoffen, dass sie mehr auskundschaften konnte.

»Hei, Mädchen!« Ein Mann von der Ringgarde packte sie und hielt sie fest. »Wir sind in Náklav, du darfst hier keine Waffen tragen! Wer bist du?«

»Ich habe eine Jagderlaubnis!«, antwortete Juva und reckte den Hals, doch Rugen war verduftet.

Der Gardist lachte höhnisch: »*Du* hast eine Jagderlaubnis?«

Juva biss die Zähne zusammen, damit sie nichts sagte, was sie später bereuen würde. Der Schwachkopf hatte Rugen entwischen lassen und sie um die Möglichkeit gebracht, die vierzig Runen zurückzubekommen. Sie öffnete die Gürteltasche und zog den gewachsten Umschlag mit dem Jagdschein heraus. Der Gardist riss ihn ihr aus der Hand und musterte ihn.

»Hast du den gestohlen? Oder willst du die Jüngste mit einer Jagderlaubnis sein?«

»Ja«, antwortete Juva. »Ich war die Jüngste, als ich angefangen habe, vor drei Jahren.«

Sein Gesichtsausdruck machte deutlich, dass spöttische Bemerkungen nichts brachten. Die anderen starrten sie bei dem Verhör an und Juva kam sich unangenehm verdächtig vor.

»Ich habe ihn von meinem Vater übernommen«, ergänzte sie. »Und ich bin gerade eben erst hergekommen, darum habe ich überhaupt nichts gesehen.«

Den Gardisten schien das nicht zu überzeugen. Er starrte auf den Jagdschein, als würde er nach einem Grund suchen, um sie auffliegen zu lassen. »Juva Sannseyr? Das bist du?«

Jemand flüsterte hinter ihr. Sie hörte, dass ihr Name von Mund zu Mund wanderte.

Eine Frau trat einen Schritt vor. »Du bist eine Sannseyr? Sannseyr so wie die, die in der Seidagilde sitzt? Sollten Blutleserinnen uns nicht vor so was wie dem hier beschützen?«

Die anderen nickten und murmelten ihre Zustimmung.

Juva hatte das erdrückende Gefühl, dass sie keine Zeit mehr zu verlieren hatte. Sie zupfte dem Gardisten den Jagdschein aus der Hand und schaute sich nach Broddmar um, aber er war schon fort. Die Stimmung war eisig, doch sie konnte sich nicht vorstellen, dass jemand sie anrühren würde. Das war der einzige Segen, eine Sannseyr zu sein, niemand würde es wagen, einer Blutleserin auch nur ein Haar zu krümmen. Trotzdem musste sie weg.

Der Leichenwagen versperrte die eine und die Menschenmenge die andere Seite. Sie war gefangen. Der Mann, der vorher gesagt hatte, dass allen kostenlos das Blut gelesen werden müsste, hielt sie an der Hand fest.

»Bitte … Überprüfe uns zuerst! Was haben wir zu erwarten; werden wir angegriffen?«

»Warum lest ihr nicht bei allen, damit wir wissen, wer sterben wird?«, fragte ein anderer.

Juva hätte gelacht, wenn es nicht so traurig gewesen wäre. Kurz überlegte sie, ob sie das Spielchen mitmachen, bei allen das Blut lesen und sagen sollte, dass sie sicher seien. Doch von dem bloßen

Gedanken wurde ihr schlecht. Sie hatte nur einmal im Leben geweissagt. Das war bei Vater.

Nie wieder.

Juva schluckte. Sie verstaute den Jagdschein in der Tasche und fühlte den Leinenbeutel mit den Wolfszähnen. Sie griff danach wie nach dem Strohhalm, der sie auch waren, und schüttete sie auf die Erde.

»Ich habe Wolfszähne!«, sagte sie und verzog sich.

Nach nur einem Augenblick warfen sich alle auf den Boden wie Tiere. Sie rafften die Zähne an sich und jemand begann zu schubsen. Die Ringgardisten riefen und gingen auf jene los, die aufeinander losgingen. Juva nahm die Beine in die Hand, weg von dem Tumult.

Ihr Herz hämmerte in der Brust und ihre Augen wurden eiskalt vor Tränen. Sie verfluchte die ganze Stadt. Verfluchte Blutleserinnen und alles, was sie den Leuten einredeten. Rugen, ein Arsch von Lügner und Betrüger, und Broddmar, der ihr verwehrte, sich nützlich zu machen. Und sie verfluchte sich selbst, weil sie gerade die Zähne weggeworfen hatte, die Ester ihr schon bezahlt hatte.

Ihre Knie gaben nach und sie wäre fast auf einer Treppe in der Straße gestolpert. Sie flüchtete sich in eine Nische unter einem Turmbau und bekam wieder Luft. Sie schloss die Augen. Alles, was sie sah, war der Blick des Toten, so deutlich, als würde er noch immer zu ihr hochstarren. Nicht vom Blut oder dem offenen Hals war ihr schlecht geworden. Sondern von der Hilflosigkeit, einfach dazuliegen, während der Schnee auf den Augen schmolz.

In ihrer Fantasie sah sie, wie die Pupillen einsanken und verschwanden, bis die Augen kreideweiß und lebendiger waren als je zuvor.

HURERET

Rugen rannte, bis es in der Brust brannte, peste durch die engen Straßen, Treppen hoch und unter Brücken hindurch, verfolgt vom Anblick in der Schmalspur: dem roten Jäger, dem Ausbluter, dem Schnitter. Dem Mann mit den hundert Namen, aber mit nur einer Aufgabe: Wolfskranke zu töten.

Ich bin einer davon …

Die Schmerzen im Kiefer, der lockere Zahn, das Kribbeln im Körper, als ob die Knochen kratzten … Das Gerüst aus Beschönigungen war eingestürzt. Übrig war nur noch eine Wahrheit, die nicht zu fassen war. Er war wolfskrank. Zum Tode verurteilt.

Das Nordlicht jagte ihn, wilde Flammen am Himmel, der sich mit jeder Nacht weniger pechschwarz färbte. Er hatte einen so wahnsinnigen Durst nach Frühlingslicht gehabt, ohne zu wissen, dass er die Dunkelheit brauchen würde, um sich zu verstecken.

Die Lungen zwangen ihn, langsamer zu werden, und ihm fiel auf, dass er auf dem Weg nach Skjerpe war, dem Stadtteil, in dem Alette wohnte, zu der der Jäger bestimmt wollte. Er drehte blitzschnell um und schlug den Weg nach Herad ein.

Wie gut ist der Geruchssinn eines Wolfes?

Der konnte ihn doch nicht finden, bevor die Zähne kamen, oder? Wann würde das sein? Wie viel Zeit blieb ihm noch? Und was zum Henker dachte er sich dabei, hier alleine herumzulaufen? Er musste doch Leute finden! So viele Menschen wie möglich, so viel Gestank wie möglich, damit er in der Menge untertauchen konnte.

Er schlich in die erstbeste Bierstube, die ihm ins Auge fiel, und dort war beruhigend viel Trubel. Er kam wieder zu Atem, als er durch die Luke in der Tür nach draußen guckte. Kein Jäger zu sehen; aber die Götter wussten, dass es in dieser Stadt viele Orte gab, wo man sich verstecken konnte.

Entspann dich. Er ist hinter Alette her.

Rugen trampelte auf einem Eisengitter voller Matsch den Schnee von den Füßen, legte zehn Skár auf den Schanktisch und bestellte ein Bier. Der Wirt hatte schütteres Haar und ein gutmütiges Gesicht, nahm vier der Münzen und ließ den Rest liegen. Der Krug kam prompt, und Rugen kippte einen Schluck, der ihm in die falsche Kehle geriet. Er hustete und klopfte sich mit der Faust auf die Brust. Was zur Dränke war das denn? Das Spülwasser sah aus wie Bier und roch wie Bier, aber ihm fehlten die Worte für den Geschmack. Kein Wunder, dass es billig war.

»Das ist Kräuterbier«, erklärte der Wirt. »Du wirst dich dran gewöhnen.«

»Warum in Gaulas Namen sollte ich mich wohl an so was gewöhnen wollen?«, fragte Rugen und verstaute den Rest des Geldes im Beutel.

Der Wirt lehnte sich näher zu ihm. »Weil du davon nicht voll und lästig wirst.« Er senkte die Stimme, bevor er weitersprach: »Du bist neu hier, richtig? Es gibt viele, die kein Bier vertragen, siehst du? Das wird zu viel des Guten. Die herkommen, tun es, weil sie weniger trinken wollen. Oder um sich zu überwinden, hoch zu Kefla zu gehen.«

»Kefla?«

»Zur Blutleserin um die Ecke. Bloß ein Mädchen, aber man sagt, sie sei besser als alle anderen in der Seidagilde. Unheimlich wie die Springflut, und sie weigert sich, für Besoffene zu lesen.«

Rugen verdrehte die Augen. Zahnschmerzen, Wolfsseuche, Menschenjäger, und zu allem Überfluss war er auch noch in eine Bierstube gestolpert, wo man Körnersaft ausschenkte? Den Zorn welcher Götter hatte er sich eigentlich zugezogen? Aber er trank noch einen Schluck, wohl wissend, dass es schlimmer hätte kommen können. Es hätte ihm wie Leife gehen können zum Beispiel, dem in der Schmalspur der Garaus gemacht und der auf einem Leichenwagen weggeschafft worden war.

Sie hat ihn umgebracht.

Leife war ein Bekannter von Alette, wer sollte es also sonst getan haben? Die hübsche, willige Alette … War sie fähig, jemanden so ums Leben zu bringen? Das war unvorstellbar, aber Wolfskranke wurden zu wilden Tieren. Früher oder später. Und sie hatte sich ziemlich verrückt aufgeführt, als er letztes Mal bei ihr gewesen war. Wenn er nicht so schlau gewesen wäre, zu entkommen, wäre er jetzt tot. Sie hätte ihm den Stängel abbeißen können! Bei dem Gedanken fiel es ihm schwer, den Krug ruhig zu halten.

Was, wenn sie ihn verfolgte? Nein, Alette war erledigt. Der Jäger irrte nie, er würde sie finden und ihr die Reißzähne aus dem weichen Mund reißen. Sie würde aufgeschlitzt und zu den Steinen ausgeblutet werden, genau so, wie sie es befürchtet hatte. Was für ein verfluchtes Trauerspiel.

Rugen würgte noch etwas von dem sogenannten Bier hinunter und versuchte, die Erinnerung an ihren Körper zu ertränken. An ihren Hintern, der in seinem Rhythmus schwabbelte. Er hätte sie gewarnt, wenn es möglich wäre, selbstverständlich hätte er das getan. Aber höchstwahrscheinlich war es schon zu Ende. Er konnte nichts mehr tun, er war ja selbst nur um Haaresbreite entkommen.

Wäre es umgekehrt gewesen, hätte er nie erwartet, dass sie sich für ihn geopfert hätte, das wäre vollkommene Verschwendung gewesen. Nicht dass die Gefahr dafür bestand, weil sich kein Schwein für irgendwas oder irgendwen opferte. Die Leute dachten vor allem an sich. Trotzdem gingen sie vor die Hunde. Sie ließen sich krank machen, ließen sich benutzen und starben. Ihnen fehlte schlicht und einfach der Wille, sich aus dem Elend zu ziehen. Da musste man sich nur die beiden Kerle am anderen Ende vom Schanktisch angucken, sie kippten das Kräuterbier in sich hinein, als wäre es Heilwasser, aber sie waren keinen Funken besser als er und würden sich morgen woanders bis zur Besinnungslosigkeit besaufen.

Schmerzen schossen durch seinen Kiefer. Rugen entfuhr unfreiwillig ein Stöhnen, er hatte fast vergessen, wie teuflisch weh es tat. Er ließ den Rest vom Möchtegern-Bier stehen und trat hinaus in die Kälte. Der Schnee in der Seitenstraße hatte die Farbe von Pisse durch die güldene Glut eines Lichts, das er nicht sehen konnte. Was hatte der Wirt noch gesagt?

Kefla? Besser als alle aus der Seidagilde …

Rugen umrundete die Ecke und schaute hoch zu einem Übergang zwischen den Häusern. Nicht lang, schief von Zeit und Wetter, mit Fachwerk, das schon reichlich zerbröckelt war. Trotzdem als Wohnung genutzt, mit ein paar kleinen Luken und einem Kaminrohr an dem einen Ende, aus dem es qualmte. Der Treppenturm stand neben der nächsten Häuserreihe und eine Blutleselaterne hing neben der Tür. Selbst gemacht, aus einer gelben Garnkugel.

Was für ein Witz, nicht gerade die Laternenkoppel. Wie verzweifelt musste ein Mann sein, der seine letzten Münzen für so was aus dem Fenster warf?

Rugen klopfte. In Wahrheit konnte er es sich nicht leisten, darauf zu verzichten; er könnte in einer Stunde tot sein, geschlachtet vom Mörder in Rot. Er musste es wissen.

Nach einer Weile öffnete sich die Tür einen Spaltbreit und ein Mädchen mit schwarzen, borstigen Haaren steckte den Kopf nach draußen. Sie konnte nicht viel älter als zwölf Jahre sein. Rote Sommersprossen auf der Nase saßen dicht an dicht wie eine Kratzwunde in dem goldbraunen Gesicht. Sie musste aus Ruv oder einer ähnlichen Gegend kommen.

Sie schaute sich um, um zu überprüfen, ob er allein war.

»Komm rein«, sagte sie mit der Stimme eines Jungen. »Und versuchst du was, dann steche ich dich ab!«

Rugen war baff und ihm fiel keine gute Antwort ein; es dämmerte ihm aber, dass das Mädchen tatsächlich die Blutleserin war, darum folgte er ihr nach oben in das schmale Zimmer in der Gangbrücke. Dort war es dunkel und viel zu warm, dank eines eisernen Ofens am anderen Ende, in dem es brannte. In ein paar Fensterluken an den Längswänden blitzte die Straße darunter auf. In der Mitte stand ein Tisch mit zwei Hockern, schief und krumm wie Treibholz, und nichtssagende Figuren aus Knochen hingen von der Decke. Das hier dürfte billig werden …

»Drei Runen«, sagte sie, als hätte sie seine Gedanken gelesen.

Sie gab ihm mit einer Geste zu verstehen, dass er sich an den Tisch setzen solle, und er ließ sich nieder, obwohl der Preis gesalzen war.

»Drei Runen? Genauso viel nehmen die Blutleserinnen der Seidagilde …«

»Das ist ein Bruchteil«, widersprach sie und pflanzte sich ihm gegenüber hin. »Nicht dass es weiter wichtig wäre. Seidagilde ist Seidagilde. Ich bin Kefla und es kostet drei Runen.«

Rugen schnaubte. »Du kannst dich nicht mit ihnen vergleichen, du bist ein Kind! Und nicht mal von hier, das kann jeder Schwachkopf sehen.«

»*Du* hast mich mit ihnen verglichen. Nicht ich. Und ich bin hier in Náklav geboren, das ist mehr, als wessen du dich rühmen kannst. Gib mir deine Hand.«

Wie zur Wolfsfotze kann sie wissen, wo ich geboren wurde?

Rugen schluckte. »Da muss man sich doch nicht gleich so aufregen. Feilschen ist eine ehrliche Sache. Oder tischst du mir jetzt Lügen auf?«

Das Mädchen sah ihn aus schmalen braunen Augen an. »Viel schlimmer, Mann. Ich werde dir die Wahrheit sagen. Drei Runen.«

»Ich habe zwei«, entgegnete Rugen. Er wollte noch hinzufügen, dass er bezweifelte, dass sie die wert war, aber Blutleserin war Blutleserin, und mit denen war nicht zu spaßen, was ihr Gesichtsausdruck auch bestätigte.

Rugen schüttete seinen Geldbeutel mit Nachdruck auf dem Tisch aus. Zwei Runen und sechs Skár. Und eine Pillendose, die er schnell wieder einsteckte. In ihr war eine Blutperle, und die konnte verkauft werden, wenn er sie nicht selbst schluckte.

Das Mädchen dachte über die Münzen eine Weile nach, bevor sie seine Hand nahm und die Haut mit einem scharfen Ring einstach. Er zuckte unwillkürlich, doch ihr Griff war stark und hielt seine Hand über einem Zinnbecherchen mit Wasser fest. Das Blut tropfte von seiner Handfläche ins Wasser. Sie starrte den Bluttanz an, länger, als ihm lieb war, ehe sie seine Hand losließ und ihm für die Wunde einen Lappen gab.

»Du willst wissen, wie lange du noch hast, obwohl du weißt, dass du schon tot bist?«

Wenn das Mädchen überhaupt etwas fühlte, dann verbarg sie es gut. Rugen wickelte den Lappen um die Hand und musterte sie. Am liebsten hätte er sie zur Dränke gewünscht, doch sie brachte ihn davon ab, weil sie offensichtlich das Geforderte lieferte.

»Ich atme noch«, antwortete er trocken. »Darum hoffe ich, dass du noch mehr anzubieten hast.«

Kefla nickte zum Zinnbecher. »Trink, schlucke es aber nicht hinunter.«

Rugen spürte, wie der Brechreiz in seinem Hals anschwoll. Das eigene Blutwasser trinken, was zum Henker war das denn für eine kranke Methode?

»Tu nicht so, als wärest du an den Geschmack nicht gewöhnt«, sagte sie, genauso unterkühlt.

Verfluchte Hexe.

Was, wenn sie ihn verpfiff? Blutleserinnen unterlagen der Schweigepflicht, jedenfalls die, die in der Seidagilde waren; aber wer zum Henker konnte sich auf ein gnadenloses zwölfjähriges Mädchen verlassen? Am besten, man behielt einen guten Ton bei. Rugen leerte den Becher in den Mund. Es schmeckte salzig und widerlich. Schlimmer als das Bier um die Ecke, und er musste sich anstrengen, es nicht wieder auszuschnauben.

»Meerwasser«, sagte sie. »Wenn du es nicht als Neugeborenes empfangen hast, schmeckt es ekelig. Hier, spuck aus.«

Sie stellte ihm einen Napf mit Wasser hin und er spuckte aus. Er war sich sicher, dass sie ihn absichtlich quälte.

»Frischwasser schmeckt zu gut, um den Zweck zu erfüllen, oder was?«, fragte er so sauer, wie er sich traute.

»Frischwasser eignet sich dafür nicht. Bist du in Draumheim geboren, dann empfängst du dreimal im Leben Meerwasser. Wenn du geboren wirst, wenn du heiratest und wenn du stirbst«, erklärte sie, als wäre er ein Blödmann aus Undst. Als ob er nicht schon seine Witze gerissen hätte, dass »das Wasser zu empfangen« bedeuten konnte, vermählt zu werden oder zu sterben. Das war unbestreitbar witzig, doch er bezweifelte, dass sie alt genug war, den Humor zu erkennen, darum hielt er den Mund.

»Du willst wissen, was zwischen dem ersten Wasser und dem letzten geschieht. Dann musst du es wieder trinken. Das Meer trägt das Schicksal in sich, so wie das Blut.«

Kefla umfasste den Napf mit beiden Händen und starrte hinein. Sein Blut hatte das Wasser rosa gefärbt und dunklere Schlieren wirbelten wie Rauch zu Boden. Sie sagte nichts. Tat nichts.

Rugen wollte fast der Geduldsfaden reißen. »Ja? Was soll ich jetzt machen?«

Sie schaute zu ihm hoch. Im Schein des Feuers wurden ihre Sommersprossen lebendig, und dadurch sah sie aus, als würde sie sich gleich auflösen. »Kommt drauf an, was du retten willst. Das Leben oder die Seele.«

»Wo ist da verdammt noch mal der Unterschied? Was nützt mir die Seele, wenn ich nicht am Leben bin?«

Das Mädchen zuckte die Schultern. »Wenn du es nicht weißt, brauchst du mehr als meine Hilfe. Aber es ist dein Leben, Mann. Um es zu retten, musst du den Ausweg nutzen, den du schon kennst, aber zu feige warst zu nehmen.«

Nafraím ...

Rugen wollte wissen, was er sagen sollte, wie er sich dem Ewigwährenden wieder nähern konnte, Kefla aber starrte nur weiter in die rote Brühe.

»Drei Schicksalszeichen«, sagte sie leise. »Der Teufel. Du hast den Teufel in dir, du bist Wolfsspucke, Träger des erbärmlichsten Keims, und daran kann sie nichts ändern.«

»Sie?«

»Das Herz. Das zweite Zeichen ist das Herz, das du gebrochen hast. Was du zerstörst, kann dich zerstören. Das Herz ist das Einzige, was das Tier zähmen kann.«

Juva ...

Rugen hätte viele Herzen aufzählen können, an denen er sich gewärmt hatte, Juva aber war der Auftrag von Nafraím, den er versaut hatte, das konnte also kein Zufall sein. Er musste Ordnung schaffen. Der Ewigwährende konnte ihn retten.

»Und das dritte Zeichen?«

Kefla verschränkte die Arme vor der Brust, wie um anzudeuten, dass sie fertig war. »Verlust. Tod. Alles, was enden kann, wird enden, und du wirst es sehen.«

»Nett ... Und was ist mit Weissagungen über süße Mädchen und lange Reisen? Verkauft sich so was nicht mehr?«

»Ich habe dir die Wahrheit versprochen, Mann. Die hast du gekriegt, mehr gibt es nicht zu sagen.«

Rugen stand auf. Kurz erwog er, das Geld an sich zu raffen. Das Mädchen war eine kleine Krabbe, sie konnte ihm nichts weiter tun, als ihn mit dem spitzen Ring zu stechen. Er konnte aber nicht riskieren, dass sie das mit der Wolfsseuche verriet und ihm die Ringgarde auf den Hals hetzte. Und sie hatte ihm trotz allem die Antwort gegeben, die er brauchte. Er musste zu Nafraím, wenn er sein Leben retten wollte. Genau das hatte sie gesagt, und das bedeutete, dass es Hoffnung gab. Er war nicht zum Tode verurteilt.

Kefla öffnete die Tür, und er war erleichtert, sie verlassen zu können, obwohl er unfreiwillig zugeben musste, dass er sich besser fühlte.

Er erreichte das Ende der Straße und kam dort an, was er als den Glückselige-Runas-Vei erkannte, nicht besonders weit von Nafraím entfernt. Ob er tatsächlich noch da wohnte wie zuletzt, war die Frage. Sie hatten sich nur in Florians Salon getroffen, gleich um die Ecke.

Rugen hatte beim Gehen den Geschmack seiner eigenen Angst im Mund. Was war am schlimmsten: vom roten Jäger geschlachtet zu werden oder einen Vardari aufzusuchen? Je näher er kam, desto weniger deutlich lag die Antwort auf der Hand. Er überlegte, wie wohl die Stimmung sein würde, und begriff, dass er kürzlich bei Alette genauso vorgegangen war. Leute waren verdammt schwierig. Warum musste er immer, wenn er jemanden brauchte, sich schämen oder betteln?

Er hatte einen Auftrag übernommen und sein Bestes gegeben, um herauszufinden, was es über das Blutlesemädchen herauszufinden gab. Bevor er ihr Geld genommen hatte und abgehauen war … Aber Nafraím war keiner, der wegen so etwas sauer war. Vardari wurden doch nicht eingeschnappt?

Sie töten dich nur.

Er erreichte Todesvrakk, die ungemütlichste Straße in ganz Náklav. Sie strotzte vor Wohlstand, das war nicht der Grund, aber sie lag ganz dicht am Meer, und ihn überlief es kalt von dem, was die Leute »die Hängehäuser« nannten. Für Náklav typische Häuser, auf den ersten Blick. Uralte, dunkle, aus Stein gebaute Häuser mit zwei, drei Stockwerken; aber sie waren weitaus größer, denn der Hauptteil hing an deren Außenseite über der Steilküste, in der Klippenwand in riesigen Rissen verankert. Durch das Licht in den Fenstern sah es aus, als würden sich die Häuser über die Kante ins Meer ergießen.

Rugen blieb vor dem letzten Haus in der Reihe stehen. Es besaß etwas so Seltenes wie einen kleinen Vorplatz, mit einer alten Kiefer, die sich aus dem Schnee schlängelte. Die Pforte war zu, aber nicht abgeschlossen. Über der Klinke hing ein Schild mit einem Wappen aus Gusseisen. Ein mit Speeren getöteter Wolf, darunter der Familienname Sai. Es war nicht bemalt, man hätte meinen können, es sollte übersehen werden.

Sai … Nafraím Sai? War er hier richtig? Er konnte sich nicht entsinnen, dass man ihm den Familiennamen genannt hätte.

Rugen überquerte den Vorplatz, stieg die Steintreppe mit nur zwei Stufen hoch und schlug den Ring gegen die Tür. Sie wurde von einem älteren, etwas hochnäsigen Knilch geöffnet, der wie für ein Fest angezogen aussah, obwohl er den Eindruck machte, als hätte er noch nie eins erlebt.

»Guten Abend. Womit kann ich dem Herrn dienen?«, fragte er und klang nicht, als würde er sich einen Scherz erlauben. Rugen wieherte vor Lachen. Eines schönen Tages würde er auch so einen haben. Einen eitlen Fatzke, der die Tür öffnen und fragen würde, womit er dienen könne. Doch dazu würde es nie kommen, wenn er diese Chance nicht nutzte.

»Nafraím? Bist du sein Diener? Ich muss mit ihm reden.«

Der Diener hob eine schmale Augenbraue. Rugen wurde unsicher, ob er den Namen des Ewigwährenden hätte nennen sollen. Verwendeten die Vardari eigentlich ihre richtigen Namen, oder änderten sie die, wenn sie zu … alt geworden waren? Eine Lawine aus Fragen meldete sich gleichzeitig und keine machte ihn ruhiger. Er musste sich zusammenreißen.

Glaube keinem hysterischen Klatsch und Tratsch.

Der Diener räusperte sich. »Ich bin der Hausdiener des Herrn, ja. Wen darf ich melden?«

»Mel…? Oh. Ich arbeite für ihn.«

Der Hausdiener starrte ihn an.

Rugen schluckte. »Ich habe mal für ihn gearbeitet. Oder … ich habe für ihn einen Auftrag erledigt. Einmal.«

Der Hausdiener trat zur Seite. »Du darfst gern hier im Haus warten, ich werde mich erkundigen, ob mein Herr einen Anlass hat, den Herrn zu treffen.«

Rugen unterdrückte ein nervöses Lachen und betrat die Diele. Sie spiegelte einen zurückhaltenden Reichtum wider, der so alt und selbstverständlich war, dass er nicht einmal zur Schau gestellt werden musste. Sie war so nüchtern, dass es Verschwendung war. Die Galerie besaß ein Geländer aus Holz und ruhte auf ganz gewöhnlichen Holzsäulen. An der einen Wand hingen schwere Teppiche mit verblassten Motiven.

Warum sich für Holz und Teppiche entscheiden, wenn man sich Gold leisten konnte? Gold, Spiegel und edles Gestein, das hätte man wenigstens verstehen können; das hier wirkte wie eine Verhöhnung aller, die mit Brei aufgewachsen waren.

Rugen trat an den nächsten Wandteppich, um ihn zu befühlen. Er roch wie altes Seil, gewebt in Schattierungen aus Blau und Grau. Er musste wieder zurücktreten, um das Motiv zu erkennen. Ein Wolfsrudel auf der Flucht, alle in die gleiche Richtung, als würden sie quer über das Bild gejagt.

Der Teppich daneben war rot, das Motiv war aber sinnlos. Er

machte ein paar Rückwärtsschritte. Herzen? War das ein Haufen Herzen? Zur Dränke, wie ekelig! Was war an schönen Frauen mit prallen Brüsten auszusetzen, von solchen Teppichen gab es doch mehr als genug?

»Wenige hätten den Schneid gehabt, herzukommen, das muss man dir lassen.«

Rugen zuckte zusammen und drehte sich zu der Stimme um. Im Schatten unter der Treppe stand Nafraím. Ein gepflegter und sonderbar anziehender Mann, obwohl er alt genug war, um sein Vater sein zu können.

Oder Großvater? Urgroßvater?

Rugen zog die Kapuze vom Kopf und merkte, dass er einen schweißnassen Haaransatz hatte. Nafraíms Worte enthielten viel zu viel: sowohl, dass er nicht hätte herkommen sollen, als auch eine Erinnerung daran, dass er seinen Auftrag nicht ausgeführt hatte. Was sollte er dazu sagen? Rugens erster Gedanke war, es wegzulächeln, so zu tun, als hätte er die Andeutung nicht begriffen. So überlebte er. Mit Charme, auf dem Glatteis. Aber instinktiv wusste er, dass der Ewigwährende nicht so viel Geduld hatte wie andere.

»Ich habe mich lächerlich gemacht, ich weiß. Und ich wäre nicht hier, wenn ich nicht müsste.«

Nafraím sah ihn eine Weile an, ohne dass es möglich gewesen wäre, seine Gedanken zu erraten. Endlich trat er näher und öffnete unter der Galerie eine Tür. »Ich hoffe, Höhe steigt dir nicht zu Kopfe«, sagte er und ging hindurch, ohne eine Antwort abzuwarten.

Rugen folgte ihm eine blank polierte Holztreppe nach unten, die sich wie eine Spirale drehte, so eng, dass er sich wie betrunken vorkam. In kleinen Fenstern in tiefen Nischen blitzte das Meer auf, wodurch ihm unangenehm klar wurde, dass es sich unter ihm befand. Er hatte keinen festen Boden mehr unter den Füßen.

Sie kamen in ein Arbeitszimmer hinunter oder in eine Art Werkstatt, in der es nach Alkohol roch. Die eine Wand wölbte sich zum Meer, und Rugen vermied es, aus den Sprossenfenstern zu gucken. Kupferrohre krümmten sich unter der Decke, hinunter in ein Gewirr in der Mitte, wo eine riesige Lampe an ihnen befestigt war. Die war hässlich, wie eine verformte Weinflasche, und glühte weiß von Leichenholz.

Rugen hatte ganz stark das Gefühl, am falschen Ort zu sein. Die Arbeitsbank war übersät mit Zeichnungen, Glaskolben und Instrumenten, deren Verwendungszweck ihm schleierhaft war. Und was war das da für ein ekeliges Ding in Alkohol eingelegt? War das ein Herz? Er tat, als hätte er es nicht gesehen, und kratzte stattdessen an einem Modell: Messingkugeln in unterschiedlicher Größe liefen in Kreisen umeinander herum. Von einigen zweigten neue Kugeln ab wie an einer Art von Baum.

»Das Universum. Wie es sich unserer Annahme nach darstellt«, erklärte Nafraím und setzte sich auf ein gepolstertes Sofa vor einer toten Feuerstelle.

Er bedeutete Rugen, sich auf den Stuhl davor zu setzen, was er widerwillig tat. Dieser kam ihm zu niedrig vor, zumindest wenn er gezwungen sein würde loszulaufen …

»Draußen ist es kalt, aber du schwitzt«, stellte der Ewigwährende fest. »Du spannst die Kiefer an und riechst nach Blut. Und sie haben gerade eine Leiche in der Schmalspur gefunden. Warst du das?« Er sprach langsam und eindringlich, wirkte aber von seiner Frage unberührt.

»Nein! Nein, was zum Henker?« Rugen bereute sofort seinen Gefühlsausbruch.

Er schaute die ruhige Person auf dem Sofa an und fühlte sich hereingelegt. Er musste sich würdevoller benehmen, wenn er Hoffnung auf die Hilfe, die er brauchte, haben wollte. Er lehnte sich auf dem Stuhl zurück.

»Nein …«, wiederholte er mit dem bisschen Beherrschung, das er noch aufbringen konnte.

»Aber du hättest es gewesen sein können?«

Rugen schaute den Mann an, unsicher, ob er behauptete, er sei ein Mörder, oder ob er schon wusste, dass er wolfskrank war.

Nafraím seufzte und sah aus, als wolle er wieder aufstehen.

Rugen hob in Panik die Hand. »Nein, warte! Du hast recht. Ich bin krank, und ich weiß nicht, warum. Ich bin immer vorsichtig gewesen, ich habe nichts getan, um das zu verdienen!«

Nafraím nahm eine Pastille aus einem Döschen in der Tasche und setzte sich bequemer hin. »Im Gegensatz zu den anderen, meinst du?«

Da war es wieder, das schiefe Lächeln, ein Scherz, den Rugen nicht verstand. Er fühlte sich entlarvt. Wütend. Ängstlich. Ehrlichkeit schien hier das einzige Mittel zu sein.

»Hör mal … Ich hätte Bescheid sagen müssen, dass es schiefgelaufen ist. Ich habe gemacht, was du gesagt hast, so lange wie möglich, aber du weißt ja, wie Frauen sind, oder? Bei denen weiß man nie; und außerdem funktionierte es einfach nicht. Aber da gab es nichts mehr rauszufinden, das weiß ich! Das Mädchen hat kein Interesse, Blutleserin zu werden, und wird seine Meinung nicht ändern. Es ist die andere, die Jüngere, die übernimmt, und das habe ich dir gesagt. Du hast alles erfahren, was du wissen musst.«

Nafraím rieb sich die Gelenke, als würden sie ihm schmerzen, aber nichts in seinem Gesicht deutete darauf hin, dass ihm etwas wehtat. Die eine Hand wirkte seltsam unbeweglich. »Sie hat dich durchschaut. Du hast sie gelangweilt.«

Sie gelangweilt?

Rugen biss die Zähne zusammen. »So war das nicht, überhaupt nicht. Ich habe sie mit Samthandschuhen angefasst, aber ich habe ihr Geld weggenommen, gut? Ich habe es gebraucht, und das war sowieso nichts für länger.«

Nafraím erhob sich und sah ihn mit einem bohrenden, abschätzenden Blick an. In Rugen stieg das unangenehme Gefühl auf, bedeutungslos zu sein. Ein Junge. Das war zum Henker nicht richtig.

»Glück im Unglück, wenn schon sonst nichts weiter«, sagte Nafraím. »Wenn es so zu Ende gegangen ist, dann lässt sich das regeln. Warte hier und fass nichts an.«

Der Ewigwährende entfernte sich durch eine Tür, die geradewegs in die Klippenwand führen musste.

Rugen sprang vom Stuhl. »Kannst du mir helfen oder nicht?«

Die darauffolgende Stille war erniedrigend. Er nahm allen Mut zusammen und trat näher an die Fenster, guckte zwischen den mit Raureif bedeckten Sprossen nach draußen. Weit unter ihm wogte das Meer in großen Wellen, von denen er sich wackelig fühlte. Über dem Fjord glommen Laternen von einem Gewimmel aus Schiffen unten an den neuen Kaianlagen auf Kviskre. Ein paar Lichter erloschen, als ein Schiff in die Schächte in der Klippenwand segelte. In die Räuchereien. Rugen hatte die Hafenarbeit mit Mühe und Not drei Wochen durchgehalten. Eine verdammte Plackerei, beschissen bezahlt und der gleiche Mist, mit dem sich der Rest der Familie beschäftigt hatte. Er war nicht nach Náklav gezogen, um nach Rauch und Walblut zu stinken.

Auch nicht, um an der Wolfsseuche zu sterben.

»Haben sie sich gelockert?«

Rugen zuckte von Nafraíms Stimme zusammen. Er war zurzeit viel zu schreckhaft. Voller Unruhe, bewegte sich immer wie auf rohen Eiern.

Er drehte sich zu dem Ewigwährenden um. »Haben sie sich was?«

»Die Zähne? Haben sie sich gelockert?«

Rugen fühlte mit der Zunge nach, obwohl er das den ganzen Tag über wie besessen machte, sodass er nur zu gut wusste, wie es stand. »Der eine ist ein bisschen locker.«

Nafraím hob sein Kinn an und starrte ihm in den Mund, als habe er ein Pferd vor sich. »Nun gut … Dir bleibt noch etwas Zeit und ich kann dir ein bisschen mehr geben. Aber an dem roten Jäger kann ich nichts machen, sei also wachsam.« Er stellte ein Fläschchen mit einer sirupartigen Flüssigkeit auf die Fensterbank. »Das hier wird den Verlauf ein wenig hemmen. Schmerzen werden dich weiter plagen, aber weniger stark und nicht so oft. Es wird auch dein Blut andicken, damit du nicht an einer Schramme verblutest.«

»An einer Schramme? Ich kann an einer Schramme verbluten?!« Rugen hasste es, zu hören, wenn sich seine Stimme überschlug.

»Jetzt nicht mehr«, antwortete Nafraím ruhig. »Trink jeden Tag einen Fingerhut, mehr nicht. Das verschafft dir Zeit, ändert aber nichts am Ergebnis.«

Ergebnis …

Rugen starrte Nafraím an, das Mitgefühl des Mannes fiel bestenfalls oberflächlich aus. Er kam sich blöd vor, nach dem Einleuchtenden zu fragen, aber hier würde er nichts umsonst bekommen. »Was könnte denn am Ergebnis etwas ändern?«

Nafraím lächelte zurückhaltend, als habe er nur darauf gewartet, dass er diese Frage stellen würde. »Nichts. Soll heißen … Nichts anderes als das hier.« Er zeigte mit der Hand auf sich. Eine diskrete Geste, deren Bedeutung allerdings deutlich war.

Die einzige Heilung ist, so zu werden wie er.

Ein Vardari zu werden. Ein Ewigwährender. Einer, dem keine Krankheit etwas anhaben konnte, wie tödlich die auch immer sein mochte. Rugen zitterte plötzlich. Das hier war eine Prüfung. Ein Versprechen. Wenn er diesmal nur seinen Auftrag ordnungsgemäß erledigte …

Nafraím nickte zu dem Fläschchen. »Es gehört dir, wenn du willst. Nimmst du es aber, dann nimmst du den Auftrag an, ist dir das klar?«

»Was soll ich für dich machen?«

»Das, was dir letztes Mal nicht gelungen ist. Die Umstände sind komplizierter, als du dir vorstellen kannst, und du musst lernen, besser hinzusehen, zu horchen. Lagalune Sannseyr ist der Kern der Seidagilde, und in dem Haus wird künftig viel passieren. Ich muss wissen, was. Juva ist zurück. Warum? Lagalune lügt, dass sie krank sei. Warum? Ich will wissen, wohin Lagalune verreist, wo sie früher gewesen ist und von welchen Orten sie spricht. Ich will wissen, mit wem sie sich trifft und worüber sie sprechen. Das Haus Sannseyr ist ein Hort der Heimlichkeiten, und du musst dich von der Vorstellung verabschieden, dass du schon alles weißt, was wissenswert ist. Doch das Allerwichtigste: Ich will wissen, welches der beiden Mädchen das Amt der Mutter erbt. Wer den Sitz in der Seidagilde übernimmt. Ich will es in dem Moment wissen, in dem die Entscheidung fällt, und niemand in Náklav soll es vor mir erfahren. Hast du das verstanden?«

Rugen rieb sich den wehen Kiefer, unsicher, ob er gerade einen nicht ausführbaren Auftrag annahm. Juva würde einen Tobsuchtsanfall kriegen und er musste sich eine wahnsinnig gute Erklärung aus den Fingern saugen. Wenn er überhaupt so weit kam, alles zu erklären, bevor sie ihn mit der Armbrust erschoss oder Ähnliches. Kurz erwog er zu fragen, ob er es vielleicht stattdessen bei der kleinen Schwester versuchen könnte; Solde Sannseyr aber hatte zweifellos noch keinen Mann gehabt, und an dem Tag, an dem das passierte, würde er sich bestimmt den Pimmel abfrieren.

Da war auch noch das Problem mit den vierzig Runen … Rugen fuhr sich durchs Haar und schaute zu Boden. »Ich muss zurückzahlen, was ich ihr weggenommen habe, ich habe keine Chance, wenn sie nicht …«

»Du wirst das Geld bekommen.«

Rugen leckte sich die Lippe. Der Mann erkundigte sich nicht einmal nach der Höhe des Betrages. Was war das wohl für ein

Gefühl, so teuflisch viel zu besitzen; und würde er es eines Tages auch einmal fühlen?

Nafraím ging zur Wendeltreppe. Rugen raffte das Fläschchen an sich und folgte ihm nach oben in die Diele, wobei er an Juva dachte und wie er die Situation angehen würde. Sie war süß, das war also nicht das Problem. Hübsche Brüste. Blondes Haar und nicht eingebildet, schmale und misstrauische Katzenaugen. Es war schwierig, sie dazu zu bringen, sich zu öffnen, und er wusste genau, dass sie ihn eigentlich nie ganz nahe an sich herangelassen hatte. Aber sie vögelte, als würde sie bald sterben, und bei allen Göttern, er liebte diese Art. Aber wie zur Dränke sollte er in ihr wieder Feuer entfachen?

Rugen blieb allein in der Diele zurück, als Nafraím das Geld holen ging. Er kam nicht wieder, der Hausdiener kam damit zurück. Er hielt den reich gefüllten Lederbeutel mit spitzen Fingern, als wäre er schmutzig.

Rugen spürte, dass er einknickte. Er hatte noch nie Probleme damit gehabt, sich Münzen, Kleider oder einen Schlafplatz zu erschmeicheln, aber das war bei Frauen. Frauen *wollten* abgezogen werden, sie gaben bereitwillig, um sich überlegen zu fühlen. Das hier war etwas anderes. Das hier vermittelte ihm das Gefühl, dass er ihm nie wieder hart werden würde. Er war eine Hure für Vardari.

DER TEUFELSPIMMEL

Nafraím stieg aus dem Wagen und verpasste seinem Nacken eine schmerzhaft notwendige Dehnung. Er konnte sehen, dass einige andere das Gleiche taten, weiter vorne in der Karawane, deren Ziel die Ostküste war. Wenn die Zeit nicht knapp gewesen wäre, hätte er in Kreknabork einen privaten Wagen aufgetrieben und wäre allein gereist.

Die Fahrt war eine Strapaze gewesen, durch eine junge Frau mit ihrem Neugeborenen. Sie hätte angenehm verlaufen können, wenn die Frau nicht von ihrer Mutter begleitet worden wäre, die ununterbrochen über alles genörgelt hatte, was ihre Tochter falsch machte. Das Kind wurde verkehrt gehalten, zu wenig gefüttert, zu dick angezogen und gab zu allem Überfluss die falschen Töne von sich. Schließlich fühlte sich Nafraím genötigt, sie höflich aufzufordern, ihr Gemecker allen Ohren zu ersparen und sich lieber nur zu äußern, wenn sie meinte, dass etwas richtig gemacht wurde. Die Frau hatte sich wie ein Blasebalg aufgebläht; und kurz hatte er geglaubt, sie würde platzen, doch bis zum Ende der Fahrt antwortete und sagte sie kein Wort mehr. Wenig später war die Tochter mit ihrem Kind eingeschlafen.

Nafraím schaute sich um, als der Kutscher den Koffer ablud. Sie waren mitten in der Wildnis, an einem schmalen Fluss. Dichter Wald, so weit sein Auge reichte, und das einzige Anzeichen von Leben waren ein paar verfallene Hütten unten am Flussufer.

»Bist du sicher, dass das hier die richtige Stelle ist?«, fragte er.

Der Kutscher reichte ihm den Koffer und zeigte zu den Häusern. »Schwöre Stein und Bein, mein Herr. Du siehst Vanakrog gleich da unten. Nicht gerade eine Ringstadt, aber du wirst dort Essen, Bier und Unterkunft finden.«

Die Karawane schlängelte sich weiter durch den Morast, den der Schnee hinterließ. Nafraím zog einen Zettel aus der Brusttasche seines Mantels und las wieder, als hätte sich auf der Fahrt etwas daran geändert.

Ab Kreknabork nimm eine Karawane nach Osten nach Hamvær. Mache halt im Dorf Vanakrog, frage nach des Teufels Pimmel. Wenn du ihn findest, habe ich dich gesehen.

Er steckte den Zettel wieder zurück in die Tasche, nahm seinen Koffer und folgte dem Weg hinunter zu den Häusern, wobei er versuchte, die größten Schlammlöcher zu umgehen. Er bereute die Wahl seines Schuhwerks und stellte sich darauf ein, auch für die übrige Kleidung aufgezogen zu werden.

Wenn es nach ihm gegangen wäre, hätten sie sich natürlich in Kreknabork getroffen. Er musste allerdings zugeben, dass man bei dieser Art zu reisen viel lernte. Vor allem, die Steinkreise zu schätzen.

Außerdem war er abhängig von ihrem guten Willen, sowohl von Fauns als auch von Seires. Er ging nicht davon aus, dass sie den Pakt aufkündigen würden, aber da konnte man nie sicher sein. Leute veränderten sich, besonders die, die jahrhundertelang lebten, das hatte er schmerzlich erfahren müssen.

Die Hütten wirkten aus der Nähe betrachtet ein wenig stabiler, und er ging aufs Geratewohl in die, die in etwa an ein Wirtshaus erinnerte. Er ignorierte die Blicke des einen Gastes und steuerte auf die füllige Frau hinter dem Schanktisch zu, die sich zu amüsieren schien, als sie alles andere als schüchtern seinen Aufzug von oben bis unten musterte.

Er räusperte sich und hätte fast nach »des Teufels Pimmel« gefragt, merkte aber, dass ihm das fimländische Wort für das männliche Geschlechtsteil nicht mehr einfiel. Er musste improvisieren, nicht gerade seine Stärke.

»Ich suche nach des Teufels … Ding.«

»Nach einem teuflischen Ding? Wenn das eine Biersorte ist, dann haben wir die hier nicht.«

»Nein, nein, das ist ein Ort, glaube ich. Oder eine Statue.« Er machte eine hilflose Handbewegung zum Schritt. »Des Teufels … Sack. Stange.«

»Ach so! Der Teufelspimmel!«, antwortete sie lachend. »Da musst du über die Brücke in den Wald. Nimm den Weg nach links. Nicht nach rechts. Wenn du am Wasserfall ankommst, bist du falsch gelaufen.« Sie ließ wieder den Blick über ihn wandern. »Du bist nicht gerade für so was angezogen. Dauert schnell eine gute Stunde.«

»Das nehme ich in Kauf«, antwortete er trocken und legte fünf fimländische Kronen auf den Schanktisch. »Wonach suche ich?«

»Nach einem Baum. Nach einer alten Fichte, die direkt aus der Klippenwand wächst, über einem Gewässer. Du wirst den Baum erkennen, wenn du ihn siehst.«

Er bedankte sich und ging. Die Tür war nicht dick genug, um dahinter den Lachanfall der Frau und des einen Gastes zu dämpfen. Nafraím lächelte und setzte seinen Weg über eine Seilbrücke fort, die über den Fluss führte. Der Weg stieg an, durch eng zusammengewachsene Tannen und Fichten, immergrün auf dem rostfarbenen Boden. Die Sonne war hier schon angekommen, im Gegensatz zu Náklav, doch er konnte sie nicht sehen, nur spüren, hinterm Horizont.

Nafraím fühlte sich in dem wilden Gelände wie ein Eindringling, eine unentdeckte Fremde. Er war in den letzten Jahren viel zu selten verreist. Er war mit seinen Vorhaben in Náklav hocken geblieben und hatte vergessen, wie groß die Welt war und dass weite Teile nach wie vor unbewohnt waren.

In kalten Talsenken sah er, dass der Schnee sich gerade zurückzog. Gelbe Blüten mit platt gedrückten Halmen ragten aus den Hängen. Er spürte die Anstrengung allmählich in den Beinen, ein ungewohntes Gefühl.

Er zwängte sich zwischen zwei Felsblöcken durch und kam auf eine mit Heidekraut bewachsene Kuppe, die den Blick auf ein Gewässer in einzigartig grüner Färbung preisgab. Und dort, auf einem Felsvorsprung über dem Wasser, offenbarte sich des Teufels Pimmel in voller Größe.

Die Fichte krallte sich mit etlichen Wurzeln an der Klippenkante fest. Der Stamm war äußerst kräftig und bog sich zum Wasser hinab, bevor er sich wieder nach oben schwang, schräg hinauf zum Himmel, mit einem Gestrüpp aus Nadeln in einer Form, die ganz eindeutig war.

Nafraím stellte den Koffer ab, beschirmte die Augen mit der Hand und studierte diese merkwürdige Erscheinung, bis es an Stellen zu kribbeln begann, deren Lebendigkeit er schon seit Jahren nicht mehr gefühlt hatte.

»Prächtig, nicht wahr?«

Die Stimme hinter ihm war ebenfalls ganz eindeutig. Er drehte sich um und schlang die Arme um Faun, so gut es sich bei einem so breitschultrigen Mann machen ließ.

»Faun …« Seinen Namen laut auszusprechen war wie eine Liebkosung auf den Lippen.

Fauns Hand fand seinen Hinterkopf und drückte ihn an sich. Er flüsterte mit ruhiger Stimme, wodurch Nafraím die Augen, an den nackten Oberkörper gelehnt, schloss. »Du riechst, als würdest du am Rand der Welt stehen, Naf. Meer und Rauch, Wein und Parfüm. Als würdest du nicht wissen, wo du hingehörst.«

Faun trat einen Schritt zurück, hielt ihn auf Armeslänge von sich und musterte ihn. »Aber ich sehe ja, wohin du gehörst. Komm«, sagte er und nickte zum Pfad. »Ich habe einen besseren Aussichtspunkt und Seire wartet.«

Nafraím folgte Faun und konnte seinen Anblick ohne Scheu genießen. Der Wilde war unbestreitbar wunderschön, wie die Natur, in der sie sich bewegten. Jung, stark und tierisch, mit tiefblauen Augen, in denen es nie Kummer und Schmerz gegeben hatte, nicht einmal während der Wolfskriege, bevor er ein Ewigwährender geworden war. Das braune Haar sah aus, als würde es über den muskulösen Rücken wie Wurzeln wachsen, hier und da mit Bändern und Knochenperlen gebändigt.

Die Kälte schien ihm gar nichts auszumachen, ein Geschenk, das kein anderer Vardari bekommen hatte. Wieder fragte sich Nafraím, ob das Blut Faun auf ganz eigene Weise verändert hatte.

Der Pfad setzte sich als ein mit Gras bedeckter Felsabsatz fort, bevor er zu einem Vorsprung über dem Wasser hinaufführte, der von hoch aufragenden Tannen gekrönt war. In deren Schatten stand eine mit Heidekrautmatten bedeckte Pyramide aus Stämmen. Nafraím lachte auf. Er hätte es Scheiterhaufen genannt, Faun nannte es Treffpunkt. Aus der Mitte stieg Rauch auf.

Faun blieb davor stehen. »Du bist stiller als sonst«, sagte er. »Hast du im letzten Jahrzehnt nur Menschen zu Gesicht gekriegt?«

»Kommt darauf an; als was würdest du dich selbst bezeichnen?«

Faun lachte. Ihn ein Tier zu nennen war keine Beleidigung, er war im Wald mehr zu Hause als an irgendeinem anderen Ort. Seinetwegen trafen sie sich hier, und damit sie niemand zusammen sah.

Das Fell wurde von der Öffnung gezogen und Seire ließ sie eintreten.

»Faun ist weder Mann noch Tier, er ist ein Mythos geworden, wie ich höre.« Ihr Lächeln war breit und blendend.

Nafraím hatte sich dagegen gewappnet, sie zu sehen, sie beide, doch das war offenbar eine überflüssige Vorkehrung gewesen. Fast siebenhundert Jahre waren seit ihrem ersten Treffen vergangen, und nach wie vor fühlte er sich durch sie jung und unangenehm selbstbewusst.

Seire setzte sich auf einen Stamm neben der Feuerpfanne und stocherte mit einem Stock in der Glut. Sie schaute ihn absichtlich nicht an, das wusste er. Sie genoss es, ihm Zeit zu lassen, sie zuerst zu betrachten.

Der Wind stahl sich durch die Öffnung und zupfte an ihren rostfarbenen Locken. Sie liebkosten die braune Haut, die mit blassen Sommersprossen übersät war. Die hatte sie nicht nur im Gesicht, wie er so genau wusste, dass die Vorstellung seinen Unterleib wärmte.

Er zog den Mantel aus und legte ihn über einen Sitzstamm. Erst da drehte sie sich wieder zu ihm um und brach in Gelächter aus.

»Naf, was im Namen des Himmels hast du da?« Sie zeigte auf die Tasche auf seiner bestickten Weste. »Ist das … ist das ein Einstecktuch?«

Nafraím breitete die Arme aus. »Das da, liebe Wilde, ist der letzte Schrei im zivilisierten Teil der Welt, in dem man euch beide einsperren würde, damit Leute Geld bezahlen, um euch sehen zu können.«

Faun wieherte vor Lachen. »Ich höre, wir sind uns nach wie vor nicht einig, was als zivilisiert bezeichnet werden kann.«

Nafraím ließ den beiden ihren Spaß auf seine Kosten, das bereitete ihm mehr als Freude, und hier würde es schnell genug ernst werden. Er wartete, bis sie sich wieder beruhigt hatten, bevor er den Koffer öffnete, die Lederdose herausholte und ausleerte. Eine Handvoll Reißzähne kullerte auf die Rentierfelle, die den Boden bedeckten.

»Wolfskranke. Das hier kam in nur zwei Monaten zusammen.

Die Seuche ist in Svartland wieder ausgebrochen, mitten im toten Gürtel vom Wolfspadd, schon vor vielen Jahren. Und vor einer knappen Woche ist der Zeuge wieder zum Leben erwacht, wie ihr wisst, und jetzt jeder Vardari auf der ganzen Welt. Es ist zwecklos, etwas anderes anzunehmen: Die Gabe ist zurück.«

Die beiden reagierten nicht auf seine Worte. Er hatte ihnen nichts Neues erzählt. Das Feuer knackte und spuckte Funken. Es roch nach Rauch und Wildnis. Nafraím hatte den starken Eindruck, sich auf einer Zeitreise in die Vergangenheit zu befinden, wieder am Anfang angekommen zu sein, aber vielleicht war das zwangsläufig, wenn alles zu Ende ging.

Seire brach zuerst die Stille. »Habt ihr Angst?«

Faun schüttelte ohne zu zögern den Kopf.

Nafraím war nicht genauso mutig. »Wir haben einen Fehler gemacht, und für den müssen wir jetzt bezahlen. Das spüre ich mit jedem Nerv.«

Seire bedachte ihn mit einem Lächeln, das die Furcht fraß. »Na los, was ist das Schlimmste, das passieren kann?«

»Mehr Wolfskranke«, antwortete Faun. »Und vielleicht Blutleserinnen, die euch in den Städten das Leben schwer machen. Wenn ihr wieder mit Sinnen erspürt werdet, meine ich. Vielleicht müsst ihr mit mir hierhinaus umziehen?« Er grinste breit.

Nafraím rutschte unruhig hin und her. »Das sind nur praktische Herausforderungen und ist bei Weitem nicht das Schlimmste, was passieren kann. Die anderen wissen so gut wie wir, was das bedeuten kann. Für wie wahrscheinlich haltet ihr es denn, dass sich Vardari auf eine gemeinsame Lösung einigen? Nicht den Hauch einer Chance. Das wird das Ende des Friedens bedeuten.«

Seire lehnte sich vor und sammelte ein Staubkorn von seiner Weste. »Du erwartest Krieg?«

Nafraím schaute sie beide an. »Was erwartet ihr?«

Die Stille war Antwort genug.

Nafraím musste aussprechen, was alle dachten; es konnte nicht ungesagt bleiben. »Das Schlimmste, das passieren kann, ist, dass *sie* zurückkommen. Ja, ich weiß, dass es fast siebenhundert Jahre her ist, und ich weiß, dass es unwahrscheinlich ist, aber jetzt ist es eine ganz reale Möglichkeit. Diese kleine Möglichkeit wird die Vardari in Stücke reißen. Und das ist keine Weissagung über die Zukunft, das wird sehr bald passieren. Mehrere haben schon um eine Versammlung ersucht.«

Seire stand auf und starrte auf ihn hinunter. »Du willst vor der Versammlung handeln, aus dem Grund sind wir hier.«

Er konnte sehen, dass sie ihn verstanden hatte und mit sich selbst rang.

Nafraím schluckte. »Der Wettlauf zur Quelle wird blutig, und kein Ewigwährender weiß, wo er steckt. Die anderen werden …«

Faun legte ihm eine Hand aufs Bein. »Du musst uns nicht bitten, Nafraím. Wir sind eins, wir drei. Wir haben es begonnen, und wenn du es beenden willst, dann beenden wir es. Das war der Pakt.«

Seire fuhr sich durchs Haar, als wolle sie es sich am liebsten ausreißen. Sie lief im Kreis ums Feuer. »Wovor verdammt noch eins habt ihr solche Angst? Das hier ist nicht das Ende! Wir haben doch gerade erst angefangen! Ich habe eine Frau auf den Thron in Grimse gebracht, vom Volk gewählt! Hera, die Volkserwählte! Wisst ihr eigentlich, wie lange das gedauert hat?«

Nafraím rieb sich das Gesicht. »Wir haben alle unsere Vorhaben, Seire. Ich arbeite mit einem Arzt in Náklav zusammen, und wir haben ein Instrument, das Dinge zeigen kann, die du dir nie hättest träumen lassen! Alles, was du um dich siehst, ist lebendig. Wir können es sehen, es messen und damit Krankheiten bekämpfen. Ich habe einen Weg gefunden, Leichenholz so zu verbrennen, dass es Gas abgibt. Und wenn ich nur wüsste, wie ich alle diese verfluchten Explosionen vermeiden könnte, dann kann in jeder Straße ewiges Feuer brennen! Aber alles hat mal ein Ende, Seire!«

Nafraím fühlte sich wieder leer und erschöpft.

Seire verschränkte die Arme vor der Brust. Starke Arme über einer wunderschönen Brust, und er wollte Seire einfach nur an sich spüren, doch zuerst musste er sie in den Pakt einbinden.

»Seire … Jeder und jede einzelne Ewigwährende, die wir erschaffen haben, sie alle brennen für irgendetwas. Ich bin mir sicher, dass Domnik kein Auge zugemacht hat, seit er die Reichsbank aufgebaut hat. Er glaubt, Geld würde die ganze Welt so reich machen wie Náklav. Glaubst du, er würde so ein Vorhaben freiwillig aufgeben? Aufgeben und sich zum Sterben hinlegen? Ganz zu schweigen von Eydala … Nein, wir können den Vardari diese Entscheidung nicht überlassen. Die liegt bei uns.«

Seire schloss kurz die Augen und holte tief Luft. »Dann hast du also mit den Blutleserinnen gesprochen?«

Nafraím nickte. »Ja, ich habe es versucht. Sie wollen den Teufel nicht rausrücken.«

»Dann haben sie ihr Schicksal besiegelt«, sagte Seire.

Nafraím merkte, dass die Furcht seinen Körper losließ. Er hatte gewonnen. Sie war dabei.

»Aber jemand wird versuchen, durch Folter die Antwort aus ihnen herauszuholen«, meinte sie. »Jemand kann die Kontrolle über die Quelle an sich bringen. Was schlägst du also vor, was wir machen sollen?«

Nafraím zögerte mit seiner Antwort. »Ich habe nach ihm gesucht. Es gibt keinen einzigen Vardari, der nicht gesucht hat, obwohl wir das immer voreinander geheim gehalten haben. Vieles deutet daraufhin, dass Kreknabork der Ort ist, doch ich muss gestehen, dass ich nicht weiß, wo. Die Seidagilde hat genau das getan, was ihre Aufgabe war: das Geheimnis bewahren. Die gute Nachricht ist: Wenn ich es nicht weiß, dann weiß es auch niemand anders.«

»Dann willst du dir die Blutleserinnen also holen?«, fragte Faun.

Das Unbehagen war ihm leicht an seinen blauen Augen abzulesen.

Nafraím seufzte. »Wir können keinen neuen Krieg um die Quelle riskieren, das würde zu viele Leben kosten. Die eingeweihten Blutleserinnen umzubringen ist der klarste Ausweg, den ich sehe. Der mit dem geringsten Risiko. Lagalune Sannseyr ist krank, und das ist eine gute Gelegenheit, um mit ihr den Anfang zu machen.«

Faun stand plötzlich auf und legte den Kopf schräg, als wittere er etwas. »Er ist hier! Kommt!«

»Wer ist h…«, begann Seire, doch Faun hieß sie schweigen.

»Kein Wort. Auf den Boden!« Faun ging zum Eingang und legte sich auf den Bauch.

Seire tat es ihm gleich, also fügte sich auch Nafraím, ohne zu ahnen, was ihn erwartete.

Faun schob das Fell vor dem Eingang zur Seite, und sie schauten auf des Teufels Pimmel, auf die gekrümmte Fichte, den demonstrativen Aufstand der Natur. Ein Elkr stand auf den äußeren Klippen, das größte Hirschtier, das Nafraím je gesehen hatte. Das Geweih reckte sich in alle Richtungen, länger, als er mit eigenen Armen abmessen könnte, und die Enden spreizten sich gen Himmel.

Er war überwältigend, rotbraun und vor Muskeln strotzend, trat an den Klippenrand und beugte sich vor, um die gekrümmte Fichte zu erreichen. Er schnaubte. Sein Schnauben färbte sich zu weißem Frostrauch um sein Maul, und er trampelte mit einem Huf auf den Baumstamm, wie um zu prüfen, ob er sein Gewicht trüge. Nafraím wagte nicht, Luft zu holen. Würde das Tier jetzt wirklich auf den Baumstamm steigen?

»Ich wollte, dass ihr ihn seht«, flüsterte Faun. »Den König des Waldes. Er will an die äußersten Zweige mit Nadeln, aber er kommt nicht an sie ran. Es gibt hier keinen Baum, von dem er nicht schon gefressen hat, außer von des Teufels Pimmel.«

Der Elkr machte ein paar Rückwärtsschritte und knabberte die Heide von der Klippe, doch Befriedigung trat anscheinend nicht ein. Er blieb stehen und schaute zur Fichte, die über das Wasser ragte, so bedauerlich außer Reichweite. Die Farben des Waldes waren verblasst, doch an einer Stelle hinter dem Fjell hatte die Sonne den Himmel in Brand gesteckt. Der Elkr röhrte und warf den Kopf zurück. Etwas stimmte nicht. Das Geweih begann langsam nach unten zu gleiten. Seire und Faun wärmten beide Seiten von Nafraíms Körper, und er konnte spüren, dass auch sie nicht wagten zu atmen. Der Elkr machte einen gewaltigen Satz und verlor sein Geweih. Die riesige Krone fiel ins Heidekraut und blieb dort liegen. Der König des Waldes schüttelte den Kopf, sprang zwischen die Bäume und war verschwunden.

Faun schaute ihn und Seire an. »Vor Mittsommer ist er zurück, noch größer und stärker.«

»Falls er vorher nicht stirbt«, sagte Seire trocken. »Aber wir haben einen Funken von der Größe mitbekommen, wenn schon sonst nichts.«

Faun bekam feuchte Augen. »All das Blut, das an unseren Händen klebt … Wenn wir gewusst hätten, damals … Würden wir es wieder tun?«

Seire grinste. »Ja, würde ich. Verdammt noch mal, das würde ich, ich bereue nichts. Ihr?«

»Ich bereue das mit Eydala«, sagte Nafraím spontan und ehrlich.

Niemand rührte sich. Sie blieben dicht nebeneinander liegen, während das Feuer hinter ihnen Funken spie.

»Wir haben unsere Sache gut gemacht, oder nicht?«, fragte Nafraím.

»Am besten«, antwortete Seire. »Aber noch sind wir nicht tot.«

Ihre braunen Augen gruben in ihm, als wolle sie ihn verschlingen, und Nafraím spürte, dass sein Herz den Rost von sich abklopfte. Sie legte sich auf den Rücken, schnürte das Hemd auf und entblößte ihre Brüste. Sie lagen zu beiden Seiten, die Brustwarzen ragten in je eine Richtung, und seine Hand fand sie, ohne nachzudenken. Sie schnürte seinen Hosenbund auf, und Faun half ihr, die Hose ganz auszuziehen. Nafraím bestieg sie und drang in die unbeschreiblich feuchte Wärme ein. Lebendig. Er war unendlich lebendig. Faun kam hinter ihm hoch und das Gewicht von ihm schob ihn tiefer in Seire.

Mehrere Hundert Jahre hatten ein Ende gefunden, aber genau jetzt … Genau jetzt war er eingeklemmt zwischen Frau und Mann, die drei Ersten, wieder vereint. Und sie waren noch nicht tot.

GAUNER

Zum wiederholten Mal presste Juva den Finger auf die Sprungfeder und drückte den Abzug. Die Armbrust gab ein dumpfes Klicken von sich, und ihr blieb nichts anderes übrig, als zuzugeben, dass sie nicht in der Lage war, den Schaden zu reparieren. Der Mechanismus hatte sich unter den Schlittenkufen verbogen.

Sie würde für die Waffe lange keine Verwendung haben, doch das war ein schwacher Trost. Lok und Embla erwarteten Kinder, und Broddmar war mit der Jagd auf Menschen, nicht auf Wölfe beschäftigt, wahrscheinlich war die Gruppe zum letzten Mal in diesem Winter auf der Jagd gewesen. Und selbst wenn sie vor dem Frühjahrslauf noch einmal loszögen, konnte sie sich trotzdem keine neue Armbrust leisten. Dank Rugen.

Verfluchter Scheißkerl.

Ihr war vollkommen klar gewesen, dass mit ihm nichts gutes Neues verbunden war, aber das hatte sie einfach ausgeblendet. Mit ihm war das Zusammensein leicht gewesen. Er wollte nie irgendetwas wissen, weil er selbst nie etwas von sich erzählte, ein Lügner und Blutschlürfer wie er.

Aber ist er ein Mörder?

Kälte kroch herein und machte ihre Arme taub, die das Fenster berührten. Was hatte er dort gemacht, bei der Leiche? Keiner Seele hatte sie verraten, dass sie in der Schmalspur gewesen war, hatte bloß die anderen darüber reden gehört. Solde hatte sich in grotesken Gerüchten über die Tötung gesuhlt, die rein gar nichts mit dem zu tun hatten, was Juva gesehen hatte, wogegen Lagalune die Volksfurcht als gutes Geschäft gepriesen hatte. Was um Himmels willen war mit diesen Menschen los? Juva schwor sich, nie eine Familie zu gründen.

Sie legte die Armbrust aufs Bett und schaute sich in dem Speicherzimmer um, das ihr gehörte, seit sie klein genug gewesen war, um aufrecht im Fensterrahmen zu stehen. Jetzt musste sie mit angezogenen Knien dort sitzen, damit sie hineinpasste.

Weit unter ihr brandete das Meer an die Klippen. Unheimlich, wie viele fanden. Ive zum Beispiel, die sich immer geweigert hatte, die Fenster zu putzen, wenn die Fensterläden nicht geschlossen waren. Doch das Küchenmädchen war ohnehin ein Angsthase. Nicht einmal ein Wolfsrudel hätte sie in den Weinkeller jagen können, in dem es ihrer Meinung nach spukte.

Juva waren Gespenster und Klippen vollkommen egal. Wovor sie sich fürchtete, das waren ihre eigenen Herzschläge, und das Tosen vom Meer half ihr, sie zu vergessen.

Es herrschte Niedrigwasser, darum konnte sie die verrotteten Stämme der uralten Kaianlagen sehen. Schwarz und schief stakten sie in die Höhe wie verkohlte Finger, und ihr fiel wieder ein, dass sie sich immer vorgestellt hatte, es seien die Finger von Gaula, der Königin der Dränke, die dort gestorben war. Jetzt trieb sie rücklings in der Tiefe, wie alle Seemänner, deren Leben sie gefordert hatte. Es hatte auch etwas Beruhigendes, dass eine tote Göttin vor dem Fenster lag, in einer Stadt, die besessen davon war, wie lange man leben konnte.

Blutleserinnen, Ewigwährende, Wolfskranke …

Ihr Herz schlug ein paarmal unregelmäßig und Juva sprang auf die Füße. Sie musste sich ununterbrochen beschäftigen, damit sie nicht daran dachte. Die Menge an Reißdorn, die man schlucken konnte, war begrenzt.

Sie holte das Zeichenbuch aus dem Rucksack, den sie immer noch nicht ausgepackt hatte. Das würde sie auch nicht tun, denn dann würde es sich so anfühlen, als wäre sie wieder eingezogen. Sie war nicht hier, um zu bleiben. Sie war hier, um etwas zum Abschluss zu bringen. Ein oder zwei Tage vielleicht, denn jetzt hatte Mutter endlich Bewegung in den Erbprozess gebracht. Ein Mann von der Bank und eine Gesetzeskundige waren hier gewesen. Mit etwas Glück konnte sie schon an diesem Abend unterschreiben und abziehen. Dann würden ihr jedenfalls weitere Streiterein mit Solde erspart bleiben.

Juva setzte sich aufs Bett und schraubte die Tranlampe hoch. Sie wickelte den Riemen vom Buch und schlug es auf. Blätterte zurück, von den frühesten Skizzen angelockt, von jenen, von denen sie Gänsehaut bekam. Wölfe. Wölfe und Zähne, so etwas zeichnete sie. Immer. Jedes Mal war wie eine schmerzhafte Geburt, eine Teufelsaustreibung, um das verfaulte Innere herauszukriegen, das, was mit einem Schub erwacht war, als sie Nafraím wiedergesehen und angefangen hatte, sich zu erinnern.

Ich bin verrückt.

Das hatte sie schon ihr Leben lang gedacht, dass ihr etwas fehlte, das nötig war, um bei Verstand zu sein. Sie zeichnete Wölfe und Wolfsmänner und verbrannte sie, weil das verhinderte, dass schreckliche Dinge geschahen. Weil das ihr Gefühl von Schuld dämpfte. Von Scham. Welche Menschen, die noch ganz klar im Kopf waren, machten so was?

Sie war wie die Armbrust, anscheinend vollkommen in Ordnung, aber beschädigt, wenn man genauer hinsah.

»Vielleicht kannst du als Straßenkünstlerin leben, wenn du ausziehst?«

Juva zuckte von der Stimme zusammen und knallte das Buch zu. Solde stand in der Tür, mit einem Lächeln, das so unecht war, dass es ihr allererstes hätte sein können.

Juva erhob sich, um die Tür zu schließen, Solde schob sich aber trotzdem ins Zimmer.

»Hältst du mich für blöd, Juva?«, keifte sie.

Juva brannte es auf den Lippen, die Frage zu bejahen, sie wusste aber, dass dabei nichts Gutes herauskam. Stattdessen verließ sie den Raum, doch Solde kam so rasend schnell hinter ihr her, dass der Knochenschmuck rasselte.

»Wir wollen dich hier nicht haben! Weder ich noch Mutter! Sie zögert mit den Papieren, weil du sie unter Druck setzt, darum dauert es so lange. Du glaubst, du kannst mir das hier stehlen!«

Juva blieb stehen und drehte sich zu ihr um. »Das hier? Was, das hier? Warum zur Dränke glaubst du, dass ich dieses götterverlassene Haus haben will?«

Solde bekam einen Zug um den Mund, als hätte sie etwas Schlechtes gegessen, aber sie kam nicht zum Antworten, bevor Ive aus der Dachkammer kam, einen Stapel Leinenwäsche auf dem Arm. Das Küchenmädchen murmelte eine Entschuldigung in die peinliche Stille und huschte an ihnen vorbei in den Flur.

Solde wartete, bis das Mädchen um die Ecke verschwunden war, bevor sie wieder loslegte, eine Spur leiser: »Das ist so verdammt fadenscheinig, diese falsche Bescheidenheit. Damit kannst du bestimmt die Bauerntrampel reinlegen, mit denen du auf die Jagd gehst, aber nicht mich, Juva. Du hast es noch nie geschafft, mich reinzulegen! Das Haus ist meins und der Sitz in der Seidagilde gehört mir!«

Juva biss sich auf die Lippe. Sie hatte geschworen, sich nicht reizen zu lassen, doch das machte Solde nahezu unmöglich. Sie *wollte* eine Regelung und wurde immer hysterischer, je mehr Zeit verging, ohne dass die Papiere unterschrieben waren. Sie schien ein göttliches Eingreifen zu erwarten, das plötzlich Juvas Interesse wecken würde, hierzubleiben; und die Angst machte aus ihr ein kleines Untier.

Das ist nicht ihre Schuld. Es ist meine.

Solde war kaputt. Seit ihrem dreizehnten Lebensjahr lebte sie allein mit Lagalune, weil Juva sie hier zurückgelassen hatte, in dem Rattennest aus Geheimnissen und Falschheit. Allein mit Mutters verquaster Wirklichkeit.

Eine Tür flog auf, und Mutter kam, dicht gefolgt von einem Mann, aus dem Arbeitszimmer stolziert. Er war mager und hatte dünnes Haar und mühte sich ab, eine Ledermappe zuzuschlagen, während er hinter Lagalune herstolperte, die die Treppe nach unten fegte. Sie zog an ihrer Zigarre und entdeckte Juva und Solde.

»Solde, ich will, dass du etwas für mich erledigst.« Sie wartete eine Antwort nicht ab, und Solde wartete auch nicht damit, ihr nachzueilen.

Juva wünschte, sie würde sich sicher fühlen, dass sie bald für immer hier ausziehen könnte; es gelang ihr aber nicht, sich von dem Gedanken zu befreien, dass irgendetwas gärte. Es dürfte eine Kleinigkeit sein, Haus und Geld an Solde zu überschreiben, und Juva verzichtete mehr als bereitwillig darauf. Aus welchem Grund veranstaltete Lagalune dann dieses Theater?

Sie plant etwas. Und das wird mich betreffen.

Das Gefühl nagte in ihrer Brust. Blutleserinnen erbten Haus und Amt, so war es schon immer gewesen, aber was, wenn Mutter die Absicht hatte, etwas aufzuteilen? Solde würde vollkommen durchdrehen, und Juva wollte von Lagalune überhaupt nichts haben. Oder plante sie, dass sie hier gemeinsam wohnen sollten? Als eine Art Schutz vor den Vardari, die angefangen hatten, Mutter zu bedrohen?

Juva schlich ins Arbeitszimmer, in der Hoffnung, ganz kurz die Papiere sehen zu können. Einen Hinweis, was sie erwartete.

Das Arbeitszimmer war einer der wenigen Orte im Haus, wo sie sich als Kind wohlgefühlt hatte. Dort war es warm und holzbraun, nicht schwarz und düster. Es war auch nicht eingerichtet, um Menschen zu manipulieren, darum war es befreiend bar all dessen, was mit Blutlesen zu tun hatte. Für Juva war das der rätselhafteste Raum im ganzen Haus, vielleicht gerade aus dem Grund.

Schon immer hatte er Lagalune gehört, dennoch erinnerte er an Vater. Er hatte hier durch bodenständige Dinge seine Spuren hinterlassen: zwei niedrige Stühle, einer mit gepolstertem Fußschemel, der in der Mitte verblasst war, wo die Fersen das Muster abgenutzt hatten. Eine Sammlung mit Schädeln von Kleinnagern auf dem Kamin. An der Wand hing eine antike Armbrust, die eine der ersten sein sollte, die in Náklav hergestellt worden waren. Daneben hingen etliche Gemälde von Mutters Lieblingsorten: Krenabork in Fimle, mit hohen Holzhäusern am Meer. Haeyna in Grimse, fast so groß wie Náklav, mit hellen Steinhäusern und Kuppeln. Alle waren Ringstädte mit eigenem Steinring, zu dem man reisen konnte, doch keiner war größer als der Náklaring mit seinen sieben Reisezielen.

Acht, wenn man das tote Steinpaar mitzählte. Das, wie die Fanatiker glaubten, zur Dränke führte.

Juva hatte nie geglaubt, dass es die Dränke in Wirklichkeit gab, aber man erzählte sich, dass zwischen den toten Steinen einzig und allein Meeresboden war. Lebensgefährlich natürlich, sodass sie seit Jahrhunderten geschlossen waren.

Sie legte die Hand auf die Holzpaneele an der Wand. Sie erinnerte sich, dass sie immer dagegengedrückt hatte, weil sie wie Luken aussahen. Andere Kinder suchten nach Geheimgängen und Schätzen. Sie hatte meistens nach einem Weg fort von hier gesucht.

In der Mitte stand der Schreibtisch, aus polierter Eiche, bedauerlicherweise ohne die entlarvenden Papiere, die sie dort zu finden gehofft hatte. Eine verblasste grüne Schreibmappe, ein Aschenbecher aus Knochen, mit Lagalunes dünnen Zigarrenkippen und zwei Tassen mit Teeringen am Boden. Aber kein Testament. Keine Übertragungsurkunden für Eigentum.

Juva sah darin ein gutes Zeichen. Vielleicht war mit ihr die Fantasie durchgegangen. So war das doch mit ihr, das hatte Mutter immer gesagt. Dass Juva einen Schrecken von nichts bekam und Träume für Wirklichkeit hielt, sich Dinge einbildete.

Doch das waren keine Fantasien. Nicht alles. Wenn sie nur das, was Wirklichkeit war, unterscheiden könnte von dem Rest …

Sie hörte, dass jemand an die Kundentür klopfte, ein Geräusch, das in ihrem ganzen Leben konstant geblieben war. Immer jemand an der Tür. Immer Fremde. Und sie wollten über Dinge Bescheid wissen, von denen in keines Menschen Macht stand, sie ihnen zu sagen, über Krankheit und Liebe, wie viel Zeit ihnen noch blieb. Nur die Zynischsten würden es fertigbringen, ihnen gegen Bezahlung Lügen zu erzählen. Und zu solchen Leuten gehörte ihre Familie.

Juva hatte sich geschworen, nie wieder die Zukunft weiszusagen.

Sie guckte zum Gemälde von Vater hoch. Zu einem schönen, blonden Mann mit Bartstoppeln, breiten Schultern, stark. Valjar 1428, stand auf dem Rahmen. In Juvas Geburtsjahr gemalt.

Sie hatte dort gestanden, gleich unter dem Bild, und er hatte sich auf den Fußschemel vor sie gesetzt, mit dem zärtlichen Blick, den sie geliebt hatte. Er hatte ihr die Hand hingehalten, als sei sie schon Blutleserin, obwohl sie erst sieben Jahre alt war. Ein Spiel. Ein unschuldiges Spiel.

Sag mir, wie alt werde ich, Juva?

Die Erinnerung drohte damit, klarer zu werden, darum wandte Juva den Blick ab und trat an die Fenster, die zur Laternenkoppel hinausgingen. Sie lehnte die Stirn an die Scheibe, um die Gedanken abzukühlen. Die Wut war Glut auf Leichenholz, ein immerwährendes Glimmen, das vielleicht nie erlöschen würde.

Draußen baumelten im Halbdunkel die roten Laternen wie Blutstropfen. Leute schoben sich in der schmalen Straße aneinander vorbei. Ein Mann blieb an der Bäckerei stehen, die bereits

Sonnenkringel verkaufte, obwohl es noch beinahe zwei Wochen bis zum ersten Sonnentag dauerte. Es wirkte, als locke ihn das gelbe Gebäck, denn er blieb stehen. Dann richtete er seinen Blick auf das Sannseyr-Haus, und Juva erkannte ihn sofort.

Rugen?! Was in Gaulas Namen?!

Juva zog sich hinter die schweren Gardinen zurück und beobachtete ihn heimlich. Was zum Henker machte er hier? Er wirkte nervös, drückte sich an die Wand, als würde er auf jemanden warten, den er eigentlich nicht treffen wollte. Dann machte er ein paar Schritte auf das Haus zu, in ihre Richtung, überlegte es sich aber anders und drehte wieder um.

Hatte er vor, sie wieder auszurauben? Ihre Wut flammte auf wie ein Strohfeuer. Juva stürzte aus dem Arbeitszimmer, nahm in großen Sätzen die Treppe nach unten, sprang in die Schuhe und rannte nur im Wollhemd auf die Straße. Sie sah seinen Rücken im Abkürzungsweg zur Schicksalskehre verschwinden und setzte ihm nach. Plötzlich wurde er langsamer, als hätte er etwas vergessen. Juva blieb instinktiv stehen. Dann peste er los.

Er weiß, dass ich hinter ihm her bin!

Juva lief, bis sie so dicht bei ihm war, dass sie sein Keuchen hören konnte. Sie sprang ihm auf den Rücken und riss ihn um. Sie fielen auf die Straße, und er schlug wie wild um sich, wobei er schrie wie ein Kind. Juva setzte sich rittlings auf ihn und drückte mit ihren Knien seine Arme auf den Boden, damit er nicht zuschlagen konnte.

»Du hast mich eine neue Armbrust gekostet, du Leichenwurm!«

Rugen starrte zu Tode erschrocken zu ihr hoch. »Juva?«

Dann entspannte er sich und fing an zu lachen. Ihr wurde klar, dass er sie für jemand anderen gehalten hatte. Für jemanden, vor dem er sich tatsächlich fürchtete.

»Wer denn sonst? Warum glotzt du unser Haus an, was willst du und wo ist mein Geld?«

Rugen versuchte aufzustehen, doch sie drückte seine Ellenbogen mit den Knien nach unten.

»Was willst du, Rugen?«

Zwei Frauen, jede mit einem Sonnenkringel in der Hand, kamen vorbei. Sie zögerten einen Augenblick, machten aber den Eindruck, als wären sie rasch zu dem Schluss gekommen, dass der Schwachkopf auf dem Boden eine Tracht Prügel verdient hatte, und gingen weiter.

Rugen bekam wieder Luft und beruhigte sich. Er sah sie mit unverstelltem Blick an. »Ich brauche Hilfe, Juva.«

Hilfe?

Juva suchte nach allen Anzeichen für eine Lüge, merkte aber, dass es das Wahrste war, was er jemals zu ihr gesagt hatte. Sie stand auf und ließ ihn auf die Beine kommen, doch nur so weit, dass es leichter werden würde, ihn an die Wand zu drücken. Rugen leistete nicht den geringsten Widerstand. Er verhielt sich im Gegenteil so gefügig, dass sie noch wütender wurde.

»Ist mir scheißegal, ob du Hilfe brauchst, du hast mich beklaut!«

Er schluckte und starrte zu Boden. »Ja. Ja, aber du wirst …«

»Ich werde nichts, Rugen. Gar nichts. Ich habe dir nichts mehr zu sagen, es spielt keine Rolle, was passiert ist oder warum, ich will nur mein Geld zurück. Wenn nicht, schiebe ich dir die kaputte Armbrust in den Hals, kapiert?«

Ein Mann mit Hund kam vorbei, und Rugen versuchte zurückzuweichen, hatte dafür aber keinen Platz.

Wovor hat er Angst? In was zur Dränke hat er sich jetzt wieder reingeritten?

Der Mann würdigte sie beide keines Blickes, ging einfach weiter und entfernte sich um die Ecke. Juva entdeckte gleich neben sich eine Öffnung in der Wand und zog Rugen mit sich dort hinein. Der Raum war eng, hatte eine Steintreppe nach oben, eine ähnliche wie die, wo sie die Leiche gefunden hatten. Sie schob ihn rückwärts, bis er auf einer Stufe saß, und beugte sich über ihn.

»Es ist mir schnurz, was du getan hast, Rugen. Ich bin mir nur sicher, dass du dir das selbst zu verdanken hast.«

»Juva ...«

»Denk nicht mal dran! Spar dir dein Geschleime für eine andere.«

Rugen zog die Kapuze vom Kopf und rieb sich das Gesicht. »Juva ... Es tut mir leid. Du ahnst ja nicht, wie leid es mir tut. Alles. Ich bin ein Drecksack, der dich beklaut hat – obwohl ich keine andere Wahl hatte, ich musste!«

Juva starrte ihn an. Er hatte richtig Angst, aber das spielte keine Rolle. »Niemand *muss* stehlen«, widersprach sie und bereute sofort, dass sie die Worte ausgesprochen hatte, weil ihm das die Gelegenheit gab, eine Erklärung anzubringen.

Er bekam einen verbitterten Zug um den Mund. »Nein, du würdest es mir nicht glauben, auch nicht, wenn ich versuchen würde, es dir zu erklären, und das kann ich nicht. Ich kann nichts weiter sagen als Entschuldigung. Ich war ein Schwachkopf, der wie eine Ratte abgehauen ist. Ich bin ein Drecksack, der nie aufgetaucht ist. Ich weiß, dass du mich hasst, und das ist in Ordnung, Juva. Aber ich bin gekommen, um dir das Geld zurückzugeben. Hier!«

Er kramte im Geldbeutel und reichte ihr vier Goldmünzen. Zwanzig Runen. »Das ist nur die Hälfte, aber den Rest kriegst du bald, versprochen! Wenn ich noch lange genug lebe, und genau *dabei* kommt es jetzt auf dich an.«

Juva starrte zunehmend beschämt auf die Münzen. Sie hätte nicht gedacht, dass er das Geld hatte oder es ihr überhaupt jemals zurückgeben würde. Er wirkte einfach nicht wie jemand, der sich so eine Mühe machte. Hatte sie sich in ihm getäuscht? Wieder Monster herbeifantasiert? Die Götter wussten, dass sie nicht immer den Überblick hatte, was Wirklichkeit war und was nicht.

Hör auf damit, Dinge zu erfinden.

Das hatte Lagalune immer gesagt, blind für die Tatsache, dass sie selbst davon lebte, Dinge zu erfinden.

Juva verstaute die Münzen in der Tasche und murmelte: »Hilfe bei was? Hast du wieder die falsche Person beklaut?«

Rugen schüttelte den Kopf. »Ich verspreche, ich werde es dir erklären, wenn alles vorbei ist, aber ich brauche eine Bleibe, bloß für ein paar Tage.«

»Nicht bei mir!«

»Dir passiert nichts«, sagte er, als ob sie dieses Risiko kümmern würde. »Nur ich kriege alles ab. Wenn sie … Wenn jemand … Hör mal, ich wollte nicht abhauen, Juva, so weit sollte es nie kommen. Wir hatten es doch gut. Weißt du nicht mehr?«

Er fuhr sich durch die braunen Locken und lächelte zaghaft mit seinen vollen Lippen. Sie hatte schon immer gefunden, dass sie ihn quengelig aussehen ließen.

Doch sie erinnerte sich und es waren angenehme Monate gewesen. Er war so einfach und geradeheraus gewesen. Nicht auf Weissagungen aus, er wollte nur mit ihr schlafen, und das war ein Volltreffer gewesen. Sie hatte ihm gesagt, dass sie nie Blutleserin werden wollte, und er hatte nur mit den Schultern gezuckt. Hatte nie nach einem Grund gefragt.

Doch sie war ihm nichts schuldig, im Gegenteil.

»Vergiss es, Rugen. Wenn es um Leben oder Tod geht, kannst du mein Zimmer in der Schinderhalle haben, dann muss ich aber zuerst Ester fragen.«

»Nein!« Er hielt ihren Arm fest. »Frag niemanden, Juva. Sag kein Wort. Ich kann zu Hause bei euch schlafen, auf dem Fußboden. Du brauchst mich nicht mal zu sehen.«

Juva machte einen Schritt zurück. »Auf dem Fußboden? Was zur Dränke hast du angestellt?«

»Nicht ich. Andere haben was angestellt, aber nicht ich.« Er schob die Hand in die Tasche, fror offensichtlich. Die Kälte spürte auch sie allmählich, weil jetzt der Wutanfall verebbte. Sie schlang die Arme um sich.

»Blutperlen. Du hast bei jemandem Blutperlen genommen, du Sklave.«

»Und was ist mit dir?«, fragte er, plötzlich in Verteidigungshaltung. »Nimmst du nicht diese verfluchten Beeren, oder was?«

Juva war erleichtert über seinen Angriff. Das war die einzige Entschuldigung, die sie brauchte, um Nein zu sagen. Obwohl sie wusste, dass er recht hatte. Sie war genauso abhängig von Reißdorn wie er von Blutperlen. Sie wandte sich zum Gehen um.

Er hielt sie fest. »Nein, Juva, warte! Entschuldigung! Ich habe mich bei so wahnsinnig viel danebenbenommen: Blutperlen, Geld, falsche Leute am falschen Ort. Aber das hier hat nichts mit Blut zu tun, versprochen. Auch nicht mit den Vardari, du brauchst nicht zu fragen. Ich wäre aber nie hergekommen, wenn ich nicht verzweifelt wäre. Ich verspreche, nicht im Weg zu sein, für niemanden. Juva …«

Juva spürte, dass die Wut langsam erlosch. Sie überlegte sogar, ihm zu helfen, und darüber ärgerte sie sich schwarz. Sie sollte ihn auf der Treppe sitzen lassen und hoffen, Gaula würde ihn holen, brachte es aber nicht fertig, ihm das zu sagen. Seine letzten Worte hingen noch wie Eisnebel in der Luft.

Ich verspreche, nicht im Weg zu sein, für niemanden.

Natürlich würde er im Weg sein und vielleicht war das ein Vorteil, vor allem jetzt? Sie wollte sich im Haus nicht allein fühlen; und Solde würde die Hasskappe kriegen …

Juva verkniff sich ein Lächeln und zog Rugen auf die Füße. »Eine Nacht. Mehr nicht. Und wenn du im Haus was anrührst, dann zwinge ich dich, es aufzuessen, kapiert?«

Sie kehrte ihm den Rücken zu und ging los. Er hastete hinter ihr her, ohne ein Wort zu sagen; und sie guckte ihn nicht eher wieder an, bis sie ihn ins Haus ließ. Die schwere, schmiedeeiserne Tür kreischte aus Protest, bevor sie wieder zufiel. Es war schön, ihn hier ins Haus zu schleusen. Etwas pervers. Rugen war ein Schwachkopf in Schwierigkeiten, zweifellos ein Schmutzfleck in Soldes Blutleseparadies. Es war ein befreiendes Gefühl, dieses Haus dreckig zu machen.

Juva zog die Schuhe aus und ging in die Diele. Lagalune kam aus dem Blutlesezimmer, auf unsicheren Beinen. Sie stützte sich auf der skelettartigen Bank ab und beugte sich vor, als wäre sie betrunken.

»Mutter?«

Lagalune schaute sie an, leichenblass und mit verzerrtem Gesicht. Schwarze Haare hatten sich aus der Aufsteckfrisur gelöst und klebten an ihrem Hals.

»Juva …«, murmelte sie. Dann sank sie zu Boden.

DAS ERBE

Juva zögerte, gebremst vom Verdacht, dass sie nur Theater spielte. Lagalune krümmte sich auf dem Boden, die Arme um den Bauch geschlungen, und stöhnte, als läge sie in den Wehen. Sie würde wieder aufstehen, ziemlich schnell. Ganz sicher.

»Lagalune?«, kam es aus dem Lesezimmer.

Ein Kunde. Mutter hatte sich in einer Blutlesung befunden.

Der Ernst riss Juva aus der Benommenheit. Sie rannte los, kniete sich vor sie und legte sich ihren Kopf auf den Schoß. Mutters Körper war schwer und kraftlos. Juva strengte sich an, einen klaren Gedanken zu fassen, wusste, dass die Zeit gerade ablief. Wusste, dass sie etwas tun müsste, aber ihr fiel nichts ein.

Lass sie niemals eine schwache Blutleserin sehen.

Sinnloser Lehrstoff für Kinder, aber der einzige klare Gedanke, den sie hatte. Sie bat Rugen, die Tür zum Lesezimmer zu schließen, damit der Kunde Mutter nicht hilflos sehen konnte.

»Mutter?«

Atmete sie? Juva drehte ihren Kopf zur Seite und steckte ihrer Mutter die Finger in den schwarz angemalten Mund. Die Zunge fühlte sich heiß und geschwollen an. Mutter zuckte krampfartig und erbrach sich. Blutiger Auswurf floss auf den Teppich, zog in das Muster mit den Mondphasen ein, wie eine Finsternis.

Mutter …

So konnte sie nicht liegen bleiben, sie würde ersticken. Juva packte sie unter den Armen und zog sie höher auf den Schoß. Die Blutlesekralle an ihrem Daumen schabte über den Boden. Juva zog sie ab und warf sie weg. Der Glieder-Ring kullerte über den Teppich, blieb liegen und zeigte hoch zur Decke. Juva hörte ein Scheppern hinter sich und drehte sich um. Ive stand mit vor den Mund geschlagenen Händen da, ein Meer aus Glasscherben vor sich. Jemand rief. Türen knallten.

Solde? Wo ist Solde?

Heimilla kam angelaufen, die Röcke über den Scherben angehoben. Die Haushälterin übernahm ohne Zögern das Kommando, schickte Ive los, um Doktor Emelstein zu holen, und scheuchte die neue Blutlesegehilfin ins Wartezimmer, um die Leute nach Hause zu schicken.

Der Koch Gomm rannte ebenfalls herbei, während er sich die Hände an der Schürze abwischte. Er half Juva, Lagalune aufzurichten.

»Verbrenn ihn«, murmelte Mutter wie im Traum, als sie sie stützend ins Gemach führten und aufs schwarze Himmelbett legten.

Juva nahm ihr den Schmuck ab, lange Riemen mit Verzierungen aus Knochen, die sich um Mutters Hals gewickelt hatten.

»Juva?« Ihr Blick flackerte wie bei einer Blinden. Sie streckte eine Hand aus und tastete über Juvas Arm.

»Ich bin hier, Mutter.« Die Worte verdickten sich im Hals.

»Was hast du ihr zu essen gegeben?«, kam es von Rugen, der in der Tür stand und den Koch anstierte.

Gomm wurde blass und stotterte eine Antwort: »Was hat sie *nicht* gegessen, sie … sie isst wie ein Bär, ich habe nicht …«

Juva starrte Rugen an. Er war der falsche Mann, am falschen Ort, zur falschen Zeit. Ein Gauner. Ein Drecksack. Ein Blutsklave. Und jetzt jagte er dem Koch mit seinen Verdächtigungen Todesangst ein.

Sie wies ihn hinaus. »Geh, Rugen! Lass uns allein!«

Rugen zuckte die Schultern und entfernte sich aus dem Zimmer. Der Koch zögerte, folgte ihm aber.

»Verbrenn ihn, Juva. Du musst ihn verbrennen.«

Juva fand ein Wasserglas auf dem Nachttisch und versuchte, Mutter zum Trinken zu bewegen, doch sie fegte das Glas weg und hievte sich im Bett auf. Das führte zu einem Hustenanfall. Blut regnete auf das Kopfkissen und Mutter starrte es an. Dann legte sie sich auf den Rücken, plötzlich ruhiger, und begann zu lachen. Ein unangenehm unpassendes Gelächter.

»Er hat verdammt noch mal Eier. Möge er verrotten«, murmelte sie mit einem makabren, blutigen Grinsen.

Nafraím ... Sie ist vergiftet worden und sie weiß es.

Juva fühlte sich wie gelähmt. Benommen. Weder in der Lage zu handeln noch zu fühlen.

Lagalune umfasste Juvas Arm fester und schaute sie an, mit plötzlich klarem Blick. Das Lächeln erlosch. »Juva ... Du musst ...« Die Stimme versagte. Sie schluckte und setzte neu an.

»Du musst ihn verbrennen, Juva. Verbrenn den Teufel! Lass nicht zu, dass sie den Teufel kriegen! Such meine Karten und verbrenn ihn. Der Teufel ist das Blut, Juva. Der Teufel ist das Blut. Solde würde zerbrechen, sie ist nicht wie du. Du wildes, schwieriges Kind ... Du weißt es, Juva. Du hast ihn gesehen. Erinnerst du dich? An den Eisenwolf? Du nanntest ihn ... Eisenwolf.«

Juva starrte auf die blasse Hand, die ihren Unterarm drückte, als wolle sie sie mit in die Dränke ziehen. Ein Kälteschauer jagte ihr über den Rücken.

Der Eisenwolf ...

Das Wort bohrte sich in ihren Kopf, und das fühlte sich an, als würde ihr Schädel einreißen. Die Erinnerungen brachen über sie herein wie eine Flutwelle, alle auf einmal. Sie fühlte sich hilflos. Wie eine Ertrinkende. Sie war klein. Sie hatte den Wolf zum ersten Mal gezeichnet. Mutter war so wunderlich, so wütend geworden, hatte die Zeichnung ins Feuer geworfen und sie geschlagen. Juva fasste sich an die Wange, mit der Angst, der Schmerz könnte sich frisch anfühlen.

Dann hatte Mutter gelacht. Über sie gelacht. Hatte gesagt, sie würde fantasieren, dass sie nie über ihn reden dürfe. Über den Eisenwolf. Den Wolf im Schrank, den Teufel. All diese Namen, für ein Untier, das zu vergessen sie sie gezwungen hatten.

Und jetzt lag sie da und flehte sie an, sich zu erinnern? Juvas Schock verfinsterte sich zu Wut. Wie konnte sie es wagen? Warum zur Dränke schämte sie sich nicht, sie aufzufordern, sich zu erinnern?! Nach einem Leben mit erzwungenem Vergessen? Lächerlichmachen und Verwirrung? Warum?

Weil sie stirbt.

Diese Erkenntnis dämmte die Flut an Erinnerungen ein. Lagalune fuhr sich mit der Hand über den Mund. Blut und schwarzes Lippenwachs verschmierten ihre Wange. Eine letzte Vorstellung. Mutters allerletztes Theater, und das hatte sie nicht einmal selbst auf die Bühne gebracht. Das hier war er. Nafraím. Der Ewigwährende brachte den Tod, hatte es immer getan, seit Vater.

Vardari wollten Mutter töten, weil sie Nein gesagt hatte. Zu was? Was wollten sie haben, was Mutter ihnen verweigerte?

Mutter lächelte, schwarz an den Zähnen. Sie gurgelte wie eine Ertrinkende.

»Solde … Lass Solde nicht allein. Sie wird es nie ertragen, du weißt, dass es wahr ist. Es war immer wahr. Der Teufel ist *dein* Schicksal. Du bist die Blutleserin. Du hast es gespürt, dein Leben lang, Juva. Die Papiere … Schreibtisch … dein Name. Alles … deins.«

Lagalune kniff mit einem schmerzvollen Lächeln die Augen zu. »Ich würde fragen, Juva. Ich würde erklären, aber du bist so zum Svartland stur. Lass nicht zu, dass sie den Teufel kriegen. Verbrenn ihn!«

Ihre Pupillen schrumpften auf die Größe von Nadelstichen und ein strenger Geruch von Ausscheidungen verriet, dass sie die Kontrolle über ihren Körper verloren hatte.

»Sie werden ihn nicht kriegen, Mutter«, sagte Juva und legte Mutter eine Hand auf die Stirn. Sie war heiß und klamm.

Mutter richtete den Blick auf sie. »Juva, was habe ich immer über den Teufel gesagt?«

Juva wusste nicht, ob sie weinen oder lachen sollte. In diesem Haus war allzu viel über den Teufel gesagt worden, mehr, als ein Kind zu hören bekommen sollte, und mehr, als jemand in Erinnerung behalten konnte. Mutters Blick wurde abwesend, als schaue sie etwas anderes an, etwas weit hinter Juva. Dann ließ sie das Leben los. Ihr Gesicht wurde blass. Die Wangen entspannten sich.

Juva drehte ihr den Rücken zu, blieb aber auf der Bettkante sitzen und starrte auf ein paar Blutstropfen auf dem Boden an der Tür. Sie fühlte sich vollkommen leer und wusste, dass es falsch war. Dass es nicht das war, was sie fühlen sollte.

Der Widerhall der Haustür dröhnte durchs Haus. Stimmen in der Diele. Dann ein Heulen, das nur von Solde kommen konnte.

Der vernünftige Teil von Mutters Worten im Fieberwahn zog wie ein Eiswind durch ihre Brust.

Die Papiere … Alles deins.

Wenn es Erbschaftsunterlagen gab, musste sie sie finden, vor Solde. Sie finden und sie vernichten. Juva zog die Nachttischschublade auf und tastete nach dem Schlüssel, der ihres Wissens dort lag. Sie schob den Kolben mit den Blutperlen beiseite und fühlte den Schlüssel an den Fingern. Soldes Schritte klackerten durch den Flur. Juva steckte den Schlüssel in die Tasche und schloss die Schublade.

Solde kam hereingefegt und blieb abrupt vor dem Bett stehen. Sie hielt sich die Hand vor die Nase und wich einen Schritt zurück. Ihre Augen waren vor Ungläubigkeit weit aufgerissen. Sie sah Juva an und der Schock verblasste. Machte etwas anderem und viel Hässlicherem Platz. Ihre Oberlippe zog sich wie bei einem Tier hoch. »Du denkst dir, jetzt kannst du es versuchen, was? Dir durch Lügen das Haus und den Beruf unter den Nagel zu reißen?«

Juva schloss die Augen. Die Worte enthielten alles, wovor sie geflohen war, alles, was sie an Blutleserinnen verachtete. Das leichtsinnige Spiel mit Worten, mit dem sie spekulierten, anklagten und entschieden, ohne über die Folgen nachzudenken. Wie konnte in so kleinen Worten so viel Ekeliges liegen?

Sie schaute auf ihre eigenen Hände hinab und hatte das unheimliche Gefühl, sie seien ihr auf die Oberschenkel genagelt worden. Ein Nagel für jedes von Mutters Worten.

Solde. Lass sie nicht allein.

»Was hat sie gesagt?«, fragte Solde und schlüpfte um den Bettpfosten, um näher zu kommen.

Der rote Wollrock war am Saum schneenass und eine Menge Eiskristalle funkelten dort wie Glassplitter. Sie hatte noch ihre Schuhe an und in der Hand hielt sie Mutters Ring. Die Blutlesekralle. Die musste sie vom Boden in der Diele aufgehoben haben, als sie erfahren hatte, dass Mutter im Sterben lag.

Juva wurde klar, dass Mutter Solde, obwohl sie ihr am ähnlichsten war, nicht geliebt hatte. Solde war aber erst sechzehn; und ganz gleich, was sie für Mutter empfand, hatte sie nie den Wunsch gehabt, von hier wegzuziehen. Das hier war alles, was sie kannte, alles, was sie sich wünschte. Blutleserin zu werden, den Sitz in der Seidagilde zu übernehmen. Der Ring, den sie in den Händen knetete, war wichtiger als Mutters Leben.

Solde zeigte mit der Silberkralle auf sie: »Niemand wird dir glauben, Juva! Niemand! Du brauchst es gar nicht erst zu versuchen. Sie wissen, was du für eine bist! Eine Jagdhure! Du gehörst auf den Rücken, unter grindige Greise in der Schinderhalle, nicht hierher. Ich bin die Blutleserin, und ich kann dir genau sagen, wer du bist.«

Juva bildete sich ein, sie hätte von ihren Worten den Geschmack eines verfaulten Apfels im Mund. Bitter und verdorben. Sie schüttelte den Kopf. »Nein, Solde. Du erzählst mir gerade nur, wer *du* bist.«

Solde zuckte die Hand, als wolle sie zuschlagen, doch so weit würde sie nie wagen zu gehen. Sie beugte sich zu Juva und fauchte: »Was hat sie gesagt? Antworte mir!«

Juva spürte, wie sich die Leere mit einem kleinlichen Rachedurst verband. Sie könnte Solde jetzt alles wegnehmen. Alles, was sie besessen hatte, alles, was sie begehrt hatte. Ihr viel zu dreckiges Mundwerk würde stillstehen, ein für alle Mal. Aber was würde sie dann machen, ein sechzehn Jahre altes vernichtetes Mädchen? Das hier war alles, was sie hatte und konnte. Und Juva wollte es um keinen Preis auf der Welt haben.

Juva hob den Blick. Sie waren nicht mehr allein im Zimmer. Heimilla kam ans Bett und schloss Lagalune die Augen. Gomm und Rugen standen stocksteif in der Tür. Hinter ihnen war Freisa, die neue Blutlesegehilfin, aufgetaucht. Sie weinte. Da war sie die Einzige.

Sie schauten Juva an, alle zusammen, und sie wusste, dass nicht nur ihre Schwester erfahren wollte, was Mutter gesagt hatte. Auch die Dienerschaft wollte es erfahren. Die Seidagilde würde kommen, um es zu erfahren. Und bald würde ganz Náklav fordern, es zu erfahren. Wer war die nächste Blutleserin im Haus Sannseyr?

Juva stand auf. In den Füßen kribbelte es, als wären sie eingeschlafen. »Sie hat gesagt, es ist deins, Solde. Alles ist deins.«

Eine riesige Last schien Solde aus den Klauen zu lassen. Die Schultern entspannten sich, ihr Gesicht wurde weicher, fast wie bei Mutter, und in die Lippen kehrte das Blut zurück. Eine perverse Erleichterung an einem Bett, das nach Tod stank. Juva drängte sich an ihr vorbei, an den anderen vorbei und verließ das Zimmer, erleichtert, dass sie sie gehen ließen. Sie musste schnell handeln, bevor Solde auf die Idee kam, nach den Papieren zu suchen.

Sie vergewisserte sich, dass ihr niemand folgte, bevor sie die Treppe nach oben in die Diele nahm und ins Arbeitszimmer ging. Die Feuerstelle war tot, der Raum dunkel und kalt. Der Wind draußen hatte aufgefrischt und pfiff leise durch das eine Fenster wie ein Kind, das die Technik gerade lernt. Vater guckte vom Gemälde an der Wand auf sie herab, und ihr Mut drohte zu schwinden, doch sie war jetzt fast am Ziel. Das hier war das Letzte, was sie noch tun musste, danach konnte sie in das Leben zurückkehren, das sie geführt hatte, bevor Solde in der Schinderhalle aufgekreuzt war. Zurück, Juva, die Jägerin, zu sein. Doch jetzt würde sie sich auf die Jagd nach anderen Wölfen machen.

Vardari werden für das hier bezahlen. Für alles.

An den Seiten des Schreibtisches befand sich je eine Schublade, die beide abgeschlossen waren. Juva hörte, wie unten die Haustür wieder zufiel. Wahrscheinlich Ive mit Doktor Emelstein, als ob er noch etwas hätte ausrichten können. Sie musste sich beeilen.

Der Aschenbecher stand links. Das Einzige, was Mutter mit links tat, war rauchen, also musste die rechte Schublade die richtige sein. Juva steckte den Schlüssel ins Schloss und drehte ihn um. Es gab ein leises Klicken von sich und sie zog die Schublade auf. Die Papiere, vor deren Existenz sie sich gefürchtet hatte, lagen ganz oben, wahrscheinlich das Letzte, womit Lagalune sich beschäftigt hatte.

Es handelte sich um zwei Bögen und sie waren identisch. Juva nahm einen heraus und überflog den Text, der in viel zu zierlicher Handschrift verfasst war, um von Lagalune zu stammen. Das war die Arbeit von Gesetzeskundigen, mit blauem Siegel der Náklabank. Mutter hatte lediglich auf einer dünnen schwarzen Linie mitten im Text Juvas Namen eingetragen und am Ende unterschrieben.

Lagalune Sannseyr, stand dort. Mit einer schnell hingeworfenen Unterschrift hatte sie das Haus, die Reichtümer und den Sitz in der Seidagilde an Juva übertragen. Warum? Mutter musste da doch schon gewusst haben, dass Juva es ablehnen würde; was war also der Grund für das ganze Theater?

Sie glaubte, sie würde noch Zeit haben, es zu erklären.

Eine kleinere Summe war, wie es in dem Dokument unterkühlt hieß, für die »Nicht-Erbin« ausgesetzt worden. Das war ein armseliger Trost, mit dem sich Solde nie zufriedengegeben hätte.

Juva entzündete die Tranlampe und schraubte den Docht hoch, bis die Flamme anfing, den Kolben zu berußen. Sie rollte die beiden Bögen zusammen und hoffte im Stillen inständig, dass einer davon für die Bank bestimmt war und dass sie dort keine Kopie besaßen.

Dann tat sie, was sie immer tat: verbrannte die Blätter.

Sie hatte normalerweise kein klares Gefühl, warum sie das machte. Sie wusste nur, dass sie es tun musste, sonst würde Entsetzliches geschehen. Der Wolf könnte wieder zum Leben erwachen. Jemand könnte sterben. Sie verbrannte aber keinen Wolf, und jetzt wusste sie genau, welche Katastrophe sie verhinderte, als sich die Flammen am Papier emporfraßen. Das hier war nicht die Tat einer hysterischen Frau, die von Angst getrieben war. Das hier war der Anfang von Freiheit, für sie und Solde.

Sie warf die brennenden Blätter in den Kamin. Sie kräuselten sich zu einem schwarzen Ball zusammen, den sie zu Staub zerstieß.

Sie schaute wieder zu Vater hinauf. Er war wie immer ganz der Alte. Valjar. Verewigt auf Leinwand. Neben ihm hing ein etwas kleineres Gemälde von ihr und Solde, das kurz vor Vaters Tod entstanden war. Juva war erst sieben, doch sie fand, sie sah älter aus. Solde war vier und hing auf ihrem Rücken, die Arme um ihren Hals geschlungen. Juva hatte das Bild nie gemocht. Es sah so aus, als würde die kleine Schwester versuchen, sie zu erwürgen.

Sie löschte die Tranlampe und verließ das Zimmer. Beizeiten musste sie den Schlüssel wieder an seinen Platz in Mutters Gemach zurücklegen. Juva hatte auf der Treppe kaum ein paar Schritte nach unten gemacht, als sie auf der Stufe stehen blieb, auf der sie gestanden hatte, als sie Nafraím in der Diele gesehen hatte.

An dem Tag hatte in ihren Erinnerungen das reinste Chaos geherrscht. Jetzt wirkten sie geordneter, durch Mutters Worte.

Der Eisenwolf.

Hier hatte sie ihn gesehen, so hatte sie geträumt. Hatte sie erfunden. Fantasiert. Weil es nie passiert war, das hatte Mutter gesagt. Juva war schwierig und ängstlich. Ein ungehorsames Kind, das nie wieder über den Wolf sprechen durfte. Ihn auch nicht zeichnen, denn er war der Teufel, hatte Mutter gesagt und das Blatt in den Kamin geworfen. Ihn verbrannt.

Willst du, dass er Wirklichkeit wird? Das wird er, wenn du über ihn sprichst. Und er wird grausame Dinge tun!

Das Feuer in der Diele war fast erloschen und sie hörte gedämpfte Stimmen aus Mutters Gemach: Doktor Emelstein und Solde; Freisa, die noch immer weinte. Jemand hatte die Tür zum Blutlesezimmer wieder geöffnet. Es war noch Zeit, wenn sie die Karte finden wollte …

Sie kam sich schwachsinnig vor, dass sie überhaupt auf diesen Gedanken gekommen war. Würde sie auf Mutters Theater hereinfallen, sogar nach ihrem Tod noch? Eine Karte verbrennen, ohne den Grund zu kennen?

Weil Nafraím die Karte haben will?

Juva hatte schon ihr Leben lang Teufel verbrannt, warum also nicht noch einen mehr? Damit konnte sie doch auf keinen Fall Schaden anrichten, und Mutter hatte es so gewollt.

Sie schlich ins Lesezimmer. Mutter hatte gerade eine Lesung abgehalten, darum war das Kästchen geöffnet und die Wandlampen brannten. Ihr Stuhl lag umgefallen auf dem Boden. Juva spürte ein

Ziehen in der Brust, eine plötzliche Trauer, die sie zurückdrückte. Falls sie trauern würde, musste sie es auf später verschieben.

Sie nahm die Karten heraus. Blasses, hauchdünnes Walbein mit schwarzen Motiven. Um sie zu verbrennen, wäre Leichenholz nötig, und selbst dann würden sie bestimmt nur schmelzen. Erst vor einer Woche hatte sie hier gestanden und gedacht, dass die Karten viele Generationen von Sannseyr überlebt hatten und bestimmt auch Solde überleben würden.

Sie schaute zu dem Wolf hoch, der über die ganze Wand einen Buckel machte, gemalt von Urgroßmutter Síla.

Wir haben Wölfe gezeichnet, wir beide.

Juva zögerte mit den Karten in der Hand. Sie war kurz davor, etwas zu zerstören, das älter war als sie selbst. Älter als Mutter und Mutters Mutter. Es fühlte sich falsch an, ein ganz unerwartetes Gefühl: einen Wert in etwas zu sehen, das mit Blutlesen zu tun hatte.

Ein lautloses Lachen erlosch, noch ehe es die Lippen erreichte. Sie hatte ein Leben lang gebraucht, um sich aus diesem Haus nach draußen zu kämpfen, und nun, nach Mutters Tod, war sie endlich frei. Ein verrückter Zeitpunkt, um sentimental zu werden. Jetzt war es zu spät, um an Wurzeln zu denken.

Die Karten waren klein, kleiner als die Pappkarten, die viele andere Blutleserinnen benutzten. Die Illustrationen waren fesselnd, eingerahmt von Symbolen und Runen, aber mit einfachen Strichen ausgeführt. Der Mond, der Rabe, das Messer, das Geheimnis …

Der Teufel.

An der Karte mit dem Teufel war nichts besonders Auffälliges, soweit Juva feststellen konnte. Das Bild zeigte einen starken Mann mit Wolfskopf, nicht unähnlich dem, den sie immer gemalt hatte.

»Juva? Hat jemand Juva gesehen?« Soldes Stimme durchschnitt die Diele.

Juva legte die Karten an ihren Platz und schloss das Kästchen. Wenn es etwas zu verbrennen gab, musste sie das später erledigen. Dafür war noch genug Zeit. Denn vom Teufel wusste sie mit Sicherheit nur eins, nämlich, dass er nie verschwand.

DIE KARTE

Juva war noch vor Tau und Tag aufgewacht, nachdem sie wie eine Tote geschlafen hatte, und das musste ihr zum allerersten Mal in diesem Haus passiert sein. Heimilla hatte schon die Seidagilde benachrichtigt, die umgehend Leichenwäscherinnen geschickt hatte. Die drei Frauen waren so alt, dass sie nur noch wenige Wochen von der Dränke trennen konnten, versahen aber ihren Dienst, als hätten sie nie etwas anderes getan. Sie trugen schlichte Kleidung, aus Wolle und Leinen, die Ärmel konnte man hochschieben und über dem Ellenbogen befestigen, als wollten sie beim Kalben helfen.

Sie hatten Mutter für die Leichenkammer auf Jólshov vorbereitet. Sie gewaschen und zurechtgemacht, die Bettwäsche gewechselt und ihr ein schwarzes Spitzenkleid angezogen. Das Lippenwachs war entfernt worden. Ihr Haar war geflochten und so kunstfertig aufgesteckt, wie sie es zu Lebzeiten nie getragen hatte. Am Blutleserinnen-Schmuck und an der gelblichen Haut an den Zigarrenfingern war zu erkennen, dass im Himmelbett Lagalune und keine vollkommen Fremde lag. Juva kam der unangenehme Gedanke, dass dies hier Mutters wahres Gesicht war. Dass alles andere eine Maske gewesen war.

Als Nächste trafen Ogny und Maruska ein, Mutters engste Freundinnen, die die Seidagilde jetzt allein leiten mussten. Nein … Sie würden sie mit Solde leiten. Der Gedanke war absurd.

Ogny Volsung war über siebzig, hatte Haut wie Schrumpelleder. Ihre Wangen waren abgerutscht, die Augen eingesunken, und die Ohren wurden durch das Gewicht von Eisenringen, die wie Schilde wirkten, beschwert. Kleine Amulette rasselten an ihrer Stirn, von einer Kette, die sie im grauen Haar befestigt hatte. Sie befahl Gomm, Blutkekse und Butterkuchen zu backen, als sei sie die Herrin im Haus, und als sie mit ihrer heiseren Stimme rief, spannte sich eine Sehne in ihrem Hals so, dass es aussah, als hätte sie einen Stock verschluckt.

Maruska war jünger, um die fünfzig, und hatte einen Blick, von dem sich Juva aufgespießt fühlte. Ihr rotes Haar lag steif wie eine Lackschale an, und ihre Mundwinkel waren wie beim Weinen ständig nach unten gezogen. Beide standen für alles, was man mit der Seidagilde verband: Selbstgerechtigkeit und Unbeugsamkeit, umgeben von einer aufgesetzten Aura aus Mystik, die zu durchschauen Juva mehrere Jahre gebraucht hatte. Solde mit ihren zarten sechzehn Sommern würde bei lebendigem Leibe verschlungen werden.

Solde würde zerbrechen, sie ist nicht wie du.

Mutters Worte quälten ihre Gedanken, doch Juva hatte das Einzige getan, was sie tun konnte: Solde das gegeben, was sie haben wollte. Die Erbbriefe waren verbrannt, der Schlüssel zum Schreibtisch lag wieder in der Nachttischschublade, es war vorbei. Jetzt musste sie nur noch diese Totenwache überstehen.

Wenn sie das schaffte, hatte sie es Ester zu verdanken, die eine willkommene Flasche Roggenschnaps vorbeigebracht hatte. Außerdem hatte Juva schon drei Becher Reißdorn-Tee gekippt und von ihrem Herzen so wenig gemerkt, dass sie genauso gut hätte tot sein können.

Die Angst machte Winterschlaf. Sie war benommen.

Rugen hatte sie seit gestern nicht mehr zu Gesicht bekommen. Das war wohl auch kein Wunder, weil sie ihn aufgefordert hatte zu gehen, sie hatte aber nicht erwartet, dass er gehorchen würde, so ganz ohne Weiteres.

Langsam, aber sicher füllte sich das Sannseyr-Haus mit Leuten aus ganz Náklav, die in unterschiedlichem Maß den Balanceakt beherrschten, den die Totenwache für eine Blutleserin darstellte: Trauer um die Tote, Freude für die Erbin. Ein zwiespältiger Zustand, dessen Anstrengung selbst Solde ins Gesicht geschrieben stand. Obgleich sie eher so aussah, als würde ihr die größte Schwierigkeit das enge Kleid bereiten, das sie zu kleinen Schritten zwang und sie für praktische Zwecke nicht einsatzfähig machte. Sie hatte allerdings auch nichts weiter zu tun, als den Strom an Gratulationen und Beileidsbezeigungen entgegenzunehmen.

Ogny, Maruska und deren hochgewachsene Töchter belegten einen Großteil ihrer Zeit mit Beschlag, und Soldes gespenstisches Lächeln wurde immer steifer. Fast als hätte sie keine Ahnung, wie sie sich der Schwesternschaft gegenüber verhalten sollte, von deren Zugehörigkeit sie so lange geträumt hatte. Der Sannseyr-Teil war an seinem Platz in dem regierenden Kleeblatt: Sannseyr, Volsung und Auste.

Juva gab sich alle Mühe, sich unsichtbar zu machen, und das war nicht weiter schwierig. Die Leute vermieden es, mehr Worte als unbedingt nötig mit ihr zu wechseln. Sie bezeigten ihr Beileid, mit flackerndem Blick, der verriet, dass sie damit sowohl den Todesfall als auch den Verlust von Haus und Hof meinten. Juvas Stellung hatte sich von einer Sannseyr zu einem Haar in der Suppe verschoben.

Sie schlich im Haus umher und bekam die unglaublichsten Dinge mit. Lorn Selver, ein lauter Jarl und Gutsbesitzer, war mit einem anderen Stockfisch aus der Kaufmannsgilde dabei, das Haus zu taxieren. Sie waren über die Maßen beeindruckt von der schwarzen Diele mit der großartigen Treppe. Zwei Jungen knufften und pufften den Glasschrank mit dem ausgestopften Raben, in der Hoffnung, kostenlos eine Weissagung zu ergattern. Der Rabe rührte sich nicht.

Zwei aus der Seidagilde, Ilja und Flo, standen in der Diele und bewunderten Mutters finstere Ziergegenstände, wobei sie darüber redeten, dass der Laichmond zum Sterben ein recht belangloser Monat war. Lagalune würde am Leichentuch kratzen, weil es ihr nicht gelungen war, zur Frühjahrs-Tagundnachtgleiche abzutreten. Dann hätte es nämlich sogar passieren können, dass der Frühjahrslauf abgesagt worden wäre.

Juva entdeckte Mutters Bankmann, er saß auf der skelettartigen schmiedeeisernen Bank mit einer Schale Blutkeksen auf dem Schoß, und sie bildete sich ein, dass er sie misstrauisch ansah. Wusste er, dass es beim Erbe nicht mit rechten Dingen zuging? Hatte Lagalune ihm von ihren ursprünglichen Plänen erzählt?

Als hätte sie jemals Leute in ihre Pläne eingeweiht …

Jemand sagte, der Todesfall sei unerwartet eingetreten. Andere sagten, sie sei krank gewesen und habe gewusst, dass sie dem Tod nahe war. Selbstredend. Sie war schließlich Blutleserin. Es wurde von Lebensmittelvergiftung gemunkelt, was auf Doktor Emelsteins Schlussfolgerung zurückging. Juva musste sich eine Entgegnung verkneifen.

Sie war nicht krank, sie wurde von Vardari umgebracht.

Das hatte sie schon gestern mit dem Familienarzt ausführlich besprochen. Lebensmittelvergiftung? Wann in der ganzen Geschichte Draumheims hatte sich schon einmal jemand von verdorbenem Fisch die Seele aus dem Leib gekotzt?

Emelstein wusste Bescheid; und er wusste, wer verantwortlich war, das stand ihm deutlich in sein sterbenslangweiliges Gesicht geschrieben. Er hatte seine Tasche abgestellt, die Hände über den Bauch gefaltet und gesagt, eine »unnatürliche Vergiftung« musste zwangsläufig bedeuten, dass jemand diese Tat begangen hatte.

Juva hatte einen Augenblick gebraucht, um zu begreifen, was

er ihr mitzuteilen versuchte. Bei einem Mord gab es einen Mörder und niemand würde einen Vardari belangen. Bestenfalls würde es ungeklärt bleiben, im schlimmsten Fall würde das Gesetz den einfachsten Ausweg nehmen und sie verfolgen oder den Koch. Doktor Emelsteins großzügiger Umgang mit dem Begriff »Lebensmittelvergiftung« zielte darauf ab, sie beide zu schützen.

Der Gedanke wog schwer wie Stein und zog sie runter, bis alles, was sie sah und hörte, finster und hässlich war. Anschließend hatte Emelstein ihr mehr Reißdorn gegeben und gefragt, wie es mit ihrem Herzen und den Panikattacken war.

»Jufa …«

Sie zuckte zusammen. Broddmar, mit der zahnlosen Aussprache ihres Namens, brachte etwas in ihr zum Bersten. Er zog sie an sich, mit nur einem Arm, und klopfte ihr freundschaftlich auf den Rücken. Er verlor kein Wort über Mutter oder dass es ihm leidtäte.

»Raues Wetter ist raues Wetter«, murmelte er nur. »Da gibt es nichts weiter zu sagen.«

Juva trat einen Schritt zurück und fand ihr Gleichgewicht wieder. »Wenn du dich nächstes Mal rot anziehst, komme ich mit. Du kannst dich jetzt nicht mehr damit rausreden, was Mutter sagen würde.«

Broddmar blickte sich verstohlen um und zog sie in den Schatten unter der Treppe. »Ich kann mich damit rausreden, dass ich nicht noch mal herkommen will, zu *deiner* Totenwache.«

»Willst du damit sagen, ich bin eine schlechtere Jägerin als du?«

»Juva …«

»Nein! Nein, Broddmar, keine Ausreden mehr. Wenn du mich nicht dabeihaben willst, dann sag es, wie es ist. Bin ich eine zu schlechte Jägerin, um mit dir auf die Jagd zu gehen?«

Juva wusste, dass sie gut genug war, und sie wusste, dass er niemals etwas anderes behaupten würde, doch er kaute auf seinen Felgen, als wolle er es versuchen.

»Das ist also alles, was du dir wünschst?«, fragte er. »Die Erlaubnis, unschuldige, kranke Menschen zu jagen und sie zu opfern? Eine rote Jägerin. Ausbluterin. Bluthündin. Davon hast du als kleines Mädchen geträumt?«

Juva wich seinem Blick aus. »Die sind nicht unschuldig. Das sind Blutsklaven, die wissen, dass sie krank werden können, und die, die es werden, töten!«

Broddmar packte sie am Kinn und zwang sie, ihm ins Gesicht zu sehen. »Juva Sannseyr, Wolfskranke haben Lagalune nicht umgebracht, auch nicht deinen Vater. Du verachtest alles, was mit Reißzähnen zu tun hat. Wölfe, Wolfskranke, Vardari ... Du verkochst sie alle zu einem Feind, den es nur in deinem Kopf gibt. Das ist nicht gesund, kapierst du das?«

Juva riss sich los. »Das wagst du nicht«, fauchte sie. »Du nicht, Broddmar. Mein Leben lang hat sie auch immer gesagt, dass es das alles nur in meinem Kopf gab. Ich bin in einem verfluchten Haus aufgewachsen, mit einer Mutter, die mir eingeredet hat, ich sei verrückt, und so was darf nie wieder jemand mit mir machen. Ich weiß, wovon ich spreche. Du darfst nie sagen, dass das verrückt ist, hörst du? Ich jage aus dem gleichen Grund wie du Wölfe, weil das ein Beruf ist. Weil die Stadt das Blut für die Steintore braucht. Aber wovon wir leben, davon sterben andere. Ich gehe auf Wolfsjagd, und die Wolfsseuche ist eine Auswirkung, für die ich die Verantwortung trage. Du hältst das für verrückt, dass ich einen Albtraum jage; aber in Wahrheit ist es unsere verdammte Pflicht und Schuldigkeit, aufzuräumen!«

Juva rang um Beherrschung. Sie musste jetzt den Mund halten und die Argumente bei Broddmar sacken lassen. Er brauchte nicht zu wissen, was sie wirklich antrieb. Einem roten Jäger blieb kein Tor verschlossen. Sie konnte die ganze Stadt nutzen, bewaffnet, frei, um Reißzähne zu sammeln. Sie konnte näher an die Verantwortlichen herankommen, an die, die Blut verkauften und Abhängige schufen.

Broddmar rieb sich die hohlen Wangen. Sein trostloser Blick verriet, dass sie gewonnen hatte.

»Wir können drüber reden«, sagte er.

Juva konnte den Sieg nicht genießen, denn die Gäste hatten sich plötzlich in der Diele versammelt, vor der Haustür. So viele waren gekommen und gegangen, dass sie nicht gemerkt hatte, dass wieder angeklopft worden war. Juva reckte den Hals, um den Grund für den Auflauf herauszufinden: ein Bote vom Hof mit einem Beileidsbrief von Königin Drøfn. Solde nahm ihn in Empfang und gab als zutiefst Trauernde, Demütige und Dankbare die Vorstellung ihres Lebens, ohne allzu erschüttert zu wirken.

Während die Gäste Solde umschwirrten, erahnte Juva eine Bewegung aus den Augenwinkeln. Die Tür zum Blutlesezimmer hatte sich geschlossen, als sei jemand dort hineingegangen. Das musste Ive gewesen sein oder jemand anders von der Dienerschaft. Niemand sonst würde auf dem Höhepunkt der Totenwache wohl ungebeten das Allerheiligste des Hauses betreten?

Der Teufel. Lass nicht zu, dass sie ihn kriegen.

Juva ließ Broddmar stehen und schlängelte sich durch das Menschengewimmel auf die andere Seite der Diele. Sie machte die Tür einen Spalt weit auf. Ogny stand am Tisch, die Finger auf dem Kartenkästchen, als hätte sie es soeben geöffnet. Sie entdeckte Juva und ihre Hand zuckte im Reflex zurück. Das war verräterisch, Ogny aber überspielte es, indem sie einen leisen Seufzer hören ließ und sich an die Brust fasste.

»Oh, Juva! Muune steh mir bei, was habe ich mich erschrocken!«

Juva sagte nichts. Ihr Herz flimmerte, als würde es den Reißdorn abschütteln. Mutters letzte Worte waren nicht im Fieberwahn gesprochen worden. Der Beweis stand direkt vor ihr.

Die Stille um sie beide verdichtete sich. Ein seltener Hauch von Zweifel huschte über Ognys Gesicht, und sie machte den Eindruck, als sei ihr klar, dass eine Erklärung angebracht war. Sie strich mit ihrer runzeligen Hand über die rostfarbenen Flecken auf dem Tisch. »Liebste Lagalune … Unbegreiflich, dass sie tot ist. Ich fühle mich ihr dennoch nahe, hier drinnen.«

Juva betrat das Zimmer und zeigte zur Tür. »Du hast die Beileidsbezeigung der Königin verpasst.«

Ogny verstand den Wink. »Eine alte Haut wie ich erfährt so was immer als Letzte«, sagte sie, gespielt lachlustig, als würde sie wissen, dass sich die Ungereimtheit dieser Behauptung sofort offenbarte.

Juva wartete, bis sie das Zimmer verlassen hatte, erst dann blätterte sie die Karten durch, bis sie den Teufel fand.

Suche meine Karten. Lass nicht zu, dass sie ihn kriegen.

Juva war wie selbstverständlich davon ausgegangen, dass Mutter Nafraím und die anderen Vardari gemeint hatte. Was, wenn sie die Seidagilde gemeint hatte? Ogny und Maruska? Und was zur Dränke wollte die siebzig Jahre alte Gildemeisterin mit einer Blutlesekarte, die man überall in Náklav kaufen konnte?

Der Teufel ist das Blut. Solde würde zerbrechen.

Juva guckte zum Wolf hoch: Síla Sannseyrs Wandgemälde. Ein Pakt mit dem Teufel, so waren die Blutleserinnen zu ihren Kräften gekommen, die nie etwas anderes als der höchst natürliche Einblick in die menschliche Natur gewesen waren, durch Blutperlen geschärft. War der Teufel in ihrer Hand der Bezugsschein für Wolfsblut? Ein Code, um es von Nafraím zu kaufen?

Aber warum war Ogny dann hinter dieser Karte her, wenn es so war? Hatte sie keine eigene? Und warum wollte Mutter, dass sie die verbrannte, war sie in falschen Händen gefährlich? Das konnte doch ein Weg sein, Solde daran zu hindern, Blutschlürferin zu werden aus …

Fürsorge? Von Lagalune? Kaum.

Juva hob das Wollhemd an und steckte die Karte zwischen die

Stäbe ihres Schnürmieders am Büstenhalter. Der Teufel fühlte sich kühl an auf der Haut, wie eine Warnung.

War Mutter dafür gestorben? Warum?

Juva tappte im Dunkeln, und das hasste sie. Hatte es viel zu oft getan. Ihr ganzes Leben war ein Flickenteppich aus verdrehten Einzelteilen, die sich weigerten, sich zu einem Ganzen zusammenzufügen. Jetzt hatte sie aber wenigstens etwas, was sie vorher noch nie gehabt hatte: die Gewissheit, dass die Einzelteile real waren. Und der grotesken Verwirrung war sie wissentlich und willentlich ausgesetzt worden.

Der Eisenwolf …

Das Untier, das sie von Kindesbeinen an gezeichnet hatte, war echt, keine Fantasie. Vater war von einem Wolfskranken getötet worden. Von einem blutrünstigen Biest. Unbegreiflich war noch immer, warum sie es geheim gehalten hatten. Warum hatten sie darüber Lügen verbreitet?

Juva fürchtete, Broddmar könne recht behalten. Sie war verrückt, sie verkochte Mutters Worte mit Erinnerungen und Märchen zu einer Soße. Sie wusste nur mit Sicherheit, dass die Karte, die an ihrer Haut klemmte, wichtig war, sowohl für die Seidagilde als auch für die Ewigwährenden, und das war Grund genug, sie zu vernichten.

Sie öffnete die Tür und schlüpfte in die belebte Diele. Der Bote der Königin war wieder abgezogen und sie konnte Solde oder Ogny nirgends entdecken. Sie hörte aber eine bekannte Stimme neben sich.

»Wer zur Wolfsfotze sind alle diese Leute?«

Juva drehte sich zu Rugen um, der auf der Armlehne der Skelettbank saß. Wo hatte er sich rumgetrieben? Und warum war er wieder zurück, war seine Krise nicht vorbei? Sie kam nicht zum Fragen, bevor er sie an sich zog und tat, als würde er sich vor den anderen verstecken.

»Rette mich, Juva«, sagte er unerwartet scherzhaft.

Seine Hände waren warm auf ihrem Körper. Warme Hand auf kaltem Teufel. Juva entwand sich, hauptsächlich weil sie sich tatsächlich freute, ihn zu sehen, und das war eine Erkenntnis, auf die sie gern verzichtet hätte.

VERSPRECHEN

Rugen hatte große Mühe, die Augen offen zu halten. Es war früh, und Gaula wusste, dass er in den letzten Wochen nicht besonders gut geschlafen hatte. Der Tod zog allmählich gefährlich nahe seine Kreise um ihn. Leife war von Alette geholt worden, Alette war von dem Jäger geholt worden und Lagalune … Na ja, alles deutete darauf hin, dass sie von dem Mann getötet worden war, den er treffen sollte. Wenn man Zahnschmerzen und Geldmangel hinzuzählte, war es mehr als genug, um es mit Fug und Recht als Fluch bezeichnen zu können.

Der Blutdurst war stärker geworden, und er brauchte mehr von dem zweifelhaften Gesöff. Er hätte viel dafür gegeben, mit einer Handvoll Blutperlen in ein Bett aus Seide zu sinken und dort zu bleiben, bis die Dränke ihn holte, aber er hatte einen Auftrag zu erledigen. Der einzige Auftrag, der ihn am Leben halten konnte. Sofern es ihm gelang, dem rot gekleideten Teufel mit dem Wolf nicht über den Weg zu laufen …

Die Straßen lagen stumm und von Nebel verschleiert da. Er konnte kaum seine Füße sehen, sondern bloß die Schritte auf den Pflastersteinen und in der Ferne das rhythmische Rauschen des Meeres hören. Die Häuser beugten sich über ihn und es fühlte sich für ihn wie der Anfang eines Albtraums an. Er erreichte das Ende der Schicksalskehre und lief geradewegs gegen eine Leiter. Furcht durchwehte kalt seine Brust, doch darauf stand nur ein

Lichtmacher, der unterwegs war, um die Laternen am Leben zu halten.

»Langsam, Mann ...«, kam es von der obersten Sprosse.

Rugen verzichtete auf eine Antwort und setzte seinen Weg fort, ohne die Kälte abzuschütteln. Er ging immer wie auf Eiern, denn nicht nur der Ausbluter war in diesen Zeiten auf der Jagd. Wolfskranke erschreckten Leute zu Tode und unten bei den Flößen war jemand umgebracht worden. Kein Wolfskranker, wie sich herausgestellt hatte, sondern ein sinnesverwirrter Sonderling mit schiefen Zähnen. Nicht dass sich jemand für die Leute von den Flößen interessiert hätte. Säufer, zähe Malocher, Huren, für die in der Stadt kein Platz war, im wortwörtlichen Sinn. Sie schreinerten ihre Schuppen auf schwimmenden Plattformen, aus denen die Stürme fast jedes Jahr Kleinholz machten.

So gesehen hatte der Pöbel dem Verrückten einen Gefallen getan, indem man ihn vor dem Tod durch Ertrinken gerettet hatte. Zur falschen Zeit am falschen Ort, wie man so sagte.

Mit den falschen Zähnen.

Rugen umrundete die Nordspitze der Königskuppe und wurde beinahe von einem Pferdegespann niedergemäht. Er war so daran gewöhnt, sich in den engen Gassen zu bewegen, dass er vergessen hatte, sich vorzusehen. Er musste sich zusammenreißen, mit dem Grübeln aufhören.

Er entdeckte Nafraím am Fuß der Treppe, wo er versprochen hatte, sich einzufinden. Rugen hatte noch das Bild von einem brabbelnden Malocher auf den Flößen im Kopf, und der Kontrast hätte nicht größer sein können. Nafraím war so gut angezogen und gebildet, dass es schon altmodisch wirkte. Er stand mit den Händen auf dem Rücken da, in einem doppelreihig geknöpften Mantel mit hohem Kragen. Die mit Pelz gefütterte Ledermütze besaß Ohrenklappen. Sie erinnerte an solche, wie sie Krieger auf alten Gemälden aus dem 13. Jahrhundert trugen.

Der bloße Gedanke, die Torwächter würden einen wie ihn anhalten oder auffordern, die Zähne zu blecken, war geradezu lächerlich. Nafraím hatte eine Ausstrahlung von Unantastbarkeit. Macht, Reichtum und Ewigwährendem.

Und die eines Mörders.

Rugen sah Lagalune Sannseyr vor sich, wie sie dalag und in Juvas Armen Blut erbrach. Lebensmittelvergiftung, hatte der Doktor gesagt. Glatte Lüge, das wussten alle, die sich bei dem Vorfall im Haus befunden hatten. Das jedoch als Todesursache anzugeben war wohl am sichersten; denn wer außer den Vardari würde es wagen, eine Blutleserin umzubringen?

Rugen schob die Hände in die Tasche, damit sie seine Nerven beim Näherkommen nicht verrieten. Die Frage war nicht mehr, ob dieser Mann fähig war zu töten, die Frage war, ob das etwas änderte.

Er ließ den Gedanken fallen. Diese Entscheidung musste warten, solange Nafraím und der gelbe Dreck in der Flasche alles waren, was zwischen ihm und der Wolfsseuche stand.

Nafraím drehte ihm den Rücken zu und machte sich daran, die lange Treppe entlang der Mauern um die Königskuppe hochzugehen. »So … Lebensmittelvergiftung also«, sagte er, als Rugen sich abmühte, mit ihm Schritt zu halten.

Verdammt.

Er hatte gehofft, die Schlussfolgerung des Doktors hätte sich noch nicht bis zu ihm herumgesprochen. Dann hätte er es ihm wie eine Neuigkeit verkaufen, Terrain gewinnen und mehr von der Arznei bekommen können.

Nafraím wartete, bis er wieder zu ihm aufgeschlossen hatte, und sprach weiter: »Aber noch kein Datum für Soldes Amtsantritt? Sind sie sich unsicher?«

»Nein, sie haben gesagt, sie wollen nur Lagalunes Stürzung abwarten. Das kommt noch. Garantiert. Solde kennt sich schon gut aus. Passt wie die Faust aufs Auge, wenn du mich fragst. Ich habe ja gesagt, sie wird Erbin, Juva hätte es nie werden können. Sie interessiert sich für solchen Kram nicht die Bohne. Ehrlich gesagt, ich glaube ja, sie hätte den Sitz noch nicht einmal angenommen, wenn sie das einzige Kind gewesen wäre.«

»Nun gut … Dann hätte sie wahrscheinlich keine Wahl gehabt«, widersprach Nafraím, ohne auch nur andeutungsweise aus der Puste zu sein.

Rugen musste sich anstrengen, um ihm zu folgen. Seine Schenkel brannten allmählich mit jeder Stufe, und davon gab es unendlich viele. Direkt in die Mauer eingebaut, die die Náklaborg, den höchsten Punkt der Stadt, umgab.

Sie hatten den untersten Teil der Mauer erklommen, und Nafraím war so gnädig, ihm eine Pause zu gönnen. Der Mann sah zwar aus, als könne er sich vom Alter her irgendwo zwischen vierzig und sechzig bewegen, schien aber nicht zu schwitzen. War das so ein Vardari-Ding? Da fehlte nur, dass sie nicht einmal merken konnten, wie sich normale Leute abstrampelten.

Rugen bekam seine Atmung wieder in den Griff. »Wo wollen wir hin?«

»Zur Godebrücke.«

Rugen unterließ es, auf das allgemein Bekannte hinzuweisen, dass niemand ohne Pass auf die Godebrücke gelassen wurde; und vor allem jetzt war er nicht besonders scharf darauf, die Torwächter herauszufordern.

»Wer war bei der Totenwache?«, fragte Nafraím und nahm die nächste Treppe in Angriff.

»Wer? Die halbe Stadt muss dort gewesen sein!« Rugen bereute seine Äußerung sofort, sie war bedauerlicherweise einleuchtend. Er sprach schnell weiter: »Die Seidagilde natürlich, Ogny Volsung, die alte Dörrpflaume, und die Rothaarige. Die Töchter auch. Ich glaube, alle aus Juvas Jagdgruppe waren dabei. Die Diener natürlich, der Koch macht die besten Kekse, die ich je gegessen habe. Die Haushälterin Heimilla und ein Küchenmädchen.«

»Ich weiß, wer in dem Haus arbeitet«, antwortete Nafraím trocken.

»Oh … na ja, alle von Bedeutung waren da. Leute aus der Kaufmannsgilde, Bankleute, ein Jarl … Lorn sowieso und ein Bote von der Königin!«

»Natürlich. Hast du irgendetwas Nützliches gesehen oder gehört? Hat die Seidagilde Ausflüge oder Reisen erwähnt?«

»Ja, Lagalune und die beiden alten Schachteln von Blutleserinnen sind jedes Jahr immer nach Kreknabork gefahren und mehrere Male in Skippalun gewesen. Das hat was zu bedeuten, weil Gemälde von beiden Städten im Arbeitszimmer hängen. Dann ist da die Schinderhalle, in der Juva eigentlich wohnt. Die Jagdgruppe benutzt hin und wieder eine Hütte, im Wald, aber das hat nichts mit den Sannseyr-Frauen zu tun.«

Rugen wusste, dass nichts davon für Nafraím neu war, und durch die anschließende Stille kam er sich schwach vor. Ihm fehlte etwas, woran er sich festhalten konnte, aber es gab kein Geländer, obwohl niemand einen Sturz aus dieser Höhe überleben würde. Hätten sie nicht wenigstens die Stufen etwas breiter machen können? Rugen war sich nicht sicher, wie viele er noch schaffen würde.

Er hob den Blick. Vor Nafraím hing ein Rundturm an der Außenseite der Mauer. Der besaß einen offenen Übergang, durch den die Treppe führte. In dem Turm saß ein Torwächter, der aufstand, sobald er sie erblickte. Nafraím zeigte ihm die Hand, der Wächter warf einen Blick auf einen seiner Silberringe, und sie durften weitergehen, ohne auch nur ein Wort zu wechseln.

Rugen spürte einen Anflug von Verbitterung, wie einfach das Leben anscheinend sein konnte. Er musste sich daran erinnern, dass er immer gewusst hatte, dass es so lief, dass einige es einfacher hatten als andere. Jeder einzelne Kampf in seinem Leben wurde auf diesem Schlachtfeld ausgefochten, aber er hatte sich vorgenommen, einen Krieg zu gewinnen. War das nicht der Grund, warum er hier war?

Sie kamen oben auf der Spitze der Mauer an und hatten die ganze Stadt unter sich zurückgelassen. Rugen ruhte sich an die steinerne Einfriedung gelehnt aus und starrte auf die Dachplatten aus Eschenholz, in Fischgrätmuster gelegt, das unter dem Raureif durchschimmerte. Viele Dächer wurden von kräftigen Holzbalken gekrönt, die verhindern sollten, dass der Schnee auf die Straßen rutschte, durch die leichter Nebel wie Rauch zog. Auf ihn wirkte das so, als sehe er eine riesige alte Brandruine. Ein Náklav aus einem finsteren Zeitalter.

Er konnte ganz Ringmark und Skodda sehen. Die Spitze von Zunge im Norden und bis zu den Schiffen, die gerade in den Strudelsund nach Nyhavn einliefen. So viele Menschen, fest entschlossen, sich auf einer Insel mit steilen Klippen aufeinander festzuklammern. Aus welchem Grund?

Die Holzkuppel auf dem Náklaring stach zwischen allen anderen Dächern weit heraus und lieferte ihm die Antwort. Die Steine. Alles drehte sich um sie.

Rugen wurde schwindelig. Er trat von der Kante zurück und drehte sich zur Burg um, die auf der Kuppe hoch aufragte: Náklaborg. Nicht gerade umwerfend schön, es gehörte eine Portion guter Wille dazu, sie als Schloss zu bezeichnen. Ein grün-schwarzer Koloss in einer gemauerten Schale, die sich zur Hälfte aufgelöst hatte. Es sah ganz einfach so aus, als hätte jemand angefangen, die Burg abzuschälen, und dann damit aufgehört. Von innen war sie aber prächtig, das hatte er von mehreren Mädchen gehört, die dort in der Küche arbeiteten. Man wurde geil, wenn man sich über den Kochtöpfen abrackerte.

Rugen seufzte. »Was wollen wir denn hier?«

»Gedulde dich«, antwortete Nafraím und ging weiter.

Die Godebrücke glitzerte vor ihnen, eine Schlange aus spiegelglattem Eis lief um die gesamte Königskuppe. Man hätte sich unmöglich auf den Beinen halten können, wenn es zu beiden Seiten keine schmalen Gehsteige mit Pflastersteinen gegeben hätte.

Rugen folgte Nafraím hinaus auf den unheimlichen Bereich, einen Steg, der aus der Mauer ragte, der über den Dächern schwebte. Eine Schlangenzunge auf Steinstelzen, weil irgendein größenwahnsinniger Regent Lust gehabt hatte, spazieren zu gehen, ohne einfachen Leuten über den Weg zu laufen. Rugen konnte ihm das nicht übel nehmen, er hätte es bestimmt genauso gemacht.

Die Godebrücke führte ins Nichts, sie war einfach plötzlich zu Ende, eine lebensgefährliche Lippe in der losen Luft. Häuser unter ihm drückten sich an die Brückenpfeiler, als ob sie gefräßig geworden wären und angefangen hatten, die Brücke zu verschlingen. Rugen fühlte sich unwohl, aber Nafraím setzte seinen Weg bis zum Ende fort, anscheinend unberührt.

»Wie geht es den Zähnen?«, fragte er.

Rugen fühlte mit der Zunge. »Nur der eine ist locker, aber ... Ich brauche mehr von dem Schleim.«

Nafraím blieb stehen und ließ ein kurzes Lachen hinaus. »Der Schleim, den du meinst, ist eine ungeheuer anspruchsvolle Mixtur aus sehr seltenen Zutaten. Die kannst du nicht einfach irgendwo pflücken.«

Das hier ist eine Verhandlung.

Rugen schluckte. Er merkte, dass sein Mund austrocknete. »Was willst du sonst noch?«

»Ich will, dass du eine Weile da bleibst, wo du bist. Im Sannseyr-Haus wird künftig eine Menge passieren, und es ist äußerst wichtig, dass wir das mitbekommen. Glaubst du, das lässt sich machen?«

Es gab keine andere Antwort als Ja. Rugen hatte nichts weiter zum Feilschen anzubieten als seine Zeit und die Möglichkeit, die Antworten zu finden, die Nafraím brauchte.

»Klar«, schnaubte er. »Ich habe das Mädchen früher schon gehabt, und ich kann dir versprechen, dass sie es nicht vergessen hat. Das waren die besten Monate im Leben der Wildkatze. Gib mir ein paar Tage.«

Nafraím sah ihn mit einem Zug um den Mund an, der die Geschmacklosigkeit seiner Äußerung widerspiegelte.

Rugen merkte, wie ihm das Grinsen verging, und suchte nach weniger freisinnigen Worten. »Ich finde raus, was ich wissen will, das versuche ich zu sagen. Aber es würde helfen, wenn du erklären könntest, wonach du suchst, damit ich hier nicht im Dunkeln tappen muss.«

»Ich könnte nicht deutlicher werden als beim letzten Mal.«

»Womit denn? Wohin sie fahren, wer kommt und geht, worüber sie reden? Du kennst offensichtlich Solde nicht, ihr Mund steht nicht still, als ob ihr Leben davon abhinge, aber das ist in Ordnung. Wenn du eine Abhandlung über Mode, Möbel und wer mit wem in dieser Stadt pennt, brauchst, dann kann ich das besorgen. Kann ich jetzt mehr von dem Schl… der anspruchsvollen Mixtur kriegen? Oder soll ich mich gleich von dieser Brücke stürzen, weil ich ja sowieso bald verrecken werde?«

»Vielleicht. Wenn es dir auf jemanden in deinem Umfeld ankommt, dann wäre das zweifellos die beste Lösung. Für sie.«

Rugen biss die Zähne zusammen und spürte, wie der Schmerz im Kiefer ihn foppte. Die Worte waren gnadenlos und kamen unerwartet. Damit hatte er nicht gerechnet. War das alles, was er zu erwarten hatte? Einen wild wuchernden Wahnsinn, der unweigerlich dazu führte, dass er Leuten in die Kehle biss?

Nafraím knöpfte den Mantel auf, löste einen Beutel vom Gürtel und reichte ihn Rugen. »Das ist genug, um deine noch offenen Rechnungen zu begleichen, vor denen du weggelaufen bist. Und sorge dafür, dass du Juva Sannseyr den Rest des Geldes gibst, das du ihr noch schuldest. Sie wird dir erst vertrauen, wenn du deine Schulden bezahlt hast.«

Rugen nahm den Beutel entgegen, ohne zu fragen, woher er wusste, dass sie nur die Hälfte bekommen hatte. Das Geld lag angenehm schwer in der Hand.

Nafraím lächelte, ohne den Horizont aus den Augen zu lassen. »Du siehst zu schwarz, Rugen. Die Wolfsseuche muss kein Todesurteil sein. Wenn du stark genug bist, kannst du mit heiler Haut davonkommen. Du kannst noch lange leben, mit etwas Hilfe. Ein Jahr, zwanzig Jahre oder viele Hundert Jahre …«

Die Worte hängten sich wie Haken bei Rugen ein und hielten ihn fest. Er dürstete nach Antworten, hatte aber keine Ahnung, mit welcher Frage er anfangen sollte.

»Mehrere Hundert Jahre? Meinst du das im Ernst? Warum haben die Ausbluter dich nicht schon längst geholt? Und sollen nicht solche wie ihr Reißzähne haben? Ich habe gehört, die Ewigwährenden sind Wolfskranke, die nicht verrückt werden, aber verdammt … Ich habe Wolfskranke gesehen, Mann, und das sind keine Leute wie du!«

Der Ewigwährende schaute ihn mit brennendem Blick an: »Nein. Das sind Leute wie du.«

Rugen fühlte sich geschlagen. Sehnsucht und Wut kämpften um den Vorrang. Er wusste nicht, worauf er die größte Lust hatte, den Mann zu verprügeln oder sich ihm zu Füßen zu werfen. Aber aus welchem Grund sollte er ihn schlagen? Weil er die Wahrheit gesagt hatte? Wolfskranke wohnten nicht in den hängenden Häusern, sie schwammen nicht in Geld und hatten keine Ringe, die ihnen einen Freifahrtschein ins beste Leben lieferten, das es gab. Wolfskranke waren Leute von den Flößen. Blutsklaven. Abhängige.

Nafraím legte die Handschuhe ab, zog einen Zahn aus und entblößte einen vollkommen tierischen Reißzahn, der sich im Inneren verborgen hatte. Rugen starrte ihn an, übel und wackelig. Nafraím schob den hohlen Zahn mit dem Daumen wieder an seinen Platz und streifte die Handschuhe über, als sei nichts Besonderes passiert.

»Wir haben verschiedene Mittel und Wege. Einige benutzen falsche Zähne, andere feilen sie ab, und manche lassen sie so, wie sie sind. Bei dem Schock, den du jetzt empfindest, geht es nicht um Zähne, Rugen. Du tastest nach einer Ursache. Du verlässt dich nicht auf dich selbst, darum fragst du dich, warum *ich* es tue. Aber auf dich muss ich mich nicht verlassen, sondern auf deinen Selbsterhaltungstrieb. Wenn ich mir einer Sache sicher sein kann, dann, dass du immer der wichtigste Mensch in deinem Leben sein wirst.«

Rugen wusste, dass er daniederlag. Er sprach mit einem Ewigwährenden, und er hatte keine Ahnung, ob die Worte Beleidigungen oder Komplimente waren. Er war hilflos und öffnete den Mund, um es auszusprechen, doch Nafraím hielt ihn davon ab.

»Pst. Komm mit, es dauert nur einen Augenblick«, sagte er und zeigte in eine Richtung.

Goldene Glut wuchs am Horizont zwischen den Bergen und setzte das Meer in Brand.

Sonne …

»Sie wird erst in ein paar Tagen von der Stadt aus zu sehen sein«, sagte Nafraím leise, als hätte er Angst, sie zu vertreiben. »Man muss ganz an die Spitze, um der Erste zu sein.«

Rugen blieb der Mund offen stehen. Der erste Schimmer der Frühlingssonne, und sie war wie von einem Vardari heraufbeschworen. Alle Götter waren gnädig, einem echten Ewigwährenden. Die Sehnsucht in der Brust schwoll an, ein unerwartetes Begehren, das er noch nie gekannt hatte. Leben. Er musste leben. Einer von ihnen werden, über Dunkelheit und Winter erhaben, ohne jedweden Mangel. Dafür war er geboren worden.

Zur Dränke mit roten Jägern, Schulden, Krankheit und Huren. Er verdiente so unendlich viel mehr. Rugen spürte, wie sich Tränen in die Augen drückten wie bei einem Rotzbengel; er hatte aber keine Kraft, sich zu beherrschen. Das Herz war nackt und abgeschält. Der Körper wild und warm. Er hatte einen vollen Geldbeutel in der Hand, die Sonne brannte im Meer, bloß für ihn, und er stand mit einem Mann auf der Godebrücke, der ihm zu Bedeutung verhelfen konnte.

Rugen konnte seinen Blick nicht von Nafraím losreißen. Hätte der Mann ihn darum gebeten, dann hätte er sich für ihn den Arsch aufgerissen. Wäre auf den Pflastersteinen auf alle viere gegangen und hätte ihn aufgenommen, ohne zu zögern. Rugen befürchtete, dass seine Gedanken dick und fett vor ihm lagen, doch der Ewigwährende schaute ihn nur an und lächelte leise.

»So … Wollen wir nach unten gehen und Sonnenkringel kaufen?« Nafraím drehte sich um und trat den Rückweg an. Er nickte zur Náklaborg. »Ich wollte dich übrigens vorstellen, aber ich fürchte, Ihre Hoheit befindet sich auf Reisen in Fimle.«

Rugen konnte ein Lächeln nicht unterdrücken. »Du kennst die Königin? Du bist im Schloss gewesen?«

»Gewesen? Mein lieber Junge, ich habe es erbaut. Und ich habe viele gute Jahre dort gewohnt.«

Rugen wäre beinahe der Geldbeutel aus der Hand gefallen. Wie war das möglich? Das Schloss in Náklav war uralt, mehrere Hundert Jahre. Wie viele Jahre genau, hatte er sich nie die Mühe gemacht herauszufinden.

»So … was ist passiert?«

Nafraíms Blick war weggetreten, als ob er etwas in einer anderen Welt sehen würde. Er seufzte.

»Frieden. Ich habe es abgegeben, für Frieden.«

DAS MEER EMPFÄNGT

Juva hatte noch nie einen längeren Leichenzug erlebt. Sie guckte über die Schulter, konnte das Ende aber nicht sehen, nur einen ewig langen Schwanz aus Fackeln im feinen Nieselregen. Ein Todesfall in der Seidagilde zog immer Leute an, und Mutter war es als Oberhaupt nicht einmal vergönnt, fünfzig Jahre alt zu werden.

Sie erkannte einige, Leute, die Mutter viele Jahre die Tür eingerannt hatten, und Muune mochte wissen, wie viel Geld sie ausgegeben hatten, um sich zu vergewissern, dass sie nicht dem Tode nahe waren. Andere nahmen teil, weil es ein wichtiges Ereignis war, bei dem man sich sehen lassen musste. Oder vielleicht, weil sie an den Mythos glaubten, dass Blutleserinnen ihre Gaben teilen konnten, bevor sie im Meer abtauchten.

Solde ging neben ihr, das Todeshorn baumelte an ihrem Arm. Sie trug das gleiche Theaterkostüm wie bei ihrem Auftritt in der Schinderhalle. Der regennasse Schleier klebte ihr im Gesicht. Durch Schleier wirkte die Welt wie im Traum, darum hatte Juva beschlossen, keinen zu tragen. Sie hatte diffuse, unwirkliche Dinge satt. Rätsel mehr als satt. Sie wollte an diesem Abend alles sehen, messerscharf. Das Allerletzte, was sie für Lagalune Sannseyr zu tun brauchte.

Náklavs hartnäckiges Halbdunkel neigte sich langsam dem Ende. Der Schmelzmond stand vor der Tür, der Monat, der mit der Frühjahrs-Tagundnachtgleiche und dem Yra-Rennen endete. Bald würde die Sonne, die alle vermissten, sie die ganze Nacht wach halten. Neues Licht, neues Leben.

Das hätte ihr ein Gefühl von Freiheit vermitteln können, doch die war von den Vardari vergiftet. Nafraím hatte Mutter ums Leben gebracht, und nichts deutete darauf hin, dass er dafür zur Verantwortung gezogen wurde. Der Gedanke brannte wie Glut in ihrer Brust. Zu gefährlich, um sich eingehend damit zu befassen, jedoch unmöglich zu ignorieren.

Der Leichenzug wand sich auf der Südseite von Skodda an der alten Stadtmauer hinauf zur Leichenbucht. Die Todestrommeln schlugen immer dann hinter ihr, wenn sie sie gerade vergessen hatte. Sie lockten neugierige Leute an die Fenster, und die guckten auf Mutter hinunter, die in dem ersten Wagen lag, gezogen von vier Mann.

Sie mussten sich vorsichtig durchs Tor in der Mauer fädeln, um über den Hang an der Außenseite der Klippen weiter nach unten zu ziehen. Der Weg war steil, und Juva hoffte, dass die Männer stark genug waren, um den Wagen zu halten. Der Gedanke kam ihr seltsam vertraut vor, als hätte sie ihn früher schon einmal gedacht. Wahrscheinlich, als sie sieben Jahre alt war, an dem Tag, als Vater gestürzt wurde. Wahrscheinlich war hier noch nie jemand gegangen, ohne den gleichen Gedanken zu haben. Doch die Männer hielten stand und beförderten den Wagen hinunter zum Meer.

Sie öffneten eine Luke im Wagen und zogen die Bahre nach draußen. Sie sollte einem Boot ähneln, weil die Leute in alten Zeiten ihre Toten auf Booten verbrannt hatten. Jetzt glich sie eher einer Schote aus steifem Leinen, an beiden Enden spitz. Wie eine Puppe mit Larve, schwanger mit Mutter. Die Öffnung war ein schmaler Spalt, als würde sie gerade durchbrechen. Vielleicht als eine andere als die, die sie gewesen war. Ihr Körper war in ein Leichentuch gehüllt, es hätte also sonst wer darunterliegen können.

Juva legte Solde die Hand auf den Arm, doch sie zog ihn weg.

Natürlich. Lass sie nie eine schwache Blutleserin sehen.

Die Bahre wurde hinüber ins Boot geschoben, das sie alle nach Kleft bringen würde. Zur Toten-Schäre. Die Insel ragte wie ein Reißzahn aus dem Meer, badete in der Glut des Leuchtfeuers, das Schiffe auf sicheren Abstand hielt. Doch nicht dieses. Dieses Langschiff war hier hin- und hergefahren, solange sie sich erinnern konnte, mit demselben feurig gelb gestrichenen Kiel. Um Gaula abzuschrecken, so erzählte man sich. Gaula fürchtete Feuer.

Juva stieg mit Solde und denjenigen an Bord, die die Seidagilde für Mutters nächste Angehörige gehalten hatte. Es waren mindestens vierzig Personen. Solde schien sie alle zu kennen, Juva waren sie fremd. Doch sie hatte Broddmar. Er war ihretwegen hier. Der Rest des Gefolges blieb an Land stehen.

Die anderen nahmen Plätze auf den Ruderbänken ein, und Juva entdeckte Maruska, die sich zu Solde lehnte und ihr etwas zuflüsterte. Solde flackerte mit den Augen und schüttelte den Kopf. Sie hatte in den letzten Tagen ungewöhnlich nervös gewirkt, eher beunruhigt als trauernd. Dämmerte ihr endlich, dass es in der Seidagilde anstrengend werden würde? Oder lag es nur am Alter, dass sie sich jetzt vor der Stellung fürchtete, die sie sich immer gewünscht hatte?

Juva setzte sich auf eine Seite, packte die Riemen mit beiden Händen und begann, im Rhythmus der anderen zu rudern. Nach einer Weile brannte langsam der süße Schmerz in den Schultern, und sie wünschte, sie könnten einfach weiterrudern, Stunde um Stunde. Doch das Boot keilte sich nach kurzer Fahrt in den Strand. Solde saß im Bug und drückte das Horn an sich. Hatte sie vergessen, dass sie es füllen musste?

Juva gab ihr einen kleinen Wink. Solde lehnte sich übers Dollbord und füllte das Horn mit Meerwasser. Dann trugen sie Mutter den Hang hinauf, vorbei am Feuer die Klippen hoch, die sich übers Meer neigten. Die Bahre wurde auf der ersten von drei Rampen abgelegt. Tote wurden hier seit Generationen gestürzt und von den starken Strömungen fortgespült, bis Gaula sie in die Dränke brachte. Und selbst wenn man durch Ertrinken gestorben war, sollte man im Totenreich noch einmal ertrinken, Teil von Gaulas Fangarmen werden und andere in den Tod ziehen. Grauenvoll, hatte Hanuk einmal auf der Jagd gesagt. Sie hatten am Lagerfeuer gesessen und Götter und Rituale verglichen. Um die schlimmsten konkurriert. Hanuk war aus Aure und meinte, dass bei Leuten im Kopf etwas nicht stimmen konnte, die glaubten, der Tod sei schlimmer als das Leben.

Vielleicht hatte er recht. Ganz Náklav war ein Tollhaus.

Wie lange musste Mutter also ertrinken? Würde es bei ihr besonders lange dauern wegen all der Lügen, von denen sie ihr Leben lang gelebt hatte? Und wo würde sie hinterher abbleiben, wenn Gaula mit ihr fertig war? Die Seidagilde behauptete, alle Blutleserinnen kämen zu Muune und verbrächten die Ewigkeit damit, den noch lebenden Blutleserinnen Wahrheiten einzuflüstern. Der Glaube war weiterhin so tief verwurzelt, dass sie noch immer die Zungen ihrer Toten aßen, eine Tatsache, die abstrus genug war, um ihr den Sieg im Konkurrenzkampf mit Hanuk zu sichern.

Ogny schlug eine Ecke des Leichentuches zurück und entblößte Mutters Gesicht. Es sah kalt und künstlich aus, und die eingefallenen Wangen, die verrieten, dass die Zunge entfernt worden war, hatten etwas Befremdliches. Solde trat an die Bahre und schüttete aus dem Horn Meerwasser in Mutters blauen Mund. Dann war es vollbracht. Mutter hatte das Wasser empfangen, zum dritten und letzten Mal.

Die Zuschauer zogen sich ein Stück zurück und Solde hielt die Fackel an die Bahre. Das Leichentuch war in Öl aus Brandtang getränkt, fing schnell Feuer und brannte Funken stiebend gelb. Bald stand das ganze Totenschiff in Flammen.

Die Träger traten vor und hoben die Rampe am Kopfende an. Kurz sah es so aus, als würde Mutter liegen bleiben. Als ob sich ihr Boot festklammern würde. Einer der Männer versetzte ihm einen diskreten Stoß. Die brennende Bahre glitt abwärts und stürzte in die Wogen. Juva konnte nicht hören, wie sie auf der Meeresoberfläche aufschlug. Sie sah bloß das gelbe Feuer, das in der Tiefe Funken spuckte, so unangenehm, wie es nur Brandtang kann. Dann wurde alles wieder schwarz.

Die Versammlung brach auf und ging in einzelnen Gruppen zum Schiff zurück. Juva folgte ihnen, zögernd, mit dem Gefühl, dass sie mehr hätte tun müssen. Doch es blieb nur noch die Trauerfeier auf Jólshov. Sie konnte die Burg auf der Spitze von Skodda erahnen, und ihr kam der Gedanke, dass man Náklav nur von hier aus sehen konnte, wenn jemand gestorben war. In dem Gewirr aus Lichtern auf der Spitze der steilen Klippen konnte sie ihr Haus annähernd ausmachen. Gleich über der Stelle, wo die alten Kaianlagen einmal gestanden hatten, und sie erinnerte sich an die Geschichten über ihre Urgroßmutter Síla Sannseyr, die den Geruch von geräuchertem Wal so inbrünstig gehasst hatte, dass sie die Versetzung der Kaianlagen verlangt hatte.

Blutleserin hin oder her, hatte es der Stadtrat zunächst abgelehnt, doch da hatten sie sich ins schlimmste Unwetter seit Menschengedenken begeben. Kein Wunder bei einer Frau wie ihr, die den Wolf an die Wand gemalt und Seemänner hatte glauben lassen, sie wäre in der Lage, Sturm herbeizurufen, obwohl sie nur die Zeichen des Wetters lesen konnte. Vielleicht hatten sich diese Anlagen für Schwindelei vererbt? Vielleicht war es nicht Mutters Schuld, dass sie gelebt hatte, wie sie eben gelebt hatte?

Bin ich eine geborene Lügnerin?

Ogny kam an Juvas Seite, setzte die Kapuze zum Schutz gegen den Regen auf, der von Neuem eingesetzt hatte, und versuchte, ihren Blick einzufangen.

»Sie war nie als Erbin für den Sitz vorgesehen, stimmt's?«

Juva war plötzlich kälter. Ihr Herz schlug eine Warnung und sie traute sich nicht zu antworten. Sie ging einfach weiter, als hätte sie nichts gehört.

»Juva, davor kannst du nicht weglaufen. Solde weiß nicht, was sie wissen sollte. Ihr fehlt, was Lagalune ihr gegeben hätte, ein Beweis, von dessen Existenz sie nicht einmal weiß. Aber ich glaube, du tust es …«

Sie weiß, dass ich die Karte genommen habe.

Juva legte die Hand aufs Ohr, als erschwere das Wetter das Hören. »Wer? Was für ein Beweis?«

Ein Teil von ihr wäre am liebsten stehen geblieben und hätte gefragt, ob sie den Teufel meinte. Ob das ein Beweis für die Zusammenarbeit mit den Vardari war. Ewigwährenden Bluthändlern war es scheißegal, dass Leute wolfskrank wurden. Wenn sie aber jetzt einknickte, hätte sie keine Chance mehr, die Karte für immer verschwinden zu lassen, sie zu verbrennen, wie Mutter es gesagt hatte. Und am allerschlimmsten: Sie müsste zugeben, wie Mutters letzter Wille tatsächlich gelautet hatte.

Das wird nie passieren.

Das Schiff war vollzählig besetzt und wartete nur auf Juva und Ogny.

Die alte Frau bat Juva, ihr beim Einsteigen ins Boot behilflich zu sein, und nutzte die Gelegenheit, um ihr zuzuflüstern: »Wir reden später darüber. Bei der Trauerfeier.«

Juva kletterte ihr hinterher und guckte zu Solde, die leichenblass im Bug saß. Der Rocksaum war durchnässt und ihre fast weißen Haare klebten am Kopf. Sie starrte in die Dunkelheit, als würde sie darauf warten, dass Gaula jeden Moment die Wasseroberfläche durchbrach. Ihr Blick begegnete Juvas und die Gefühle verflogen mit einem Wimpernschlag. Ein versteinertes Gesicht, vor das sie den Schleier zog, um es zu verbergen.

Was zum Henker lief zwischen Solde und der Seidagilde ab? Juva wünschte, es würde sie nicht so interessieren, dass sie sich den Kopf darüber zerbrach. Die Blutleserinnen waren nicht mehr ihr Problem. Hoffentlich würde die fehlende Karte auch von Solde die Probleme fernhalten. Jedenfalls Blutschlürfen und Nafraím.

Juva setzte sich auf die Ruderbank und fasste sich unauffällig unter die Brust, spürte die Ränder der Karte, die unter dem Schnürmieder eingekeilt steckte. Sie hatte ihr Leben lang mit dem Wolf gelebt, aber nie war er ihr so nah gewesen. Der Teufel lag auf ihrer Haut und vollzog jede ihrer Bewegungen mit, wie ein Liebhaber.

BLUTSICHER

Juva bereute, dass sie sich hingesetzt hatte. Das bedeutete, dass alle sehen würden, wenn sie wieder aufstand, und das Bedürfnis war mittlerweile dringend. Wie lange musste man bei der Trauerfeier seiner eigenen Mutter bleiben? Konnte sie sich bald verdrücken?

Nicht, weil sie keine Trauer empfunden hätte, denn die war da. Die fühlte sich nur nicht so an, wie sie sollte. Sie war durch etwas anderes verwässert. Durch die Verzweiflung über die Tötung, die niemand zugeben wollte, durch die Angst vor dem, was kommen mochte. Doch am schlimmsten war die Verbitterung, die sie unter Aufbringung all ihrer Kräfte unter Verschluss hielt. Ein erstickendes Gefühl, dass die Tötung ihr das Recht raubte, wütend auf Lagalune zu sein wegen allem, was vorgefallen war. Muune hatte Mutter auf grausame Weise zu sich geholt, und das war die eigentliche Reinwaschung. Göttliche Vergebung. Was für ein Mensch konnte auf eine Getötete wütend sein?

Doch die Trauer klebte sich außen wie ein Leichentuch an sie und drohte, strammer zu ziehen, wenn sie es am wenigsten erwartete. Sie wollte nicht hier sein, wenn das passierte. Hier waren zu viele Menschen und sie kannte davon fast niemanden. Sie kamen, bezeigten ihr Beileid, aßen und gingen. Es waren viele, aber die Muuneshalle war der größte Saal von etlichen auf Jólshov. Und der auffälligste. Alles war aus Holz, gebaut wie ein umgedrehtes Schiff, ohne gerade Wände. Doch weil sie so hoch und schmal war, war sie bekannt dafür, dem weiblichen Geschlechtsorgan zu gleichen. Lok hatte es am besten ausgedrückt, als er hier geheiratet hatte: eine verdammt riesige Trollmöse.

Die roten Laternen verschlimmerten den Eindruck noch. Sie hingen weit oben, von einem schmalen Balkon, auf dem sie sich immer versteckt hatte, lange bevor sie alt genug war, um die Ähnlichkeit zu erkennen. Damals war sie in Bann geschlagen von den Flügeltüren aus Holz, mit Schnitzereien voller Wölfe und Schlangen, die miteinander um die Vormachtstellung kämpften, aber für immer in den Rahmen gefangen waren.

Die Seidagilde saß am Ende des Saals vor einer Steinwand mit Öffnungen, die die Form der Mondphasen hatten. Durch eine große Feuerstelle hinter der Wand sahen die Symbole aus, als würden sie glühen. Solde saß unter dem brennenden abnehmenden Mond und lächelte steif, flankiert von Ogny und Maruska. Sie hingen über ihr und ließen sie nicht einen Augenblick in Ruhe, außer, als Ogny bei der Muune-Zeremonie eine Rede über Mutter gehalten hatte.

Was, wenn sie sie nicht haben wollten? Was, wenn sie wissen, was Mutter eigentlich wollte?

Das Bierhorn erschallte durch den Saal und veranlasste alle, sich ordentlicher hinzusetzen. Gepökeltes Dörrfleisch, marinierter Hering, Blutkekse und Bier wurden hereingeschleppt und auf den Langtischen verteilt. Juva guckte zu Solde und der übrigen Seidagilde hoch, denen alle ein kleines Stück von Mutters Zunge hingestellt worden war. Zwar kaum größer als eine Erbse, es war aber trotzdem Wahnsinn. Mutter war vergiftet worden, und das wussten sie. Jedenfalls Solde.

Entweder war das alles nur Theater mit einer Ochsenzunge, oder sie riskierten ihr Leben, alle, wie sie da saßen. Juva starrte auf ihren Heringsklops und legte die Gabel hin. Nicht einmal wilde Wölfe hätten sie dazu gebracht, einen Bissen zu essen.

Ihr Herz begann in der Brust zu beben, eine unerwartete aufkeimende Angst.

Nein! Nicht jetzt!

Sie war umgeben von Menschen, viele sahen in ihre Richtung und nickten ihr Beileid zu. Der denkbar schlechteste Zeitpunkt, um die Bodenhaftung zu verlieren.

Vielleicht war alles nur Einbildung? Selten überkam sie außerhalb ihrer eigenen vier Wände Panik. Juva fuhr sich mit den Händen übers Gesicht und merkte, dass sie zitterten. Sie zwang sich, ruhiger zu atmen, aber das Herz schlug schnell wie zwei. Ihr war heiß und sie schwitzte. Das Bier hatte die Leute locker gemacht und sie hatten angefangen, sich zwischen den Langtischen zu tummeln.

Ich habe letztes Mal überlebt. Ich überlebe jetzt auch.

Sie stand auf und wiederholte im Kopf die Worte, immer wieder, während sie einen Ausweg suchte. Ihr Blick wanderte den Balkon hinauf, doch dort stand schon jemand. Eine Gestalt im Schatten, die Hände auf dem Rücken.

Nafraím …

Juva wich zurück und wäre beinahe gegen die Tür gestolpert, die zum Küchentrakt einen Spalt offen stand.

Mutters Mörder. Bei Mutters Totenritual. Das Herz hämmerte, und sie hätte schwören können, dass es sich in der Brust immer weiter hoch schlug. Das Blut rauschte in ihren Ohren. Sie brauchte Reißdorn!

Nafraím entdeckte sie und legte den Kopf schräg. Verwunderung huschte über sein Gesicht, als hätte er nicht damit gerechnet, sie dort zu sehen. Groteskerweise war das Gegenteil der Fall! *Er* hatte hier nichts zu suchen. Hatte er nicht schon genug Schaden angerichtet?

Der Ewigwährende nickte ihr zu, eine perverse Beileidsbekundung von einem Mörder, dann ging er in aller Ruhe die Treppe nach unten und verließ den Saal. Alles verstummte. Es kam ihr vor, als würde er die Geräusche mit sich aus dem Saal nehmen und sie unter Wasser zurücklassen.

Juva schaute sich um und stellte fest, dass er niemand anderem aufgefallen war und die Geräusche noch vorhanden waren. Unterhaltung, Klirren von Krügen, eine Bank, die über den Boden schrammte, als sich jemand von ihr erhob … Doch die Geräusche *in* ihr waren wie weggeblasen. Sie waren mit ihm verschwunden, und Juva konnte das Rauschen ihres Blutes nicht mehr hören.

Aber sie konnte Mutter aus der Dränke flüstern hören.

Du bist die Blutleserin. Du hast es gespürt, dein Leben lang.

»Ist alles in Ordnung?«

Juva hörte, dass jemand sprach, fühlte sich aber nicht angesprochen, das kam aus einer anderen Welt. Die Außentür war wieder zugefallen, als sei der Ewigwährende nie da gewesen. Hatte sie fantasiert?

Nein! Ich weiß, was ich gesehen habe!

Sogar Mutter hatte es zugegeben, als sie starb, dass es nicht Juva war, mit der etwas nicht stimmte. Es waren keine Fantasien eines verängstigten Kindes. Sie hatte … etwas erspürt und gesehen. Ein Tier oder einen Wolfskranken. Aber sie musste klar denken, an dem festhalten, was Wirklichkeit war, sonst würde sie untergehen.

Wenn Blutleserinnen das Böse mit Sinnen erspüren konnten, wie in dem Märchen, dann hätte jedes Mitglied der Seidagilde jetzt genau das Gleiche gefühlt wie sie, und keine von ihnen war auch nur annähernd zu Tode erschreckt.

Nein, ihre Panik hatte nichts mit Vardari zu tun, die war schon immer da gewesen und konnte jederzeit kommen. Tausend verschiedene Dinge konnten ihr die Luft zum Atmen nehmen und das Herz zum Hämmern bringen. Nafraím, unter einem knurrenden Wolf zu liegen, in dem verfluchten Haus zu Hause zu sein. Sogar Rugen, hin und wieder.

»Juva? Ist alles in Ordnung?« Rugens Stimme riss sie aus der Benommenheit.

Kurz dachte sie, sie hätte auch ihn fantasiert, doch er strich ihr über den Arm, lebendig genug.

»Was willst du denn hier?«, fragte sie und sah ein, dass die Frage unfreundlich war, doch Rugen besaß die Fähigkeit, Beleidigungen zu überhören.

»Trauerfeier, Juva. Bestimmt der beschissenste Tag in deinem Leben, und du hast gedacht, ich lass dich das allein durchstehen?« Er sprach ruhig und leise, als wäre es nie um Leben oder Tod gegangen, weder für ihn noch für sie.

Seine Hand glitt hinunter um ihre Taille und er zog sie mit sich in den Küchenflur. »Komm. Bier auf einer Trauerfeier schmeckt zu zweit am besten.« Er hielt einen Bierkrug hoch und sah sie an. »Oder willst du lieber da drinnen bei den alten Mummelgreisen hocken?«

Sie antwortete mit einem kurzen Lachen und folgte ihm. Sie durchquerten rasch die hektische Küche, als wollten sie nur schnell etwas holen. Es war eine Trauerfeier, und alles Mögliche konnte passieren, darum hielt sie niemand auf. Sie stiegen eine Treppenleiter hoch in einen Holzspeicher, der sich unter Essen bog. Große Schinken und Schweinswürste baumelten von der Decke, und sie mussten sich zwischen Mehlsäcken, Weinfässern und Gläsern mit eingelegtem Hering und Marmelade durchschlängeln. Juva hätte nicht gedacht, dass sie schon wieder Hunger hatte, aber der Duft von Rauch und Speck brachte ihren Magen zum Grummeln.

Sie ließen sich auf einem Haufen Getreidesäcke nieder. Rugen fasste sich plötzlich an den Kiefer, als hätte ihn etwas gestochen.

Er schaute sie an und schüttelte den Kopf. »Nur ein bisschen steif.« Die Doppeldeutigkeit umspielte seinen Mundwinkel. Er nahm eine riesige Schweinswurst von einem Seil, die er sich in den Schritt hielt. »Wurst?«

Juva brach in Gelächter aus, und das war unendlich schön, obwohl es sich anfühlte, als würde sie sich selbst verraten. Rugen war ein Schwachkopf. Er hatte sie bestohlen und war abgehauen, ohne sich wieder bei ihr zu melden. Solche Leute änderten sich nie. Das durfte sie nicht vergessen.

Leute lesen, sie so sehen, wie sie waren, half wenig, wenn man den starken Wunsch hatte, etwas anderes zu sehen.

Doch das Bier schmeckte gut und sie saßen im Überfluss, weit weg von der Seidagilde und dem Ewigwährenden.

Rugen kramte in seiner Tasche und reichte ihr vier Münzen: zweiundzwanzig Runen. »Das ist der Rest von dem, was ich dir schulde, und ein bisschen mehr. Weil ich ein Schwachkopf war. Weil ich ein Schwachkopf *bin.*«

»Du bist ein Schwachkopf, wenn du glaubst, ich würde mich über so was streiten«, antwortete sie und nahm das Geld.

Es quälte sie, dass sie zögerte. Sie würde doch ein ordentliches Sümmchen als Ausgleich bekommen, weil Solde das Haus und alles andere übernahm; deshalb brauchte Rugen das Geld dringender als sie. Aber diese Fürsorge verdiente er nicht, und sie kam sich schwach vor, dass sie überhaupt so dachte.

Er nahm ihr den Bierkrug aus der Hand. »Du warst die Einzige, die mich unter den Tisch trinken konnte, weißt du das? Ich habe immer davon geträumt, dass wir mal verreisen, du und ich. Alles, was die Welt zu bieten hat, essen und trinken. In Kreknabork oder so. Wo ihr immer wart.«

»Hier ist das Bier besser als in Kreknabork.«

Juva setzte sich besser zurecht, gefasst auf einen Streit, der nicht kam. Sie rechnete auch damit, dass er seine Chancen bei ihr ausreizen würde, aber auch das machte er nicht. Rugen war ruhiger als zu der Zeit, als sie noch zusammen waren, und war auf eine ganz andere Art neugierig auf sie als früher. Sie lagen auf den Getreidesäcken und redeten über Kreknabork und Skippalun, über

Orte, die sie als Kind besucht hatte, über Jólshov und all die hundert Räume hier, und er hörte zu und stellte Fragen. Sie leerten den Bierkrug und er füllte ihn mit Wein aus einem der Fässer. Er legte als Bezahlung eine Münze darauf, zu allem Überfluss.

Sie fragte ihn, wovor er eigentlich auf der Flucht sei, und im Rausch wurde er heiß und ehrlich. Er sagte, er habe schon seit einer Ewigkeit keine Blutperlen mehr angerührt, dass er aufgehört habe, dass da draußen aber Leute herumliefen, denen das nicht gefiel. Leute, um die er am liebsten einen großen Bogen machen würde.

Als sie schließlich vom Speicher stiegen, hatte sie das Gefühl, es wäre möglich, dass sich Leute änderten. Oder war es vielleicht nur eine Hoffnung? Sie gehörten zu den Letzten, die Jólshov verließen, und weder Solde noch die Seidagilde waren zu sehen.

Rugen hatte recht, er vertrug immer noch weniger als sie, und sie musste ihn auf dem Heimweg meistens stützen, wobei er Entschuldigungen murmelte für alles, was er gesagt hatte, und für den ganzen Abend. Es hatte aufgehört zu regnen. Mutter war gestürzt worden. Juva war abgehauen, und hier ging sie nun und schleppte sich mit einem betrunkenen Schwachkopf ab, der sie verlassen hatte.

Was stimmt nicht mit mir?

Sie half ihm die Treppe hoch in die Diele. Er lachte und kippte nach hinten an die Wand, als sie ihm die Schuhe aufschnürte. Das Haus war still wie der Tod, Solde hatte sich also wohl schlafen gelegt. Die Dienerschaft war nach Hause gegangen, und im Kamin glühte der letzte Rest Leichenholz.

Juva bugsierte Rugen zur Treppe und warf einen Blick in den Flur. Die Tür zu Mutters Zimmer stand offen und schwaches Licht flackerte dort drinnen. Das vertraute Flimmern kehrte in ihr Herz zurück. Eine undefinierbare Unruhe.

Juva ging zur Tür und schaute hinein. Solde saß schluchzend auf dem Boden, ohne einen Fetzen am Leib, mit dem Rücken an Mutters schwarzes Himmelbett gelehnt, als habe jemand sie dort abgeworfen. Zum Svartland, sie musste besoffener sein als Rugen!

»Solde?« Juva ging hinein und trat in etwas Nasses und Ekeliges.

Blutperlen …

Mutters Glaskolben lag auf dem Boden, an der Teppichkante, und er war leer. Blutperlen lagen verstreut wie blassroter Hagel.

»Solde, was hast du getan?«

Juva kniete sich neben sie, zog die Decke vom Bett und wickelte sie darin ein.

Solde lächelte träge, mit blutverschmierten Zähnen. »Juva … Sie haben gefragt. Sie haben die ganze Zeit gefragt, sie haben die seltsamsten Dinge gefragt. Das Blut antwortet, stimmt's, Juva? Das haben sie doch immer gesagt, dass die Antworten im Blut liegen, und ich weiß alle Antworten. Frag mich irgendwas, ich weiß es. Aber es ist so heiß geworden.«

Sie lehnte den Kopf ans Bett. Die Augen verdrehten sich wie bei einem wilden Tier.

Das habe ich früher schon einmal gesehen. Weiße Augen.

Rugen betrat das Zimmer, plötzlich vor Schreck nüchtern. »Ich dachte, du hasst Blutschlürfen.«

Juva fauchte zurück: »Sieht es aus, als hätte ich hier das Problem? Die haben Mutter gehört, Blutleserinnen schlürfen sie. Sag mir, was ich machen soll!«

Rugen starrte auf den Boden. »Wie viele hat sie genommen? Scheiße, die Blutperlen, die hier liegen, kosten ja ein Vermögen …«

Er ging zu ihr, achtete darauf, wohin er seine Füße setzte, und half ihr, Solde ins Bett zu hieven. Nicht dass es nötig gewesen wäre, sie wog nicht viel, so dünn, wie sie war.

Solde zeigte auf Rugen, als hätte sie ihn gerade eben erst entdeckt, und lächelte verspielt. »Du … weißt du, was Lorn Selver geboten hat, um mich zu entkorken? Dreihundert Runen! Hast du dreihundert Runen? Du bist kein Jarl oder so, aber du kannst mich haben, wenn du so viel hast.«

Juva packte sie beim Kinn und drehte ihr Gesicht zu sich. »Wie viele hast du genommen?«

»Keinen, hör mal! Ich bin nicht wie du, die mit allen pennt, Juva.«

»Blutperlen! Solde! Wie viele Blutperlen hast du genommen?« Juva merkte, dass sie heiße Wangen bekommen hatte. »Das stimmt nicht«, sagte sie zu Rugen. »Du warst der Zweite in meinem Leben.«

Sie hasste, dass sie das Gefühl hatte, es sagen zu müssen, als ob ihn das überhaupt etwas anginge.

Rugen zuckte mit den Schultern. »Ach ja? Du warst weder die Erste, noch die Zweite oder Dritte für mich. Aber die Beste.«

Solde lachte verbittert. »Wie niedlich … Das liegt daran, dass du noch nie eine gehabt hast, die unverbraucht ist. Willst du mal probieren? Du brauchst keine dreihundert Runen, du kannst mich kriegen, wenn du den Teufel hast.« Ihr Blick erlosch, und sie schien die Geilheit so schnell zu vergessen, wie sie gekommen war. »Juva, sie haben nach dem Teufel gefragt, und es ist so sonderbar, wer läuft denn schon rum und hat einen Teufel? Er fehlt, hat Ogny gesagt. Ihr fehlt der Teufel, und ich wusste nicht, was ich sagen sollte.«

Ihre Augen strahlten wieder, voller Antworten. Blutsicher. »Du kannst mir einen zeichnen! Du zeichnest Teufel, und ich weiß, dass du nicht alle brauchst. Wir sind doch Schwestern, du musst mir einen geben!«

Juva schob ein Kissen unter Soldes Nacken. Ihr war schlecht. Das hier war ihre Schuld. Sie hatte Solde das Erbe verschafft, es aber auch unbrauchbar gemacht, ohne dass sie begreifen konnte, wie das passiert war. Wenn sie aber Ogny die Karte gegeben hätte, dann würden sie Solde nicht so unter Druck setzen.

Soldes Kopf sank ins Kissen und sie knurrte vor Wohlbehagen. Juva legte ihr eine Hand auf die Stirn und merkte, dass sie das schon viele Jahre nicht mehr gemacht hatte. Nähe hatte im Sannseyr-Haus Seltenheitswert.

»Rugen, wie gefährlich ist das hier? Kann sie davon sterben?«

Rugen setzte sich auf die Bettkante. Sein Blick war Antwort genug, aber er murmelte trotzdem: »Vielleicht nicht jetzt, aber …«

Juva merkte, wie Verzweiflung ihren Körper durchflutete.

Die Wolfsseuche.

Dumme Solde! Das hier war Selbstmord, wie konnte sie nur ein solches Risiko eingehen? Sie wusste doch, was passieren konnte, und jetzt hatte sie einen halben Kolben mit Blutperlen geschluckt, als wäre sie unverwundbar. Sie hatte keine Chance. Solde würde eine von denen werden, die Broddmar töten musste. Und um die Erlaubnis, jemanden von denen zu töten, hatte sie gekämpft.

Juva setzte sich in die Hocke und fegte die Perlen auf dem Boden zusammen. Ihre Hände zitterten. Das Haus um sie herum fühlte sich lebendig und fordernd an. Es sog Lebenskraft ab. An diesem Tag war viel zu viel geschehen, sie brauchte Reißdorn.

Mutter wusste es, sie wusste, dass Solde mit den Blutperlen nicht würde umgehen können. Ich hätte mehr tun müssen, als den Teufel einzustecken, ich hätte die Perlen wegwerfen müssen, ich hätte …

»Juva …« Rugen fasste sie am Arm und schaute sie an. »Lass sie liegen. Wir haben Zeit, sie wird lange schlafen.«

Juva nickte. Sie erhob sich, ging in die Küche hinunter und hörte, dass Rugen ihr folgte. Die Glut war unter der Kochplatte noch heiß, dank des Leichenholzes. Sie schob den Kessel darauf.

Rugen setzte sich an den Tisch und fuhr sich durch die braunen Locken. »Was wollen *die* mit Blutperlen? Gesichte sehen? Total wegtreten, was ist der Sinn?«

Juva entfuhr ein Schnauben. »Du bist über zwanzig, Rugen, das hättest du schon längst kapieren müssen.«

»Im Ernst, Juva, ich habe noch nie Blutleserinnen gesehen, die zugedröhnt waren.«

Sie seufzte. »Hör mal, die kriegen keinen Rausch, darum nehmen sie sie nicht. Mutter hat immer nur *eine* einzige genommen, bevor sie sich mit den wichtigsten Kunden getroffen hat. Das Wolfsblut schärft sie. Sie konnte riechen, wenn Leute logen, sehen, wenn der Puls stieg und die Pupillen sich weiteten. Pures Gold, wenn man davon lebt, Leute zu lesen, oder? Und auch nicht alle bekommen sie, bloß die Seidagilde, soweit ich weiß. Vielleicht mischen sie irgendeinen Dreck darunter, ich habe keine Ahnung. Aber sie kriegen das Zeug bei …« Juva schluckte. Sie brachte den Namen, an den sie dachte, nicht über die Lippen. »Bei den Vardari.«

Sie nahm die Teedose vom Regal und streute eine Handvoll Reißdorn in den Krug.

»Aber was ist mit Solde?«, fragte Rugen. »Sie muss doch wissen, dass sie die Wolfsseuche kriegen kann.«

»Sie hat sie vorher noch nie genommen, sie ist keine Sklavin wie du.«

Juva wusste nicht, warum sie das Gefühl hatte, um sich beißen zu müssen, doch sie kam sich ausgewrungen wie ein Wischlappen vor. Ausgequetscht. Völlig zerfleddert.

»Wie ich … Und was ist mit dir?« Er fragte ohne eine Spur von Wut.

Juva trank einen Schluck Tee. »Wovon faselst du da?«

Er nickte zu ihrem Krug. »Kochst du nicht schon dein Leben lang Tee aus diesen Beeren? Das macht verdammt noch mal keinen Unterschied, wir sind Sklaven, alle beide. Wir machen das, was wir machen, um nichts zu fühlen, koste es, was es wolle. Halte dich also nicht für was Besseres als mich, Juva.«

Den Vorwurf hatte er ihr schon einmal gemacht, an dem Tag, als sie ihn auf den Boden geworfen hatte. Der machte den Tee unerträglich bitter in ihrem Mund. Er hatte recht. Sie nahm Reißdorn, um ihre Angst zu betäuben, und sie konnte ohne nicht leben. Sie hatte sich zu einer Sklavin gemacht. Die Wahrheit zwängte sich in ihr Inneres, obwohl sie keinen Platz mehr hatte. Sie war schon voller Elend, voll von Solde, Blutperlen, Vardari, Mutter, dem Teufel, dem Mörder Nafraím und der ganzen verfluchten Seidagilde.

Etwas in ihr zerbrach, und sie warf den Krug weg, sodass er an der Wand hinter Rugen zerschellte. Die Scherben regneten auf den Tisch. Er reagierte kaum, sammelte nur die Scherben ein, ohne ein Wort, als hätte er das Gleiche schon ganz oft getan.

BELAGERUNG

Juva stieg noch eine Stufe auf der Treppenleiter hoch und ließ dabei die Finger über die Buchrücken gleiten. Zum dritten Mal überprüfte sie ein und dasselbe Regal und musste einsehen, dass das Buch, nach dem sie suchte, weg war. Als kleines Kind hatte sie geglaubt, dass die Bibliothek die Bücher verschlang und sie nur wenig Zeit hatte, um sie zu lesen, bevor sie verschwanden.

Existiert es vielleicht nicht?

Der Zweifel kam spontan wie immer. Die ständige Angst, dass das, was sie erlebte, nicht in Wirklichkeit stattfand. Sie hatte viele Jahre gebraucht, um zu begreifen, dass das nicht angeboren, sondern eine Wunde war, die man ihr zugefügt hatte. Mutter hatte viele Fehler gemacht, aber nie auch nur einen einzigen zugegeben; und jede Auseinandersetzung hatte damit geendet, dass sie ihr ausufernde Fantasie, schlechtes Erinnerungsvermögen oder noch etwas Schlimmeres vorwarf: glatte Lüge.

Juva hatte kaum schlafen oder im schlimmsten Fall kaum atmen können, und jetzt hatte Mutter zugegeben, dass sie sie einer Gehirnwäsche unterzogen, belogen und lächerlich gemacht hatte. Ein Leben mit Selbstvorwürfen und Verwirrung war mit Absicht herbeigeführt worden.

Ich habe einen Wolfskranken gesehen, der Vater getötet hat.

Die Erinnerung war alles andere als klar und deutlich, eher ein vages Gefühl, dass es passiert war. Sie erinnerte sich an den Eisenwolf. An eine Bestie im Käfig. An Krallen und das Weiße im Auge. Doch sobald sie sich die Erinnerung näher anguckte, bekam sie Herzrasen, sodass es sich anfühlte, als ob sie nie nahe genug herankam. Sie war dazu verurteilt, dass sich ihre Gedanken im Kreis drehten, im Ungefährlichen hängen blieben, das an den Rändern eines Traums lag. Vater auf dem Krankenlager, dann war er vielleicht doch nicht getötet worden, oder verwechselte sie das mit einem anderen Mal?

Was, wenn Vater wolfskrank gewesen war? Was, wenn er selbst jemanden umgebracht hatte?

Juva zog ein Buch über Götterlehre heraus. Es war nicht das richtige, aber es musste vorerst genügen. Sie stieg nach unten und setzte sich aufs Sofa, vor einen Stapel Bücher, von denen sie bezweifelte, dass sie in ihnen die Antworten finden würde, nach denen sie sich sehnte.

Das Haus war still wie der Tod. Es war der erste Sonnentag; sie hatte der Dienerschaft sonnenfrei gegeben und dafür gesorgt, dass draußen die rote Laterne gelöscht war. Trotzdem hatten Leute angeklopft, natürlich, doch Rugen hatte sie weggeschickt. Solde war hin und wieder aus dem Blutnebel aufgewacht, mit Kopfschmerzen, und hatte nach dem Teufel gefragt. Das würde vorübergehen, hatte Rugen versprochen, doch Juva war sich da nicht genauso sicher. Die Blutperlen hatte sie jedenfalls weggeworfen.

Hätte es sie zu den Blutperlen getrieben, wenn ich die Karte nicht mitgenommen hätte?

Juva fand sich damit ab. Reißdorn streifte ihre Gedanken, eine bittere Erinnerung, wie abhängig sie war.

Nein! Nie wieder!

Rugens Worte quälten sie noch immer. Seine Überzeugung, als er gesagt hatte, dass sie beide Sklaven seien. Sie trank einen Schluck Tee. Reinen Tee, ohne Reißdorn.

Aufzuhören zehrte an ihrer Willenskraft. Ihr Herz war ständig unruhig, und sie wusste, dass es jederzeit wieder schwer und gewaltig losdonnern konnte, als wolle es sich aus der Brust schlagen. Die darauf folgende Angst hatte sie sich nie erklären können. Sie hatte nie Angst vor dem Tod gehabt, außer bei den Gelegenheiten, wo er äußerst echt war, in Form eines zähnefletschenden Wolfes.

Es war mehr das Gefühl, dass die Welt sich auflöste und sie in ihrem Körper nicht allein war.

Hör auf, daran zu denken!

Juva blätterte in dem Buch, von den neuen zu den alten Göttern, aus ganz Draumheim. Muune, die Mondgöttin, Liebling der Blutleserinnen. Gaula, die Königin der Dränke, der von den Toten Fangarme wuchsen. Jól, die Allmutter, nach der Jólshov benannt war. Fylja, eine Göttin, die eigentlich aus Fimle stammte. Einige hielten sie für eine Beschützerin, die Leuten in Gefahren beistand, aber wer wollte schon Tag und Nacht eine Göttin an sich kleben haben? Sie wirkte eher wie eine Oberaufseherin. Virriveg war ein Geschöpf, das sie als Kind geliebt hatte. Keine von den üblichen Gottheiten, sondern eine männliche Fee, der zum Begleiter der Reisenden geworden war, weil er immer auf gut Glück loszog.

Und nirgendwo sonst auf der Welt reisten die Leute mehr als in Náklav. Der Steinkreis hatte die Götter geschwächt, sagte man sich. Hatte ihnen die Macht über das alltägliche Leben genommen und sie zu Geschichten auf Papier verblassen lassen.

Dann fand sie Vitnir, den Gott, nach dem sie suchte. Auch er war kein gewöhnlicher Gott, sondern der größte von Allvater Votns Wölfen. Vitnir konnte die Gestalt zwischen Wolf und Mensch wechseln und würde eines Tages die Welt verschlingen. Daran hatten die Leute geglaubt, lange bevor Undst die Vorstellung vom Teufel verbreitet hatte. Sie waren nach Draumheim gekommen mit Vorstellungen von einem uralten Bösen im Kopf. Ihre Mythen hatten sich mit denen von Draumheim verbunden, und so waren der Teufel und der Wolf in den Geschichten miteinander verschmolzen.

Und in meinen Träumen.

Juva studierte die Zeichnung von Vitnir. Das Buch war kostbar und schön illustriert. Sie schaute sich um und vergewisserte sich, dass sie in der Bibliothek allein war; dann holte sie die Karte unter ihrem Wollhemd hervor und legte sie neben das Bild von Vitnir. Sie waren in der Ausführung sehr unterschiedlich. Vitnir war eine sehr kleinteilige Kohlezeichnung mit Licht und Schatten. Die Karte war schlicht mit einfachen Strichen, eingebrannt in Walbein. Doch auf beiden Abbildungen war er wie ein Gott dargestellt, stark und muskulös, mit Wolfskopf und Reißzähnen. Hatten sie in alten Zeiten die Wolfsseuche für ein Gottesurteil gehalten?

Sie wünschte, sie könnte verstehen, warum der Wolf sie schon ein Leben lang verfolgte und warum er jetzt so wichtig war. Was wollten sie mit ihm?

Juva drehte die blasse Karte in der Hand. War das Walbein selbst so wichtig oder war es etwas an der Zeichnung? Sie pulte an der Kante der Karte, doch die schien nicht aus mehreren Lagen zusammengeklebt worden zu sein, um dazwischen leicht etwas verstecken zu können. Vielleicht war sie nur uralt und wertvoll? Aber dann hätte Mutter sie wohl nicht aufgefordert, sie zu verbrennen?

Die Zeichnung war nicht üppig und reich mit mystischen Worten versehen wie alle anderen in einem Satz Blutlesekarten, sodass es unmöglich zu beurteilen war, ob in der Symbolik eine verborgene Botschaft steckte.

Nein, wahrscheinlich war es so, wie sie es sich zuerst vorgestellt hatte, etwas so Simples wie eine Mitgliedskarte der Seidagilde. Der Ausweis, der ihnen Blutperlen sicherte, in regelmäßigen Lieferungen von den kriminellen Herrschern der Stadt.

Sie strich mit dem Finger über das Gesicht des Wolfes. Davon schlug ihr Herz mal in Panik, mal schlug es aus ganz anderen

Gründen. Auf den Armen bekam sie Gänsehaut, und ein Ziehen fuhr ihr in den Unterleib.

Sie schlug das Buch zu. Rugen war schuld, sie musste ihn aus dem Haus schaffen, sonst würde sie nachgeben und mit ihm schlafen wie früher.

Wäre das so schlimm?

Die Haustür draußen in der Diele war zu hören. Schnell klemmte Juva die Karte unter den Büstenhalter und stellte die verräterischsten Bücher zurück. Es würde wenig nützen, jede Beschäftigung mit dem Teufel zu leugnen, wenn sie offensichtlich Werke über Vitnir, die Anatomie des Wolfes und Theorien über das Böse las.

Ogny und Maruska kamen in die Bibliothek marschiert, mit Liv und Myrna im Schlepptau, mit den Töchtern, die ihren Sitz erben würden, so wie Solde ihren von Mutter geerbt hatte. Sie hatten sich nicht einmal den Schnee abgeklopft, sondern die Wintermäntel einfach Rugen übergeben, der den Stapel mit dem Kinn festhalten musste.

Liv, Ognys Tochter, huschte wieder in die Diele zurück und die Treppe hoch, als würde sie im Haus wohnen. Maruska begab sich unverzüglich ins Blutlesezimmer und Myrna entfernte sich ins Speisezimmer.

»Wo ist Solde?«, fragte Ogny.

Juva musste sich durch ihre Augen verraten haben, denn die Alte steuerte auf Mutters Zimmer zu. Das Ganze lief so schnell und wie selbstverständlich ab, dass es Juva kalte Schauer über den Rücken schickte. Sie entdeckte in der Diele ein paar Koffer.

Was in Gaulas Namen haben die vor?

Juva ging Ogny in Mutters Zimmer hinterher.

»Was ist hier los?«, fragte sie, ohne dem Ton die Schärfe zu nehmen.

Ogny stellte sich taub, setzte sich jedoch auf die Bettkante und flüsterte in Soldes Ohr. Solde rappelte sich zum Sitzen auf, mit verschwitztem Haar und Tränensäcken unter den ansonsten jungen Augen.

Juva fragte wieder: »Solde ist nicht gesund, Ogny, was wollt ihr?«

Die alte Schachtel machte eine wegwerfende Handbewegung. »Wir sind hier, um etwas zu finden, was der Seidagilde gehört. Etwas, das Lagalune nicht mehr regeln konnte, ich bin sicher, das versteht ihr.«

»Hier gibt es nichts, was jemand anderem als uns gehört, und ich muss euch bitten zu gehen!« Juva trat im Türrahmen zur Seite, um sie durchzulassen, doch Ogny machte keine Anstalten, sich zu bewegen.

Soldes erschöpfter Blick wanderte zwischen ihnen hin und her, ehe sie aussah, als hätte sie die übliche Maske gefunden. »Juva! Hör auf, sie haben hier etwas vergessen, was Mutter versäumt hat ihnen zu geben, lass sie es suchen, sei nicht so frech!«

Juva fiel Richtung Solde die Kinnlade hinunter, sich plötzlich im Klaren, dass sie zulassen würde, dass die Frauen das Haus niederbrannten, wenn sie es von ihr verlangten, solange es Soldes Chancen erhöhte, eine von ihnen zu werden.

Ogny legte ihre schrumpelige Hand auf Soldes. »Das ist großzügig und klug von dir, Solde, das werden wir dir nicht vergessen.«

Juva drehte sich in der Tür zum Gehen um. »Ich schicke Rugen nach der Garde.«

Ogny holte sie in einem Tempo ein, das sie bei einer so alten Frau nicht für möglich gehalten hätte. Sie holte sie in der Diele ein und hielt sie am Arm fest. Sie wollte etwas sagen, Maruska kam aber mit Mutters Kartensatz in der Hand aus dem Blutlesezimmer.

»Sie ist weg …« Ihr Gesicht war fast blutleer.

»Finde sie!«, keifte Ogny und zog Juva auf die schwarze Skelettbank. Die Knie der Knitternatter berührten Juvas, und diese Vertraulichkeit schien im komischen Kontrast zur Gesamtlage zu stehen.

Ogny schloss eine Weile die Augen und legte die Hand an die Stirn. Sie zitterte, und das ganz eindeutig mit Absicht. Die kleinen Medaillons an ihrem Stirnband klimperten. Sie schaute wieder zu Juva hoch, mit gespielter Ruhe.

»Juva … Du bist ganz anders als deine Mutter, das sehen wir. Du hast dir nie ein Leben in der Seidagilde gewünscht, auch das sehen wir. Das liegt dir nicht, all dieser Unsinn mit …« Sie wedelte mit der Hand zu den Regalen mit den Kuriositäten, wie um ihre Worte zu untermauern. »Schicksalen, Karten, Blut und Tod. Das ist nicht dein Weg, und ich respektiere das. Die Seidagilde wird zu dritt geführt, wir sind schon immer zu dritt gewesen, und wir werden auch immer zu dritt bleiben, jede von uns mit ihrer jeweiligen Erbin. Nie würde es mir in den Sinn kommen, dich zu zwingen; du brauchst vor uns keine Angst zu haben.«

»Vor euch habe ich noch nie Angst gehabt«, log Juva.

Ognys Oberlippe zitterte, und Juva konnte sich lebhaft vorstellen, welche Prüfung es darstellte, sie locken zu müssen. Verhandeln zu müssen. Die alte Frau war es nicht gewohnt, dass man sich ihr widersetzte.

»Juva, das hier ist kein Spiel mehr. Lagalune hätte Solde etwas geben sollen. Sie hat es aber nicht bekommen, und ohne das wissen wir, dass sie nicht vorbereitet ist, diesen Sitz zu übernehmen. Ob das bedeutet, dass deine Mutter wollte, dass *du* ihn haben solltest oder keine von euch, weiß nur Muune. Das spielt eine geringere Rolle, als du glaubst, aber es ändert nichts daran, dass wir es haben müssen. Wir brauchen es, und es geht um Leben und Tod. Du musst es uns geben. Verstehst du?«

Juva war sich schmerzlich im Klaren, dass sie einer erfahrenen Blutleserin von Angesicht zu Angesicht gegenübersaß, die viel mehr Übung darin hatte, Leute zu lesen als sie. Ogny zu überzeugen wäre eine Kunst.

Juva verhielt sich zurückhaltend, gestikulierte nicht übertrieben viel, rief sich aber ins Gedächtnis, ihre Wut nicht zu verstecken. Sie hatte allen Grund, zornig zu sein, und wenn sie das nicht zeigte, kam es einem Eingeständnis gleich. Sie schaute Ogny in die Augen, aber nicht so durchdringend, dass es angestrengt wirkte. Sie beugte sich leicht in ihre Richtung, nicht weg von ihr.

Dann log sie, dass sich die Balken bogen. »Ich habe keine Ahnung, wovon du sprichst! Wonach sucht ihr denn?«

»Nach dem Teufel. Wir suchen nach dem Teufel.«

Juva lachte so, wie ihrer Vermutung nach jeder normale Mensch lachen würde bei der Mittelung, dass das Haus von wahrsagenden Runzelrosen auf der Suche nach dem Teufel erobert worden war. Ogny verschrumpelte zusehends und lehnte sich auf der Bank zurück. Sie machte ein Zeichen über der Brust, einen Muunes-Mond, und das kam Juva erstaunlich fromm vor.

Sie hat Angst …

Ogny sah sie wieder an. »Wahrscheinlich habe ich unterschätzt, wie sehr du uns verachtest. Womöglich willst du uns bestrafen, wie es ein Kind eben so macht; aber dann musst du wissen, dass das kein Hindernis ist. Es hält uns nicht auf, es würde nur etwas länger dauern. Und für dich ist die Karte wertlos.«

»Die Karte? Was für eine Karte, und was wollt ihr damit, wenn sie wertlos ist?«, fragte Juva und wusste, dass sie eine weitere Prüfung bestanden hatte.

Ogny sah zum ersten Mal aus, als überkämen sie Selbstzweifel. Ihr Blick wurde von etwas getrübt, von dem Juva hätte schwören können, dass es Furcht war. »Wir müssen sie haben, weil sie in den falschen Händen lebensgefährlichen Schaden anrichtet. Darum hoffe ich, sie ist bei dir. Wenn du den Teufel hast, dann gib ihn uns. Danach kannst du machen, was du willst, Juva Sannseyr.«

Was ich will …

Ogny hatte einen Nerv getroffen. Das hier konnte im Nu vorbei sein, wenn sie die Karte bekommen würden. Und warum auch nicht? Es war doch nur eine Karte! Sie konnte sie ihnen geben und hätte ihre Ruhe.

Aber was wäre mit Solde?

Solde würde eine von ihnen werden, noch mehr Blutperlen schlucken und als Wolfskranke enden; so würde es kommen. Was, wenn die Tragweite des Ganzen größer war, als Juva dachte? Was, wenn es um alle Blutperlen in dieser verfluchten Stadt ging?

Das Zögern schärfte Ognys Blick. »Ist jemand seit Lagalunes Tod hier gewesen?«

»Die halbe Stadt«, antwortete Juva und zuckte die Schultern.

»Du weißt, wen ich meine.«

Juva erlaubte sich ein Lächeln. »Du meinst diesen alten Knacker, der um einiges jünger aussieht als du?« Ogny riss die Augen auf und Juva sprach in einem unerwarteten Rausch der Kontrolle weiter. »Groß, schlank, lächerlich schön angezogen? Oder das, was vor hundert Jahren schön war.«

Ogny stand mit einem Ruck auf. »Leer deine Taschen, Mädchen!«

Juva lächelte, obwohl sie wusste, dass sie aufgeflogen war. Das war egal, sie würden ohnehin nie etwas von ihr bekommen. Sie hoffte, das würde ihr schaden, die gesamte Gilde vernichten und dass sie nie wieder auch nur eine Blutperle bekommen würden.

»Was zum Henker soll das?« Rugen kam zu ihnen und hatte offenbar Ognys letzten Befehl gehört.

»Schon in Ordnung, Rugen«, sagte Juva und krempelte lächelnd die Innenseite ihrer Taschen nach außen.

Ogny trat näher, als wolle sie es mit eigenen Augen überprüfen, doch Rugen stellte sich zwischen sie beide. Wieder bekam die Alte den merkwürdigen Ausdruck im Gesicht, der verriet, dass niemand sie je zuvor von irgendetwas abgehalten hatte.

Sie schielte scheel zu Rugen. »Du kannst sie nicht vor dem Teufel beschützen, Junge. Und schon gar nicht für immer!«

»Nee«, antwortete Rugen. »Aber ich kann sie vor dir beschützen, genau jetzt.«

Juva war ausgelaugt, zwischen Lachen und Weinen hin- und hergerissen. Als ob sie ausgerechnet *ihn* nötig hätte, um sich in Sicherheit zu bringen; das war ein schlechter Scherz.

Er legte ihr den Arm um die Taille. »Komm. Es tut dir nicht gut, hier zu sein«, sagte er, und da irrte er sich keineswegs.

Sie durchquerten die Diele zur Haustür. Gelächter und Gejohle drangen von der Straße herein, wo die Sonnentagsfeier in vollem Gang war.

»Warte«, flüsterte Juva. »Ich muss meine Sachen noch holen.«

Sie stieg die Treppe hoch, sah auf Ogny herab und lächelte schief, während der Teufel auf ihrer Haut brannte, gleich unter der Brust.

STURZWELLEN

Nafraím knöpfte den Mantel am Hals zu und zog sich aufs Achterdeck zurück. Die Schoten schlugen über ihm, als sich das Schiff von Nyhavn aus um die Nordspitze von Kviskre schwang. Er konnte Domnik, den Eigner dieses unvergleichlichen Viermasters, nicht sehen. Auch keinen anderen Ewigwährenden, was bedeutete, dass sie in der Kajüte auf ihren Plätzen saßen und auf ihn warteten.

Die Möwen umkreisten ihn kreischend, eine Warnung vor dem, was bevorstand. Im Kielwasser von Lagalunes Tod würden vermehrt kritische Fragen auftauchen. Es würde zu sich widersprechenden Meinungen und unmöglichen Forderungen kommen. Einige würden Blut verlangen, aus Angst vor dem künftigen Mangel. Oder dass der Zeuge abgerissen werden sollte, als Versicherung. Einige würden mehr Blutleserinnen befürchten, jetzt, da die Gabe wieder zurückgekehrt war. Sie würden aneinander zweifeln und das alte Bündnis war in Gefahr.

Er verstand sie gut, was aber die Aufgabe nur noch schwieriger, vielleicht sogar unmöglich machte. Sein Bericht musste ebenso sehr die Gemüter beruhigen wie die Zweifel zerstreuen. Doch es gab Hoffnung, solange er dafür sorgen konnte, dass sie mit der Wolfsseuche und nicht mit Blutleserinnen und dem Teufel beschäftigt waren.

Der Tag war traumhaft schön. Náklavs Klippen ragten hoch aus schwarzen Wellen, in dem seltenen Licht, das man nur vor dem ersten Sonnentag zu sehen bekam. Raureif glitzerte auf dem Dollbord und das Holz knarrte. Er füllte die Lungen mit frischer Seeluft und hoffte, dass sie ihn bei diesem Treffen nähren möge. Dann ging er hinunter in die Kajüte.

Einundzwanzig Ewigwährende warteten um den langen Tisch. Das ließ den Raum beengt wirken, sogar bei einem Schiff dieser Größe. Sie schwiegen, wie es die Tradition verlangte, aber Seire bedachte ihn mit einem kaum sichtbaren Nicken. Sie und Faun wussten, was auf dem Spiel stand. Hegte jemand der anderen einen Verdacht? Wäre jemand von ihnen willens, sein langes Leben für eine größere Sache zu opfern?

Er schaute sie an. Unge Storm, mit dem gehetzten Blick und einer dünnen Zigarre zwischen den zitternden Fingern. Sie hätte es wahrscheinlich nicht weiter gestört, wenn sie es gewusst hätte. Yrgen, genusssüchtig und verderbt, er hätte vermutlich auch nicht viel Widerstand geleistet, solange er im Vollrausch untergehen konnte. Mit Domnik sah es schlechter aus. Der Bankmann war in der Lage, Fakten von Gefühlen zu trennen. Er saß mit geradem Rücken da, perfekt gestriegelt, das rotblonde Haar zu einem Pferdeschwanz nach hinten gekämmt. Er würde nicht mit einer Kriegserklärung auf sich warten lassen, wenn er Bescheid gewusst hätte. Vippa würde wanken, bis sie aus Unentschlossenheit gestorben wäre. Aber Eydala … Mit ihr würde es am schwierigsten werden.

Sie saß mit dem Rücken zu den Sprossenfenstern, die Sturzwellen hinter sich. Niemand hatte sich dicht neben sie gesetzt. Ihre trägen Augen über scharfen Wangenknochen musterten ihn bereits. Ihre Fingerspitzen waren verfärbt, fast schwarz, ein Ergebnis ihrer Besessenheit. Das Lebenswerk, das ihn seinerzeit zu ihr getrieben hatte.

Eydala war unter zweihundert, für eine Vardari jung, aber die Falten in der Halsgrube verrieten, dass sie schon über fünfzig Jahre alt gewesen war, als er ihr die Gabe geschenkt hatte. Sie war sein zweitgrößter Fehler, im Lauf aller Menschenalter. Der Beweis, dass nicht alle in der Lage waren, mit der Unsterblichkeit die Menschlichkeit beizubehalten.

Nafraím hängte seinen Mantel auf und nahm am Kapitänstisch Platz. Der Kasten mit den Fragen stand vor ihm auf dem Tisch, und die Stille würde so lange anhalten, bis er alle gelesen hatte. Er öffnete den Deckel und griff willkürlich eine Karte heraus.

Wer hat Lagalune Sannseyr getötet?

Kein guter Anfang, obwohl er hoffte, die Panik mit dem anschließenden Bericht eindämmen zu können. Er legte sie zur Seite und nahm die nächste heraus.

Wer hat Lagalune Sannseyr getötet?

Die Karte in seiner Hand wog schwer, so wie das Gewicht der Blicke um ihn. Er versuchte zu lächeln, wusste jedoch, dass nicht mehr als ein Zucken in den Mundwinkeln dabei zustande kam. Der Windjammer krängte und knackte, doch der schwere Kasten blieb stehen. Er blätterte die Karten durch und auf allen stand dieselbe Frage, in der einen oder anderen Form. Abgesehen von einer.

Nimm den Teufel zurück.

Das war keine Frage, das war ein Befehl. Er schaute Eydala an. Sie zuckte mit den Schultern, nahezu unmerklich, als sei es eine Selbstverständlichkeit, Forderungen an ihn zu stellen. Sogar eine Forderung, die das Ende eines viele Jahrhunderte alten Friedensvertrages zwischen den Ewigwährenden bedeuten würde.

Nafraím stützte die Ellenbogen auf den Tisch und rieb sich die Knöchel. Er hatte gedacht, er hätte noch mehr Zeit, aber die nächsten Tage zeichneten sich vor ihm ab, in erschreckender Klarheit.

Dieses Treffen würde nie unter die Oberfläche sinken. Sie würden alle so tun, als nähmen sie eine natürliche Ursache von Lagalunes Tod hin, doch niemand von ihnen würde daran glauben. Und sie würden das Schiff in stillschweigender Feindschaft verlassen.

Dann würden sie zu den anderen Blutleserinnen gehen, den Pakt brechen und sich selbst auf die Suche nach dem Teufel machen. Der einzige Weg, sie davon abzuhalten, bestand darin, dafür zu sorgen, dass sie niemanden zum Verhören fanden. Er musste die eingeweihten Blutleserinnen umbringen. Eine nach der anderen.

WEICHE LIPPEN

Auf den Straßen war es so voll, dass es Schwerstarbeit war, sich bis zur Schinderhalle einen Weg zu bahnen. Am ersten Sonnentag herrschte fast so viel Trubel wie beim Frühjahrslauf. Alle waren auf den Beinen, um so viel wie möglich von der kleinen Sonne zu tanken. Das Eis auf den Dächern schmolz, wildfremde Menschen umarmten sich wie alte Bekannte, Bäcker verteilten überbackene Sonnenkringel an völlig begeisterte Kinder, und die Mädchen in der Silberschmiede tanzten vor Freude in der Tür.

Juva war nicht in der Verfassung, sich von der Stimmung anstecken zu lassen, sie kochte noch immer vor Wut und konnte sich den Grund nicht erklären. Die Seidagilde hatte das Haus belagert, na und? Sie hasste das Haus und hatte ohnehin vor, da so schnell wie möglich wegzukommen. Was kümmerte es sie, wer das Haus übernahm?

Auf dem Vorplatz der Schinderhalle wimmelte es von Leuten, die in mehreren Sprachen Solsulla sangen. Juva zwängte sich an ihnen vorbei und schloss den Hintereingang auf, dicht gefolgt von Rugen. Er war über Ogny und die anderen so entrüstet wie sie.

»Das war ja die reinste Plünderei!«, fand er und drückte damit zur Abwechslung ihre Gefühle in deutlichen Worten aus.

»Sie haben aber nichts mitgenommen«, sagte sie in einem Anflug von Schadenfreude, weil sie nur das haben wollten, was unter ihrem Schnürmieder klemmte.

Sie bat Rugen, sich die Füße abzutreten, ging in die Gemeinschaftsstube und legte ein paar Holzscheite auf die Glut im Ofen. Der Raum roch nach Rauch und Blut. Drei Fuchsfelle standen über Stöcke gestülpt zum Trocknen an der Wand. Vielleicht Nolans oder von einem der anderen Männer.

Die Sehnsucht kam unerwartet und legte sich aufs Zwerchfell. Sie brauchte sie, alle zusammen, sie sehnte sich nach den toten Wäldern, dem Schnee, der Jagd. Hatte Sehnsucht nach den einfachsten Gesprächen der Welt am Lagerfeuer. Bloß wieder in der Schinderhalle zurück zu sein machte die Brust schon leichter und das Herz zuverlässiger.

Flammen stiegen aus der Glut. Die Geweihe am Geländer warfen im Raum scharfe Schatten, die ihre Gedanken widerspiegelten. Ein Wald aus spitzen Zacken. Eine für Mutter, eine für die feige Todesursache vom Arzt, eine für Nafraím, eine für den Reißdorn, mit dem sie um ein Ende kämpfte, eine für Solde, die sich wahrscheinlich mit dem Aufputschmittel die Wolfsseuche zugezogen hatte, eine für die Seidagilde und die Suche nach dem Teufel.

Juva ließ sich auf den Stuhl fallen, der gleich am Feuer stand. Da hörte sie das Totenhorn in der Ferne erschallen. Die Wirkung folgte auf dem Fuße. Rugen blieb stocksteif stehen, wo er war, und das Gejohle auf dem Vorplatz verstummte. Sogar das Zimmer wurde dunkler, ein Zeichen, dass die erste flüchtige Sonnensicht da draußen beendet war.

Was soll ich machen?

Der durchdringende traurige Ton war ein Ruf nach dem Ausbluter. Bald würde Broddmar in seiner roten Uniform draußen auf dem Vorplatz stehen, und er hatte gesagt, sie könnten darüber reden, dass sie mit ihm auf die Jagd ging … Sollte sie ihn suchen? Der bloße Gedanke war bedrückend.

»So …« Rugen klatschte in die Hände, wie um das Totenhorn zum Verstummen zu bringen. »Hast du was zu trinken?«

»Nein …«

Er verschwand dennoch in die Küche und tauchte mit einer Flasche ruvianischem Wein wieder auf. »Was ist damit? Davon stehen fünf auf dem Tisch!«

Juva schaute die Flasche angestrengt an. Die gehörte ihr nicht, und nur wenige Männer waren dumm genug, Wein hierzulassen. Zumindest so teuren Wein.

Ester …

Juva lächelte. »Such einen Korkenzieher.«

Rugens dämliches Grinsen bestätigte, dass es eine schlechte Idee war, mit ihm zu trinken, besonders jetzt, da ihr Körper kochte und sie nichts weiter wollte als nur vergessen. Aber er hatte sich doch entschuldigt. Mehrmals. Das Geld hatte er zurückgezahlt, und das hätte sie vor ein paar Wochen nicht gedacht. Er war bei Mutters Trauerfeier zur Stelle gewesen und als Solde im Blutnebel gelandet war. Er hatte sich sogar zwischen sie und Ogny gestellt, und das wollte viel heißen.

Vielleicht verdiente er etwas Besseres als Misstrauen? Sie wusste doch nicht, was er durchgemacht hatte. Doch, er hatte etwas durchblicken lassen, vor langer Zeit, sie hatte ihn aber auf Armeslänge auf Abstand gehalten. Und dennoch war er noch immer hier. Das wäre er nicht, wenn sie ihm egal wäre.

Juva fühlte sich schwach, viel zu sehr im Klaren, dass die Wirklichkeit nicht immer das war, wonach sie aussah. Es konnte sein, dass sie ihm unrecht getan hatte.

Rugen kam mit einer geöffneten Flasche und einem etwas offeneren Hemd zurück. Er warf Kissen auf den Teppich vor dem Kamin, mit einer Miene, als sei es das Natürlichste von der Welt. »Was haben sie gesucht?«, fragte er beiläufig.

Juva spürte die Karte auf der Haut kratzen, als wüsste diese, dass über sie geredet wurde. Sie hatte den unerklärlichen Drang, sie vorzuzeigen. Ihm alles zu erzählen. In Angelegenheiten mit den

Vardari würde sie aber niemanden hineinziehen. Außerdem hatte sie keine gute Erklärung, was es mit der Karte auf sich hatte. Sie wusste nicht einmal genau, warum sie die mitgenommen hatte. Ein guter Mensch hätte sie genommen, um die Flut der Blutperlen einzudämmen und um Mutters letzten Willen zu erfüllen. Doch war sie ein guter Mensch? Vielleicht hatte sie die mitgenommen, um die Pläne der anderen zu durchkreuzen?

Sie zuckte die Schultern. »Ich weiß es nicht, aber ich hätte es ihnen nicht gegeben, wenn ich es wüsste.«

»He … Du bist echt in die falsche Familie geboren worden.«

Juva kicherte. »Das kannst du laut sagen. Ich glaube, Vater war der einzig Normale.«

Rugen legte sich auf dem Teppich an die Seite, offensichtlich um zu zeigen, dass auch für sie noch Platz war. »Er ist gestorben, als du noch klein warst?«

Juva legte sich bäuchlings neben ihn und trank einen Schluck Wein. Die Flasche war nicht voll, also hatte er sich in der Küche schon bedient.

»Ich war sieben, und es war meine Schuld.«

Rugen nahm einen größeren Schluck als sie und wischte sich den Mund mit dem Handrücken ab. »Wenn ich mich nicht falsch erinnere, hast du schon immer geglaubt, dass *alles* deine Schuld ist.«

Juva schaute ihn an. Das dichte braune Haar fiel ihm in Wellen über die Ohren. Die vollen Lippen und sein Blick, der wie immer einstudiert unschuldig war. Oder war sie durch eine Kindheit und Jugend mit Blutleserinnen kaputtgemacht worden? Sah sie überall Falschheit? Wie sollte sie jemals jemanden nahe an sich heranlassen, wenn sie nie mit einem unbeschriebenen Blatt begann?

Gib ihm eine Chance.

»Du weißt nicht, wie das ist«, sagte sie, »mit einer Blutleserin aufzuwachsen. Die Leute glauben ihnen. Glauben, sie könnten einem erzählen, wie lange man noch zu leben hat, wenn man von Feinden umgeben ist. Sie bezahlen jeden Preis, um das zu erfahren, und die Blutleserinnen tun alles, um sich so anzuhören, als wüssten sie es. Vater gehörte nicht dazu, er war Jäger. Ein ganz normaler Jäger. Sie haben gesagt, er wäre von einem Wolf gebissen worden und dass ihn das umgebracht hat, aber … Aber ich habe den Wolf heraufbeschworen.«

Langsam bekam Rugen glasige Augen. »Das ist Schwachsinn, Juva. Man kann Wölfe nicht heraufbeschwören.«

»Ich weiß! Ich weiß, dass es nicht geht, das weiß ich jetzt. Aber das habe ich nicht gewusst, als ich sieben war. Mutter hat gesagt, ich war's. Dass der Wolf meinetwegen da gewesen ist, weil ich ihn gezeichnet habe. Den Teufel gezeichnet habe.«

»Warte mal …« Er sah seltsam verwirrt aus. »Du hast einen Wolf gezeichnet, und die haben gesagt, dass dein Vater darum gestorben ist?«

»Nein, ich … Ich habe einen Wolfskranken gesehen und war zu Tode erschrocken. Danach habe ich ihn gezeichnet, glaube ich. Ich weiß nicht, Rugen! Ich erinnere mich nicht mehr, es ist lange her und … Ich weiß nur, dass ich ihn zeichnen muss, wenn alles … schwierig wird. Ich zeichne den Teufel und verbrenne das Papier.«

Sie wusste, dass sie sich geisteskrank anhörte, aber in den letzten Tagen war alles geisteskrank gewesen, es stand Spitz auf Knopf. Außerdem wollte sie ihn auf die Probe stellen. Die Grenzen ausloten, um festzustellen, ob er sich zurückzog und abhaute, sobald sie ihm Widerstand leistete.

Er trank wieder einen Schluck Wein. »Du bist also etwas kaputt, willkommen im Klub. Alle in dieser Stadt haben Angst vor dem Wolf.«

Das stimmte. Aus seinem Mund klang es ungefährlich, und das gefiel ihr. Vorher hatte sie noch nie mit jemandem über Vater gesprochen oder über etwas anderes, das an ihr nagte. Es war ein

Gefühl, als hätte sie im Käfig gesessen, doch jetzt hatte Mutter ihn aufgeschlossen und den Schlüssel mit zur Dränke genommen. Lagalune gab es nicht mehr, sie konnte weder lachen, vor Wut toben noch Schweigen verlangen.

»Ich hasse sie alle«, flüsterte sie und pulte an einer Kissennaht.

»Wen, die Wölfe?«

»Die Blutleserinnen. Sie kriegen die Blutperlen von den Vardari, das weiß ich. Die liefern oder verkaufen den Scheiß. Viele halten sie für nichts weiter als eine Sage, aber für sie ist es von Vorteil, im Schatten zu herrschen. Sie haben Mutter umgebracht, Rugen. Du hast es gesehen, du warst dabei.«

Rugen streichelte ihr den Rücken. Er sagte kein Wort, machte aber auch nicht den Eindruck, als hielte er sie für verrückt. Das ermunterte sie, weiterzuerzählen.

»Ich glaube, ich kann sie erspüren. Die Ewigwährenden.«

»Wie denn erspüren?« Rugen leerte die Weinflasche und stand auf. »Warte, nicht weglaufen«, sagte er und ging in die Küche.

Juva hörte ihn rumoren, als sie in die Flammen starrte. Roter Regen spuckte gegen den schwarzen Funkenfänger und sie war heiß und offen. Trotzdem wurde sie das Gefühl nicht los, in Gefahr zu schweben.

Rugen kehrte mit einer neuen Flasche Wein zurück und kroch neben sie. »Sie erspüren. Erzähl!«

Juva drehte sich zu ihm. »Wie im Märchen von den drei Schwestern und dem Wolf. Du musst es kennen. Alle kennen es.«

Rugen reichte ihr die Flasche. Sie trank einen Schluck, wobei er ihre Haare zwischen seinen Fingern zwirbelte. »Vielleicht höre ich nur deine Stimme gern …«

Juva tat, als hätte sie das überhört, beugte sich jedoch näher. »Drei Schwestern waren auf Wolfsjagd und sie haben den Teufel im Wolfspelz gefangen. Er hat gesagt, wenn sie ihn freiließen, würde er ihnen die Gabe schenken, immer zu wissen, wo er sei.

Wo es Tod und Verderben gebe. Nie mehr müssten die Schwestern darauf achten, ob ihnen jemand was Böses wollte, sie würden es mit Sicherheit wissen. Darum haben sie sich darauf eingelassen.«

Rugen lächelte dümmlich. »Das hätte ich nicht getan. Muss viel besser sein, es nicht zu wissen.«

»Hör jetzt zu. Die Schwestern haben sich darauf eingelassen. Er gab ihnen von seinem Blut zu trinken, und so bekamen sie die Kräfte, zu sehen. Sie wurden die ersten Blutleserinnen.«

»Aber … Sind sie nicht gestorben?«

»Doch, zwei von ihnen. Die eine merkte, dass sie selbst böse war, und nahm sich das Leben. Die Zweite merkte, dass der Mann, den sie liebte, böse war, und er tötete sie, als sie auf ihn losging. Und die Dritte merkte, dass der Teufel überall war, dass alle Böses tun konnten. Sie überlebte, und seitdem wissen Blutleserinnen immer, wo der Teufel ist.«

»Und Vardari sind das Böse, das du erspüren kannst, weil du aus einem Geschlecht von Blutleserinnen bist?«

Juva zuckte die Schultern. »Nicht ich habe das Märchen geschrieben.«

Rugen beugte sich zu ihr. Sein Blick war hungrig vor Lust und vom Wein benebelt. »So war das vielleicht in früheren Zeiten wirklich einmal, und jetzt ist es wieder wirklich geworden. Dass man sie erspüren kann, meine ich. Das wäre nicht das Merkwürdigste, was passiert ist. Denk doch nur an den Turm im Náklaring, der von ganz allein angefangen hat zu ticken. Es gibt tatsächlich mehr zwischen Himmel und Erde, als wir uns vorstellen können, Juva. Aber na und? Heute ist der erste Sonnentag, warum nicht einfach leben und es sich gut gehen lassen?«

Sie wusste, worauf er es abgesehen hatte, war aber nicht in der Lage, Widerstand zu leisten. Er hatte doch recht. Warum es sich nicht nett machen, wenn sowieso alles am Ende zur Dränke ging?

Rugen legte seine Lippen auf ihre, weich und tastend. Es quälte sie, dass sie dabei war, nachzugeben, und dann könnte er es wenigstens ordentlich machen. Es war kein Widerstand in seinem Kuss, als hätte ihm jemand beigebracht, dass man weich sein sollte.

Juva schob ihn von sich und warf ihn auf den Rücken. Sie setzte sich rittlings auf ihn und küsste ihn, wie sie von ihm geküsst werden wollte. Sie wollte, er wäre so wie Vitnir, der Wolf aus der Götterlehre, doch das musste sie einfordern.

Seine Reaktion kam sofort und heftig an ihrem Unterleib. Ihre Zunge spielte mit seinen Zähnen, und sie hätte schwören können, dass einer davon nachgab.

Juva setzte sich auf und starrte ihn an. Er lächelte, als gehöre auch das zum Spiel. Tausend Gedanken in ihrem Kopf entzündeten sich wie Funken, vereinigten sich zu einem Brand. Er war Blutschlürfer gewesen, war es vielleicht noch. Er war zu ihr gekommen, hatte verzweifelt Hilfe gesucht und konnte den Grund dafür nicht sagen. Er hatte sich an den Kiefer gefasst vor Schmerzen. Und jetzt, ein lockerer Zahn?

Rugen war wolfskrank!

Er versuchte, sie zu sich nach unten zu ziehen, doch sie stand auf und wich zurück. Mögliche Erklärungen lieferten sich in ihrem Kopf einen Kampf, eine vergeblicher als die andere.

Vielleicht wusste er es selbst nicht? Doch. Natürlich wusste er es; es war nicht möglich, es nicht zu wissen, dass einem gerade die Eckzähne ausfielen, oder doch? Vielleicht hatte sich der Zahn bei einer Schlägerei gelockert? Vater hatte Broddmar nicht weniger als sechs ausgeschlagen.

Rugen stützte sich auf die Ellenbogen und schaute sie verwirrt an. Sie musste Zeit gewinnen, während sie darüber nachdachte, ob sie ihn direkt fragen sollte.

»Hol noch eine Flasche«, sagte sie.

Rugen rappelte sich auf und sah sie an. Kurz glaubte sie, er würde wütend werden, doch er spielte mit und ging in die Küche.

Draußen im Windfang schrie die Haustür in den Scharnieren. Broddmar kam herein, mit Skarr hinter sich hertrottend. Er zog die rote Maske vom Kopf und sah Juva mit einem Blick an, den sie vorher noch nie an ihm gesehen hatte. Stahlgrau und dem Bersten nahe. Das Gesicht war blass und verzerrt. Die Oberlippe hatte wie bei Greisen da eine Mulde, wo die Zähne hätten sein sollen.

»Jufa …«

Er kam zu ihr, schlang die Arme um sie und hielt sie ganz fest. Juva war so schlecht, dass sie hingefallen wäre, wenn er sie losgelassen hätte. Sie wusste, dass etwas Grauenvolles passiert war, doch sie brachte kein Wort heraus.

Rugen kam aus der Küche. Er stieß einen halb erstickten Laut aus und ließ die Weinflasche fallen. Sie rollte über den Boden und rülpste Wein hervor.

Durch den Nebelschleier aus roher, nackter Angst begriff Juva, dass das bedeutete, dass er Bescheid wusste. Ihm war klar, dass er wolfskrank war, und jetzt glaubte er, der Ausbluter sei hinter ihm her. Doch Broddmar würdigte ihn keines Blickes.

Es ging nicht um Rugen. Hier ging es um etwas ganz anderes, und Juva fürchtete, dass sie wusste, worum.

Sie riss die Jacke an sich und rannte los.

DIE PUPPEN

Juva schubste die Leute aus dem Weg, ohne sich mit Entschuldigungen aufzuhalten. Die Jacke flatterte an ihr, als sie durch die Straßen rannte. Die roten Laternen baumelten wie Blutperlen über dem Gewimmel von Menschen in Festtagsstimmung.

Mit zwei Sätzen sprang sie die Treppe hoch und riss die schmiedeeiserne Tür auf, die nie schwerer gewesen war. Ein vollkommen Fremder stand gleich dahinter und versperrte ihr den Weg. Ein Fels von einem Mann, bärtig, in schwarzer Uniform, mit dem weiß gepunkteten Ring auf der Brust. Die Ringgarde. Zur tiefsten Dränke, die Ringgarde war hier, in ihrem Haus!

Er hielt sie am Arm fest. »Bedaure, niemand kommt …«

»Lass mich los, ich wohne hier!«

Juva stürmte in die Diele, ohne zu hören, was der Mann ihr hinterherzurufen versuchte. Gomm saß tränenerstickt auf der Skelettbank, wo sie erst kürzlich mit Ogny gesessen hatte. Er sprach mit zwei Ringgardisten, die sich links und rechts neben ihm aufgebaut hatten, als hätten sie Angst, der Koch könnte türmen.

Im ganzen Haus wimmelte es nur so von ihnen. Schwarz gekleidete Männer und Frauen, die mit matschigen Schuhen in die Räume hinein- und wieder herausmarschierten. Einer davon überprüfte das Regal mit den Raritäten. Er nahm einen Krug mit Zähnen herunter und schaute sich mit einem Gesichtsausdruck um, als sei er in der Dränke gelandet.

Juvas Haut kribbelte, pikste wie von Millionen kleiner Nadelstiche, und jeder einzelne Stich machte ihr mehr Angst.

Unter der Galerie flackerten Flammen im Kamin, und durch die offenen Bogengänge auf beiden Seiten des Schornsteins sah sie mehrere Gestalten in der Bibliothek herumlaufen. Juva ging zu ihnen hinein mit dem Gefühl einer Schlafwandlerin. Wie im Traum.

In der Bibliothek saßen fünf Frauen um den Teetisch. Reglos. Leblos. Ogny und Maruska saßen nebeneinander auf dem Ledersofa, beide mit schräg geneigtem Kopf, als wären sie im Gespräch eingenickt. Die Töchter saßen jede in einem Sessel, Livs ruhender Kopf hinten angelehnt. Myrna über der Armlehne zusammengesackt. Und Solde …

Solde saß da und guckte in ihre Tasse, mit halb geschlossenen Augen, als würde sie sich langweilen. Aber sie war tot. Sie alle waren tot. Sie glichen Puppen, sorgsam zu einer Teegesellschaft zusammengesetzt.

Juva wurde blass. Das Stechen im Körper rutschte in ihre Füße und nahm alle Wärme mit. Ihr war bis auf die Knochen kalt. Die Glut hinter dem Funkenfänger warf gitterartige Schatten wie ein lebendiges Fischernetz auf sie. Sie waren ein Bild. Ein Gemälde eines ganzen Lebens. Solde, erst sechzehn. Ogny, über siebzig, und die anderen im Alter dazwischen. Myrna Auste, zierlich und in Spitze gewandet. Liv, Ognys Tochter, mit strammem Knoten und makellosem Mittelscheitel.

Juva war unfassbar durcheinander. Sie müsste etwas tun, wusste aber nicht, was, und es schien lächerlich. Das Zimmer versuchte ihr die unwesentlichsten Details aufzudrängen: Staub auf den Regalbrettern im Bücherschrank. Ein Nagel, der in der Armlehne am Sofa fehlte. Der Kasten mit Käfern im Regal, Krabbeltierchen aus der ganzen Welt in schillernden Farben. Rotbraun. Grünschwarz.

Das Gemälde der Toten wurde von lebenden Leuten der Ringgarde betrachtet, die sich beim Herumgehen Notizen machten, während sie miteinander flüsterten und an den Teetassen rochen. Einer der Männer hob den Blick und kam im Laufschritt auf sie zu. Juva begriff den Grund erst, als sie eine Kante im Rücken spürte. Eine Ecke. War sie hingefallen? Sie schaute hoch und ins Auge des zerzausten Raben in Mutters albernem Wahrsage-Schrank, und aus unerfindlichem Grund überkam sie das Gefühl, der Vogel hätte sie im Stich gelassen.

Der Mann stellte sie wieder auf die Beine, führte sie stützend aus der Bibliothek und half ihr, sich in der Diele auf eine Treppenstufe zu setzen. Sie konnte ihn reden hören, glaubte aber, er spräche mit jemand anders, mit einer Person an der Tür.

Es war Broddmar, mit Skarr an der Leine, und er wurde in die Bibliothek geschickt. Juva konnte die Krallen des Wolfes hören, als sie über den Boden trotteten, und sie verfolgte ihn mit Blicken. Ein wildes Tier, in der Diele des Sannseyr-Hauses, was würde Mutter dazu sagen?

Gesagt. Was hätte sie gesagt.

Wer sollte jetzt etwas sagen, es war niemand mehr da. Juva schlang die Arme um sich, um die Wärme zurückzuholen. Das hier war ihre Schuld. Alle waren tot, ihretwegen.

Sie hatte gesagt, Solde könne sterben, als sie Blutperlen geschluckt hatte, und jetzt war es passiert. Die Seidagilde hatte sie schon immer zur Dränke gewünscht, und jetzt war es geschehen, genau wie bei Vater. Warum? Juva starrte zur Skelettbank hinüber, auf der sie mit Ogny gesessen hatte.

Die Seidagilde wird zu dritt geführt, wir sind schon immer zu dritt gewesen, und wir werden auch immer zu dritt bleiben, jede von uns mit ihrer jeweiligen Erbin.

Dieses Wissen drehte sich in ihrem Kopf im Kreis, gnadenlos, wie ein Eisbohrer. Vardari hatten sie getötet, weil sie die Oberhäupter der Seidagilde waren, unauflöslich mit den Geschäften der Ewigwährenden verbunden. Sie waren die Erbinnen in einem

Kleeblatt aus Familien: Sannseyr, Volsung und Auste. Die Einzigen, die wussten, was der Teufel zu bedeuten hatte, und sie hätte eine von ihnen sein sollen.

Solde war tot, weil sie den Sitz bekommen hatte, den Mutter für Juva vorgesehen hatte. Nicht Solde sollte reglos in der Bibliothek sitzen, sondern sie.

Hier ist es kalt. Warum ist es hier so kalt?

Sie hörte Skarr dort drinnen knurren, ein sicheres Zeichen für die Wolfsseuche. Eine Lüge. Genauso sehr eine Lüge wie die, dass Mutter an einer Lebensmittelvergiftung gestorben war. Nichts war echt.

Sie hörte, wie vorm Haus Leute vorbeigingen und Sonnenlieder in gebrochenem Norran grölten.

Ein alter Mann aus der Ringgarde reichte ihr einen Becher mit Wasser, und sie nahm ihn, obwohl es ihr sinnlos vorkam. Das hier war das Haus des Teufels, Leute starben hier, was konnte Wasser da schon ausrichten?

Juva guckte zu ihm hoch und stellte fest, dass sie ihn früher schon einmal gesehen hatte. In der Schmalspur, bei der Leiche. Er hatte sie aufgefordert, ihre Jagderlaubnis vorzuzeigen.

»Kennst du ihn?«, fragte der Mann und zeigte zur Haustür, wo der bärtige Kämpe Rugen aufhielt.

Juva nickte und Rugen durfte das Haus betreten. Er beachtete sie nicht, sondern lief in die Bibliothek. Sie hätte ihm hinterherrufen, ihn warnen müssen. Er würde einen Schock bekommen. Verfluchter, närrischer Rugen, der sie nicht liebte und den sie auch nicht liebte.

Du bist kurz davor, verrückt zu werden.

Ihr Herz hämmerte in der Brust so heftig, dass sie zurückschlagen wollte, aber sie hatte keinen Reißdorn mehr. Ihr gehörte der eigene Körper nicht länger. Nicht einmal die Gedanken. War das die Rache des Hauses? Geister hatten sich in ihrem Gehirn eingenistet und redeten durcheinander, ein Chor aus Erinnerungen, Lügen und Vorwürfen, einige so alt wie sie selbst. Sie verausgabten sich und wurden nach und nach weniger, nahmen ab, bis nur noch einer übrig war: Mutters.

Was habe ich dir immer über den Teufel gesagt?

Dass er immer da war. Dass sie ein schwieriges Kind war. Juva, das Teufelskind, mit niederträchtigen Gedanken und Zeichnungen. Mutter hatte gesagt, dass sie den Teufel im Leib habe. Sie hatte den Teufel im Herzen, und nirgendwo sonst hämmerte es so wie hier zu Hause.

Die Erkenntnis krallte sich an sie wie eine ertrinkende Ratte. Klammerte sich fest, verzweifelt und ausdauernd, bis sie mit dem Tier eins wurde und begriff.

Hier ging es nicht um eine Blutlesekarte. Es ging um etwas, das den Weg zum wahren Teufel weisen konnte. Zum Eisenwolf. Sie hatte ihn als Kind gesehen. Er hatte Vater umgebracht, und das war alles andere als eine Fantasie.

Der Teufel war echt, und er war hier. Irgendwo im Haus.

DER FEHLER

Rugen kämpfte mit der Übelkeit. Fünf tote Frauen. Fünf! Juvas flotte keine Schwester war zum Henker kaum alt genug für die erste Liebesnacht, und die älteste Schnalle aus der Seidagilde musste fast hundert gewesen sein. Und ihnen vorausgegangen war Lagalune.

Nafraím ist geisteskrank.

Der Ewigwährende hatte zwar gesagt, dass viel passieren würde, aber das hier … Das hier war bestialisch. Er hätte ihn vorwarnen müssen, wenigstens das. Ihm eine Möglichkeit geben müssen, sich vorzubereiten. Verdammt aber auch …

Er hob den Deckel vom Lackkästchen und fand die Zigarren, nach denen er gesucht hatte, steckte sich eine zwischen die Lippen und ließ eine Handvoll in der Tasche verschwinden. Und Feuer? Lagalune hatte wie ein Scheiterhaufen gequalmt, da musste sie hier doch auch etwas zum Anzünden haben. Er schaute sich in dem düsteren Schlafzimmer um. Was sind das für Leute, die schwarze Himmelbetten hatten, wenn sie sich alles leisten konnten.

Blutleserinnen natürlich.

Warum zum Henker hatte Juva die Blutperlen weggeworfen? Sie hatte bestimmt keine Ahnung, was die gekostet hatten! Er fand auf dem Nachttisch ein Feuerzeug und zündete sich die Zigarre an. Mit zitternden Händen wie ein verurteilter Bettler. Dann gönnte er sich einen gesegnet genüsslichen Zug und guckte in den Flur.

Die Ringgarde war noch im Haus, doch die größte Aufregung war verflogen und eine unangenehme Ruhe hatte sich in der Bude ausgebreitet. Sie hatten ihre Untersuchungen abgeschlossen und warteten jetzt bloß noch auf die Leichenwagen. Vorher waren auf den Straßen zu viele Leute unterwegs gewesen, jetzt aber hatten sich die Feierlichkeiten so weit aufgelöst, dass dort wahrscheinlich wieder ein Vorankommen war.

Rugen schlich an der Bibliothek vorbei ins erste Stockwerk. Er stützte sich aufs Geländer und guckte beim Rauchen nach unten.

Dem fetten Koch hatte man offensichtlich erlaubt zu gehen. Er hatte die Leichen gefunden, als er von der Sonnenfeier zurückgekehrt war, war jedoch jetzt vom Verdacht befreit, weil der verfluchte Wolf die Wolfsseuche gerochen hatte.

Das Tier war noch hier, im Arbeitszimmer auf der anderen Seite der Galerie. Rugen hielt gebührenden Abstand, konnte ihn aber durch die offenen Türen sehen. Er lag auf dem Teppich beim Schreibtisch, mit geschlossenen Augen. Hin und wieder spitzte er die Ohren, und Rugen musste sich in Erinnerung rufen, dass er ihn schon längst geholt hätte, wenn er an ihm etwas erschnuppert hätte.

Juva war dort drinnen in einen tiefen Sessel gesunken und der Ausbluter saß in der Hocke vor ihr. Der rote Jäger. Warum hatte sie kein Wort gesagt, dass sie den Mann kannte, von dem alle Blutschlürfer Albträume hatten? Mehr als nur kannte, sie waren Jagdkameraden. Freunde! Das war völlig verrückt. Der Mann, vor dem er sich fürchtete, war alt genug, um ihr Großvater sein zu können, und er saß mit Juvas Händen in seinen da. Tat, als würde er sich kümmern, obwohl er nichts weiter als nur zwischen ihre Beine wollte.

Es war zum Kotzen. Ein zahnloser Alter auf Fotzenjagd, mit fünf Leichen im Haus? Wie verflucht krank …

Rugen stieß den Rauch aus dem Mundwinkel aus und beobachtete ihn. Wie hieß er noch? Broddmar? Der Name eines Ausbluters musste Nafraím doch etwas wert sein, oder kannte er ihn schon? Das konnte man nur vermuten, der Mann schien das meiste zu wissen und das meiste zu regeln. Wie hier geradewegs reinzumarschieren, bestimmt mitten im Chaos beim Sonnenfrei, und einfach … Ja, was hatte er eigentlich getan? In der Bibliothek war nicht ein Tropfen Blut, die Frauen sahen aus, als hätten sie sich gegenseitig zu Tode gelangweilt. Trotzdem war der Wolf reingelegt worden, die Wolfsseuche zu riechen, doch Wolfskranke quatschten verdammt noch mal andere nicht zu Tode, sie rissen Leute in Stücke, wenn sie konnten.

Rugen rieb sich den Kiefer, gefasst auf einen neuen Schmerzensstoß, der ausblieb.

Gefiel ihnen das, den Wolfskranken? Das Töten? Waren sie im Oberstübchen noch klar genug, um es zu genießen, Leute vom Sockel zu stoßen und sie aufzufressen?

Im Arbeitszimmer stand Broddmar auf, und Rugen schlich in Soldes Schlafzimmer, um nicht gesehen zu werden. Dort roch es erstickend nach süßem Parfüm. Der Duft eines toten Mädchens. Er eilte ans Fenster, um sich zu vergewissern, dass der Alte wirklich das Haus verließ. Die Leichenwagen waren vorgefahren und Leute versammelten sich allmählich vor der Tür. Broddmar und der Wolf kamen nach draußen, und der ganze Haufen schreckte zurück, wobei sie ihn mit Blicken verfolgten. Eine Alte hielt die Hand vor den Mund, anscheinend die Erste, die das Unfassbare begriff, dass die Wolfsseuche eine Blutleserin getötet hatte.

Was würden sie wohl erst sagen, wenn sie herausfanden, dass es nicht nur eine war, sondern fünf? Sechs mit Lagalune, alle Spitzen der Seidagilde. Das war völlig jenseits von Gut und Böse.

Rugen wusste, dass er etwas sagen sollte. Mit der Ringgarde über Nafraím reden sollte, aber was zum Henker sollte er sagen? Dass er sicher war, wer der Mörder war, und dass er wahrscheinlich ein Unsterblicher war? Die wenigen, die auf die Idee kämen, ihm zu glauben, würden der Sache nicht nachgehen, nicht solange Vardari etwas damit zu tun hatten.

Ich habe auch was damit zu tun. Ich kann kein Wort sagen.

Rugen drückte die Zigarre am Fensterrahmen aus, verließ das süßliche Schlafzimmer und ging ins Arbeitszimmer, wo Juva sich wieder aufgerappelt hatte. Sie suchte etwas auf dem Kaminsims, zwischen dem, was Schädel von Ratten oder dergleichen sein mussten. Gab es denn keinen normalen Raum in dieser Bude? Einen Ort ohne kranken Krimskrams und abgewetzte Antiquitäten?

Juva öffnete ein Kästchen mit Zündhölzern. Sie wirkte teilnahmslos und durcheinander. Was hielt sie da zwischen den Fingern? Eine Spielkarte?

Er ging zu ihr. »Was tust du da?«

Sie schaute zu ihm hoch, mit verwirrtem Blick, als hätte sie vergessen, dass es ihn gab.

»Ich muss ihn verbrennen«, antwortete sie und kniete sich vor den Kamin.

Sie war aschfahl, fast grau im Gesicht.

Das ist der Schock.

»Wen verbrennen?« Rugen setzte sich neben sie auf den Boden.

Sie hantierte mit einem Streichholz, ohne es entzündet zu bekommen, schob es am Brandpapier entlang, immer wieder, doch ihre Finger zitterten zu stark. Er verstand sie gut; er hatte das gleiche Problem gehabt, aber nicht so schlimm wie sie.

Plötzlich fing das Zündholz Feuer, und sie ließ es auf die Birkenrinde fallen, die zu brennen begann. Sie hielt die Karte in die Flammen, und jetzt erkannte er, was es war: eine Blutlesekarte mit dem Teufel darauf.

Armes, bedauernswertes Mädchen!

Davon hatte sie ihm in der Schinderhalle erzählt. Sie hatten ihr als kleines Mädchen eine Todesangst eingejagt, gesagt, dass sie den Teufel verbrennen müsse, damit er nicht Wirklichkeit würde.

Rugen zog ihre Hände zu sich. Sie ließ die Karte zu Boden fallen und ihr ganzer Körper fing an zu zittern.

»Du hast einen Schock, Juva. Etwas ganz Schreckliches ist passiert und du hast einen Schock. Du musst dich ausruhen.« Rugen wusste nicht, was er sonst hätte sagen können. Was sagte man, wenn Leute starben wie die Fliegen?

»Juva, du hast doch die alten Schnecken gehasst, erinnere dich. Und Solde … Sie wäre sowieso wolfskrank geworden, und das wäre noch schlimmer gewesen.«

Sie schaute zu ihm hoch, als würde sie tatsächlich sein Gesicht mustern. Dann hob sie die Hand und strich mit dem Daumen über seine Oberlippe. Fast könnte er glauben, dass sie Bescheid wusste … Seine Zunge fuhr aus purem Reflex über den Eckzahn, und er bildete sich ein, der sei jetzt lockerer als beim letzten Mal.

»Du verstehst nichts«, sagte sie. »Das ist meine Schuld. Fürchterliche Dinge geschehen meinetwegen, weil ich ihn nicht verbrannt habe.«

»Juva, die ganze Zeit geschehen fürchterliche Dinge, ohne Grund.«

Sie reckte sich wieder nach der Karte, aber er hielt sie zurück. Die Götter wussten, dass er nicht die einfachste Kindheit gehabt hatte, aber das hier war schlicht und einfach pervers. Was für ein kranker Mensch hatte ihr als Kind eingeredet, dass sie Zeichnungen von Wölfen und Teufeln verbrennen müsse, damit die Welt nicht unterging?

Er umschloss ihr Gesicht mit den Händen und versuchte, sie zu zwingen, ihn anzuschauen, doch sie wehrte sich.

»Juva, jetzt hör mal zu. Das hier ist nicht deine Schuld.« Die Worte purzelten einfach aus ihm, klangen aber richtig.

Juva riss sich los und robbte von ihm fort. »Du kapierst nichts, Rugen! Mich hätte es treffen sollen!«

»Was hätte dich treffen sollen?«

»Da unten. Wo Solde sitzt, hätte ich sein sollen. Mutter wollte, dass ich übernehme, begreifst du? Ich! Nicht sie. Sie war nie vorgesehen. Ich müsste tot sein und sie am Leben.«

Rugen merkte, dass er rülpste. Daraus entwickelte sich ein Hustenklumpen, der nach Rauch und Blut schmeckte. Was in Gaulas Namen hatte sie gesagt? Log sie? Nein, das sah Juva nicht ähnlich … Es war aber eine kühne Behauptung. Dieses Haus war eine unermessliche Summe wert, warum in Gaulas Namen hatte sie das Erbe ausgeschlagen?

Weil sie es hasste.

Sie sagte die Wahrheit. Nicht Solde hätte das Haus und das Amt der Blutleserin erben sollen, sondern Juva, und unten in der Bibliothek hockte der Kern der Seidagilde, mausetot.

Nafraím hatte die falsche Schwester umgebracht.

Rugen starrte Juva an. Sie war so verdammt süß. Das blonde Haar hatte einen dunklen Ansatz und lag in Wuscheln auf dem Rücken. Die schmalen Katzenaugen in kaltem Blaugrau sahen immer etwas müde aus. Bettfertig. Der weiche Körper war ein Traum, wenn man ihn über sich hatte. Was würde Nafraím machen, wenn er das hier erführe? Man konnte so was Schönes nicht töten, zum Henker, was für ein Gedanke.

Er wollte sie nicht tot, er wollte sie nackt sehen. Was zum Henker sollte er machen? Er musste es Nafraím sagen, selbstverständlich, da hatte er keine andere Wahl mehr. Aber auch Ewigwährende vögelten wohl mal, sodass der Mann es doch verstehen und es möglich sein musste, mit ihm zu verhandeln? Diese Information war eindeutig viel wert, sodass Nafraím ihm wenigstens dieses Mädchen lassen konnte.

Rugen zog Juva an sich und ließ sie weinen. Sie waren von Tod umgeben. Leichenwagen standen vorm Haus, der Ausbluter war eben hier gewesen, unten in der Bibliothek saßen fünf Leichen als Teegesellschaft. Sogar der Kaminsims über ihm war mit Tierschädeln geschmückt. Und nach allem, was er wusste, würde der Tod auch zu Juva und zu ihm kommen.

Das Gefühl war unfassbar krank, aber sein Schwanz log nicht. Er war noch nie geiler gewesen.

TOTENRITUALE

Fünf eingehüllte Leichname lagen aufgereiht am Abhang, jeder in seinem bootförmigen Balg. Zwei lagen im tauweißen Gras, weil nur drei Rampen für die Stürzung vorhanden waren.

Auf Kleft wimmelte es von Leuten. Noch mehr wären gern gekommen, aber der Hovmeister auf Jólshov hatte sich genötigt gesehen, das Ritual auf die Familie zu beschränken. Dennoch waren zwei zusätzliche Leichtschiffe erforderlich gewesen, um die Leute hinaus auf die schroffe Schäre zu befördern. Bei fünf toten Blutleserinnen kamen viele Hinterbliebene zusammen.

An Land standen alle, die nicht zur Familie gehörten, verteilt an der Stadtmauer entlang und den Weg hinunter zur Leichenbucht. Unendlich viele. Obwohl die Stürzung weder auf Jólshov noch auf den Marktplätzen angeschlagen worden war. Es war wohl mit Absicht so geregelt worden, um Gedränge und Panik zu verhindern, doch das war fehlgeschlagen. Ester hatte von Krawallen bei den Flößen berichtet, die Ringgarde ließ den Náklaring durch eine zusätzliche Wache schützen und Krisensitzungen im Stadtrat waren einberufen worden. Ein Angriff auf die Seidagilde bedeutete, dass niemand mehr sicher war.

Die Furcht hielt Náklav in eisernem Griff, Leute zeigten sich mittlerweile sogar gegenseitig an. Etwas zu spitze Zähne, ein Wutanfall oder seltsames Verhalten reichten als Grund schon aus.

In der Seidagilde war es noch schlimmer, sofern man überhaupt noch von so etwas wie einer Gilde sprechen konnte. Die Tötungen legten nahe, dass es jemand auf Blutleserinnen abgesehen hatte. Nicht wenige waren so eingeschüchtert, dass sie die Laternen löschten, und von einem Führungstrio konnte nicht mehr die Rede sein. Die als Nachfolgerinnen an der Reihe gewesen wären, weigerten sich, das Amt zu übernehmen, und Juva konnte ihnen daraus keinen Vorwurf machen. Sie wäre eine der Toten gewesen, doch hier stand sie als die einzige Überlebende.

Die Sannseyr waren ein kleines Geschlecht, doch ein paar Seelen, die Juva jahrelang nicht gesehen hatte, waren gekommen. Semde, die Tochter von Mutters Bruder, der schon in jungen Jahren gestorben war. Ihr Mann und zwei kleine Kinder. Sie wohnten auf dem Land, außerhalb von Naar, und das war auch schon alles, was Juva über sie wusste. Sie war allen aus dem Weg gegangen, nicht nur Mutter und Solde. Jetzt lastete die Gewissheit schwer auf ihren Schultern. Sie waren nicht schuld, dass sie in eine Familie von Blutleserinnen hineingeboren worden waren, dafür konnten sie nichts. Ebenso wenig wie Juva selbst.

Die Einzigen, die Juva als Familie bezeichnet hätte, standen an Land: Broddmar, Hanuk, Nolan und Motte. Und Lok und Embla, mit ihrem neugeborenen Sohn, der bald zum ersten Mal das Wasser empfangen würde. Sie selbst würde es Solde zum letzten Mal spenden.

Juva füllte das Horn mit Salzwasser; dasselbe hatte Solde bei Mutters Stürzung benutzt. Sie lag auf der ersten Rampe, die im Wind knackte. Anasolt von der Seidagilde nickte Juva zu. Sie war jung genug, um noch mutig zu sein, und hatte es auf sich genommen, diesen Tag zu leiten, die fünf Blutleserinnen in die Dränke zu führen. Juva ging zu Solde, schlug das Leichentuch zurück und entblößte ihr Gesicht. Die Wangen waren hohl, und Juva spürte ein bedrohliches Stechen im Mund, als müsste sie sich erbrechen. Fünf Tote bedeuteten fünf Zungen. Wer sollte sie alle essen?

Juva öffnete Solde den Mund, ein blauschwarzer Schlund mit einem fleischigen Stumpf, wo die Zunge hätte sein sollen. Die Zunge, die so unendlich viele hässliche Worte zustande gebracht hatte.

Mich hätte es treffen sollen.

Sie goss das Salzwasser in Soldes Mund und schloss ihn wieder. Die Haut war eiskalt und wächsern an ihren Fingern. Niemand sollte mit sechzehn Jahren zum letzten Mal das Wasser empfangen.

Der Öldampf vom Leichentuch verklebte die Nase und Juva trat unsicher einen Schritt zurück. Sie hielt dem Nächsten das Horn hin, jemandem, der Maruska und ihrer Tochter das Wasser spenden sollte. Doch niemand nahm es.

Juva blickte sich ratlos um. Die Leute standen unbeweglich und schweigend herum, farblos in der Dämmerung. Untote. Einige glotzten sie mit leerem Blick an, andere starrten zu Boden. Niemand trat zu ihrer ausgestreckten Hand vor. Was war los? Waren sie sich nicht einig, wer den Seinen das Wasser spenden sollte?

Sie haben Angst.

Juva spürte, wie ihr die Füße den Dienst versagten, und stützte sich auf die Rampe. Ihr wurde klar, dass niemand vortreten würde. Einer verstorbenen Blutleserin Wasser zu spenden stand der Erbin zu; und diese Rolle wollte niemand mehr übernehmen. Sie hielten das für ein Todesurteil. Die Seidagilde lag am Boden, das Rückgrat gebrochen.

Juva starrte sie ungläubig an. Der Wind biss durch Wolle und Leder und riss an ihren Haaren. Sie ließ sich von ihm zur nächsten Leiche tragen. Zu Maruska. Was sollte sie sonst machen? Jemand musste es tun.

Sie geizte mit dem Salzwasser, damit es ausreichte, während sie gequält von einer Frau zur nächsten ging. Maruska, Myrna, Ogny, Liv. Sie konnte hören, dass jemand von den Anwesenden zusammenbrach. Tiefes Schluchzen wurde an einer Brust erstickt, als ob

Trauer eine noch größere Schande sei als der Verrat, den sie an den Toten begingen.

Juva übernahm die Fackel von Anasolt und setzte die drei Bündel, die auf den Rampen lagen, in Brand. Solde, Maruska und Myrna. Sobald es vollbracht war, kamen mehr Leute dazu. Sie knufften sich gegenseitig, um Platz zu haben, damit sie helfen konnten, die Bahren zu kippen. Die Stürzung selbst zog schließlich keinerlei Verpflichtung nach sich. Juvas Lippen spannten sich zu einem wehen Grinsen, das sie nicht kontrollieren konnte.

Hatte sie das hier nicht immer gewollt? Niemand wollte Blutleserin sein. Eine aufgelöste Gilde. Der Wunsch hatte sich erfüllt, eine Vorhersage, die sich in die Reihe einfügte und nur Schmerzen brachte.

Eine nach der anderen stürzte brennend ins schwarze Meer, ein Fall, der genauso kurz wie das Leben schien, ehe sie wieder erloschen. Juva konnte sich lebhaft vorstellen, eine von ihnen zu sein. Sich über die Kante zu stürzen und in Dunkelheit und Kälte einzutauchen.

Sie wäre jetzt da unten, wenn sie getan hätte, was Mutter ihr befohlen hatte, und Solde vom Erbe ferngehalten hätte. Was wäre, wenn sie den Teufel verbrannt hätte – hätte das etwas geändert?

Die Karte lag wie eine kalte Hand auf ihrer Haut. Sie wäre jetzt verloren, wenn Rugen zugelassen hätte, dass sie die Karte verbrannte. Sie konnte sich kaum noch entsinnen, dass sie es versucht hatte. Doch sie erinnerte sich an die Erkenntnis, die ließ sich nicht verdrängen.

Sie besaß einen Wegweiser zum Teufel. Er war kein Märchen, keine geistliche Kraft, sondern ein lebendes Geschöpf, das sie als Kind gesehen hatte. Und alle anderen, die dasselbe gewusst hatten, waren von Vardari getötet worden. Sie konnte Mutter aus der Dränke flüstern hören.

Erinnerst du dich? Du hast ihn Eisenwolf genannt.

Sie guckte hoch und merkte, dass sie wieder fast allein zurückgeblieben war. Die Schar hatte sich ausgedünnt und war zu den Booten hinuntergegangen. Ein paar von ihnen schauten verstohlen zurück. Einige flüsterten miteinander, doch niemand kam zu ihr. War das Einbildung? Oder hatte sie etwas falsch gemacht, als sie allen Toten Wasser gespendet hatte? Was hätte sie sonst tun sollen, sie ohne das letzte Wasser nach unten stürzen lassen?

Juva ging den ganzen Weg zu den Booten allein, ohne das Gefühl loszuwerden, dass sie sich über sie das Maul zerrissen. Die Unruhe wuchs und verflocht sich mit der Trauer, bis sie nicht mehr wusste, was sie fühlte.

Sie legte die Hände aufs Dollbord, um ins Boot zu klettern, doch es wurde ihr weggerissen, und sie trat an der Wasserkante ins Nasse, um nicht hinzufallen. Sie hatten sich vorwärtsgestakt, doch sie konnte sehen, dass im Boot noch Platz war. Juva schluckte und ging zu einem der kleineren Leichtschiffe. Einer der Männer dort half ihr an Bord, und sie spürte, wie das Weinen im Hals wuchs.

Sie setzte sich achtern hin, neben ein Mädchen, das etwas jünger als Solde aussah. Sie hatte eine Handvoll Muschelchen, die sie von einer in die andere Hand rieseln ließ, wie um herauszufinden, wie viele sie am Ende der Überfahrt noch übrig behalten würde.

Sie schaute zu Juva hoch. »Ich glaube davon kein Wort«, sagte sie.

Das Boot legte mit einem Ruck ab.

»Wovon?«, fragte Juva.

»Von dem, was sie sagen. Das habe ich ihnen gesagt, dass du es nicht warst. Du bist von zu Hause ausgezogen, weil du Jägerin werden wolltest! Du hättest nie jemanden getötet, du wolltest nicht einmal Blutleserin werden, warum solltest du dann …«

Juva starrte das Mädchen an, unsicher, was sie zu sagen versuchte. War sie geistesschwach?

Das Mädchen machte plötzlich ein erschrockenes Gesicht, als ob ihr der Wahnsinn ihrer Worte soeben aufgegangen war. Die Muscheln fielen ihr aus den Händen. »Nicht alle also! Nicht alle sagen es, bloß … eine hat es gesagt. Du warst die Einzige, die den Mut hatte, den Toten das Wasser zu spenden, stimmt's? Du hattest keine Angst, und sie haben gesagt, das beweist, dass …«

Juva war kurz davor, sich zu erbrechen. Sie beugte sich übers Dollbord und schloss die Augen. Sie fühlte die Hand des Mädchens auf dem Rücken.

»Mach dir nichts draus!«, sagte sie, ohne zu begreifen, wie unmöglich diese Aufforderung war. »Die Leute reden verdammt blö… Entschuldigung, viel blödes Zeug. Hör nicht auf sie!«

»Danke …«, murmelte Juva und es wirkte wie eine Unterwerfung. Wie eine widerliche Erniedrigung.

Sie hatte Mutter gestürzt, Solde gestürzt, Vardari hatten beide getötet, und die Leute glaubten, sie hätte es getan. Hier saß sie nun und bedankte sich bei einem Mädchen, auf dem Weg vom Kind zur Frau, weil sie nicht glaubte, dass sie eine Mörderin war?

Juva konnte die Kante der Karte spürten, die sich hinauf zur Brust nagte, als sie sich ans Dollbord klammerte. Nafraím wollte die haben, die Seidagilde wollte die haben. Alle wollten den Teufel haben, aber ihr wurde allmählich schmerzlich klar, dass sich der Teufel für sie entschieden hatte.

NAFRAÍMS GNADE

Esters Gasthaus war alles, was das Sannseyr-Haus nie gewesen war: bunt und voller Licht und Leben. Juva fühlte sich wie in einem anderen Land, vielleicht in Thervia oder irgendwo in Ruv. Es war so, als hätte die alte Frau beschlossen, sich die ganze Welt nach Hause zu holen, zu einem prächtigen Fest in Grün und Blau. An die Wände waren blühende Obstbäume mit Vögeln im Überfluss gemalt, ein Motiv, das sich in den Kissen, erlesenen Vasen und bestickten Stuhlbezügen wiederholte. Von der Decke hingen Käfige mit getrockneten Blumen in Hülle und Fülle, die nie in Draumheim gewachsen waren.

Juva kam sich wie eine Betrügerin vor, allein weil sie hier war, aber zu Hause wäre es nicht auszuhalten gewesen. Sie hatte der Dienerschaft auf unbestimmte Zeit freigegeben und war weggelaufen. Weggelaufen vor der Gewissheit, was das Haus verbarg. Und vor dem unaufhaltsamen Strom von Leuten.

Schon am Stürzungstag hatten die Nervereien angefangen. Schrullige Kunden hatten an die Tür gehämmert, Läufer mit Beileidsschreiben, verschlüsselte Einladungen, auf die sie nicht zu reagieren wusste. Jemand hatte die Blutleselaterne zerschlagen, aber das war wenigstens eine deutliche Botschaft. Die Ringgarde war ebenfalls gekommen, um sich nach dem Grund zu erkundigen, dass sie mit zwei Tötungsorten in Verbindung gebracht wurde, sowohl mit dem zu Hause als auch in der Schmalspur. Juva hatte erklärt, dass sie Vardari verhören sollten, nicht sie. Seitdem hatte sie von ihnen nichts mehr gesehen oder gehört.

Die Verdächtigungen gegen sie waren so sehr aus der Luft gegriffen, dass sie ihr nicht einmal Angst machen konnten. Sie waren nur weiße Gischt auf bereits stürmischer See, und ihr blieb nichts weiter übrig, als die Wellen zu reiten und zu versuchen, sich von der Dränke fernzuhalten. Jedenfalls bis Ester wieder zu Hause war mit dem, was ihrer Meinung nach noch auf dem Tisch gefehlt hatte.

Juva guckte nach unten auf die Straße. Die Münzerey bestand aus Läden, in die man nur ging, wenn man es sich leisten konnte. Agan Askrans Geschäft war eins davon, seine legendäre Waffenschmiede lag auf der anderen Straßenseite. Er hatte die Armbrust, die Juva sich schon oft angesehen hatte, ohne sie sich leisten zu können.

Geld war nicht mehr ihre Sorge, davon besaß sie, als einzige Erbin, plötzlich reichlich. Auf die am schlimmsten erdenkliche Weise hatte sie es bekommen. Und gleichzeitig hatte sie einen Grund, es auszugeben.

Sie sollte Nafraím töten, das widerlich lange Leben des Mörders beenden, den anzuklagen niemand den Mut hatte. Die schwelende Wut gegen alles, wofür er stand, machte ihr Angst. Eine mächtige und lichtscheue Elite, die nie für ihre Untaten zur Verantwortung gezogen wurde. Gaula mochte wissen, wer dazugehörte und wie viele es waren. Würden sie auch sie verfolgen?

Juva hatte keinen Zweifel, dass auch sie ein Tötungsziel war. Dennoch hatten ihr Broddmar und Hanuk Unterschlupf angeboten, weil sie nicht allein sein sollte. Auch Lok; er hatte freiheraus gesagt, mit feuchten Augen, dass er Todesangst hatte, seine Kinder einer Gefahr auszusetzen, doch sie war jederzeit willkommen. Juva hatte dankend abgelehnt. Diese Männer waren die Familie, die sie sich ausgesucht hatte; und beim bloßen Gedanken, dass auch nur einem von ihnen etwas zustoßen könnte, wurde ihr schlecht.

Ester hingegen hatte ein Nein als Antwort nicht gelten lassen. Sie hatte darauf bestanden, Juva in ihrem verschwenderischen Gasthaus einzuquartieren.

Vinterhagen hieß es passenderweise, und es beherbergte zu jeder Zeit rund zwanzig Reisende, die es gewohnt waren, gut untergebracht zu werden. Juva konnte einige in dem Zimmer reden hören, nach dem der Ort benannt war: ein alter Marktplatz, über den ein mit Sprossen versehenes Glasdach erbaut worden war. Durch den Überfluss an üppigen Grünpflanzen war unmöglich zu erkennen, ob man sich drinnen oder draußen befand, und wo auch immer man sich im Haus aufhielt, konnte man das Zwitschern von Vögelchen hören, die frei umherflogen.

Die Frauen unterhielten sich über den Zeugen, die Skulptur oben auf dem Náklaring, über die Bewachung, die verschärft worden war, und wie lächerlich sie es fanden, dass sie ihre Hunde nicht mehr mitnehmen durften. Eine neue Regel ohne Sinn und Verstand, als hätten Hunde jemals Leute mit der Wolfsseuche angesteckt. Sie empfahlen sich auch gegenseitig Blutleserinnen, hatten aber mitbekommen, dass auf dem Gebiet gerade so etwas wie Krisenstimmung herrschte, was doch eine unerträgliche Unannehmlichkeit darstellte, wenn man schon einmal nach Náklav gekommen war.

In der Ecke saß ein junger Mann und stickte. Er hatte einen verblassenden Bluterguss unter dem einen Auge, schien aber alles andere als ein Schlägertyp zu sein. Juva hatte das Gefühl, dass er hier schon lange wohnte.

In der anderen Stube konnte sie Rugen schemenhaft sehen, der mit ihr in der Kutsche hergekommen war. Er spielte *Letzter Krieger*. Die hölzernen Spielsteine wollten auf dem Brett nicht richtig in den Löchern stehen bleiben. Sie kippten oft um, und es machte den Eindruck, als würde ihn das mehr ärgern als nötig. Er übersprang und entfernte Spielsteine, in der Hoffnung, dass am Ende nur einer stehen blieb; aber sich selbst zu besiegen war für Rugen offensichtlich eine Herausforderung. Er war bei seinem zweiten oder dritten Glas Roggenschnaps, darum hatte er wahrscheinlich zu viel getrunken, um noch klar denken zu können.

Wie lange würde es dauern, bis die Wolfsseuche sichtbar wurde und er anfing, Blut zu spucken? Bis er vor Fieber schweißnass und verrückt wurde? Wie lange, bis er versuchte, ihr mit frischen Reißzähnen die Gurgel herauszureißen?

Juva hatte ihn nicht danach gefragt.

Die Wolfsseuche war ein Todesurteil, und sie überließ allein ihm Entscheidung, wann er mit der Wahrheit herausrücken wollte. Sie war sich ziemlich sicher, dass er es wusste, aber es bestand immerhin noch die klitzekleine Möglichkeit, dass dies nicht der Fall war. Und dann wäre es herzlos, ihm die Zeit zu verderben, die ihm noch blieb. Rugen war trotz allem für sie da gewesen, einigermaßen bedingungslos.

Als Ester zurückkehrte, pflanzte sie eine Flasche auf den Tisch, zwischen zerbrechliche Teetassen, deren Innenseiten mit Schmetterlingen verziert waren. Sie nahm Platz, öffnete die Flasche und verdünnte Juvas Tee mit Branntwein.

»So. Jetzt kannst du mal probieren, ob das was taugt«, verkündete sie, als sie den Tee durchsichtig genug gemacht hatte, sodass man die Schmetterlinge auf dem Boden sehen konnte. Dann machte sie da weiter, wo sie aufgehört hatte. »Du bist es dem Sannseyr-Haus nicht schuldig, dass du da wohnst, Juva. Es ist ein Haus, kein Lebewesen.«

Juva hätte gelächelt, wenn sie gekonnt hätte. Sie war alles andere als abergläubisch, aber wenn es in Náklav ein Haus gab, das als lebend hätte bezeichnet werden können, dann war das ihrs. Das Sannseyr-Haus verbarg den Teufel.

»Ich gebe mir die Schuld«, sagte Juva, ohne sicher zu sein, was sie damit meinte.

Ester genehmigte sich einen ordentlichen Schluck vom Tee und musterte sie. »Weißt du, was ich an dir mag, Juva?«

»Meine sprudelnde Persönlichkeit?«, fragte sie trocken.

Wenn Ester die Ironie verstand, ließ sie es sich nicht anmerken. »Die auch. Ich mag an dir, dass du Angst vor Wölfen hast.«

»Wie kann ich Angst vor Wölfen haben? Ich bin Wolfsjägerin!«

Ester verzog die braun angemalten Lippen zu einem geheimnisvollen Lächeln. »Genau! Du wirst schon sehen, eines Tages verstehst du es.«

Juva fühlte wegen der Leugnung einen Stich der Scham. »Ich meine nicht, dass ich nie Angst habe.«

»Nein, das verstehe ich. Und das brauchst du mir nicht zu erzählen, ich weiß, wie Angst aussieht; und die ist nicht so, wie die Leute glauben. Ich war träger als du, sodass es bei mir erst knallen musste, bevor ich in der Lage war, aufzustehen.«

Juva warf einen Blick auf ihren Stock, mit einem Gefühl, dass die rätselhaften Worte etwas damit zu tun hatten.

Ester streichelte den faustförmigen Knauf und schaute sie an. »Du hast also auch das Gerücht gehört?«

Juva wollte antworten, dass sie sich nicht um Gerüchte kümmerte, doch das kam ihr feige vor, darum trank sie stattdessen einen Schluck Tee und merkte, dass es eher Branntwein mit Teegeschmack war.

Ester guckte zu dem jungen Mann, der stickend in der Ecke saß. Er begegnete ihrem Blick, und ein wortloses Gespräch zwischen ihnen brachte ihn dazu, sich zu erheben und zu Rugen zu gehen.

Ester nahm sich ein frisches Stück Blaubeerkuchen und rückte ihren Stuhl näher an den Tisch. »Ich verrate dir jetzt was, das ich in meinem Leben nur zwei anderen Menschen erzählt habe. Dir ist zu Ohren gekommen, dass ich meinen Mann mit diesem Stock erschlagen habe, richtig?«

»Ja«, antwortete Juva. »Aber das glaube ich nicht.«

»Doch, das stimmt.«

Juva verschluckte sich fast am Tee, Ester sprach aber weiter, als würden sie sich übers Wetter unterhalten. »Ich habe die unglaublichsten Gerüchte gehört, dass er wolfskrank geworden sei, dass er sich eine Geliebte genommen habe, dass er gedroht habe, mich rauszuwerfen. Alle enden aber damit, dass ich ihn erschlagen habe, und das ist das einzig Wahre, was ich gehört habe. Wenn ich müsste, würde ich es wieder tun. Von diesem Stock habe ich mehr blaue Flecke eingesteckt, als du zählen kannst, aber ich habe jeden einzelnen Schlag gezählt, den er mir verpasst hat. Und an dem Tag, als ich ganz unten auf der Treppe lag und er mir hinterhergestolpert ist, habe ich ihm alle zurückgegeben. Jeden einzelnen, bis das Untier nicht mehr geatmet hat. Da war ich nicht viel älter als du.«

Juva starrte sie ungläubig an. Die Lebensgenießerin Ester, die sich nie in die Suppe spucken ließ.

Ester biss von dem Kuchen ab. »Jetzt denkst du bestimmt, ich bin nicht der Typ, um andere umzubringen, oder?«

»Nein, ich denke, du bist nicht der Typ, um … geschlagen zu werden?«

Ester lachte. »Mein Mädchen, niemand ist der Typ, um geschlagen zu werden! Ich bin nie Opfer gewesen, nicht einmal, als ich zwanzig war. Ich dachte, ich wäre stark genug, um mit einem schwierigen Mann zu leben. Dann habe ich allmählich vergessen, wie das ist, geliebt zu werden. Die Zeit hat die Schwelle abgesenkt, bis sie für ihn niedrig genug war.«

Die Worte trafen Juva in den Bauch. Ihr Blick wanderte zu Rugen, und sie war sicher, dass Ester den Reflex mitbekommen hatte. Aber es ging um mehr als ihn. Wie viel hatte sie von Mutter eingesteckt, weil die Schwelle zusammengebrochen war? Wie viel hatte ganz Náklav von den Vardari eingesteckt, weil niemand mehr erwartete?

»Juva, irgendwann schickt uns das Leben an den Fuß der Treppe, und da ist die Entscheidung die leichteste und zugleich die schwerste, die man sich vorstellen kann. Soll man sich erheben oder untergehen? Und ich glaube, du hast dich erhoben, schon als Kind, du weißt es nur noch nicht. Nimm dir ein Stück Kuchen, Mädchen!«

Juva nahm sich ein Stückchen Blaubeerkuchen und bekam Unterstützung von einem Blauspatz, der unter den Tisch flog. Die Wirtschafterin rief von unten und Ester entschuldigte sich. Juva blieb mit einem Brand in der Brust sitzen, der drohte, mir nichts, dir nichts aufzulodern. Wenn sie den Mund öffnete, würde die Glut Luft bekommen, und die Flammen würden ausbrechen, zu einem Nebel aus Funken explodieren.

Soll ich mich erheben oder untergehen?

Juva schob den Kuchen weg und ging zu Rugen. »Willst du mitkommen, um was lachhaft Teures zu kaufen?«

Rugen schaute zu ihr hoch. Zuerst verwirrt, dann mit zunehmendem Grinsen, bis er auf die Füße sprang. Sie stieg die Treppe nach unten, warf sich die Jacke um und überquerte die Straße, dicht gefolgt von Rugen.

Agan Askrans Laden war bewacht, als wäre es die Náklabank. Die dunkelgrüne Front war mit Eisenbeschlägen verziert wie eine riesige Schatzkiste und über den Fenstern waren schwarze Gitter befestigt. Neben der Tür hing ein Schild, auf dem *»Keine Waffen erlaubt«* stand, was ziemlich komisch war.

Juva ging hinein, begleitet vom Klingeln einer kleinen Glocke, und war plötzlich umgeben von Dolchen und Schwertern. Sie bedeckten alle Wände, in Fächerform und Fischgrätmuster. Ein langer Ladentisch erstreckte sich an der hintersten Wand, die aus kleinen Schubfächern in Grün und Braun bestand. Der Geruch von Stahlöl vermischte sich mit Qualm von den großen Lampen.

Juva ging zu der Armbrust, die sich in ihren Gedanken festgesetzt hatte. Sie war zierlich, aber für jemanden gebaut, der größer war als sie.

Ein breitschultriger Mann mit schütterem Haar tauchte neben ihr auf. »Die junge Dame hat einen tadellosen Geschmack, die ist … kostbar.«

Die Worte zielten darauf ab, sie zu messen, doch sie war nicht wegen des Aussehens hier. »Die ist vor allem zu groß«, antwortete sie.

Der Mann lächelte und winkte sie mit sich. Er hob eine Armbrust gleicher Bauart von der Wand und legte sie auf den Tisch. »Ich glaube, die könnte dir gefallen, die hat einen kleineren Schaft und kann …« Er glotzte Rugen an, der ungeschickt mit einem Dolch jonglierte. Er hüstelte laut und Rugen legte das Messer weg. »Wie schon gesagt, ein kleinerer Schaft und kann mit einer Hand gespannt werden.«

Juva befühlte sie und gab sie wieder zurück. »Nein. Ich brauche was Besseres. Hast du eine, die sich leichter mitnehmen lässt? Die aber immer noch Durchschlagskraft hat?«

»Durchschlagskraft wobei, bei Rentieren oder Schneehühnern?«, fragte er. Sein Blick ruhte auf ihr, ohne dass er eine Antwort bekam. »Ach so …«, sagte er schließlich. »Wenn du eine Erlaubnis hast, dann habe ich genau, was du brauchst.«

Er schloss einen Schrank auf und holte einen blank polierten Holzkasten heraus, den er auf dem Tisch öffnete. Die Armbrust im Inneren war ein wenig länger als ihr Unterarm. Sie ruhte auf einem schwarzen Samtkissen und Juva erkannte sofort den Grund.

Jedes Teil war aus Stahl, großzügig ausgefräst, um das Gewicht zu verringern. Der Mechanismus war vor Wind und Wetter geschützt. Er zog an einem Bolzen an der Unterseite und der Bogen knackte mit einem leisen Klicken in zwei Teile. Juva biss sich auf die Lippe. Sie war zusammenklappbar. Und leicht. Die ganze Armbrust würde in ihren Rucksack passen.

»Agan Askran hat die eigenhändig gebaut. Die passt in ein Hosenbein und kann einen … Wolf umlegen, auf ein paar Schrittlängen Entfernung. Die versagt nie, auch nicht bei schlechtem Wetter. Du könntest unter Wasser damit schießen, wenn du wolltest! Sie kostet einen Stab und achtzig Runen.«

Juva hielt sich die Knöchel an die Lippen. Heilige Jól. Einhundertachtzig Runen, dafür könnte sie ein kleines Langschiff kaufen. Aber sie hatte weder für ein Langschiff noch für Geld Verwendung, sie hatte Verwendung für etwas, das einen Ewigwährenden töten konnte.

Der Gedanke schickte ein Zittern durch ihr Herz, als würde es nach mehreren Tagen der Ruhe erwachen. Die Schläge wurden schwerer und schneller, gefolgt von aufkeimender Angst. Der Gedanke an Reißdorn schoss ihr sofort durch den Kopf, doch dann fiel ihr ein, dass das galoppierende Herz nicht bedeutete, dass sie sterben würde, es bedeutete etwas viel Schlimmeres.

Juva drehte sich um und sah draußen eine große Gestalt. Es war zu dunkel, um das Gesicht zu erkennen, aber sie brauchte ihn nicht zu sehen, um zu wissen. Sie konnte ihn spüren, so sicher, als würde er neben ihr stehen. Der schwelende Schein von einer Laterne auf der anderen Straßenseite zeichnete die Umrisse des altmodischen Mantels mit dem hohen Kragen.

Nafraím betrat den Laden. Die Glocke zitterte über der Tür und er drehte den Schlüssel um. Juva wich einen Schritt zurück und stieß gegen den Ladentisch.

Er knöpfte den Mantel am Hals auf und sah den Händler an. »Ich brauche einen kleinen, handlichen Schleifstein. Könntest du einen für mich holen? Ihr habt sie im Keller, meine ich mich zu erinnern.«

Der Blick des Mannes wanderte zwischen Juva und Nafraím hin und her, bevor er nickte und sich in ein Hinterzimmer verdrückte. Er schloss die Tür hinter sich.

Juva tastete mit der Hand am Ladentisch entlang, nach einem der Dolche, die sie dort gesehen hatte. Nach irgendetwas, das nützlich sein konnte. Sie hatte das Gefühl, als würde sich der Raum um sie zusammenziehen. Sie wollte laufen, hatte aber keine Kontrolle mehr über ihre Füße. Mutters Mörder stand vor ihr. Mutters und Soldes. Der Mann, der den Oberhäuptern der Seidagilde ein Ende gesetzt hatte, und jetzt war er hier, um sich das zu holen, was Mutter ihm nicht hatte geben wollen.

Sie konnte die Karte so deutlich unter dem Wollhemd fühlen, dass sie sicher war, dass er sie sehen konnte. Doch Nafraím tat nichts, stand bloß da und musterte sie, was ihr wie eine Ewigkeit vorkam. Er hatte etwas Gehetztes im Blick. Etwas Schlafloses.

»Du kannst mich erspüren«, sagte er endlich. Das klang nicht wie eine Frage.

Er kam zu ihr und beugte sich vor, hätte um Haaresbreite ihre Wange mit seiner berührt. Sein Atem roch süßlich verfault, wie überreife Beeren.

»Weißt du, warum? Kannst du sie in den Adern fühlen, die Kraft, die Welten verbindet?«

Er ist geisteskrank.

Juva lugte über seine Schulter zu Rugen, doch er sah noch hilfloser aus, als sie ihn in ihrer Erinnerung jemals gesehen hatte. Blass und verschwitzt. Er wusste, wer das hier war, wusste, womit er es zu tun hatte, und war vollkommen außerstande, ihr zu helfen.

Nafraím legte die Hände um ihr Gesicht, kalte Lederhandschuhe auf der Haut, und starrte ihr in die Augen. »Du weißt, wo der Teufel ist, nicht wahr?«

Sie wollte *Nein!* schreien, wusste aber, dass ihr ganzer Körper sie verraten würde, wenn sie es versuchte. Darum hielt er sie fest, um zu sehen, ob sie log. Nichts, was sie gelernt hatte, würde gegen einen Unsterblichen helfen. Kalte Angst schnürte ihr die Kehle zu und erstickte die Worte. Einzig und allein die Wahrheit konnte sie jetzt retten.

Juva nickte.

Nafraím schloss die Augen mit einem unendlich gequälten Gesichtsausdruck und flüsterte: »Wo? Wo ist er?«

Er weiß es nicht …

Seine Unwissenheit war ein Strohhalm am Rande des Chaos. Er stellte sie auf die Probe. Er war nicht sicher gewesen, ob sie es wusste, so wie die anderen, wie die, die tot waren. Nafraím wollte den Teufel haben, aber er wusste nicht, wo er war. Niemand wusste, wo er war. Nur sie.

»Wo ist er?!«, schrie er, so dicht an ihrem Ohr, dass sie zusammenzuckte.

Der plötzliche Wutausbruch saugte ihre Kraft ab. Mutters Worte pressten sich durch die Panik hervor.

Lass nicht zu, dass sie ihn kriegen!

Juva musste ihm etwas geben. Ein Fünkchen Wahrheit, aber nicht alles. Wenn sie ihm den echten Teufel gab oder sagte, wo er versteckt war, wäre das das Letzte, was sie tat. Sie würde in die Dränke gestürzt werden wie die anderen. Die Hoffnung bestand darin, ihm die Wahrheit so anzubieten, wie sie noch vor ein paar Tagen ausgesehen hatte, als alles, was sie hatte, eine Blutlesekarte war.

Juva griff unter ihr Wollhemd und reichte ihm die Karte. Nafraím nahm sie, drehte sie in der Hand hin und her, als sei er ratlos. Der Puls klopfte ihr im Hals, Gefahr verheißend ungleichmäßig, sich im Klaren, dass die nächsten Augenblicke darüber entscheiden würden, ob sie leben durfte oder nicht.

»Nimm ihn!«, meinte sie mit versagender Stimme. »Die Karten gehörten Mutter, das Liebste, was sie hatte, aber nimm ihn! Mach mit dem Teufel, was du willst, das ist mir egal!«

Nafraím starrte sie an. Der Wutanfall schien durch den Blick zu schmelzen, und sie hätte schwören können, dass er erleichtert war.

Er warf die Karte auf den Ladentisch. »Eine Blutlesekarte? Du hast wirklich keine Ahnung, wovon ich rede, richtig?«

Juva wusste es. Sie wusste, dass der Teufel echt war, und sie glaubte, die Karte könne den Weg zu ihm weisen, hatte aber keine Ahnung, wie das gehen sollte. Und für Nafraím sah die Karte nicht so aus, als sei sie von irgendeiner Bedeutung.

Das haben sie vor ihm geheim gehalten.

Sie musste die Maske aufbehalten, wie eine Blutleserin denken. Was hätte sie gesagt, wenn sie nichts zu verbergen gehabt hätte? Ihn gebeten zu gehen? Nein, das war zu feige und zu wenig, das würde er durchschauen. Sie musste ihm das sagen, wofür sie brannte, es zu sagen. Sie musste ihn zur Auseinandersetzung zwingen. Sie beschwor ihre Verachtung herauf, die nicht schwer zu finden war.

»Du bist ein Mörder …«, sagte sie mit zusammengebissenen Zähnen.

Nafraím richtete den Kragen. »Das zu leugnen wäre Betrug und Selbstbetrug. Ich habe viele Leben genommen, Juva, aber nie aus einem anderen Grund als Notwendigkeit. Ich kann Tod nicht ausstehen und schütze das Leben, mehr, als du glaubst. Warum sollte ich denn sonst beschlossen haben, so unendlich lange zu leben?«

Dieses Eingeständnis machte Juva sprachlos. Es kam unerwartet und war pervers, wie entspannt er dastand und Tötungen und uralte Mythen bestätigte. Als hätte sie nicht die geringste Bedeutung in dem großen Ganzen.

Ich bin nichts in einem ewigen Leben.

Nafraím senkte das Kinn und schaute auf seine Hände, die eine merkwürdig steif wie bei einer Puppe. »Ich kann es dir nicht verübeln, dass du zweifelst, aber ich rette dein Leben trotzdem, Juva Sannseyr. Das ist im Grunde das Mindeste, was ich tun kann.«

Er richtete den Blick auf Rugen, der sich aus der Aufmerksamkeit zurückzog und geradezu krank aussah.

»Der Junge hier hat die Wolfsseuche«, sagte Nafraím. »Also, ich an deiner Stelle würde ihn anzeigen oder mich von ihm fernhalten. Bevor es … eskaliert.«

Die Stille im Laden war erdrückend. Die Wände glänzten vor Stahl und Schwertklingen. Rugens Kinn zitterte.

Nafraím sah sie wieder an. »Ach … Du wusstest es schon? Nun, dann bin ich dir immer noch etwas schuldig.«

Er begab sich zur Tür und legte die steife Hand auf die Klinke. Dann drehte er sich wieder zu Juva um. »Mein tiefstes Mitgefühl für alles, was du verloren hast.«

Von den Worten stach der Brechreiz in ihrem Hals. Sie waren aus seinem Mund ekelhaft, und er hatte dazu kein Recht. Er ging nach draußen und schloss die Tür hinter sich.

Langsam kehrten die Gefühle wieder in ihren Körper zurück. Der ängstliche, aber normale Herzschlag. Schmerzen in den Armen, da, wo sie sich an den Ladentisch gedrückt hatte. Die Erleichterung ließ auf sich warten. Das hier war erst der Anfang. Sie hatte ein Geheimnis, und das würde sie das Leben kosten.

Warum? Ging es hier um Geld? Um Kontrolle über Blutleserinnen und Blutperlen? Worin hatte sie bestanden, die Zusammenarbeit von Ewigwährenden mit Mutter und der Seidagilde? Und was hatte das mit dem verfluchten Teufel zu tun?

Rugen kam zu ihr, mit dem suchenden Blick, den sie nur allzu gut kannte. Der bedeutete, dass er die Stimmung prüfte, um die passende Lüge zu finden. Für welche würde er sich entscheiden? Dass er nicht wusste, dass er krank war? Oder dass er es wusste, sie aber schonen wollte? Oder dass es eine Lüge war?

»Juva, ich wollte es dir erzählen, aber …«

Etwas in ihrem Blick musste ihn gewarnt haben, etwas anderes zu versuchen als die annähernde Wahrheit.

Sie unterbrach ihr Lachen: »Rugen, ich will, dass du jetzt gehst.«

»Ich meine es ernst, Juva. Ich wollte es sagen, aber Leute sind gestorben, verdammt!«

Sie stieß ihm die Fäuste gegen die Brust, sodass er gegen die Tür stolperte.

Er setzte seinen verletzten Hundeblick auf. »Du schubst mich weg? Jetzt, da ich in Lebensgefahr bin und dich am dringendsten brauche?«

Sie wollte antworten, hatte aber zu vieles zu sagen. Sie wollte sagen, dass *er* immer derjenige war, der weglief, wenn man ihn am dringendsten brauchte. Dass er auch sie in Lebensgefahr gebracht hatte, weil er den Mund nicht aufgemacht hatte. Er hatte auch gegen Nafraím keinen Finger krumm gemacht.

Woher wusste Nafraím, dass er krank ist? Kann er es riechen?

Am liebstem hätte sie gesagt, er solle sich zur Dränke scheren, damit sie in Ruhe den Teufel finden konnte. Das Geschöpf finden konnte, das einen Krieg zwischen Vardari und Blutleserinnen ausgelöst hatte.

Rugen zog sich wie ein schmollendes Kind zurück und verließ den Laden.

Juva blieb mit zitternden Armen stehen und starrte hinunter auf die Armbrust. Sie hörte die Tür vom Hinterzimmer knarren, schaute aber nicht hoch. Sie konnte spüren, wie er näher kam.

»Die nehme ich«, sagte sie.

KNOCHEN

Juva wartete die Abenddämmerung ab, bis sie durch die Laternenkoppel schlich, die Kapuze tief in die Stirn gezogen. Ein Monat noch bis zur Frühjahrs-Tagundnachtgleiche und die Stadt lag wie verprügelt in lila-blaues Licht getaucht da.

Keine einzige rote Laterne war zu sehen. Nur einige gelbe, die man bestimmt für sicherer hielt, weil sie nichts mit der Seidagilde zu tun hatten. Nie zuvor hatte sie diesen Ort so farblos gesehen. Die Straße der Blutleserinnen war ausgeblutet.

Die Unruhe meldete sich, sobald sie das Haus sah, blieb aber vage. Dösig. Vielleicht bloß die Nerven, oder Ewigwährende in gebührendem Abstand. Sie warf einen Blick über die Schulter, konnte aber hinter sich niemanden entdecken.

Das Sannseyr-Haus wirkte wie ein Geisterhaus. Dunkel und leblos, weder Licht hinter den hohen Fenstern noch Rauch aus den Schornsteinen. Die Blutleselaterne war abgerissen und auf den Absatz geworfen worden.

Eine zarte Eisschicht knackte unter ihren Füßen, als sie die Treppe hochstieg und sich beim Aufschließen beeilte, bevor sie der Mut verließ. Die Tür fiel hinter ihr geräuschvoll zu, wie sie es immer getan hatte. Ein unheilverkündendes Lied in der dichten, dunklen Diele.

Das beklemmende Gefühl ums Herz ließ nicht auf sich warten, und jetzt wusste sie, woher es kam. Es war ein weiterer Grund, warum sie sich hier nie zu Hause gefühlt hatte. Nie Ruhe gefunden hatte, nicht einmal als Kind. Sie teilte das Haus mit dem Teufel.

Oder hatte sie den Verstand verloren, nach allem, was geschehen war? So viel Tod … Mutters Körper, gekrümmt auf dem Boden. Die leblosen Blutleserinnen um den Tisch in der Bibliothek. Soldes hängender Kopf, als ob sogar der Tod sie langweilen würde. War ihr Gemüt verwundbar genug, um zusammenzubrechen und ihr einen Teufel zu liefern, dem sie die Schuld geben konnte?

Nein. Ich weiß, was ich gesehen habe.

Sie hatte damit abgeschlossen, an ihren eigenen Sinnen zu zweifeln. Niemand konnte sie mehr bestrafen oder die Wirklichkeit verdrehen. Sie war allein, und was blieb ihr da noch außer ihren Instinkten?

Ein Stapel Briefe lag auf dem Boden vor dem Briefschlitz. Auf einen waren das Siegel des Stadtrates und ihr Name geprägt worden. Sie öffnete ihn widerwillig. Die Worte zeichneten sich in der Dunkelheit ab, kühl und förmlich. Eine Aufforderung, beim Stadtrat Drogg Valsvik vorstellig zu werden, um einen Vertrag als Gildemeisterin zu besprechen und zu unterzeichnen. Die anderen Blutleserinnen hatten sie zum neuen Oberhaupt der Seidagilde auserkoren.

Juva warf den Brief weg und hörte ihr eigenes bitteres Lachen.

Sie wünschen mir den Tod.

Seit undenklichen Zeiten hatten sich Blutleserinnen um die Macht im inneren Zirkel bis aufs Messer bekämpft, und jetzt wollten sie die nicht haben. Jetzt, da der Posten als Oberhaupt den Tod bedeutete, da wollten sie ihn ihr zuschanzen. Oberhaupt einer Gilde, die sie am liebsten mit Gaula untergehen sehen würde? Das war geradezu lächerlich und so weit würde es nie kommen. Aber das Aufräumen im Stadtrat musste warten. Jetzt hatte sie etwas anderes zu erledigen.

Juva stellte den Rucksack auf die skelettartige Bank und holte die Armbrust heraus, auf das Schlimmste gefasst. Sie würde sich zumindest verteidigen können, wenn Nafraím oder ein anderer Ewigwährender auftauchte. Oder der Teufel.

Als ob man den Teufel mit einem Armbrustbolzen töten könnte.

Sollte sie im Kamin Feuer machen? Nein, dann konnten Leute sehen, dass sie zu Hause war. Auch Nafraím. Sie musste mit dem auskommen, was an Lampen und Laternen vorhanden war, und die Vorhänge zugezogen lassen.

Sie zündete eine Sturmleuchte an und begab sich hinunter in die Küche, um das Essen zu verstauen, das sie mitgebracht hatte. Niemand hatte sich seit der Stürzung hier aufgehalten und es roch muffig. Sie ging in die Kühlkammer und summte vor sich hin, um die Nerven zu beruhigen, als sie Käse, Eier, Brot und die kunstvolle Marmelade mit Lavendel vom Vinterhagen auspackte.

Der Keller war der naheliegendste Ausgangspunkt, darum spannte sie die Armbrust und machte sich daran, die Räume zu durchsuchen. Sie verrückte alte Weinregale, verschob Kästen mit Marmelade, Wurzeln, gepökelten Suppenknochen und Stockfisch; doch sie fand nur die ausgetretenen Steinfließen auf dem Boden. Sie klopfte mit den Knöcheln an die Wände. Alles klang stabil. Außerdem würde wohl niemand etwas Wichtiges an einem Ort verstecken, wo die Dienerschaft jeden Tag herumfuhrwerkte?

Sie ging wieder nach oben und durchstöberte die Diele, das Esszimmer, das Badezimmer … Sie hatte den Eindruck, als ob sich das Haus beim Durchsuchen verändern würde, weil sie es mit neuen Augen sah. Überall gab es mögliche Verstecke: breite Schubladen und Schränke, die Sockel der Bücherregale, die Gemälde, die groß genug waren, um Türen zu verdecken.

Fühlt sich so Verrücktsein an? Man sucht nach etwas, das man eigentlich gar nicht finden will?

Und was würde sie machen, wenn sie tatsächlich etwas fand? War der Teufel wie der Wolf im Märchen, oder war er so, wie man ihn sich in Undst vorstellte, ein Untier, das Seelen auffraß? Bei dem Gedanken bekam sie Gänsehaut. Nafraím war das Schlimmste, was sie sich vorstellen konnte; was also, wenn sie etwas noch Schlimmeres fand? Würde der Abend damit enden, dass sie die Ewigwährenden anflehte, ihn sich zu holen?

Juva ging von Zimmer zu Zimmer, sich völlig im Klaren, dass sie die Bibliothek ausließ. Als ob sich ihr ganzer Körper entsann, was sie dort gesehen hatte, und sie zurückhielt. Auch das Dach überprüfte sie, ein Wirrwarr in allen Winkeln, wegen der turmartigen Aufbauten. Dazu gehörte eine mit Steinplatten gepflasterte Fläche in der Mitte, umgeben von einer alten Steinmauer. Dort fand sie nur einen zerschlagenen Blumentopf und einen Holzschemel.

Sie kehrte wieder nach unten zurück und zwang sich, die Bibliothek zu betreten. Rechnete mit einer Reaktion auf die Erinnerung, doch der Raum schlief in dem blauen Halbdunkel. Nichts deutete darauf hin, dass sich dort etwas Schreckliches abgespielt hatte, abgesehen von dem Raben, der aus seinem Glaskasten starrte.

Die Bücherregale waren nie verschoben worden, soweit sie sich erinnern konnte; zu beiden Seiten des Raumes verliefen Flure, deren Wände aber zu dünn waren, um dort etwas zu verstecken. Sie klopfte von innen mit den Fäusten die offene Feuerstelle ab. Sie fand Asche und Staub. Sonst nichts.

Juva wischte sich die Hände an der Hose ab und kehrte ins Blutlesezimmer zurück. Sie musste nachdenken. Das Haus war groß, es brachte nichts, aufs Geratewohl zu suchen. Der Wolf schielte vom Wandgemälde argwöhnisch zu ihr, wie um ihr zu sagen, wo er war, doch sie hatte bereits die ganze Wand abgesucht, ohne etwas zu finden, was Rissen oder Geheimtüren ähnlich sah. Bei ihr stellte sich das Gefühl ein, dass Urgroßmutter aus dem Jenseits über sie lachte.

Síla Sannseyr … Sie hatte das Bild gemalt. Hatte sie dieses Haus gekauft, weil es hier etwas Teuflisches gab, oder hatte sie hinterher etwas Teuflisches hierhergeschafft? Einen Wolfskranken oder einen Ewigwährenden, der Vater das Leben gekostet hatte? Warum?

Der Teufel ist das Blut.

Das hatte Mutter gesagt. Bedeutete das, dass Ewigwährende und die Seidagilde bei den Blutperlen zusammengearbeitet hatten, schon seit Urgroßmutters Zeiten? Für Geld und Macht als Blutleserinnen? Und wie passte die Karte ins Bild, die Karten hatten doch auch ihr gehört …

Juva setzte sich an den Tisch, wo jeder Kunde einen Tropfen geopfert hatte, bis sich das Holz in der Mitte rostrot getrunken hatte. Sie frickelte die Karte aus dem Schnürmieder. Nafraím hatte deren Bedeutung auch nicht begriffen, dann kannte vielleicht nur die Seidagilde das Geheimnis? Oder war das eine falsche Fährte? Sie nahm die anderen Karten aus dem Kästchen und breitete sie auf dem Tisch aus. Das Wissen, dass Mutter das Gleiche getan hatte, so unendlich oft, hinterließ einen stechenden Beigeschmack im Mund.

Juva starrte auf die Karten. Aus keiner wurde sie schlauer. Falls die Symbole und die Bedeutungen der Karten etwas zu sagen hatten, würde sie hier noch sitzen, bis sie graue Haare bekommen hatte. Abgesehen von den Motiven waren die Karten identisch. Derselbe Stil mit denselben Rahmen, abgesehen von …

Den Ecken …

Die Teufelskarte war anders! Alle Karten hatten die gleichen Borten, mit vier Pünktchen in den Ecken, wie die Augen auf einem Würfel, aber auf der mit dem Teufel war keine Ecke wie die andere. Einige Pünktchen waren ganz schwarz und einige leer, waren nur Umrisse. Das Detail fiel fast gar nicht auf, man musste davon wissen, um es zu sehen. Konnte es Abnutzung sein? Nein, die Karten waren zwar alt, aber keine andere Karte hatte einen vergleichbaren Fehler. Es sah wie Absicht aus.

Sie bekam Gänsehaut auf den Armen. Das eingebrannte Motiv wirkte lebendig im kümmerlichen Schein der Sturmleuchte. Sie strich mit den Daumen über die Pünktchen, um sich zu vergewissern, dass sie nicht fantasierte, doch das hier war echt. Die Wirklichkeit, mit der sie sich immer abgemüht hatte, fühlte sich solider denn je an.

Gedanken und Erinnerungen kämpften in ihrem Kopf um die Wette, zu viele, um sie zu kanalisieren. Dinge, die Mutter gesagt hatte, der Eisenwolf, den sie gesehen hatte, das Herz, das geflimmert hatte, Blutperlen und Wahrsagungen. Juva legte die Hand an die Brust und spürte die harten, ungleichmäßigen Schläge. Der Teufel war ihr ein Leben lang gefolgt.

Reiß dich zusammen! Du glaubst nicht an den Teufel!

Das Totenhorn erschallte in der Ferne. Ein Signal eines weitaus handfesteren Bösen, aber sie musste dem hier auf den Grund gehen.

Sie musste die Furcht ablegen. Klar denken oder zugrunde gehen am Aberglauben, der sie immer umgeben hatte. Sie suchte nach etwas oder jemandem, und sie hatte ihn gesehen. In einem Schrank oder einem Käfig, draußen in der Diele. Das war lange her; wenn es ein Wolfskranker war, wäre er jetzt tot. Aber es konnte ein Ewigwährender sein … Ein Mann, der ihr Herz angriff, so wie Nafraím. Dennoch war es ein lebendiges Geschöpf, das Luft, Wasser, Essen brauchte …

Wer hatte dafür gesorgt? Mutter?

Der Gedanke war geradezu lächerlich, Mutter hatte sich kaum um sich selbst kümmern können. Wenn sie Esters Gasthaus geleitet hätte, wäre jede einzelne Pflanze über Nacht eingegangen. Juva atmete aus, leichter im Körper. Selbstverständlich war hier niemand. Wenn es den Teufel gab und er von Mutter abhängig gewesen wäre, dann hätte einem der Arme leidtun können. Lagalune war schon immer impulsiv, wankelmütig und träge gewesen.

Mutter war faul ...

So faul, dass sie es sich einfach gemacht hätte, um an ein Geheimzimmer heranzukommen!

Juva sprang auf die Füße und lief in Mutters Zimmer. Sie guckte noch einmal unter dem Bett, im Kamin und in den Schränken nach. Keine losen Fliesen, nichts, was man hätte aufdrücken können. Die Kommode ließ sich nicht verrücken, sie öffnete aber die Schubladen und durchwühlte Schnürmieder, Schmuck und Zigarren. Die unterste Schublade war abgeschlossen, aber was für einen Teufel konnte man in einer Schublade unterbringen? Trotzdem ...

Juva fand den Schlüssel auf dem Nachttisch, drehte ihn im Schloss um und zog die unterste Schublade auf. Sie starrte auf einen hübsch zusammengelegten Stapel Spitzenunterwäsche. Offenbar nicht benutzt, weil alles andere, was sie bisher gesehen hatte, unordentlich war. Warum war sie abgeschlossen, Mutter hatte doch nie zur schüchternen Sorte gehört? Intime Gegenstände lagen hier drinnen in der Regel überall herum.

Juva ließ die Hand über den Boden gleiten. Da war nichts, aber ... die Seitenwände wirkten dicker als in den anderen Schubladen.

Die hat einen doppelten Boden!

Sie rüttelte am Griff, doch die Schublade weigerte sich, ganz aus der Kommode zu kommen. Sie legte die Hände auf die Innenseite und hob sie an. Das ganze Innenleben der Schublade folgte. Juva warf den Kasten mit der Unterwäsche beiseite und starrte auf das, was einmal so sorgsam versteckt gewesen war.

Ein aufgerolltes Tau und ein leerer Jutesack. Sie seufzte vor Enttäuschung. Es musste einen Grund geben, das zu verstecken. Das Tau hatte an beiden Enden Haken. Der eine hing in einer Befestigung in der massiven Holzfront. An dem Sack war nichts Besonderes, aber sie öffnete ihn trotzdem. Brotkrümel. Und der Geruch von ranzigem Fett.

Essen ...

Die Angst durchflutete ihren Körper und machte die Finger steif, die aber dennoch die Ränder der Schublade abtasteten. Sie musste finden, wonach sie suchte, denn es ging um mehr als nur um den Teufel. Sie suchte nach sich selbst, und nach einer Wahrheit, auf die sie schon viel zu lange gewartet hatte. Das Haus hatte sich um diesen einen Raum verengt, um diese eine Schublade. Es gab nichts anderes.

Da war ein eingesetztes Verbindungsstück im Boden, und das fühlte sich locker an.

Das ist ein Taschenspielertrick! Eine Trickkiste!

Die Geschäfte um den Náklaring boten so etwas in Massen an! Schachteln, in die man etwas legte, und wenn man sie wieder aufmachte, waren die Gegenstände fort. Weil man sie in ein Geheimfach schob, wenn man sie schloss.

Juva stand auf und ging wie betäubt wieder in die Kühlkammer zurück, nahm ein Zicklein ab, das zum Reifen unter der Decke hing, sich schmerzlich im Klaren darüber, dass sie sich wie eine Geisteskranke aufführte. Das hier war ohne Zweifel das Dümmste, was sie je gemacht hatte.

Sie ging wieder in Mutters Zimmer hinauf, legte das Zicklein in den Jutesack und befestigte den am Haken des Taus. Dann schloss sie die Schublade. Sie hörte ein Knacken, gefolgt von dem unmissverständlichen Geräusch vom Tau, das sich beim Fallen abrollte. Dann ein Ruck in der Front der Schublade und es wurde still.

Wie tief war der Sack gefallen? Vier, fünf Manneslängen, vielleicht mehr?

Juva starrte auf ihre Hände, die auf den Schenkeln zitterten. Ihr war übel. Schwindelig. Im Herzen stach es beim Atmen, und sie hörte ein Echo von der gestotterten Selbstverteidigung des Koches, als Mutter gestorben war.

Was hat sie nicht gegessen, sie ... sie isst wie ein Bär.

Aber nichts passierte. Natürlich nicht. Wenn der Teufel tatsächlich in diesem Haus gewesen war, dann wäre er jetzt schon verhungert. Niemand hatte ihn seit dem Tod von Mutter gefuttert.

Du hast den Verstand verloren, Juva. Es ist vorbei.

Sie war wieder Kind. Das kleine Mädchen, das sich eingebildet hatte, es hätte den Teufel gesehen, und ihn gezeichnet hatte. Mutter hatte sie geschlagen, ausgelacht, bedroht. Hatte sie Teufelsbalg genannt, gesagt, dass sie den Mund halten musste, damit sie ihn nicht wieder heraufbeschwor. Das Untier, das Vater getötet hatte.

Genug. Jetzt war es genug.

Es gab keinen Teufel. Sie war von diesem Haus, von Blutleserinnen und den Ewigwährenden kaputtgemacht worden. Sie war in einen Krieg um Blutperlen hineingezogen worden, der sie nichts anging. Sie musste weg. Das Haus verkaufen oder es niederbrennen, nach Fimle oder Skaug umziehen und endlich frei werden.

Ja. Das sollte sie machen.

Sie fühlte sich vor Erleichterung fast gewichtslos. Sie öffnete die Schublade einen Spaltbreit und sah, dass der Boden im Verbindungsstück eingehängt war. Das Tau baumelte hinab in eine Dunkelheit, deren Ende sie nicht erkennen konnte, und sie zog es wieder hoch. Sie bildete sich ein, dass es leichter war, als es sollte.

Juva nahm den Sack aus der Schublade und öffnete ihn. Das Zicklein war fort. Nur ein Haufen abgenagter Knochen war übrig geblieben. Sie ließ den Sack fallen, krabbelte rückwärts bis zur Wand und übergab sich.

DER EISENWOLF

Juva presste den Rücken gegen die Wand. Die Angst schnürte ihren Brustkorb ein wie ein Gürtel aus Eis. Sie tastete nach der Armbrust und zielte auf die Kommode, als könnte Gaula daraus hervorkriechen. Ihr Arm begann zu zittern, sie musste ihn mit dem Knie abstützen.

Wir haben mit dem Teufel zusammengewohnt.

Aberglaube und Mystik hatte sie mit der Muttermilch eingesogen. In allen schaurigen Formen und aus allen Ecken der Welt. Verbotene Bücher, verzierte Totenschädel, Pestmasken, Eingeweide in Gläsern, getrocknete Zungen von Geisterbeschwörern und grauenvolle Darstellungen von Blutopfern, aber das hier …

Das hier war das Schlimmste. Das abgenagte Gerippe eines Zickleins. Ein Jutesack mit bleichen Knochen, so restlos frei von Fleisch, dass sie uralt sein konnten. Sie hatte ihre Unterhaltung mit den Männern am Lagerfeuer draußen im Wald vor Augen.

»Was ist das Unheimlichste, was du je gesehen hast?«

»Essensreste …«

Juva hörte sich selbst lachen. Die Angst nahm ab und wurde zu der vertrauten Überlegung, ob sie den Verstand verloren hatte. Die Gedanken wirbelten durch ihren Kopf, kleine Flöße auf stürmischem Meer. War das hier Einbildung? War es nicht passiert, oder hatte sie es verursacht? Trieb jemand Schabernack mit ihr? Ein letztes Drama von Lagalune, maßgeschneidert, um das Teufelskind in den Wahnsinn zu treiben. Vielleicht die Ewigwährenden, aus Rache, weil Mutter ihnen getrotzt hatte. Und jetzt hatten die sie verrückt gemacht.

Nein! Ich war nie diejenige, die verrückt war.

Der Beweis lag vor ihr, in einer geöffneten Kommodenschublade. All die Male, bei denen sie gespürt hatte, wie ihr Herz raste, bei denen sie den Halt verloren und sich gefragt hatte, was Wirklichkeit war … Es gab einen Grund dafür. Sie hatte etwas gesehen, was sie nie hätte sehen dürfen, etwas, wofür Mutter sie gequält hatte, um sicherzugehen, dass sie es vergaß, aber es war immer noch da.

Drei metallische Schläge gegen die Außentür rissen Juva aus ihrer Benommenheit. Das Gedankengewirr spitzte sich zu einer einzigen Frage zu.

Verdammt, was soll ich tun?!

Und wenn es Nafraím war? Sie war am Leben, weil sie nichts wusste. Solde hatte ihren Platz eingenommen und war dafür gestorben. Sie würde nie verheimlichen können, was sie jetzt wusste, und das würde ihr Ende sein.

Lass sie nie eine schwache Blutleserin sehen.

Ausnahmsweise war ihr der eingebläute Spruch willkommen. Juva erhob sich und ging in die Halle. Sie legte die Armbrust auf die Treppe, senkte die Schultern und wischte sich die verschwitzten Hände an der Hose ab. Dann öffnete sie die Tür.

Draußen stand ein Junge, etwas älter als ein üblicher Laufbursche und wesentlich besser gekleidet.

»Frú Sannseyr, ich bitte um Verzeihung, dass ich dich in deiner Trauer störe, aber ich bin Gesandter einer Kundin, deren Name bis auf Weiteres ungenannt bleiben muss, und sie lässt dir ihr tiefstes Beileid ausrichten.«

»Danke«, antwortete Juva und versuchte, die Tür wieder zu schließen, aber der junge Gesandte schob den Fuß dazwischen.

»Sie hat deine Mutter gekannt und würde die Kundenbeziehung natürlich sehr gern fortsetzen.«

»Richte ihr schöne Grüße und meinen herzlichsten Dank aus, aber ich habe keine Kunden. In diesem Haus gibt es keine Blutleserinnen mehr.«

»Nun, wir verstehen, dass es … kompliziert ist, und wir versichern, dass wir den Kontakt sowohl großzügig honorieren als auch vertraulich behandeln werden.«

Juva hätte über seine Ausdrucksweise gelacht, wenn die ganze Situation nicht so tragisch gewesen wäre. Sie begriffen also, dass die Blutleserinnen nach den Morden Angst hatten, und dennoch wollten sie Auskunft über ihr eigenes Schicksal?

»Ich habe keine Kunden«, wiederholte Juva. »Weder öffentlich noch heimlich. Aber trotzdem vielen Dank.«

Sie schloss die Tür. Fast im selben Moment klopfte es wieder. Sie öffnete einen Spaltbreit und spähte hinaus. Ein anderer Laufbursche, einfacher gekleidet. Wie zur Dränke konnten sie wissen, dass sie hier war, hatte irgendwer eine verdammte Bekanntmachung auf dem Brennmarkt ausgehängt, oder was?

»Juva Sannseyr? Ich habe eine Nachricht von Stadtrat Valsvik, er hat versucht, dich zu erreichen, es geht um das Amt des Oberhaupts der Seidagilde, das besetzt …«

»Richte dem Stadtrat aus, wenn er mir etwas zu sagen hat, soll er sich auf eigenen Beinen hierherbemühen«, sagte Juva und war sicher, dass das niemals passieren würde, denn Drogg Valsvik war der fetteste Mann in Náklav.

Sie schloss die Tür und lauschte noch eine Weile, um sicherzugehen, dass der Bote wieder verschwand. Das tat er, aber kurz darauf kam er wieder die Treppe herauf. Juva riss die Tür auf, und da stand Broddmar vor ihr. Gekleidet in Rot.

Das Totenhorn …

Die Wolfsseuche war wieder ausgebrochen, aber sie war trotzdem froh, ihn zu sehen. Broddmar würde verstehen. Mit ihm konnte man reden.

Nein … Nicht darüber.

Die Last ihres Wissens konnte sie mit niemandem teilen. Wissen hieß sterben.

Broddmar ging an ihr vorbei in die Halle, dicht gefolgt von dem Wolf. Er zog die rote Maske herunter und warf einen Blick zur Armbrust auf der Treppe.

»Wohl gut, dass ich gekommen bin«, sagte er.

Juva biss sich auf die Lippe, während sie nach einer Erklärung suchte, aber danach fragte Broddmar nicht.

»Keine Waffen und kein Kontakt«, sagte er barsch. »Halte Abstand, sowohl zu mir als auch zu dem Kranken, bis er tot ist. Du beobachtest, mehr nicht, und du tust, was ich sage, verstanden?«

Er will mich mitnehmen!

Juva nickte. Sie konnte nicht Nein sagen, dann hätte er begriffen, dass etwas nicht stimmte. Um diese Chance hatte sie ein Jahr lang gebettelt. Der Zeitpunkt war der denkbar schlechteste, aber sie war trotzdem erleichtert, von hier wegzukommen.

Sie wollte fragen, warum er nachgegeben hatte, aber sie kannte die Antwort. Die Morde gaben ihr das Recht. Solange er glaubte, dass ein Wolfskranker Solde und die anderen geholt hatte, konnte er ihr die Rache nicht abschlagen.

Juva hatte keine Jagdkleidung dabei, aber sie hatten es eilig, also musste genügen, was sie am Leib trug. Eine Hose, in der man gut laufen konnte, und ein warmes Wollhemd mit Kapuze. Nicht für die Blutarbeit gemacht, aber sie sollte ja nur zusehen. Als sie gingen, überzeugte sie sich sorgfältig, dass die Haustür abgeschlossen war. Solange sie zurückdenken konnte, hatte das Schloss nie versagt, aber auf einmal wirkte es armselig. Für jemanden, der es darauf anlegte, wäre es sicher ein Leichtes, hineinzukommen.

Oder hinaus …

Skarr umkreiste sie, obwohl er ihr schon früher begegnet war. Diesmal war sie der Neuling. Ein wachsamer, gelber Blick traf sich mit ihrem, und sie konnte sich vorstellen, was der Wolf dachte.

Du jagst die Meinen, jetzt jage ich die Deinen.

Broddmar schnalzte mit der Zunge, und dann eilten er und der Wolf voraus. Sie zögerten nicht, also wussten sie, wohin sie wollten. Juva folgte ihnen hinauf nach Ringmark, dem ältesten Teil der Stadt, rund um den Náklaring. Das Totenhorn hatte die meisten Leute in die Häuser gescheucht, aber hier nicht. Hier spazierten sie an Broddmar vorbei und taten so, als sähen sie ihn nicht. Die Leute in Ringmark hatten ein robustes Gemüt, als könne ihnen das ganze Elend nichts anhaben.

Aber die Wolfsseuche unterschied nicht zwischen Leuten und Blutsüchtige gab es in allen Schichten.

Oben am Brennmarkt hatte die Ringgarde zwei tote Wölfe an einem Galgen aufgehängt. Enthäutet baumelten sie an den Hinterbeinen. Die Leute betrachteten die Kadaver scheu und vermieden es, ihnen zu nahe zu kommen. Juva empfand eine Abscheu, von der sie wusste, dass sie kein Recht dazu hatte, aber das hier war keine Jagd. Das hier war ein sinnloser Versuch, so zu tun, als würde man etwas gegen die Seuche unternehmen.

Broddmar ging den Sargsteig entlang und bog in eine Seitenstraße, wo die Ringgarde vor einem Mietshaus des alten Typs bereitstand, das reich mit Steinfiguren verziert war. Verwitterte Fangarme wanden sich um die Fenster, als ob Gaula höchstselbst im Begriff wäre, das Haus zu fressen. Die Bewohner hatten sich auf der Straße versammelt, dünn gekleidet und frierend. Eine hysterische Frau kämpfte darum, ins Haus zu gelangen, wurde aber von der Ringgarde zurückgehalten.

Juva ging näher heran, um das Gespräch zwischen Broddmar und den Wächtern hören zu können. Die Wolfskranke war eine hier wohnende Haushälterin, die ihren Mann in einem Schlafzimmer im Keller getötet hatte. Jetzt hatte sie sich im ersten Stock verschanzt, im Wohnzimmer der Familie, für die sie arbeitete. Die aufgeregte Frau gehörte zu dieser Familie. Ihr Mann und ihre neunjährige Tochter befanden sich weiterhin im Haus. Niemand wusste, ob sie noch lebten.

Broddmar überließ den Wolf einem nervösen, widerstrebenden Wächter und winkte Juva, mit ihm ins Haus zu gehen. Sie folgte ihm die Treppe hinauf, bis er vor einer Eichentür mit blank polierten Messingbeschlägen stehen blieb. Jemand hatte einen Stuhl davorgestellt, um die Erkrankte einzusperren. Unheimliche Geräusche drangen durch die Tür. Eine Art fieberhaftes Scharren und wütende Schreie. Dann war Stille.

Juva fühlte, wie ihr Herz klopfte. Zaghaft und unsicher. Das hier war weder Wolf noch Vardari, aber *etwas* war da, und sie konnte es spüren!

War es das, was sich daheim in ihrem Haus befand? Hatte sie gerade ein tobendes, blutrünstiges Ungeheuer gefüttert? Sie verbarg die Hände hinter ihrem Rücken, damit Broddmar nicht sah, wie sie zitterten.

Ein Mann rief etwas und klopfte unermüdlich irgendwo gegen. Dann waren die Schreie und das Scharren wieder zu hören. Mehrere Male. Die Geräusche waren gedämpft, kamen aus einem anderen Zimmer als dem gleich hinter der Tür. Juva ballte die Fäuste und versuchte, die Schreckensbilder von dem, was da vor sich gehen mochte, zu vertreiben.

Broddmar entfernte den Stuhl vorsichtig. Er zog eines der Messer aus seinem Gürtel und gab es Juva.

»Zweite Alternative«, flüsterte er.

Juva griff begierig danach, sie fühlte sich vollkommen nackt ohne Messer. »Was ist die erste?«

»Wegrennen.«

Juva starrte auf sein zahnloses Grinsen und musste sich in Erinnerung rufen, dass er das hier schon oft getan hatte. Er legte die Hand auf die Türklinke, wartete, bis das Schreien wiederkam, und öffnete die Tür ein klein wenig. Er hob die flache Hand, ein Jagdzeichen, das besagte, sie solle sich ruhig verhalten. Dann zog er ein weiteres Messer und ging hinein. Die Tür blieb einen Spaltbreit offen.

Der Raum dahinter war eine Stube in Blassrosa und Gold. An ihrem Ende befand sich eine offene Tür, neben einem Kamin aus blank poliertem Marmor. Die Adern darin waren rosa, damit es zu den Wänden passte. Es hätte königlich ausgesehen, wären da nicht die Blutspuren gewesen. Sie bildeten schmierige Streifen, als hätte jemand vergeblich versucht, sich in den Schornstein hineinzukratzen.

Die Feuerstelle war tot, abgesehen von der Asche, die aus dem Schornstein herabrieselte. Juva blinzelte, aber der Ascheregen war ebenso schnell verschwunden, wie er gekommen war.

Broddmar bewegte sich wie eine Katze auf einem Gartenzaun, langsam und sich sehr bewusst, wohin er die Füße setzte. Die flachen roten Blutflaschen hatte er sich auf den Rücken geschnallt, es sah aus, als würden sich unter seinem Anzug Flügel verbergen.

Die Schreie verstummten wieder. Schritte näherten sich. Broddmar sprang um die Ecke eines Bücherschranks und verbarg sich dahinter, gerade noch rechtzeitig, bevor die Frau hereinkam. Sie humpelte auf den Kamin zu, als sei sie verletzt. Ihre Finger waren blutig und wund, sie hatte sich damit in die Haare und ins Gesicht gefasst. Und an den Bauch … Juva erstarrte. Die Frau erwartete ein Kind und sie hatte sie schon einmal gesehen. Daheim im Wartezimmer, an dem Tag, als sie nach Hause gekommen war.

Vera …

Kein Wunder, dass sie Angst vor der Geburt gehabt hatte, sie war eine Blutsüchtige!

Und ich habe ihr gesagt, alles würde gut gehen.

Juva spürte ein Kribbeln in den Wangen, als würde ihr gleich schlecht werden. Broddmar spähte um die Ecke des Bücherschranks zu der Frau, die mit dem Rücken zu ihm am Schornstein kratzte, wie sie es offenbar schon mehrmals getan hatte. Dann setzte das Klopfen wieder ein und das panische Gebrüll eines Mannes in dem Zimmer, aus dem sie gekommen war. Vera hörte auf zu kratzen und blickte hoch.

Der Mann … das Mädchen! Der Schornstein!

Urplötzlich begriff Juva, was hier vor sich ging. Das Kind war in den Schornstein geklettert, und der Mann hatte sich in einem anderen Zimmer verschanzt. Er machte Lärm, um die Frau abzulenken, damit sie das Mädchen nicht fand.

Juva klammerte sich an den Türrahmen und atmete tief ein, um die Übelkeit zurückzudrängen. Die Frau wandte sich dem Radau im Nachbarraum zu. Sie kräuselte die Nase wie ein Wolf. Ihr Blick war wild und kalt, frei von jeder Menschlichkeit. Trotzdem lag ihre Hand auf dem Bauch, als hätte sie immer noch den Instinkt, das ungeborene Leben zu beschützen.

Broddmar sprang hervor, hob das Messer zum tödlichen Stich, hielt jedoch abrupt inne. Zögerte. Er starrte auf den Bauch der Frau, und sein Arm fiel kraftlos wieder herab.

Nein!

Juva stürzte mit gezücktem Messer ins Zimmer, und die Kranke kam furchtlos auf sie zugerannt. Sie wäre direkt ins Messer gelaufen, hätte Broddmar sie nicht eingeholt. Die Frau blieb abrupt stehen und warf den Kopf zurück. Aus ihrer Kehle drangen gurgelnde Geräusche. Ein Zucken ihres Körpers verriet, dass Broddmar sein Messer aus ihrem Rücken zog. Sie fiel auf die Knie und sackte zur Seite. Das Murren in Juvas Herz verstummte.

Broddmar stand da wie angewurzelt. Sein Blick bohrte sich in Juva, als flehte er sie an, aber es gab nichts, was sie für ihn tun konnte. Die Rufe des Familienvaters wurden immer verzweifelter.

Juva stieß Broddmar an. »Geh zu ihm. Sag ihm, was passiert ist.«

Broddmar erwachte und lief ins Nebenzimmer. Juva ging zum Kamin. Sie wollte sich gerade bücken und hinauf in den Schornstein schauen, als ihr einfiel, dass sie wohl einen Stein auf den Kopf bekommen würde, falls ihre Vermutung richtig war.

»Du kannst jetzt rauskommen«, sagte sie stattdessen. »Vera ist tot, deine Eltern warten auf dich.«

Ein Scharren kam aus dem Schornstein, und dann erschienen zwei nackte Beine. Ein schwarzhaariges Mädchen landete zwischen den verkohlten Holzscheiten, über und über schmutzig. Helle Linien liefen ihr übers Gesicht, Spuren der Tränen, die die Asche weggespült hatten. Das Nachthemd, das sie anhatte, war sicher sauber gewesen, bevor der Abend zu einem Albtraum geworden war.

Juva ging in die Hocke und das Mädchen fiel ihr um den Hals. Die dünnen Arme klammerten sich fest, und der kleine Körper zitterte erbärmlich. Der Preis für das Wolfsblut war Juva nie höher erschienen. Sie kniff die Augen zusammen. Nur nicht zusammenbrechen, sie musste durchhalten, sich Broddmar gegenüber als würdig erweisen. Nie mehr Wolfsblut. Sie würde aufhören zu jagen. Wenn es nach ihr ging, konnte der verdammte Steinkreis verrotten. Sollten die Leute doch mit Schiffen reisen, so wie auf Undst. Dort hatten sie keine Reisesteine, und sie überlebten auch! Nichts konnte das hier wert sein.

Sie fühlte den starken Drang zu sagen, dies hier werde vorbeigehen, aber Juva wusste, dass das kleine Mädchen es niemals vergessen würde.

»Ich heiße Juva«, murmelte sie ins Haar des Mädchens. »Juva Sannseyr. Und falls jemand dir einreden will, dass du nicht gesehen hast, was du heute Abend gesehen hast, dann komm zu mir.«

Sie merkte, wie das Mädchen an ihrer Brust eifrig nickte.

Broddmar kam herein, mit einem Mann, dessen Gesicht ebenso streifig von Tränen war wie das seiner Tochter. Juva befreite sich aus den Armen des Mädchens, und der Vater zog sie mit gequältem Gesichtsausdruck an sich. Broddmar ging zum Fenster und gab ein Zeichen. Einen Augenblick später war der Raum voll von Ringgardisten, Wächtern und der schluchzenden Mutter des Mädchens.

Juva starrte auf die Blutspuren am Schornstein.

Der Schornstein … Das ist der beste Ort, um jemanden zu verstecken.

Zu Hause hatte sie alle Schornsteine untersucht, ohne etwas zu finden, was an Risse oder Öffnungen erinnerte. Waren sie vielleicht zugemauert worden?

Juva ging auf die Tür zu, hörte aber Broddmar hinter sich. »Wir sind noch nicht fertig.«

Die Ringgardisten gingen durchs Haus und überzeugten sich, dass alles in Ordnung war, bevor sie es wieder verließen. Die Leiche ließen sie liegen. Juva erinnerte sich, was das bedeutete, und fühlte sich unendlich erschöpft.

Das Blut. Sie wird an die Steine verfüttert.

Broddmar gab Anweisungen und Juva gehorchte. Sie trugen Vera ins Badezimmer und legten sie in den Zuber. Broddmar brach die Reißzähne heraus. Dann packte er ihre Beine und zog sie hoch, so weit seine Kräfte reichten.

»Nimm die Flaschen«, stöhnte er, und Juva löste die beiden ledernen Blutflaschen von seinem Rücken. Sie waren größer als die, die sie bei der Wolfsjagd mitführten. Sie reichte ihm die Flaschen, aber er schüttelte den Kopf. Das hier war ihre Aufgabe.

Ich dachte, ich sollte nur zusehen?

Juva hätte am liebsten die Flaschen hingeworfen und wäre gegangen. Sie wusste nicht mehr, was sie hier machte, und wollte weg. Nach Hause. Und sei es zu einem wolfskranken Teufel oder einem verdammten Ewigwährenden. Alles war besser als das hier.

Aber sie hatte so viele Wölfe ausgeblutet, dass die Hände ihr von ganz allein gehorchten. Sie öffnete den Verschluss und legte die Gießtülle an Veras Hals. Dann schlug sie zu, ein fester Schlag, und die messerscharfe Tülle versank in der Haut. Der rote Lederbeutel dehnte sich sofort aus.

»Beeil dich«, sagte Broddmar, der anfing zu schwitzen. Er fasste nach, um die schlaffen Beine besser in den Griff zu bekommen.

Juva zog die Tülle heraus, die ein makabres Schmatzgeräusch von sich gab. Sie schraubte den Verschluss auf die pralle Lederflasche, während das Blut weiter hinunter in den Zuber lief. Sie wechselte die Flasche, so schnell sie konnte. Der Wechsel war immer eklig. Etwas in eine offene Wunde hineinzuschlagen kam ihr unmenschlich vor. Und es war fast unmöglich, nicht zu kleckern.

Die Frau wurde bleich und die Flaschen füllten sich. Juva befestigte sie wieder auf Broddmars Rücken, und er scheuchte sie aus dem Raum. Das Aufräumen überließen sie der Ringgarde.

Draußen hatte es angefangen zu regnen. Die Tropfen gefroren zu Eis, sobald sie irgendwo auftrafen, bildeten dünne Nadeln, die unter ihren Füßen zerbrachen, und frostige Klumpen an Haaren und Kleidung.

Sie sprachen kein Wort, während sie gingen. Skarr lief voraus, so weit die Leine es erlaubte, musste aber andauernd auf sie warten. Das Eis glitzerte in seinem Fell, dessen Geruch ihr in die Nase stieg, wild und nass. Sie wünschte, sie hätte ihn mit nach Hause nehmen können, um sich sicherer zu fühlen. Aber warum hätte ein Wolf bei einer Jägerin sein wollen?

Vor dem Sannseyr-Haus blieben sie stehen.

Broddmar klopfte ihr ein paarmal linkisch auf die Schulter. Eisperlen glitzerten in seinen Bartstoppeln. »Ich hätte nicht gedacht, dass …«

»Nein …«

»Willst du, dass ich …?«

»Nein.«

Er nickte. »In Ordnung. Denk ein paar Tage darüber nach. Ich komme vorbei.«

Juva ging die Treppe hoch und schloss die Haustür auf. Die dunkle Halle mit der glänzenden schwarzen Treppe wirkte unerwartet heimelig. Eine Illusion, hervorgerufen von dem, was sie gerade gesehen und getan hatte. Die plötzliche Anwesenheit im Herzen sagte ihr, dass der Teufel immer noch im Haus war. Im Wald waren es oft die Raben, die zu Wölfen führten, und Juva wusste, welchem Raben sie folgen sollte.

Sie streifte die Schuhe ab und ging in die Bibliothek. Das ausgestopfte Federvieh schien mehr Funkeln in den Augen zu haben als sonst.

Der protzige Schrank, in dem es stand, war größer als sie und schwer zu verrücken. Es gab auch keine Schleifspuren auf dem Fußboden, die darauf hingedeutet hätten, dass er viel geschoben worden wäre. Aber vielleicht war etwas in ihm, im Sockel?

Juva holte den Schlüssel, von dem sie annahm, dass er der richtige war, aus der Nachttischschublade in Mutters Schlafgemach. Er war klein und golden, wie eine Brosche, und sie betrachtete ihn voller Ekel. Als hätte er sie zum Suchen gezwungen. Sie drehte ihn im Schloss und öffnete die Luke im Sockel des Rabenschranks. Zuoberst war die Geldkassette befestigt. Darin lagen ein paar Münzen von Besuchern, die sich zum Spaß hatten weissagen lassen. Ansonsten war sie leer.

Nein. Hier muss etwas sein.

Die Essensluke im Schlafzimmer war eine ausgeklügelte und gut verborgene Vorrichtung gewesen. Der Rabenschrank war vielleicht etwas Ähnliches. Etwas, das niemand entdecken sollte. Sie holte die Sturmlaterne und kniete sich vor die Luke. Tastete das Innere ab. Da war ein Hebel an der Rückwand, aber er saß fest. Sie stemmte die Füße gegen den Schrank und zog mit beiden Händen an dem Hebel. Der Schrank knirschte, dann gab es einen Ruck. Aus dem Schornstein kam ein dumpfer Laut.

Juva richtete sich auf. Unter dem Schrank hatte sich ein schmaler Spalt gebildet, und in den Ecken konnte sie kleine Messingräder erkennen. Sie hob die Arme und legte sie um ihren Kopf. Dann sah sie sich um, als wäre plötzlich jemand im Raum. Heilige Jól und verdammte Gaula, sie hatte die Wolfsseuche bekommen und ihren Verstand verloren. Ihr Herz machte Doppelschläge, als wollte es den Gedanken bestätigen.

Sie starrte den Schrank an. Es war nicht zu spät, noch konnte sie den Spalt wieder schließen. Konnte das Haus verkaufen und nach Kreknabork auswandern, irgendwohin. So tun, als wäre nichts von alldem geschehen. Was konnte schon schlimmstenfalls passieren?

Nafraím würde es finden … das Ungeheuer, das Mutter ihm nicht hatte geben wollen. Wolfsblut würde fließen, der Blutverbrauch würde zunehmen, und der Albtraum, den sie heute Abend erlebt hatte, würde weitergehen. Bis in alle Ewigkeit. Und die Vardari würden damit durchkommen.

Sie legte die Hände an die Schrankseiten und schob. Er begann zu rollen, aber nicht nur er. Die Wand dahinter bewegte sich mit. Juva schob weiter, während sie mit großen Augen beobachtete, wie sich im Schornstein ein klaffendes Loch auftat. Sie steckte den Kopf hinein und starrte in einen schwarzen, kühlen Abgrund.

Schienen aus rostfleckigem Stahl schimmerten in jeder Ecke, sie hatten zahnartige Rillen. Hier war vor langer Zeit eine Art Aufzug gewesen. Eine schmale Eisenleiter war an die Wand geschraubt, direkt unter ihr und so lang, dass sie das Ende nicht sehen konnte. Juva drehte mit zitternden Fingern den Docht der Sturmlaterne hoch. Das Licht wurde heller, aber der Abgrund war immer noch endlos.

Die Antworten, die sie nie erhalten hatte, fanden sich irgendwo dort unten, und selbst grauenvolle Antworten waren besser als gar keine. Irgendetwas war in diesem Haus, etwas, wofür Leute gestorben waren. Sie stand auf und holte die Armbrust aus der Halle. Spannte sie und hängte die Laterne an denselben Arm, sodass sie eine Hand zum Klettern frei hatte.

Sie setzte den Fuß auf die erste Sprosse. Vorsichtig, mit zunehmend mehr Gewicht. Die Leiter knackte, wirkte aber stabil. Sie begann zu klettern. Schnell wurde es kühler. Der Schacht reichte tief, weiter als bis in den Keller. Was zur Dränke konnte unter dem Keller sein?

Die Kaianlagen!

Die Geschichten über ihre Urgroßmutter begannen sich in ihrem Kopf zu drehen. Síla Sannseyr, die Frau, die dieses Haus von einem alten Hafenmeister gekauft und den Stadtrat gezwungen hatte, die Kais zu verlegen. Warum? Weil sie den Geruch von geräuchertem Wal hasste.

Er ist in einem der Räucherschächte …

Hier hatten die Schiffe angelegt, waren direkt bis an die Felswände gefahren, um ihren Fang abzuladen. Riesige Wale waren hier geschlachtet und geräuchert worden. Verdammt noch mal, sie konnte ja immer noch die morschen Pfähle der Landungsbrücken von ihrem Schlafzimmer aus sehen, wenn Ebbe war!

Ihre Füße fanden festen Boden. Ein hoher Tunnel führte schräg hinunter zum Meer.

Unter Mutters Zimmer und unter dem Weinkeller.

Juva hielt Armbrust und Laterne am ausgestreckten Arm und ging zögernd vorwärts. Das Ende des Tunnels schien nichts als eine schwarze Wand zu sein. Aber etwas war dort drinnen, auf der rechten Seite. Sie ging ganz bis zum Ende und stand vor einer Tür. Einer rostigen Eisentür mit einer schmalen, vergitterten Luke.

Die Tür … Das hier hatte sie schon einmal erlebt. Schon einmal gesehen. Schon einmal vergessen.

Der Schrank mit dem Wolf. Dem Eisenwolf.

Das Herz hämmerte in ihrer Brust, als wären es zwei. Heftig. Krampfhaft und unrhythmisch, vollkommen außerstande, die Gefahr einzuordnen. Der Atem staute sich in ihrem Hals, und die Armbrust drohte ihr aus der verschwitzten Hand zu rutschen. Sie legte die andere Hand an die rostige Eisentür. Sie war uralt, eine groteske, mechanische Vorrichtung mit Hebeln und Zahnrädern. Unter der Luke waren zwei Reihen Bolzen, die sich kaum von der Oberfläche abhoben.

Es roch metallisch, mit einem Unterton von Rauch und Meer. Das Licht in der Laterne flackerte. Juva war sieben. Erst sieben Jahre alt, und sie ging die Treppe hinunter, und sie konnte den Eisenwolf sehen. Das Ungeheuer im Eisenschrank. Sie stellte sich auf die Zehenspitzen und schaute durch die schmale Luke hinein. Es war nicht nur eine Luke, es waren zwei, wie sie jetzt sah. Weil die Vorrichtung ein Schrank war, ein Eisenschrank, mit einer Tür auf jeder Seite. Wie ein kleiner Raum, in die Felswand gemauert.

Sie hielt die Laterne hoch und versuchte zu erkennen, was im Inneren des Eisenschranks war. Es war dunkel. Leer. Der Umriss einer Gestalt zeichnete sich ab. Ein bleicher, nackter Mann. Schwarzhaarig. Juvas Herz schlug gegen rostiges Eisen. Schlug gegen die Tür. Nicht nur ihr eigenes Herz, sondern zwei. Zwei Herzen, die um die Wette schlugen. Fühlte es sich so an, wenn man starb?

Der Teufel hob den Kopf und sah sie an, mit milchweißen, blinden Augen. Die kannte sie nur aus Albträumen. Die Laterne fiel ihr aus der Hand. Sie zerbrach auf dem Steinboden und ließ sie in einer unerträglichen Dunkelheit zurück.

VERRÄTER

Nafraím drehte die Karte in der Hand um, obwohl er wusste, was auf der anderen Seite stehen würde. Eine scheinbar harmlose Einladung von Eydala an ausgewählte Ewigwährende. Als wäre sie jemals in der Position gewesen, sie zusammenzurufen. Schlimmstenfalls war es eine Falle. Bestenfalls eine Kriegserklärung, eine Herausforderung seiner Führungskraft. Aber er hatte gewusst, dass es so kommen würde, jetzt, da der Teufel für sie alle verloren schien. Sie waren verzweifelt.

Er knüllte die Karte zusammen, warf sie auf den Boden und sah Rugen an.

Der verwahrloste Mann stand an der Tür, regennass und sichtlich mit seinen Nerven am Ende, während er das wenige herunterhaspelte, was er zu sagen hatte.

»... und ich hätte sie auf jeden Fall zum Reden gebracht, wenn du mir mehr Zeit gegeben hättest! Wenn du nicht gesagt hättest, dass ich krank bin, hätte ich mehr bekommen, also was wolltest du bezwecken?«

Nafraím erhob sich. »Bezwecken?«

Rugen sah aus, als wollte er zurückweichen, aber hinter ihm war kein Platz mehr.

Nafraím ging zu ihm. Er legte einen Finger unter Rugens Kinn und hob sein Gesicht an. Zwang den Jungen, ihn anzusehen. »Ich habe viele Leben genommen, wenige mit Freude. Der Zweck war, ihr eine Chance zu geben. Eine Möglichkeit, dich loszuwerden und sich selbst zu retten.«

Nafraím hörte Trauer in seinen eigenen Worten, bezweifelte jedoch, dass Rugen imstande war, die Nuancen zu bemerken. Er drehte dem Jungen den Rücken zu und ging zum Fenster.

Rugen folgte ihm eilig. »Aber hör doch, was ich sage! Du hast das falsche Leben genommen, es war nicht die Schwester, die erben sollte, sondern Juva!«

Nafraím hatte Mühe, seinen Ärger zu zügeln. Der Junge war wie eine Klette, eine echte Plage. Wolfskrank und verzweifelt. »Juva weiß nichts. Sei vernünftig und lass sie in Ruhe! Ich habe keine Verwendung mehr für dich.«

»Aber … Sie muss *etwas* wissen! Sie war schon immer geheimnisvoll, und ich weiß nicht, auf welchen Teufel ihr es abgesehen habt, aber sie hat ihn ihr Leben lang gezeichnet. Das muss doch etwas bedeuten!«

Nafraím drehte sich zu ihm um. »Ihn gezeichnet?«

Der Hunger in Rugens Augen wuchs. »Immer! Seit sie klein war. Ich kann mehr herausfinden, aber verdammt noch mal … sieh mich an, ich bin völlig fertig! Ich schmecke Blut.«

Seine Hände zitterten, er schwitzte. Es würde nicht mehr lange dauern. Bald würden ihm seine neuen Zähne wachsen, der Wahnsinn ausbrechen und Leben verloren gehen.

»Das sehe ich. Halte dich drinnen auf, das ist das Beste, was du tun kannst.«

Nafraím spürte eine ungewohnte Unruhe. Den Teufel gezeichnet? Das war nicht gerade ein übliches Motiv für kleine Mädchen, aber nun sprach man ja in vielen Zusammenhängen vom Teufel, und er konnte so vieles sein. Trotzdem … Der Zweifel saß ihm wie ein Dorn in den Gedanken.

»Hast du diese Zeichnungen gesehen?«, fragte er.

Rugen lachte wiehernd. »Nein, aber sie lügt ja nie.«

»Und wie alt war sie da?«

»Was weiß denn ich, sieben? Acht? Sie sagt, sie habe ihn gesehen und Todesangst gehabt.«

Nafraím grub in seinem Gedächtnis, versuchte sich zu erinnern, was damals passiert war, als er Lagalune gedrängt hatte, den Teufel umzuquartieren. Es musste jetzt zehn, zwölf Jahre her sein, als ihm das erste Mal der Verdacht gekommen war, dass die Gabe im Begriff war, zurückzukehren. Er hatte geschwindelt. Hatte gesagt, die Quelle sei in Gefahr, sei von anderen Vardari entdeckt worden und müsse woandershin gebracht werden. Lagalune hatte versprochen, mit der Seidagilde darüber zu reden, und einige Tage später hatte sie ihn wissen lassen, dass die Sache erledigt sei.

Seine Hoffnung war gewesen, dass sie panisch reagieren und das Versteck verraten würden, aber trotz genauer Beobachtung hatte er keinen Hinweis darauf gefunden, wo er war.

Konnte Lagalune den Schwindel durchschaut haben? Sie war schlauer, als es den Anschein hatte. Was, wenn sie noch am selben Abend dafür gesorgt hatte, dass er woandershin gebracht wurde, und ihr eigenes Haus als Zwischenstation benutzt hatte? Juva war damals ein kleines Mädchen gewesen, und sie konnte ihn gesehen haben, so wie Rugen behauptete.

Die Unruhe krallte sich in seiner Brust fest, und er wusste, dass sie ihn nicht loslassen würde, bevor er es herausgefunden hatte.

»Ich hab recht, oder?« Rugen knuffte ihn, als wären sie alte Freunde.

Nafraím sah ihn an, ohne zu verbergen, wie angewidert er war. Was war es, das Verrat für manche Menschen so leicht machte?

»Recht womit?«

»Juva hat den gesehen, nach dem ihr sucht. Ich weiß, dass das was wert ist, Mann. Ich brauche mehr, gegen die Schmerzen. Du hast es versprochen!«

Nafraím öffnete und schloss die Faust, spürte die uralte Taubheit in den Muskeln. »Junge, ich habe dir nie irgendwas versprochen. Du hast die Chancen, die du bekommen hast, leichtfertig verspielt, und nichts, was ich dir geben könnte, würde helfen. Jetzt mach, dass du wegkommst.«

Rugen starrte ihn ungläubig an. Wut huschte über sein Gesicht, aber er riss sich zusammen. So viel Köpfchen hatte er also, das war ja immerhin etwas. Nafraím blickte hinaus aufs Meer und hörte, wie der Bengel fluchend die Treppe hinauflief.

Konnte es stimmen, dass der Teufel in Náklav gewesen war? Es wirkte unwahrscheinlich. Alle Spuren, durch die Jahrhunderte hindurch, deuteten nach Kreknabork. Das war ein beliebtes Reiseziel von Lagalune und den anderen. Er konnte auch irgendwo anders in Fimle sein, vielleicht in einem Hov. Es hatte Gerüchte gegeben, dass ein Mönchsorden ihn in unterirdischen Grabkammern festhielt. Wie in Jóls Namen sollten sie ihn von dort weg und durch die Steintore bekommen? Unmöglich ... War er mit dem Schiff gekommen? Während der ganzen Fahrt vor der Mannschaft verborgen?

Nein ... Falls Rugens Behauptung stimmte und Juva ihn tatsächlich gesehen hatte, bedeutete das, er war *immer* in Náklav gewesen und war es noch.

Nafraím spürte Wärme in den Fingern, als hätte das Blut auf einmal begonnen, durch die halb tote Hand zu fließen. Konnten Generationen von Blutleserinnen so unvernünftig gewesen sein, etwas vor den Vardari zu verbergen, und das in deren Heimatstadt? Einem Ort, über den er nahezu uneingeschränkte Kontrolle hatte?

Das wäre geradezu dämlich.

Aber war es nicht das, was er selbst getan hatte? Die Tür in der Mauer des Náklarings war in aller Öffentlichkeit verborgen, unter einer Menge anderer Türen.

Nafraím drehte sich um und musterte den Fußboden. Legte

den Kopf schräg. Er hatte die Einladung von Eydala zusammengeknüllt und fallen gelassen. Und jetzt war sie weg.

Rugen …

Dieser Hundesohn, Gaula sollte ihn holen! Er würde Eydala finden und ihr dasselbe mitteilen wie ihm. Kälte kroch ihm die Wirbelsäule entlang und Nafraím fühlte sich widerlich lebendig. Verwundbar und ausgeliefert. Das hier war ein Wettlauf, den er auf keinen Fall verlieren durfte.

GRÍF

Schmerz durchzuckte ihr Knie und riss Juva aus ihrem Schock. Sie war auf der Treppe in der Halle gestürzt, konnte sich aber nicht daran erinnern, den Schacht wieder hochgeklettert zu sein, nur an die Panik, die sie getrieben hatte.

Sie rappelte sich mühsam auf und setzte sich auf eine Treppenstufe. Rieb sich die Schläfen. Ihr Kopf tat weh, als hätte sie Salzwasser eingeatmet.

Der Teufel ist dort unten.

Er war kein Wolf, auch kein normaler Mann. Aber sie hatte ihn schon früher gesehen, und er war ebenso real wie der pochende Schmerz im Knie. Sie stand mit wackeligen Beinen auf und blickte hinunter auf den Fußboden der Halle, so wie sie es ihrer Erinnerung nach damals getan hatte. Sie schloss die Augen und beschwor die Erinnerung herauf, die sie so lange verdrängt und vergessen hatte.

Draußen ist stürmisches Wetter. Eisnadeln prasseln gegen die Fensterscheibe, und ich setze mich im Bett auf. Warum? Habe ich Angst? Nein, ich habe nie Angst vor dem Wetter. Die Angst kommt später.

Es ist etwas anderes, etwas, das ich höre. Meine Beine reichen nicht ganz bis zum Boden, ich muss über die Bettkante rutschen. Ich gehe durch den Flur, folge den wütenden Stimmen von unten. Mama und Papa.

Ich steige langsam die Treppe hinunter, eine Stufe nach der anderen, weil sie so hoch sind. Ich kann kaum über das Geländer schauen. Es ist dunkel hier, aber ich erkenne einen Schrank. Eine riesige, aufrechte Kiste, die ich noch nie gesehen habe. Licht zittert auf dem Fußboden, es kommt aus der Bibliothek, wo Mama und Papa sich anschreien. Ich denke, dass sie vielleicht um den Schrank streiten.

Ich gehe um ihn herum. Fasse ihn an. Er ist aus kaltem Eisen und hat zwei Türen, mit einer Öffnung ganz oben. Aber da komme ich nicht ran. Es sind merkwürdige Türen, ohne Griffe. Nur mit einem Steuerrad, wie bei Schiffen. Unter der Treppe steht ein Hocker, einer, den ich seit dem Abend nie mehr gesehen habe, und ich schiebe ihn an den Schrank. Ich klettere hinauf und schaue durch den Spalt hinein.

Juva öffnete die Augen und starrte auf den Platz, an dem der Schrank gestanden hatte. Der Eisenkäfig, der jetzt in die Wand unten im Schacht eingemauert war. Sie presste die Hände an den Kopf, weil sie wusste, dass es schlimmer werden würde. Sie würde sich an Dinge erinnern, an die sie sich nicht erinnern wollte, aber erinnern musste, denn das, was sie gesehen hatte, hatte ihr Leben geformt.

Sie ging die Treppe hinunter und zu der Stelle, als würde der Eisenkäfig dort noch stehen. Sie war in jener Nacht auf den Hocker gestiegen, hatte sich an den Gitterstäben vor der Öffnung festgehalten und hineingesehen zu ihm. Schwarzhaarig, weißäugig, mit spitzen Eckzähnen. Er hatte ihre Hand mit seinen Krallen berührt.

Vater …

Vater war in die Halle gekommen und hatte sie gesehen. Sein Schrei war echt gewesen, sie hörte ihn jetzt. Er hatte sie weggezerrt und mit dem Feuerhaken auf den Eisenschrank eingeschlagen. Hatte ihn durch die Gitterstäbe gesteckt. Sie war außer sich gewesen, hatte gestrampelt und geweint, während sie in der Umklammerung ihres Vaters hing. Roter Regen auf dem Nachthemd. Warum?

Juva blickte auf ihre Hose, als könnte das Blut aus der Erinnerung hervorquellen.

Die Wunde. Die klaffende Wunde an seinem Unterarm.

Die Bestie im Käfig hatte ihn verletzt. Sie hatte immer gewusst, dass es keine Jagdverletzung war. Anschließend war er bettlägerig gewesen, bis er starb. Sie hatte keine Ahnung, wie lange. Mutter war die Einzige gewesen, die zu ihm durfte. Juva hatte draußen gestanden, heimlich hineingespäht und gewusst, dass es ihre Schuld war.

Danach war nichts mehr gewesen wie sonst. Alles war in jener Nacht verschwunden. Der Schrank. Vater. Und das Gefühl von Geborgenheit.

Nach Art eines Kindes hatte sie ihm einen eigenen Namen gegeben. Ein Wesen mit Reißzähnen und Klauen in einem Eisenschrank. Ein Eisenwolf. Sie hatte ihn gezeichnet und das Bild ihrer Mutter gezeigt. Mutter hatte getobt. Sie geschlagen. Juva erinnerte sich gut, wie der Schock ihr den Atem geraubt hatte, und ihr war, als hätte sie ihn nie zurückbekommen.

Mutter hatte gesagt, das sei der Teufel, und das Bild ins Feuer geworfen.

Willst du, dass er Wirklichkeit wird?

Die Frage war jetzt so unendlich klar zu hören, als wäre es gestern gewesen. Sie hatte geglaubt, sie habe den Teufel heraufbeschworen, dass sie es gewesen war, die ihn veranlasst hatte zu kommen. Und am allerwichtigsten: Sie musste ihn verbrennen, damit er nicht wieder Wirklichkeit wurde, und durfte nie, niemals von ihm sprechen.

Langsam, aber sicher hatte sie begonnen, an ihren Sinnen zu zweifeln, und den Bezug zur Wirklichkeit verloren. Hatte ihn heimlich gezeichnet und verbrannt, damit nicht noch mehr Leute starben, nicht noch mehr schreckliche Dinge passierten. Besessenheit hatte sie angetrieben. Immer.

Warum? Weil es wichtiger gewesen war, die Kreatur zu verbergen, als dass Juva in Sicherheit aufwachsen konnte? Und jetzt, wo alle weg waren, saß sie da mit dem Erbe. Dem gefährlichsten Geheimnis der Welt.

Aber wenigstens war sie nicht geisteskrank.

Juva wischte sich die Nase am Ärmel ab, und ihr ging auf, dass sie weinte. Sie hatte einen Mann gefunden, ein Ungeheuer, dessen Aufenthaltsort nur sie allein kannte, aber trotzdem spülte eine Welle der Erleichterung durch sie hindurch. Reinigend. Klärend. Sie hatte den Beweis dafür gefunden, dass sie wusste, was wahr war und was nicht. Den Beweis, dass sie kein Teufelskind war. Sie war Juva. Und sie hatte ihn gesehen.

Juva hob das Kinn und schöpfte Kraft aus der Gewissheit. Sie konnte später noch erleichtert, später noch wütend sein. Und später noch schlafen. Jetzt musste sie dem Wirklichsten, das sie in diesem Haus erlebt hatte, gegenübertreten.

Sie holte eine neue Sturmlaterne vom Eingang und vergewisserte sich, dass sie die Haustür abgeschlossen hatte. Legte sich einen dicken Schal um und steckte die Füße in ein Paar Pantoffeln. Dann ging sie zurück in die Bibliothek und öffnete den Barschrank. Das Erste, was sie sah, war der Roggenschnaps, den Ester mitgebracht hatte, zu Mutters Totenwache. Sie schenkte sich ein Glas ein und kippte es hinunter. Der Schnaps brannte wohlig hinter dem Brustbein, aber man blieb besser bei klarem Verstand, wenn man es mit dem Teufel aufnehmen wollte.

Dann holte sie tief Luft und machte sich an die lange Klettertour nach unten, durch den massiven Felsengrund, auf dem ganz Náklav stand.

Ganz oben waren die Wände glatt, wurden aber rauer auf dem letzten Stück, vermutlich dem, das tiefer als der Keller lag. Ihre

Füße trafen auf den Boden, und sie hob die Laterne. Der Tunnel kam ihr jetzt kürzer vor. Sie konnte die Armbrust und die zerbrochene Laterne sehen, in einem Licht, das vorhin nicht da gewesen war.

Er hat eine Lampe angezündet …

Der Roggenschnaps verlor an Wirkung, und ihr Mut drohte sie zu verlassen. Die Eisentür befand sich am Ende des Tunnels, aber wäre sie nur geradeaus gewesen und nicht an der rechten Seite … Dann hätte sie nicht so unangenehm nah herangehen müssen, um zu sehen …

Sie schlich sich vorwärts, mit dem Rücken an der Wand, bis sie vor der Tür stand. Die sah unheimlich aus, so etwas hatte sie noch nie gesehen. Rotbrauner Rost hatte sich an den Türritzen und den Angeln entlanggefressen. Das Drehrad und die Hebel mussten ein Öffnungsmechanismus sein, aber die beiden Reihen Bolzen ergaben keinen Sinn.

Jemand hatte ihn also hierhergebracht, in diesem Schrank, der ja unfassbar schwer sein musste, und ihn in die Wand eingemauert, wie einen kleinen Windfang vor dem Raum dahinter. Ganz zu schweigen von der Arbeit mit dem Tunnel …

Was zur Dränke war so etwas wert?

Durch die Gitterstäbe in den beiden Türen konnte sie den Raum sehen, aber nicht ihn. Es wäre leichter, wenn sie die äußere Tür öffnen würde, aber schon bei dem Gedanken bekam sie Gänsehaut. Zwei Türen zwischen ihr und dem Teufel waren sicherlich nicht zu viel.

Ein Schatten bewegte sich dort drinnen. Schlich sich heran und blieb vor der Luke stehen. Zwei Türen, und doch nur einen Schritt entfernt.

Juva atmete scharf ein, aber die Luft erschien ihr leer. Das Blut rauschte in ihren Ohren, als wäre ihr ganzer Körper ein riesiges pochendes Herz, und es schlug so schwer, dass sie wusste, jeder

Schlag konnte der letzte sein. Sie wich zurück und stieß mit dem Rücken gegen die Wand.

»Einatmen.«

Die Stimme war plötzlich da, tief und rau, und ließ sie erstarren. Sie blickte in die weißen Augen, vollkommen ohne Pupillen oder Farbe, aber sie waren offenbar alles andere als blind. Er hatte zu ihr gesprochen!

»Ausatmen.«

Das Kommando war so einfach, dass sie sich dabei ertappte, wie sie gehorchte. Sie war machtlos. Gefangen im Fels, beim Teufel, und er befahl ihr zu atmen.

»Langsam«, fügte er hinzu und bewegte sich weg, sodass sie ihn nicht mehr sehen konnte.

Sie ließ die Luft langsam zwischen den Lippen entweichen und spürte, wie die Panik nachließ.

»Du brauchst nichts zu sagen«, sagte er. »Hör einfach zu. Du wirst nicht sterben. Es ist nicht dein Herz, das du spürst, es ist meins.«

Seine Worte wirkten fremd, obwohl sie sie verstand. Sie waren markant, scharf an den Rändern, und zwischendrin wurde *du* zu *thu*, wie in Alt-Norran. Die Bedeutung dessen, was er sagte, sank in sie ein. Sie legte die Hand auf ihre Brust und spürte ihr wildes, unbezähmbares Herz.

Juva schloss die Augen und lauschte. Das, was sie immer für Chaos gehalten hatte, ließ sich in zwei geordnete Rhythmen einteilen. Ihren eigenen Rhythmus sowie einen langsameren, schwereren, der seiner war. Er hatte recht. Sie kannte ihn, hatte es ihr Leben lang getan.

»Wie?«, fragte sie, außerstande, eine bessere Frage zu formulieren.

»Du bist Blutleserin.«

Er ist verrückt. Deshalb ist er hier.

Der Boden unter ihren Füßen fühlte sich fester an, und langsam überkam sie Ruhe. Sein Herzschlag wurde zu einem undeutlichen Murmeln. Juva trat vor an die Sichtluke, konnte ihn jedoch nicht sehen. Der Raum hinter den Türen war fast kahl, aus Stein und Holz. Sie hatte etwas Höhlenartiges erwartet, eine Art Grotte, aber die schwarzen Steinwände waren senkrecht. Rotbraunes Holz verlieh dem Fußboden eine warme Glut, ebenso einer Trennwand ganz hinten, mit einer Öffnung zu einer anderen Kammer. Sie erkannte undeutlich die Ecke eines niedrigen Bettes, auf dem langhaarige graue Felle lagen. Eine blasse Stelle im Dunkel, oben unter der Decke, deutete auf einen Spalt hin, der hinaus an die frische Luft führte. Sie hörte rieselndes Wasser. Und seinen Atem.

»Ich nehme an, du solltest eigentlich nicht hier sein?«, sagte er.

Seine Stimme jagte ihr Schauer über den Rücken. Sie konnte ihn immer noch nicht sehen, aber es hörte sich an, als stünde er direkt an der inneren Tür. So nah, wie er konnte.

»Nein …«

»Du bist also nicht die Nächste in der Reihe?«

Juva biss sich auf die Lippe. Man sollte nicht mit dem Teufel reden, das wussten alle. Er war der Vater der Lügen, so war es in allen Märchen. Sie hielt sich an den Gitterstäben der Luke fest, so wie sie es getan hatte, als sie ein kleines Mädchen gewesen war, aber diesmal konnte er sie nicht erreichen, denn er war nicht mehr in dem Schrank.

Sie schluckte. »Du bist der Eisenwolf …«

Sein Gesicht tauchte wieder auf. Schwarzer Rauch wirbelte in seinen Augen auf, wie Tinte in Milch, dunkler und dunkler, bis sein Blick ebenso schwarz war wie sein Haar. Ihr war, als sollte sie nie wieder etwas anderes sehen.

»Ich bin Gríf.«

Gríf. Er heißt Gríf.

Es kribbelte in ihrer Brust, und sie ertappte sich dabei, dass sie lächelte. Das Wesen, das das Leben in diesem Haus zu einem Albtraum gemacht hatte, besaß einen Namen.

Urplötzlich ging ihr auf, dass er hier gefangen gewesen war, all die Jahre, in denen sie dort oben gelebt hatte. Was machte er hier, und warum hielten sie ihn eingesperrt? Möglich, dass er verrückt war, aber sie hatte freie Männer gesehen, die nun wirklich verrückter waren.

»Ich bin Juva«, sagte sie.

Er lächelte schief und entblößte einen Reißzahn. Sein Gesicht … Sie schaffte es nicht, den Blick davon abzuwenden. Es war anziehend und erschreckend. Die Lippen waren schmal, nicht wie die von Rugen. Nicht schmollend und weich, diese wirkten … stark. Er hatte hohe Wangenknochen und ein markantes Kinn. Die schwarzen Haare hingen ihm in wilden Zotteln vor dem Gesicht.

»Was machst du hier?«, fragte sie mit unsicherer Stimme.

Es dauerte einen Moment, bis er antwortete. »Du meinst, warum ich mich entschieden habe, freiwillig hierzubleiben, wenn ich doch offenbar gehen kann, wohin ich will?«

Juva bekam heiße Wangen und war peinlich berührt von ihrer eigenen Frage. Sie fühlte sich merkwürdig berauscht. »Sie halten dich hier gefangen, weil du die Quelle bist, nicht wahr? Du bist derjenige, von dem es kommt, das Blut, das die Blutleserinnen weiser macht? Und das die Wolfsseuche verbreitet?«

»Sie haben dich wirklich überhaupt nicht vorbereitet, oder?«

Juva stieß ein bitteres Lachen aus, ohne eine andere Antwort zu haben. Es hörte sich an, als würde er sich dort drinnen unruhig bewegen.

»Heißt das, sie …«

Juva vollendete seinen Satz: »Sie sind tot.«

»Ah …«

Er klang nicht mitfühlend, eher so, als hätte er lediglich erkannt, was passiert war. »Und dir hat auch niemand erzählt, wie man diese Türen öffnet?«

»Nein …«

Es wurde still. Juva drehte sich um und lehnte den Rücken gegen die Eisentür. Es hörte sich an, als würde er das Gleiche tun. Ihr Puls ging jetzt ruhiger, obwohl sie noch so viele Fragen hatte, dass ihr keine einzige davon einfallen wollte. Es war, wie wenn man in Svartland auf der Jagd war und versuchte, sich nur auf einen einzigen der verkohlten Bäume zu konzentrieren, die einen umgaben.

Er durchbrach die Stille. »Nein. Ich bin nicht die Quelle der … Wie nennt ihr das? Schweinesache?«

»Schweinerei?«

»Der Schweinerei. Der Blutnebel und das, was du Wolfsseuche nennst, sind nie von mir gekommen, sondern von ihnen.«

Juva fuhr sich mit der Hand übers Gesicht. Neue Fragen tauchten auf, in einem jetzt schon vollen Kopf.

»Ihnen? Wen meinst du?«

Neue Pause, als wägte er die Worte ab, bevor er antwortete. »Falls die drei in der Seidagilde tot sind und du dich hierher verirrt hast, bedeutet das, dass etwas verdammt schiefgegangen ist, und angesichts dieser Umstände hätte ich vermutet, dass du von ihnen gehört hast.«

Vardari …

»Oh, die … Ja, von denen habe ich gehört. Ich dachte, du wärst einer von ihnen.«

»Sehe ich aus wie ein Vardari?«

Die Frage klang so bitter, dass sie begriff, dass sie etwas gemeinsam hatten. Das gab ihr einen Hauch von Sicherheit.

»Nein«, erwiderte sie. »Du siehst anders aus als alle, die ich je gesehen habe. Jemals.«

Sie hatte das Gefühl, dass er lächelte.

»Mörder«, sagte er. Die dunkle Stimme war unheimlich und verlockend zugleich, wie ein Traum, den man nicht richtig greifen konnte. »Sie haben dreckiges Blut, das die Leute krank macht. Nein, ich bin nicht die Quelle der Wolfsseuche. Ich bin die Quelle von ihnen.«

Die Quelle von … Das hier ist ein Traum. Ich bin eingeschlafen.

Juva tastete suchend nach der Wirklichkeit, nach etwas Konkretem, an das sie sich halten konnte. Die Eisentür, die ihren Rücken kühlte. Der Luftzug, der durch den Tunnel flüsterte. Das Herz. Immer das Herz. Sie war erschöpft bis ins Mark, aber wach, und die Bedeutung dessen, was er sagte, war größer, als sie verarbeiten konnte.

»Du meinst … du bist die Quelle der Ewigwährenden?«

»Kein Schicksal, das jemand freiwillig wählen würde, oder?«

Juva sank zu Boden und blieb dort sitzen. Sie hatte einen Teufel geerbt, und er war die Quelle der Vardari. Die Quelle des ewigen Lebens. Kein Wunder, dass Nafraím ihn haben wollte! Kein Wunder, dass die Seidagilde ihn nicht hatte hergeben wollen. Ein Geheimnis, das sie seit Generationen bewahrt und benutzt hatten.

»Seit wann?«, flüsterte sie.

»Welches Jahr habt ihr?«

»Vierzehnsiebenundvierzig.«

»Ah … Dann seit sechshundertsechzig Jahren. Mehr oder weniger.«

Juva starrte gegen die Steinwand. Die Sturmlaterne glühte auf ihrem Schoß. Sie war kümmerlich schwach, nicht mehr als eine Funzel in einer unendlich tiefen Dunkelheit. Die Stille rauschte, eine verzerrte Andeutung von Meer, und drinnen in seinem Schacht konnte sie den Regen hereinsickern hören.

»Aber das ist es nicht, was du dich fragen solltest«, sagte er, und ihr wurde bewusst, dass er ihr Zeit gegeben hatte, es zu verdauen.

Sie stieß ein halb ersticktes Lachen aus. Sie hatte in diesem Augenblick so viele Fragen, dass sie auf die Knie gefallen wäre vor jemandem, der ihr tatsächlich sagen konnte, was am wichtigsten war. Das wusste er wohl, denn er wartete nicht auf Antwort.

»Die wichtigste Frage ist nicht, wie lange ich schon hier bin, sondern wie lange ich noch bleiben muss.«

BEKENNTNISSE

Juva schlug gegen den Rahmen, bis das Eis abplatzte und sie das Fenster öffnen konnte. Der Seewind fegte in die Bibliothek und schürte die Flammen im offenen Kamin. So weit der Blick reichte, trugen die Hauswände Bärte aus Eis. Strahlend schön, aber die Luft war saukalt. Eine elende Art, den Schmelzmond zu beginnen.

Sie warf den Teppich über die Fensterbank und schlug auf ihn ein, als gelte es das Leben, ohne dass die große Frage sich unterdrücken ließ. Dieselbe Frage, mit der sie eingeschlafen war.

Was soll ich tun?

Am Morgen war die Antwort einleuchtend gewesen. Sie musste das Haus verkaufen. Das war es, was sie unter normalen Umständen getan hätte. Es loswerden. Wegziehen, damit sie den alten Schuppen nie wieder sehen musste. Und die beste Absicherung gegen Nafraím und die Vardari war, dass alles normal wirkte.

Aber nichts war mehr normal. Sie hatte eine Frau ausgeblutet, die vor Mittsommer ein Kind bekommen hätte. Mutter und Solde waren getötet worden, jemand versuchte, die Seidagilde zu vernichten, Rugen war wolfskrank, und sie selbst hatte einen schwarzäugigen, unsterblichen Teufel im Keller. Definitiv ein versteckter Mangel.

Aber selbst ein falsches Gerücht, dass das Sannseyr-Haus zum Verkauf stand, würde ihr helfen können. Ihr Zeit verschaffen, ohne verdächtig zu sein. Zeit, um herauszufinden, was sie mit Gríf machen sollte.

Juva schrubbte den Fußboden, bis ihre Knöchel rot wurden und ihr Schweiß vom Kinn tropfte, aber es wurde immer klarer, dass der Dreck, gegen den sie kämpfte, keiner von der Sorte war, die sich wegputzen ließ. Sie trug einen anschwellenden Zorn in sich, für den sie früher keinen Platz gehabt hatte.

Hätte sie es nicht besser gewusst, hätte sie geglaubt, dass er die Angst ersetzt hatte, aber sie war alles andere als furchtlos. Sie fürchtete sich vor der Wolfsseuche, dem Wesen im Keller und den Ewigwährenden, die hinter ihm her waren. Sie fürchtete sich vor den Leuten, die sie für eine Mörderin hielten, denen, die die Lampe zerbrochen hatten. Aber das waren Dinge, vor denen man sich zu Recht fürchten konnte, alle anderen hätten das auch getan. Das waren rationale Ängste.

Was fehlte, war die Scham darüber, Angst zu haben.

Alles, wovon sie geglaubt hatte, dass es Einbildung war, dass etwas mit ihr nicht stimmte, war bewiesene Wirklichkeit. Selbst das Flimmern in ihrer Brust kam von einem Mann aus Fleisch und Blut! Einem, den sie besser kannte als ihr eigenes Herz, über den sie aber überhaupt nichts wusste, weder, was er war, noch, woher er kam.

Soll ich ihn befreien?

Jeder Nerv in ihrem Körper sagte ihr, dass er gefährlich war, aber für wen? Sie schwankte zwischen der Furcht davor, was er tun würde, falls es ihr gelingen sollte, die Türen zu öffnen, und dem schlechten Gewissen, weil sie es nicht schon versucht hatte. Ihr Gewissen hatte sie heute Morgen beruhigt, indem sie die halbe Speisekammer nach unten geschickt hatte. Brot, Entenleberwurst, geräucherten Aal, Fleischpastete und die Blutkekse, die von Mutters Totenwache übrig geblieben waren. Alles, um Zeit zu gewinnen, aber früher oder später würde sie mit ihm reden müssen.

Juva stand auf und wischte sich den Schweiß von den Armen. Die am meisten benutzten Zimmer waren blitzsauber. Mutters Zimmer auch. Sie hatte die Matratze zerschnitten und im Küchenherd verbrannt. Hatte eine neue Matratze aus einem Gästezimmer nach unten geholt, um des Anscheins willen. Mutters Zimmer sah aus, als wäre es nie benutzt worden. Die zerbrochene Blutleselampe hatte sie in die Abstellkammer gebracht. Das Einzige, was jetzt noch gesäubert werden musste, war sie selbst, und inzwischen sollte das Wasser längst heiß sein.

Sie ging ins Bad, einen dampfgefüllten Zufluchtsort, gefliest mit blauen Kacheln aus Ohrad, in dem ein großer Holzzuber stand. Der Holzofen glühte, und sein Licht spielte auf dem Kupferrohr, das sich an der Wand entlangzog. Mutter war eine der Ersten in der Stadt gewesen, die sich eine Wasserleitung hatten legen lassen.

Juva wischte den Dampf vom Spiegel und starrte ihr Gesicht an. Sie hatte blaue Schatten unter den Augen, und das blonde Haar hatte allen Glanz verloren. Kummer und Wut hatten ihren Preis.

Sie öffnete ihr Schnürmieder. Die Teufelskarte fiel zu Boden. Sie hatte sie fast vergessen, jetzt, da sie ihn gefunden hatte. Sie nahm die Karte mit in den Zuber und starrte darauf, während sie ins heiße Wasser eintauchte. Der Teufel starrte zurück, eingebrannt in vergilbtes Walbein.

Was hatte sie übersehen? Ogny war verzweifelt hinter dieser Karte her gewesen, hatte sogar versucht, sie zu stehlen, und Mutter hatte gesagt, sie müsse sie verbrennen. Aber es war nichts Besonderes daran, abgesehen von dem Muster in den Ecken. Vier Punkte, in vier Ecken. Eine Art Geheimzeichen?

Die Bolzen!

Juva setzte sich im Zuber auf. Sechzehn Punkte auf der Karte, sechzehn Bolzen in der Eisentür. Das war der Schlüssel, um sie zu öffnen! Deshalb hatten sie die Karte gebraucht! Die Eingeweihten in der Seidagilde hatten gewusst, wo der Teufel war, aber nicht, wie sie ihn wegbringen sollten. Ogny hatte es selbst gesagt, als sie in der Halle auf der Skelettbank saßen.

Das hält uns nicht auf, es wird nur ein bisschen länger dauern.

Die Freude über die Lösung des Rätsels war kurz. Falls sie recht hatte, konnte sie es nicht mehr auf die verschlossene Tür schieben. Sie könnte ihn leicht freilassen. Wenn sie es wollte und wagte.

Sie schrubbte sich, bis ihre Haut rot war, aber die Ruhe, auf die sie gehofft hatte, blieb aus. Jedes Mal, wenn sie die Augen schloss, sah sie einen anderen Badezuber, mit einer leblosen Gestalt, die in Broddmars Armen hing.

Sie stieg aus dem Wasser, trocknete sich ab und zog saubere Kleidung an. Kämmte sich das Haar mit einigen Tropfen Rauchfarn-Öl. Der eigenartige Duft nach verbrannten Kräutern erinnerte sie daran, wie lange es her war, dass sie sich ordentlich gepflegt hatte. Sie steckte die Karte zurück unter das Schnürmieder, ging geradewegs zum Lackschrank in der Bibliothek und trank einen großen Schluck Roggenschnaps. Den Rest schüttete sie in Vaters Flachmann und steckte ihn in die Tasche. Sie würde ihn brauchen.

Nichts würde sie dazu bringen, sich dort unten sicher zu fühlen, auch die Armbrust nicht, aber sie nahm sie trotzdem mit und hängte sich die Sturmlaterne über den Arm. Dann öffnete sie die verborgene Tür und machte sich an den Abstieg. Sie hatte mit dem Teufel ein Hühnchen zu rupfen.

Die Luft wurde stickiger, während sie durch den Tunnel ging, mit Schritten, die sich entschlossen anhörten, wie sie hoffte. Sie fühlte sein Herz jetzt stärker. Es war absurd, aber sie spürte es so deutlich, dass sie es unmöglich leugnen konnte. Die Erleichterung, endlich zu wissen, was es war, ertrank in Zorn. All die Jahre, die sie mit Angst und Scham verschwendet hatte. Doktor Emelsteins Machtlosigkeit, das Gerede über schwache Nerven, die unzähligen Kannen Reißdorn. All das, um mit etwas klarzukommen, was überhaupt nichts mit ihr zu tun hatte …

Gríf stand direkt hinter der Luke, als hätte er auf sie gewartet.

»Danke für das Essen, das war das, was ich mir am zweitdringendsten gewünscht habe«, sagte er trocken.

Juva legte einen Finger auf ihre Lippen. »Halt den Mund, Gríf. Ich habe dir etwas zu sagen.«

Sein weißer Blick füllte sich mit Tinte, bis die Augen schwarz wie die Nacht waren.

»Verzieh dich«, sagte sie und umklammerte die Armbrust, bereit wegzulaufen, falls es nötig werden sollte.

Seine Oberlippe zuckte und sie sah einen Reißzahn aufblitzen. Es sah aus, als wolle er die Zähne fletschen wie ein Tier, aber er gehorchte. Trat ein paar Schritte zurück und stellte sich an die Wand. Sie spürte es im Nacken prickeln, eine Mischung aus Angst und Freude.

Ein normaler Mann wäre in Gefangenschaft verkümmert, aber an diesem Mann war nichts normal. Die Kälte war offenbar kein Problem, denn er ging mit nacktem Oberkörper und trug eine weite Leinenhose, die viel zu dünn war, um zu wärmen. Sein Körper war nahezu frei von Fettgewebe. Scharf geschnitten, wie die albernen Skulpturen rund um das Schloss in Thervia. Die deutlich definierten Muskeln enthüllten etwas Fremdartiges im Bereich von Kiefer und Schultern.

Die schwarzen Haare musste er blindlings abgeschnitten haben. Sie waren wild und zottig, wie nasses Fell. Und die Krallen … Solche hatten sie noch bei keinem Tier gesehen. Kurz und kräftig, und sie gingen direkt in die Finger über. Es sah fast so aus, als würden die Krallen *unter* der Haut sitzen. Eine Reihe von Narben zog sich schräg über den einen Unterarm. Dunkle Vertiefungen in bleicher Haut.

Er hob das Kinn, sich deutlich bewusst, dass er gemustert wurde.

Was ist er?

Juva nahm einen großen Schluck aus dem Flachmann und betrachtete den Eisenschrank, der sie trennte. Der Schließmechanismus verlief sichtbar entlang der Wände und zeigte den Weg zum richtigen Hebel. Es war, wie sie vermutet hatte, der Schrank war eine kleine Schleuse, und man konnte die Türen einzeln öffnen.

Sie zog die Karte hervor und begann, die Bolzen zu drücken, die den schwarzen Punkten entsprachen. Der Rhythmus seines Herzschlags in ihrer Brust wurde schneller. Immer mehr, bis er so schnell war wie ihr eigener. Noch vor einem Tag hätte sie keine Erklärung dafür gehabt. Nur Panik.

»Du hast also …«, begann er, aber sie sah ihn scharf an, wie zur Warnung.

Er wandte den Blick ab, mit einem schiefen Lächeln, das ihr das Gefühl gab, nackt zu sein. Er wusste, dass sie betrunken war, vielleicht mehr davon, die Oberhand zu haben, als vom Roggenschnaps.

Sie hielt den Atem an und legte den einen Hebel um. Eisen knirschte auf Eisen. Sie drehte das Rad und öffnete die erste Tür. Rost und Staub rieselten auf den Boden des Schranks. Gríf blieb stehen, wo er war, widerwillig, dem Zucken seiner Fäuste nach zu urteilen.

Juva wich zurück an die Tunnelwand und rutschte zu Boden.

»Komm her«, sagte sie.

Gríf tauchte wieder an der Luke auf. Er wirkte auf eine unheimliche Art viel näher, jetzt, da nur noch eine einzige geschlossene Tür zwischen ihnen war. Sie musste sich in Erinnerung rufen, dass der Abstand noch genau derselbe war, während sie einen ordentlichen Zug aus dem Flachmann nahm. Sie schluckte den Schnaps zusammen mit der Angst hinunter, die sie zwölf Jahre lang ausgebrütet hatte.

»Ich war sieben, als ich zum ersten und zum letzten Mal blutgelesen habe«, begann sie, in der Gewissheit, dass es eine Lawine werden würde. »Oben im Arbeitszimmer, bei Vater. Er streckte mir die Hand entgegen, als sollte ich ihn zur Ader lassen, so wie Mutter es mit den Kunden getan hat. Ein dämliches Spiel. ›Wie alt werde ich?‹, fragte er. Also wirklich, wie kann man ein Kind so etwas fragen! Den Tod gab es für einen Mann wie Vater nicht, also habe ich gesagt …« Sie schluckte. »Ich habe gesagt: ›Papa, du wirst überhaupt nicht alt.‹«

Juva unterdrückte ein bitteres Lachen. Sie hatte die Worte nie wieder laut ausgesprochen, und sie brannten in ihrer Brust, zusammen mit dem Schnaps und dem klopfenden Herzen des Teufels.

»Ich dachte, er würde ewig leben, das war es, was ich gemeint hatte, verstehst du? Aber ich hatte recht. Denn an dem Abend hast du ihn getötet.«

Der Vorwurf war ungerecht, das wusste sie durchaus. Vater hatte um ihr Leben gefürchtet und ihn angegriffen. Wäre sie in dem Käfig gefangen gewesen, hätte sie sich auch gewehrt. Das wusste Gríf offenbar auch, denn er starrte sie an, ohne zu blinzeln.

Sie schüttelte den Flachmann, der jetzt deutlich leerer war, und musterte sein Gesicht hinter den Gitterstäben. »Ich habe dich gezeichnet, hinterher. Das Bild sah dir überhaupt nicht ähnlich, das sehe ich jetzt. Nur …« Sie zeigte auf ihren eigenen Eckzahn, mit einer trägen Bewegung, die verriet, dass sie mehr getrunken hatte, als gut war. »Nur die Zähne, ne? Und die Krallen. Ich nannte dich Eisenwolf. Ist das nicht witzig? Ich hab einfach die beiden Sachen verbunden, die ich gesehen habe, einen Wolf und einen Eisenkäfig.«

Juva lachte leise und lehnte den Kopf gegen die kalte Felswand. »Ich hab Mutter das Bild vom Eisenwolf geschenkt, und sie … Na ja, jetzt kann ich verstehen, dass sie fast durchgedreht sein muss, nicht? Ist nicht so günstig, ein Kind zu haben, das überall Zeichnungen verteilt, wenn man das heimliche Schoßhündchen der Vardari hütet.«

Gríſs Augen wurden schmal, und um seine Mundwinkel zuckte es gefährlich. Juva nahm noch einen Schluck und wedelte mit der Hand in seine Richtung, wie um die Beleidigung wegzufegen, genau wie ihre Mutter es immer getan hatte.

»Jedenfalls … Mutter hat getobt. Das Gaulaweib hat mir eine runtergehauen, dass mir schwindelig wurde, und die Zeichnung in den Kamin geworfen. Das sei der Teufel, hat sie gesagt, und wenn ich von ihm spräche, würde er Wirklichkeit werden, und ich habe ihr geglaubt. Ich dachte, ich hätte dich erschaffen und dass schreckliche Dinge passieren würden, wenn ich dich nicht verbrenne. Wie mit Vater. Wäre es zu viel für sie gewesen, mir zu sagen, dass es nicht meine Schuld war? Nur ein einziges Mal?«

Gríf machte keine Anstalten, darauf zu antworten. Anders als Rugen, der hätte sie getröstet und sich in ihre Unterhose eingeschmeichelt, ohne etwas anderes dabei zu gewinnen als einen Fick. Das Wesen, das sie jetzt anstarrte, hatte alles zu gewinnen, aber nichts zu sagen.

»Also habe ich Angst bekommen, ich könnte Leuten schaden. Habe mich an Broddmar und die Männer in der Jagdgruppe gehalten. Und an Ester. Ältere Leute haben mich immer beruhigt, ich hatte nie das Gefühl, ich könnte sie irgendwie verletzen. Damit meine ich solche, die sechzig, siebzig sind, weißt du? Nicht diese ›Schau mich an, ich bin fast tausend Jahre alt, bist du öfter hier?‹-Typen.«

Gríf lächelte sie wieder an, selbstzufrieden, aber ehrlich. Juva zeigte auf ihn und kicherte. Dass sie ihn zum Lächeln gebracht hatte, war ein kleiner Gewinn, das fühlte sie.

»Du bist nicht wie Rugen, oder? Das Schlimmste ist, dass ich ihn nicht einmal *mochte*. Eines Tages war er plötzlich einfach da, und er hat sich so wenig aus mir gemacht, dass es mir sicher vorkam. Man kann niemanden verletzen, der sich nichts aus einem macht, stimmt's?«

Ihr Mund fühlte sich trocken an und schmeckte nach Rauch. »Nein, das war bei Weitem nicht das Schlimmste. Das Schlimmste war die Angst. Immer. Und wenn ich mal keine Angst hatte, dann hatte ich Angst, sie könnte zurückkommen. Weil ich mich nicht auf mich verlassen konnte, auf meine eigenen Sinne. Verdammt noch mal, ich habe bei einer Blutleserin gewohnt, die gelogen hat, dass sich die Balken bogen, für Geld! Eine skrupellose Geberin von Lebensjahren und Schicksalen. Ich habe es gehasst. Habe sie gehasst, das Haus, die Blutperlen, die den Leuten vorgaukelten, sie sei weise und hellsichtig. Habe die Vardari gehasst, die sie ihr gaben, ohne einen Gedanken an die Verbreitung der Wolfsseuche. Manchmal habe ich gehofft, dass sie … dass sie die Seuche bekommt. Dass sie krank wird.«

Juva blickte ihm in die Augen. Sie fand keine Verurteilung in der schwarzen Tiefe. Er war unmöglich zu lesen, was ein gefährliches Gefühl von Freiheit hervorrief. Dass er gefangen war und vorurteilsfrei, waren zwei Brechstangen in den Luken, die sie fest verschlossen hatte, und schon jetzt wusste er mehr über sie als irgendjemand sonst, den sie in ihrem Leben getroffen hatte.

»Ich dachte immer, dass mein Herz mich bestraft, dass ich deshalb diese Anfälle bekommen habe. Hast du mal Reißdorn probiert? Mann, das ist ein übles Zeug, aber ich habe davon gelebt, um den Rhythmus zu beruhigen. Weil sie behauptet haben, ich sei ein nervöses Kind, und jetzt sagst du, das ist Blutlesen. Dass es Wirklichkeit ist.« Sie breitete die Arme aus. »Was soll ich damit anfangen?«

Das bisschen Licht drinnen bei Gríf war wärmer geworden, von einem Sonnenuntergang, der nicht zu sehen war. Sein halbes Gesicht glühte, der Rest lag im Schatten und ließ die hohen Wangenknochen hervortreten. Der Teufel war animalisch und anziehend. Wie in den Mythen.

Im Märchen hatten die Frauen ihn befreit, im Tausch gegen

die Gabe des Sehens. Juva wurde schwindelig bei dem Gedanken, wie viel Wahrheit eigentlich darin steckte. Das Märchen war ein Zerrbild von etwas, das einmal geschehen war. Gríf war gefangen worden, und sein Blut hatte die Vardari erschaffen, hatte den Schlimmsten der Schlimmsten ewiges Leben gegeben. Und von ihnen kamen die Blutperlen, die die Seidagilde benutzt hatte, um zu sehen. Also kamen die Kräfte der Blutleserinnen tatsächlich vom Teufel. Nur hatten sie ihn nie freigelassen.

Schleichend kehrte die Scham zurück. Er wartete seit einer Ewigkeit, und sie saß hier und jammerte über ihre elende Kindheit. Aber sie begegnete seinem Blick, ohne auszuweichen.

»Ich habe dich gefürchtet, dich gezeichnet, dich verbrannt, von dir fantasiert und dich verleugnet. Du hast aus mir einen Abgrund gemacht.«

Sie trank den letzten Schluck Roggenschnaps, und der Flachmann fiel scheppernd zu Boden. »Also, was denkst du jetzt, Teufel?«

Gríf verschränkte die Arme über der Luke und lehnte die Stirn dagegen. »Ich denke, dass du gefangener bist als ich.«

Die Antwort lähmte sie. Die unvermuteten Worte machten sie kraftlos, und sie kämpfte gegen ein verräterisches Brennen in den Augen. Sie hatte nicht mit Sicherheit gewusst, was er war, ob er mehr Tier war als Mensch, aber eins stand fest: Dumm war er nicht.

»Was für ein Geschöpf bist du, dass man dich gefangen hält?«, flüsterte sie.

»Du hast ein ganz eigenes Talent, dich die falschen Dinge zu fragen, oder?« Seine raue Stimme brachte ihren Körper zum Kribbeln. »Die Frage ist, was für ein Geschöpf *du* bist, dass du einen Mann gefangen hältst.«

Juva schloss für eine Weile die Augen. Ihr war, als habe sie bereits verloren, aber sie würde sich nicht manipulieren lassen. Nie mehr.

»Netter Versuch«, sagte sie. »Du hättest genau dasselbe getan, wenn du an meiner Stelle hier sitzen würdest, und das weißt du.«

»Schau einer an. Wir sind beide auf dem Weg in die Freiheit.«

Gríf lächelte und entblößte einen Reißzahn. Er war nur eine Idee länger als die anderen Zähne, aber spitz. Er wäre auf der Zunge zu spüren …

Du bist betrunken, Juva.

Sie riss sich von dem Anblick los und ließ ihn reden.

»Ich bin durch die Steine hierhergekommen, von einem Ort, den du nie gesehen hast und den es auf keiner Karte gibt, die du besitzt.«

»Lüge«, sagte sie, sich ihrer Sache sicher. »Die Steine im Náklakreis führen nur zu Orten, die es auf der Karte gibt. Selbst die beiden toten Steine, von denen die Leute immer glaubten, sie führten in die Dränke, gehen nur zu einem Ort, der unter Wasser liegt, wenn du mich fragst.«

»Wenn du meinst, dass ich sowieso lüge, warum führen wir dann dieses Gespräch?«

»Weil das, worüber Leute lügen, mehr über sie aussagt als die Wahrheit.«

Gríf legte den Kopf schräg, als wäre es von allem, was sie gesagt hatte, das Erste, was ihn interessierte. Sie ertappte sich dabei, dass sie wünschte, es wäre ihrer eigenen Weisheit entsprungen, aber für alle, die bei Blutleserinnen aufgewachsen waren, war das Allgemeinwissen.

»Ich lüge nicht«, sagte er. »Du redest vom äußeren Kreis, ich rede von den Steinen in der Mitte.«

»Es gibt keine Steine in der Mitte, Eisenwolf. Das Einzige, was es dort gibt, ist der Zeuge. Eine Skulptur, mit Zahnrädern und allem.«

Sein Gesichtsausdruck bekam etwas Gehetztes und er umklammerte die Gitterstäbe. »Drei Steine. Drei Steine in der Mitte, ich weiß, dass sie dort sind.«

»Wenn du den Náklaring meinst, irrst du dich. Es sind ein paar Wände, wie ein Turm. Obendrauf drei Skulpturen, ein Rabe, ein Wolf und ein Hirsch. Sie sind aus Kupfer, grün angelaufen.«

Gríf drehte ihr den Rücken zu und verschränkte die Arme im Nacken. »Jólsbrut. Thei e skandika deim …«

Juva überlief ein Frösteln. Seine Worte waren vollkommen fremd, aber die düstere Kraft in ihnen war unmöglich misszuverstehen.

Er drehte sich wieder zu ihr um. »Wir haben keine Zeit für das hier, also lass es mich so einfach wie möglich machen. Die Steine sind da, sie wurden von der Gabe betrieben, einer Kraft, die vor über tausend Jahren verschwand. Du wirst nie verstehen, was sie sein und bewirken konnte, aber ich vermute, du kannst ihre Spuren immer noch sehen. Eine schwarze Narbe in den Wäldern.«

Juva nickte träge. »Svartland. Ich kenne die Wälder. Aber die Steine werden von Wolfsblut betrieben, die brauchen keine … Gabe.«

»Diese nicht. Selbst die Wölfe wurden geschwächt, als die Gabe verschwand. Es braucht mehr als den Tod, um dorthin zu reisen, wo ich herkomme.«

Juva zog die Knie an und legte das Kinn darauf. »Und was hat dich hierhergeführt?«

»Krieg, ist das nicht immer der Anfang von allem Elend? Ihr wart chancenlos, natürlich. Die Gabe machte uns stark. Aber als sie verschwand und die Tore nicht mehr funktionierten, waren wir hier gefangen. Wurden gejagt und abgeschlachtet. Ich war einer der Letzten, und die mich einfingen, wussten, was sie taten. Sie hatten gelernt, was unser Blut für sie tun konnte, und sie benutzten es, um den Tod zu täuschen, dem ihr so leicht zum Opfer fallt. Die drei Ersten teilten das Geheimnis und nannten sich Vardari. Die Wächter.«

Juva wollte ihn nicht unterbrechen. Sie wollte mit dieser Stimme einschlafen und sich von ihr durch die Albträume tragen lassen, bis sie wieder aufwachte. Aber sie hatte zu viele Fragen. »Und wie kommen die Blutleserinnen ins Bild?«

»Krieg. Wie gesagt, damit fängt alles an. Die Ewigwährenden wurden viele, und … sagen wir mal so, sie waren sich nicht immer einig, wer über den Zugang zum Blut bestimmen soll.«

»Sie haben um *dich* Krieg geführt? Um die Kontrolle?«

Er knurrte. »Ich war an vielen Orten und bei vielen Ewigwährenden. Ich habe darauf gewartet, dass sie sich gegenseitig auslöschen, denn euch fehlt die Fähigkeit, langsichtig zu planen. Heißt das so?«

»Langfristig.«

»Genau. Und es war ein niflisches Blutbad, sie wären also untergegangen. Aber dann passierte etwas, nach ein paar Hundert Jahren oder so. Vargar mag wissen, wie, aber sie schafften es, Frieden zu schließen, indem sie mich an einen anderen Part weitergaben. Das, was du als Seidagilde kennst. Die hat mich seitdem bewacht.«

Juva merkte, wie der alte Zweifel sich wieder meldete. Fantasierte sie? War das hier Wirklichkeit?

»Warum die Seidagilde?«

Er trommelte mit den Krallen an die Tür. »Weil die Frauen in der Seidagilde ein gemeinsamer Feind waren. Damals konnten Blutleserinnen Vardari fühlen, mein Blut wahrnehmen, so wie du es kannst. Und die Besten unter ihnen konnten unendlich viel mehr. Sie waren Jägerinnen zu jener Zeit. Kriegerinnen. Etwas ganz anderes als heute. Mitglieder der Seidagilde wurden die neuen Wächter, aber nie mehr als drei Eingeweihte. Drei, die Bescheid wussten, jede mit ihrer Erbin. Sie fuhren fort, den Vardari mein Blut zu geben, und bekamen dafür das Blut der Vardari. Verunreinigt und verdorben. Das ist der Grund, warum die Leute krank werden.«

»Also ... Die Wolfsseuche hatte nie etwas mit Wölfen zu tun, ist es das, was du sagst?«

»Genau das sage ich.«

Juva wurde schlecht. Das Wolfsblut war der perfekte Deckmantel gewesen, weil es ohnehin für dic Steinc gebraucht wurde. Sie hatte unzählige Wölfe getötet, mochten die Götter wissen, wie viele, für Blut, Zähne und Felle. Weil die Leute sie fürchteten. Dabei waren es die Ewigwährenden, vor denen sie sich fürchten sollten.

»Aber warum hast du ihnen überhaupt Blut gegeben? Hättest du nicht einfach ...?« Sie bereute ihre Frage schon, bevor sie sie beendet hatte. Ihr Blick fiel auf seine Narben. Natürlich hatte er es ihnen nicht freiwillig gegeben.

Seine Augen wurden schmal, und er rieb die Krallen aneinander, als wollte er sie wetzen. »Ich könnte dir Dinge erzählen, die würden dich für den Rest deines kurzen Lebens um den Schlaf bringen«, sagte er mit heiserer Stimme. »Ich habe nichts gegeben. Sie haben es sich genommen. Aber nach einer Weile gab ich, um nicht zu verhungern, während ich zusah, wie sie sich selbst zerstörten. Ich gebe gerne Blut, um sie bluten zu sehen.«

Sein Herz umklammerte ihres, schwerer und erstickender.

Sie schluckte die Scham hinunter und versuchte, sich nicht vorzustellen, was sie ihm angetan hatten. »Aber ... warum dich gefangen halten, wenn sie doch sowieso das ewige Leben haben?«

Gríf zögerte, bevor er antwortete. »Um sich zu vermehren. Um auswählen zu können, wer einer von ihnen werden soll. Ewiges Leben ist ein ziemlich krasses Geschenk, das gibt man nur jemandem, den man wirklich mag, verstehst du?«

Er verbirgt etwas.

Juva sah ihn an. Seine Augen waren ausdrucksvoller, als sie zunächst gedacht hatte, sie war einfach von dem ganzen Schwarz überwältigt worden. Aber da waren feine Abstufungen im Dunkel, die verrieten, wohin er sah und wann er den Blick abwandte.

Er schüttelte den Kopf. »Nein, du verstehst nicht. Du willst nicht einmal die kurze Zeitspanne leben, die dir geschenkt wurde, oder?«

Er greift an, um nicht antworten zu müssen.

»Lange genug, um Angst zu haben, Teufel. Erzähl mir lieber, warum sie dich jetzt zurückhaben wollen, wenn sie dich doch vor Hunderten von Jahren freiwillig der Seidagilde überlassen haben?«

Gríf presste sich wieder an die Tür. »Jetzt stellst du die richtigen Fragen. Weil die Gabe zurück ist! Ich spüre sie mit jeder Faser meines Körpers. Du wirst mir nicht glauben, weil ihr sie nie habt wahrnehmen können, aber sie ist hier. Du wirst es in den Wäldern sehen, und im Meer, falls sie nicht alles ausgesaugt haben, was darin ist. Die Gabe ist Leben! Sie ist eingesickert, langsam, aber sicher, fast ebenso lange, wie du alt bist. Die Gabe ist zurück, und jetzt haben die Vardari Panik.«

»Panik wovor?«

»Vor allem. Sie fürchten, dass wir wiederkommen, mein Volk, jetzt, da die Steine wieder funktionieren. Und sie fürchten Blutleserinnen und noch mehr Wolfskranke. Sie riechen ihren eigenen Untergang, und der wird nicht schön sein. Die Welt, wie wir sie kennen, wird zusammenbrechen, also lass uns annehmen, dass sie … nervös sind. Hör zu, Mädchen, ich will dir keine Panik machen oder so, aber wir haben keine Zeit, hier zu sitzen und zu plaudern. Die Vardari werden hinter dir her sein, und sie werden hinter der Seidagilde her sein. Hinter allen, die möglicherweise wissen, wo ich bin, oder die echte Blutleserinnen sein könnten.«

»Echte?«

»Vielleicht. Es ist gut möglich, dass das Hellfühlen bei denen erwacht, die eine Veranlagung dafür haben oder nach der Rückkehr der Gabe geboren werden. Das Blut meines Volkes fühlen zu können, ob es nun in mir oder in den Ewigwährenden fließt, ist eine seltene Fähigkeit, aber keine, über die die Vardari besonders glücklich sind. Außer in jener Zeit, als sie Blutleserinnen als Sklaven hielten und als Waffe gegen andere Ewigwährende benutzten. Also, was wirst du tun, wenn sie dich verfolgen?«

Juva umklammerte ihre Knie und murmelte: »Sie wissen nicht, dass ich etwas weiß …«

Gríf packte die Gitterstäbe in der Luke, und sie konnte hören, wie er tief Luft holte, als kämpfte er darum, sich zu beherrschen. »Überleg mal. Wenn alle, die gewusst haben, wo ich bin, tot sind, kann ihnen niemand mehr Blut geben. Sie haben sicher schon angefangen, aufeinander loszugehen. Sich zu bekriegen mit dem Ziel, der Erste zu sein, der mich findet. Wenn du eine von ihnen wärst, was würdest du tun?«

Juva schluckte. »Ich würde alle verfolgen, die etwas wissen könnten.«

Er breitete die Arme aus, als hätte er sie endlich dazu gebracht, zu verstehen.

Sie fühlte wieder Angst in sich aufkeimen. »Glaubst du, sie wissen, dass ich dich gefunden habe?«

»Dann wären sie hier und du wärst tot.«

»Wie Mutter und Solde … Ich weiß, wer sie getötet hat. Er war hier, bevor sie starben und bevor ich dich gefunden habe, als kleines Kind. Er war immer hier, wie ein böser Geist. Er heißt …«

»Nafraím.«

Gríf spuckte den Namen aus, im selben Moment wie sie, als wäre er ein Fluch. Er rieb sich die Narben auf dem Arm. »Nafraím war einer von den drei Ersten. Von denen, die mich gefangen haben. Ich kenne ihn nur zu gut, und glaub mir, er war es nicht, der die Blutleserinnen getötet hat. Derjenige, der die Eingeweihten ausgelöscht hat, ist jemand, der will, dass ich vergessen werde. Der hofft, dass ich verhungere und nie gefunden werde. Jemand, der den Vardari ein Ende machen will. Also entweder hat er nach sechshundert Jahren plötzlich seine Meinung geändert, oder …«

»Oder was?«

»Oder er weiß bereits, wo ich bin, will aber verhindern, dass einer der anderen es herausfindet. In dem Fall wärst du die Einzige, die ihm im Weg steht …«

Juva presste die Finger an die Nasenwurzel. Sie war benebelt und betrunken und wusste, dass sie nicht in der Lage war, alles zu verdauen, was er gesagt hatte. Aber dass es Nafraím war, der die Morde begangen hatte, dessen war sie sich sicher. Ob er es getan hatte, weil er es bereits wusste?

»Juva …«

Sie zuckte zusammen, als sie ihn ihren Namen sagen hörte.

»Juva, falls du die Einzige bist, die es weiß, und du stirbst, dann sterbe ich auch. Kannst du mich rauslassen, verdammt noch mal, damit ich nicht von einem Kind abhängig sein muss?!«

Sie stand mühsam auf, alles andere als sicher auf den Beinen. Schwer enttäuscht darüber, dass er sie für ein Kind hielt. »Was hättest du getan, hättest du einem Gefangenen etwa blind vertraut? Soweit ich weiß, bist du lebensgefährlich, also muss ich zuerst herausfinden, was die Vardari wollen. Am liebsten würde ich sie alle umbringen, aber ich muss es wissen. Das ist es, worauf es ankommt.«

»Nein, es kommt nicht auf die Vardari an. Ob du mich rauslässt oder nicht, kommt darauf an, wer du bist.«

Sie schüttelte den Kopf. »Nein, es kommt darauf an, wer *du* bist. Und ich weiß, dass du etwas verschweigst. Du sagst, sie haben dich gebraucht, um neue Vardari machen zu können, aber die Leute denken selten an jemand anderen als sich selbst. Also warum haben sie Panik? Wofür brauchen sie dich eigentlich?«

Gríf schlug mit der Faust gegen die Tür und drehte ihr den Rücken zu. Sie konnte beinahe riechen, wie frustriert er war, und sie konnte es ihm nicht verdenken. Er drehte sich wieder zu ihr um und atmete langsam aus.

»Sie brauchen mich, weil nichts ewig währt. Sie brauchen neues Blut, mindestens jedes Jahr, sonst fangen sie an zu faulen. Organe, die nie funktioniert haben, wie sie sollen, beginnen zu schrumpfen. Falls sie die Schmerzen aushalten, werden sie altern können wie ganz normale Leute, aber …«

Juva machte große Augen. »Aber sterben werden sie so oder so … Sie haben Panik, weil sie begonnen haben zu sterben.«

Gríf schloss die Augen, und Juva verstand, warum er ihr das verschwiegen hatte. Ohne ihn würden die Vardari sterben. Sie brauchte ihn nur hierzubehalten oder zu töten, dann hätte sie gewonnen.

TOTE LATERNEN

Juva erwachte in der Dämmerung, mit einer Lawine von Gedanken, die jede Hoffnung auf weiteren Schlaf zunichtemachte. Die Armbrust lag auf dem Kopfkissen neben ihr, in einem Bett, in dem sie nie zuvor geschlafen hatte. Mutters Bett. Groß und düster, mit schwarzen Vorhängen.

Lagalunes Schlafgemach hatte immer ebenso heilig gewirkt wie das Blutlesezimmer, und jetzt wusste sie, warum. Sie schaute verstohlen zur Kommode, die den Schacht verbarg, mit einer vagen Vermutung, dass sie sich deshalb hier hingelegt hatte. Um näher bei Gríf zu sein. Kontrolle zu haben.

Sie war vollständig angezogen, und ein dumpfer Schmerz im Oberschenkel verriet, dass der Flachmann immer noch in ihrer Hosentasche steckte. Es dauerte eine Weile, bis ihr einfiel, dass sie in Lebensgefahr war.

Juva stolperte zum Fenster und schaute hinaus auf ein unendliches Nebelmeer. Sie konnte nicht einmal bis hinüber nach Skodda blicken. Der Jólshov hielt sich verborgen, und das erschien ihr schmerzlich poetisch, weil alle Blutleserinnen dasselbe taten. Wenn Gríf recht hatte, waren sie jetzt Freiwild für die gespaltenen und verzweifelten Vardari.

Sie schlang die Arme um den Körper, fror bei dem Gedanken daran, was das bedeutete. Es konnte noch mehr Tote geben, weil die Vardari fürchteten, dass die Gabe, von der Gríf gesprochen hatte, sie zu echten Blutleserinnen machte. Eine schlummernde Veranlagung weckte, sie zu erspüren. Und Nafraím wusste bereits, dass sie es konnte …

Gríf hatte von einer ganz anderen Seidagilde gesprochen als der, die sie kannte. Jägerinnen und Kriegerinnen von alters her. Hellfühlende, von Ewigwährenden als Waffe gegen andere Ewigwährende benutzt, in einem Krieg um die Herrschaft über Grífs Blut.

Und ich habe ihn. Ich habe das ewige Leben der Vardari in meinen Händen.

Eigentlich müsste sie ihn töten. Das war es, was sie hätte tun sollen. Ein Schuss mit der neuen Armbrust und Gríf wäre weg. Sein Blut hatte eine lange Kette des Elends geschmiedet, die zerfallen würde. Die Vardari würden aussterben, keine flimmernden Herzen mehr, keine Blutperlen aus ewigwährendem Blut und nie mehr Wolfskranke …

Kein Gellen des Totenhorns, keine Leichen mit in den Hals gerammten Blutflaschen. Ihn zu töten war ein vergleichsweise geringer Preis dafür. Also warum konnte sie jetzt nicht zu ihm hinunterklettern und ihn erschießen?

War es, weil sie wusste, dass er die Wahrheit sagte, selbst über die unglaublichsten Dinge? War es Mitleid, weil er schon ebenso lange gefangen war, wie es Vardari gab? Oder war es, weil er nichts von einer Bestie hatte? Der Ursprung der Ewigwährenden müsste eigentlich aussehen wie ein Ungeheuer. Grauenerregend, wie Gaula. Das Böse sollte abstoßend und fürchterlich sein, mit Fangarmen, nicht …

Nicht wie er.

Sie hätte nicht dorthinunter gehen dürfen, denn jetzt war es zu spät. Sie hatten miteinander gesprochen. Er war ihr schon unter die Haut gegangen und hinderte sie daran, das zu tun, was sie tun müsste. Töten konnte sie ihn nicht, und freilassen auch nicht. Ihre einzige Hoffnung war, dass er immer noch ein Zuhause hatte und es möglich war, ihn dorthin zurückzubringen.

Falls wir es schaffen, an der Ringgarde vorbeizukommen. Falls die Steine, von denen er spricht, funktionieren. Und falls die Vardari mich nicht vorher umbringen.

Juva lief ein Schauer über den Rücken. Das hier war eine zu große, zu schwere Last für ihre Schultern. Sie fühlte sich wie die Mitte einer Sanduhr, der schmale Hals, der zwischen allem saß, was gewesen war, und allem, was noch kommen würde. Was, wenn sie zerbrach?

Gríf hatte recht. Sie konnte nicht hier sitzen und auf den Tod warten. Sie musste das Wichtigste zuerst tun: die Seidagilde warnen. Es konnte noch mehr Hellfühlende dort draußen geben, sowohl innerhalb als auch außerhalb der Gilde. Junge Frauen, die genauso lebten, wie sie es getan hatte, mit Angst und einem flimmernden Herzen. Die nicht ahnten, was mit ihnen los war oder dass alle in der Seidagilde in Gefahr waren. Sie konnte sie nicht im Stich lassen.

Juva ging in die Halle und vergewisserte sich, dass die Haustür verschlossen war. Es kam ihr betrüblich unzureichend vor. Sie sollte besser auch die Fenster vernageln und Broddmar und die anderen aus der Jagdgruppe um Hilfe bitten.

Nein! Von Gríf zu wissen würde auch sie in Gefahr bringen.

Außerdem wäre es Selbstmord, das Sannseyr-Haus in eine bemannte Festung zu verwandeln. Dann könnte sie auch gleich ein Schild an die Tür hängen: »Hier wohnt die Quelle des ewigen Lebens.«

Sie nahm den Stapel ungeöffneter Briefe mit in die Bibliothek und blätterte ihn durch, während sie aß. Die ältesten waren Beileidsbriefe an sie und Solde, und dann nur noch an sie. Die meisten kamen von wohlhabenden Kunden ihrer Mutter. Einer der Briefe hätte von Mutter selbst sein können, so dramatisch, wie er daherkam. Ein roter Umschlag, verschlossen mit einem fremden weißen Siegel. Juva öffnete es und zog eine in kunstvoller Schönschrift verfasste Einladung heraus. Die war an sie gerichtet, *»im Namen eines Wohltäters«*, der ihr Leben *»in dieser schwierigen Zeit«* beschützen wollte. Der Name des sogenannten Wohltäters glänzte durch Abwesenheit. Der einzige Name in dem Brief war der eines Mittelsmanns von der Náklabank.

Vardari. Sie beginnen mit der Balz …

Juva warf den Brief aus der Hand, sich unangenehm bewusst, dass die Höflichkeit weit weniger langlebig war als der Absender. Sie musste Gríf in seine Heimat bringen, so schnell wie möglich. Falls es denn überhaupt möglich war.

Sie zog sich hastig ihre Jacke an und ging hinaus in den Nebel, der beruhigend dicht war. Wenn sie die Leute nicht deutlich sehen konnte, dann sahen die sie auch nicht. Die Bäckerei auf der anderen Straßenseite war gerade verkauft worden, deshalb ging sie eilig daran vorbei, für den Fall, dass der Käufer ein Vardari war. Jemand, der ein Auge auf sie haben würde.

Sie betrat die Náklabank, hinterlegte eine Karte, dass sie in Erwägung ziehe, das Sannseyr-Haus zu verkaufen, und ging anschließend hinauf zum Náklaring. Die gestiegene Wachsamkeit war bereits in der Budenschanze zu merken, der Straße an der alten Stadtmauer. Wachen der Stadtgarde gingen am Brennmarkt auf und ab. Das Westtor in der Ringmauer stand normalerweise offen, aber auch hier hatte die Wolfsseuche die Gewohnheiten verändert. Die Leute wurden einzeln, einer nach dem anderen, durch die riesigen kupfergrünen Türen geschleust.

Juva reihte sich in die morgenmagere Schlange der Wartenden ein und bezahlte unverschämte fünfzig Skár allein für den Eintritt, ohne Reise. Ein barscher Ringgardist prüfte ihre Zähne und begleitete sie hinein in das dunkle Licht unter der gerillten Holzkuppel. Tageslicht fiel durch die Öffnung an der Spitze, gesättigt von tanzendem Nebel. Wie Gríſs Augen. Der bleiche Dunst senkte sich in Wirbeln, als würde er angesogen von dem dreikantigen Turm, der so viele Namen trug. Zeuge. Wegweiser. Wolfswände.

Das Geräusch von Gesprächen mischte sich mit dem mechanischen Knirschen der Zahnräder, die die patinagrünen Wände lebendig machten. Sie konnte Gríf beinahe lachen hören. Seine Kraft war echt, so echt, dass sie einleuchtend wirkte, jetzt, da sie alles mit neuen Augen sah. Der Wegweiser war von allein erwacht, angetrieben von einer Kraft, die kein Gelehrter verstand.

Juva trat in den Schatten des Bogengangs und betrachtete den Zeugen aus einigem Abstand. Ein Wolf, ein Rabe und ein Hirsch standen ganz oben auf ihrer jeweiligen Wand, aber auch sie waren nicht aus Stein. Und die drei Wände trafen ja in der Mitte zusammen, man konnte also eigentlich nicht hindurchgehen, wie bei den anderen Steinen. Man würde in einer Ecke stehen bleiben.

Oder verschwinden, bevor man so weit kommt.

Falls Gríf recht hatte, war der Zeuge auch Reisesteine, die in Welten außerhalb dieser Welt führten. Aber konnte man sie benutzen? Und wussten nur sie und die Ewigwährenden davon?

Juva hob den Blick. Die Schießscharten ganz oben in der Ringmauer waren seit ihrem letzten Besuch mit Armbrüsten versehen worden. Große, fest angebrachte Ungetüme, die nach innen auf die Steine zielten, und sie konnte Gardisten dort oben hantieren sehen. Als sie das letzte Mal hier gewesen war, zusammen mit Ester, hatte sie gedacht, wie seltsam es war, nach innen gerichtete Schießscharten zu haben. Das war vor Gríf gewesen. Bevor sie erfahren hatte, dass die Feinde, vor denen die Leute sich früher gefürchtet hatten, nicht von außen gekommen waren. Sondern aus dem Zeugen, mitten im Steinkreis. Hieß das, dass auch die Ringgarde unter dem Einfluss der Ewigwährenden stand? Wussten die Gardisten, dass der Zeuge eine Bedrohung war, oder war es eine natürliche Abwehrreaktion darauf, dass er begonnen hatte, sich zu bewegen?

Sechzehn Männer bewachten die Steine, zwei an jedem Paar. Niemand kam ohne Reisekarte an ihnen vorbei, und wer eine besaß, wurde zum richtigen Stein geschickt, je nachdem, wohin die Reise gehen sollte. Man hätte auf die Mitte zurennen können, aber wohl nicht, ohne erschossen oder eingeholt zu werden. Falls Gríf überhaupt durch die Tore kam, um es zu versuchen, würde er mit einem Bolzen im Rücken enden. Oder zehn. Es war sinnlos.

Um den ganzen Steinkreis herum lag der Blutrost, eingelassen in die Erde. Die kunstvoll geschnitzte Abdeckung verbarg das Wolfsblut, das in Rinnen floss und die Steine antrieb. Ihr wurde ganz flau bei dem Gedanken, wie lange sie gebraucht hatte, um herauszufinden, wie das Blut gestohlen wurde, und nun hatte es überhaupt nie etwas mit Wölfen zu tun gehabt. Die Blutperlen enthielten Blut der Ewigwährenden, den süchtig machenden und verdorbenen Abkömmlingen von Gríf.

Juva spürte ein leichtes Kitzeln im Herzen und zog sich in die Schatten zurück. Es war dummdreist gewesen, hierherzukommen. Wenn die Vardari sahen, wie sie den Zeugen musterte, würden sie begreifen …

Sie folgte dem Bogengang zum Westtor, gab ihre Besucherkarte ab und ging zurück zur Laternenkoppel. Das Problem mit dem Náklaring würde sie später lösen, jetzt musste sie mit den Blutleserinnen reden.

Die Erben von Ogny und Maruska waren die am meisten Gefährdeten und diejenigen, vor denen ihr am meisten graute. Es fühlte sich vollkommen unwirklich an, dass ausgerechnet sie an die Türen von Menschen klopfen sollte, die sie ihr Leben lang gemieden hatte, um sie nun in einer Gilde versammelt zu halten, die sie immer verachtet hatte. Blutleserinnen hatten seit Generationen gut davon gelebt, Leuten etwas über die Länge ihres Lebens vorzulügen, und jetzt war es an ihr, ihnen zu erzählen, dass der Tod nah war.

Was sollte sie sagen?

Hallo, ich habe einen bildschönen Teufel im Keller geerbt, und die Vardari brauchen ihn ganz verzweifelt. Tut mir leid, wenn sie glauben, dass du auch was damit zu tun hast, und dich deswegen umbringen. Außerdem gibt es eine außerweltliche Kraft, die das Blutlesen zu etwas Echtem machen kann, von daher … Vielleicht sollten wir uns mal zu einer Tasse Tee treffen?

Die Häuser in der engen Straße hüllten sich in dichten Dunst. Gespensterhaft im Licht der Sonne, die nie ganz hindurchdrang. Juva ging die Treppe hinauf und klopfte an die Tür von Spegill, die wohl die Älteste von allen Blutleserinnen sein musste.

Ein junges Mädchen öffnete die Tür. Hübsch angezogen, mit müden Augen. Sie rief sofort nach Spegill, als wüsste sie genau, wer Juva war. Spegill kam zur Tür gewatschelt.

»Ah, da bist du ja«, säuselte sie.

Ein typischer Blutleserinnentrick, um den Anschein zu erwecken, sie habe den Besuch vorausgeahnt. Juva suchte nach den Worten, die sie sich im Kopf zurechtgelegt hatte.

»Spegill, ich bin gekommen, um dir zu sagen, dass die Blutleserinnen in Gefahr sind. Die gesamte Seidagilde, und wir müssen zusammenhalten gegen …«

»Kind, ich bin fast hundert, hältst du mich für dämlich?«

»Nein! Nein, natürlich nicht, ich wollte nur …«

»Sechs Blutleserinnen sind tot! Selbst ein Jólbock würde begreifen, dass das eine Kriegshandlung war, und du willst uns zusammenhalten, damit wir ein noch leichteres Ziel abgeben? Ich glaube, du hast den Verstand verloren!«

Die Alte redete ohne Pause, und Juva sah keine andere Möglichkeit, als ihr ins Wort zu fallen.

»Nein! Du verstehst nicht, es können andere Dinge geschehen als Mord, Spegill! Die Vardari fürchten uns, sie glauben …« Sie suchte nach einer Möglichkeit, es zu erklären, ohne das Hellfühlen zu erwähnen. »Sie glauben, wir sind zu einer Gefahr für sie geworden, und einzeln haben wir keine Chance.«

»Ha!«, wieherte Spegill. »Kind, wir hatten schon keine Chance, als wir eine Einheit waren, und die haben wir jetzt auch nicht.«

Juva breitete hilflos die Arme aus. »Und was sollen wir deiner Meinung nach tun? Sollen wir uns verstecken, bis sie uns vergessen haben? Das wird nicht passieren. Wir können uns zusammentun und stark sein, oder wir können einzeln sterben, jede für sich allein.«

Spegill kaute auf ihrer runzeligen Lippe. »Sterben werden wir so oder so.«

Damit schloss sie die Tür.

Das war wie ein Schlag ins Gesicht. Juva überlegte, ob sie noch einmal klopfen sollte, aber es erschien ihr sinnlos. Spegill war alt und fertig mit Kämpfen. Hoffentlich gab es andere, die mehr Einsicht haben würden. Vielleicht sollte sie die Frauen daran erinnern, dass sie sie, auf dem Papier, zum neuen Oberhaupt der Seidagilde bestimmt hatten?

Oder vielleicht lieber nicht … Es war immerhin ein Amt, das sie weit von sich gewiesen hatten, weil sie um ihr Leben fürchteten.

Das nächste Haus war das von Ilja, einer Blutleserin in Mutters Alter. Die rote Laterne war auch hier verschwunden. Nur die verbogene schmiedeeiserne Halterung an der Hauswand zeugte noch von ihr.

Juva klopfte an die Tür. Ein grauhaariger, magerer Mann öffnete.

»Ja?«, sagte er geistesabwesend, während er halbherzig nach einer Katze trat, die ihm um die Beine strich.

Juva wollte gerade nach Ilja fragen, als sie sie sah. Die mit Schmuck überladene Blutleserin hob die Katze hoch und entdeckte Juva. Der Schreck in ihren Augen war nicht misszuverstehen.

Sie stürzte auf die Tür zu, die krachend ins Schloss fiel. Für einen Moment glaubte Juva, es sei ein Versehen gewesen, aber dann hörte sie aufgeregtes Flüstern dahinter. Das Wort »Mörderin« ließ sie zurückweichen.

Sie war wie vor den Kopf geschlagen, Übelkeit stieg in ihr auf und schnürte ihr die Kehle zu. Aus einem Impuls heraus legte sie die Hand an die Brust, obwohl sie inzwischen wusste, dass ihr Herz nicht zerspringen würde. Es schlug schnell, aber es war immer noch nur ihres. Ein gleichmäßiger und einsamer Rhythmus.

Sie wurde von einem Gefühl ergriffen, von dem sie nie geglaubt hätte, dass sie es einmal haben würde: Heimweh. Was sollte es bringen, diese Menschen zu retten? Was machte sie hier überhaupt? Sie könnte nach Hause gehen, wo das Herz nicht so verdammt allein war. Wo es ihn spüren konnte.

Spegill hat recht. Ich habe den Verstand verloren.

Ein Haus noch, das konnte sie schaffen. Sie musste die Erben von Ogny warnen, sie waren sicher die Ersten, hinter denen die Vardari her sein würden. Juva ging die Treppe zu dem prächtigen Haus hinauf, das Ogny Volsung gehört hatte. Sie klopfte an, vorsichtiger jetzt. Ein Mädchen mit Schürze öffnete, und Juva fragte nach der ersten Erbin von Ogny und ihrer Tochter.

»Das ist Haane, bitte warte kurz.« Das Mädchen verschwand im Haus, während die Tür einen Spalt geöffnet blieb.

Juva spürte ein bekanntes Gefühl in der Brust. Einen Hauch von Unruhe, einen Rhythmus, der nicht von ihr kam.

Vardari …

Der Nebel schien sich um sie herum zu verdichten, und sie hielt sich am Geländer fest. Was sollte sie tun? Sie konnte weglaufen und damit verraten, dass sie wusste, sie waren hier, oder stehen bleiben und ihr Leben riskieren. Wie sie sich auch entschied, sie steckte in der Klemme.

Nach einer ganzen Weile kam Haane an die Tür geschlurft. Sie war in den Dreißigern und ließ die Schultern in dem knittrigen Wollhemd hängen. Ihr Blick war nervös und bedrückt.

Juva brachte ihren Atem unter Kontrolle und versuchte, den stärker werdenden Rhythmus in ihrer Brust zu ergründen. Das Gefühl erinnerte an Nafraím, war aber dennoch fremd, deshalb bezweifelte sie, dass er es war. Aber wer immer es auch sein mochte, sie waren im Haus, und Haane wusste es.

Warum? Waren sie hier, um sie zu töten oder um sie für einen bevorstehenden Krieg anzuwerben? Oder wollten sie Haane mit Gewalt dazu bringen, über einen Teufel zu reden, von dem sie nicht das Geringste ahnte?

Juva begriff, dass in diesem Moment Haanes Schicksal in ihren Händen lag. Sie musste dem Ewigwährenden dort drinnen begreiflich machen, dass Haane nichts wusste. Und das, ohne zu verraten, dass sie hellfühlen konnte.

»Haane, ich … Ich bin Juva Sannseyr, die Erbin von Lagalune. Und von Solde. Wir teilen dasselbe Schicksal, du und ich.«

Haane nickte, ohne ihren Blick zu erwidern.

Juva sprach eilig weiter. Dies war immerhin die aufmunterndste Reaktion, die sie bisher erhalten hatte. »Die Morde sind ein Angriff auf die gesamte Seidagilde, und ich verstehe, dass ihr Angst habt. Alle haben jetzt Angst. Aber ich bin gekommen, um zu sagen, dass wir zusammenhalten müssen, wir können die Gilde nicht untergehen lassen.«

Haane zögerte, schien aber zu begreifen, dass sie etwas sagen musste. Sie zuckte die schweren Schultern, und es sah aus, als kostete es sie alle Energie, die sie besaß. »Da kann man wohl nicht viel machen.«

»Doch! Wir können zusammenhalten gegen die, die Ogny und die anderen ermordet haben, und ich weiß, dass es die Vardari waren. Sie sind hinter etwas her, hinter was, kann ich nicht sagen, aber … wir müssen miteinander reden.«

Juva konnte die Erwartung von innen heraus beinahe schmecken, es war wie ein gespanntes Pochen im Hals. Sie suchte verzweifelt nach Worten, die ihr Zeit verschaffen konnten.

»Haane, ich glaube, dass sowohl der Jólshov als auch unser Haus unter Beobachtung stehen, deshalb wollte ich dich fragen, ob wir uns hier treffen können. Um zu versuchen, die Seidagilde wieder zu versammeln.«

Haane starrte zu Boden. »Was sagen die anderen? Hast du mit Spegill gesprochen?«

Juva schüttelte den Kopf. »Noch nicht, aber das werde ich. Und ich schicke einen Laufburschen, der Tag und Zeit mitteilt. Bist du dabei?«

Haane schluckte, dann nickte sie. Juva zwang sich zu einem Lächeln, bevor sie ging, und sie musste sich zusammenreißen, um nicht zu rennen. Ihr war, als balancierte sie auf der Schneide eines Schwertes, ohne zu ahnen, ob sie es lebend überstehen würde. Hatte sie gerade ihr eigenes Todesurteil herbeigeredet? Sie hatte ja so gut wie zugegeben, dass sie etwas wusste …

Aber sie hatte Zeit gewonnen, für sich und für Haane, denn eines war ganz sicher: Der Ewigwährende, der gelauscht hatte, würde bis zu diesem Treffen keinen Finger rühren. Er oder sie glaubte, dass Juva etwas mitzuteilen hatte, und würde dort sein, um es sich anzuhören.

Das einzige Problem war, dass sie keine Ahnung hatte, was sie sagen sollte. Aber jetzt hatte sie eine Möglichkeit, Lügen unter den Vardari zu verbreiten. Was sie gegenüber der Seidagilde sagte, spielte ja keine Rolle. Deren Mitglieder hatten aufgegeben. Von den Kriegerinnen, an die Gríf sich erinnerte, war nichts mehr übrig.

GEMESSEN

»Sie braucht Platz um die Knie herum.« Broddmars Stimme klang gedämpft durch den schweren Vorhang.

»Natürlich.« Savill ging vor Juva in die Hocke und legte das Maßband an der Innenseite ihres Schenkels an.

Er war erstaunlich gelenkig für einen beleibten Mann über sechzig. Federte in die Hocke und wieder hoch, ohne einen Mucks von sich zu geben.

»Und um die Schultern«, sagte Broddmar. »Gute Beweglichkeit im Schulterbereich.«

Savill verdrehte die Augen. »Ist notiert«, erwiderte er, aber das Einzige, was er auf seinen Block schrieb, waren ihre Maße.

Juva schwitzte, obwohl sie nur in Unterwäsche dastand. »Ganz schön heiß hier«, entschuldigte sie sich.

»Mhm, wir heizen mit Leichenholz, wir brauchen gleichmäßiges Licht«, murmelte der Schneider. »Wir sind daran gewöhnt. Mach den Rücken gerade.«

Juva gehorchte. Ihre Schultern knackten, steif von Sorgen und Geheimnissen. In den letzten Tagen hatte sie viele Stunden unten bei Gríf verbracht. Er war immer ruheloser geworden, was sie durchaus verstehen konnte, aber sie wagte nicht, ihm zu vertrauen. Wagte nicht, ihn freizulassen, noch nicht.

»Die Jacke muss leicht sein«, kam es von Broddmar. »Nicht länger als bis zum halben Ober…«

Savill drehte sich zum Vorhang um. »Vielleicht solltest du zu jemandem gehen, der das hier *kann*?«

Broddmar grunzte und fuhr fort, im Laden auf und ab zu gehen. Jeder wusste, dass Savill der Beste war, nicht nur in der Scherengasse, sondern in ganz Náklav, und das Beste in Náklav war in der Regel das Beste der Welt. Es waren Savills Leute, die die Uniformen für die Ringgarde schneiderten, also mangelte es hier nicht an Erfahrung. Juva wusste, dass Broddmar deshalb unruhig war, weil ihm etwas an ihr lag. Er wusste besser als irgendjemand sonst, wie wichtig der rote Anzug war.

Bei dem Gedanken wallte Scham in ihr auf. Broddmar glaubte, dass sie es hinbekam, dass sie das Zeug dazu hatte, Ausbluterin zu werden, aber es waren ja keine Wolfskranken, die sie jagen wollte. Jetzt nicht mehr. Sie wollte Vardari jagen, die Quelle allen Übels.

Savill stellte sich hinter sie und reichte ihr das Ende des Maßbands. »Könntest du …? Die Oberweite.«

Juva legte das Band auf ihre Brüste und gab ihm das Ende zurück.

Er zupfte an ihrem Schnürmieder. »Gut, das sitzt nicht zu stramm. Ist das die Art Korsett, die du normalerweise trägst?«

»Ja …« Sie fühlte sich bei ihm in sicheren Händen, so, als wäre sie nichts anderes als eine der vielen Holzpuppen, die in halb fertiger Kleidung an der Wand standen.

Savill hängte sich das Maßband um den Nacken. »Ich habe zwei Sorten rotes Leder für dich. Dick und stark, widerstandsfähig gegen Schnitte und …« Er räusperte sich. »Bisse … Aber wir legen den Kragen eng an den Hals, mit eingearbeiteten Bahnen für Metallstäbe. Den Kragen kannst du dann bis über Mund und Nase hochziehen, wie eine Maske, du hast Broddmars Anzug gesehen, nicht wahr?«

Juva nickte.

Savill zog eine der kleinen Schubladen heraus, die die ganze Wand bedeckten. »Du brauchst viel Bewegungsfreiheit, deshalb verstärken wir die kritischen Nähte. Was hältst du von diesen?« Er reichte ihr zwei rote Lederflicken.

Der eine war glatt und langweilig, der andere tiefrot mit scheckiger Oberfläche, als wäre er bereits abgenutzt.

Savill strich mit dem Daumen darüber. »Er wurde mit Salzwasser gewaschen und geschrubbt, es macht also nichts, falls du …«

Juva begriff, dass er den Satz nicht beenden würde. »Blutspritzer abbekommst?«

Er machte ein Gesicht, als versuchte er, nicht darauf zu antworten, gab aber schließlich mit einem Seufzer auf. »Du bist zu jung dafür.«

Sie sagte nichts dazu. Er hatte recht, sie hätte etwas anderes werden können. Schneiderin zum Beispiel. Sie hätte ihr Leben in diesem schönen Laden zubringen können, umgeben von dunklem Holz, Lederproben und Schubladen voller Garnrollen. Die vergehenden Jahre wären durch zunehmende Schrammen am Arbeitstisch deutlich geworden. Aber sie war bei einem Jäger und einer Blutleserin aufgewachsen. Und sie hatte als Kind etwas gesehen, was sie nicht hätte sehen dürfen, und ihr Schicksal an den Wolf gebunden.

Gríf …

»Sie ist neunzehn, sie ist kein Kind«, sagte Broddmar. »Wann kannst du ihn fertig haben?«

Juva zog sich wieder an und Savill zog den Vorhang zur Seite. »Wir haben gut zwanzig Bestellungen für den Frühjahrslauf«, sagte er.

Broddmar steckte den Kopf herein. »Frühjahrslauf? Das hier ist ein Ausbluteranzug, Savill. Wir jagen Wolfskranke, und du willst überteuerte Kostüme für das Yra-Rennen vorziehen?«

Savill hob den Kopf. »Das habe ich nicht gesagt.«

Das Yra-Rennen …

Selbst etwas so Gewöhnliches wie der Frühjahrslauf in Náklav war an Gríf gebunden. In jedem Frühjahr zur Tagundnachtgleiche kostümierten sich die Leute für einen Wettlauf durch die Straßen. Sie konnten sich als alles Mögliche verkleiden, aber ursprünglich war es ein Lauf für die Wölfe gewesen. Die Leute hatten sich in Felle gekleidet, mit künstlichen Krallen und Reißzähnen. Was, wenn die Tradition auf alte Überlieferungen zurückging und nicht auf Märchen? Ein schwindelerregender Gedanke. Als hätte es die Welt ohne Gríf überhaupt nicht gegeben.

Savill versprach, den Anzug in zehn Tagen zur Anprobe fertig zu haben. Broddmar wollte ihn gerade unter Druck setzen, aber da klingelte das Glöckchen über der Tür und eine Frau trat ein. Juva stieg in ihre Schuhe und erstarrte mitten in der Bewegung, aufgeschreckt durch ein unangenehmes Stechen im Herzen.

Vardari!

Während Juva ihre Schuhe zuband, musterte sie die Frau unauffällig. Sie roch ungewöhnlich, wie nach Essig, und hatte eine unverkennbare Ausstrahlung von Adel. Kniehohe Schnürstiefel und dunkler Mantel, gefüttert mit gemusterter Seide. Ihr Blick schweifte träge über die Regale und verweilte einen Moment bei Juva, bevor Savill zu ihr ging, um sie zu bedienen.

»Kommst du?« Broddmar öffnete die Tür und Juva folgte ihm nach draußen.

Er redete in einem fort, aber Juva bekam kein Wort davon mit, vollkommen in Anspruch genommen von den kleinen Bissen im Herzen, die immer schwächer wurden, je länger sie gingen. Ein Leben lang Anfälle von unerklärlicher Angst – wie oft waren sie durch Ewigwährende verursacht worden, den Abkömmlingen von Grífs Blut?

Wie viele waren sie? Zehn oder zehntausend? Und gab es sie nur hier in Náklav, oder hatte sich das Blut über die ganze Welt verbreitet? Juva war im Begriff, in den Krieg gegen etwas zu ziehen, dessen Ausmaß sie nicht kannte, und dieser Gedanke war lähmend.

Broddmar blieb stehen, und sie merkte, dass sie zu Hause war. Er klopfte ihr auf den Nacken, wie er es immer tat, und sie blickte ihm nach, als er wegging. Wenn sie ihm doch alles erzählen könnte! Aber das war nicht möglich. Nicht, ohne ihn in Gefahr zu bringen.

Juva stampfte sich den Schneematsch von den Schuhen und schloss die Tür auf. Das Herz begann wieder zu flimmern, aber sie erkannte sofort, dass es nicht Grífs war. Jemand trat von hinten an sie heran und griff nach der Türklinke.

»Du gestattest?«, sagte Nafraím.

Die Angst schnitt durch sie hindurch, kalt und scharf wie Stahl. Sie unterdrückte ein Schluchzen. Nafraím legte den Arm um ihren Rücken und schob sie ins Haus, als ahnte er, dass sie davonlaufen würde, wenn sie die Chance dazu hätte. Die Tür fiel hinter ihnen ins Schloss.

Juva kämpfte gegen die Panik. Ihr Herz raste mit zwei anderen um die Wette, das eine war Grífs, das andere das eines Mörders, und sie pressten ihr den Atem aus der Lunge. Alte, schwere Herzen.

Nafraím sah sich um, als sei er noch nie in diesem Haus gewesen. »Ich hörte ein Gerücht, dass du in Erwägung ziehst, zu verkaufen.«

Das hatte sie fast vergessen. Die Náklabank hatte noch nicht einmal ihre Arbeit aufgenommen, also musste er Freunde dort haben, die ihn benachrichtigt hatten. Wie auch immer, er musste vollkommen verrückt sein. Glaubte er wirklich, dass sie an einen Mann verkaufen würde, der sechs Leichen hier zurückgelassen hatte? Oder bildete er sich etwa ein, sie wüsste nicht, dass er es gewesen war?

Es gab noch eine dritte Möglichkeit, die schlimmste von allen.

Es ist ein Vorwand. Er weiß von Gríf.

Juva bemühte sich, ruhig zu atmen, während die Gedanken durch ihren Kopf jagten. Hatte sie die Öffnung im Schornstein ordentlich verschlossen? Die Kommodenschublade im Zimmer? Würde er Spuren entdecken? War er deswegen hier, und war sie jetzt an der Reihe zu sterben? Konnte sie an ihre Armbrust kommen, die auf dem Bett lag?

Nafraím zog seine Handschuhe aus, faltete sie und steckte sie in die Tasche, mit einer Bewegung, die eingeübt wirkte, wegen der steifen linken Hand. Er zog seinen Mantel aus und reichte ihn Juva. Sie rührte keinen Finger und biss die Zähne zusammen, um das Zittern ihres Kinns zu verbergen. Er schien zu begreifen, dass sie ihm den Mantel nicht abnehmen würde, und hängte ihn über den Pfosten des Treppengeländers. Sein Hemd war weiß wie Schnee, mit einer braunen Weste darüber, die durch goldene Spangen geschlossen wurde. Nicht die Art von Kleidung, die man wählen würde, wenn man jemanden umbringen wollte, oder?

»Mein aufrichtiges Beileid«, sagte er. »Das muss eine schwere Zeit für dich gewesen sein. Wollen wir mit einer Tasse Tee beginnen?«

Juva wusste nicht, ob sie lachen oder weinen sollte. Der Mörder von Mutter und Solde bat um Tee. Er lächelte und sie zuckte zusammen. Er hatte Reißzähne!

Sie kehrte ihm den Rücken zu, um ihren Schock zu verbergen. Hatte sie ihren Verstand verloren? Er hatte noch nie Reißzähne gehabt, da war sie sich ganz sicher. Sie waren kurz, aber spitz.

Das ist ein Spiel, um zu sehen, ob ich darauf reagiere. Er hat sie bisher verborgen.

Sie ging durch den Flur hinunter zur Küche und hörte, dass er ihr folgte. Hastig sah sie sich im Raum um, auf der Suche nach etwas, das ihr helfen könnte. Vielleicht konnte sie ihn vergiften? Die

Flasche mit dem Pfeilgift war im Rucksack, oder hatte sie den in der Schinderhalle zurückgelassen? Sie war sich nicht sicher, und selbst wenn er hier war, oben in Mutters Zimmer, würde sie jetzt nicht an ihn herankommen.

Vielleicht konnte sie ihm den Schädel mit dem Kessel einschlagen? Nein, er war größer als sie, schlank, aber stark. Seine Bewegungen deuteten auf gute Körperkontrolle hin. Die Messer? Die lagen in der Schublade der Schneidbank, viel zu weit hinter ihr.

Sie zog den Kessel auf die Kochplatte und blies Leben in das Leichenholz, in dem vom Morgen noch Glutreste waren. Nafraím schlenderte herum, die Hände auf dem Rücken verschränkt, und betrachtete den Raum.

»Sie haben einen ganz eigenen Charme, diese Kellerküchen«, sagte er und ging in den Weinkeller. Seit Mutters Tod hatte niemand mehr einen Fuß hineingesetzt. Er kam mit einem mitleidigen Lächeln wieder heraus, als sei keiner der Weine den Besuch wert. »Viele interessante Zimmer, nicht wahr? Man kann in einem solchen Haus alles Mögliche verstecken.«

Juva tat, als hätte sie es nicht gehört, und goss den Tee auf. Hätte sie nicht den gesamten Vorrat an Reißdorn weggeworfen, hätte sie die Schachtel jetzt geleert. Sie reichte ihm den Becher, überrascht, dass ihre Hand nicht zitterte.

Er ging in die Vorratskammer und Juva eilte zur Treppe. Falls sie es vor ihm nach oben schaffte, konnte sie die Armbrust erreichen. Aber er kam rasch wieder heraus und ließ ihr keinen Vorsprung. Er folgte ihr in die Bibliothek. Dort stellte er seinen Tee auf dem Tisch ab, an dem die Toten gesessen hatten. Juva war sich schmerzlich bewusst, wie schnell ihre Augen sie verraten konnten. Ein flüchtiger Blick zum Schornstein, und es wäre offensichtlich, wo er suchen musste.

Er ging zum Rabenschrank, ohne dass sie auch nur in die Richtung geschaut hätte.

»Erinnerst du dich, als die hier gekommen sind?«, fragte er lächelnd. »Nein … Nein, natürlich tust du das nicht.« Er zog eine Münze aus der Tasche und steckte sie in den Schlitz. Nichts passierte.

Juva schluckte. »Du musst die Kurbel drehen«, sagte sie mit heiserer Stimme, und ihr fiel auf, dass es ihre ersten Worte waren, seit sie das Haus betreten hatten.

Nafraím kurbelte und der schreckliche Vogel öffnete den Schnabel. Er drehte sich von einer Seite zur anderen, mit abgehackten Bewegungen. Nafraím lachte, und Juva hätte schwören können, dass eine beklemmend echte Freude darin lag. Die Schale vor dem Raben ruckte und warf die vielflächigen Runenwürfel. Nafraím beugte sich vor und spähte in das Glaskästchen, um die Symbole zu sehen. »Das zerbrochene Herz, das Blut und das Meer. Was glaubst du, was das bedeutet?«

Dass ich dich zerbreche, dich töte und zur Dränke schicke.

Sie zuckte die Schultern. »Ich bin keine Blutleserin.«

Er sah sie an, mit diesen stechend braunen Augen, die selten blinzelten. »Ach nein? Wie ich hörte, wirst du das nächste Oberhaupt der Seidagilde. Das hat sogar mich überrascht, das muss ich zugeben.«

Er trank einen Schluck Tee, mit dieser seltsam neugierigen Miene, die den Anschein erweckte, als sei alles eine neue Erfahrung für ihn. Vielleicht war das eine Eigenschaft, die man brauchte, um ein solch langes Leben überhaupt zu ertragen? Ein bitterer Zug erschien um seinen Mund, er schob die Tasse von sich und holte eine Pastille aus der Westentasche. Dann bedeutete er ihr mit einem Kopfnicken, ihm zu folgen, und ging ins Blutlesezimmer. Juva gehorchte, erleichtert darüber, dass er mit der Bibliothek fertig war.

Nafraím breitete die Arme aus, als er das Wandgemälde sah. »Síla Sannseyr! Sie war ein Sturm von einer Frau, deine Urgroßmutter. Unvergesslich, wenn du verstehst, was ich meine.«

Juva umklammerte ihren Becher, um ihn nicht an die Wand zu pfeffern. Die Intimität, die er andeutete, war unerträglich. Er war ein Scheusal, und er redete, als wären sie alte Freunde. Alt im Sinne von mehreren Hundert Jahren, und das machte ihre Wut stärker als die Angst.

»Bist du fertig?«, spuckte sie ihm entgegen.

»Selbstverständlich, es war nicht meine Absicht, dir deine Zeit zu stehlen.«

Er ging wieder hinaus und in den Flur, wo die Tür zu Mutters Zimmer offen stand. Juva eilte ihm hinterher. Die Armbrust lag auf dem Bett und verriet, wie schlaflos sie gewesen war. Er sah sie mit bekümmertem Gesichtsausdruck an, der an die Besorgnis des Schneiders über ihre Berufswahl erinnerte. Es war so fehl am Platz, dass ihr schlecht wurde.

Er ging zum Nachttisch und hob ihr Zeichenbuch hoch.

Nein!

»Du zeichnest viel?«, fragte er, und ihr ging schlagartig auf, was für eine seltsame Annahme das war. Wäre es nicht naheliegender gewesen, zu vermuten, dass sie Tagebuch schrieb?

»Schon mein Leben lang.«

»Ich selbst habe auch viel gezeichnet«, sagte er lächelnd. »Ist es in Ordnung, wenn ich …?«

Sie nickte, sich vollkommen im Klaren darüber, dass es keine Rolle spielte, was sie antwortete, denn er wusste bereits, was er finden würde, obwohl Rugen der Einzige war, dem sie von den Zeichnungen erzählt hatte. Ihm und Broddmar. Keiner von ihnen kannte Nafraím.

Er öffnete das Buch mit der steifen Hand und blätterte durch die Zeichnungen von Wölfen und Männern, manchmal in ein und derselben Figur. Er hielt inne bei der, von der sie gehofft hatte, dass er sie nicht entdecken würde, einem nackten Wolfsmann mit schamloser Erektion.

Nafraím zog eine Augenbraue hoch und sah sie an, unerwartet verlegen. »Da steckt so einiges von Síla Sannseyr auch in dir, wie ich sehe.« Er legte das Buch aufs Bett. »Ungewöhnliche Motive, findest du nicht?«

Er weiß es. Ich muss so ehrlich sein, wie ich es verantworten kann.

»Ich habe Albträume gehabt. Immer. Als Kind habe ich einen Wolfskranken gesehen.«

Nafraím trat ganz dicht an sie heran, und sie musste sich zwingen, stehen zu bleiben. Drei Herzen schlugen ihr bis zum Hals, und sie ertappte sich bei dem Gedanken, ob Gríf sie wohl auch spürte. Wusste er, dass der Mann, der ihn fast siebenhundert Jahre lang in Gefangenschaft gehalten hatte, jetzt hier war?

»Einen Wolfskranken?«, fragte Nafraím. »Das ist doch nichts, wofür man sich schämen muss. Oder gibt es andere Gründe für deine Ängstlichkeit?«

Juva klammerte sich an die Wut, das Einzige, was sie retten konnte. »Ich schäme mich nicht und ich habe keine Angst vor dir. Ich hasse dich! Du bist ein Mörder, du und deinesgleichen, und ich will nichts mit euch zu tun haben!«

Sie stürmte aus dem Schlafzimmer und hinein in die Bibliothek, mit Nafraím auf den Fersen. Fieberhaft blätterte sie durch die Briefe, bis sie gefunden hatte, was sie suchte: den roten Umschlag.

»Hier! Das kommt auch von einem von euch, und du kannst allen ausrichten, dass ich nicht interessiert bin. Ich bin fertig mit der Blutleserei, und das Haus Sannseyr ist fertig mit den Vardari!«

Nafraím warf einen Blick auf den Umschlag und nickte, als sei ihm klar geworden, von wem der Brief kam. Juva hätte sich auf die Zunge beißen können. Vielleicht hatte sie gerade jemanden verraten, der ihr wirklich helfen wollte.

»Was für eine Erleichterung, das zu hören«, sagte er und ging in die Halle.

Für einen Moment überlegte sie, schnell die Armbrust zu holen, aber er war schon dabei, sich den Mantel anzuziehen, also ging sie stattdessen zu ihm. Ballte die Fäuste und betete stumm, dass er sich beeilen möge.

An der Tür blieb er stehen, eine Hand auf der Klinke. »Du glaubst, du kennst mich, Juva Sannseyr«, sagte er leise. »Aber ich bin weit mehr als die Summe meiner Sünden.«

Er ging hinaus und die Tür fiel hinter ihm zu. Juva drehte den Schlüssel im Schloss und sank auf dem Fußboden zusammen. Ihre Augen begann zu brennen, und sie war außerstande, die Tränenflut zurückzuhalten. Sie hatte geglaubt, vor ihm sicher zu sein, nachdem sie ihm die Karte gezeigt hatte. Er hatte ja selbst gesagt, dass sie nicht das Geringste wusste.

Warum hatte er wieder begonnen misstrauisch zu werden? Und was wäre passiert, wenn er sie jetzt getötet hätte? Dann hätte Gríf in dem Schacht gesessen, bis er verhungerte. Er wäre in Gefangenschaft verrottet und sie wäre schuld gewesen.

Nafraím glaubte, dass sie ihm gehöre, so wie ihre Mutter und die Mutter ihrer Mutter ihm gehört hatten. Die Vardari hatten die Blutleserinnen mit Blutperlen und Macht unter Kontrolle gehalten, schon seit der Vertrag über die Bewachung von Gríf geschlossen worden war. Das war Wahnsinn. Und falls es noch andere gab, die Vardari erspüren konnten, würde es noch deutlich schlimmer werden.

Juva wischte die verräterischen Tränen weg, bis ihre Wangen brannten. Dann stand sie auf und ging zurück in die Bibliothek. Sie hatte in Angst gelebt, seit sie zurückdenken konnte, ohne zu wissen, woran das lag. Und jetzt, da sie es wusste, sollte sie es gegen etwas neues Beängstigendes eintauschen? Nein. Nie wieder.

Sie öffnete den Brief vom Stadtrat. Das Sannseyr-Haus sollte nicht verkauft, es sollte beschützt werden. Weder sie noch irgendeine andere Blutleserin sollte mehr Sklavin der Ewigwährenden sein, auch wenn das bedeutete, dass sie das werden musste, was sie immer verachtet hatte.

ROST

Juva kämmte ihr Haar und überlegte, ob sie es flechten sollte, verwarf den Gedanken aber wieder. Wenn sie sich zu sehr herausputzte, würde der Stadtrat merken, dass sie die Stelle haben wollte, und nicht auf ihre Forderungen eingehen. Sie musste wie eine Blutleserin denken und ihn zuerst aus der Deckung kommen lassen. Er war es, der sie brauchte, nicht umgekehrt. Ihm fehlte eine Gildemeisterin für die Seidagilde, und die Position war inzwischen ebenso attraktiv wie die Wolfsseuche.

Sie legte ein weiteres Holzscheit ins Feuer und versuchte noch einmal durchzugehen, was sie sagen wollte, aber ihre Gedanken kreisten unaufhörlich um Gríf.

Vor acht Tagen hatte sie ihn gefunden. Acht Tage waren vergangen, ohne dass sie ihn freigelassen hatte. Sie hatten durch die rostige Eisentür miteinander gesprochen, aber sie hatte immer irgendeine armselige Ausrede gehabt, um sie nicht zu öffnen, und das nagte an ihr. Hielt sie nachts wach. Wovor fürchtete sie sich?

Im schlimmsten Fall war er tatsächlich ein Teufel, ein Ungeheuer, das sie in Stücke reißen würde, sobald es die Chance dazu bekam. Im besten Fall hatte er die Wahrheit gesagt und war ein unschuldiger Kriegsgefangener. Obwohl, *unschuldig* war das Letzte, was sie mit ihm verband.

Die Fähigkeit, in Leuten zu lesen, zerfiel zu Staub, wenn sie ihn sah, aber ganz gleich, wie sehr sie auch darüber nachgrübelte, eines wusste sie mit Sicherheit: Die Ungewissheit gab ihr kein Recht, einen Mann gefangen zu halten.

Jeder Tag, der verging, war ein neues Unrecht, ein noch größerer Grund für ihn zu toben, sobald er frei war. Und einen tobenden Gríf wollte sie nicht erleben …

Bei dem Gedanken überlief es sie kalt. Esters Mann hatte sie geschlagen, bis zu dem Tag, an dem sie zurückschlug. Hatte sie gewusst, wozu er imstande war, als sie ihn heiratete?

Der Türklopfer dröhnte durch die Halle, und sie lief hin, um zu öffnen, ausnahmsweise froh darüber, ihn zu hören. Draußen stand der Stadtrat, breit wie ein Bergmassiv. Kaum dass sie die zwei jungen Männer hinter ihm sehen konnte, beide mit den Armen voller Bücher. Ein blank polierter Wagen nahm fast die gesamte Breite der Straße ein. Ein seltener Anblick in Náklavs schmalen Gassen.

»Juva Sannseyr, das war wirklich keinen Augenblick zu früh!« Der Stadtrat presste sich durch die Tür, nur eine Haaresbreite davon entfernt, stecken zu bleiben.

Die beiden Träger folgten ihm, und Juva bat den Besuch in die Bibliothek.

»Du hast um Bücher gebeten«, schnaufte der Stadtrat. »Und Bücher sollst du wahrhaftig bekommen. Hier ist alles, was sich über die Seidagilde auftreiben lässt, und über den Mythos um die Ewigwährenden, mehr Märchen, als du im Leben schaffen kannst!«

Die beiden jungen Männer luden die Bücher auf dem Tisch ab, und der Stadtrat scheuchte sie mit einer Handbewegung hinaus. Dann ließ er sich auf dem Sofa nieder, auf dem kaum Platz übrig blieb. Er gab ihr nicht die Hand und stellte sich auch nicht vor, aber sie wusste, dass er Drogg Valsvik hieß, und er ging wohl davon aus, dass der Rest der Welt das auch wusste.

Juva öffnete den Lackschrank und nahm die Flasche Roggenschnaps heraus.

»Nein danke, ich trinke nicht«, sagte Drogg.

Juva setzte sich ihm gegenüber auf den Stuhl, lehnte sich zurück und schlug die Beine übereinander. Sie überließ ihm die Eröffnung des Gesprächs.

»Weißt du, wie viele es schaffen, mich in diesen Tagen zu einem Besuch bei ihnen zu bewegen?«, fragte er und wischte sich mit einem geblümten Taschentuch den Schweiß von der Stirn. »Niemand, Frú Sannseyr. Es hat mich viele Schritte gekostet und wahrscheinlich ein Jahr meines Lebens, was ja schon etwas über den Ernst der Sache aussagt.« Er sah sie mit einem unerwarteten Augenzwinkern an. Sein dunkelblondes Haar lichtete sich auf dem Oberkopf, und andere Männer hätten vielleicht versucht, es über die kahle Stelle zu kämmen.

Er steckte das Taschentuch wieder ein. »Darf ich davon ausgehen, dass du mir die Gunst erweist, mir genau zu sagen, wie viel Zeit ich verloren habe, wenn wir mit dem Vorhaben des Tages fertig sind?«

Juva tat ihr Bestes, um ihre Verwirrung zu verbergen, aber er bekam genug davon mit, um fortzufahren.

»Deine Mutter hat das Geheimnis mit mir geteilt – mein Beileid, natürlich –, und Gaula soll mich fressen, falls ich es nicht bewahrt habe. Nun nehme ich an, dass du, als ihre Erbin, mir weiterhin beistehen kannst.«

Juva ignorierte den Anflug von Unruhe. Es war unwahrscheinlich, dass er von Gríf sprach.

»Meine Mutter hatte viele Geheimnisse, von welchem sprichst du?«

Er fuhr mit einem fleischigen Finger am Hemdkragen entlang, als säße er zu eng.

»Ich spreche davon, dass die Länge des Lebens im Herzen liegt.«

Das klang wie etwas Selbstverständliches, und Juva hatte keine Ahnung, worauf er hinauswollte, also hielt sie den Mund.

»In der Anzahl der Herzschläge?«, versuchte er es.

Juva zuckte die Schultern.

»Du bist keine Frau der vielen Worte, das weiß ich zu schätzen. Ich will damit sagen, dass die Länge des Lebens vorherbestimmt ist und dass es darum geht, wie viele Herzschläge einem zugeteilt wurden. Deine Mutter hatte die Güte, zu berechnen, wie viel Zeit mir noch bleibt, wenn ich sie besucht habe. Das variierte, je nachdem, wie viele Herzschläge ich verbraucht hatte. Jetzt, da ich eine erhebliche Anzahl damit vergeudet habe, mich hierherzubegeben, darf ich wohl erwarten, dass du mir denselben Dienst erweist?«

Juva spannte die Kiefermuskeln an, ihr wäre beinahe die Kinnlade heruntergefallen. »Du meinst … du legst so wenig Wege wie möglich zurück, um …?«

»Herzschläge zu sparen, ganz richtig«, vollendete er den Satz.

Juva starrte ihn an, aber nichts deutete darauf hin, dass er Witze machte. Mutter hatte eine wunde Stelle gefunden und sie offen gehalten. Hatte die Angst geschürt, bis er nicht mehr gewagt hatte, sich zu bewegen. Der Mann vor ihr wäre nur halb so fett, wenn er furchtlos wäre.

Bei Gaula, was für ein herzloses Weib!

Drogg sah sie erwartungsvoll an. Er wirkte wie ein bodenständiger Mann, bei Weitem nicht wie einer, der anfällig für Aberglauben war. Also was sollte sie sagen? Dass Mutter gelogen hatte? Das würde er ihr kaum glauben und es vielleicht als Beleidigung oder Zurückweisung auffassen. Die Sache erforderte ein Fingerspitzengefühl, das sie sich nicht zutraute, aber versuchen musste sie es.

»Wie viel hat es dich gekostet, zu erfahren, wie lange du noch hast?«

»Fünfzig Runen. Ich bin nicht hier, um den Preis zu drücken, Frú Sannseyr.«

»Fünfzig Runen, jedes Mal? Und du hast nie gezweifelt?«

Drogg zögerte. Er hatte bestimmt seine Zweifel gehabt, aber das wagte er einer Blutleserin sicher nicht zu gestehen.

Sie sah ein, dass die Frage Zeit zum Reifen brauchte, deshalb beugte sie sich über den Tisch vor. »Drogg Valsvik, darüber sprechen wir später. Lass uns die andere Sache vorziehen.«

»Selbstverständlich!«, erwiderte er, sichtlich erleichtert. »Wie du ja sicher weißt, ist unsere geliebte Stadt derzeit nicht in bester Verfassung. Mehr Wolfskranke, weniger Reisende, weniger Geld im Umlauf … Und im Kielwasser dessen kommt Unmut auf, Unruhen auf den Flößen … Und auch nicht nur in den ärmsten Gegenden, wir haben besorgniserregende Vorfälle an den besten Adressen gehabt! Es ist im Interesse aller, auch in deinem, dass wir eine gewisse Stabilität aufrechterhalten, nicht wahr? Ich werde der Erste sein, der einräumt, dass Unruhe um die Seidagilde entstanden ist, nach diesen … unerwarteten Todesfällen …«

»Morden.«

»Ja. Den Morden, sagen wir ruhig, wie es ist.« Sein Lächeln erreichte die Augen. »Du gefällst mir, Juva Sannseyr. Wo war ich stehen geblieben? Richtig, die Morde haben unserem geistigen Leben einen traurigen Dämpfer verpasst, wenn man so will. Die Seidagilde könnte es genauso gut nicht mehr geben! Das Tagwerk auf Jólshov geht seinen Gang, denn es gibt genügend Leute, die sich darum kümmern, aber niemand von ihnen will ein Amt. Niemand will führen. Der Stadtrat nimmt viele Trauungen und Stürzungen vor, aber ein nicht geringer Teil bevorzugt … sagen wir, eigenartige Glaubensrichtungen, die Götter mögen wissen, von wo überall. Fanatiker aus Undst. Geisterbeschwörer aus Au-Gok. Das ist eine unhaltbare Situation!«

Er wartete, bis sich sein fauchender Atem beruhigt hatte, ehe er fortfuhr. »Bald haben wir das Yra-Rennen. Den Frühjahrslauf, Frú Sannseyr, und bis dahin brauchen wir eine Gildemeisterin für die Seidagilde, und sei es nur auf dem Papier. Wir können nicht die halbe Stadt auf den Wettlauf um den Náklaring loslassen, ohne dass die Gildemeisterin ihre Rede hält. Die Leute brauchen feste Anhaltspunkte!«

Um den Náklaring …

Es war, als hätten seine Worte einen Knoten gelöst. Der Frühjahrslauf! Das Yra-Rennen anlässlich der Frühlings-Tagundnachtgleiche war der einzige Tag im Jahr, an dem niemand an den Stadttoren kontrolliert wurde. Das war einfach nicht möglich, da Horden von Menschen durch die Stadt um die Wette laufen würden, um die Steine herum und wieder zurück. Menschen, die als alle möglichen Wildtiere verkleidet waren. Während des Yra-Rennens überprüfte niemand die Münder auf Reißzähne, denn davon gab es mehr als genug. Aus Knochen oder Ton, angeklebt und aufgemalt, und alles, was man sich an Fellen und Krallen vorstellen konnte.

Wenn es eine Chance gab, Gríf in seine Heimat zu bringen, dann während des Yra-Rennens.

Juva biss sich auf die Lippe, um ihr Lächeln zu verbergen. Sie musste es Gríf gleich erzählen, sobald der Stadtrat aus dem Haus war. Aber sie durfte nicht zu früh Ja sagen, sie hatte Bedingungen, in die er einwilligen musste. Sie lehnte sich auf dem Stuhl zurück und seufzte.

»Verehrter Stadtrat, das ist natürlich eine Herausforderung, aber Reden halten liegt mir nicht. Außerdem habe ich bereits zwei Aufgaben. Ich jage Wölfe, und ich jage Wolfskranke, zusammen mit dem roten Jäger. Ich werde Ausbluterin.«

Drogg fuhr sich wieder mit dem Taschentuch über die Stirn. »Das scheint mir eine morbide Beschäftigung für eine … nun, für jeden zu sein.«

»Irgendwer muss es tun.«

»Das ist richtig und eine Einstellung, die ich wirklich zu schätzen weiß, Frú Sannseyr. Aber Gildemeisterin zu sein muss nicht mehr bedeuten, als dass du die Sprecherin bist. Niemand hat die Absicht, dich mit Pflichten zu überhäufen. Was wir brauchen, ist ein Oberhaupt, und die Mitglieder haben dich ausgewählt. Du mit deinem Namen kannst sie sammeln. Du würdest natürlich eine angemessene Vergütung erhalten und die Möglichkeit, die Seidagilde so zu formen, wie du sie haben willst. Das ist nur wenigen vergönnt, Frú Sannseyr. Was die Blutleserinnen sein sollen und welche Gesetze gelten sollen, überlassen wir dir. Deine Landsleute brauchen dich. Die Königin braucht dich. Und wenn ich nun sagen würde, dass diese Aufgabe noch wichtiger ist, als Wolfskranke zu jagen, es dir aber freisteht, beides zu tun?«

Juva fuhr sich mit der Hand über den Mund, um ein erneutes Lächeln zu überspielen. Sie hatte ihn genau da, wo sie ihn haben wollte. »Du meinst, es steht mir frei, beide Tätigkeiten auszuüben, so lange, bis nachts jemand in mein Haus einbricht und mich im Schlaf ermordet?«

Droggs Blick irrte suchend hin und her. »Nichts deutet darauf hin, dass so etwas geschehen könnte, aber wir werden selbstverständlich Maßnahmen treffen, um das zu verhindern. Was brauchst du?«

Juva tat, als würde sie überlegen, obwohl sie die Antwort parat hatte. »Ich brauche Wachen vor dem Haus, zumindest in der ersten Zeit. Zwei Wächter, rund um die Uhr. Und häufigere Kontrollgänge der Ordnungshüter durch die gesamte Laternenkoppel, damit die Blutleserinnen sich sicher fühlen können.«

»Ich kann dafür sorgen, dass sie heute Nachmittag hier sind.«

»Und da die Blutleserinnen den Eindruck haben, Ziel von Mordanschlägen zu sein, will ich das Recht haben, sie Waffen tragen zu lassen, wenn sie sich bedroht fühlen.«

Drogg blinzelte, als verstünde er die Forderung nicht. »Niemand in Náklav hat das Recht, in der Öffentlichkeit Waffen zu tragen, das ist …«

»Ich schon. Ich habe eine Jagd-Erlaubnis. Wir brauchen mehrere.«

»Ich werde sehen, was ich tun kann.«

Er holte ein paar Papiere aus seiner Aktentasche und legte sie vor sich auf den Tisch. Es war der Vertrag.

»Eine Sache noch«, sagte Juva. »Ich will die Erlaubnis haben, Vardari zu jagen.«

Am Tisch wurde es mucksmäuschenstill.

Sie wusste, dass sie um das Unmögliche bat, aber falls Nafraím zurückkam, würde sie ihn töten. Sie konnte nicht riskieren, dass es ein Nachspiel hatte und sie im Gefängnis landete, wenn sie sich verteidigte.

»Frú Sannseyr, die sogenannten Vardari sind … Nun ja, eine solche Vereinigung wird vom Rat der Stadt nicht anerkannt, und auch nicht von der Ringgarde oder anderen Gesetzesvertretern in Náklav. Niemand kann dir die Erlaubnis erteilen, etwas zu jagen, was nicht existiert.«

Juva schob den Vertrag ein wenig beiseite und beugte sich zu ihm vor. »Nein, aber man könnte mir erlauben, alles zu jagen, was Reißzähne hat.«

Drogg blickte sie forschend an. »Also … du möchtest den Wortlaut der Erlaubnis für Wölfe und Wolfskranke, die du bereits besitzt, erweitern?«

»Richtig. Falls es die Vardari nicht gibt, spielt es ja keine Rolle für euch, ob sie gejagt werden können oder nicht. Mit dem Wolfsblut und den Zähnen der Wolfskranken habt ihr nichts zu tun, das ist Sache der Ringgarde.«

Drogg zückte einen Füllfederhalter und notierte auf einem Blatt Papier, während er für sich wiederholte: *»Recht zur Jagd auf alles, was Reißzähne hat.«*

Juva lächelte. »Lässt sich das machen?«

»Ich denke, das wird sich machen lassen, Frú Sannseyr.«

Er schob ihr den Vertrag hin. Sie las ihn durch, er war verblüffend einfach gehalten, und unterschrieb.

Ich bin Oberhaupt der Seidagilde.

Sie hatte bekommen, was sie brauchte, aber nach ihrem Empfinden war es alles andere als ein Sieg. Ihr ganzes Leben lang hatte sie gedacht, dass die Blutleserinnen ruhig krepieren sollten, eine wie die andere, und jetzt hatte sie sich verpflichtet, ihre Anführerin zu sein. Hatte sie ihr eigenes Todesurteil unterschrieben? Kaum … Ihr Todesurteil saß eingesperrt unter dem Haus, es spielte keine Rolle, ob sie die Seidagilde leitete oder nicht. Die Vardari würden so oder so kommen.

Ihr Namenszug glänzte feucht. Er zog langsam ins Papier ein, und am Ende sah es aus, als hätte er immer dort gestanden.

Drogg unterschrieb ebenfalls, und sofort sanken seine massigen Schultern herab. »Du hast das einzig Richtige getan, Frú Sannseyr. Es fühlt sich wahrhaftig so an, als hätte ich hier doch ein paar Herzschläge gespart.« Er blickte ihr mit kaum verhohlener Erwartung in die Augen.

Sie brauchte ihn nur anzulügen. Seine Hand mit Mutters Blutlesekralle zu ritzen. Vielleicht ein paar Karten zu legen und ihm zu sagen, was er hören wollte. Aber was er wollte, war nicht das, was er brauchte.

Wie viele hatte Mutter gefangen gehalten? Gríf im Schacht, ihre Töchter in Angst. Und den Stadtrat in seinem eigenen Körper. Lagalune hatte dafür gesorgt, dass er aus Todesangst unbeweglich wurde. Angst vor seinem eigenen Herzschlag hatte, und Juva wusste nur allzu gut, wie sich das anfühlte. Sie schuldete ihm Freiheit.

Juva erhob sich. »Lass mich dir etwas erzählen, was meine Mutter versäumt hat dir zu sagen, Ratsherr. Niemand kann wissen, wie viele Herzschläge dir noch bleiben. Absolut niemand. Das ist eine Lüge, von der sie gut gelebt hat.«

Er öffnete den Mund, als wolle er widersprechen, aber dann fiel sein Blick auf den Vertrag, der aus seiner Aktentasche lugte, und er schwieg. Sie streckte die Hand aus und half ihm auf die Beine.

»Ratsherr, niemand wird mit einer festen Anzahl Herzschläge geboren. So berechenbar ist das Schicksal nicht, dafür spielt es viel zu gern. Komm.«

Sie zog ihn mit sich hinaus in die Halle, bis er sichtlich außer Atem war. Dann nahm sie seine Hand und legte sie an ihren Hals.

»Spürst du das?«, fragte sie eifrig.

Droggs Augen weiteten sich vor Unruhe, während seine Finger an ihrem Hals zitterten. »Die Schläge … sie werden weniger …«

»Nein, Ratsherr! Sie werden nicht weniger, sie werden mehr! Was meine Mutter nicht wusste, ist, dass du mit jedem verbrauchten Herzschlag einen weiteren dazuverdienst. Verbrauchst du oft genug viele davon, gewinnst du neue Herzschläge viel schneller hinzu, als du sie verbrauchen kannst. Deshalb liebe ich es, auf die Jagd zu gehen. Durch die Wälder zu laufen.«

Drogg ließ seinen Arm sinken. »Du sagst … du sagst, dass es keine Rolle spielt, was ich tue?«

»Ich sage, dass niemand dir sagen kann, wann du stirbst oder was dich am Ende in die Dränke schickt. Aber wenn du mehr Herzschläge dazuverdienst, wirst du jedenfalls nicht deshalb sterben, weil du keine mehr übrig hast. Das schwöre ich.«

Der Stadtrat schien über ihre Worte nachzudenken, ließ sich aber nicht anmerken, was er davon hielt. Das hatte sie auch nicht erwartet. Er hatte die Wahrheit – und sich selbst – viele Jahre lang unter Verschluss gehalten. Es würde Zeit brauchen, den Rost abzukratzen.

Er hängte sich die Tasche über die Schulter und sah sie an. »Gildemeisterin Sannseyr, du bist deiner Mutter und deiner Schwester überhaupt nicht ähnlich.«

Juva verkniff sich ein Danke, das ihr beinahe über die Lippen gekommen wäre. Sie begleitete ihn hinaus und blieb in der Tür stehen, bis die Zugmänner, zwei starke Kerle, den Wagen ins Rollen gebracht hatten.

Frühjahrslauf! Gríf!

Sie schloss die Tür und lief zurück in die Bibliothek. Sie öffnete die Luke im Rabenschrank und zog am Hebel. Die Bolzen innen im Schornstein rumpelten. Sie schob die Wand beiseite und kletterte in den kühlen Schacht hinunter. Sie hatte ihm so viel zu erzählen, dass sie vergaß, die Laterne mitzunehmen, und sich mit den Händen an der Tunnelwand entlangtasten musste.

Das Geräusch von fließendem Wasser veranlasste sie, langsamer zu gehen, bis sie den Eisenschrank erreicht hatte. Die vordere Tür stand immer noch offen. Die dahinter war fest verschlossen. Flimmerndes Licht fiel durch die Gitterstäbe der Luke und malte blasse Felder auf die rostigen Wände. Juva schlich sich geräuschlos an die Tür und spähte durch die Luke.

Gríf stand mit dem Rücken zu ihr in einer Nische der Felswand. Wasser rieselte von der Decke und über seinen nackten Körper, der alles andere als unbenutzt war. Er fuhr sich mit den Krallen durchs Haar. Zögerte einen winzigen Augenblick, den Kopf leicht zur Seite geneigt, als würde er lauschen.

Er weiß es. Er spürt mich.

Vielleicht konnte er sie hören oder riechen wie ein Tier? Oder konnte er auch ihr Herz spüren, so wie sie seins spürte? Schwer und saugend, im Takt mit ihrem eigenen. Spuren von Seifenschaum krochen an seinem Rückgrat hinunter, das tief zwischen den Muskeln saß.

Juva presste die Fingerknöchel auf den Mund, ohne dass es den plötzlichen Drang dämpfte, ihn zu beißen. Hätte er es ihr erlaubt? Hätte er sie für den Versuch verspottet, oder hätte er ihr einfach das Genick gebrochen? Leicht genug wäre es, er konnte es sicher mit nur einem Arm tun …

Er drehte sich um und kam aus der Nische, vollkommen nackt. Juva konnte seinen Pimmel im Schwung der Bewegung schaukeln sehen.

Sieh weg!

Aber ihre Augen weigerten sich zu gehorchen. Sie presste die Stirn an die Eisentür und spürte den Geruch von Rost und Salz. Er kam näher und schüttelte sich wie ein nasser Hund. Sie merkte, dass ein paar Tropfen auf ihre Lippen regneten.

Was mache ich hier?! Er ist der Eisenwolf. Der Teufel. Die Quelle ewigen Lebens und der Mann, der Vater getötet hat.

Juva zog sich zurück und schlich auf Zehenspitzen durch den Tunnel, mit einem Gefühl, als wäre sie betrunken. Hatte er sie betäubt? Sie wusste nichts über ihn, nur das, was er selbst erzählt hatte, und warum sollte das mehr sein als die Spitze des Eisbergs? Ja, der Mann konnte als Mensch durchgehen, solange er bekleidet war, aber die komplett schwarzen Augen … Die Reißzähne. Und er konnte mit den Klauen essen! Sie hatte es selbst gesehen. Das war verrückt, und Gaula mochte wissen, was er sonst noch alles konnte.

So einen konnte sie nicht freilassen. Das war lebensgefährlich.

Juva kletterte den Schornstein hinauf und schob die Wand zurück an ihren Platz. Sie fuhr sich mit den Händen übers Gesicht und atmete langsam aus. Sie hatte sich gefragt, was sie davon abhielt, ihn zu befreien. Und wenn es nun nicht die Angst davor war, dass er ihr etwas antun könnte oder irgendjemand anderem, sondern die Angst, ihn zu verlieren? Sie sank aufs Sofa.

Jól helfe mir, ich will ihn haben …

Das war das Letzte, was sie gebrauchen konnte. Sie musste klar denken und ihn klar sehen, nicht durch einen albernen Schleier von Lust. Sie hatte sich immer außen vor gefühlt, und jetzt war sie gefesselt von etwas, das noch fremder war als sie selbst, das war die Erklärung. So einfach war das. Ganz zu schweigen davon, dass es

Gríf gewesen war, der ihr die Sache mit dem Herzen erklärt hatte. Es war, als hätte er die Panik weggenommen. Sie stark gemacht. Aber das stimmte nicht, er war ja auch deren Ursache gewesen, das durfte sie nicht vergessen.

Das Verlangen ballte sich in ihrer Brust und wuchs sich zu dem Gefühl aus, in unmittelbarer Gefahr zu sein. Man konnte ja viel über Rugen sagen, aber bei ihm hatte sie wenigstens nie das Gefühl haben müssen, dass etwas auf dem Spiel stand.

REISSZÄHNE

Ob jemand von ihnen kommt?

Juva wagte nicht zu hoffen. Sie hatte Laufburschen mit der Nachricht über das Treffen bei Haane zum gesamten Rat der Seidagilde geschickt, aber sie zweifelte daran, dass sie auch nur eine einzige Blutleserin sehen würde. Der Einzige, von dem sie mit Sicherheit wusste, dass er dort sein würde, war der Ewigwährende, den sie beim letzten Mal gespürt hatte.

Die Vorbereitungen hatten mehrere Tage gedauert, aber jetzt wusste sie mehr über die Seidagilde, als sie jemals hatte wissen wollen. Mehr, als Mutter gewusst hatte, und vermutlich mehr als Ogny und Maruska. Die Bücher lagen um sie herum verstreut, an den wichtigsten Stellen aufgeschlagen und mit Lesezeichen versehen, wo die Geschichte mit dem übereinstimmte, was Gríf erzählt hatte.

Sie waren Kriegerinnen.

Selten mit Schwert oder Armbrust, den Büchern zufolge, aber mit Klugheit und Können. Gespür, hieß es an einigen Stellen. Andere nannten es ein Flüstern von den Toten. Nur ein einziges Mal hatte sie einen Hinweis auf Herzen gefunden, und zwar hatte eine gesagt, sie könne den Wolf im Herzen fühlen. Was das bedeutete, darüber stand da nichts. Eine Gabe und ein Fluch, langsam, aber sicher in Vergessenheit geraten. Bis jetzt.

Sie lebte in einer Stadt mit Hunderttausenden von Menschen, und niemand erkannte, was da gerade passierte. Die Vardari wurden verleugnet, gemieden oder hofiert. Und Blutlesen war nichts anderes als Wahrsagerei und Hirngespinste, so weit von seinen Ursprüngen entfernt, wie man sich nur vorstellen konnte.

Aber das würde die Vardari nicht daran hindern, sie in Stücke zu reißen. Sie zu foltern, zu töten oder als Waffe in einem Krieg zu benutzen, von dem niemand ahnte, dass er vor der Tür stand. Vardari würden keine Mittel scheuen auf der Jagd nach der Quelle ihres abscheulich langen Lebens.

Es war jetzt an ihr, eine neue Seidagilde zu erschaffen, die es wagte, sich vereint den Vardari entgegenzustellen. Und selbst wenn sich keine Blutleserin traute, heute zu erscheinen, würde sie wenigstens Haane den Klauen des Ewigwährenden entreißen und damit ein Signal senden, dass sie sich fernzuhalten hatten.

Juva schnallte die Jagdgurte um, hängte sich die Armbrust auf den Rücken und warf sich einen Umhang über, damit sie auf der Straße nicht auffiel.

Sie schloss die Tür ab und ging hinaus in den Nieselregen. Die Schmelzmondstürme waren nicht mehr weit, also würde es wohl bald wieder frieren. Zwei groß gewachsene Männer der Ringgarde standen an den Hausecken, genau wie sie es verlangt hatte. Die Wachen nickten ihr zu, aber sie tat, als bemerkte sie es nicht, bedrückt von dem Gedanken, dass sie die beiden vielleicht nicht wiedersehen würde. Sie hatte keine Ahnung, was sie erwartete, und wusste nichts über den Ewigwährenden, der Haane mit Beschlag belegt hatte.

Juva hielt einen Laufburschen an und schickte ihn mit der Nachricht zu Broddmar, dass sie möglicherweise eine Kranke habe und er zum Volsung-Haus kommen müsse. Das war eine magere Sicherheitsvorkehrung, aber besser als nichts. Dann ging sie geradewegs zu Ognys Haus, das jetzt Haane und einer Handvoll anderer Erbinnen gehörte.

Sie klopfte an. Haane öffnete selbst, gekleidet in dasselbe verknitterte Wollhemd wie beim letzten Mal, aber deutlich nervöser. Juva trat ein und spürte sofort das Flimmern im Herzen.

Fünf Blutleserinnen saßen da, mehr, als sie zu hoffen gewagt hatte. Anasolt war eine von ihnen, aber das war zu erwarten gewesen. Sie war zuverlässig und sah aus, als wäre sie von einem Baum geboren worden, mit wurzelartigen Zotteln im roten Haar. Laleika war auch gekommen, was schon mehr überraschte. Sie war um die fünfzig und Blutleserin durch und durch, schwarz geschminkt und den schmächtigen Leib mit Unmengen von Schmuck behängt. Sie saß mit untergeschlagenen Beinen da wie ein Kind.

Juva legte den Umhang ab. »Entschuldigt die Jagdkleidung«, sagte sie. »Ich will Ausbluterin werden und muss nachher noch üben.«

Die anderen tauschten vielsagende Blicke. Haane begann, an ihren Nägeln zu knabbern.

Das Zimmer war klein und dunkel, überladen mit altmodischem Zierrat, alles mit einer gut sichtbaren Staubschicht bedeckt. Auf dem Fußboden lag ein Bärenfell mit weit aufgerissenem Maul. Der einzige Ort, wo der Ewigwährende sein konnte, war eine verblichene rote Doppeltür am Ende des Zimmers.

Juva ließ den Blick zwischen den Frauen wandern, die alle wesentlich älter waren als sie. Sie stemmte die Hände in die Seiten. »Also … bitte mal die Hand heben, wer noch nie Blut genommen hat.«

Haane, die nie als Blutleserin gearbeitet hatte, hob zögernd die Hand, blickte die anderen an und senkte den Arm wieder. Wahrscheinlich hatte sie keine Ahnung, worum es ging.

Juva bewegte sich langsam von einer Frau zur anderen und auf die rote Tür zu. »Mutter, Ogny und Maruska haben die Seidagilde mit Blutperlen geleitet. Sie bekamen sie von den Vardari und verteilten sie unter euch. Einige von euch verkauften sie weiter, in dem klaren Bewusstsein, dass das die Wolfsseuche hervorrufen kann, und ich bin hier, um euch zu sagen, dass damit jetzt für immer

Schluss ist. Ich habe selbst eine Wolfskranke ausgeblutet. Wer von euch mit der Hoffnung hierhergekommen ist, dass ich dort weitermache, wo meine Mutter aufgehört hat, kann gleich wieder gehen.«

Laleika verdrehte die Augen. Einige der anderen fühlten sich urplötzlich offenbar unwohl auf ihren Stühlen, blieben aber sitzen. Juva näherte sich der Tür.

»Es ist mutig von euch, dass ihr gekommen seid. Ihr wisst, dass manche dafür sind, die Seidagilde zu zerschlagen, aber ihr seid trotzdem hier. Vielleicht, weil ihr wisst, dass ihr es müsst, um zu überleben. Aber ihr wärt nicht hier, wenn ihr glauben würdet, dass ich meine eigene Familie umgebracht habe. Was also macht euch so sicher?«

Juva nahm die Armbrust vom Rücken, wartete jedoch nicht auf Antwort. »Ihr seid euch sicher, weil keine unter euch ist, die nicht wüsste, wer dahintersteckt. Die Ewigwährenden haben uns benutzt, schon seit Generationen. Haben uns mit Blut regiert, und das hört jetzt auf.«

Sie klappte den Bogen der Armbrust auseinander und nickte zur Tür, um anzudeuten, dass dort jemand war. Haane saß auf der äußersten Stuhlkante und kaute an den Nägeln.

Juva zog einen Bolzen aus dem Schenkelriemen und legte ihn in den Lauf. »Es gab eine Zeit, da wart ihr die Hoffnung gegen die Vardari, und jetzt seid ihr ihnen seit Generationen hündisch ergeben! Ihr solltet euch schämen! Die Frauen, die das Volk vor der Wolfsseuche beschützen sollten, waren diejenigen, die sie verbreitet haben! Unter Aufsicht der Vardari! Ihr habt das Märchen, das ihr so gerne erzählt, Lügen gestraft. Der Teufel gab uns die Fähigkeit, zu sehen, wo das Böse ist, und wir haben es bekämpft. Ich werde eine rote Jägerin sein, und ich bin Blutleserin, aber einst war beides dasselbe. Alles drehte sich um den Kampf gegen böses Blut.«

Sie stand vor der roten Tür und spannte den Bogen mit einem kaum hörbaren Klick. »Wir können diesen Kampf fortsetzen. Es gibt echte Blutleserinnen dort draußen. Keine Wahrsagerinnen und Gauklerinnen, die aus Teeblättern lesen, sondern Blutleserinnen, die Ewigwährende erspüren können. Sie haben die echte Fähigkeit, die aus dem Märchen. Und ich werde sie finden.«

Anasolt war die Erste, die sich traute, etwas zu sagen. »Juva, bei aller Liebe … Ich weiß, es war nicht leicht für dich, aber ich glaube, wir hätten alle davon gehört, wenn das stimmen würde. Also woher willst du …«

Juva fiel ihr ins Wort. »Ich weiß es, weil ich eine von ihnen bin.«

Sie riss die erste der Türen auf. Dahinter wich ein Mann zurück, die Arme erhoben und den Blick wie gelähmt auf die Armbrust gerichtet. Er war ein gutes Stück größer als sie, mit blondem kurzem Haar, das er zurückgekämmt trug.

Hinter sich hörte sie, wie die Blutleserinnen erschrocken aufkeuchten und ein Stuhl umfiel. Juva starrte den Mann durch das Visier an und bewegte sich auf ihn zu. Zwang ihn, rückwärts auszuweichen, bis er über eine weiße Wendeltreppe stolperte und sitzen blieb.

»Wer bist du?«, fragte Juva. Ihr Mund war so trocken, dass es wie ein Knurren klang.

Sein Blick richtete sich auf einen Punkt hinter ihr, und aus den Augenwinkeln sah sie Haane hereinkommen. Der Ewigwährende nickte ihr kaum merklich zu.

»Juva, was machst du da?«, fragte Haane mit unsicherer Stimme. »Das ist Nantes Retta aus Kreknabork, ein sehr hoch angesehener Antiquitätenhändler, du kannst nicht …«

Juva unterbrach sie, ohne ihn aus den Augen zu lassen. »Sie meint einen sehr alten Antiquitätenhändler, nicht wahr?«

Nantes machte ein entrüstetes Gesicht. »Ich weiß nicht, wovon dieses verrückte Mädchen redet. Haane, würdest du mir aufstehen helfen?«

Juva hielt sie mit einer Hand zurück. »Geh nicht zu ihm.«

Sein Herz klopfte schneller als ihres, so als hätte er erst jetzt begriffen, dass sie Bescheid wusste und es ernst meinte. Das Jagdfieber durchflutete ihre Adern. Sie hatte ihn, sie hatte einen von ihnen! Sie suchte nach Worten, unsicher, womit sie anfangen sollte. Sie wollte wissen, wie viele sie waren, welche Gruppierungen es gab und ob sie sich tatsächlich im Krieg befanden. Aber zuerst musste sie ihrer schwelenden Wut Luft machen.

»Nantes Retta, mir ist scheißegal, ob du mit Antiquitäten handelst, aber mit uns wirst du nie wieder Bluthandel treiben. Der nächste Vardari, der sich den Blutleserinnen nähert, ist ein toter Vardari.«

Nantes blickte aus schmalen Augen zu Haane, die zögernd einen Schritt auf ihn zuging.

Juva stellte sich ihr in den Weg. »Nicht, Haane! Er will dich als Schild benutzen, damit er sich aus dem Staub machen kann, ohne auf Fragen zu antworten. Wenn du näher kommst, erschieße ich ihn.«

Haane blickte von ihr zu Nantes und zurück, die Augen blank von Tränen.

»Er hat keine Macht mehr über dich, Haane. Wir halten jetzt gegen sie zusammen!«

Juva konnte die anderen hinter sich flüstern hören, dass er doch normale Zähne habe und sie den Verstand verloren haben müsse. Haane ging weiter auf Nantes zu. Urplötzlich war er auf den Beinen und griff nach ihr. Haane schrie.

Juva drückte ab. Nantes warf den Kopf zurück und fiel nach hinten. Er blieb auf der weißen Wendeltreppe liegen, der Bolzen ragte aus seiner Halsgrube. Sein Kopf sackte nach vorn, bis das Kinn auf dem Bolzenschaft lag.

Juva hatte ihn immer noch im Visier und sah, dass er zitterte. Das konnte sie jetzt gar nicht gebrauchen. So hätte es nicht enden sollen, aber sie konnte sich vor den anderen nicht unentschlossen zeigen. Sie war hier, um sie zu einen. Um zu zeigen, dass sie gemeinsam stark waren.

Lass sie nie eine schwache Blutleserin sehen.

Haane sank auf einem Stuhl zusammen, die Arme vor dem Bauch verschränkt. Sie wiegte sich vor und zurück und atmete in kurzen Stößen.

»Haane, ich brauche ein Taschentuch.«

Haanes Blick irrte hin und her, bis die schlichte Forderung in ihrem Kopf angekommen war. Sie stand auf und verschwand aus dem Zimmer. Die anderen Blutleserinnen hatten offenbar beschlossen, den Schock durch aufgeregtes Geschrei zu bewältigen, panisch und ratlos, was sie tun sollten.

Juva klappte die Armbrust zusammen und hängte sie sich auf den Rücken. »Ihr sollt überhaupt nichts tun. Die Ringgarde ist unterwegs und wird hier aufräumen.«

Haane kam mit dem Taschentuch zurück, es zitterte, als sie es ihr reichte. Juva nahm es, ging zu Nantes und bog seinen Kopf zurück. Blut quoll aus der Wunde. Sie zog die Zange aus dem Gürtel, öffnete seinen Mund und brach die abgefeilten Reißzähne heraus. Unter den Blutleserinnen wurde es still. Ein paar von ihnen sanken wieder auf ihren Stuhl.

Juva streckte den Arm aus und zeigte ihnen die Zähne im blutigen Taschentuch. »Seht ihr? Sie sind abgefeilt.«

Endlich schien die Wirklichkeit Haane eingeholt zu haben. Sie fiel auf die Knie und brach in heftiges Weinen aus. »Er … er stand eines Tages einfach vor der Tür, und … er war so stark, und ich konnte keine seiner Fragen beantworten. Ich hatte keine Ahnung, woher das Blut kam!«

Juva ging neben ihr in die Hocke. »Hat er dir etwas getan?«

Haane begann, unkontrolliert zu schluchzen.

Juva legte den Arm um sie und sah zu den anderen. »Waren sie auch bei euch?«

Anasolt nickte. »Ganz sicher bin ich mir nicht, aber irgendwer verfolgt mich seit der Stürzung.«

Juva erhob sich und überließ es Flo, sich um Haane zu kümmern. »Sie haben uns alle überwacht.«

»Aber … warum?« Anasolts Frage stand im Raum, während sich alle Augen auf Juva richteten.

Sie konnte ihnen nichts von Gríf erzählen. Konnte nicht sagen, dass die Vardari nach ihm als Quelle des ewigen Lebens suchten und dass er bei ihr zu Hause im Keller saß.

»Weil sie wissen, dass es echtes Blutlesen gibt. Ich kann sie fühlen, und es gibt sicher noch andere wie mich. Also, wir können uns einschließen und auf den Tod warten, jede für sich allein. Oder wir können die Seidagilde wieder zu dem machen, was sie einmal war. Der Widerstand gegen die Ewigwährenden.«

Es klopfte heftig und anhaltend an der Tür. Die anderen zuckten zusammen, zutiefst erschrocken. Juva ging in die Halle und ließ Broddmar und zwei Männer der Ringgarde herein.

»Alles in Ordnung bei dir?« Broddmar folgte ihr ins Zimmer, mit Skarr dicht auf den Fersen.

»Ja … Danke, dass du gekommen bist«, sagte Juva kleinlaut und führte ihn zu Nantes, während die Ringgardisten mit den Blutleserinnen sprachen.

Skarr fletschte die Zähne und knurrte die Leiche an. Sein Fell sträubte sich im Nacken.

Juva zeigte Broddmar das Taschentuch mit den Zähnen. Er starrte darauf, und sie wusste, was er dachte.

»Juva …«

»Das sind Reißzähne!«

»Das sehe ich! Was hast du getan?!«

Juva schluckte und ballte die Faust um die Zähne. »Er hat Haane bedroht, er hat sie vorhin angegriffen, er hatte Reißzähne, und Skarr knurrt ihn an – was zum Henker brauchst du noch?!«

Broddmar packte sie an der Schulter. »Du weißt genau, was ich meine! Das hier war kein Wolfskranker, er ist einer von *ihnen*!«

Juva antwortete nicht.

Er blickte ihr forschend ins Gesicht und seine Angst schlug in Zorn um. »Du hast es gewusst …«, sagte er. »Du hast einen Ewigwährenden getötet und du wusstest es.«

»Sie haben Mutter und Solde ermordet! Genau wie alle, die die Seidagilde geführt haben. Sie sind Mörder!«

Broddmar rieb sich mit den Händen übers Gesicht und starrte an die Decke. »Aber um Gaulas willen, Juva! War er das? War er der Mann, der das getan hat? Oder willst du sie alle umbringen?«

Juva biss die Zähne zusammen. »Wenn ich muss.«

Broddmar drehte sich um sich selbst. »Du hast einen Krieg angefangen, ohne mich. Ohne zu … Verdammt!«

»Entweder sie oder ich!«

Juva kämpfte gegen das Weinen, das ihr den Hals zuschnürte. Sie hatte geglaubt, Broddmar würde ihr helfen. Dass er verstehen würde. Sie hatte ihm sogar die Wahrheit über Gríf erzählen wollen. Sie hätte es besser wissen müssen. Wenn es eines gab, dessen sie sich sicher sein konnte, dann, dass sie allein war.

Sie ging zur Leiche von Nantes und zog den Bolzen heraus. Das Blut lief ihm über den Hals und folgte dem Hemdkragen, sodass es aussah wie eine Halskette. Sie wischte den Bolzen an seiner Jacke ab. Broddmar legte ihr die Hand auf den Nacken. »Juva, du gehst jetzt nach Hause und bleibst dort, hast du verstanden? Lass niemanden herein.«

»Ich bin kein Kind, Broddmar. Ich bin Oberhaupt der Seidagilde, der Vertrag ist unterschrieben. Mein Haus wird von der Ringgarde bewacht, ich weiß, was ich tue.«

Juva fühlte sich bei Weitem nicht so sicher, wie ihre Worte klangen, aber sie schienen Broddmar zu überraschen. Er nickte einige Male.

»Wir räumen hier auf. Bleib zu Hause, ich komme zu dir, so schnell ich kann, verstanden?«

Juva lächelte, aber es fühlte sich bitter an. Sie ging zurück ins Zimmer, wo die anderen Blutleserinnen beisammensaßen und ihre Angaben gegenüber den Ringgardisten machten. Sie verstummten, als Juva eintrat.

»Hängt die Laternen wieder auf«, sagte sie mit heiserer Stimme.

Dann ging sie hinaus auf die Straße. Es regnete jetzt stärker. Broddmars Worte brannten in ihrem Kopf.

Du hast einen Krieg angefangen, ohne mich.

Sie hatte nicht die Absicht gehabt, zu töten. Sie hatte nur verhindern wollen, dass noch mehr Blutleserinnen von den Vardari benutzt wurden. Dass sie in Angst vor ihnen lebten, so wie sie vor Nafraím. Er war es, der den Krieg angefangen hatte, nicht sie. Also warum war ihr so schlecht?

Juva ignorierte die Blicke der Wachen vor dem Haus, sich sehr wohl bewusst, wie sie aussah. Sie ging in die Abstellkammer und holte die Blutleselaterne. Die war schmutzig, und eine der roten Glasscheiben war zerbrochen. Sie wischte die Laterne mit einem Lappen ab. Putzte das Glas und setzte es zusammen, so gut es eben ging.

Dann hängte sie die Laterne draußen am Haus auf. Die Tür zum Wartezimmer war immer noch verriegelt, denn sie war keine Wahrsagerin, und Kundschaft war das Letzte, worauf sie aus war. Aber sie wollte allen zeigen, dass die Seidagilde lebte, selbst wenn es die einzige rote Laterne in der Straße war.

DER VERRAT

»An die Wand!«, befahl Juva und sah Gríf durch die Luke an.

Die milchartigen Augen wurden schwarz, aber er zog sich ans Ende des Raums zurück und setzte sich auf den Boden. Er winkelte ein Bein an und stützte den ausgestreckten Arm auf dem Knie ab, mit den Fingern in ihre Richtung weisend, als wolle er ihr die Krallen zeigen.

Bis zu ihm waren es kaum zehn Schritte. Zu viele und gleichzeitig zu wenige, aber sie musste es darauf ankommen lassen. Sie war verbittert und befleckt. Zermürbt, und sie hatte wenig zu verlieren.

Juva legte die Armbrust ab und zog den Hebel herunter, der die innere Tür aufschloss. Er war seit ewigen Zeiten nicht bewegt worden, mochten die Götter wissen, wie lange, und knirschte warnend. Sie ging in den Käfig und öffnete die Tür einen Spalt, wobei sie sich vergewisserte, dass Gríf sitzen blieb. Dann schlug sie sie weit auf, bis zwischen ihnen nichts mehr war als der Abstand.

Es war das erste Mal, dass sie ihn ohne Gitterstäbe davor sah.

Gríf rührte sich nicht. Seine nackte Brust hob und senkte sich mit langsamen Atemzügen. Jeder dritte Herzschlag, den sie spürte, war seiner. Ein unmenschlich langsamer Puls, die Stille vor dem Sturm.

Juva lehnte sich gegen den Türrahmen. Der Raum war höher, als sie gedacht hatte, mit kräftigen Balken unter der Decke, voller Kerben und Wunden an den Stellen, wo man früher den Fang zum Räuchern aufgehängt hatte. Das Licht der Dämmerung sickerte durch einen Schlitz in der Wand herein, aber sie konnte nichts draußen sehen, weder Meer noch Himmel. Die schwarze Steinwand war zu dick und die Öffnung zu schmal.

Er war viel im Kreis gegangen, den Abnutzungsspuren auf dem Holzfußboden nach zu urteilen. Wasser lief an der Wand hinunter, wo er sich gewaschen hatte. Weiter hinten im Raum stand ein Bett, wenn man es denn so nennen wollte. Ein breites Podest mit langhaarigen Schafsfellen.

Nahe der Tür befanden sich ein Hocker und ein einfacher Holztisch mit Büchern, die eine ferne Erinnerung in ihr wachriefen. Sie waren nicht das Einzige, was ihr bekannt vorkam. Sie sah einen Wollteppich, der früher in der Bibliothek gelegen hatte, und eine Lampe aus der Speisekammer.

Sie lachte bitter. »Alle verschwundenen Sachen sind also hier gelandet, wie ich sehe? Die Bücher, von denen Mutter sagte, ich hätte nur geträumt, dass ich sie hatte …«

Gríf zuckte die Schultern, aber sie sah, dass er angespannt war. Wartete er auf den besten Moment, um anzugreifen? An ihr vorbei und hinaus in die Freiheit zu rennen?

»Ich habe vorhin einen von ihnen getötet.«

Sie ging ein paar Schritte rückwärts und lehnte sich an die Wand im Tunnel. Die Türen standen weit offen, und der Eisenschrank war jetzt nichts als ein rostiger Rahmen zwischen ihnen, aber es gab keinen Platz mehr für Angst. Sie war zu erfüllt von Misserfolg. Das Gefühl war schlimmer, als mit leeren Händen von der Jagd heimzukehren, durch tiefen Schnee, der sich um die Beine festsaugte. Sie hatte die Arbeit getan und doch keinen Erfolg gehabt.

»Was erwartest du, eine Gratulation?«

Seine Gleichgültigkeit bohrte sich in die Knochen ihres erschöpften Körpers. Sie hatte gelernt, seine Augen zu lesen, Wärme und Kälte und die Schattierungen zu erkennen, die verrieten, wohin er blickte. In ihnen war keine Spur von Freude oder Mitgefühl.

»Es war ein Unfall«, murmelte sie.

»Verstehe. Du hast einen Fehler gemacht, und jetzt kommst du her, um noch einen zu machen.« Sein Blick fiel auf die Armbrust, die zu ihren Füßen lag. »Ik thaurir … Was ist los mit dir, Mensch? Zwischen uns liegen drei lange Schritte, und du hast nichts, um dich zu verteidigen. Weil du nicht wagst, die Waffe zu halten, mit der du gerade getötet hast? Du hast einen Fehler gemacht, und der führt zu einem weiteren, der wiederum zu noch einem führt. Was für ein Leben.«

Juva rutschte hinunter auf den Boden. »Du bist hier seit siebenhundert Jahren gefangen, du Dummkopf! Und jeden Tag redest du, als hättest du ein besseres Leben als ich!«

Er lehnte den Kopf an die Wand, entblößte die Eckzähne mit heiserem Lachen. »Ich habe die Keller unter dem Jólshov gesehen, das Labyrinth unter Náklaborg, die Spitze des Witwenturms in Ankri und den Grund der Skollschlucht in Kreknabork. Ich habe Erdlöcher bei Nidauge gesehen und bin mit einem sinkenden Schiff untergegangen. All das als Gefangener.«

Er deutete mit einem Kopfnicken auf den rostigen Rahmen zwischen ihnen. »Selbst der verdammte Eisenschrank hat mehr als du von der Welt gesehen. Du glaubst, ich sei blind und taub gewesen, aber ich habe Generationen von Blutleserinnen gesehen und gehört. Schweigsame, geschwätzige, lüsterne und … wie ist das Wort? Sadistische …«

Juva warf einen schnellen Blick auf seine Narben, dunkle Furchen am Ellenbogen.

Er schüttelte den Kopf. »Nein. Die hat mir keine Blutleserin verpasst. Die habe ich von … einem gemeinsamen Freund.«

»Nafraím …«

Der bittere Zug um seinen Mund ließ keinen Zweifel aufkommen. Juva zog die Ärmel ihres Wollhemds lang, die Felswand war kalt. Sie hatte keine Ahnung, was er durchgemacht hatte, aber sie konnte sich nicht von dem Gedanken befreien, dass, ganz egal was er als freier Mann anstellen würde, die Welt es verdient hatte. Sie vielleicht auch.

Er senkte das Kinn und blickte durch die schwarzen Haarzotteln vor seinen Augen zu ihr hoch. »Du hast also nichts von dem gehört, was ich dir gesagt habe? Du hast keinen Freundeskreis, niemanden, dem du vertrauen kannst, und trotzdem tötest du einen von ihnen, ohne mich vorher freizulassen. Du könntest jetzt im Rinnstein verbluten und ich könnte deswegen hier verrotten. Deine Torheit hätte mich das Leben kosten können, und im Gegensatz zu dir habe ich immer noch etwas zu verlieren.«

Juva senkte den Blick. Sein harter Akzent passte zu den harten Worten. Er hatte recht. Das Einzige, was sie zu verlieren hatte, war er. Ihr ganzes Leben drehte sich um ihn, vorher schon und auch, nachdem sie ihn gefunden hatte. Aber für ihn war sie ein Nichts. Nur irgendein naives Mädchen in einer langen Reihe von Blutleserinnen.

Gríf verschränkte die Hände hinter dem Kopf und machte einen tiefen Atemzug, der seinen Brustkorb hob. »Hör zu, ich kann verstehen, dass du in das alles hineingeworfen wurdest. Keiner hat dich vorbereitet, und man hat dich dein Leben lang angelogen. Es ist klug, auf der Hut zu sein, das hält dich am Leben. Aber ich habe dir mehr Zeit gegeben, als wir haben, und du wirst mir morgen nicht mehr glauben, als du es heute tust. Was immer ich dir auch sage, nichts davon wird dich sicher genug machen.«

Juva schnaubte. »Woher willst du das wissen, du hast es ja nicht mal versucht.«

Gríf grinste so breit, dass seine Gesichtszüge weich wurden. »Guter Punkt. Also, ich will nur meine Freiheit zurück. Ich verspreche, dass ich dir weder Schaden zufügen noch dein Haus zerstören werde. Hilft das?«

»Noch anderen schaden oder die Stadt zerstören wirst?« Sie wusste, dass es sich wie ein Scherz anhörte, aber sie meinte es bitterernst.

Er schenkte ihr ein Lächeln, bei dem sie schwach wurde. »Ich finde, jetzt verlangst du ein bisschen viel …«

»Du willst mir also weismachen, dass du einfach nur hier rauswillst, nach allem, was sie dir angetan haben?«

»Ich will nach Hause, sonst nichts.«

Juva verdrehte die Augen. »Sonst nichts? Du willst einfach so durch die größte Stadt der Welt spazieren, mit Reißzähnen und Krallen? Hin zu einer massiven Rundmauer voller Ringgardisten mit Armbrüsten, die auf der Jagd nach Wolfskranken sind? Gut möglich, dass du das konntest, als du hierhergekommen bist, aber in den letzten sechshundertsechzig Jahren ist einiges passiert, um es mal so zu sagen.«

»Autsch, wie brutal …« Er rümpfte spöttisch die Nase. »Was ist mit den drei Öffnungen in der Mauer?«

»Tore. Schwere Metalltüren, überzogen mit Grünspan.« Sie breitete die Arme aus. »Riesig. Stell dir eine enorme Tür vor, und ich garantiere dir, dass diese größer sind. Aber du kannst bestimmt einfach anklopfen, deine Reißzähne zeigen und fragen, ob sie dich wohl nach Hause gehen lassen, nicht?«

Gríf lächelte wieder, und Juva spürte einen schmerzhaften Drang, ihn dazu zu bringen, es öfter zu tun.

»Aber ich habe einen Plan«, sagte sie weit mutiger, als sie sich fühlte.

»Gut. Du ahnst nicht, wie sehr mich das erleichtert, denn ich selbst habe nie einen Plan gehabt.«

Ihre Blicke trafen sich, und sie konnte sehen, dass sie beide kurz davor waren, laut loszulachen. Ihr Körper wurde weicher, es war ein Gefühl, als würde die Hoffnungslosigkeit sie loslassen.

Sie zeigte neckisch auf ihn. »Gut, dass du das sagst, ich wollte schon fragen, aber es schien mir unhöflich zu …«

Er unterbrach sie mit erhobener Hand, legte den Kopf schräg und lauschte. Der Ernst ließ seine Gesichtszüge wieder kühl werden. »Wir sind nicht mehr allein.«

Juva wollte gerade lachen, aber dann hörte sie das ferne Geräusch der Haustür, die oben ins Schloss fiel, und wie jemand ihren Namen rief.

»Verdammt! Rugen!«

Sie sprang auf und rannte durch den Tunnel, frierend vor Anspannung. Das war unmöglich! Die Tür war abgeschlossen, wie konnte er … Und die Wand im Schornstein stand weit offen! Sie kletterte hoch, stieß sich das Knie an der obersten Sprosse und stolperte in die Bibliothek. Draußen in der Halle grölte Rugen wieder. Sie lief zu ihm, bereit, ihn zusammenzustauchen, sah aber sofort, dass etwas nicht stimmte. Er war verschwitzt und sah benebelt aus. Hackevoll, aber sie glaubte nicht, dass er getrunken hatte.

Das ist die Wolfsseuche. Es geht ihm schlechter.

»Rugen … Was machst du hier? Wie bist du überhaupt reingekommen?«

Er kam näher und ließ einen Schlüssel vor ihrer Nase baumeln. »Ich hab den beiden Hornochsen da draußen zugezwinkert und ihnen den hier gezeigt. Sie haben begriffen, dass zwischen uns was läuft. Es war so einfach, dass es geradezu lächerlich ist.«

Er grinste, aber in seinen Augen lag eine unheimliche Kälte, die ihr Anlass gab, vorsichtig zu sein.

»Ich habe dir nie einen Schlüssel gegeben …« Sie schluckte.

»Nein, aber Heimilla. Und da du ja jetzt das ganze Personal rausgeworfen hast, braucht sie ihn nicht mehr.«

Er steckte den Schlüssel in die Tasche und trat dicht an sie heran. Strich ihr mit der Hand über die Wange.

Juva wich zurück. »Rugen, du musst gehen, das passt jetzt schlecht …«

»Mit uns beiden passt es immer, das weißt du. Ich wusste, dass du Schwierigkeiten machst, aber ich bin trotzdem gekommen, das sagt doch schon was, oder? Ich brauche dich, Juva. Ich brauche Hilfe, und dich kostet es nichts. Komm mit, dann wirst du sehen …«

Juva blickte unauffällig zur Haustür. Sie musste raus hier und die Wächter rufen … Rugen legte die Hand um ihren Nacken und beugte sich vor, um sie zu küssen. Sein Mund roch nach Blut. Kam das von Blutperlen, oder verlor er seine Eckzähne?

Sie wich ihm geschickt aus und bewegte sich rückwärts auf die Haustür zu. »Wohin? Wohin soll ich mitkommen?«

Sein Lächeln bekam einen bösen, widerlichen Zug. »Du versuchst abzuhauen, du …«

Juva machte einen Satz Richtung Tür. Rugen erwischte sie am Hals und presste sie gegen das kalte Schmiedeeisen, mit mehr Kraft, als sie ihm zugetraut hatte.

Die Wolfskrankheit macht ihn stärker!

Die Furcht sammelte sich in ihrem Herzen und pumpte kaltes Blut durch ihren Körper.

Rugens Blick war berauscht von Macht. »Du bist so verdammt fordernd, Juva. Du hast das Geld zurückbekommen, ich habe dir alles gesagt, was du hören wolltest, bedeutet das gar nichts? Und ich habe nicht mal Hand an irgendjemanden gelegt, der dir etwas bedeutet. Glaubst du, dass du unsterblich bist, weil du den Teufel hast?«

Er trat einen Schritt zurück, als wolle er beobachten, welche Wirkung seine Worte bei ihr hatten. »Ich weiß Bescheid, Juva. Ich weiß, dass er bei dir ist und dass du ihn vor mir versteckt gehalten hast, als ich ihn am meisten brauchte.«

»Du bist krank, Rugen …«

»Scheiß drauf! Du bist schlimmer als Kefla, dieses junge Ding oben in Herad, das abseits der Gilde Blutleserin spielt! Ich bin nicht krank, dies ist der Beginn meines ewigen Lebens! Bei den Besten der Besten.« Er breitete seine Arme aus.

In ihr braute sich eine Gewissheit zusammen, bei der ihr übel wurde.

»Nafraím«, flüsterte sie. »Du warst bei Nafraím …«

Seit wann?

Sie durchsuchte ihr Gedächtnis nach Antworten. Nafraím, der gewusst hatte, dass Rugen wolfskrank war, und der von ihren Zeichnungen wusste. Das Geld, das sie zurückbekommen hatte, kam von ihm. Von den Vardari. All die Fragen, die Rugen gestellt hatte, und sein plötzliches Interesse an ihrem Leben. Sein Trost, als Mutter starb … Für ihn war das alles nur ein Auftrag. War das schon bei ihrem ersten Zusammensein so gewesen?

»Immer …«, erwiderte Rugen, als hätte er ihre Gedanken gelesen. »Immer gut, mächtige Freunde zu haben.«

»Du … du hast ihm von meinen Zeichnungen erzählt. Vom Teufel.«

»Wo ist er? Antworte mir!« Rugen presste sich wieder an sie.

Juva drehte den Fuß, in der Hoffnung, ihm das Knie in den Schritt jagen zu können, aber er zwang sein Bein zwischen ihre Schenkel.

Er wird mich umbringen.

»Das kannst du nicht machen, Rugen! Der rote Jäger wird dich finden«, presste sie hervor, während er sie noch fester packte.

»Ha! Broddmar? Du Ahnungslose, er wird mir kein Haar krümmen. Ich bin jetzt unangreifbar. Was glaubst du wohl, wer für die Tötung von Wolfskranken bezahlt? Das Geld kommt von ihnen. Ewigwährendes Geld, Juva. Die Ringgarde nimmt das Blut und die Zähne entgegen, aber es sind Vardari, die die Jagd betreiben.«

Broddmar? Er arbeitet für die Vardari?

Rugen fuhr sich mit der Hand durch sein verschwitztes braunes Haar. Das war ihre einzige Chance. Juva wand sich aus seinem Griff und stieß ihn weg.

»Du lügst! Broddmar würde niemals für sie arbeiten!«

Ihr war schlecht. Das konnte nicht wahr sein. Falls die Wolfsseuche wirklich der Beginn eines ewigen Lebens war und etwas, das man überleben konnte, warum sollten sie dann ihre eigenen Leute töten? Kannten sie keine Grenzen? Wusste Broddmar, für wen er arbeitete?

Er lügt!

Rugen rieb sich den Kiefer, er hatte sichtlich Schmerzen, grinste aber trotzdem. »Du bekommst bald den gleichen Anzug, und dann tust du es auch. Falls du so lange lebst, natürlich.«

Juva starrte ihn an. Er sah aus wie immer, aber irgendwie doch nicht. Die Wolfskrankheit hatte alles Hässliche verstärkt, innerlich wie äußerlich. Er glaubte, er würde ewig leben. Dass die Vardari Platz für ihn hätten, und das hatte ihn zu einer gruseligen Ausgabe seiner selbst gemacht.

Sie schüttelte den Kopf. »Ach, Rugen … Du armer Idiot.«

Wut verzerrte sein Gesicht und er zog etwas aus seiner Tasche. Ein Klappmesser!

Juva blockierte seinen Arm mit dem Ellenbogen und hob das Knie für einen Tritt, aber Rugen hielt abrupt inne, zurückgehalten von einer Gestalt hinter ihm. Gríf.

Ich hab die Tür offen gelassen!

Mit einer Hand hielt er Rugens Nacken gepackt und bohrte ihm die Krallen in den Hals. Rugen jaulte auf und stieß das Messer blindlings nach hinten. Er streifte Grífs Arm, bevor sein Blick trüb wurde und das Messer klirrend zu Boden fiel. Gríf warf ihn an die Wand, mehrere Schritte weit entfernt. Der Körper sackte auf dem Fußboden zusammen und blieb liegen.

Juva presste sich an die Tür und starrte Gríf an. Der Eisenwolf aus ihren Zeichnungen stand lebendig vor ihr. Ein schwarzhaariger Teufel aus unzähligen Albträumen, die Brust nackt und fremd im Dämmerlicht. Eine Andeutung von Reißzähnen im halb offenen Grinsen.

Er war so animalisch, dass sie sich plötzlich fragte, ob sie sich all die Gespräche mit ihm eingebildet hatte. Die, die sie geführt hatte, ohne ihn freizulassen …

Er wird mich umbringen.

Sie blickte verstohlen zu Rugen, der reglos drüben an der Wand lag. Ein Schreckensbild gewaltiger Kräfte. Ihr Herz hämmerte in der Brust, und es war nicht allein. Grífs langsamer Rhythmus verdrängte ihren eigenen, und ihr ging auf, dass sie vergessen hatte zu atmen.

Er sah sie mit vollschwarzen Augen an. Seine Oberlippe zuckte, es sah aus, als würde er knurren. Wie der Wolf in Svartland, der über ihr gestanden hatte, während sie im Schnee strampelte. Aber diesmal hatte sie nichts, um sich zu verteidigen.

Er blutete aus dem Unterarm, wo Rugens Messer ihn gestreift hatte. Das Blut lief an seinen Fingern herunter und tropfte auf den Fußboden. Immer langsamer, bis es ganz versiegte. Juva starrte auf den Schnitt, der sich vollständig geschlossen hatte. Als sei die Wunde nie da gewesen, kam kein einziger Tropfen mehr heraus.

Gríf drehte sich um und ging wieder in die Bibliothek. Sie konnte hören, wie er im Schornstein hinunterkletterte.

Das hier ist nicht wirklich. Das passiert nicht.

Juva holte Luft, nach einer Ewigkeit, wie ihr schien. Gríf war frei, nach fast siebenhundert Jahren, und er kletterte wieder hinunter? Und er hatte sich selbst geheilt, wie ein Gott! Sie starrte die roten Flecken auf dem Fußboden an. Das Blut, nach dem die Ewigwährenden getrachtet und von dem sie gelebt hatten.

Die Flecken sahen trügerisch normal aus. Wie ganz gewöhnliches Blut. Nichts verriet, dass diese Blutstropfen enorme Auswirkungen gehabt und die Welt geformt hatten. Alles, von der Feinfühligkeit der Blutleserinnen über ein Netzwerk von Süchtigen bis zu Wolfskranken in allen Ringstädten.

Rugen!

Sie musste etwas mit Rugen machen. War er tot? Sie ging zu ihm und legte die Hand an seinen Hals. Der Puls war kaum spürbar. Früher oder später würde der Dreckskerl aufwachen, noch wütender als zuvor. Sie konnte auch nicht rausgehen und die Ringgarde rufen, nicht solange die Tür hinunter zu Gríf weit offen stand.

Reiß dich zusammen, Juva. Du bist eine Jägerin.

Sie packte Rugen unter den Armen und schleppte ihn in das kleine Bad neben Mutters Zimmer. Alle anderen Räume hier unten hatten entweder Fenster oder mehrere Türen. Rugen war schwer und hing wie tot in ihren Armen, aber er lebte.

Nicht mehr lange. Wenn die Zähne kommen, ist er Freiwild.

Das Barmherzigste wäre, ihn hier und jetzt zu töten. Die Leben zu retten, die zu rauben er verdammt war. Sie ließ ihn auf dem Fußboden sitzen, angelehnt an den Badezuber, dann lief sie zurück und holte das Klappmesser, das er fallen gelassen hatte. Es lag abgewinkelt auf dem Boden, er war nicht einmal dazu gekommen, es ganz aufzuklappen, bevor er ohnmächtig wurde. Sie ging wieder zu ihm und kniete sich neben ihn auf den Boden. Öffnete das Messer und legte die Klinge an seinen Hals.

Na los, Juva. Es ist schnell vorbei.

Sie starrte in sein schweißbedecktes Gesicht. Der Mund war halb geöffnet und die Zähne sahen noch normal aus. Da war nichts, was sie herausbrechen und als Beweis für die Wolfsseuche vorzeigen konnte. Aber vielleicht saßen die neuen im Gaumen?

Sie packte das Messer fester. Es war neu. Glänzend und makellos, mit geschnitztem Griff. Hatte Nafraím ihm das Geld dafür gegeben? Um sie zu töten?

Sie nahm einen leichten Uringeruch unter dem schweren Duft von Mutters Räucherwerk wahr. Rugen gab ein halb ersticktes Röcheln von sich und bewegte die tauben Lippen. Ihre Hände begannen zu zittern und sie ließ ihn los. Klappte das Messer zu und erhob sich.

Sie kam sich feige vor. Schwach. Er hatte es verdient, er verdiente das, was auf ihn zukam. Aber das musste warten.

Sie schloss ihn ein und ging zurück in die Bibliothek. Der Einstieg in den Schornstein war immer noch offen. Vielleicht sollte sie ihn einfach verschließen und hoffen, dass Gríf nicht wieder nach oben kam? Was für eine lächerliche Hoffnung nach allem, was sie ihn gerade hatte tun sehen. Sie kletterte hinunter, mit der Sturmlaterne am Arm baumelnd. Ihr Licht spendete Wärme auf dem Weg durch den Tunnel.

Gríf saß auf dem Fußboden, mit dem Rücken zur Wand und einen Arm auf dem Knie ausgestreckt, als hätte er sich nicht von der Stelle gerührt. Er sah sie an mit brennend schwarzem Blick, aber sie merkte an den Herzschlägen, dass er unruhig war.

Juva legte die Hand auf die Klinke der Eisentür, als wollte sie die Tür schließen. Gríf rührte sich nicht, doch sie bemerkte ein Zucken in seinen Fingern. Die Muskeln in seinem Nacken spannten sich, wie bei einem Wolf in Bedrängnis. Hätte er ein Fell gehabt, hätte es sich gesträubt.

Sie konnte ihn wieder einsperren. Er würde sie nicht daran hindern können, ganz gleich wie schnell und stark er war. Aber sie tat es nicht.

Jól steh mir bei …

Sie machte ein paar zögernde Schritte, dann war sie drin. Im Schacht, zusammen mit ihm. Sein Herz schlug stärker als ihres, oder verwechselte sie die beiden jetzt? Sie wusste nicht mehr genau, wo sie aufhörte und er begann.

Juva kniete sich auf den Holzfußboden und bewegte sich auf

ihn zu, auf allen vieren. Alle Gedanken waren wie weggefegt, es gab nur noch eins, und das war er. Sie waren jetzt beide Tiere. Wölfe im Wald. Sie konnte ihn riechen. Verbrannte Baumrinde und Tierfell, wie bei der Jagd in Svartland.

Sie kroch dicht an ihn heran, bis sie neben seinem Bein kniete. Er war barfuß, und ihr wurde plötzlich bewusst, dass er keine Krallen an den Zehen hatte. Hatte sie das erwartet? Sie streckte die Hand aus und berührte seinen Unterarm, wo die Schnittwunde gewesen war. Sie spürte ein Zucken unter den Fingern, aber er entzog sich ihr nicht. Seine Haut war kühl, und mehr als alles andere wollte sie fühlen, wie sie wärmer wurde.

Sein Mund verzog sich zu einem vorsichtigen Lächeln. Sie strich über die Krallen, hart und kalt wie Steine in der Ebbe. Seit tausend Jahren vom Meer geschliffen. Er streckte die Finger aus, als wollte er es ihr leichter machen, sie zu erkunden, und das war alles, was sie an Bestätigung brauchte. Sie stützte eine Hand auf seine nackte Brust und lehnte sich vor, bis ihre Stirn seine berührte. Sie konnte seinen Atem auf ihren Lippen spüren. Ein Sog fuhr durch sie hindurch. Das Blut schoss hinab zwischen ihre Schenkel und sammelte sich zu einem Puls. Pochend wie ein drittes Herz.

Sie drückte seinen Kopf zurück an die Wand und öffnete den Mund, um ihn zu küssen. Gríf stemmte die Hand gegen ihren Brustkorb und hielt sie auf. Sie schluckte. Blickte in den Nachthimmel seiner Augen, während sie im selben Takt atmeten.

»Warum?«, flüsterte er heiser. »Warum sollte ich dir auch diese Macht noch geben?«

Juva zog sich zurück und blieb auf Knien vor ihm sitzen, mit brennend heißen Wangen.

Er lachte wiehernd. »Du hältst *mich* gefangen und hast *ihn* zum Mann? Das sagt so einiges über deine …« Er blickte hoch und schien nach dem richtigen Wort zu suchen. »Urteilskraft.« Er sprach es überdeutlich aus, als hätte er es noch nie zuvor benutzt.

Er sah ihr wieder in die Augen. »Ihr habt mich hier für mehr Jahre gefangen gehalten, als du, Mensch, dir je vorstellen kannst, und du willst immer noch mehr? Du kommst zu mir, als wären wir ebenbürtig, als würden wir beide wild und frei durch die Wälder streifen. Sieh dich um!«

Bei seinen heftigen Worten zuckte sie zusammen, aber er sprach genauso erbarmungslos weiter. »Du verhörst mich, beobachtest mich heimlich und schätzt mich ab, als wäre Freiheit etwas, was ich mir verdienen müsste. Sollte ich ein anderer werden, in der Hoffnung, freizukommen? Nein … Bei dem Spiel mache ich nicht mit, Juva Sannseyr. Spar dir deine Barmherzigkeit für einen Mann, der sie nötig hat.«

Sie schlug die Augen nieder, ertrug es nicht, seinen Zorn zu sehen, der so berechtigt war.

»Schau mich an!«, befahl er. »Schau mich an und sag mir … Wenn du hier sitzen würdest und ich wäre durch die Eisentüren hereingekommen, was hättest du getan? Mich umarmt? Hättest du dich mir geöffnet, deine Beine breitgemacht in der Hoffnung, freizukommen? Oder hättest du dich geweigert, dich der Bestie hinzugeben, die dich eingesperrt hält?«

»Das ist nicht dasselbe«, sagte sie, die Stimme halb erstickt vor Scham. »Du hast gerade einen erwachsenen Mann quer durchs Zimmer geworfen! Ich habe allen Grund, vorsichtig zu sein, während du weißt, dass du von mir nichts zu befürchten hast.«

Er lachte kurz. »Da kennst du dich aber schlecht, Mädchen.«

Juva wusste nicht, was er meinte, aber die Worte gaben ihr eine seltsame Befriedigung. Stille umschloss sie beide und ließ das Rauschen des Meeres herein. Wasser tropfte aus der tiefen Nische in der Wand, ohne Rhythmus. Warum saß er einfach so da? Er hätte ein freier Mann sein können, nach einer längeren Zeit, als sie sich vorstellen mochte, und dennoch … Er tat es nicht, um sie hereinzulocken, das hatte er gerade bewiesen. Er war kein wildes Tier.

Er hat Angst!

Die Gewissheit machte ihre Gedanken klar und ließ sie den Fehler erkennen, den sie begangen hatte.

Juva stand auf. »Alle wollten den Teufel haben, deshalb dachte ich, dass er es wäre, den ich gefunden habe. Der Wolf aus dem Märchen. Die Quelle der Ewigwährenden und ein Ungeheuer in Gefangenschaft. Kein Mann. Du warst so wirklich und unwirklich zugleich, dass ich mich nicht von den Mythen lösen konnte. Aber jetzt sehe ich klar.«

Er blickte zu ihr hoch. »Ich kann es kaum erwarten. Was siehst du, Mensch?«

»Du hast eine große Klappe, Gríf, aber ich bin es nicht, die dich hier noch festhält. Du traust dich nicht, frei zu sein, das ist es. Ich habe lange genug mit der Angst gelebt, um sie zu erkennen, und du … du hast Angst.«

Juva wusste, dass sie spekulierte, aber sie wusste auch, dass er ihre Unterstellung hassen würde, genug, um diesen Raum zu verlassen. Sie drehte ihm den Rücken zu und ging, ohne die Türen zu schließen.

WALHERZ

Juva sank aufs Sofa und trank einen Schluck Gaulawasser. Es war genauso widerlich, wie sie es in Erinnerung hatte, aber der Roggenschnaps war alle. Dieses Gesöff wurde aus dem gleichen Tang gebraut, den man benutzte, um die Toten zu ölen, und wahrscheinlich gab es keinen Unterschied im Geschmack.

Die Bibliothek wirkte in der Dämmerung wie ein blaues Gemälde. Der Regen hatte sich in nassen Schnee verwandelt, der gegen die Fenster klatschte. Sie war so müde, dass ihre Augen wehtaten, aber sie schaffte es nicht, die Lider zu schließen. Dahinter war zu viel Tod zu sehen. Mutter, Solde, Wolfskranke … Und der einzige Mord, den sie selbst begangen hatte, der Ewigwährende bei Haane.

Dafür würde sie teuer bezahlen müssen. Die Strafe wartete dort draußen, obwohl es Nafraím gewesen war, der diesen Krieg angefangen hatte. Sie hatte ihnen lediglich zu verstehen gegeben, dass sie es wusste. Ein Fehler vermutlich. Sie hatte es gewagt, zurückzuschlagen, und die Gefahr war groß, dass sie es damit für alle nur noch schlimmer gemacht hatte.

Sie hatte den Blutleserinnen nur zeigen wollen, dass sie etwas ausrichten konnten, wenn sie zusammenhielten. Dass sie Nein zu den Ewigwährenden sagen konnten und zu dem Blut, das die Leute krank machte. Stattdessen hatte sie ein Leben ausgelöscht. Ein Leben, das vielleicht so lang wie zehn andere gewesen war.

Keine der anderen hatte ihn erspürt, so viel stand fest. Falls es noch mehr Hellfühlende gab, dann außerhalb der Gilde. Wenig überraschend, da die Seidagilde alle abgewiesen hatte, die kein Geld einbrachten oder mit den Regeln nicht einverstanden waren. Die Seidagilde hatte den Zweck, für den sie gegründet worden war, ins Gegenteil verkehrt. Sie war vor dem Bösen, das sie hatte bekämpfen sollen, auf die Knie gefallen, im Tausch gegen Blutperlen und Wohlstand.

Ein Meer aus Zeit hatte alles Wissen über echtes Blutlesen ausgehöhlt, und jetzt war niemand in der Lage, es wiederzuerkennen. Náklav konnte voller junger Mädchen sein, die so lebten, wie sie es getan hatte, in Angst und Verwirrung über ein Herz, das außer Kontrolle geriet, wenn sie es am wenigsten erwarteten. Wer würde ihr glauben, wenn sie versuchte, es zu erklären?

Sie trank wieder einen Schluck aus dem Glas, als aus dem Schornstein hohle Klettergeräusche hallten.

Und jetzt habe ich den Teufel freigelassen. Ein Wesen, über das ich nicht die geringste Kontrolle habe.

Gríf zog sich aus dem schwarzen Schlund herauf und begann, an den Bücherregalen entlangzugehen, als hätte er noch nie zuvor eine Bibliothek gesehen. Juva erhob sich widerwillig und folgte ihm, unsicher, wie es nach dem Streit zwischen ihnen stand. Sie beschloss, die Stimmung ein bisschen aufzuhellen.

»Du hast da was an der Gefangenschaft nicht verstanden«, sagte sie. »Es wird erwartet, dass der Gefangene abgemagert, dreckig und zottelbärtig ist. Und durchgefroren. Und kaum noch Zähne hat.«

Gríf grinste und zeigte seine Reißzähne. »So wie du?«

»Sehr witzig … Das soll man übrigens auch nicht sein.«

Seine Krallen glitten über die Buchrücken, während er daran vorbeiging. »Ich bin Vitnir. Wir sind nicht wie ihr. Ihr seid nutzlos, friert euch zu Tode wegen nichts und müsst alles mit Haut und

Haar verspeisen, um euch zu ernähren. Hättet ihr Krallen, könntet ihr die nützlichen Teile des Essens herausfiltern.«

»Wir sind gut erzogen, es gehört sich nicht, mit den Fingern zu essen. Aber da du es trotzdem tust, könnte man sich schon fragen, warum ihr einen Mund habt, denn der scheint ja ziemlich überflüssig zu sein.«

Er bemühte sich offensichtlich, ein Lächeln zu unterdrücken. »Ich kann mit dem Mund essen, wenn mich die Lust dazu überkommt. Aber dann weiß man immer nicht, was in dem Essen drin ist, das man zu sich nimmt, und nenn mich gerne ein Tier, aber ich möchte wissen, was ich esse. Drei haben versucht, mich zu vergiften.«

»Hätten sie dich nicht einfach … verhungern lassen können?«

Er ging hinaus in die Halle und ließ die Hand übers Treppengeländer gleiten, als hätte er endlich neue Dinge bekommen, die er anfassen konnte. »Oh doch, sie haben mich auch mit Hunger bestraft, aber sie wollten mich nicht vergiften, um mich zu töten. Sie wollten mich wohl nur für eine Weile bewusstlos machen.«

Juva schluckte. Sie konnte Spuren von Ernst aus seinem leichten Tonfall heraushören. »Warum?«

Er lächelte schief und unzweideutig. »Um mich gefahrlos reiten zu können, nehme ich an.«

Juva spürte, wie sich ihr Magen zusammenzog. Wer würde einen Mann vergiften, um sich heimlich mit ihm zu paaren? Das war ein ungeheuerlicher Gedanke. Trotzdem brannte die Scham in ihrer Brust. Sie hatte versucht, ihn zu küssen, und nicht im Entferntesten daran gedacht, dass in den Hunderten von Jahren vielleicht andere Blutleserinnen den gleichen Drang verspürt hatten.

War er auch die Quelle der wollüstigen Märchen? Der erregenden Versionen von den Schwestern und dem Wolf? Bei dem Gedanken fühlte sie sich unendlich klein, und fragen wollte sie nicht.

»Was hast du mit Rugen gemacht?«, fragte sie stattdessen.

»Nichts, was andauert. Er wird aufwachen, wenn die Nacht um ist.« Gríf ging zu den Regalen und nahm den geschnitzten Schädel heraus. »Es sei denn, das ist seiner.«

Juva lachte. »Nein, ich habe ihn im Bad eingesperrt.«

Sie kam sich vor wie ein Dummkopf, dass sie Rugen überhaupt vertraut hatte, ihrem eigenen Gespür zum Trotz. All die Sachen, die er von sich gegeben hatte, ehe er auf sie losging, stürzten in ihrem erschöpften Kopf auf sie ein.

»Er hat gesagt, dass die Wolfsseuche der Anfang des ewigen Lebens ist, aber das stimmt nicht, oder?«

Sie blickte Gríf an und betete stumm, dass er Nein sagen möge. Sie hatte schon genug zu tragen. Was, wenn Rugen die Wahrheit gesagt hatte? Was, wenn all die toten Wolfskranken noch leben könnten? Sie waren seit Menschengedenken gejagt, ausgeblutet und an die Steine verfüttert worden. Man hatte ihnen die Zähne herausgebrochen, und sie selbst hatte bei alldem mitgemacht.

Gríf schien sie nicht gehört zu haben, seine Hände wanderten über die Rippen der skelettartigen Bank, als hätte er so etwas noch nie gesehen.

»Gríf, kannst du mal ruhig stehen bleiben, nur einen Augenblick?«

»Du befreist mich aus der Gefangenschaft, um mich zu bitten, mich nicht zu bewegen?«

Juva öffnete die Tür zum Blutlesezimmer. »Können wir uns hier hinsetzen? Nur damit ich die Antworten bekomme, die ich brauche.«

Gríf folgte ihr und blieb vor dem Wandgemälde stehen, den Kopf leicht zur Seite geneigt.

»Das ist das Werk meiner Urgroßmutter«, sagte Juva. »Síla Sannseyr.«

Er betrachtete sie mit tanzendem Rauch in weißen Augen. »Síla

Sannseyr. Ich wusste, dass sie mich mehr mochte, als es den Anschein hatte.«

Juva setzte sich an den Tisch. Gríf nahm ihr gegenüber Platz, dort, wo Mutter immer gesessen hatte, und schaute in das Kästchen mit den Karten. Er nahm die Blutlesekralle heraus und betrachtete sie von allen Seiten, wie ein neugieriges Kind. Seine echten Krallen gegen die falsche der Blutleserinnen, die sie benutzt hatten, um ihrer Kundschaft einen Tropfen Blut zu entlocken.

Ging die auch auf ihn zurück? Die Reichweite dessen, was er bedeutet hatte, drohte sie zu zerbrechen. Sie war zu müde, um zu kämpfen. Ihre Finger fanden die Furchen im Holz, und sie klammerte sich an das haarfeine Gefühl von etwas Wirklichem. Gríf hatte länger gelebt, als irgendein Geschöpf es tun sollte. Er hatte Blut in den Adern, das ewiges Leben verlieh, seine Wunden schlossen sich von selbst, und er betäubte Leute mit den Krallen.

»Was willst du wissen?«, fragte er.

Sie holte Luft. »Rugen hat gesagt, man kann die Wolfsseuche überleben. Ist das wahr?«

»Ja, unmöglich ist es nicht. Falls er genug von meinem Blut bekommt, wird er einer von ihnen.«

»Ein Ewigwährender?«

»Vielleicht. Das kommt darauf an, wie stark er ist und wie weit die Fäulnis fortgeschritten ist. Warum fragst du? Willst du ihn mit Unsterblichkeit belohnen?« Der bittere Zug um seinen Mund ließ wenig Zweifel, was er davon hielt.

»Natürlich nicht. Niemand sollte ewig leben.«

Gríf zuckte die Schultern. »Dann ist er todgeweiht. Es sei denn, er wird ein Ewigwährender und hört dann auf, das Blut zu nehmen.«

Juva rieb sich die Augen. Sie versuchte, ihren Blick auf etwas anderes zu richten als auf ihn. »Was passiert, wenn er aufhört?«

»Das habe ich dir schon erzählt, das ist genau das, was die Vardari jetzt fürchten. Ohne frisches Blut verfault der Körper. Falls man noch nicht lange Ewigwährender ist, *kann* man überleben. Aber ich bezweifle, dass er das Zeug dazu hat, das haben nur wenige. Der Schmerz würde ihn die Wände hochgehen lassen, und je länger man Ewigwährender war, desto schlimmer ist es. Was glaubst du, warum habe ich sie das Blut wohl trinken lassen?«

Sein Lächeln wurde gefährlich, und ihr ging auf, was ihn so lange am Leben erhalten hatte.

Er hat gehofft freizukommen, nur um sie alle verfaulen zu sehen …

Sie gab sich alle Mühe, klar zu denken. »Aber … Rugen hat gesagt, dass es Vardari sind, die Broddmar für die Zähne und das Blut bezahlen. Dass sie es sind, die die Wolfskranken jagen. Das passt nicht zusammen! Wolfskranke sind ein Ergebnis ihrer Blutperlen, eine Art … neugeborene Ewigwährende, und in dem Fall …«

Gríf legte die Hand auf den Tisch, bereit, sich zu erheben. »In dem Fall töten sie ihre eigenen Leute.«

Juva spürte, wie es ihr kalt über den Rücken lief. »Das ist doch, als würde man seine eigenen Kinder töten, das ist krank! Warum?«

»Keine Ahnung, und ich habe nicht vor, lange genug hierzubleiben, um die Antwort zu finden. Wo geht es raus?« Er stand auf und ging wieder in die Halle.

Die Panik machte ihr Beine, sie lief hinterher und packte ihn am Arm. »Warte! Du kannst nicht einfach gehen, sie werden dich umbringen. Oder dich wieder einfangen, und dann haben wir verloren!«

»Sie können es ja mal versuchen.«

»Gríf, verdammt! Die Stadt ist nicht mehr die, die du kennst!«

Er blieb stehen und sie griff nach dem Strohhalm. »Ich habe keine Ahnung, wie es hier vor sechshundert Jahren aussah, aber ich weiß, dass es nicht mehr dasselbe ist. Du kannst nicht einfach hinauf zu den Steinen spazieren oder dich auf die Straße stellen und nach Nafraím rufen wie ein verwirrter Höhlenbewohner!«

Er sah aus, als grübelte er über die Bedeutung des Wortes nach, während sie verzweifelt nach einer Erklärung suchte, die er verstehen würde.

Das Dach! Ich kann es ihm zeigen!

Juva griff nach seiner Hand, um ihn mitzuziehen, und spürte, wie seine Krallen ihre Handfläche streiften. Sie zog hastig ihren Arm weg, seine Zurückweisung noch gut in Erinnerung.

»Wenn du rauswillst, dann gehen wir raus«, sagte sie. »Komm, ich zeig es dir.«

Er folgte ihr auf den Dachboden und vorbei an Kisten, Gerümpel und einem alten Webstuhl. Die Kettfäden waren pelzig vor Staub. Juva bezweifelte, dass eine Sannseyr jemals einen Webstuhl benutzt hatte, also musste er hier schon gestanden haben, als Urgroßmutter das Haus kaufte.

Gríf blieb an einem verrosteten Fuchseisen stehen und sein Blick verfinsterte sich.

»Das ist alt. Komm.« Juva öffnete die Tür nach draußen, und der Wind vom Meer riss sie ihr sofort aus der Hand. »Sei vorsichtig an den Rändern, damit dich keiner sieht«, sagte sie über die Schulter.

Sie schlüpfte in ein Paar Lederpantoffeln und trat hinaus aufs Dach.

Der Schneeregen hatte Haufen von Schneematsch entlang der morschen Randmauer gebildet, die sie umgab. Gríf musste sich bücken, um durch die Tür zu kommen. Seine nackten Füße patschten über rissige Steinplatten. Mitten auf dem Dach blieb er stehen und blickte zum Himmel.

Juva wurde bewusst, dass es für sie nur ein Gang aufs Dach war. Er dagegen war zum ersten Mal seit Hunderten von Jahren wieder draußen.

Nasse Schneeflocken küssten seinen Rücken und schmolzen auf der Haut, als hätte sie die Begegnung mit ihm zum Weinen gebracht. Er schloss die Augen und machte einen Atemzug, so tief und inbrünstig, dass sein Herz in ihrer Brust wuchs. Es dehnte sich mit jedem Schlag aus, bis sie glaubte, sie müsse zerreißen.

Wie groß konnte ein Herz werden? Sie hatte auf den Kais ein Walherz gesehen, vor vielen Jahren, und es war ebenso hoch gewesen wie sie. Ein blutiger Fleischklumpen, mit Adern, die groß genug waren, um hineinzukriechen.

Was, wenn Grífs Herz sie bereits geschluckt hatte? Ihr eigenes verdrängt? Wann hatte sie das geschehen lassen? Sie biss sich auf die Lippe, müde und erschöpft bis auf die Knochen und mit einer heraufdämmernden Furcht vor dem Platz, den er mehr und mehr in ihr einnahm.

Reiß dich zusammen, Juva.

Sie schmiegte sich in die Ecke, wo die Mauer sie überragte und etwas Schutz bot. An einer Stelle waren Steine herausgefallen, durch das Loch konnte sie auf die Stadt blicken. Náklav lag fröstelnd und entkräftet im blauen Nachtlicht. Gríf stellte sich neben sie.

Sie zeigte auf die Stadt und flüsterte: »Das Dach direkt gegenüber gehört zur Bäckerei. Sie ist kürzlich verkauft worden, sicher an einen Ewigwährenden oder jemanden, der ihnen nahesteht. Die Laternenkoppel geht bis hinauf zur alten Stadtmauer, die du dort drüben gerade noch erkennen kannst. Die Mauer ist an vielen Stellen baufällig, aber sie zieht sich um die ganze verdammte Ringmark, verstehst du? Auch um Zunge und Skodda, ganze Stadtteile. Das große Tor führt zum Brennmarkt, und wenn du geradeaus weitergehst, kommst du zum Náklaring. Die Mauer ist riesig, Gríf. Und gut bewacht. Die drei Tore sind nie gleichzeitig offen, und niemand kommt ohne Besucherkarte hinein oder hinaus. Heutzutage muss man auch die Zähne fletschen, um zu beweisen, dass man nicht wolfskrank ist. Wenn du dich auf der Straße zeigst, werden die Leute in Panik geraten, und du bist ein toter Mann. Wenn wir dich ungesehen bis zur Mauer bringen könnten, würden sie dich an den Toren aufhalten, und du wärst ein toter Mann. Wenn du es schaffen würdest, bis zu den Steinen durchzukommen, würden sie deinen Rücken mit Armbrustbolzen spicken, und …«

»Ich wäre ein toter Mann?«

Sie sah ihn an. »Also du *kannst* lernen?«

Er antwortete mit einem Lächeln, das genauso gut ein Zähnefletschen hätte sein können. Náklavs Tausende von Lichtern spiegelten sich in seinen Augen, und sie konnte sehen, dass sein Blick wanderte. Haarfeine Veränderungen, die sie mit der Zeit gelernt hatte zu deuten. Sie lehnte den Kopf an die Mauer und glaubte für einen kurzen Moment einzuschlafen.

»Ihr habt euch beeilt«, sagte er. »Ich kann die ganze Stadt auf Hausdächern durchqueren. Was ist aus den Bäumen geworden?«

Juva zwang sich, die Lider zu öffnen, schaffte es aber nicht, ihm zu antworten. Für Bäume war nie Platz in Náklav gewesen, nicht solange sie zurückdenken konnte. Sie zog die Ärmel über die Hände, aber das Wollhemd war bereits nass und kalt.

»Du hast recht«, sagte er plötzlich.

Juva lächelte matt und fasste sich an die Brust. »Au, das zu sagen, muss wehgetan haben.«

»Gewöhn dich nicht dran.«

Juva schlang die Arme um den Körper, um sich zu wärmen. »Aber wir werden dich nach Hause bringen, Gríf. Wir müssen nur bis zum Yra-Rennen warten. Wenn der Frühjahrslauf erst begonnen hat, wird keiner …«

»Ist nicht wahr, oder? Macht ihr das immer noch? In Wolfsfellen durch die Straßen rennen?«

Juva hätte gelacht, wenn sie die Kraft dazu gehabt hätte. Der Lauf war offenbar älter, als sie gedacht hatte.

»Na klar machen wir das. Und es ist der einzige Tag, an dem du von hier wegkommst. Überleg doch mal, Gríf! An einem solchen

Tag wird keiner auf Zähne und Krallen achten, und das Tor zum Náklaring steht offen, damit die Leute ihre Runde laufen können. Aber … der Blutfluss um die Steine wird abgestellt. Sie werden nicht funktionieren.«

»Ich brauche kein Blut, damit sie funktionieren. Ich habe die Gabe.«

Juva stieß einen Seufzer der Erleichterung aus. »Gut. Dann haben wir gewonnen.«

»Das nennst du gewinnen?«

»Wenn wir dich in deine Heimat bringen, werden die Vardari verfaulen. Kann sein, dass es Zeit braucht, aber sie werden nicht mehr Ewigwährende sein. Und sie werden kein Blut haben, das sie verkaufen können, deshalb wird auch niemand mehr wolfskrank. Ja, für mich ist das ein Gewinn, auf lange Sicht gesehen.«

Er sah sie verwundert an. »Auf lange Sicht? Was machst du, während du darauf wartest, dass sie aussterben? Was hast du davon, auf lange Sicht zu gewinnen, wenn sie dich auf kurze Sicht töten?«

»Werden sie nicht, wenn ich ihn zuerst töte.«

»Ihn?«

Juva antwortete nicht. Er wusste, wen sie meinte. Sie legte die Stirn an die Wand und kämpfte darum, die Augen offen zu halten.

Gríf schob sich hinter sie und schützte sie vor dem Wind. »Also, wenn ich verschwinden würde, hättest du gewonnen, weil die Vardari dann aussterben? Und die Welt wäre auf wunderbare Weise zu der geworden, die du dir immer gewünscht hast?«

Juva glaubte, dass sie nickte. Sie spürte die Wärme seines Körpers an ihrem Rücken. Oder war sie eingeschlafen und träumte? Erfror sie vielleicht gerade?

Nein … seine Stimme war wirklich da, tief an ihrem Ohr. »Du weißt schon, dass die einfachste Art zu gewinnen die wäre, mich hinter den Eisentüren verhungern zu lassen?«

Juva zuckte die Schultern. »Wenn es das ist, was du willst, von mir aus gerne, Wolfsmaul. Verkriech dich ruhig im Schacht voller Gestank nach Rauch und Fisch, mir doch egal.«

Sie lächelte schläfrig und hatte das starke Gefühl, dass er es auch tat. Sein Arm legte sich auf ihren Brustkorb, so warm, dass ihre Haut zu kribbeln begann. Sein Geruch streute Salz in die Wunde ihres Herzens, die offener war, als sie geahnt hatte.

Ja. Das hier ist ein Traum.

Sie warf einen Blick auf seine Narben.

»Warum hast du Narben, wenn du dich selbst heilen kannst?«, murmelte sie.

»Das ist zur falschen Zeit passiert«, sagte er und zog sie an sich. »Komm, Juva. Ihr seid nicht dafür gemacht, draußen zu sein.«

Sie sank in sich zusammen und war eingeschlafen.

DAS GEHEIMNIS

Juva betrachtete ihr Spiegelbild und sah eine hoch aufgerichtete Fremde in Rot. Der Kragen umschloss den Hals, durch Stacheln gegen Bisse gesichert. Die Jacke saß hauteng wie ein Schnürmieder um die Leibesmitte, und das gewaschene Leder vermittelte den täuschend echten Eindruck, ein Leben lang getragen worden zu sein. Sie sah aus wie das Mädchen mit dem Wolf auf Urgroßmutters Wandgemälde.

Die Schwester, die überlebt hat.

Savill schwänzelte mit prüfendem Blick um sie herum. Etwas sagte ihr, dass er das immer tat, ganz gleich wie gut die Arbeit gelungen und wie beschäftigt er war.

Das Yra-Rennen war nur noch einen Monat entfernt, und das merkte man dem Laden an. Die Regale bogen sich unter Stoffen und Flechtkörben, beschriftet mit geheimnisvollen Abkürzungen, die man wohl nur verstand, wenn man Schneider war. Lodenstoff lag wie eine Decke auf dem Arbeitstisch ausgebreitet, belegt mit Schnittmustern aus Papier. Rücken, Seitenstücke, Ärmel … Ein Leib, zerlegt in Einzelteile, wie ein Tier beim Schlachter. Der Unterschied zwischen einem Hirsch und einem Mann erschien plötzlich gar nicht mehr so groß.

Was ist mit Gríf?

Wie hätten die Schnittmuster wohl ausgesehen, wenn die Jacke für ihn gewesen wäre? Breiter über den Schultern, schmaler um die Hüften. Der hohe Kragen würde ihm stehen. Handschuhe, um die Krallen zu verstecken. Niemand würde ahnen, dass er kein menschliches Wesen war, solange er Augen und Mund geschlossen hielt. Oder würde man spüren, dass man an einem Raubtier vorbeiging? Einem Mann, der seine Wunden heilen lassen konnte, während man dabei zusah, und der das ewige Leben in seinen Adern hatte? Juva spürte ein Frösteln im Nacken, das alles andere als unbehaglich war.

Sie wünschte, Savill würde sich beeilen. Broddmar war mit Sicherheit schon auf dem Weg hierher, und sie hatte immer noch keine Ahnung, wie sie die Wahrheit über ihn herausfinden sollte. Arbeitete er wirklich für die Vardari? Und wenn, wusste er das? In dem Fall hätte er sie angeheuert, um dasselbe zu tun, und bei dem Gedanken bekam sie Bauchschmerzen.

Sie musste auch langsam mal los. Gríf war frei und alleine im Haus. Was, wenn er sein Versprechen nicht hielt und abhaute? Oder auch nur vor die Tür ging? Das würde schon reichen, damit alles verloren war. Aber er wirkte nicht wie jemand, der sein Versprechen brach, im Gegensatz zu Rugen, der jetzt an seiner Stelle im Schacht saß. Es war grotesk, aber was hätte sie sonst machen sollen? Er hatte ihr nach dem Leben getrachtet und war zu krank, um frei herumzulaufen. Vorerst war er am sichersten Ort, den es gab. Wenigstens war er nie dazu gekommen, Gríf zu sehen.

»Mach den Rücken gerade«, murmelte Savill.

Juva gehorchte, und ihr wurde bewusst, dass ihr Körper ein offenes Buch war. Schon allein der Gedanke an Rugen hatte genügt, um sich hängen zu lassen.

Savill reichte ihr die Maske. »Probier die mal, sie ist ein bisschen anders als die von Broddmar.«

Juva legte die Maske an und schnallte sie um den Hals fest. Sie verbarg den unteren Teil des Gesichts, wie ein Maulkorb. Das Leder war über dem Nasenrücken geformt, mit kleinen Öffnungen unter den Nasenlöchern und Aussparungen vor dem Mund. Sie zog sich die rote Kapuze über den Kopf. Jetzt zeigte der Spiegel kein Mädchen aus dem Märchen mehr. Kein Opfer, sondern eine Jägerin.

Das Glöckchen über der Tür bimmelte. Broddmar kam herein und entdeckte sie. Sein Blick ließ keinen Zweifel aufkommen, dass er wegen des Vorfalls bei Haane noch ein Wörtchen mit ihr zu reden hatte. Er blieb vor dem halb offenen Vorhang stehen. Eine haarfeine Regung im Herzen verriet ihr, dass Skarr draußen wartete.

Wieso spüre ich sowohl Wölfe als auch Ewigwährende?

»Sie macht sich wirklich gut darin«, sagte Savill und begann, die Einzelheiten hervorzuheben, völlig blind für die Stimmung. Der beleibte Schneider schlug die Hände zusammen. »Ah! Das hätte ich jetzt fast vergessen! Ich habe ein Muster dieser … wie nennt ihr sie? Rückenflaschen? Einen Augenblick!« Er verschwand im Hinterzimmer.

Broddmar betrat den Verschlag, in dem es plötzlich viel zu eng wurde. Er stand wie ein Fels vor ihr, gut einen Kopf größer. »Du glaubst, du wärst geeignet, diesen Anzug zu tragen? Nach dem Wahnsinn im Volsung-Haus?«

Juva zog die Maske unters Kinn. »Was für ein Wahnsinn? Der, bei dem du nicht dabei warst?«

»Du hast einen von *ihnen* getötet, Juva!«

»Sie haben sechs von uns ermordet! Mutter, Solde, Ogny, Maruska, die Töchter … Und das nur in der Zeit seit unserer letzten Wolfsjagd!«

Broddmar fuhr sich mit der Faust übers Gesicht. »Hör auf! Niemand weiß, wer die Morde begangen hat, und du kannst deinen Rachefeldzug nicht in Náklav ausführen, ganz gleich was du …«

Savill kam zurück und Broddmar verstummte. Der Schneider hielt eine flache Blutflasche an Juvas Rücken und betrachtete sie im Spiegel. »Es werden natürlich zwei sein. Wir können sie erst in ein paar Tagen liefern, wir sind abhängig von jemandem in Naar, der Tüllen und Verschlüsse macht. Aber ihr seht, wie es wird.«

Die rote Lederflasche lag auf ihrem Rücken wie der Flügel bei einer Schmeißfliege.

»Sie lassen sich leicht ein- und aushaken, hier oben bei den Schulterblättern, aber sie müssen auch hier unten festgegurtet werden, wenn sie … voll sind.« Savill verschluckte das Ende des Satzes; wie es aussah, wurde ihm die Spannung bewusst, die in der Luft lag. Er kaute auf den Lippen und geleitete Broddmar höflich aus dem Verschlag.

Juva schloss den Vorhang, zog den Anzug aus und schlüpfte wieder in ihre Sachen, während die beiden Männer über den Preis verhandelten. Die Ausbluter unterstanden der Ringgarde, deshalb war sie es auch, die die Ausstattung bezahlte. Plötzlich ging ihr auf, dass sie, falls Rugen recht hatte, vom Geld der Ewigwährenden eingekleidet wurde.

Niemals!

Sie zog den Vorhang zur Seite.

»Ich bezahle den selbst«, sagte sie und legte den Anzug auf den Tresen.

Broddmar drehte ihr den Rücken zu und marschierte aus dem Laden.

Savill legte den Anzug sorgfältig zusammen und steckte ihn in einen Leinenbeutel. »Du kannst bezahlen, wenn die Blutflaschen kommen«, sagte er. »Und falls du Schuhwerk brauchst, können wir dir Kastor empfehlen, gleich hier über die Straße. Ein paar kniehohe Stiefel in Rot würden ausgezeichnet dazu passen, und wir machen ihm einen guten Preis für das Leder, das wir verwendet haben. Vielleicht lässt du es dir bis zum nächsten Mal durch den Kopf gehen.« Er lächelte übers ganze Gesicht.

Juva bedankte sich, drehte sich um und wollte zur Tür gehen, als ihr Blick auf eine Holzbüste im schwarzen Wollhemd fiel. Sie zögerte. Es hatte einen runden Halsausschnitt und war schmal geschnitten. Mit Kapuze.

Savill tauchte neben ihr auf und hob den Stoff an. »Du hast einen guten Geschmack. Es sieht schlicht aus, aber das hier ist von bester Qualität. Wir fertigen das schon an, seit ich ein kleiner Junge war. Fühl mal den Stoff! Weich und behaglich, aber sehr strapazierfähig. Ist es ein Geschenk? Welche Größe?«, fragte er mit einem vielsagenden Lächeln.

Größe? Teufelsgröße. Siebenhundert-Jahre-und-unsterblich-Größe.

»Ich weiß nicht«, murmelte sie. »Etwas größer als Broddmar?«

Savill nahm ein schwarzes Wollhemd aus dem Regal und hielt es hoch. »Das müsste dann dieses sein.«

»Ja … Danke.«

Was machst du da, Juva?

»Ausgezeichnet!« Savill wieselte zurück hinter den Tresen und legte das Hemd mit geübten Handgriffen zusammen. »Dann setze ich es mit auf die Rechnung, und ich möchte fast garantieren, dass darauf ein Heiratsantrag folgt.« Er zwinkerte ihr zu und übergab ihr das Hemd.

Ein Heiratsantrag?

Der Gedanke war vollkommen lächerlich, aber das Wort drückte ihr Herz bedrohlich zusammen. Juva steckte das Hemd in den Leinenbeutel und ging hinaus zu Broddmar. Er wartete unter Savills Ladenschild in Form einer riesigen schwarzen Schere, die ihm den Kopf abschlagen würde, falls sie herunterfiele.

Broddmar schimpfte sofort auf sie ein. »Die Regeln ändern sich nicht, nur weil du selbst zahlst. Das gibt dir noch lange nicht das Recht, zu tun, was du willst.«

Er will mich zügeln. Beschützt er Ewigwährende?

Juva schluckte ihren Zorn hinunter und antwortete beherrscht. »Vardari haben meine Familie ermordet, und du bist wütend, weil ich gezwungen war, einen von ihnen zu erschießen? Auf wessen Seite stehst du, Broddmar?«

Broddmar schüttelte den Kopf und band Skarr vom Laternenpfahl los. »Juva, ich weiß, was du durchgemacht hast, und ich mache dir deinen Zorn nicht zum Vorwurf. Aber du könntest genauso gut gegen Nebel kämpfen! Du schlägst blind drauflos, und das wird dich das Leben kosten!«

Juva drehte sich kurzerhand um und ging. Er rief ihr nach und eilte ihr hinterher, aber wenn sie jetzt mit ihm redete, würde sie Dinge sagen, die sie später bereute.

Sie überquerte die Ringstraße und ging in die Markthallen, ein feuchtkaltes Labyrinth von unterirdischen Gängen, die sich durch die Königskuppe bohrten. Hierher würde er den Wolf kaum mitnehmen. Die Tunnel waren voll von Marktständen und Menschen, so weit das Auge im nebelartigen Licht der Leichenholzlampen reichte. Die Felswände warfen die Geräusche zurück, und jedes Gespräch wurde Teil eines nie endenden Echos.

»Juva!«

Ihr Name hallte zwischen den Wänden. Broddmar holte sie in einem schmalen Gang mit Käseständen ein, griff nach ihrem Arm und hielt sie fest.

»Jufa, ich versuche dich zu beschützen!«

Juva trat dicht an Broddmar heran und starrte zu dem zahnlosen Oberkiefer hinauf, den ihr Vater ihm verpasst hatte und der ihren Namen verstümmelte, wenn Broddmar aufgeregt war.

»Mich? Du versuchst dich selbst zu beschützen, weil du für sie arbeitest!« Sie blickte sich um und senkte die Stimme, bis sie fauchte wie eine Katze. »Du schlachtest Wolfskranke für die Ewigwährenden ab! Du bist schlimmer als sie, du räumst für sie auf. Hilfst ihnen, die Hinterlassenschaften der Blutsucht zu beseitigen, die sie selbst verbreiten, und das ist so verdammt erbärmlich! Du solltest dich schämen!«

Broddmars Gesicht verlor jegliche Farbe, er war sichtlich geschockt, dass sie es wusste.

Es ist wahr …

Juva riss sich los und ging weiter. Wäre sie stehen geblieben, hätte sie auf ihn eingeschlagen. Der Käsetunnel mündete in die Fischhalle und sie hörte Broddmar hinter sich.

»Vardari sind keine Straßenräuber, Juva. Sie können nicht von Leuten wie uns bekämpft werden. Du findest sie in der Náklabank, im Stadtrat, in der Ringgarde, sogar im Rat der Königin! Du wirst den gerechten Kampf, von dem du träumst, nicht bekommen, und du kannst nicht alle für etwas verfolgen, was einer getan hat! Du musst mir vertrauen, Juva!«

»Warum? Warum in Gaulas Namen sollte ich dir vertrauen, Broddmar?«, fragte sie, ohne zurückzublicken.

»Weil ich einer von ihnen war!«

Juva blieb stehen. Das Gewirr von Geräuschen rückte in die Ferne, als wäre sie im Begriff zu ertrinken. Menschen trieben vorbei, manche in blutigen Schürzen, und sie war umgeben von totem Fisch. Von Eiswannen mit Aal, Tintenfisch und Rogen, der aussah wie kleine Blutperlen.

Sie drehte sich zu Broddmar um und starrte ihn an, ohne auch nur ein einziges Wort sagen zu können.

Er breitete die Arme aus. »Weil ich einer von ihnen war«, wiederholte er, wie ein schwächeres Echo seiner selbst.

Lügner. Verräter. Harsche Worte brannten ihr auf der Zunge.

»War?«, fragte sie.

Das war die einzige Frage, die ihr einfiel. Entweder lebte man ewig oder man tat es nicht, wovon redete er? Und Broddmar war kein Vardari, er war im Laufe der Jahre ganz eindeutig gealtert.

Er rieb sich die Stirn und kniff für einen Moment die Augen zusammen. »Ich war einer von ihnen, fast ein Jahr lang. Bis ich aufhörte, das Blut zu nehmen.« Seine Stimme war unsicher, sie ging näher heran.

Skarr schlich um einen Berg Krabben herum. Eine füllige Frau lehnte sich über die Schlachtbank, zeigte empört auf ihn und keifte: »He! Ihr könnt das Tier nicht hier reinbringen, ist das so schwer zu begreifen?«

Juva zog Broddmar in eine Grotte mit leeren Kisten gleich nebenan und setzte ihn auf eine Tonne. »Rede!«

Broddmar vermied es, sie anzusehen. »Dein Vater hat es gewusst, und wir haben oft darüber gesprochen. Über den Schatten auf der Seidagilde und die Ewigwährenden, die euch unter Druck hielten. Er wollte mehr wissen, aber ich konnte ihm nicht helfen. Ich wusste nichts und bin nie bis ins Innerste gekommen. War nur ein verdammter Narr, der an die falschen Leute geraten ist, und ich ließ mich zu etwas verführen, was ich im Grunde nie gewollt habe. Ich wollte alt werden, Jufa. Verschrumpeln und sterben, wie alle anderen, aber … Die Vardari sind kein Orden, aus dem man austreten kann.«

Juva ging zwischen den Kisten auf und ab, ihr war übel vom Fischgestank und von der Wahrheit, aber sie ordnete ihre Gedanken. »Deine Zähne … Ist das der Grund, warum du …«

»Dein Vater hat sie mir genommen, weil ich ihn darum gebeten habe.«

»War er auch … Hat er auch für sie …?«

»Nein, nein! Valjar war … Zur Dränke, wie ich den Mann geliebt habe, Juva. Dein Vater war alles für mich. Er hat mir da rausgeholfen. Aber es hatte seinen Preis.«

Juva starrte ihn an. »Deshalb bist du ein roter Jäger.«

Er nickte schwer. »Nafraím hat mich nur unter der Bedingung gehen lassen, dass ich Wolfskranke jage. Es ist eine blutige Arbeit, für die sich niemand freiwillig entscheidet. Außer dir.«

»Und du hast zugelassen, dass ich das tue! Du wolltest mich für den Mann arbeiten lassen, der Mutter und Solde ermordet hat!«

»Ich arbeite für die ganze Stadt, nicht für ihn. Ich habe Nafraím nicht mehr gesehen, seit er mich in die Pflicht genommen hat. Alles Blut geht an die Ringgarde. Das ist es, was ich versucht habe dir zu erzählen. Die Ewigwährenden sind vielfältig, genau wie wir. Manche sind Gesetzlose, manche machen Geschäfte mit Geld, andere mit Blut, aber viele von ihnen leben so wie du und ich. Und der Standpunkt des Stadtrats ist, dass es sie nicht gibt, also kannst du hier keine Blutrache anzetteln, nur weil du glaubst, dass jemand ein Ewigwährender ist.«

Juva lächelte kühl. Sie legte die Hände auf seine Schenkel und beugte sich zu ihm. »Ich brauche nichts zu glauben, Broddmar. Ich kann sie spüren! Ich weiß, wo sie sind, wer sie sind, sie können sich mir nicht nähern, ohne dass ich es weiß. Der Puls der Vardari pumpt in mir wie mein eigenes Herz. Sie können sich nicht mehr verstecken.«

Sie sah den unmittelbaren Zweifel in seinen Augen, aber sie gab ihm keine Gelegenheit, zu antworten. »Wie in den Märchen, Broddmar. Die Blutleserinnen in früheren Zeiten konnten sie spüren, und diese Fähigkeit kehrt langsam zurück. Ich weiß es, weil ...« Sie zögerte, unsicher, wie viel Broddmar über den Teufel wusste.

»Wie bist du einer von ihnen geworden?«, fragte sie. »Weißt du, was du getrunken hast?«

Broddmar nickte. »Ich trank von einer von ihnen, einem Ungetüm von Frau.«

Juva betrachtete ihn prüfend. Sein Gesicht war verzerrt, aber vor Erschöpfung, und nicht weil er log.

Er glaubt, was er sagt. Er weiß es nicht.

Broddmar stand auf und der Wolf tat es ihm gleich. »Aber es spielt keine Rolle, wer es war, ich bin auf jeden Fall an die Arbeit gebunden. Wenigstens erweise ich der Stadt einen Dienst, es muss ja gemacht werden. Die Wolfskranken sind wahnsinnig und todgeweiht.«

Er weiß nicht, dass sie überleben können.

Juva blickte auf das schwarze Wollhemd im Leinenbeutel. Die Zeit war reif. Sie brauchte Hilfe, eine Gruppe von Helfern, und sie konnte nicht die Einzige sein, die von Gríf wusste. Falls ihr etwas zustieß, mussten andere ihn nach Hause bringen.

»Komm mit«, sagte sie. »Ich muss dir etwas zeigen.«

Sie gingen schweigend durch die Markthallen und kamen auf der anderen Seite der Königskuppe heraus. Die Laternenkoppel war nur einen Steinwurf entfernt, doch der Weg dorthin wirkte länger denn je. Juva nickte den Wachen am Haus zu, die vor Skarr zurückwichen. Sie schloss die Tür auf und unterhielt sich dabei lauter mit Broddmar, als nötig gewesen wäre, in der Hoffnung, dass Gríf sich außer Sichtweite hielt. Sein Herz zitterte gegen ihres, als wolle es ihr sagen, dass er verstanden hatte.

Sie half Broddmar aus seiner Jacke. Er war blass, ein Gespenst in der schwarzen Halle, umgeben von Lagalunes makabren Raritäten. Skarr begann zu winseln und zog an der Leine.

Er wittert ihn!

Juva holte tief Luft. »Broddmar, du hast von keiner Vardari getrunken, um einer von ihnen zu werden. Du hast von etwas ganz anderem getrunken. Und es stimmt nicht, dass die Wolfskranken todgeweiht sind. Einige von ihnen hätten überleben können, wenn sie von derselben Quelle getrunken hätten wie du.«

Broddmar schüttelte den Kopf. »Das ist Wunschdenken, Juva. Es gibt kein Heilmittel.«

»Doch, aber das Heilmittel ist möglicherweise nicht besser als die Krankheit. Sie können Ewigwährende werden, so wie du einer wurdest, und aufhören, Blut zu trinken. Dann haben sie eine Chance. Sie ist klein und sie ist schmerzvoll, aber manche schaffen es. So wie du.«

Sein Blick klebte an ihr, während ihm der Gedanke offensichtlich zu schaffen machte. »Nein …«, murmelte er. »Nein, wenn das wahr wäre, hätten sie sie nicht gejagt. Warum Wolfskranke töten, wenn sie hätten …«

»Warum die eigenen Missgeburten töten? Das hätte ich auch gerne gewusst.«

»Die eigenen? Du meinst, weil es Vardari sind, die das Wolfsblut verkaufen?«

Bei Gaula, er glaubt immer noch, dass es Wolfsblut ist!

Juva sah ihm in die Augen und hielt seinen Blick fest. »Hör mir zu, Broddmar. Das Blut in den Perlen ist kein Wolfsblut. Es hatte nie etwas mit Wölfen zu tun. Es war ihr eigenes Blut. Verdorbenes, ewigwährendes Blut kann Leute wolfskrank machen, aber es hat nie das Altern verhindert. Ewiges Leben hat einen anderen Ursprung, und ich kann dir zeigen, welchen. Rühr dich nicht von der Stelle.«

Broddmars Blick hatte etwas Verschlossenes bekommen, als ob er entweder nicht zuhörte oder nicht in der Lage war, das Gehörte zu verstehen. Er kraulte Skarrs Nacken und redete ihm gut zu, aber der Wolf wollte sich nicht beruhigen.

Juva überließ die beiden sich selbst und ging in die Bibliothek. Gríf stand direkt hinter der Tür und hatte offenbar gelauscht. Der Rauch in seinem Blick fragte stumm, ob sie sich sicher sei. Sie war es nicht. Überhaupt nicht, aber sie konnte nicht länger allein gegen die Welt stehen.

Sollte sie ihn bitten, zuerst das Wollhemd anzuziehen? Nein … Broddmar sollte ihn so sehen, wie sie es selbst beim ersten Mal getan hatte. In Leinenhosen und mit nacktem Oberkörper.

Sie winkte Gríf mit sich und er folgte ihr in die Halle. Broddmar hob den Kopf. Der Ausdruck auf seinem Gesicht verwandelte sich innerhalb eines Wimpernschlags von Verwirrung in Furcht. Er wich zurück, während seine Hand an die Hüfte fuhr, auf der Suche nach einem Messer, das er nicht bei sich trug. Skarr winselte und kroch in sich zusammen, die Ohren flach zurückgelegt.

Juva hob die Hände in dem unbeholfenen Versuch zu zeigen, dass keine Gefahr bestand. »Gríf, das ist Broddmar. Mein Jagdführer und Freund. Broddmar, das ist Gríf. Quelle des ewigen Lebens und sechshundertsechzig Jahre lang Gefangener der Vardari.«

Broddmar starrte Gríf an. Sein Blick wanderte am Körper seines Gegenübers hinunter, bis er bei den Klauen haltmachte.

»Da war … Es gab einen Mythos … über einen Wolf.« Er stolperte auf die schmiedeeiserne Bank zu, sank nieder und saß da, als wäre er an den Rippen der Rückenlehne festgefroren. Skarr verkroch sich unter der Bank und blieb leise winselnd liegen.

»Sie nannten ihn den Teufel«, sagte Juva. »Und er ist von Eingeweihten der Seidagilde durch alle Zeiten hindurch bewacht worden. Die Vardari wissen nicht, wo er ist, aber ich kann dir versichern, sie werden alles daransetzen, es zu erfahren. Denn ohne ihn müssen sie sterben. Grífs Blut hat jeden einzelnen Vardari auf der Welt am Leben erhalten, und das hat auch dich erschaffen.«

Broddmar starrte zu Boden, während er mit der Zunge am Gaumen schnalzte. Das machte er immer, wenn er nachdachte, aber jetzt hörte es sich eher an wie der Trost eines verrückten Mannes.

Er schwieg lange, bevor er wieder aufblickte. »Und er kann auch Wolfskranke zu Ewigwährenden machen?«

»Das sagt er. Und dann haben sie eine kleine Chance zu überleben.«

Broddmar klammerte sich an die Bank, bis seine Knöchel weiß wurden, und sie wusste, was in ihm vorging. Viele Jahre lang hatte er Wolfskranke abgeschlachtet. Junge, Alte, Frauen, Männer … in dem Glauben, dass der Tod der einzige Ausweg sei.

Er krümmte den Rücken, sodass sie sein Gesicht nicht länger sehen konnte. Er sagte nichts. Sie wollte zu ihm gehen, aber Gríf hielt sie behutsam zurück.

Broddmars breite Schultern begannen zu zucken. Sie dachte, er würde sich übergeben, aber dann begriff sie, dass ihn ein tiefes, lautloses Weinen schüttelte.

KEFLA

Das Feuer knisterte im Kamin in der Bibliothek, und der Wind rüttelte an den Fenstern. Juva ging auf, dass es in einer normalen Familie das reinste Idyll hätte sein können, aber im Sannseyr-Haus war nichts normal.

Ein nahezu zahnloser Mann in den Sechzigern saß auf dem Sofa mit seinem dritten Glas Algenschnaps, und auf dem Fußboden saß ein halb nackter Unsterblicher und kämmte mit seinen Krallen das Fell eines Wolfs, der sich ihm ganz und gar unterworfen hatte. Und sie alle wurden beobachtet von einem ausgestopften Raben mit dem Hang, einem aus Runenwürfeln die Zukunft vorzulügen.

Aber für Broddmar musste es sich noch unwirklicher anfühlen. Er hatte sich von dem Schock erholt, und während er an seinem Glas nippte, versuchte er tapfer, ein Gespräch mit Gríf zu führen, aber zwischen ihnen lag zu viel, das den Fluss der Worte hemmte.

Broddmar hatte gefragt, wie Vater ums Leben gekommen war, und Gríf hatte kein Blatt vor den Mund genommen. Juva ahnte, dass er ihn bestrafen wollte, obwohl Broddmar in seinen wenigen Jahren als Ewigwährender nicht gewusst hatte, woher das Blut kam. Das aufkeimende Zutrauen war ein zartes Pflänzchen, auch für sie. Aber sie konnte Broddmar keinen Vorwurf daraus machen, Geheimnisse für sich behalten zu haben, wenn sie selbst das größte Geheimnis von allen bewahrt hatte.

Es war ein gutes Gefühl, einen Verbündeten zu haben, obwohl sein neues Wissen sein Leben in Gefahr brachte. Aber konnte sie ihm vertrauen? Der Gedanke war schmerzhaft. Sie hatte immer das Gefühl gehabt, ihr Leben in Broddmars Hände legen zu können, aber sie hatte allen Grund, vorsichtig zu sein. Rugen war der beste Beweis dafür.

Was zur Dränke soll ich mit ihm machen?

Sie konnte ihn nicht einfach im Schacht liegen lassen, bis er verreckte. Aber falls sie ihn wieder freilassen sollte, musste es sich für sie lohnen. Konnte er sie zu Nafraím bringen? Und was war mit diesem Mädchen, von dem Rugen gesprochen hatte? Seine Worte hallten noch immer in ihr nach.

Du bist schlimmer als Kefla, dieses junge Ding oben in Herad, das abseits der Gilde Blutleserin spielt!

Kefla, die gewusst hatte, dass er krank war. Woher? War das Mädchen eine von denen, die sie gesucht hatte, eine Hellfühlende?

Juva ließ ihren Blick auf Gríf ruhen und horchte auf das Zittern in ihrem Herzen. Die Erklärung war ihr zunächst so einfach vorgekommen. Sie war Blutleserin. Sie konnte Gríf fühlen und alle, die Spuren von ihm in sich trugen. Ewigwährende und Wolfskranke. Aber warum konnte sie auch Wölfe spüren? Bei Weitem nicht so stark, aber doch wie eine Brise ums Herz, die sich nicht kleinreden ließ.

Gríf bewegte sich, und sofort schmiegte Skarr sich wieder an ihn, als könne er ihm nicht nahe genug kommen. Die Hingebung war sichtlich gegenseitig. Eine Bindung, wie sie sie noch nie erlebt hatte. Sie hatte zwei Wölfe in der Bibliothek, nicht nur einen.

Ihr Herz wuchs und schlug schwerer. Langsamer, als wollte es mit seinem verschmelzen, und sie wandte den Blick ab. Es war sinnlos, etwas zu berühren, das ihr nie gehören konnte. Etwas, das ihr unausweichlich Kummer bereiten würde.

Juva erhob sich. Skarr spitzte die Ohren, blieb jedoch liegen.

»Wohin gehst du?«, fragte Broddmar sofort. Die Vorstellung, mit Gríf allein zu sein, war ihm sichtlich unbehaglich.

»Ich will ein Mädchen finden, Rugen hat von ihr gesprochen, und ich glaube, dass sie Ewigwährende erspüren kann.«

Broddmar stellte den Algenschnaps hin und machte Anstalten, sich zu erheben.

»Nein«, wehrte Juva ab. »Bleib du hier bei Gríf. Es gibt immer noch vieles, was du wissen musst.«

»Es wird langsam dunkel …«

»Wir sind mitten im Schmelzmond, Broddmar. Dunkler als jetzt wird es nicht. Ich werde vorsichtig sein, ich muss das Mädchen finden, bevor die Vardari es tun.«

Broddmar blickte Hilfe suchend zu Gríf, bekam aber keine.

Gríf zuckte die Schultern. »Sie weiß, was sie tut.«

Er ist jetzt frei. Er braucht keine Angst mehr um mein Leben zu haben.

Draußen war es kälter, und die Straßen waren leerer, als sie gedacht hatte. Hin und wieder fegten kleine Windstöße vorbei, Vorboten der Schmelzmond-Stürme. Sie war gerade erst bis zur Schicksalskehre gekommen, als sie ein verräterisches Flimmern im Herzen spürte.

Ein Ewigwährender, aber nicht Nafraím.

Das hier war ein neues Herz. Ein fremder Abdruck in ihrer Brust, und er war nahe. Sie bezwang den Impuls, sich umzudrehen, und ging mit entschlossenen Schritten weiter, ohne zu laufen. Sich anmerken zu lassen, dass sie hellfühlen konnte, wäre pure Dummheit.

Sie überquerte die Steinstraße und verschwand in den Markthallen. Das Flimmern nahm ab, aber sie wusste, sie war nicht in Sicherheit. Wer immer es sein mochte, würde um die Königskuppe herumlaufen und sehen, wie sie auf der anderen Seite aus den Markthallen kam. Sie wartete eine Weile, dann machte sie kehrt, ging durch den Eingang wieder hinaus und auf dem kürzesten Weg hinauf nach Herad.

Aber wie sollte sie das Mädchen finden? Herad war ein großer Stadtteil …

Florians Salon.

Rugen hatte dort gearbeitet, wenn sie sich recht erinnerte, also war es vermutlich nicht weit von dort. Sie kam an der Münzerey vorbei und verspürte einen Hauch von schlechtem Gewissen. Sie hatte einen Laufburschen zu Ester geschickt, aber nicht mehr mit ihr gesprochen, seit sie die Armbrust bei Agan Askran gekauft hatte. Sie war mit ihren Gedanken ganz woanders gewesen.

Juva steckte den Kopf in alle Bierstuben, an denen sie vorbeikam, und in der vierten fand sie eine Wirtin, die von Kefla gehört hatte. Sie schickte sie zum Glückselige-Runas-Vei *»oder irgendwo in der Nähe«*. Dort fand sie ein weiteres Bierhaus, in dem nur Kräuterbier verkauft wurde. Unwahrscheinlich, dass Rugen hier einkehrte, aber sie ging trotzdem hinein. Der Wirt wusste gut, wer Kefla war, sie wohnte gleich um die Ecke. Aber er hatte sie schon seit einer Weile nicht mehr gesehen. Das verhieß nichts Gutes.

Juva ging in die schmale Seitenstraße und schaute hinauf zu dem, was der Wirt so großzügig eine Gangbrücke genannt hatte. So windschief und baufällig, dass es ein Wunder war, dass sie immer noch über der Straße hing. Sie hatte ein paar winzige Fenster, aber hinter keinem davon brannte Licht. Aus dem kleinen Schornstein kam kein Rauch.

Es war auch kein Licht in dem, was wohl eine Blutleselaterne darstellen sollte: eine gelb angemalte Netzkugel, die gleich neben der Tür baumelte.

Juva klopfte an und wartete. Nichts rührte sich, also klopfte sie noch einmal. »Kefla?« Sie blickte sich um, aber sie stand allein in der Gasse, und sie spürte auch keine Ewigwährenden, also wagte sie es, ein wenig offener zu sein.

»Kefla, ich bin Juva Sannseyr von der Seidagilde, und ich muss mit dir reden. Es ist wichtig.«

Die einzige Antwort war der Wind, der durch die Ritzen im Mauerwerk pfiff. War sie hier richtig? Aus den Augenwinkeln meinte sie so etwas wie eine Bewegung wahrzunehmen, aber falls dort jemand war, wollte er oder sie nicht gesehen werden. Am besten war wohl, es morgen noch einmal zu versuchen.

Juva machte kehrt und ging, aber nach einer kleinen Weile hörte sie ein Stück hinter sich Schritte. Verräterisch vorsichtige Schritte. Sie bog in eine schmale Gasse ab und ging weiter, aber die Schritte folgten ihr. Das Herz begann schneller zu schlagen, aber ganz allein, es war also kein Ewigwährender. Und es war auch kein großer, schwerer Mann. Es hörte sich eher an wie …

Ein Kind.

Juva lächelte und drehte sich um. Das Mädchen blieb abrupt ein paar Schritte entfernt stehen und schaute rasch in eine andere Richtung, bevor sie offenbar erkannte, dass das Spiel aus war.

»Was willst du von mir?«, fragte das Mädchen mit jungenhafter Stimme.

Sie war jung, vielleicht zwölf oder dreizehn, mit ungekämmtem schwarzem Haar und einer Schürfwunde über der Nase. Nein … Es war ein Streifen Sommersprossen auf der goldbraunen Haut. War sie aus Ruv? Juva ging durch den Kopf, ob ihre Eltern sie wohl bei einem Besuch hier zurückgelassen hatten, aber sie sprach fließend Norran. Juva machte ein paar Schritte auf sie zu.

Das Mädchen wich zurück. »Halt, oder ich steche dich ab!«

Juva hob besänftigend die Hände. »Du bist Kefla? Die Blutleserin?«

Das Mädchen lachte leise. »Nicht in der Seidagilde.«

»Ich bin die neue Gildemeisterin der Seida«, sagte Juva. Es war ein unwirkliches Gefühl, das zu sagen. »Und ich glaube, dort gehörst du hin.«

»Ich glaube, du hast etwas geraucht, was dir nicht bekommen ist«, erwiderte das Mädchen. »Ich bin weder bleich noch reich oder talentlos.«

Juva biss sich auf die Lippe, um ihr Lächeln zu verbergen. Das war eine treffende und berechtigte Zusammenfassung. »Dumm bist du auch nicht«, entgegnete sie.

Das Mädchen verschränkte die Arme vor der Brust und sah sie an, als verstünde sich das von selbst. An den Leinen über ihrem Kopf flatterten ein paar weiße Laken im Wind. Etwas zu voreilige Frühlingsboten, sie würden sicher steif frieren.

»Kefla, ich weiß, was du denkst, und du hast recht. Ich hatte nichts als Verachtung für sie übrig. Aber das war, bevor …«

Das Mädchen legte den Kopf schräg. »Das waren deine Angehörigen? Die getötet wurden?«

Juva nickte. »Zwei von ihnen. Meine Mutter und meine Schwester.«

»Traurig.« Das Mädchen trat nach einem kleinen Stein, wie um zu überspielen, dass sie verlegen wurde.

Juva ging noch einen Schritt näher. »Das hat zur Auflösung der Seidagilde geführt. Die Frauen sind verängstigt, und die Gilde besteht nur noch dem Namen nach. Aber das wird sich ändern.«

»Mir egal. Die Seidagilde ist ein Haufen mottenzerfressener Weiber, die Schicksale erfinden, und das ist nicht meine Art.«

»Meine auch nicht.«

Kefla blickte sich um, wach und aufmerksam. »Warum willst du dann ein Teil davon sein?«

Juva betrachtete sie forschend.

Jung, ungekämmt und zerlumpt. Knallhart, wahrscheinlich allein.

»Haben sie dich dort, wo du gewohnt hast, rausgeworfen?«, fragte sie.

Kefla spuckte aus. »Scheiß drauf. Warum willst du dich unter die Gildeweiber mischen?«

Große Klappe, aber voller Gefühl. Eine Kriegerin.

»Ich will Teil der Gilde sein, weil sie einst etwas anderes war. Früher ging es ihr darum, die Leute vor der Wolfsseuche zu beschützen. Und das kannst du, nicht wahr? Du weißt, ob Leute krank sind oder nicht?«

Kefla wich ein Stück zurück. Juva erkannte, dass sie zu offen gewesen war, zu schnell. Gut möglich, dass Kefla glaubte, die Ewigwährenden hätten sie geschickt.

»Du hast nichts von mir zu befürchten, Kefla. Ich bin hier, weil wir auf derselben Seite stehen. Blutleserinnen brauchen einander. Was du kannst, werden andere um jeden Preis für sich nutzen wollen. Allein werden wir nicht überleben.«

»Ich bin bisher klargekommen«, antwortete das Mädchen und schleuderte sich die Haare aus dem Gesicht.

»Weil niemand weiß, dass du es kannst. Kefla, woher weißt du, dass Leute wolfskrank sind?«

Kefla grinste, als hätte sie das Yra-Rennen gewonnen. »Wenn ich klargekommen bin, weil es niemand weiß, warum sollte ich dann jetzt anfangen, darüber zu reden?«

Juva lächelte. Das Mädchen war schön. Und sie hatte deutlich mehr Verstand als andere. Aber nicht genug, um sich gegen die Vardari zu behaupten, falls sie hellfühlen konnte.

Kefla belohnte ihr Lächeln mit einem Schulterzucken. »Es ist im Blut«, sagte sie. »Merkt man leicht, wenn man weiß, worauf man achten muss. Das solltest du, die in der Seidagilde ist, ja wohl wissen.« Sie drehte sich um und ging.

Nein!

»Ich weiß, dass du mehr als ein Herz hast!«, rief Juva.

Kefla blieb stehen. Die weißen Laken über ihr knatterten im Wind, es klang wie Peitschenschläge. Sie blickte Juva über die Schulter an. Zögernd. Aber dann ging sie weiter.

»Viel Glück«, sagte sie.

Sie kann hellfühlen!

Juva sah ihr nach, wie sie um die Ecke verschwand, und fühlte sich matt. Das Mädchen war es gewohnt, niemandem zu trauen, und das kannte Juva nur allzu gut. Sie hätte genau dasselbe getan. Sie *hatte* dasselbe getan, hatte Angst und Panik für sich behalten und Leute gemieden. Besonders die Seidagilde. Ihr war, als hätte sie mit einer jüngeren Ausgabe ihrer selbst gesprochen, und das sagte mehr als genug darüber, wie viel nötig sein würde, um das junge Herz zu gewinnen.

Es würde Zeit brauchen. Zeit, die sie nicht hatte. Es sei denn, es gelang ihr, Nafraím zu beseitigen, bevor er das Mädchen fand.

DIE HEILBEHANDLUNG

Rugen ging zwischen den Felswänden auf und ab. Stieß sich mit den Fäusten ab, machte kehrt und ging zurück. Immer und immer wieder. Dieses verdammte Verlies war kalt wie eine Adelsfotze und deutlich enger. Außerdem stank es nach Kerl, der Leibhaftige mochte wissen, wie viele sie hier unten geritten hatte.

Ich bringe sie um.

Wie lange war er nun schon hier? Drei Nächte? Die verdammte Hure hatte ihn hier eingesperrt und gefüttert wie ein Tier, durch einen Schacht in der Decke. Und sie hatte den Teufel gehabt, die ganze Zeit, bestimmt hier unten! Die Quelle des ewigen Lebens, und jetzt wollte sie ihn darum bescheißen?

Bei dem Gedanken wurde ihm schlecht vor Zorn. All die Tage, die er damit vergeudet hatte, sich ihr dummes Geschwätz anzuhören. Ihre Überlegenheit, die er hingenommen hatte, ohne seinen Pinsel auch nur einmal eintauchen zu können. Und jetzt wollte sie ihn verrecken lassen, obwohl sie auf dem Heilmittel saß.

Die Wut schnürte ihm den Hals zu und verkrampfte seinen Kiefer. Weckte die Zahnschmerzen wieder und den Geschmack von Fäulnis. Die konnte sich auf was gefasst machen, auf was ganz Geisteskrankes, er musste nur erst hier raus sein.

Er lehnte sich an die Wand, schloss die Augen und malte sich aus, was er alles mit ihr anstellen würde.

Ein Geräusch ließ ihn zusammenzucken. Kratzlaute. Schritte.

Juva!

Rugen lief zur rostigen Tür und spähte durch das Gitter. Ein Licht näherte sich durch den Tunnel, dann tauchte ihr Gesicht auf. Er biss die Zähne zusammen, um nicht nach ihr zu schnappen. Er musste kaltes Blut bewahren, dann konnte er sie weichkochen und kam hier raus.

»Juva …«, sagte er lächelnd.

War das Verachtung, was über ihr Gesicht huschte? Er merkte, wie sein Lächeln erlosch. »Du hast gelogen, Juva. Du hast den Teufel, hast ihn die ganze Zeit gehabt.«

»Ja«, antwortete sie schlicht.

Rugen brüllte auf und schlug mit der Faust gegen die Eisentür. Er leckte sich das Blut von den Knöcheln, während sie zusah. »Du hast ihn hier gehabt? Er hat in diesem Bett geschlafen?«

Juva schüttelte den Kopf. »Nein, das ist … Mutter hatte Liebhaber …«

Liebhaber? Ein Fickstübchen im Keller?

Heftig! Er hatte immer gewusst, dass Lagalune so eine war. Nach außen kalt tun, aber mit Blicken darum betteln.

Rugen warf die Haare zurück und fuhr sich mit der Zunge über die Zähne. »Nett …« Er stellte sich dicht an die Tür, wo Juva ihn nicht sehen konnte, wie er wusste, und schnürte seine Hose auf. Er war so hart, dass es wehtat.

»Möchtest du nicht zu mir reinkommen?«

Sie antwortete nicht. Aber er würde sie schon dazu bringen, ihm zu antworten, eines Tages. Bei Gaula, und wie sie antworten würde.

»Also, wo hast du ihn?«, fragte er.

Sie machte ein Gesicht, als würde sie gleich losheulen. »In der Schinderhalle.«

Rugen ließ seinen Schwanz los und packte die Gitterstäbe. »In der Schinderhalle?! Verflucht noch mal, Juva! Begreifst du nicht, dass ich hier draufgehe? Ich brauche sein Blut, das bist du mir schuldig!«

»Was willst du damit, Rugen? Das wird dir nicht helfen.«

Sie versteht nicht …

Er musste sich zusammenreißen. Ruhig bleiben und sich herausreden. »Juva … Verdammt, süße Juva … Ich hab es doch gesagt, das Blut des Teufels wird mir ewiges Leben schenken. Die Wolfskrankheit heilen. Du willst doch nicht zur Mörderin werden, oder?«

Sie fuhr sich mit den Händen übers Gesicht. »Und was, wenn es genau andersherum ist, Rugen? Wenn es dir schadet? Ich wage nicht, es zu probieren, ich kann nicht … Ich will nicht, dass dir etwas passiert.«

Ich habe sie noch immer …

Er grinste und senkte die Schultern ein wenig, nun sicherer, dass er ans Ziel kommen würde. »Hör zu, Juva … Mir passiert nichts. Ich werde ewig leben, und wir beide werden es verdammt schön miteinander haben. Weißt du nicht mehr?«

Sie begann zu weinen. »Rugen, ich ertrage das nicht mehr.«

»Was denn? Was erträgst du nicht?«

»Den Teufel, die Ewigwährenden, die Wolfsseuche … alles! Ich habe von Mutter erfahren, dass er in der Schinderhalle ist, aber ich will ihn doch gar nicht! Ich will nur, dass das hier vorbei ist. Ich wünschte, ich könnte ihn Nafraím geben!«

Der Knoten aus Schmerz und Wut in seiner Brust löste sich. Hatte er richtig gehört? Sie hatte den Teufel und wollte ihn loswerden? Rugen biss die Zähne zusammen und spürte, wie der Eckzahn sich bewegte. Er musste seine Karten richtig ausspielen, damit die Wolfsfotze ihn rausließ.

»Ja, ich weiß! Ich verstehe das. Und so kann es werden, Juva, ich kann dir helfen! Ich kann ihm den Teufel bringen, das würde ich für dich tun. Lass mich einfach hier raus, dann machen wir dem Ganzen ein Ende. Zusammen, du und ich, Juva.«

Sie schüttelte den Kopf. »Nein, aber du könntest mir helfen … Ach nein, das wird nicht möglich sein.« Sie drehte sich um und wollte gehen.

»Warte! Juva! Geh nicht, verdammt! Wobei kann ich dir helfen?«

Sie sah ihn wieder an. So lächerlich hoffnungsvoll, die dämliche Kuh. »Ob du Nafraím wohl ausrichten könntest, dass ich ihn habe?«

»Ja! Und ob ich das kann! Ich weiß, wo ich den alten Sack finde, ich werde ihm sagen, dass du den Teufel in die Schinderhalle gebracht hast und dass er ihn abholen kann. Überhaupt kein Problem, Juva. Das geht in Ordnung. Wir brauchen einander.«

Sie nickte zögernd.

Nafraím … Das würde ein Problem sein. Nafraím hatte ihn fallen gelassen. Ihn den Wölfen vorgeworfen, sich geweigert, ihm zu helfen. Deswegen war er gezwungen gewesen, sich anderswo Hilfe zu suchen, und das würde Nafraím nicht gefallen. Sie waren wie Feuer und Wasser, er und Eydala. Das Weib war ein unheimliches Luder, aber immerhin hatte sie ihn mit offenen Armen aufgenommen und ihm die Wahrheit über das Blut und den Teufel verraten. Die ganzen pikanten Geheimnisse, die Nafraím für sich behalten hatte. Eydala hatte ihn nie gezwungen, vor ihr zu kriechen oder sich zu entschuldigen, so wie Nafraím es verlangt hatte. Eydala verstand ihn. Und alles, was sie dafür von ihm wollte, war Juva.

Rugen leckte sich die Lippen. »Aber zuerst bekomme ich sein Blut, ja?«

»Du kannst ein bisschen bekommen«, sagte sie. »Zunächst ein bisschen, dann wissen wir, ob es wirkt. Den Rest bekommst du, wenn du Nafraím Bescheid gesagt hast und er ihn abgeholt hat, ja?«

Rugen nickte. Er war dem ewigen Leben näher denn je. Sein Körper juckte. Finger, Zähne, Pimmel … Alles bettelte ihn an, sich loszureißen. So unendlich viel Gutes erwartete ihn, und bei allen Göttern, er hatte es verdient.

Juva steckte einen Glaskolben durch die Gitterstäbe. In so einem hatte Lagalune Blutperlen aufbewahrt. Am Boden war er rot. Es dauerte einen Augenblick, bis er begriff, dass es das ersehnte Blut war.

Rugen riss ihr das Röhrchen aus der Hand und ließ sich die viel zu wenigen Tropfen in den Mund laufen. Schmatzte. Es war, als würde man Stahl ablecken. Die Schmerzen verschwanden, und erst jetzt begriff er, wie schrecklich sie gewesen waren. Unerträglich, im Nachhinein. Ein seltsames Gefühl von Scham überkam ihn und er schnürte die Hose wieder zu. Bei klarem Verstand, zum ersten Mal seit Tagen.

Er lächelte Juva an. »Ich fühle mich jetzt schon unsterblich, sogar die verfluchten Zahnschmerzen sind weg.«

Juva schien zu zögern. Was verlangte sie noch von ihm? Was konnte er sonst noch sagen?

Rugen presste sich an die Tür und streckte die Finger durch die Stäbe. »Danke, Juva. Ich helfe dir, das verspreche ich. Kannst du mich jetzt rauslassen?«

Juva holte Luft und nickte. Dann öffnete sie die Tür.

DIE FALLE

Juva krümmte sich gegen den Wind, der durch die verlassenen Straßen fegte, mit dem nagenden Gefühl, ihrem eigenen Tod entgegenzugehen. Jeder Schritt kam ihr schicksalsschwer vor, und langsam regten sich Zweifel, ob sie das Richtige getan hatte. Sie tröstete sich damit, dass es wohl am Sturm lag. Jeden Frühling und Herbst riss er ein paar Dächer herunter, und man konnte sich leicht verleiten lassen zu glauben, das Ende sei nah.

Aber das ist es, für Nafraím.

Nicht mehr lange, dann würde Rugen ihm erzählen, dass sie den Teufel, nach dem er suchte, in der Schinderhalle versteckt hatte, und sie wusste, dass Nafraím nicht zögern würde zu handeln.

Was habe ich getan?

Die Armbrust im Rucksack fühlte sich jämmerlich leicht an, weit entfernt von dem beruhigenden Gewicht der alten. Sie musste sich in Erinnerung rufen, dass sie in jeder Hinsicht besser war. Leichter, schneller, stärker. Und, nicht zu vergessen, zusammenlegbar und gut zu verbergen. Im Wald hatte das nie eine Rolle gespielt, aber plötzlich war es von unschätzbarem Wert.

Der rote Jägeranzug war neu und fremd am Körper, aber eine schützende Schale gegen die Außenwelt. Sie fühlte sich so allein wie nie zuvor. Eine einsame Wölfin ohne Rudel. Familie Sannseyr gab es nicht mehr. Die Seidagilde lag zertrümmert am Boden und würde vielleicht nie wieder aufstehen. Broddmar hatte versprochen, ihr während des Yra-Rennens zu helfen, aber selbst mit ihm konnte sie das hier nicht teilen. Er war ein Ewigwährender gewesen, er würde es nicht verstehen. Er würde sie aufhalten und sagen, dass sie ihr Leben für eine sinnlose Rache aufs Spiel setzte.

Das hier ist mehr als Rache.

Gríf hatte gefragt, wozu es gut sein sollte, auf lange Sicht zu gewinnen, wenn man auf kurze Sicht verlor. Was er gemeint hatte, war erschreckend deutlich geworden, als Rugen gekommen war, um sie zu töten. Nafraím hatte eine Blutfehde begonnen, und er hatte nicht die Absicht, sie wieder zu beenden. Jetzt, da Broddmar Bescheid wusste, war auch er in Lebensgefahr.

Und alle echten Blutleserinnen da draußen. Wie Kefla.

Nach dem heutigen Abend würde es einen Mörder weniger geben, den sie fürchten mussten, und in der gewonnenen Zeit bis zum Frühjahrslauf in dreizehn Tagen würden sie sicher sein.

Das Schwierigste war gewesen, den Plan vor Gríf geheim zu halten, aber was hätte sie anderes machen sollen? Er hatte mehr als ein halbes Jahrtausend seines Lebens verloren und wer weiß wie viele Qualen durchgemacht. Er hätte sie nie allein zu dem Mann gehen lassen, der ihn gefangen hatte. Er hätte alles zunichtegemacht. Wäre in blinder Wut losgestürmt und von Wächtern erschossen worden, bevor er auch nur in die Nähe der Schinderhalle gelangt wäre.

Blinde Wut …

Juva wurde den Ausdruck in seinen Augen nicht los, als sie ihn gebeten hatte, Blut für Rugen zu opfern. Dass in einem tintenschwarzen Blick so viel Verachtung liegen konnte. Solche Enttäuschung. Es hatte ihr in der Seele wehgetan, dass sie ihm keine Erklärung geben konnte, aber das war nicht möglich, ohne ihm auch zu erzählen, was sie vorhatte.

Falls ich heute Abend mein Leben verliere, wird er nie erfahren, wieso.

Dann würde Broddmar ihn während des Yra-Rennens nach Hause bringen, und Gríf würde für immer glauben, dass sie ihn gebeten hatte, Rugens Leben zu retten, und Rugen freigelassen hatte, weil sie etwas für ihn empfand, sogar noch nach seinem Angriff. Eine Gewissheit, die ihr im Herzen wehtat.

Sie stemmte sich gegen die Windstöße, die durch die Nebelgasse fegten, und hielt sich dicht an den Hauswänden, bis sie die Schinderhalle erreichte. Die Schiffslaternen am Eingang waren angebunden worden. Nach den Geräuschen zu urteilen, die von drinnen kamen, tranken die Leute auch bei Unwetter.

Juva nahm den Hintereingang. Die Tür kreischte in ihren Angeln, und ihr wurde bewusst, wie lange sie nicht mehr hier gewesen war. Der Geruch von Leder und Salz füllte ihre Nase, und die Sehnsucht würgte sie im Hals. Das hier war ihr Zuhause. Wenn alles anders gewesen wäre, hätte sie Gríf hierher mitnehmen können. Hätte ihm zeigen können, wie sicher und gut das Leben sein konnte. Hätte ihn mit auf die Jagd genommen …

Der Gedanke quälte sie mit bruchstückhaften Bildern von unmöglichen Abenteuern. Seine Haut auf dem Schnee, knisterndes Lagerfeuer. Blut, Fell und Schweiß.

Juva holte tief Luft, riss sich zusammen und ging in die Großstube. Dort saß die gesamte Jagdgruppe vor dem Kamin und trank. Broddmar, Hanuk, Motte, Nolan und Lok. Sie blieb stehen. Schaute ratlos. Wusste nicht, was sie sagen sollte. Die Chance, an einem Abend wie diesem hier Leute vorzufinden, war verschwindend gering.

Broddmar erhob sich und Misstrauen beschlich sie. Die Männer waren ungewöhnlich still, und sie konnte es in ihren Blicken sehen. Diese Mischung aus Unruhe und Unerschütterlichkeit, die sich nur zeigte, wenn es ernst wurde. Wenn es wirklich darauf ankam.

Sie wissen von Gríf!

Juva starrte Broddmar an. »Du hast geplappert …«

»Selbstverständlich«, erwiderte er ohne eine Spur von Scham.

Sie starrte ihn ungläubig an, wie vor den Kopf geschlagen. »Du hast es versprochen, du hast gesagt, du verstehst, du hast gewusst, dass du nicht …«

Broddmar kam auf sie zu. »Juva, wir sind eine Jagdgruppe.«

Sie ließ den Rucksack fallen und stieß Broddmar mit beiden Händen zurück. »Es spielt keine Rolle, was wir sind! Davon zu wissen ist gefährlich, und du hast es versprochen!«

Er packte ihre Hände und hielt sie in sicherem Abstand. »Jufa? Was ist das erste Gebot im Wald, wenn du verletzt wirst? Antworte mir, das allererste Gebot!«

Juva biss die Zähne zusammen. »Das erste Gebot ist, es zu sagen.«

»Warum?« Er zwang sie, ihn anzusehen, und sie gehorchte widerwillig. Wusste, worauf er hinauswollte. »Warum soll man es sagen, Juva?«

Sie seufzte. »Weil die Gruppe nie stärker ist als ihr schwächstes Glied. Nicht einer ist verletzt, sondern die Gruppe.«

Broddmar tätschelte ihren Nacken, als sei die Sache damit erledigt. »Du bist in Gefahr, also sind *wir* in Gefahr. Das ist es, was wir tun, um zu überleben.«

»Skål«, sagte Motte, und alle hoben ihre Bierkrüge, als hätten sie heimlich geübt.

Das Gefühl von Verrat wurde schwächer. Schmolz zusammen zu einer nicht auszuhaltenden Zärtlichkeit. Juva kniff die Augen zu, um nicht loszuheulen. Wenn sie erst einmal anfing, würde sie nie mehr aufhören können. Sie würde immer weiter weinen, bis sie an Austrocknung starb.

»Aber … woher wusstest du, dass ich hierherkommen würde?«

Broddmar brachte sie zum Tisch. »Ich bin ihm gefolgt, diesem … Wie heißt der nichtsnutzige Bengel noch gleich, den du freigelassen hast?«

»Rugen …«, murmelte sie.

Motte rutschte ein Stück und machte ihr Platz auf der Bank.

Juva setzte sich neben ihn und fuhr sich mit den Händen übers Gesicht. »Ihr versteht nicht, Männer … Sechs Blutleserinnen sind getötet worden, seinetwegen. Wegen des Teufels. Die Ewigwährenden suchen ihn verzweifelt, und jetzt, wo ihr es wisst, seid ihr in Lebensgefahr! Lok, denk an deine Kinder!«

Lok fuhr sich mit der Hand durch den dicken roten Vollbart. Seine Augen wurden feucht. »Du findest, ich sollte warten, bis du tot bist, bevor ich mich einmische?«

»Nein, ich finde, ihr solltet euch überhaupt nicht einmischen! Falls euch etwas zustößt, werde ich schuld sein, und ich kann nicht …«

Motte legte seinen schweren Arm um ihre Schultern. »Du würdest dich einmischen, wenn du an unserer Stelle wärst.«

Juva öffnete den Mund, fand jedoch keine Worte. Motte mochte manchmal etwas langsam im Kopf sein, aber damit hatte er recht. Selbstverständlich hätte sie sich für die Männer eingesetzt. Warum fiel es ihr so schwer, hinzunehmen, dass die Männer sich für sie einsetzten?

Hanuk schlug mit den Handflächen auf den Tisch und zeigte seine Lachgrübchen. »Erzähl doch mal! Broddmar sagt, er hat Augen so schwarz wie Asche. Und Krallen, richtige Krallen, ist das wahr?«

Juvas Wangen wurden warm. »Ja, das stimmt. Seine Augen können auch weiß sein, aber sie füllen sich mit einer Art Rauch, je nachdem, was er fühlt, glaube ich. Er ist … unbeschreiblich.«

Hanuk lachte wie eine Elster, voller kindlicher, ängstlich-entzückter Freude. Er sah die anderen an. »Ich muss ihn sehen! Ihr nicht?«

»Niemand wird ihn sehen!«, rief Juva aus. »Habt ihr den Verstand verloren? Er ist … Das ist zu gefährlich.«

Hanuk ließ nicht locker, er war noch aufgedrehter als sonst, was vermutlich am Bier lag. Er vertrug so gut wie nichts. »Warum nennen sie ihn den Teufel? Was, wenn er ein Gott ist? Dann sind wir wirklich am Arsch!«

Nolan und Lok mischten sich gleichzeitig ein, und plötzlich befand sich der ganze Tisch in munterem Streitgespräch über den Mann, den sie bisher hatte geheim halten können. Juva starrte Broddmar mit einem stummen *Da siehst du, was du angerichtet hast* an, was jedoch an ihm abprallte.

Nolan hob die Hände, um die anderen zu beruhigen. »Will niemand nach dem Offensichtlichen fragen? Falls es so ist, dass die Vardari sterben, wenn dieses Wesen stirbt … Warum ist er dann noch am Leben?«

Am Tisch wurde es still.

Hanuk sah ihn ungläubig an. »Aber in Urs Namen, Mann … Er war viele Hundert Jahre gefangen, was ist los mit dir?«

Die anderen murmelten zustimmend und Nolan sah sie Hilfe suchend an. »Ich sag ja nur! Wir wissen nicht, womit wir es zu tun haben. Was wir gehört haben, klingt nach einem Tier, wenn ihr mich fragt. Was zum Henker unterscheidet ihn von einem Wolf, das wird man ja wohl noch fragen dürfen?«

»Er ist kein Tier, er ist ein Kriegsgefangener«, sagte Broddmar.

»Aus welchem Krieg?«

Hanuk schlug wieder mit den Händen auf den Tisch und riss die Augen auf. »Oh, du großer Walpimmel! Aus den Wolfskriegen natürlich!«

Nolan zuckte die Schultern. »Da klingelt bei mir nichts.«

»Die Wolfskriege? Der Mythos? Jedenfalls da, wo ich herkomme.«

»Wo du herkommst, ist alles ein Mythos, Hanuk.«

Die Männer gerieten sich ein weiteres Mal freundschaftlich in die Haare, erhitzt vom Bier und vom Beisammensein.

Broddmar ging dazwischen. »Es spielt keine Rolle, wo er herkommt, das Wichtigste ist, ihn nach Hause zu bringen.«

Motte rieb sich das vorgeschobene Kinn. »Ich dachte, das Wichtigste ist, den zu schnappen, der es auf Juva abgesehen hat?«

Es wurde still. Die Aussicht auf Gewalt verdüsterte die Stimmung. Broddmar schnalzte nachdenklich mit der Zunge am Gaumen.

»Wir werden sehen«, sagte er schließlich. »Wenn er kommt, dann kommt er, und dann tun wir, was wir tun müssen. Ich mache mir mehr Sorgen darüber, ob er jemanden bei sich hat.«

»Er kommt, und zwar allein«, sagte Juva. Sie war sich ihrer Sache sicher, und die Angst saß nicht mehr so tief, jetzt, wo sie die Männer um sich hatte. »Es ist nicht seine Art, sich von jemandem helfen zu lassen, und er kommt nicht, um mich zu töten. Er kommt, weil er glaubt, dass ich ihm den Teufel gebe.«

Motte kaute unruhig mit leerem Mund. »Er wird nicht erfreut sein …«

»Nein«, sagte Juva. »Er wird sterben. Wenn er Gríf bekäme, würde er mich anschließend töten, um das Geheimnis zu bewahren. So, wie er Mutter und Solde getötet hat, und allein die Götter wissen, wie viele andere noch in den vergangenen Zeiten.«

»Deshalb sind wir hier«, sagte Nolan.

Motte legte seine trollartige Stirn in Falten. »Aber was ist mit dem Gesetz, werden wir nicht …«

»Nein«, fiel Nolan ihm ins Wort und nickte zu Broddmar. »Er und Juva haben die Erlaubnis, Wolfskranke zu jagen, und der Mann hat Reißzähne, oder? Den Unterschied kann keiner wissen.«

Broddmar sah sie über den Bierkrug hinweg an. Juva erwiderte seinen Blick und schluckte. Nafraím war ein Mörder, und er trachtete ihr nach dem Leben, dennoch hatte das Gespräch einen bitteren Beigeschmack.

Die Tür zum Wirtshaus wurde aufgestoßen, und die Männer

zuckten zusammen, aber es war nur Rut. Sie segelte mit einer Ladung voller Krüge herein und verteilte sie.

»Ihr seid so still, man könnte meinen, ihr habt über *mich* geredet!«, sagte sie mit einem Augenzwinkern.

Die Männer schmunzelten beklommen, schwiegen aber, bis sie wieder draußen war und die Tür hinter sich geschlossen hatte.

»Also, was denkst du, Juva?«, fragte Lok. »Wir hatten geplant, oben auf der Galerie zu liegen, auf beiden Seiten, und bereit zu sein, wenn er kommt.«

Juva schüttelte den Kopf. »Wenn ihn jemand erledigt, dann bin ich das. Es gibt so vieles, worauf ich vorher Antworten haben will, und die bekomme ich nur, wenn er glaubt, dass ich allein bin. Er hat allen Grund, vorsichtig zu sein, und er liebt es, die Oberhand zu haben.« Sie dachte an die toten Blutleserinnen, wie Puppen in der Bibliothek, und starrte in ihr Bier. »Er liebt es, nah heranzukommen …«

Motte nahm ihre Hand, umschloss sie mit seinen Pranken. »Dieser Mistkerl …«

Broddmar sah alles andere als zufrieden aus. »Du willst also einfach hier unten stehen und auf ihn warten? Ohne Waffe?«

»Nein, ich werde ihn mit der Armbrust erwarten, aber er wird nicht damit rechnen, dass ich sie dabeihabe.«

»Weil?«

»Weil ich im Badezuber sitzen werde.«

Nolan nickte und lächelte anerkennend.

Motte rieb sich den kahlen Schädel. »Aber … du kannst nicht die ganze Nacht lang im Zuber sitzen, du wirst verschrumpeln!«

»Sie wird nicht darin sitzen, Motte«, sagte Nolan, als hätte er ihre Gedanken gelesen. »Sie steigt in den Zuber, wenn er kommt, wie eine unschuldige Nymphe. Das ist genial. Wenn sie schießt, wird er gar nicht mitbekommen, was ihn getroffen hat. Im besten Fall kratzt er sofort ab, ohne zu ahnen, dass wir hier sind. Im schlimmsten Fall wird er nur angeschossen, und dann sind wir sofort zur Stelle. Und wir können an den Türen aufpassen und ihr Bescheid sagen, wenn er auftaucht.«

Juva warf einen schnellen Seitenblick zu Broddmar, froh darüber, dass er die anderen nicht auch in das Geheimnis über ihre Hellfühligkeit eingeweiht hatte. Ihr Herz würde es ihr verraten, sobald Nafraím im Anmarsch war, aber dass die Männer sie vorwarnen wollten, gab ihr trotzdem ein gutes Gefühl.

»Ich habe allerdings keine Ahnung, wie lange wir warten müssen«, sagte sie.

Nolan grinste über seinem Krug. »Mindestens noch vier Bier lang.«

Juva nahm einen weiteren Schluck und merkte, wie die Anspannung langsam nachließ. Es würde sich alles finden. Sie war nicht mehr allein, sie hatte die Männer, und bald würde Nafraím tot sein. Die Vardari würden plötzlich andere Sorgen haben, als sich um sie zu kümmern, und sie konnten Gríf sicher in seine Heimat bringen.

Die Männer stritten über die beste Art, sie vorzuwarnen, und einigten sich am Ende darauf, die Tür zum Wirtshaus zu verriegeln, sodass Nafraím gezwungen war, die Hintertür zu benutzen. Die kreischte so laut in den Angeln, dass sie es selbst hören würde. Sie probierten es aus, um ganz sicherzugehen, aber der Lärm aus dem Wirtshaus und das Heulen des Windes gaben Anlass zu Zweifeln. Die Lösung war, dass Hanuk ganz hinten auf der Galerie Stellung beziehen sollte, neben der Treppe, wo er die Tür im Blick hatte, und Juva von dort oben mit einem Stück Tau warnte, indem er es vor der Tür zum Bad hinabließ.

Jeder ging zu seinem festgelegten Platz, in aller Stille, genau wie im Wald. Juva konnte durch die Stäbe des Geländers beobachten, wie sie sich versteckten. Hanuk, Motte und Lok auf der linken Seite, Broddmar und Nolan auf der rechten.

Juva ging in die Badestube. Sie pumpte Wasser in den Zuber und heizte den kleinen Holzofen an. Dann zog sie den roten Anzug aus, setzte sich auf die Bank und wartete, mit der Armbrust auf dem nackten Schoß. Kalt an den Schenkeln.

UNGEHEUER

Juva knabberte an den Nägeln und starrte gebannt auf die Türöffnung, aus Angst, dass Nafraím plötzlich dort stehen könnte. Ihr Nacken war steif vom Warten. Beim geringsten Laut zuckte sie zusammen. Gedämpftes Gelächter aus dem Wirtshaus, eine Flasche, die draußen in der Gasse zerschellte, der Wind, der an den Wänden rüttelte.

Das beruhigende Flüstern zwischen Hanuk und Motte war verstummt. Der Raum wurde wärmer und feuchter, während der Zuber dampfte. Sie gab mehr Seife ins Wasser und schäumte sie auf, damit sie etwas hatte, worunter sie sich und die Armbrust verbergen konnte.

Sie würde einen Mann töten.

Keinen Mann, einen Ewigwährenden!

Ein Seifentrog stand auf der Bank gegenüber, aufgespießt von spitzen Schatten eines riesigen Rentiergeweihs an der Wand. Nichts sah richtig aus. Alles war verzerrt von Dunkelheit, Dampf und Furcht. Kleine Tropfen perlten auf dem Holz des Zubers und fielen hinunter. Erzeugten winzige Wasserringe dort, wo der Schaum sich geöffnet hatte. Ihre Haare wurden schwer und klebten an der Brust.

Sie überprüfte die Armbrust, wieder einmal. Den Bolzen im Lauf, den Abzug, die Kralle. Ein paar zusätzliche Bolzen, für den Notfall. Sie hätte auch mit Freuden Gift benutzt, wenn sie die Flasche gefunden hätte. Und war der Lauf nicht ein wenig krumm? Natürlich nicht, reine Einbildung. Die Geräusche aus dem Wirtshaus waren verstummt. Alles, was sie hörte, war das Meer, das gegen die Klippen kochte, und der Wind, der an den Fensterläden zerrte. Und ihr eigener zitternder Atem.

Das Herz schlug, ohne Gesellschaft.

Was, wenn er nicht kam? Wenn er erkannt hatte, dass er hereingelegt worden war? Mehrere Stunden mussten vergangen sein, sollte sie wieder zu den anderen gehen? Sie hatten vereinbart, die ganze Nacht durchzuhalten, aber …

Die Tür im Flur kreischte und Juva erstarrte. Ihr Herz begann seinen doppelten Tanz, angestachelt von der Welle der Angst, die durch ihren Körper rollte.

Er ist da!

Juva kämpfte gegen die Lähmung. Sie sollte jetzt irgendwas tun, aber sie konnte sich nicht daran erinnern, was. Der Zuber! Sie musste in den Zuber steigen, schnell!

Sie glitt lautlos ins Wasser und presste die Armbrust an die Schenkel. Die Waffe war unter dem Seifenschaum nicht zu sehen, und sie betete inbrünstig, dass sie ihr Geld wert war.

Warum hatte Hanuk sie nicht gewarnt? Wo war sein Tau, er musste Nafraím doch gesehen haben? Sie starrte zur Tür. Der Fußboden knarrte, während er näher kam. Vorsichtig, aber es hörte sich nicht so an, als versuchte er zu schleichen. Überhaupt nicht. Es war schon spät, vielleicht glaubte er, dass sie schlief?

Der Plan, der so klar gewesen war, ließ sich plötzlich nicht mehr einhalten. Sie glaubte, an alles gedacht zu haben, aber unerwartete Details stürmten schneller auf sie ein, als sie sie greifen konnte. Sollte sie sofort schießen, wenn sie ihn in der Tür sah? Warten, bis er hereinkam? Sollte sie so tun, als wüsste sie nicht, dass er da war? Oder sollte sie etwas sagen? Sollte sie annehmen, dass er sich ergab und ihr alles erzählte, was sie wissen wollte? Würde er sich auf sie stürzen? War er ebenfalls bewaffnet? Würde sie besser treffen, wenn sie aufstand?

Sie hielt den Atem an, bis sie ihn unter Kontrolle hatte.

Du badest. Tu das, was man tut, wenn man badet.

Sie tauchte bis über den Kopf unter und kam wieder hoch. Seifte die Schulter mit einer Hand ein und umklammerte die Armbrust mit der anderen. Klemmte sich die Reservebolzen in die Kniekehle.

Sein Schatten kroch über den Fußboden heran, und dann stand er in der Tür. Juva zuckte zusammen und bedeckte aus reinem Reflex ihre Brüste mit der Hand, obwohl er sie unter dem Seifenschaum nicht sehen konnte. Er senkte den Blick wie ein schüchterner Junge. Den Mantel trug er über dem Arm, als wäre er nur zu Besuch.

Sie packte die Armbrust fester. Warum sah er sie nicht an? Sie konnte keinen Mann erschießen, der sie nicht ansah!

»Tut mir leid, dass ich mich aufdränge«, sagte er und hob den Blick immer noch nicht. »Aber es wird Zeit, dass wir miteinander reden, Juva Sannseyr. Mir ist klar geworden, dass du etwas in deinem Besitz hast, dessen Tragweite du unmöglich verstehen kannst.«

Juvas Augen suchten den oberen Türrahmen ab, aber da war kein Taustück zu sehen. Nicht die leiseste Andeutung einer Warnung von Hanuk. Es war so still, dass sie ebenso gut hätte allein sein können. Die Unruhe in ihrer Brust wuchs rasend schnell. Nafraím schielte hinauf zur Galerie, als hätte er verstanden, was sie vermisste. Dann blickte er ihr endlich in die Augen und machte einen Schritt auf sie zu. Sein Lächeln war zurückhaltend. Widerwärtig höflich.

»Glaubst du, ich wäre über sechshundert Jahre alt geworden, wenn ich ein Narr wäre?«

Nein! Die anderen! Was hatte er mit ihnen gemacht?

Die Panik weckte ihre Instinkte, und ihre Arme handelten von ganz allein. Sie hob die Armbrust aus dem Wasser und drückte ab. Der Bolzen schlug in seine Schulter. Nafraím zuckte zusammen und taumelte gegen die Wand. Juva griff zitternd nach einem weiteren Bolzen, drückte ihn in den nassen Lauf und spannte die Sehne. Sie sprang aus dem Zuber. Das Wasser lief an ihr herunter und floss über den Fußboden.

Nafraím hielt sich am Türrahmen fest und tastete nach dem Bolzen, als verstünde er nicht ganz, dass er wirklich da war. Seine Hand fand ihn und blieb direkt unter der Wunde liegen.

Juva zielte mit der Armbrust auf ihn, sich ihrer Nacktheit bewusst, aber was bedeutete das noch? Der Mann würde ohnehin sterben. Das Blut nässte sein Leinenhemd, breitete sich in einem Streifenmuster entlang der Webfäden aus. Er sah sie mit einem Blick an, den sie nicht recht deuten konnte. Furchtlos. Unfassbar friedvoll, als hätte er sich nach dem Schmerz gesehnt.

»Broddmar! Hanuk!« Sie schrie die Namen, aber niemand antwortete. »Was hast du getan?! Antworte mir, du miese Ratte! Was hast du mit ihnen gemacht?!«

Er ließ den Mantel auf den Boden fallen und hob besänftigend die Hand. »Sie schlafen, Juva. Sie schlafen. Sei unbesorgt.«

»Schlafen?! Du lügst, sie würden nie …«

»Das Bier«, unterbrach er sie. »Schlafpulver im Bier.« Er lehnte die Stirn an den Türrahmen, die kleine Bewegung ließ ihn die Zähne zusammenbeißen.

»Lügner! Ich habe auch Bier getrunken.«

»Du hast das getrunken, das du von Rut bekommen hast, nicht wahr?« Er knickte vornüber und stützte sich auf die Bank. »Ist es in Ordnung, wenn ich mich ein bisschen hinsetze?«

Juva grub in ihrem Gedächtnis. Er hatte recht, Rut hatte das Bier ausgeteilt. Sie hatte den Krug genommen, den Rut ihr hingestellt hatte.

Nafraím sank auf die Bank und der Trog kippte um. Die Seifen glitschten über den nassen Fußboden davon.

»Ich versichere dir«, stöhnte er, »sie werden morgen wieder aufwachen und höchstens einen kleinen Kater haben. Ich bin ein Mann von Ehre, aber du kannst gerne nach ihnen sehen, wenn du möchtest.« Er beugte sich vornüber und stöhnte leise vor Schmerzen.

Blut tropfte vom Bolzen auf den Boden.

Juva stieß ein Lachen aus, das sie selbst nicht wiedererkannte. »Mann von Ehre? Ein Mörder bist du! Ihr verkauft Blutperlen mit dem Blut von Ewigwährenden und verbreitet damit die Wolfsseuche. Dann benutzt ihr Ausbluter wie Broddmar, um die Kranken zu jagen. Ihr tötet eure eigene Brut. Du bist kein Mann von Ehre, du bist ein Ungeheuer!«

Sein Blut wirbelte in den Pfützen zu ihren Füßen, ohne sich richtig mit dem Wasser zu vermischen. Als hätte es einen festen Kern, der es zusammenhielt. Sie trat angewidert zur Seite, kurz bevor es ihre Zehen erreichte.

Nafraím schenkte ihr ein mattes Lächeln. »Eine solche Verachtung, dass selbst eine Blutleserin sie nicht verbergen kann.«

Juva blickte zum Handtuch, das am Geweih über ihm hing. Sie konnte es nicht holen, ohne die Kontrolle zu verlieren. Er folgte ihrem Blick und streckte sich nach dem Handtuch, was ihm sichtlich Schmerzen bereitete. Er zog es herab und reichte es ihr.

»Du bist jung. Eher vom Herzen als vom Kopf gesteuert, das wusste ich. Aber dass du das in dir hast, hätte ich nicht gedacht. Ich werde es erklären, falls du deinen Blutdurst für eine Weile zurückdrängen könntest?«

Juva zögerte. Starrte auf das Handtuch, das er ihr hinhielt. Er wandte den Blick wieder ab und sie riss es an sich.

»Danke«, murmelte sie und hasste sich dafür. Sie bedeckte sich, so gut es ging, ohne die Armbrust zu senken.

Seine Verletzung war schwer, aber nicht tödlich. Sofern sie ihn nicht langsam verbluten ließ.

Er lachte leise, als hätte er ihr vom Gesicht abgelesen, was sie dachte. »Glaubst du, ich werfe für Geld mit Blutperlen um mich und jage Wolfskranke zum Spaß? Ja, ewigwährendes Blut ist die Quelle der Wolfsseuche, das ist wahr. Aber es lebt sein eigenes Leben da draußen, ohne unsere Hilfe. Wir machen die Perlen. Wir geben sie aus der Hand. Danach treiben sie mit dem Strom aus Gier und Sucht, der die Summe von Náklav ist. Sie werden gekauft und verkauft, wie alles andere hier. Was du für einen Weg in oberflächlichen Wohlstand hältst, ist ein notwendiges Übel. Wir brauchen Wolfskranke für die Steintore. Der Náklaring hätte ohne sie nicht funktioniert.«

Juva wollte widersprechen, wusste aber nicht, wo sie anfangen sollte.

Nafraím hob ermattet die Hand, wie ein Versprechen auf Antwort, aber er war jetzt außer Atem. »Wolfsblut hat die Steine Generationen hindurch angetrieben. Jahrhundertelang. Bis … Entweder lag es an den Steinen oder an den Wölfen, das mag Jól wissen. Aber der Náklaring wurde gieriger, durstiger und brauchte mehr, um sich zu öffnen. Wir sahen, wie sich das in der ganzen Welt ausbreitete, in allen Ringstädten. Ohne den einen oder anderen Wolfskranken im Jahr wären sie erloschen. Wolfsblut allein genügte nicht mehr.«

Ihr Kopf platzte beinahe vor Fragen, aber das Einzige, was sie ausdrücken wollte, war Ekel. »Ihr habt also Wolfskranke erschaffen, wissentlich und mit Absicht, um des Handels willen? Um schnell von Stadt zu Stadt reisen zu können? Glaubst du wirklich, das macht die Dinge besser?«

Er knirschte vor Schmerzen mit den Zähnen. Suchte mit der Zunge die Mundhöhle ab, von irgendetwas gequält. Er spuckte einen hohlen Zahn in seine Hand. »Du glaubst, bei Geld ginge es darum, wie viele Dosen Snus man kaufen oder wie oft man zum Sonnenbaden nach Ruv reisen kann? Nein … Die Tore sind mehr als Reisen, und mehr als Geld. Die Steinkreise haben die Welt zu der gemacht, die du kennst. Sicherer, als du imstande bist zu begreifen, mit weniger Krankheiten und weniger Armut. Mädchen, du hast nie eine blutige Schlacht gesehen. Die Tore zu schließen hieße, die Völker der Welt ins Elend zu stürzen. Ins Chaos. Verstehst du die Bedeutung des Wortes überhaupt? Was glaubst du, wofür ich all diese Jahre genutzt habe, Juva? Reichtum um des Reichtums willen, danach strebt nur der Schwache. Ich habe die Besten der Besten angeheuert, um eine Zivilisation aufzubauen! Du kannst mich gern ein Ungeheuer nennen, aber du sollst wissen, dass dieses Ungeheuer die Schwarzsucht ausgerottet, die Schulen gegründet und Regierungen mit Leuten besetzt hat, die dir die Freiheit verschafft haben, mit der du geboren wurdest. Ich habe Krieg und Elend gesehen, wie du es dir niemals vorstellen kannst. Ich habe Tyrannen kommen und gehen sehen. Und jetzt sitze ich hier und blute vor einem Mädchen aus, das glaubt, alles besser zu wissen.«

Juva wich zurück und ließ sich auf die Bank fallen. Sie fühlte sich leer. Kämpfte gegen das Schamgefühl, von dem sie wusste, dass er es bezweckt hatte.

»Du hasst mich mit aller Kraft«, stöhnte er. »Aber *du* bist es, die glaubt, ewiges Leben sei eine Belohnung, nicht ich. Ewiges Leben hat sich als größtes aller Opfer erwiesen. Ich wünsche niemandem, sich daran zu gewöhnen, Dinge zugrunde gehen zu sehen. Aber man lernt, den einzelnen Menschen zu vergessen und sich eher um die Menschheit zu kümmern. Um das große Ganze. Ich wollte die Welt zu einem Ort werden sehen, auf den man stolz sein kann.«

Juvas Arm brannte von dem Gewicht der Armbrust und sie ließ ihn an ihrem Bein ausruhen. Trotzdem bereit, für den Fall, dass er auf dumme Gedanken kam. Aber sie hatte das Gefühl, dass er fertig war mit Spielchenspielen.

»Silberzunge«, murmelte sie. »Wenn es ein so großes Opfer ist, ein Ewigwährender zu sein, warum willst du dann den Teufel haben? Wozu diese verzweifelte Jagd auf die Quelle, die dir noch mehr Jahrhunderte geben kann?«

Die Schmerzen schienen von seinem Gesicht zu schmelzen. »Also ist es wahr? Du weißt, was er ist und wo er ist?« Sein Blick wurde unangenehm verletzlich und er wirkte nackter als sie. Er schloss die Augen. »Aber da begehst du deinen größten Irrtum, Juva Sannseyr. Ich jage den Teufel nicht, um ewig zu leben. Ich jage ihn, weil ich ihn töten will.«

»Ihn töten? Warum in Gaulas Namen solltest du ihn töten wollen, das würde bedeuten, dass ...«

Er nickte erschöpft. »Das würde das Ende der Vardari bedeuten. Das Ende allen ewigwährenden Lebens, auf lange Sicht.« Er öffnete die Augen wieder und sah sie an. »Du verstehst also, Juva ... Wir haben dasselbe Ziel, du und ich.«

Juva fühlte sich schwindelig. Ihr Verstand war ermattet von der Suche nach Lügen. Seine Worte passten zu allem, was passiert war. Öffneten einen verborgenen Raum im Kopf, wie ein Geheimfach. »Das war der Grund«, flüsterte sie. »Deshalb hast du Mutter und Solde getötet, und Ogny und ... Du hast alle umgebracht, die es wussten, weil du wolltest, dass er in Vergessenheit gerät.«

»Alle bis auf Lagalune. Ich habe deine Mutter nicht getötet«, sagte er.

Juva bleckte die Zähne und hob die Armbrust wieder. »Lügner! Du wolltest mich auch umbringen, du hast Rugen geschickt, damit er es für dich erledigt, das ist so verdammt feige!«

Nafraím war langsam auf seiner Bank zusammengesackt. Er kämpfte sich wieder hoch und schluckte. Zog sich noch einen hohlen Zahn aus und entblößte den Reißzahn, den er verdeckt hatte.

»Rugen?« Er lachte gequält auf. »Liebes Kind, der Bengel kann kaum ein Bein vors andere setzen. Er hat für mich ausgekundschaftet, wer Bescheid wusste, aber es wäre mir nie eingefallen, ihn zu schicken, um jemanden zu töten. Wenn ich dich hätte tot sehen wollen, hätte ich dir wirklich den Respekt erwiesen, es selbst zu tun. Nein, Kind … Er ist in einer elenden Verfassung, daher fand ich es am besten, ihn einzusperren. Rugen hat uns beide hintergangen, fürchte ich. Er ist in schlechte Gesellschaft geraten. Wie schwer es dir auch fallen mag, das zu glauben, aber es gibt weit schlimmere Vardari als mich.«

Er blickte zum Bolzen in seiner Schulter. »Könntest du in Erwägung ziehen, mich zu verbinden? Ich fürchte, das hier blutet schneller, als ich reden kann.«

Juva stand auf und ging in weitem Bogen um ihn herum zur Tür, die Armbrust schussbereit. »Rührst du dich vom Fleck, bist du ein toter Mann!«, sagte sie. Aber sie bezweifelte, dass er in der Lage war, noch irgendwas zu tun, und sie ertappte sich bei der Befürchtung, er könnte verbluten.

Sie ging in die Stube und legte die Armbrust ab, um sich anzuziehen. Oben auf der Galerie hörte sie Broddmar schnarchen, sein Atem pfiff durch die Lücke, wo seine Zähne gewesen waren. Nafraím hatte die Wahrheit gesagt, er hatte ihnen nichts getan. Er hatte nur begriffen, was sie im Schilde führte.

Und trotzdem ist er gekommen.

Sie nahm den Wundkasten mit und gab ihn Nafraím. Dann setzte sie sich wieder auf die Bank, mit der Armbrust auf dem Schoß. Er öffnete den Kasten und nahm einen Tiegel mit Salbe heraus.

»Ringelklette«, sagte er erleichtert. »Wer weiß, vielleicht überlebe ich die Nacht.«

Er riss sein Hemd rund um den Bolzen auf. Juva wusste, dass es mühselig war, aber sie würde keinen Finger für ihn rühren. Er packte den Bolzen und zögerte. »Ich würde dich ja um Hilfe bitten, aber ich denke, das würde deutlich schmerzhafter sein«, sagte er lächelnd. Dann riss er den Bolzen mit einem halb erstickten Schrei heraus.

Er verdiente jeden verdammten Schmerz, den er spürte.

Juva wandte den Blick ab. »Also warum? Warum willst du den Vardari ein Ende machen?«

»Es hatte nie uns gehören sollen«, murmelte er, während er die Blutung stillte und die Wunde versorgte. »Das Blut, meine ich. Den Teufel gefangen zu nehmen war ein Fehler. Mein Fehler. Ein Missgriff, der die Welt verändert hat, und auch wenn es eine Veränderung zum Besseren war, werden wir doch nie wissen, wie es ohne ihn gekommen wäre. Verstehst du?«

Juva nickte. Sie brauchte ihm keine Vorwürfe mehr zu machen, er war sich offensichtlich mehr als klar darüber, was er getan hatte.

Er fand eine Binde und wickelte sie unbeholfen um die Brust, ohne die Schulter zu berühren. »Aber der wichtigste Grund dafür, ihn zu töten und den Vardari ein Ende zu machen, ist der, dass wir keine Wolfskranken mehr brauchen. Etwas ist mit den Steinen passiert, ich wünschte, ich hätte die Zeit, es dir zu erklären, aber … Es gibt eine Kraft, die sie antreibt.«

Juva wusste, dass er von der Gabe sprach, aber sie schwieg.

»Ich will den Vardari aus vielen Gründen ein Ende setzen. Ich will einen fast siebenhundert Jahre alten Fehler wiedergutmachen. Ich will der Verbreitung der Wolfsseuche, die durch besagte Kraft verschlimmert wird, einen Riegel vorschieben. Und ich habe keine einzige Blutperle mehr gemacht, seit ich den Beweis erhalten habe, dass diese Kraft zurückgekehrt ist.«

»Wie edel von dir«, sagte sie bitter. »Es hat nur ein paar armselige Blutleserleben gekostet.«

Er gab es auf, den Verband an Ort und Stelle zu schieben, und ließ den Arm sinken.

Sie erhob sich widerwillig und legte die Armbrust weg. Der Mann war nicht mehr in der Lage, ihr etwas anzutun. Sie wickelte die Binde um die Wunde und knotete die Enden über der Schulter fest.

Nafraím betrachtete ihr Werk und lachte träge. »Hast du noch nie einen Verband angelegt?«

Juva zuckte die Schultern und setzte sich wieder. »Ich verzichte lieber darauf, Blutrache auf mich zu ziehen, das erscheint mir einfacher.«

Nafraím blickte ihr in die Augen, und ihr wurde bewusst, dass es nicht stimmte.

»Du glaubst, es war eine einfache Entscheidung, die Blutleserinnen zu töten? Es hieß, entweder sie oder alle anderen, Juva.«

»Alle anderen?«

»Die Steine sind erwacht, und manche davon führen zu Orten, die du hoffentlich nie wirst sehen müssen. Was glaubst du, woher der Teufel kommt? Stell dir eine ganze Welt voller Teufel vor, und stell dir die Rache vor, die sie an uns üben würden, wenn sie wüssten, was wir … was *ich* getan habe. Glaub mir, Juva, das ist ein Krieg, den weder du noch ich erleben wollen. Wenn du auch nur irgendwas über ihn und sein Volk wüsstest, hättest du ihn mir mit Freuden überlassen. Oder ihn selbst umgebracht. Die Blutleserinnen zu töten, die ihn bewachten, war der Preis, den ich bezahlt habe, um Náklav zu retten.«

»Ihn zu töten hindert seine Leute nicht daran, die Steine zu benutzen.«

»Nein.« Nafraím lächelte vorsichtig. »Aber es hindert sie daran zu erfahren, dass es etwas zu rächen gibt. Und es hält *meine* Leute davon ab, aufeinander loszugehen, um ihn zu finden. Ich muss zu meinem Bedauern sagen, dass die meisten Vardari die Dinge nicht auf meine Art sehen.«

Juva fühlte mit ihm, widerwillig. »Sie wissen nicht, was du vorhast?«

»Sie wissen nur, dass die Blutleserinnen tot sind, und sie beschuldigen sich gegenseitig. Alle brauchen ihn, alle wollen Kontrolle über das Blut haben. Ich glaube ehrlich gesagt nicht, dass irgendeiner von ihnen auf die Idee kommt, jemand aus den eigenen Reihen könnte versuchen, die Ewigkeit der Vardari zu beenden. Es macht mich … unruhig, mir vorzustellen, was passieren würde, wenn sie es wüssten. Ich erwarte nicht, dass du das verstehst.«

Juva sah ihn an. Er wirkte unendlich müde, und das einzig Bekannte, das sie in seinem Blick fand, war Angst. Er war ein Ewigwährender, der sterben wollte, und er behauptete, es sei, um Leben zu retten, aber es steckte mehr dahinter. Die Angst vor Rache. Sowohl von Gríſs Leuten als auch von anderen Vardari.

»Du irrst dich«, sagte sie. »Angst verstehe ich besser als sonst irgendjemand. Ich habe mein ganzes Leben lang Angst gehabt. Weil ich nicht verstanden habe, was in meinem Herzen passierte, wenn ihr in der Nähe wart.«

Sein Blick wurde wacher und er lächelte wieder. »Ja … die erste wahre Blutleserin seit einem halben Jahrtausend. Der Beweis, dass du ihn als Kind gesehen hast. Sag mir … Hast du jemals gewusst, was er war?«

Juva legte den Kopf schräg. »Was meinst du mit ›Beweis‹?«

»Du kannst mich spüren. Kannst Vardari wahrnehmen. Es heißt, dass echte Blutleserinnen von der Gabe geboren werden können, und ich habe lange geglaubt, das sei es, was dir widerfahren war. Aber war die Chance, dass ausgerechnet dir diese Begabung geschenkt wird, nicht unendlich klein? Sollte die erste wahre Blutleserin seit fünfhundert Jahren zufällig in einer der drei Familien geboren werden, die den Teufel bewachten? Nein … Die Blutleserinnen wurden ursprünglich von den Wölfen erschaffen. Von seinem Volk. Und du, Juva, wirst eine lebende Legende werden. Er hat dich erschaffen. Hat dich an sein Blut gebunden und dir die Fähigkeit gegeben, hellzufühlen.«

Juva merkte, wie ihr Körper ermattete, bis der Rücken an der

Wand lag. Das war nicht wahr, er hatte keine Ahnung, wovon er redete. Das *konnte* nicht wahr sein. Sie hatte das lästige Herz ihr ganzes Leben lang gehabt, schon seit …

Seit der Begegnung mit ihm. Dem Eisenwolf.

Nafraím beugte sich vorsichtig vor und faltete die Hände auf dem Schoß. »Sie haben etwas in den Krallen, die Teufel. Sie können unglaubliche Dinge tun. Er hat dich berührt damals. Als du ihn als Kind gesehen hast. Nicht wahr?«

Juva nickte und drängte die Übelkeit zurück. Gríf hatte sie erschaffen. Ein ganzes Leben, verschwunden in Angst. Im Kampf gegen Verwirrung und Panikanfälle. Das flimmernde Herz. Das war seine Schuld. Und er hatte kein Wort davon zu ihr gesagt.

Sie starrte auf den Fußboden. Ihre Socken waren nass. Das Wasser im Zuber hatte längst aufgehört zu dampfen. Nafraím erhob sich mühsam.

Sie griff nach der Armbrust und richtete sie auf ihn. »Setz dich hin!«

Nafraím blieb stehen. Er sah aus, als hätte er eine Offenbarung gehabt. »Du hast ihn auch danach noch gesehen? Du hast mit ihm gesprochen und es nicht gewusst?«

Juva kämpfte mit den Tränen. Diese Nacht war verflucht. Alles war verdreht und zerstört worden. Sie hatte keine Ahnung, wem sie noch glauben sollte. Sich selbst oder dem Mann, den zu töten sie hergekommen war.

Nafraím kam näher und setzte sich neben sie. »Juva Sannseyr … Es hat seinen Grund, warum wir ihn den Teufel genannt haben. In den Adern seines Volkes fließt das Blut der Wölfe, und sie können eins mit ihnen werden. Ich meine das nicht im übertragenen Sinn, glaub mir. Sie können Wolfsgestalt annehmen. Das hier war ein Wolf, den ich gefangen habe, ein geiferndes Biest. Grau, pelzig, vierbeinig. Er war uns in die Wolfszange getappt. Ich war ein Jäger, genau wie du, und die Wölfe benutzten Draumheim als Jagdrevier.

Töteten und fraßen Leute, aus Hunger, zum Spaß. Ich könnte dir Geschichten von den Wolfskriegen erzählen, die würden dich um den Schlaf bringen.«

Nafraím zog den Hemdärmel zurück und entblößte seinen Unterarm. Er hatte ihn immer versteckt und der Arm hatte immer steif gewirkt. Jetzt verstand sie, wieso. Es fehlte ein Stück, fast bis auf den Knochen. Neue Haut war darübergewachsen, in einem schrumpeligen Muster, das aussah wie Kerzenwachs in Wasser.

»Ein Geschenk vom Teufel«, sagte er und zog den Ärmel wieder darüber.

Juva stand auf und stützte sich auf den Zuber. Sie fühlte sich wieder wie ein Kind. Nicht imstande zu wissen, was wirklich war und was nicht. Nafraím hatte dasselbe Ziel wie sie, den Vardari ein Ende zu machen. Und alles, was sie über ihn zu wissen geglaubt hatte, war falsch. Alles, was sie geglaubt hatte über Gríf zu wissen, war auch falsch.

Er hat mich benutzt. Hat mich geschaffen.

Warum? Hatte er damals, als er sie als Kind gesehen hatte, schon begriffen, dass sie ein möglicher Weg in die Freiheit war? Und sagte Nafraím die Wahrheit? Er hatte die Wahrheit über Broddmar und die anderen gesagt, sie waren nicht tot, sondern schliefen oben auf der Galerie. Und dass Grífs Volk in die Haut von Wölfen schlüpfen konnte … War es nicht das, was das Märchen schon immer gesagt hatte? Und sie selbst hatte ihn Eisenwolf genannt. Hatte die Verwandtschaft zwischen ihm und Skarr erkannt.

Das ist der Grund, warum ich sowohl ihn als auch die Wölfe spüren kann …

Juva wusste nicht, was sie glauben sollte. Würde sie an Nafraím ablesen können, dass er log? Was Mutter betraf, hatte er ja gelogen, oder nicht?

Sie richtete sich auf und griff nach der Armbrust, ließ sie aber am Bein herabhängen. »Also, falls es wahr ist, dass du die Blutleserinnen getötet hast, aber nicht Mutter … Wer hat sie dann getötet?«

»Das ist eine ungewöhnlich gute Frage, und ich denke schon die ganze Zeit darüber nach, seit es passiert ist. Lagalunes Tod hat unter meinen Leuten Wellen geschlagen. Wer hat es gewagt, eine Eingeweihte zu töten? Eine derjenigen, die den Teufel bewachten? Erst dachte ich, es könnte ein Ewigwährender gewesen sein, der das gleiche Ziel verfolgt wie ich, aber das habe ich rasch verworfen. Dann nahm ich an, dass es ein Außenstehender war, der hinter das Geheimnis gekommen war und die Wächterinnen töten wollte, um uns auszurotten. Aber niemand tat den anderen in der Seidagilde ein Leid, also verwarf ich auch den Gedanken wieder. Allem Anschein nach wurde deine Mutter von jemandem umgebracht, der weder von uns noch vom Teufel wusste. Ich nehme stark an, dass es deine Schwester war.«

Juva brach in Gelächter aus, aber das Lachen blieb ihr im Hals stecken. Solde? Unmöglich, dass sie … Sie hätte *niemals* …

Frühere Gespräche mit Mutter und Solde drängten sich ihr mit Macht ins Gedächtnis. Mutter, die felsenfest behauptete, Solde sei sadistisch. Soldes Angst, das Erbe zu verlieren. Die Gier nach Mutters Sitz in der Seidagilde, so stark, dass sie sich beinahe mit Blutperlen umgebracht hätte, um die Antworten zu erhalten, von denen sie annahm, dass man sie von ihr erwartete. Aber hätte sie …?

Hol mich Gaula, möglich wäre es …

»Alles in Ordnung mit dir?«, fragte Nafraím mit einem Blick, der aufrichtig besorgt wirkte. »Es ist nur eine Vermutung«, fügte er hinzu, aber Juva wusste, dass sie dasselbe dachten.

»Du hättest sie umgebracht«, sagte sie. »Wenn es niemand anders getan hätte. Ich habe dich und Mutter gehört, du hast sie gebeten, ihn dir zu überlassen, aber sie hat sich geweigert. Also hättest du sie alle umgebracht, um den Teufel zu töten.«

»Ja. Es tut mir leid, mehr, als du ahnst. Aber ja, das hätte ich.« Nafraím senkte den Blick. »Ich erwarte nicht, dass es für dich einen Unterschied macht, aber sie haben nichts gespürt. Sie sind eingeschlafen, ohne Schmerzen, sie alle. Ich habe einen Hemdsaum mit Blut von einem Wolfskranken getränkt, damit Broddmars Wolf darauf reagiert. Es wäre natürlich sehr viel überzeugender gewesen, wenn die Morde … bestialisch gewesen wären. Eine blutige Vorstellung, nicht wahr? Aber dann dachte ich, dass du diejenige sein könntest, die sie findet, deshalb habe ich …«

Er zögerte. Juva konnte es kaum erwarten, dass er mit dem Kunststück weitermachte, Mitgefühl zu erzeugen für die Art, wie er gemordet hatte. Es war abartig, und falls er das versuchte, würde sie ihn schlagen.

»Es musste getan werden«, sagte er und betrog sie um den Schlag. »Es gab keinen anderen Ausweg. Der Teufel musste sterben.«

Juva stieß ein kurzes, bitteres Lachen aus. »Da sind wir uns endlich mal über etwas einig«, sagte sie und straffte die Schultern. »Ich weiß, wo er ist, Nafraím. Und du sollst ihn haben. Ich muss nur erst was erledigen, aber du sollst den Teufel bekommen, nach dem du suchst.«

Nafraím senkte die Schultern ohne Anzeichen von Schmerz. Die Salben hatten getan, was sie sollten. Aber falls er sich freute, ihre Worte zu hören, verbarg er es gut. Er sah nur halb tot aus und sie selbst sicher noch schlimmer.

»Wie finde ich dich wieder?«, fragte sie, eine Frage, von der sie nie geglaubt hätte, sie ihm je zu stellen.

Er lehnte den Kopf zurück an die Wand. »Florians Salon. Frag nicht nach mir, geh einfach rein und setz dich an den Tisch, den sie dir geben, dann werde ich dich finden. Aber Juva … Tu das, was du tun musst, möglichst schnell, denn es gibt allen Grund zu der Annahme, dass ich nicht der Erste war, zu dem Rugen mit seinen Informationen gelaufen ist.«

Juva stand da mit dem Gefühl, dass sie etwas tun sollte. Etwas sagen.

»Ich komme zurecht«, sagte Nafraím schließlich.

Juva nickte, griff nach den Bolzen und verließ ihn. Sie hatte gewusst, dass sie in dieser Nacht jemanden töten würde, aber alles deutete darauf hin, dass sie sich in der Person geirrt hatte.

PULS

Juva ging die Treppe hinauf, vorbei an zwei schläfrigen Wächtern, die sich alle Mühe gaben, sie nicht anzusehen. Die Armbrust lag schwer in ihrer Hand, und ihr wurde bewusst, dass sie sie den ganzen Weg bis nach Hause so getragen hatte. Wie betäubt. Wären Leute auf der Straße gewesen, hätten sie geglaubt, sie sei verrückt. Eine rote Jägerin, die selbst wolfskrank geworden war.

Sie schloss die Haustür auf. Der Wind hätte sie ihr beinahe aus der Hand gerissen, sie hatte kaum genug Kraft, die Tür festzuhalten. Sie schnürte die Schuhe auf und mühte sich mit den Schnürsenkeln ab. Das Haar fiel ihr vors Gesicht. Es war zu steifen Zotteln getrocknet, weshalb es feucht und gefroren aussah.

Kein Laut war in der Halle zu hören, nur das Unwetter, das ums Haus tobte. Ihr Herz schlug unruhig, sie wusste, dass er hier war. Sie ging in Mutters Zimmer, wo ihre Sachen lagen, und begann zu suchen. Durchwühlte die Schubladen, die Taschen des Rucksacks, alles, aber das Giftfläschchen für ihre Bolzen war weg. Es war auch nicht in der Schinderhalle gewesen.

Ihre Füße trugen sie wieder hinaus in die Halle, als hätten sie einen eigenen Willen, und die Treppe hinauf in Soldes Zimmer. Sie war seit den Morden erst ein Mal hier gewesen. Um die Vorhänge zuzuziehen. Der Raum fühlte sich trocken und tot an. Soldes Parfüm hing immer noch in der Luft, ein widerlich süßer Geruch nach Blumen. Juva wollte nicht darüber nachdenken, was sie hier tat. Sie wollte nichts finden, konnte aber nicht aufhören zu suchen. Vorwärtsgetrieben von der Wut darüber, verraten worden zu sein. Von Mutter, von Solde, von Rugen, von Nafraím.

Und von Gríf.

Sie warf die Armbrust aufs Bett und öffnete vorsichtig die erste Schublade der Kommode. Strich über Schnürmieder und Spitzen mit dem Gefühl, etwas Verbotenes zu tun. Aber nachdem sie einmal angefangen hatte, wurde es leichter. Ihre Hände baten nicht um Erlaubnis, sie begannen zu kramen, zu graben, zu suchen. Sie warf Hemden und Strümpfe aufs Bett, riss ganze Schubladen heraus und kippte den Inhalt auf den Fußboden.

Die Schmuckschatulle war verschlossen. Juva zog das Messer aus dem Jagdgürtel und brach das Schloss auf. Sie öffnete die Schatulle und klappte die obersten Schubladen beiseite. Da lag etwas, eingeschlagen in ein Taschentuch. Sie wickelte es aus und starrte auf das leere Giftfläschchen.

Solde … Was hast du getan?

Ihr Hals schwoll zu, als hätte sie das Gift selbst getrunken. Sie sank aufs Bett. Jedes Wort, das Nafraím gesagt hatte, entsprach der Wahrheit. Solde hatte Mutter vergiftet. Und die Flasche aufgehoben? Warum?

Als Absicherung. Falls etwas schiefging.

Solde hatte das Giftfläschchen zu ihrem Schutz behalten, für den Fall, dass jemand misstrauisch wurde. Doktor Emelstein hätte Verdacht schöpfen können, oder die Seidagilde. Der Plan hätte geradewegs die Dränke runtergehen können, und dann hätte sie die Möglichkeit gehabt, das Beweisstück jemand anderem unterzuschieben.

Mir, alle wussten, dass es mir gehört.

War es ein Unfall gewesen? Solde hatte unmöglich wissen können, welche Wirkung das Gift hatte. Vielleicht hatte sie es für etwas anderes gehalten, sie war schließlich keine Jägerin gewesen.

Jägerin … Schinderhalle!

Juva sah wieder vor sich, wie Solde in die Schinderhalle gesegelt kam, um ihr zu sagen, dass Mutter krank war. Sie hatte die Nase gerümpft und alle Sachen auf dem Tisch angefasst. Auch das Giftfläschchen. Juva hatte sie zurückgepfiffen.

Lass auch das, es sei denn, du möchtest dir gern die Seele aus dem Leib kotzen.

Was, wenn ihr da schon die Idee zu dem Mord gekommen war? Juva schloss die Faust um das Fläschchen. Vielleicht hatte sie Solde erst auf den Gedanken gebracht. Lagalunes angebliche Krankheit machte die Durchführung umso einfacher.

Wieso? Das war vollkommen verrückt! Die kleine Solde, kaum sechzehn …

Sie wusste, dass Mutter mir das Erbe geben wollte.

Juva legte einen Bolzen in die Armbrust und erhob sich. Ihr war, als hätte sie nächtelang nicht geschlafen. Das Einzige, was sie auf den Beinen hielt, war eine kochende Wut, die ihr bis in die Zehenspitzen ging. Sie war fertig mit Zweifeln. Fertig damit, eine Idiotin zu sein, die sich von anderen benutzen ließ. Und jetzt musste sie das Wesen töten, das sie befreit hatte. Den Teufel, der ihr Herz zerstört hatte.

Aber wo war er? Nicht auf dem Dach, bei diesem Wetter …

Juva ging hinunter in die Bibliothek, fühlte sich mit den Herzschlägen voran, ganz die Jägerin, die sie war. Die Schornsteinwand war zur Seite geschoben und der Schacht gähnte sie an. Was machte er dort unten, wenn er den Ort doch endlich los war? Es erschien ihr unbegreiflich makaber, er sollte den Schacht meiden wie die Wolfsseuche.

Juva zündete die Sturmlaterne an und kletterte hinunter. Sie dachte an das erste Mal, wie verängstigt sie gewesen war. Wie wenig sie gewusst hatte. Wenn sie ihn da nur erschossen hätte, gleich auf der Stelle, was hätte sie sich für ein Meer von Schmerzen erspart.

Am Ende des Tunnels quietschten die Angeln der offenen Eisentüren, die sich im Windzug bewegten. Gríf saß auf dem Fußboden, so wie er es immer getan hatte, wenn sie sich unterhielten. Mit dem Unterschied, dass er jetzt das schwarze Wollhemd trug, das sie ihm gekauft hatte.

Er blickte zu ihr hoch, und sie konnte sehen, dass ihnen beiden klar war, dass der Sturm sie erreicht hatte. »Ich konnte nicht schlafen«, sagte er mit der rauen Stimme, von der sie wusste, dass sie sie nie vergessen würde.

Juva machte einen Schritt hinein. Die Armbrust hing schwer an ihrer Seite, und sie ertappte sich dabei, dass sie bezweifelte, sie überhaupt heben zu können. Er hatte die Ärmel aufgekrempelt, und sie sah die Narben auf seinem Unterarm. Jetzt wusste sie mit Sicherheit, woher sie stammten. Von einer Wolfszange.

Deshalb hatte er die Wunden nicht selbst geheilt, wie er es offenbar konnte. Er hatte sie in Wolfsgestalt erhalten. Was hatte er oben auf dem Dach gesagt?

Das ist zur falschen Zeit passiert.

Gríf folgte ihrem Blick auf seinen Arm, und anscheinend ahnte er, was ihr durch den Kopf ging. Er lächelte kühl. »Ah … er hat es dir erzählt«, sagte er voller Gewissheit.

Juva stellte die Sturmlaterne auf den Boden und richtete die Armbrust auf ihn. Das Gewicht zwang sie, sich zurückzubeugen, und sie lehnte sich an die Wand neben der Eisentür. Sie würde jede Stütze brauchen, die sie kriegen konnte. Ihre Augen fühlten sich geschwollen an und sie blinzelte ein verräterisches Brennen weg.

»Du bist ein Wolf«, sagte sie mit brüchiger Stimme. »Nur ein Wolf, und von denen habe ich viele getötet.«

»Und du hast nicht mal den Anstand, dich dafür zu schämen«, erwiderte er.

Seine Stimme war frostig, als wäre *sie* es, die ihn hintergangen hatte, und nicht umgekehrt. Nur ein Schuss. Das war alles, was nötig war, dann würden sowohl die Vardari als auch die Wolfsseuche aussterben, und ihr Herz würde Frieden finden.

Ihr Arm drohte sie im Stich zu lassen, sie musste ihn mit der anderen Hand stützen. »Ich habe mein ganzes Leben lang mit diesem wilden Herzen gelebt. Mit Angst, und das ist deine Schuld. Du hast mir das angetan.«

Gríf schlug die Krallen aneinander, im Takt mit dem Herzen. *Klack. Klack. Klack.* Der Blick war schwarze Vernichtung, wie das Meer draußen. »Ja, nicht wahr? Alles wurde *dir* angetan. Du hast nie irgendwas gemacht, bist immer nur betrogen worden. Benutzt. Ist es nicht so?«

»Du hast eine Blutleserin erschaffen. Aus einem Kind!«

»Was hättest *du* denn getan?!«, geiferte er, dass es spritzte.

Sie erschrak vor der plötzlichen Wut. Die Armbrust bebte vor ihr, und sie hatte Mühe, den Bolzen auf seine Brust gerichtet zu halten. Er ging in die Hocke, bereit, sie anzuspringen wie der Wolf, der er war.

»Antworte mir! Was hättest du getan, Juva? Nach vielen Menschenaltern in Gefangenschaft bot sich mir eine Chance, und davon hat es nicht viele gegeben. Ein Kind. Ein Mädchen, das nicht ahnte, womit es zu tun hatte, und zu mir kam. Furchtlos. Offen. Und ich dachte, du hättest vielleicht die Begabung und dass sie es war, die dich zu mir schickte, aber ich konnte nicht sicher sein. Und deshalb, als du nahe genug gekommen warst …«

Juva schluckte. »Du hast deine Krallen in mich geschlagen.«

»Ich habe dich für die Gabe geöffnet. Das war die einzige Möglichkeit, mir ganz sicher sein zu können.«

»Sicher über was?«

»Dass du aufwachsen und wissen würdest, dass ich in der Nähe bin, damit du mich finden kannst. Und das hast du getan. Also bitte, erspare mir das Gejammer, dass du in Angst gelebt hast, denn du warst immerhin frei. Mit einer Begabung, für die viele getötet hätten, um sie zu bekommen, also vergib mir, dass ich nicht darüber weine.«

Kann er überhaupt weinen?

Der Schacht kam ihr unendlich leer und kalt vor. Der Wind kam in heftigen Böen vom Meer und pfiff durch den schmalen Schlitz in der Wand.

»Du hast mich angelogen«, flüsterte sie. »Über das hier und über die Wolfsseuche.«

»Ich habe dich nie angelogen!« Er ballte die Fäuste, sodass die Krallen über den Boden schrammten.

»Doch. Die Wolfskranken waren notwendig, man hat ihr Blut gebraucht, um die Tore zu betreiben, und davon hast du nichts gesagt.«

Gríf wandte den Blick ab und lachte leise. »Ah … Nun, das erklärt einiges. Und hätte ich es gewusst, hätte ich es dir gesagt.«

Sie starrte ihn an. Der Eisenwolf. Sie hatte ihn gezeichnet und verbrannt, so viele Male, dass es leicht sein sollte, ihn ein letztes Mal zu vernichten. Wenn er nur nicht das Hemd angehabt hätte, das ihn so menschlich machte. Das, und die wilden Haare. Die starken Lippen. Sie holte zitternd Luft.

»Du hast über Nafraím gelogen. Er wollte dich nicht wegen des Blutes haben, er hat die Blutleserinnen umgebracht, um dir ein Ende zu machen. Um den Vardari ein Ende zu machen.«

»Und du glaubst ihm das?!«, bellte Gríf. »Du hast mich freigelassen, und jetzt willst du einem Mann glauben, der davon gelebt hat, mich gefangen zu halten? Einem Mörder!«

»Du bist auch ein Mörder.« Juvas Stimme versagte. Ihr Arm brannte. »Du hast Vater getötet. Als er versucht hat, mich vor dir zu beschützen, und dazu hatte er allen Grund!«

Gríf schloss die Augen. Sein Herz in ihrer Brust blieb stehen, und für einen Augenblick hatte sie eine unerklärliche Angst, er könnte sterben.

Sie sprach weiter, vorsichtig. Stockend. »Ihr seid beide Mörder. Und die Götter mögen wissen, was du als Wolf getan hast. Das ist es, was er fürchtet. Dass du zurückkommst mit einem Heer von … Wölfen. Von deinem Volk, und dass du ganz Draumheim mit deiner Rache überziehst.«

Gríf schlug seine Augen wieder auf, und sie spürte, wie sein Herz erwachte. »Er hat dich also davon überzeugt, dass er sein eigenes Leben hingeben will, um das aller anderen zu retten? Wie edelmütig. Nein, Juva. Wenn er sich endlich umbringt, dann, weil er das Leben satthat. Nur wenige Menschen haben das Zeug dazu, die Ewigkeit zu ertragen.«

Juva konnte nicht mehr. Ihre Beine gaben nach und sie sank auf den Boden. Dort blieb sie sitzen, mit der Armbrust auf den Knien, immer noch auf ihn zielend. »Ich weiß nicht, was ihn antreibt«, räumte sie erschöpft ein. »Aber ich weiß, dass wir dasselbe Ziel haben. Wir wollen beide den Vardari ein Ende machen.«

Gríf kam drohend einen Schritt näher, tierisch und fremd. »Du hast immer gewusst, dass du den Vardari den Garaus machen könntest, indem du mich tötest, aber du hast es nicht getan. Warum nicht?«

Juva legte die Hand auf die Brust, aber seine Worte umklammerten ihr Herz so fest wie eine Klaue. Sie glaubte, dass er den Grund kannte, und das tat am meisten weh. Sie ließ den Arm sinken und schob die Armbrust weg. Es war vorbei.

Urplötzlich war er vor ihr, schneller, als sie hätte reagieren können, wenn sie noch auf ihn gezielt hätte. Er riss die Armbrust an sich und hielt sie ihr unter die Nase.

»Ich habe es so satt, mich vor diesem Ding mit dir zu unterhalten. Du bittest um Wahrheit, während ich hinter Schloss und Riegel sitze. Um Vertrauen, während ich auf eine Armbrust starre, die auf mich zielt. Ich bezweifle, dass du überhaupt verstehst, was diese Worte bedeuten!« Er schleuderte die Armbrust in die Ecke.

»Du glaubst, eine Waffe gäbe dir Macht über mich? Deine Bolzen würden kaum Schaden anrichten.«

Er umfasste ihr Kinn. Die Adern zeichneten sich scharf auf seinem Unterarm ab und verschwanden unter dem Hemd. »Das Geschenk, das ich dir gemacht habe, ist größer, als du ahnst«, sagte er. Sein Atem streichelte ihre Wange. »Du kannst mein Blut spüren. In mir, den Vardari und den Wolfskranken. Selbst die Wölfe, meine Brüder und Schwestern, kannst du spüren. Aber was du spüren kannst, das kannst du auch lernen zu steuern.«

»Steuern?« Juva versuchte, nicht auf seine Lippen zu starren, die so innig nah waren.

Er lehnte sich vor und stützte den Arm an die Wand hinter ihr. Seine Wange berührte ihre, als er ihr ins Ohr flüsterte: »Ein Herz, das du spürst, kannst du kontrollieren.«

Sie wollte sagen, dass er verrückt sei. Dass das nicht sein könne, aber ihr Körper verriet sie. Ihr Herz begann zu rasen, zusammen mit seinem. Schneller. Heftiger. Gehetzt von Unruhe und von etwas, das sie weder begreifen noch beherrschen konnte.

»Verstehst du?«, flüsterte er.

Blutleserinnen konnten Herzen steuern!

Sie hörte das Blut durch ihren Kopf strömen, ein pumpender Puls in den Ohren, der lauter und immer lauter wurde. Ihre Wange wurde feuchtkalt von Schweiß. Ihre Brust brannte, als wäre sie unter ihm eingeklemmt, aber er war nur nahe. Ungemein nahe. Der Druck, den sie spürte, kam von innen. Sie würde sterben!

»Halt … HALT!«

Juva bog sich ihm entgegen. Sie rang nach Luft und merkte, dass er das Gleiche tat. Er zog sich um eine Haaresbreite zurück, blieb aber weiter über sie gebeugt, wie ein Raubtier. Das Gefühl, bergauf zu laufen, verschwand ebenso schnell, wie es gekommen war. Er legte die Stirn auf den Arm, mit dem er sich an der Wand abstützte. Sein Brustkorb hob und senkte sich im Gleichtakt mit ihrem.

Er atmete mit halb offenem Mund, die Reißzähne weiß und spitz vor dem Dunkel.

»Du siehst also …«, sagte er atemlos, »keine Eisentür wäre dick genug. Ich war frei seit dem ersten Mal, als du hier heruntergeklettert bist. Was glaubst du, woher die ganzen Sprichwörter über zerbrochene Herzen kommen? Ich hätte tun können, was ich wollte. Einfach gehen können, wenn ich gewollt hätte.«

Das Heulen des Windes verstummte. Das Chaos in ihren Gedanken legte sich. Die Schmerzen wurden wunderbar diffus, als wäre sie im Meer versunken. Die einzige Antwort, die sie fand, war seine eigene.

»Aber du hast es nicht getan. Warum nicht?«

Sein Blick flackerte in Abstufungen von Schwarz. Mit einem Anflug von Ungewissheit, der ihr das berauschende Gefühl gab, unbesiegbar zu sein. Ihr Körper war gespannt wie eine Armbrust. Eine vibrierende Sehne, bis zum Zerreißen gedehnt. Er war der Teufel. Der Wolf.

Und sie wollte ihn haben. Es war pervers, das wusste sie. Ganz gleich, wie nah er war, lagen doch siebenhundert Jahre Unrecht zwischen ihnen. Ihr Zorn. Seiner. Alles, was sie einander angetan hatten, war gerade erst der Anfang. Sie gehörten nicht einmal derselben Welt an. Er war lebensgefährlich, aber bei Jól, sie wollte seine Zähne an ihrer Zunge spüren.

Gríf knurrte. Jäh zog er sie hoch und wirbelte sie gegen die Eisentür. Sie riss schützend die Arme hoch, die Handflächen klatschten auf den Rost. Die Tür schrie und knallte gegen die Wand. Er drängte sich an ihren Rücken. Roch an ihr.

»Du stinkst nach ihm«, sagte er, die Stimme heiser in ihrem Nacken. »Du kommst her, eingehüllt in seinen Gestank. Des Mannes, der mir das hier angetan hat.«

Sein Arm berührte ihren, und am Steißbein spürte sie den Druck einer unmissverständlichen Härte, die ihr das Blut in den

Unterleib jagte. Er zog sich wieder zurück, wie um es zu verbergen.

»Nein, ich bin bisher nicht gegangen«, fuhr er fort. »Aber ich tue es jetzt.«

Sein Gewicht verschwand, und sie hörte, wie er ging. Juva schluchzte halb erstickt gegen die rostige Eisentür. Ihre Füße zitterten, und sie umklammerte die Gitterstäbe in der Türluke, um sich auf den Beinen zu halten. Die Sturmlaterne flackerte mit letzter Kraft und machte die Armbrust in der Ecke lebendig. Dann erlosch sie.

VERSCHWUNDEN

Juva stützte die Arme aufs Geländer, ihr Körper war schwer wie der einer Toten. Auf dem Dach war es ungemütlich nach dem Unwetter. Regen durchnässte ihr Hemd, aber sie hatte nicht mehr genug Kraft, um aufrecht zu stehen.

Vor ihr lag die Stadt, triefnass und grau unter dem tief hängenden Himmel. Die Götterbrücke ähnelte einem Wurm auf Stelzen. Einem Fabeltier, das sich von der Spitze der Königskuppe voranfraß. Die Náklaborg, noch hässlicher als sonst, schien von allem verlassen zu sein, außer den Raben, die in den Windstößen ihr Unwesen trieben. In letzter Zeit waren sie so zahlreich geworden, als rechneten sie mit einem Massensterben.

Er ist verschwunden.

Ihr Herz schlug so verdammt gleichmäßig und einsam, dass es nicht zum Aushalten war. Jeder Schlag ein Ruf hinaus in die Dunkelheit. Würde es so sein, wenn er für immer weg war? Sie konnte sich ebenso gut gleich daran gewöhnen, denn bald würde er aus dieser Welt verschwinden. Wenn er nicht schon tot war. Umgebracht von einem erschrockenen Wächter oder von den Ewigwährenden wieder eingefangen.

Nein, dazu ist er zu schlau.

Gríf wusste, dass Ewigwährende sie beobachteten und dass der Eingang von Gardisten bewacht wurde, also hatte er das Haus höchstwahrscheinlich über das Dach verlassen. Aber er wusste auch, dass er keine Möglichkeit hatte, in den Steinkreis zu kommen, also war er nur deswegen gegangen, um von ihr wegzukommen.

Konnte sie ihm das wirklich übel nehmen? Sie hatte sich mit seinem ärgsten Feind getroffen, ohne es ihm zu erzählen. Hatte geplant, den Feind zu töten, und vollkommen versagt. Anschließend war sie nach Hause gegangen und hatte Gríf mit dem Tode bedroht, weil sie einem Ewigwährenden vertraut hatte. Dem schlimmsten von allen. Dem, der ihn eingefangen hatte.

Aber welches Recht hatte er, sie zu verurteilen? Ein Teufel, der die Gestalt eines Wolfs angenommen und Draumheim als Jagdrevier benutzt hatte! Was für eine dunkle und bestialische Magie machte so etwas möglich? Sie hätte es nie geglaubt, hätte sie Gríf nicht mit eigenen Augen gesehen, der zeitweise so tierisch war, dass man meinen konnte, der Wolf sei immer noch in ihm.

Er hatte ihr auch das vom Blutlesen verschwiegen. Diese Fähigkeit des Hellfühlens, die er ihr eigenhändig mit den Krallen eingeritzt hatte. Mochte Gaula wissen, welche Schweinerei ihr seitdem durch die Adern floss, aber es hatte ihr ein ganz anderes Leben gegeben, als sie es sonst gehabt hätte. Ein Herz, das immer in seiner Gewalt gewesen war, und trotzdem wollte er dafür gelobt werden, dass er es nie gegen sie verwandt hatte?

Was du spüren kannst, das kannst du auch lernen zu steuern.

Falls er die Wahrheit gesagt hatte, trug sie eine Waffe gegen die Vardari in sich. Eine unheimliche Fähigkeit, die Herzen, die mit seinem Blut schlugen, zu beeinflussen, und jetzt hatte er sie um die Möglichkeit gebracht, es zu lernen. War abgehauen und hatte sie mit einem unergründlichen Fluch zurückgelassen. Er war wahrlich ein Teufel.

Also, warum zum Henker tat es so verdammt weh, dass er weg war? Der Schmerz saß wie Nägel in ihrem Brustkorb. Stach immer dann zu, wenn sie es am wenigsten erwartete.

Sie spürte Wolfsatem ums Herz und hörte das Geräusch von tapsenden Pfoten. Skarr drückte den Türspalt mit der Schnauze auf und schlüpfte hinaus aufs Dach. Er lief ein wenig herum und schnüffelte das Dach ab, bevor er sich neben sie setzte. Sie hatte nach Kräften versucht, ihn nicht gernzuhaben, aber es war zu spät. Wo sollte das enden, wenn eine Jägerin sich in einen Wolf verliebte?

»Sind sie immer noch dabei?«, fragte sie und bohrte ihre Finger in sein Fell.

Broddmar und die anderen zankten sich unten in der Bibliothek über alles, was sie ihnen erzählt hatte. Sie waren wütend, weil Nafraím sie betäubt hatte. Verwirrt, weil Juva ihn nicht getötet hatte, als sich die Möglichkeit dazu bot. Und keiner von ihnen verstand, wie sie es geschafft hatte, Gríf zu verlieren. Das meistgesuchte Geheimnis der Welt aus den Händen gleiten zu lassen. Dabei hatte sie ihnen das mit Mutter und Solde noch gar nicht erzählt.

Aber die Männer wussten, dass sie sich selbst in die Klemme gebracht hatte. Sie hatte Nafraím versprochen, dass er Gríf bekommen würde, und jetzt konnte sie ihr Versprechen nicht halten, selbst wenn sie gewollt hätte.

Was soll ich tun?

Skarr rieb seine Schnauze an ihrem Arm und sie kraulte ihn hinter den Ohren. Er war warm und verzeihend. »Du ahnst nicht, was du da tust«, flüsterte sie. »Du würdest mich fressen, wenn du wüsstest, wie viele der Deinen ich getötet habe.«

Der Wolf sah sie mit diesem gelben Blick an, der nicht urteilte. Töten oder getötet werden, das lag in der Natur des Tieres. Skarr konnte damit leben, dass er Leben genommen hatte. Konnte sie es? Die Erinnerung an Nantes drängte sich auf. Der blonde Ewigwährende, der bei Haane gelauscht hatte. Ein Antiquitätenhändler … Was für ein Monster war sie geworden? Sie wusste nichts über ihn, vielleicht hatte er niemandem je ein Haar gekrümmt, im Gegensatz zu Nafraím.

Nafraím verdiente zu sterben, für alles, was er getan hatte. Aber wie Broddmar gesagt hatte, Nafraím war einer der Ersten, und alles deutete darauf hin, dass er derjenige war, der die anderen in Schach hielt. Der Mann, den sie hatte töten wollen, war vielleicht der beste Schutz gegen den Rest der Vardari. Und jetzt verfolgten sie denselben Zweck, nur hatte keiner von ihnen das Mittel dazu. Gríf war verschwunden.

Mit der Gewissheit kam der Schmerz. Die Nägel in ihrer Brust. War er für immer fort, oder würde er wiederkommen, wenn sein Zorn sich gelegt hatte? Es waren nur noch zehn Tage bis zum Yra-Rennen. Er kannte den Plan und wusste, dass es keine bessere Möglichkeit für ihn gab, in die Nähe der Steine zu kommen, also würde er dort sein.

Wenn er so lange lebt …

Der Gedanke vergiftete sie. Ätzte in den Adern. Sie musste sich zusammenreißen und durfte nicht zulassen, dass die Gefühle ihr die Tatkraft raubten. Sie hatte eine Aufgabe zu erledigen, und die war, sich und die anderen bis zum Frühjahrslauf am Leben zu erhalten. Was danach kam, mochten die Götter wissen.

Rugen war keine Gefahr, da Nafraím ihn eingesperrt hatte. Aber er konnte bereits Schaden angerichtet haben. Konnte bei anderen Ewigwährenden gewesen sein und erzählt haben, dass sie den Teufel hatte. Das war ein nagendes und widerwärtiges Risiko von unbekanntem Ausmaß. Irgendwie musste sie es schaffen, das Gerücht zu entkräften und sie auf Abstand zu halten. Nafraím ebenso, er musste unschädlich gemacht werden, auch wenn sie es nicht hinbekam, ihn zu töten.

Die Aufgabe schien unmöglich, und ob Gríf nun zurückkam oder nicht, so musste sie doch gelöst werden. Aber wie?

Ein Laut durchbrach ihre Gedanken. Ein vertrauter, lang gezogener Hall, draußen von Knokle. Das Totenhorn. Auch das noch … Juva fuhr sich mit den Händen übers Gesicht. Sie hatte nicht einmal Zeit gehabt, über die rote Jagd nachzudenken. Dass sie und Broddmar wussten, dass es eine Überlebenschance für die Wolfskranken gab, änderte ja nichts. Die Jagd auf sie würde weitergehen wie immer.

Skarr schlich rastlos um sie herum, ihm war klar, was der gellende Ton bedeutete. Broddmar kam heraus aufs Dach. Er starrte sie an, der Blick leer angesichts der unmöglichen Entscheidung.

»Was zum Henker sollen wir tun, Juva?«

DIE VÖGEL

Juva zog die Schnüre im Mieder des roten Anzugs fest, während Broddmar in Kreisen durch die Halle wanderte und in halben Sätzen mit sich selbst redete. »Jól bewahre mich, wir können nicht einfach … Wir wissen doch, dass …«

Nichts, was sie sagen könnte, würde ihm helfen. Er musste einen Weg finden, sich abzuhärten, ganz einfach. Sie hängte sich die zusammengelegte Armbrust auf den Rücken, zwischen die ledernen Blutflaschen, und schnalzte nach Skarr. Der Wolf kam sofort, er schien derzeit ihre Gesellschaft vorzuziehen.

Er wittert Gríf an mir.

Für einen Augenblick hätte sie schwören können, es selbst auch zu tun. Ein wilder Duft nach Leder und Holz, der ihr die Kräfte zu rauben drohte.

Broddmar blickte unruhig zur Bibliothek, aber die anderen konnten sie nicht hören. Sie sollten die Stellung halten, während die roten Jäger Wolfskranke jagten.

»Juva …«

Sie drehte sich abrupt um und breitete die Arme aus. »Was? Was sollen wir sonst tun, Broddmar?! Das Horn hat geblasen, und jemand dort draußen braucht dich! Du kannst nicht einfach kneifen.«

Broddmar sah unglaublich alt aus. Seine Wangen wirkten noch eingefallener als sonst, und zwischen den kurz geschorenen Stoppeln auf dem Schädel waren die kahlen Schneisen länger geworden. Er kaute nach Worten, aber Worte waren noch nie seine Stärke gewesen. Er setzte sich auf die Bank, in seltsamer Harmonie mit den Knochen in der Rückenlehne.

»Sie hätten eine Chance …«, murmelte er, den stahlblauen Blick schwer von Schuld.

Juva ging zu ihm und reichte ihm die Hand. »Steh auf, Broddmar! Was zum Henker solltest du sonst tun? Aus allen Wolfskranken Ewigwährende machen und sie einsperren, bis sie entweder umkommen oder so wie du werden? Die Chance auf Leben wäre winzig, selbst wenn Gríf freiwillig Blut geopfert hätte. Und er ist nicht da, also ist das sowieso kein Ausweg.«

Weil ich ihn habe gehen lassen.

Sie seufzte. »Das hier ist nicht für ewig, Broddmar. Sie brauchen keine Wolfskranken mehr, um die Steine zu betreiben. Nafraím hat keine Blutperlen gemacht, seit der Zeuge erwacht ist. Keine Droge, keine Wolfskranken. Es ist nur eine Frage der Zeit, bis es vorbei ist.«

Sie half ihm auf die Beine und betrachtete ihn forschend, bis sein Blick fester wurde und er widerwillig nickte. Dann befestigte sie die Ledermaske über der Nase, öffnete die Tür und ließ ihn vorgehen. Die Wächter hatten aufgehört, beim Anblick von Skarr zusammenzuzucken. Einer von ihnen schlug sich die Faust an die Brust, ein Zeichen der Anerkennung, das geschmacklos wirkte. Eine Art Dank dafür, dass sie sich auf den Weg machten, um Leben zu nehmen.

Broddmar nickte zum Náklaring. »Am Brennmarkt ist die nächste Wachstube. Wir müssen dorthin, damit wir …«

Ein Laufbursche eilte an ihnen vorbei, und Broddmar rief ihm nach. Der Junge blieb sofort stehen, zu Tode erschrocken, als er begriff, wen er vor sich hatte.

»Wo ist es?«, fragte Broddmar.

Der Junge brauchte nicht zu fragen, was er meinte. »Oben in Herad«, antwortete er atemlos. »Mitten in der Münzerey.« Dann lief er weiter.

Ester!

Juva rannte los in Richtung Schicksalskehre und hörte, dass Broddmar ihr folgte. Eine grausige Kälte ballte sich in ihrer Brust zusammen, aber sie klammerte sich an den Gedanken, dass die Münzerey eine lange Straße war. Ester war nicht tot, natürlich nicht! Ester meisterte das Leben wie niemand sonst.

Sie bogen um die Königskuppe, und Juva bereitete sich innerlich auf den Anblick von Ringgardisten und Leichenwagen vor, aber die Münzerey lag verlassen vor ihnen. Kein Mensch zu sehen, obwohl es Nachmittag war. Die Nachwehen des Sturms fegten einsam durch die gekrümmte Straße und rissen ein Taschentuch mit sich.

Juva blieb vor dem Vinterhagen stehen. Esters Gasthaus sah geradezu friedlich aus, wie es da stand. Der Regen hatte das Schild sauber gewaschen, die goldenen Buchstaben schimmerten auf grünem Hintergrund, umringt von kunstvollen Vögeln. Broddmar ging ein kleines Stück weiter die Straße hinauf, blieb stehen und zuckte die Schultern. Nirgends Not oder Tod zu sehen.

Juva hatte plötzlich das Gefühl, beobachtet zu werden, und drehte sich um. Hinter dem Fenster des Waffenhändlers verschwand eine Gestalt. Sie winkte Broddmar zu sich, überquerte die Straße und klopfte bei Agan Askran. Der Mann, der ihr die Armbrust verkauft hatte, spähte durch ein Guckloch. Anscheinend brauchte er ein wenig, bis er begriff, wer sie waren, dann öffnete er die Tür einen Spalt.

»Das wird auch Zeit«, murmelte er. »Wo bleibt die Ringgarde?«

»Die ist unterwegs. Wo ist der Ort des Geschehens?«, fragte Juva.

Wiedererkennen huschte über sein Gesicht, und er reckte den

Hals, um nach der Armbrust auf ihrem Rücken zu sehen. »Das erklärt ja einiges«, sagte er mit nervösem Lächeln. »Drüben im Gasthaus, aber da ist niemand mehr. Alle sind in Panik nach draußen gerannt, ich habe zwei von ihnen hier in meinem Hinterzimmer. Sie sagen, die Alte hatte das Gesicht voller Blut und hat sie rausgeworfen.«

Juva war wie betäubt.

Broddmar sah sie an. »Es ist nicht gesagt, dass sie …«

»Nein.«

Sie gingen wieder hinüber zum Gasthaus. Broddmar öffnete die Tür und ging voraus, mit nichts anderem als dem Dolch in der Hand. Juva hob die Armbrust und folgte ihm und Skarr die Treppe hinauf in die farbenfrohe Gaststube. Das Haus wirkte tot. Das einzig Lebendige waren die Wandgemälde. Vögel und Obstbäume, überall um sie herum.

Ein Tisch und ein paar Stühle waren umgestürzt, und neben der Tür war ein Bild heruntergefallen, wahrscheinlich weil alle gleichzeitig versucht hatten, nach draußen zu kommen. Das Knistern des Feuers im Kamin war alles, was sie hörte, und das wirkte ungewöhnlich. Als ob etwas fehlte.

Die Vögel.

Der Raum war von einem ständigen Zwitschern erfüllt gewesen, als sie das letzte Mal hier gewesen war. Jetzt hörte sie keinen einzigen Vogel. Die Stille war widerlich, und sie war ein Hinweis darauf, wo Ester sich befand. Skarr knurrte tief aus der Kehle. Juva stieß Broddmar an und deutete mit dem Kopf auf die Doppeltür, die zum Wintergarten hin offen stand. Sie spreizte zwei Finger, das Jagdzeichen dafür, sich zu trennen. Broddmar nickte und sie gingen von zwei Seiten auf die Tür zu.

Juva schaute hinein. Der Raum war feuchtwarm und quoll über von fremden Pflanzen, die nie einen Tag draußen überlebt hätten. Grüne Schling- und Kletterpflanzen aus allen Ecken der Welt, während eines langen Lebens zusammengetragen. Tageslicht sickerte durch ein Sprossenfenster im Dach und fiel auf ein altes Brunnenhaus in der Mitte. Ein Kreis aus Säulen mit einem Kuppeldach, wie eine Art Käfig. Dort pflegten die Damen ihr Frühstück oder den Nachmittagstee einzunehmen, aber jetzt waren die zierlichen Stühle leer. Bis auf einen.

Ester saß an einer Säule, mit hängendem Kopf, als würde sie schlafen. Sie trug Pantoffeln und einen bestickten Seidenkittel. Der Stock lag auf ihrem Schoß. Sie war umgeben von toten Vögeln.

Sie lagen auf dem Fußboden verstreut, mit blutverklebtem Gefieder. Einer von ihnen lebte noch, ein Graukehlchen, so klein, dass es in einer Faust verschwunden wäre. Es hatte den Schnabel halb geöffnet und flatterte hilflos mit gebrochenem Flügel, ohne vom Fleck zu kommen.

Juva wappnete sich gegen das, was kommen würde, wie sie wusste. Ihr Herz schauderte, als versuchte es, das Gefühl von Ester und Skarr abzuschütteln, ohne dass es ihm gelang. Es war zu wund, um zu kämpfen. Aber sie konnte kein Mitleid zulassen, nicht jetzt. Das hier war Pflicht, nichts anderes. Fühlen konnte sie später.

Skarr schlich sich an ihr vorbei und knurrte, mit gekräuselter Schnauze und gefletschten Zähnen. Ester wurde munter und sah mit trägem Blick zu ihnen hoch. Blut hatte sich in die Runzeln um ihren Mund gegraben. Sie lächelte mühsam.

»Kannst du dein Tier zurückhalten?«, fragte sie kurzatmig.

Juva biss die Zähne zusammen. Der Anblick von spitzen Eckzähnen zehrte an ihrem Verteidigungswall. Broddmar schickte den Wolf hinaus und schloss die Tür, damit er nicht wieder hereinkam.

Ester zeigte auf Broddmar. »Ich meinte das andere Tier.«

Juva machte ein paar vorsichtige Schritte auf den Käfig zu. Etwas knirschte unter ihren Schuhsohlen, Scherben einer Teetasse. Eine von den blauen, wie sie sah, mit Schmetterlingen auf der Innenseite. Sie blieb zwischen zwei Säulen stehen, ohne die Armbrust zu senken. Aus den Augenwinkeln sah sie, wie Broddmar sich auf einem gepflasterten Pfad durch den Pflanzenwald schlich, hin zur Rückseite des Brunnenhauses.

»Männer«, schnaubte Ester verächtlich und setzte den Stock auf den Boden. Sie rieb den faustförmigen Handgriff. »Ich war nicht älter als du, als ich mir geschworen habe, dass der Tod niemals durch die Hand eines Mannes kommen wird. Ich betrachtete sie als die Tiere, die sie waren. Aber wer ist jetzt das Tier, mein Kind? Wer ist jetzt das Tier …«

Juva spürte die Wolfsseuche im Herzen zerren. »Was hast du getan, Ester?«, fragte sie mit brüchiger Stimme.

Ester hob ihre ringschwere Hand, eine Warnung, ihr nicht zu nahe zu kommen. »Ich habe sie alle mit dem Knüppel davongejagt, bevor der Durst mich packte. Aber ich bin eine alte Haut, Juva. Jetzt hat er mich. Und Jól steh mir bei, ich habe vor zu sterben, bevor das Tier herauskommt.«

Juva blinzelte, Tränen vernebelten ihren Blick. Ihr Arm zitterte. Esters blutiges Gesicht schien im Visier der Armbrust zu schwanken.

»Sind sie nicht prachtvoll?« Ester liebkoste die Schlingpflanzen, die an den Steinsäulen hinaufkrochen.

Es sah aus, als wäre die Natur im Begriff, sie zu umschließen. Sich die alte Frau zurückzuholen.

Broddmar schlich sich zwischen die Säulen und blieb hinter Ester stehen, den Dolch im Anschlag. Er blickte Juva an, und ihr wurde klar, dass er ihren Segen brauchte, um weiterzumachen. Wie um alles in der Welt sollte sie ihm den geben können? Ester hatte die Vögel getötet, sonst niemanden. Im Gegenteil, sie hatte Leben gerettet, weil sie wusste, was kommen würde.

Der Wolfsseuche war es egal, wie wohlverdient sie war. Niemand konnte Ester retten, selbst Grífs Blut nicht, wenn es stimmte, dass nur wenige den Übergang vom Ewigwährenden zum Menschen aushielten. Da war kein Zweifel, nur Verzweiflung.

Juva nickte Broddmar zu, aber er handelte nicht. Er stand einfach da, den Dolch in der Hand. Sein Gesicht verzerrte sich zu einem stummen Schmerzensschrei.

Er bricht zusammen!

Ester hob abrupt den Stock und stieß ihn nach hinten. Er traf Broddmar im Schritt, und der stöhnte auf. Ließ den Dolch fallen und sank auf die Knie.

»Durch keines … Mannes … Hand!«, sagte Ester und sah Juva durch den gleichen Schleier von Wahnsinn an, den Rugen gehabt hatte. Sie ließ den Stock auf den Boden fallen und erhob sich, als hätte sie nie einen gebraucht. »Sie wollen dich über ein paar Krümeln verschmachten sehen, wenn du sie lässt. Wollen dich Hunger lehren. Aber du bist stärker als sie, Juva. Stille deinen Hunger, immer. Versprich es mir. Ich habe mich hemmungslos am Leben satt gegessen, und ich bereue es nicht.«

Juva wusste, worum sie gebeten wurde, aber ihr Finger lag steif gefroren am Abzug und verweigerte seinen Dienst.

Ester wischte Blut und braunes Lippenwachs am Ärmel ab. »Ich habe dir vor gar nicht langer Zeit gesagt, dass ich dich mag, weil du Angst vor Wölfen hast. Aber es ist nicht die Angst, die dich liebenswert macht. Die Angst *ist nicht* du, Juva. Sondern der Wille, ihr entgegenzutreten. Du jagst Wölfe, obwohl du sie fürchtest. Du fürchtest auch das hier, aber du wirst es trotzdem tun. Mir zuliebe.«

Ester fletschte die Zähne und kam mit einer unglaublichen und unerwarteten Schnelligkeit auf sie zu. Juva drückte ab. Der Bolzen schnellte vom Lauf und in Esters Brust. Für einen Augenblick bewegte sie sich weiter vorwärts, als hätte sie nicht verstanden, dass sie getroffen war. Dann brach sie vor Juvas Füßen zusammen und blieb regungslos auf der Seite liegen. Ihr Seidenkittel lag in glänzenden Falten um den Bolzen herum wie ein Stern.

Juva senkte die Armbrust. Genug. Es war jetzt genug. Ihr Körper fühlte sich hart und kalt an, wie eine Mauer. Das Einzige, was durchdrang, war die Gewissheit, dass dies ein Ende haben würde. Nie mehr Ewigwährende, nie mehr Wolfskranke.

Broddmar erhob sich mühsam aus dem Kniestand und ließ sich auf Esters Stuhl fallen. »Sie hätte … Wir hätten …«

»Nein«, sagte Juva.

Sie fegte ein paar Glasscherben mit dem Fuß beiseite und ging zu dem Vogel, der in seinem Blut lag und zuckte. Sie ging in die Hocke, nahm den kleinen, warmen Körper in die Hände und drehte ihm das Genick um. Dann hob sie den Dolch auf und reichte ihn Broddmar. Er starrte ihn an, als hätte er ihn nie zuvor gesehen. Mit nacktem Blick, vollkommen außerstande, die Last zu verbergen, an der er trug.

Lass sie nie eine schwache Blutleserin sehen!

Juva warf den Dolch auf den Tisch vor ihm. »Wir können keine Wolfskranken frei herumlaufen lassen«, fauchte sie. »Was hätten wir denn tun sollen, sie einsperren? Für wie lange, Broddmar? Und was muss sie an Qualen und Wahnsinn ausgehalten haben, während sie darauf wartete, dass du dich ermannst, es zu beenden?«

Broddmar zog die Lippen zu einem zahnlosen Grinsen zurück und starrte auf seine Hände. »Er hat alles verändert, Juva.«

Sie brauchte nicht zu fragen, wen er meinte. Sehnsucht durchzuckte sie, gnadenlos und nackt. »Ja. Das hat er.«

Sie stützte die Hände auf den Tisch und beugte sich über den Mann, der vor ihr zerbrach. »Broddmar … Um Wölfe zu jagen, musst du denken wie ein Wolf. Das hast du mir beigebracht. Hast du das vergessen? Niemand kann Wölfe erlegen, ohne selbst einer zu werden.«

Die Worte waren für ihn bestimmt, aber sie fielen auf sie zurück. Sie richtete sich auf, hob den Blick zum Dach. Zum Licht.

Um einen Wolf zu jagen, musst du denken wie ein Wolf.

Die Erkenntnis rief Entsetzen und Trauer hervor. Zeichnete ein kristallklares Bild dessen, was geschehen musste. Sie würde nie über die Ewigwährenden oder Nafraím siegen, wenn sie wie eine Jägerin dachte. Sie musste wie sie denken. Und sie kannte sie. Wusste, was sie fürchteten und begehrten.

Sie wusste, was sie tun musste.

Skarr bellte draußen in der Gaststube. Rufe von der Straße deuteten darauf hin, dass die Ringgarde endlich eingetroffen war.

»Reiß dich zusammen, Broddmar.«

Juva nahm die Zange aus seinem Gürtel und ging zu Ester hinüber. Zwang den runzeligen Mund auf und brach die bestialischen Eckzähne heraus. Zähne waren eine Währung in dieser verfluchten Stadt. Broddmar lieferte sie zusammen mit dem Blut bei der Ringgarde ab und bekam seinen Lohn dafür. Aber nicht diesmal. Keiner sollte auch nur eine Øre für diesen Mord bekommen. Niemals.

Aber Nafraím soll dafür bezahlen. Und ich weiß auch, wie.

Broddmar stand auf und kam zu ihr. »Sollen wir … Du kannst nicht …«

»Nein. Das Blut wird nicht mehr gebraucht. Keiner soll Ester ausbluten.«

Juva öffnete die Tür und ließ Skarr herein. Dann ging sie zum Fenster und nickte den Ringgardisten unten auf der Straße zu. Die Männer stürmten die Treppe herauf, an ihr vorbei und hinein zu Broddmar. Die Schilderung des Hergangs überließ sie ihm. Sie musste hier raus. Musste in Bewegung bleiben, sonst würde sie zusammenbrechen, so wie er.

Sie hatte immer geglaubt, dass sie verflucht sei. Dass sie furchtbare Dinge geschehen lassen konnte. Ein hilfloses Kind, das Zeichnungen vom Wolf verbrannte, um sich und andere zu retten. Aber sie war nur zur falschen Zeit am falschen Ort gewesen. War dem

Teufel begegnet und hatte die Angst als Geschenk bekommen. Die Fähigkeit, hellzufühlen.

Furchtbare Dinge waren immer geschehen und würden immer geschehen. Ihr Fluch war, die Einzige zu sein, die dem ein Ende setzen konnte, auch wenn sie dafür mit dem Leben bezahlen musste.

NACKT

Nafraím überquerte den Prof.-Dolgs-Vei und konnte sich nur mit Mühe davon abhalten, zu laufen. Er fühlte sich jung wie ein Fohlen auf übermütigen Beinen. Gesegnet mit Sorglosigkeit. Er steckte die Hand in die Tasche und betastete die Karte mit den Worten, die der Grund dafür waren.

Juva Sannseyr wartet in der Schwärmerei.

Noch bevor dieser Vormittag vorbei war, würde er wissen, wo sich der Teufel befand. Das Ende war nahe. Die Abwicklung, für die er gekämpft und getötet hatte. Es war widersinnig, dass ein Mann so unermüdlich darum kämpfen musste, sterben zu dürfen.

Nafraím grüßte den Mann am Eingang und betrat die hektische Lustbarkeit von Florians Salon. Der große Saal war nahezu voll besetzt, überwiegend mit Gästen von weit her, die diesen Ort auf die Liste der Dinge gesetzt hatten, die sie sich irgendwann im Laufe des Lebens gönnen wollten. Der Rest waren Stammgäste aus der Stadt, die bei einer Tasse Tee angeregt plauderten und ihre Kleidung auf die blaugrüne und goldene Einrichtung abgestimmt hatten.

Ein Kellner eilte an ihm vorbei und verschwand zwischen den Tischen, die Hände voller Silberzeug. Nafraím folgte ihm durch den Saal und steuerte die Schwärmerei an, einen wesentlich intimeren Raum gleich nebenan. Das Einzige, was ihn vom Salon trennte, war eine zauberhafte Wand aus meergrünen Glasscheiben, und er konnte Juvas Schatten dahinter sehen.

Der Anblick weckte den Schmerz in seiner Schulter, verursacht von ihrem Bolzen. Ein süßer Schmerz, bei dem er lächeln musste. Was war das mit dieser jungen Frau? Was brachte ihn dazu, so unendlich viel zu riskieren, indem er sie am Leben ließ? Das war ein echtes Rätsel. Sie hatte kaum einen der Vorzüge, die er zu schätzen gelernt hatte. Bildung, Erfahrung, Geduld … Eher im Gegenteil, sie war viel zu jung, um etwas bieten zu können, und alles deutete darauf hin, dass sie nicht zu sich selbst gefunden hatte. Sie war unruhig, misstrauisch, brüsk und fast unnahbar.

Aber mutig und aufgeweckt. Eine hervorragende Menschenkennerin.

Und sie konnte ihn erspüren. Vermutlich wusste sie bereits, dass er hier war.

Er hatte in den letzten Jahren schwere Zeiten durchlebt. Dunkle Tage, in denen keine Leistung den Einsatz wert zu sein schien, der darin bestand, zu leben. Aber dort drinnen saß sie und wusste, dass es ihn gab. Bestätigte seine Existenz. Und sie hasste ihn dafür, genug, um ihn für jede einzelne Sünde zu bestrafen, indem sie ihn durchbohrte. Wundervoll.

Nafraím bat die Empfangsdame an der Tür um Rogen und Tee für zwei. Dann strich er sich mit der Hand übers Haar und betrat den privaten Raum.

In der Schwärmerei gab es nur einen Tisch, und Juva hatte sich mit dem Rücken zur Wand gesetzt. Natürlich. Ihr langes blondes Haar war liebreizend ungekämmt, und sie trug ein graues Leinenhemd. Schlicht und gewöhnlich, aber es betonte ihre wachen graublauen Augen. Sie hatte die Ärmel bis über die Hände gezogen, als würde sie frieren, und er sah, dass sie geweint hatte.

Er lächelte vorsichtig, sich selbstkritisch bewusst, dass er die Ursache ihrer Probleme war. Er hängte seinen Mantel an den Haken und deutete mit einem Nicken auf ihre Hände, die sie in den Ärmeln verbarg.

»Was ist es diesmal? Ein Dolch? Oder hast du vor, mich zu vergiften?«

Sie lächelte, obwohl ihr Blick sagte, dass ihr dieser Gedanke nicht fremd war. »Ich bin nicht die Mörderin in der Familie.«

Ihre Worte waren brutal in all ihrer Schlichtheit. Aber sie bedeuteten, dass sie ihm vertraute, oder vielleicht hatte sie auch eine Bestätigung dafür erhalten, dass seine Vermutung über Solde zutraf.

Er nahm ihr gegenüber Platz. »Vielleicht nicht die einzige, aber eindeutig die beste.«

Ein Ausdruck von Ekel huschte über ihr Gesicht. Zeuge des Kampfes zu sein, den sie gegen ihre eigene Natur führte, war ein fesselndes Erlebnis. Eines Tages würde sie festen Boden unter den Füßen finden und den Abgrund akzeptieren, den sie in sich trug, und das würde ein Bild für die Götter sein. Er ertappte sich dabei, zu hoffen, dass er daran teilhaben könnte.

Ein Kellner kam mit einem Tablett herein, das er auf der Tischkante absetzte, während er Silbergeschirr und Knochenschalen voller Rogen und Gebäck ablud. Er goss Tee in die Tassen und verschwand mit einem taktlosen Augenzwinkern. Nafraím ging auf, dass der Mann sie für ein Liebespaar hielt, ein unangenehmer Gedanke.

Juva legte die Hände um ihre Tasse, wohl um sie zu wärmen, und sah ihn an.

»Ich habe keine Ahnung, wo er ist«, sagte sie.

Nafraím starrte sie an. Suchte ihr Gesicht nach Anzeichen einer Lüge ab, fand jedoch keine. Zuzutrauen wäre es ihr, dieser Juva Sannseyr, dass sie ihn anlog, aber die Verzweiflung in ihren verweinten Augen war echt, so viel stand fest.

Nafraím setzte die Tasse ab, matt vor Enttäuschung und schwelendem Zorn. Er befürchtete das Schlimmste. »Du hast ihn anderen überlassen?«

Sie riss die Augen auf. »Nein! Nein … Ich hätte ihn niemand anderem geben können, selbst wenn ich gewollt hätte. Nicht, bevor ich herausgefunden habe, wo er ist.« Sie stellte die Tasse hin und legte die Hände auf den Schoß. »Aber ich kann das klären. Es ist … kompliziert.«

Die Unruhe nagte in ihm. Er hatte eine klare Antwort erwartet. Er hatte keine Geduld mehr, das spürte er in seinem Kiefer. »Erzähl mir, was los ist, und lass *mich* entscheiden, wie kompliziert es ist.«

Juva schluckte und starrte in ihre Tasse. »Mutter hat versucht, es zu erklären, als sie starb. Aber sie war nicht sie selbst, und ich habe nicht geahnt, dass es wichtig war! Sie sagte, dass Solde nicht reif sei für das Erbe und dass es besser mir zufallen sollte. Mir?! Ich Oberhaupt der Seidagilde, das war kompletter Wahnsinn, und ich wollte das Amt nicht.«

Nafraím kostete von einem Butterkeks. Die Rogenperlen zerplatzten, während er kaute, und mischten sich mit gesäuerter Sahne. Das Mädchen sagte immer noch die Wahrheit, daran bestand kein Zweifel, also ließ er sie fortfahren.

»Aber sie sagte noch mehr, und das hörte sich noch verrückter an. Dass es den Teufel wirklich gebe. Den Wolf. Dass alles, was ich aus dem Märchen kannte, wahr sei. Aber ich dürfe nicht zulassen, dass jemand ihn bekäme. Ich müsse das Versteck geheim halten, denn das hätten sie seit tausend Jahren getan. Ich dachte, sie fantasiert.«

»Und wo ist er versteckt?«

»Das ist es ja gerade«, sagte Juva bitter. »Ich sollte es erfahren. Von einem Mann, ich weiß nicht, wem, aber er sollte mir einen Brief mit den Einzelheiten geben, auf Jólshov, nach Mutters Stürzung. Doch er ist nie gekommen. Ich glaube, er hat dich gesehen … Also hast du es dir selbst zu verdanken. Hättest du mich in Ruhe gelassen, wüsste ich jetzt, wo er ist.«

Nafraím lehnte sich auf dem Stuhl zurück. »Du solltest also erfahren, wo der Teufel versteckt ist, aber der Brief ist nie gekommen?«

»Oh nein, ich habe mehrere Briefe erhalten, er hat versucht, einen Ort und eine Zeit zu vereinbaren, aber er fürchtet die Vardari. Er fühlt sich nicht sicher und möchte viele Leute um sich haben. Das Letzte, was ich von ihm gehört habe, war, dass er es beim Yra-Rennen versuchen will.«

Nafraím bemühte sich, seine Erleichterung zu verbergen. »Beim Frühjahrslauf? Du sollst dich mit ihm in acht Tagen treffen?«

Juva schüttelte den Kopf. »Nein, mich mit ihm treffen, das nicht gerade. Dieser Mann will sich mit überhaupt niemandem treffen. Er will mich finden und mir den Brief geben, das ist alles. Aber daraus wird wahrscheinlich nichts …«

Nafraím sah sie scharf an. Trieb sie ein Spiel mit ihm? »Hast du die Briefe noch?«

Sie verdrehte die Augen. »Glaubst du, ich bin dumm? Natürlich nicht, ich habe alles verbrannt, was ich bekommen habe.«

»Und warum meinst du, dass daraus nichts wird?«

»Weil er mich dorthin bestellt hat, wo die meisten Leute sind, oben am Náklaring, aber er hat Angst vor der Ringgarde und den Wächtern. Er sagt, sie passen noch besser auf als sonst.«

»Das stimmt. Aber die Wächter sind kein wirkliches Problem, dafür kann ich sorgen. Er wird sich unbeobachtet genug fühlen, um dir den Brief zu geben.«

Juva fuhr sich mit den Händen übers Gesicht. Ihre Augen wurden feucht. »Aber ich will ihn nicht haben!«

»Was meinst du damit?«

»Ich meine das, was ich sage. Ich will den Brief nicht. Ich will nichts wissen, ich wollte nie etwas mit alldem zu tun haben. Ich will mein Leben zurück, das Leben, das ich hatte, bevor du dich eingemischt hast. Bevor Mutter starb. Bevor … Vor alldem hier.«

Nafraím reichte ihr ein Taschentuch und lächelte. »Es wird dich überraschen, aber auch das ist kein wirkliches Problem. Du sorgst dafür, dass du den Brief bekommst, dann werde ich zur Stelle sein und dich sofort von der Last befreien. Du brauchst nie wieder etwas vom Teufel zu hören, Juva Sannseyr.«

»Und keiner wird mir folgen oder mich bedrohen?«

Nafraím lachte. »Nie mehr, mein hübsches Kind. Hier, nimm einen Butterkeks. Der Rogen ist frisch und fantastisch.«

Um ihre Lippen erschien ein bitterer Zug. »Nein danke, das sieht aus wie Blutperlen.«

»Ist tatsächlich vom selben Fisch. Weißer Harving. Aber ohne Blut, das verspreche ich.«

Nafraím nahm noch einen Keks, mit wachsendem Appetit. All die Zeit voller Zweifel und Drohungen, und dabei hätte er nicht mehr zu tun brauchen, als ihr Ruhe und Frieden zu versprechen. War das zu gut, um wahr zu sein? Nein, sie hatte genug durchgemacht, um da rauszuwollen. Und selbst *wenn* sie beschlossen hätte, ihn in eine weitere Falle zu locken, gab es wesentlich bessere Methoden. Mitten im Yra-Rennen ging er kein Risiko ein.

»Also haben wir eine Abmachung?«, fragte er.

Juva trocknete die Tränen und nickte. »Sorg einfach dafür, dass er dich nicht sieht. Sonst wird er mir nie etwas geben, und ich habe keine Ahnung, wer er ist, also kann ich ihn auch nicht finden.«

»Meine Liebe, ich habe dir gerade versprochen, dir dein Leben zurückzugeben und dich vom Teufel zu befreien. Du solltest etwas mehr Vertrauen zu mir haben.«

Er biss ein großes Stück vom Butterkeks ab und konnte sich ein Lächeln nicht verkneifen. »Du tust das einzig Richtige, Juva.«

»Ich weiß. Ich rotte die Wolfsseuche aus. Und euch.«

»Ganz so zufrieden darüber brauchst du nun auch nicht auszusehen, wo wir es doch gerade so nett miteinander haben«, neckte er sie. »Ich habe übrigens etwas mitgebracht.«

Er zog das Buch aus der Manteltasche und legte es vor ihr auf den Tisch. Ein Funken Neugier blitzte in ihren erschöpften Augen auf, und das wärmte ihn mehr, als er gedacht hätte.

»Es ist so etwas wie ein Tagebuch«, sagte er. »Über Dinge, mit denen ich mich beschäftigt habe. Projekte, wenn du so willst. Vielleicht trägt es dazu bei, dass wir einander besser verstehen.«

Sie öffnete das Buch und schlug Seite um Seite auf, alles in seiner eigenen Handschrift, und dazu eine Reihe von Zeichnungen. Er zeigte auf einige. »Das hier ist der Plan für die Eishalle unter der Königskuppe. Zum Lagern von Lebensmitteln. Und das da war die erste Buchpresse.« Er lächelte bei der Erinnerung daran. »Nicht meine Idee, das muss ich zugeben, ich habe mit einer unvergleichlichen Frau zusammengearbeitet, das ist jetzt fast dreihundert Jahre her. Und dies ist die Formel für ein Betäubungsmittel, das hat ein Chirurg in Haeyna bekommen. Ich bin kein Arzt, aber kleine Veränderungen hier und da können einen großen Unterschied ausmachen. Ein sehr ähnliches Mittel habe ich bei den Blutleserinnen benutzt, als …«

Nafraím biss sich auf die Zunge, aber zu spät. Ihm ging auf, dass er das Buch in der Hoffnung mitgenommen hatte, eine Veränderung in ihrem Blick zu sehen. Dass sie ihn mit anderen Augen ansehen würde, aber er hätte es besser wissen müssen. Sie hatte noch keine zwanzig Sommer erlebt, und er … Er hatte so viele Leben gesehen, dass er sich unabsichtlich mit dem Zeug brüstete, das ihr die Schwester genommen hatte. Ein Schuss in die Schulter war noch viel zu wenig, er hatte weit Schlimmeres verdient.

Er war nackt gewesen, und sie hatte ihn als den gesehen, der er wirklich war.

Er räusperte sich. »Du sollst wissen, dass mir unendlich leidtut, was … was du alles durchmachen musstest. Ich wollte … ich dachte, du siehst vielleicht, dass es …«

»… das wert war?« Sie klappte das Buch zu.

Nichts deutete darauf hin, dass sie es jemals so sehen würde. Die Stille war erdrückend. Eine Unterhaltung zu führen schien ungewöhnlich schwierig zu sein, und es war nichts, worin er Erfahrung hatte.

Nafraím nahm einen Schluck Tee. Der war inzwischen kalt geworden. »Falls es dich tröstet: Ich werde unter nicht unerheblichen Schmerzen altern und sterben.« Er hob die Tasse und stieß sie leicht gegen ihre. »Skål, Juva Sannseyr. Auf kurze Leben und lange Konsequenzen.«

DER FUCHS

»Du hast *was* getan?!«

Bei Broddmars Ausruf begann der Säugling auf seinem Arm zu schreien, und Lok eilte zu ihm, um ihm den Kleinen abzunehmen. Juva zog Broddmar weg von den anderen, damit sie in Ruhe reden konnten. Sie war es nicht mehr gewohnt, Leute um sich zu haben.

Die ganze Jagdgruppe war hier, um zu feiern, dass Loks neugeborener Sohn das Wasser empfangen hatte, und im Speisezimmer sah sie Embla, seine Frau, die dabei war, Nolans Maße zu nehmen. Juva hatte sie gebeten, für die ganze Gruppe Kostüme für das Yra-Rennen zu nähen. Das Haus war erfüllt von Stimmengewirr, und doch war es ihr nie so still vorgekommen. Ihr Herz war wie tot, jetzt, da er fort war.

Sie war umgeben von starken und rechtschaffenen Männern, auf die sie sich verlassen konnte, aber keiner von ihnen war ein Teil von ihr. Nicht wie Gríf. Sie nahm ihn nicht als Laut wahr, sondern als Anwesenheit. Als Puls von innen. Fühlte es sich vielleicht so an, wenn man schwanger war? Juva blickte zu dem Säugling. Sie wusste es nicht, sie war nie schwanger gewesen und hatte auch nicht vor, es zu werden. Das Einzige, was sie über das Großziehen von Nachwuchs gelernt hatte, war, wie man es *nicht* machen sollte, also was zur Dränke hätte sie einem Kind schon geben können?

Sie öffnete den Lackschrank und nahm den Roggenschnaps

heraus, frisch eingekauft für die Feier. »Was ich getan habe, Broddmar: Ich habe uns bis zum Yra-Rennen Ruhe verschafft. Nafraím wird keinen mehr belästigen.«

Sie hatte die Stimme gesenkt, in der Hoffnung, das Gespräch vermeiden zu können. Dies sollte ein Freudentag sein, aber die anderen rückten näher, denn sie wussten, worum es ging. Das hier betraf sie alle. Sie waren Beteiligte, ob es ihr passte oder nicht.

Broddmars Blick wanderte Hilfe suchend von einem zum anderen. »Du hast in Florians Salon gesessen, der ihm vermutlich gehört, und hast ihm ins Gesicht gelogen? Gut, du bist unter Blutleserinnen aufgewachsen, aber der Mann ist ein Ewigwährender! Alt wie die Grundmauern von Náklav, dem kannst du nichts vormachen!«

Lok wiegte sein Söhnchen auf dem Arm und blickte besorgt zum Speisezimmer. Ein Zeichen, dass er Wort gehalten hatte. Nicht einmal seine Frau wusste von Gríf, und auch nicht, was in der Schinderhalle passiert war.

Juva schenkte großzügig sechs Gläser ein und leerte ihres sofort. Bei allen Göttern, sie würde es brauchen.

»Man kann jedem was vormachen«, sagte sie. »Besonders Männern wie ihm. Je mehr sie sich etwas wünschen, desto leichter sind sie zu überzeugen, dass sie es bekommen werden. Außerdem habe ich die einfachste Methode benutzt, um eine Lüge zu verkaufen.«

»Welche ist das?«, fragte Motte.

»Ich habe die Wahrheit gesagt. Mehr oder weniger.«

Broddmar seufzte und setzte sich aufs Sofa. »Die Wahrheit? Du hast gesagt, jemand wird dir einen Brief übergeben, mitten im Yra-Rennen, mit Angaben darüber, wo der Teufel ist. Einen Brief, den du versprochen hast an ihn weiterzugeben, sobald du ihn hast. Was daran ist nicht gelogen? Welcher Brief? Von wem?«

»Der Brief, den ich schreibe«, antwortete Juva. »Und den ich von Hanuk bekomme.«

Hanuk lachte keckernd wie eine Elster. »Ich? Ich soll dir einen Brief über den Teufel geben?«

Juva zuckte die Schultern. »Du bist der schnellste Läufer von uns.« Sie goss mehr Roggenschnaps in die Gläser. Er machte es einfacher, selbst zu glauben, was sie sagte. »Wir werden alle verkleidet sein, und uns werden mehrere Tausend andere Tiere umgeben. Niemand wird dich wiedererkennen.«

»Keiner macht sich Sorgen, wiedererkannt zu werden«, sagte Broddmar müde. »Ich möchte nur eins wissen: Was zum Henker willst du anschließend tun? Du setzt einen falschen Brief auf, in dem irgendwas darüber steht, wo sich der Teufel befindet, so weit gut. Wir nehmen am Rennen teil, Hanuk gibt dir den Brief und du gibst ihn an Nafraím weiter. Auch gut. Aber was passiert, nachdem er ihn geöffnet hat, Juva? Was passiert, wenn er begreift, dass du ihn reingelegt hast? Das ist der undurchdachteste Plan seit der fünften Stadtbrücke!«

Juva starrte in ihr Glas. Suchte in ihrem Innern nach einer Sicherheit, die sie nicht fand. Sie hatte ihnen nur die Hälfte erzählt, und selbst das wollten sie nicht mittragen.

»Das spielt keine Rolle«, erwiderte sie. »Ganz gleich, was er tut, es wird zu spät sein. Bis dahin hat Gríf längst den Zeugen erreicht und ist aus dieser Welt verschwunden. Und Nafraím wird alle Hände voll zu tun haben, am Leben zu bleiben. Glaub mir.«

Der Türklopfer hämmerte an der Eingangstür und rettete sie vor Einwänden. »Der Stadtrat ist da. Er wird das Sofa brauchen, Broddmar.«

Juva ging in die Halle und öffnete die Tür. Stadtrat Drogg Valsvik stand auf der Treppe, genauso massig, wie sie ihn in Erinnerung hatte, aber sie konnte keinen Wagen entdecken. War der Mann, der Herzschläge einsparte, auf seinen eigenen Beinen gekommen?

Drogg zog sich eine Maske vors Gesicht, die ihn in den fettesten und niedlichsten Fuchs der Welt verwandelte, mit einem Fell aus rostroter Wolle und spitzen Ohren.

»Ist die nicht entzückend?«, rief er aus.

Juva merkte, dass ihr der Mund offen stand. »Du willst beim Yra-Rennen mitlaufen?«

»Na … Laufen wäre ein zu großes Wort, Frú Sannseyr. Ich bleibe hinten, bei denen, die schlendern.« Er trat ein und wärmte sie mit seinem Blick. Darin lag ein Feuer, wie sie es beim letzten Mal nicht gesehen hatte.

»Ich schulde dir Dank«, sagte er, während sie auf die Bibliothek zugingen. »Du hast diesem alten Kadaver Leben eingehaucht. Unser Treffen hat mich zum Nachdenken gebracht, und so langsam ist mir klar geworden, wenn ich mich schon nach den Worten von Blutleserinnen richte, dann kann ich mich genauso gut für eine Blutleserin wie dich entscheiden, nicht wahr? Eine mit Lebensfreude und Wohlwollen, Frú Sannseyr.«

Juva unterdrückte ein Lachen, außerstande, sich in der Beschreibung wiederzuerkennen. Sie erfüllte sie mit einer eigenartigen Mischung aus Scham und Freude.

Sie kamen in die Bibliothek, und die Männer nahmen sich zusammen. Motte strich mit den Händen über den mottenzerfressenen Umhang, von dem er seinen Spitznamen hatte, ohne dass der dadurch besser aussah, und Lok erhob sich, das Kind auf dem Arm.

Drogg bedeutete ihm mit einer Handbewegung, sich wieder zu setzen. »Oh bitte, behaltet Platz! Ich bin nur gekommen, um Frú Sannseyr an die Rede zu erinnern.«

Die Rede …

Juva sog Luft durch die zusammengebissenen Zähne. Sie hatte die ganze Rede so weit in den Hinterkopf geschoben, dass sie unter allem anderen verschwunden war.

»Es steht dir selbstverständlich frei, das zu sagen, was du möchtest, aber angesichts der Umstände …« Er begegnete ihrem Blick. »Na ja, ich meine mich zu erinnern, dass du eine Freundin klarer Worte bist, und nun leiden wir ja unter einer Zunahme an Wolfe kranken und toten Blutleserinnen. Außerdem bist du jung und gerade erst Oberhaupt der Seidagilde geworden, deshalb haben wir verständlicherweise einige … sagen wir mal, höfliche Vorschläge, was gesagt werden sollte. Lies sie dir durch, das ist alles, worum die Ratsversammlung bittet.«

»Ach, du Gaula!«, kam es von Motte, dem endlich ein Licht aufgegangen war. »Die Seidagilde, das bist ja du! Du bist die Alte, die beim Yra-Rennen die Rede halten soll!«

»Vielen Dank auch …«, erwiderte Juva.

Falls ich so lange am Leben bleibe.

»Kann ich sonst noch etwas für dich tun, Frú Sannseyr?«, fragte Drogg und wischte sich den Schweiß mit seinem geblümten Taschentuch ab.

Juva zögerte. Sie wusste, worum sie ihn bitten musste, aber auch, wie die anderen darauf reagieren würden. »Ja, da gibt es etwas … Die Wächter können wieder zurück an ihre Arbeit gehen. Ich brauche keine Bewachung mehr.«

Drogg lächelte, als teilten sie ein Geheimnis miteinander, und sie begriff, dass er glaubte, sie hätten beide ihre Ängste überwunden. »Ich werde das sofort veranlassen, Frú Sannseyr.«

Die Männer starrten sie an.

»Aber …«, kam es von Motte.

Hanuk stieß ihn an und er sagte nichts mehr. Broddmar drehte ihr den Rücken zu und stellte sein Glas ab, offenbar unfähig, das Gesicht zu wahren.

Der Stadtrat verabschiedete sich und zwinkerte Hanuk zu, bevor er den Raum verließ. Die Männer waren mucksmäuschenstill, während sie seinen Schritten lauschten, die sich durch die Halle entfernten.

Die Haustür war kaum ins Schloss gefallen, als Broddmar losplatzte. »Du leidest unter Todessehnsucht, ist es das, was hier vorgeht? Oder willst du, dass wir bei dir einziehen und umschichtig Nachtwache halten sollen?«

Er sank wieder aufs Sofa. Juva wappnete sich innerlich, es würde nicht einfach sein, es ihnen zu erklären, aber sie brauchte sie.

Sie setzte sich neben ihn. »Keiner kann hier einziehen, Broddmar. Wir dürfen jetzt nichts Ungewöhnliches tun, sonst ziehen wir ihre Aufmerksamkeit auf uns.«

Lok blickte von seinem Söhnchen auf. »Was ist mit den Ewigwährenden, Juva? Die dich die ganze Zeit beobachten? Ohne Wächter könnten sie ja …« Er beendete den Satz nicht. Alle wussten sehr gut, was die Beobachter tun könnten.

Broddmar leerte sein Glas und schnalzte mit der Zunge am Gaumen. Sein Knie wippte in rastlosem Rhythmus. »Du glaubst, Nafraím war die größte Gefahr? Dass keine anderen hierherkommen?«

Juva wagte nicht, ihn anzusehen. »Im Gegenteil, ich bin sogar sicher, dass sie kommen werden.«

»Sie werden dich umbringen«, sagte Motte.

Juva schüttelte den Kopf. »Nein. Nicht, solange sie vermuten, dass ich weiß, wo der Teufel ist. Sie brauchen ihn, um zu überleben. Sie können eine Menge tun, können mich bedrohen oder foltern. Aber sie werden mich nicht töten, bevor sie nicht wissen, wo er ist.«

»Was also hast du vor?« Broddmar sah sie mit gequältem Blick an.

Juva schluckte. »Ich habe vor, mich fangen zu lassen.«

Die Stille war kompakt, aber kurz. Sie hob den Blick und sah, dass Nolan hereingekommen war, offenbar war das Maßnehmen beendet.

»Warum?«, fragte er.

Juva stand auf. Die Reaktionen rührten sie, aber sie ließen sie auch an ihrer eigenen Entscheidung zweifeln, und das konnte sie sich nicht erlauben.

»Weil ich ihnen etwas zu sagen habe, und ich habe keine Ahnung, wer sie sind. Selbst wenn ich wüsste, wo ich sie finden kann, würden sie mir niemals glauben, wenn ich zu ihnen ginge. Also lasse ich sie zu mir kommen. Und ich werde ihnen genau dasselbe erzählen, was ich Nafraím erzählt habe. Dass ich keine Ahnung habe, wo der Teufel ist, dass Nafraím es aber bald erfahren wird.«

An den Blicken, die die Männer tauschten, konnte sie sehen, dass sie glaubten, sie habe den Verstand verloren. Motte war der Einzige, der grinste.

»Du spielst sie gegeneinander aus!«, rief er.

Die anderen sahen ihn an, genauso ratlos.

Er hob die Arme, als sei die Antwort einleuchtend. »Ist doch logisch!«, sagte er. »Wenn Nafraím glaubt, dass er als Einziger weiß, wo der Teufel ist, und die *anderen* Ewigwährenden auch glauben, dass er der Einzige ist, der es weiß … Dann ist Juva in Sicherheit, weil sie genug mit sich selbst zu tun haben werden. Das hat sie doch vorhin gesagt, dass Nafraím vollauf damit beschäftigt sein wird, seinen eigenen Arsch zu retten, wenn die anderen sehen, dass er den Brief bekommt.«

Die Männer starrten ihn an, als hätte er die Wolfsseuche.

Motte zuckte die Schultern. »Was denn? Ist was?«

Keiner antwortete ihm.

Er nahm ein Glas Roggenschnaps, das in seiner Pranke verschwand. »Also wirklich … Manchmal glaube ich, dass ihr denkt, ich bin ein Idiot.«

Gelächter brach los, und Juva senkte die Schultern. Sie hatte sie. Sie verstanden. Aber Broddmar lachte nicht. Er kam ganz dicht an sie heran und flüsterte ihr ins Ohr.

»Und danach, Juva? Was machst du, wenn beide Seiten begreifen, dass du sie reingelegt hast?«

Juva blieb ihm die Antwort schuldig. Sie hatte keinen Plan für mehr als die nächsten acht Tage. Danach war ein anderes Leben.

KÖDER

Kleft badete im Sonnenschein und machte Esters Stürzung zu etwas ganz anderem, als es die von Mutter und Solde gewesen war. Zum würdigen Abschied von einer Frau, die lange gelebt hatte und ungewöhnlich gut. Eine feierlich gekleidete Versammlung von Freunden und Bekannten aus dem Geschäftsleben stand im Halbkreis um die Rampe. Juva erkannte den jungen Mann aus dem Gasthaus, der in der Ecke gesessen und gestickt hatte. Sein Veilchen war verblasst. Er war der Einzige, der weinte.

Juva war als Freundin dort, aber auch als Oberhaupt der Seidagilde. Sie hatte nicht gezögert, die Leitung der Stürzung zu übernehmen. Sie hatte Ester in die Dränke geschickt, da war es nur recht und billig, dass sie auch die Stürzung übernahm, denn Ester hatte keine Familie.

Sie hob das Tuch von dem runzeligen Gesicht. Esters Mund war halb geöffnet, und der Anblick der fehlenden Eckzähne weckte ein trauriges Gefühl von Hilflosigkeit. Würde es jemals enden?

Juva beeilte sich, ihr das letzte Wasser aus dem Horn zu geben, bevor jemand zu nahe kam und die fehlenden Zähne entdeckte. Dann zündete sie das Tuch an. Die gelben Funken vom Tangöl sprühten gen Himmel. Broddmar und Nolan halfen ihr, die Rampe anzukippen, und Ester stürzte auf das Meer zu, ebenso funkelnd im Tode wie im Leben.

Juva hatte Nafraím gebeten, Esters Tod als natürlich zu verbuchen. Nicht als Wolfskrankheit, und ihr Blut sollte auch nicht an die Steine verfüttert werden. Er hatte Wort gehalten.

Zwei Tage waren seit ihrem Treffen vergangen. Zwei Tage, seit die Wächter vom Sannseyr-Haus abgezogen worden waren, aber kein Ewigwährender hatte sich blicken lassen. Das beunruhigte sie mehr, als sie es den Männern gegenüber zu zeigen wagte. Sie war darauf angewiesen, dass die Ewigwährenden Kontakt zu ihr aufnahmen, sonst war der ganze Plan für die Katz, und sie bezweifelte, dass Nafraím sie mit dem Schwindel ungeschoren davonkommen lassen würde.

Was, wenn sie nicht kommen? Keiner von ihnen?

Sie konnte versuchen, zu ihnen zu gehen, aber das würde es wesentlich schwieriger machen, sie von Nafraím und dem Brief zu überzeugen.

Die Gesellschaft brach auf und spazierte wieder hinunter zum Langschiff. Es dümpelte im Flachwasser mit seinem feurig gelben Kiel, der Gaula auf Abstand halten sollte.

Juvas Blick fiel auf Ilja von der Seidagilde. Bei ihrer letzten Begegnung mit der schmuckbehängten Blutleserin hatte die ihr die Tür vor der Nase zugeschlagen und sie eine Mörderin genannt. Haane stand unmittelbar neben ihr, den Kopf gesenkt und das Haar zu einem struppigen Knoten zusammengefasst. Juva sah, wie sie mehrmals zu ihr hochblickte. Sie wollte offenbar etwas sagen, aber es kam nichts. Schließlich wurde sie von Ilja mitgezogen, die ihr etwas zuflüsterte und verstohlene Blicke in Juvas Richtung warf.

Die einst die Seidagilde gewesen waren, verachteten sie immer noch, obwohl sie ihr Oberhaupt sein sollte. Oder war es nur Angst? War es ihnen zu riskant, in der Nähe derjenigen zu sein, die die Nachfolge der Toten angetreten hatte?

Lass sie nie eine schwache Blutleserin sehen.

Juva straffte die Schultern. Sie hatte Wichtigeres zu tun, als sich mit den Intrigen von Leuten abzumühen, die sich nicht einmal trauten, noch länger der Gilde anzugehören.

Motte und Broddmar tauchten neben ihr auf.

»Was wird jetzt aus der Schinderhalle?«, fragte Motte.

Das war eine gute Frage, aber noch ungeklärt. Sie hoffte, dass jemand die Bewirtschaftung übernahm, damit keiner seinen Lebensunterhalt verlor. Vor allem Lok nicht, bei ihm war es schon knapp genug, mit fünf Kindern. Aber er war selbstständig und willensstark, und deshalb hatte sie nur eine Möglichkeit gefunden, die Familie zu unterstützen, und das war, seine Frau für das Nähen der Kostüme großzügig zu bezahlen.

Broddmar kletterte an Bord des Schiffes und setzte sich neben sie. »Er muss bald mal aufkreuzen. Wir haben nur noch sechs Tage, Juva.«

Sie verkniff sich eine bissige Antwort. Er brauchte ihr nicht zu sagen, dass die Zeit knapp wurde oder dass Gríf verschwunden war. Das wusste sie besser als irgendeiner von ihnen, und jede Erinnerung daran war ein Stich ins Herz.

Er würde wieder auftauchen. Das war die einzige Möglichkeit für ihn, nach Hause zu kommen. Und wenn er endlich weg war, würde sie ihn vergessen können. Das war eine Lüge, die sie sich immer wieder erzählte.

Sobald das Langschiff in der Leichenbucht angelegt hatte, wurde die Stimmung in der Gesellschaft noch munterer. Auf Jólshov erwartete sie der Leichenschmaus, und man unterhielt sich über das Yra-Rennen. Die lange Reihe bewegte sich gemächlich bergauf und an der Stadtmauer entlang Richtung Jólshov. Sie traten durch die Tore ein, und im selben Augenblick spürte sie es. Kleine Nadelstiche im Herzen, in einem langsameren Puls als ihrem eigenen.

Vardari.

Juva merkte, wie ihre Hände klamm und ihre Knie weich wurden, geschwächt von Angst und Erleichterung in übler Vereinigung. Sie wussten, dass sie nicht mehr unter dem Schutz des Stadtrats stand, und nun waren sie hier. Es war jemand, den sie schon einmal gespürt hatte. Juva grub in ihrem Gedächtnis. Es musste die Frau sein, die sie beim Schneider gesehen hatte. Eine vornehme Dame in den Vierzigern, mit hohen Stiefeln.

Was soll ich tun?

Juva bekämpfte den Drang, sich umzusehen. Es war nicht gesagt, dass diese Ewigwährende wusste, dass sie sie spüren konnte, und das war ein Vorteil, den sie gerne für sich behalten wollte.

Sie folgte den anderen in die Muuneshalle von Jólshov und nahm wie betäubt auf einer der Bänke Platz.

Motte blickte sich in dem Saal um, der dafür bekannt war, einer Möse zu gleichen. »Also … das sieht ja wirklich aus wie … Na, ihr wisst schon«, sagte er.

Die Männer taten so, als verstünden sie nicht, was er meinte, und konnten sich das Lachen nicht verbeißen, als er versuchte, es zu erklären, ohne das Wort zu benutzen. Juva bekam kaum mit, was sie sagten. Sie war eingehüllt in einen Nebel aus Nervosität. Broddmar fragte, ob alles in Ordnung sei, und sie zwang sich zu nicken.

Sie hatte gewusst, dass es so kommen würde. Es war *wichtig* für sie, dass es so kam, aber gerade jetzt musste sie tief graben, um sich zu erinnern, wieso. Das hier war eine Angst, die sie gut kannte, von der gnadenlosen Art, die alle Pläne, alle Entscheidungen veränderte. Die das fraß, was man für wichtig gehalten hatte, bis nur noch Krümel zurückblieben.

Sie konnte umkehren, es war noch nicht zu spät. Konnte den Männern sagen, sie hätte draußen Ewigwährende gespürt, und sie bitten, über Nacht bei ihr im Haus zu bleiben.

Bis morgen. Oder übermorgen.

Nein, das hier war *die* Gelegenheit. Wenn sie die jetzt nicht nutzte, würde sie für jeden einzelnen Ewigwährenden in Náklav eine Beute bleiben. Auch für Nafraím. Sie musste sich von jedem

Verdacht im Hinblick auf den Teufel reinwaschen, musste dafür sorgen, dass sie genug mit sich selbst zu tun hatten, und es musste vor dem Yra-Rennen passieren. Also hieß es, jetzt oder nie.

Juva erhob sich und lächelte angestrengt. Sagte, ihr sei nicht gut und sie müsse nach Hause. Broddmar und Motte sprangen auf, um sie zu begleiten, aber sie winkte ab.

»Nein. Ich gehe allein.«

Motte zuckte die Schultern, doch in Broddmars Blick blitzte Verstehen auf. Er wurde blass. Juva nickte ihm zu und versuchte, ihm das, was gesagt werden musste, mit den Augen zu sagen, aber es war zu viel.

»Im schlimmsten Fall müsst ihr dafür sorgen, dass er in seine Heimat kommt«, flüsterte sie. »Dann haben wir gewonnen, auf lange Sicht gesehen.«

Im schlimmsten Fall. Falls ich nicht zurückkomme.

Sie drehte sich um und verließ den Saal. Das Stechen in der Brust war sofort wieder da, als sie durch die Tore von Jólshov nach draußen trat. Die Sonne war mittlerweile auf dem Weg zum Horizont. Juva zwang sich, durch die stille Gasse entlang der Stadtmauer zu gehen, Richtung Budenschanze, damit sie es wagen konnten, sich zu erkennen zu geben.

Schon nach kurzer Zeit hörte sie schnelle Schritte hinter sich. Sie zuckte zusammen, aber es war ein höchst menschlicher Mann. Kein Flimmern. Er fragte sie nach dem kürzesten Weg hinauf zum Náklaring, und sie erklärte ihm, wie er gehen musste. Atmete erleichtert auf, als er ihr den Rücken zudrehte und um die Ecke verschwand.

Juva ging noch ein paar Schritte weiter und merkte auf einmal, wie erschöpft sie war. Ihr war schwindelig. Schwere Tage, schwere Wochen, zu viele Tote. Alles schien sich an ihre Füße zu klammern, und sie blieb stehen. Etwas stimmte nicht. Stimmte ganz und gar nicht.

Sie lehnte sich an eine Hauswand aus rauen Steinen, gebadet in flammend rot-gelbes Sonnenlicht, und ihr wurde bewusst, dass der Mann ihre Hand berührt hatte, als er ihr dankte. Die Wand nahm sie in sich auf. Ihre Kräfte versiegten. Sie blinzelte in die Sonne und ertrank in Feuer.

NADELN

Wo bin ich?

Es war ein klarer und bewusster Gedanke, der erste, den sie in der Lage war zu formen. Er löste eine Lawine weiterer Gedanken aus, und einen pulsierenden Kopfschmerz. Juva hatte das erstickende Gefühl, eingeschlossen zu sein.

Sie zwang sich, die Augen zu öffnen. Sie war allein, aber weder angekettet noch eingesperrt. Im Gegenteil, der Raum war riesig, ein Festsaal, erfüllt von Zehntausenden kleiner Lichter. Sanfte Flammen, so weit ihr Blick reichte.

Nein … Das stimmte nicht. Juva schloss die Augen wieder, zwinkerte und versuchte, den Blick erneut zu schärfen. Der Saal war wesentlich kleiner, als sie zuerst geglaubt hatte, aber getäfelt mit großen Wandspiegeln in schmalen Rahmen. Eine Reihe von Kerzen in hohen silbernen Leuchtern spiegelte sich bis ins Unendliche darin.

Festsaal? Nein, hier hatte seit Jahrhunderten kein Leben mehr geherrscht. Der Raum war von Verfall geprägt. Verblichene Fetzen roter Farbe blätterten rund um die Risse in der Decke ab, und die Spiegel waren übersät mit dunklen Flecken. Es roch nach etwas Unbestimmbarem, Stechendem. Essig?

Juva richtete sich mühsam auf. Sie saß in einem Ohrensessel, bezogen mit rotem Samt. Im Gegensatz zum Rest des Raums wirkte er neu. Neben ihr standen ein einfacherer schmiedeeiserner Stuhl und ein Tisch mit einer silbernen Obstschale. Sie war voller verschrumpelter Äpfel mit braunen Stellen.

Mitten im Raum stand ein Zelt, in dessen Tuch sich ein Loch befand. Ein rundes Fenster aus dunklem Glas. War dort jemand drin? Wurde sie beobachtet?

Juva lächelte bitter. Das hier war eine Bühne. Ein Theaterstück, das ihrer Mutter würdig gewesen wäre.

Sie spürte ein leichtes Stechen im Herzen, das unangenehm pulsierend immer mehr zunahm und verriet, dass sie nicht mehr allein war. Sie hörte Schritte hinter sich, und eine Frau erschien, durch die Spiegel zu zahllosen Ausgaben ihrer selbst vervielfältigt. Sie blieb neben dem schwarzen Zelt stehen.

Juva hatte sie bereits früher gesehen. Beim Schneider, als er ihre Maße für den roten Anzug genommen hatte, und es war offenbar kein Zufall gewesen. Damals hatte die Frau sie kaum eines Blickes gewürdigt. Jetzt musterte sie sie so schamlos, dass es bedrohlich wirkte. Dass die Herzschläge sich wie Nadelstiche anfühlten, machte die Sache noch schlimmer.

Die Frau hatte ein vornehmes Gesicht mit hohen, ausgeprägten Wangenknochen. Die Falten in der Halsgrube sagten natürlich nichts darüber, wie alt sie wirklich war, aber Juva vermutete, dass sie etwa Ende Vierzig gewesen sein musste, als aus ihr eine Ewigwährende wurde. Ihr Blick war scharf, aber die schweren Augenlider verliehen ihr eine Aura von Überlegenheit, die schnell gefährlich werden konnte. An ihren Fingern waren dunkle Flecken. Asche?

Nichts deutete darauf hin, dass sie beabsichtigte, sich vorzustellen. Die Stille wurde immer drückender und erreichte schließlich einen Punkt, an dem es unmöglich erschien, sie zu brechen.

Es war ein Spiel. Ein Blutleserinnentrick, den Juva gelernt hatte, noch bevor sie ihr erstes Bier hatte trinken dürfen. Schweigen konnte alles Mögliche bedeuten, und es vermittelte den trügerischen Eindruck von Erkenntnis. Rief Furcht und Erwartung hervor.

Juva hoffte, dass es eine Strategie war, die ihr Gegenüber gewählt hatte, weil keine von ihnen wusste, was die andere wusste.

»Es war nicht gerade einfach, in Kontakt mit dir zu kommen«, sagte die Frau endlich, als sei das eine befriedigende Erklärung, warum es notwendig gewesen war, sie zu entführen.

Juva suchte nach einer guten Antwort, sich schmerzlich bewusst, dass sie nur eine einzige Chance hatte. Sie durfte nicht riskieren, dass ihr nicht geglaubt wurde, also musste sie sich mit Lügen zurückhalten und auf ihren Körper achten, der so oft mehr sagte als ihr Mund.

»Nun, es war auch verdammt nicht einfach, euch zu entkommen«, erwiderte sie und rieb sich die Schläfen, um den Kopfschmerz zu mildern.

Das träge Lächeln, das sie bekam, deutete darauf hin, dass die Frau ihre Antwort unterhaltsam fand. »Du hast nichts von mir zu befürchten«, sagte sie und wandte den Blick ab, während sie auf dem schmiedeeisernen Stuhl Platz nahm.

Sie lügt.

Dieses Wissen ließ das kalte Grausen in ihrer Brust wachsen. Die Frau war gefährlich, und es würde allzu einfach sein, die Bedrohte zu spielen.

Sie betrachtete Juva forschend, als hätte sie vor, sie zu zeichnen. »Ich bin Eydala«, sagte sie. »Und wie ich hörte, bist du furchtlos.«

Juva konnte ihr Lachen nicht zurückhalten. Das Echo kam schneidend von den Spiegelwänden zurück. Sie, furchtlos? Das war so ins Gegenteil verkehrt, dass es an Bosheit grenzte. Eydala schien die wortlose Antwort zu befriedigen.

»Wo bin ich hier?«, fragte Juva.

Eydala ließ sie nicht aus den Augen. »Gefällt es dir nicht? Es ist erhaben, ich werde es nie leid. Jeder Winter verzehrt ein neues

Stück davon, macht es noch schöner. Es war einmal eine Spiegelwerkstatt, sie gehörte einer Familie, die von Undst stammte. Ein unergründliches Volk, findest du nicht? Sie sind hierhergekommen mit ihrem einen Gott und ihren zahnlosen Androhungen von ewigen Qualen für die Maßlosen. Kannst du dir vorstellen, welch tiefe Überzeugung nötig sein muss, um hierher nach Náklav zu kommen und Mäßigung zu predigen?«

Sie lächelte und warf den Kopf zurück. Juva begriff, dass es ihre Art zu lachen war. Lautlos, nur für sich selbst.

Eydala beugte sich vor und nahm einen Apfel, grün und pelzig von Schimmel. Etwas bewegte sich dort, wo er gelegen hatte. Krabbelte zwischen die anderen verfaulten Äpfel. Juva war kurz davor, sich zu erbrechen. Sie starrte auf Eydala, die unbeeindruckt aß.

Ein Spiel. Entspann dich. Es ist ein Spiel.

»Aber sie hatten andere Vorstellungen, die Undster, und wir haben sie aufgesogen wie Muttermilch«, sagte Eydala und betrachtete den Apfel, von dem sie gegessen hatte, ohne Anzeichen von Ekel. »Die Vorstellung vom Teufel, zum Beispiel. Der, der in Versuchung führt. Der Vater der Lügen. Eine ausgefeiltere und … leichter verdauliche Ausgabe unseres eigenen Wolfs, der den Frauen die Fähigkeit gab, ihn zu sehen.« Sie richtete ihren Blick wieder auf Juva. »Ein Märchen, älter als die Sünde, und dennoch sind wir also hier, dank des unwahrscheinlichen Umstands, dass *du*, ein kaum erwachsenes Mädchen, eine Wolfsjägerin aus dem Geschlecht der Blutleserinnen, ihn in deinem Besitz hast.«

Nun war es gesagt.

Eine Bewegung in den Spiegeln ließ Juva zusammenzucken. Jemand packte sie von hinten. Panik ließ ihr das Blut in den Adern gefrieren. Sie mühte sich, aus dem Sessel hochzukommen, aber sie saß fest, eingeklemmt von einem kräftigen, angewinkelten Arm. Etwas zog sich um ihren Hals zu, schnitt in ihre Haut.

Eydala hob die Hand mit den schwarzfleckigen Fingern, als

wollte sie sie zum Schweigen bringen. »Das ist eine Stahlschlinge. Je mehr du kämpfst, desto mehr wirst du bluten. Nick mit dem Kopf, wenn du verstanden hast.«

Juva versuchte zu nicken, aber der Schmerz war unerträglich. Sie starrte Eydala an, um nicht ihr eigenes Spiegelbild sehen zu müssen und den Schaden, den die Schlinge angerichtet hatte. Der Atem stockte ihr in der Brust, gefroren im Rhythmus der Nadelstiche von Eydalas verdorbenem Herzen.

Eydala beugte sich zu ihr, wieder mit diesem intensiven Blick, als sähe sie etwas Schönes, etwas, das sie in ihr Gedächtnis einätzen wollte. »Ich habe nicht die Absicht, dich zu töten, aber du hast etwas, das uns gehört. Für dich ist es ohne Bedeutung, aber für mich ist es Anfang und Ende. Tu dir selbst einen Gefallen, dann kannst du unbehelligt von hier fortgehen. Erzähl mir, Juva Sannseyr, wo ist der Teufel?«

Die Schlinge um ihren Hals lockerte sich ein klein wenig, gerade genug, dass sie die Antwort hervorstoßen konnte. »Ich weiß es nicht, ich habe keine Ahnung, wo er ist!« Die Schlinge zog sich wieder zu, und sie schrie: »Das ist die Wahrheit!«

»Du hast einen Liebhaber, der anderer Auffassung ist. Er sagt, du versteckst ihn in der Schinderhalle.«

»Ich habe gelogen!« Juva spürte etwas an ihrem Hals hinablaufen, und sie konnte die Tränen nicht zurückhalten. Sie verwandelten den Raum in ein nebliges Schattenbild.

»Ich habe gelogen«, wiederholte sie und versuchte, die Qualen wegzuschlucken.

Eydala gab ein Handzeichen und die Schlinge lockerte sich. Juva griff sich an den Hals und rang nach Atem. Ihre Hand wurde warm und feucht, und sie wusste, dass sie die Kontrolle verloren hatte. Sie war außerstande, den Schaden einzuschätzen. Außerstande, ihre Gedanken zu steuern.

»Warum solltest du darüber lügen?«, fragte Eydala.

Juva saß zusammengesunken da, mit der Hand am Hals. »Ich habe gelogen … Ich habe gelogen, um einen Mann dorthin zu locken. Einen von euch. Ich wollte ihn töten.«

»Du wolltest Nafraím töten? Und ich war schon geneigt zu glauben, du hättest keinen Ehrgeiz. Was also hast du getan?«

Eydala saß regungslos da wie ein Gemälde, mit dem verfaulten Apfel in der Hand und einem kühlen, lauernden Blick, der Nafraím geradezu weichherzig erscheinen ließ. Er hatte recht gehabt. Es gab Ewigwährende, die weit schlimmer waren als er. Die Erkenntnis wand sich wie eine Schlange in ihrem Magen.

Juva wischte sich die blutige Hand am Hosenbein ab. »Ich habe auf ihn geschossen. Mit der Armbrust.«

Eydala lachte, diesmal aus vollem Hals und mit entblößten Reißzähnen. »Ach, Herzchen! Was hätte ich darum gegeben, den Augenblick mitzuerleben. Ich liebe Augenblicke, Juva. Kleine, gefrorene Perlen aus Zeit. Das war es, was ihn zu mir getrieben hat, siehst du.«

Juva blickte widerwillig zu den Spiegeln, aber der Mann, der sie festgehalten hatte, war verschwunden. Ihr Hals war klebrig von Blut, und der Anblick jagte eine neue Woge der Angst durch ihren Körper.

Eydala fuhr fort, noch genauso ungerührt. »Vor ihm habe ich an einem Instrument gearbeitet, einer Erfindung, die ewiges Leben schwierig gemacht hätte. Er hat Spielchen schon immer gemocht, Nafraím. Nennt sich gern Wissenschaftler, aber das, womit ich mich beschäftigt habe, durfte das Licht der Welt nicht erblicken. Also stellte er mich vor die Wahl: entweder zu sterben oder das Projekt aufzugeben und eine von ihnen zu werden.«

Juva starrte sie an. »Er hat dich geschaffen …«

Die Worte schienen sie zu ärgern, und sie bewegte sich auf ihrem Stuhl, um sie abzuschütteln. »Du hast also auf ihn geschossen. Was ist dann passiert?«

Juva wagte nicht, sich zu rühren. Ihr Hals fühlte sich an wie ein brennender Knoten, und sie fürchtete, dass die Wunde bei der kleinsten Bewegung aufreißen könnte. Ihr Körper war gelähmt vor Angst und Wut. Aber dass sie jetzt hier saß, war ihre eigene Entscheidung. Und das war der Grund. Das hier war der Augenblick, auf den sie gewartet hatte.

»Ich sagte ihm, er würde den Teufel bekommen.«

»Den Teufel, den du nicht hast?«

Juva schloss für einen Moment die Augen. Versuchte, Kraft zu sammeln.

»Als Mutter starb … Sie sagte, dass es ihn wirklich gibt, den Teufel. Dass ihr ihn nie bekommen dürft.«

Eydala rutschte an die äußerste Stuhlkante. »Und sie hat dir erzählt, wo er ist?«

Juva drehte den Kopf vorsichtig, nicht in der Lage zu einem Kopfschütteln. Der Schmerz war heiß und neu.

Du bist Blutleserin. Gib ihr, wonach sie verlangt.

»Nein, aber dass ein Mann … ein Bote Kontakt mit mir aufnehmen und mir … einen Brief geben würde. In dem steht, wo er ist. Aber ich wollte ihn gar nicht haben! Ich scheiße auf den Teufel und ich scheiße auf euch! Ihr seid krank, alle, wie ihr da seid! Ich will mein Leben zurück!«

Eydala ließ eifrig die Hand kreisen, als wollte sie sie antreiben. »Du sollst einen Brief bekommen, in dem steht, wo der Teufel ist? Wann und wo?«

»Das spielt keine Rolle, ich habe Nafraím schon versprochen, dass er den Brief bekommt, sobald ich ihn in Händen habe. Ungelesen. Er allein wird erfahren, wo der Teufel ist, ich nicht.«

»Wann und wo?«, wiederholte Eydala, scharf und ohne Raum für Einwände.

»Oben am Náklaring, während das Yra-Rennen im Gange ist. Nafraím wird dort sein, und sobald ich den Brief habe, der mir angekündigt wurde, muss ich ihm den geben. Ich habe keine andere Wahl, ich kann ihn nicht behalten.«

Eydala lehnte sich wieder zurück. »Du lügst … Warum solltest du den Teufel dem Mann geben, den du umbringen wolltest?«

Juva holte tief Luft. »Weil ich fertig bin mit Rätseln. Fertig mit Tod, fertig damit, verfolgt, bedroht und fast erwürgt zu werden! Und weil er mir versprochen hat, ihn zu töten.«

Eydala stand auf. »Er hat dir *was* versprochen?«

Juva blickte zu ihr hoch und ließ sie die nackte Verachtung in ihren Augen sehen. »Er will den Teufel haben, weil er ihn töten will. Er sagt, das würde die Vardari auslöschen, und ich habe verdammt noch mal keine Probleme damit.«

Eydala ging ein paar Schritte, blieb stehen, dann machte sie noch ein paar, als würde ihr ganzer Körper über das Gesagte nachgrübeln. Nach einer quälend langen Weile kam sie zurück und beugte sich über Juva. Sie leckte sich den blauschwarzen Daumen, der offensichtlich eine Art Fehlfärbung hatte. Genauso ewigwährend wie sie.

»Juva, ich werde dir geben, was du haben willst«, sagte sie und wischte mit dem nassen Daumen Blut von Juvas Hals. »Du sollst dein Leben zurückbekommen, ist das nicht wunderbar?«

Juva musste sich zusammenreißen, um nicht die Zähne zu blecken. »Entzückend …«

Es ist bald vorbei.

»Selbstverständlich nur, wenn wir uns beim Yra-Rennen sehen«, sagte Eydala lächelnd. »Aber falls du zu irgendwem, zu Nafraím, auch nur ein Wort über dieses Treffen sagst, bin ich gezwungen, dich … Nun … glaub ja nicht, dass mein Verlangen, den Teufel zu finden, stärker ist als mein Verlangen nach Rache. Das ist ein guter Rat, den du beherzigen solltest.«

Juva biss die Zähne zusammen und starrte zu Boden. Da waren schwarze Markierungen vor jedem Stuhlbein, wie um zu zeigen, dass er ganz genau dort zu stehen hatte und keine Haaresbreite daneben.

Eydalas Finger berührten ihren Unterkiefer, schnürten das Wollhemd auf und legten den verletzten Hals frei. Aus den Augenwinkeln sah Juva es in den Spiegeln. Ein blauer Kragen, blutgetränkt. Sie schloss die Augen.

Eydala legte ihre Hand auf Juvas Schenkel und zwang ihre Knie auseinander. »Sitz still jetzt. Nicht atmen, nicht blinzeln, nicht bewegen. Schau auf das Loch in dem schwarzen Zelt, und wende den Blick nicht ab. Kannst du das, Juva Sannseyr?«

Ich kann mehr, als du glaubst. Ich habe dich reingelegt, du verdammtes Miststück.

Eydala ging zu dem schwarzen Zelt und verschwand durch einen schwarzen Vorhang auf der Rückseite. Der Essiggeruch wurde stärker. Juva warf einen schnellen Blick durch den Raum, schon halb bereit, wegzulaufen. Die Stimmung hatte sich verändert, von lebensgefährlich in unheimlich. Sie hatte Gänsehaut an den Armen. Und was in Gaulas Namen war das für ein Gestank?

Juva starrte auf das Loch und gab sich alle Mühe, ihre Knie vom Zittern abzuhalten. Was würde passieren und wie weh würde es tun? Ihr Wollhemd war bis zu den Brüsten offen und ihre Kehle war wund. Sie war ein Ausstellungsstück, ohne anderes Publikum als ihre eigenen zahllosen Spiegelbilder und eine völlig durchgeknallte Ewigwährende. Eine kranke Alte, die feucht davon wurde, sie gedemütigt zu sehen. Das war abartig.

Aber sie hatte gewonnen. Hatte die Vardari hereingelegt, und wenn es nach ihr ging, konnten die sich jetzt alle gegenseitig in die Dränke schicken.

Ihr Körper war wie betäubt, als Eydala endlich aus dem Zelt kam. Sie nahm Juvas Hand und zog sie auf die Füße. Juva war überrascht, dass ihre Beine sie überhaupt trugen. Was war passiert? Warum hatte sie einfach so dagesessen?

»Ich möchte nicht, dass du weißt, wo wir sind«, sagte Eydala. »Du verstehst das sicher. Wenn du also gestattest?« Sie hielt einen schwarzen Schal hoch, wartete jedoch nicht auf Antwort, sondern verband ihr die Augen.

Juva war blind. Alles, was sie erahnen konnte, waren Lichtpunkte, aber sie wurde hinaus ins Freie geführt und in einen Wagen gesetzt. Es hatte angefangen zu regnen.

»Ach, übrigens«, sagte Eydala, während sie ihr das Wollhemd am Hals zuband. »Der Tod der alten Frau war wirklich bedauerlich. Ester, so hieß sie doch? Es ist eine Schande, wie wenig ein Körper in dem Alter aushält. Selbst Blutperlen können zu viel sein.«

Juva erstarrte auf ihrem Sitz. Was zum Henker meinte sie? Hatte sie Ester umgebracht? Ihr Blutperlen gegeben? Oder sagte sie das nur, um anzudeuten, was alles in ihrer Macht stand?

Die Wagentür wurde zugeschlagen. Eydalas Nadeln zogen sich langsam aus ihrem Herzen und Juva rang nach Luft.

Nicht weinen. Lass sie nie eine schwache Blutleserin sehen.

Der Wagen setzte sich in Bewegung. Das Schaukeln machte sie ruhiger. Sicherer, mit jedem buckligen Pflasterstein. Der Regen trommelte auf das Wagendach. Die Panik ebbte ab und hinterließ etwas, das nicht weniger erschreckend war. Eine Gewissheit darüber, dass ihr bald dämmern würde, was passiert war. Dass es sie einholen würde, ohne dass sie davor weglaufen konnte.

Als der Wagen endlich anhielt, wusste sie, dass sie zu Hause war. Sie nahm den Schal ab und stieg aus dem Wagen. Ging die Treppe hinauf, ohne zurückzublicken, und tastete nach dem Schlüssel in ihrer Tasche. Sie schloss auf und spürte, wie das Haus sie umarmte. Dasselbe Flimmern, das sie hier gespürt hatte, seit sie sieben Jahre alt war, und das sie seit fast fünf Tagen vermisst hatte.

Gríf …

Sie hörte Stimmen und legte die Hand an die schwere schmiedeeiserne Tür, damit sie nicht zuschlug. Leute unterhielten sich laut in der Bibliothek. Broddmar und Motte. Gríf. Es roch nach Essen, aber alles, was sie vor sich sah, war der verfaulte Apfel.

Juva legte die Hand aufs Herz, und es fühlte sich an, als würde es zerspringen. Er war zurück. Sie war am Leben. Der Wille, der sie zusammenhielt, war aufgebraucht. Sie wusste, dass die Männer sich Sorgen um sie machten und auf ein Lebenszeichen warteten, aber sie wollte und konnte jetzt niemanden sehen, schon gar nicht Gríf. Dann würde sie zusammenklappen.

Sie schlich sich die Treppe hinauf, durch den Dachboden und hinaus aufs Dach. Sie stolperte vorwärts und klammerte sich ans Geländer. Dann knickte ihr Körper ein und presste tiefe Schluchzer heraus, die ihr den Brustkorb zerrissen, als würde sie sich erbrechen.

KOMM

Die Wut brannte sich bis auf die Knochen. Ein roher, unbezähmbarer Zorn, wie sie ihn noch nie erlebt hatte. Also warum heulte sie hier wie ein Kleinkind? Es war unbegreiflich.

Juva rüttelte am Geländer und verbiss sich einen Schrei. Hätte sie geglaubt, dass die Götter sie hören könnten, hätte sie sie verflucht, obwohl der Himmel mit ihr weinte. Die Laternenkoppel lockte mit ihrem Abgrund vor dem Dach, aber selbst der hätte nicht genug Platz für die Schwärze, die in ihr war.

Ester, die sie selbst abgeschlachtet hatte wie ein wildes Tier. Mutter, die sie auf diesen Weg gezwungen hatte, bevor sie sich zu Tode kotzte. Nafraím mit der Silberzunge, der Anfang von allem Elend, und doch schaffte sie es nicht, ihn zu töten. Rugen, der Rattenkönig des Verrats, der arme, jämmerliche Narr. Und Solde …

Was in Gaulas Namen hast du dir gedacht, Schwesterchen?

Die Seidagilde, die unter ihrer lächerlichen Führung verdorrte. Blut und Wolfskranke. Und heute Abend nun hatte sie geradewegs in die Dränke gestarrt. Hatte einen Blick unter die Oberfläche erhascht, hinein in eine schwarze, bodenlose Tiefe, die ihr Todesangst machte. Erst jetzt begriff sie, womit sie es zu tun hatte, was Nafraím geschaffen hatte. Jeder Tropfen Regen war an ihrem wunden Hals zu spüren. Es gab Ungeheuer dort draußen.

Aber sie hatte bekommen, was sie wollte, Frieden bis zum Yra-Rennen.

Der Gedanke brachte sie so zum Lächeln, dass es im Hals wehtat. Sie würde Gríf nach Hause schicken, würde den verdammten Teufel durch den Zeugen bringen, für immer hinaus aus dieser Welt. Langsam, aber sicher würden die Vardari verrotten und aussterben. Auch Eydala, und mit weit größeren Schmerzen als diese.

Was danach kam, war unwichtig. Sobald er weg war, hatte sie nichts mehr zu verlieren. Verdammter Gríf. Der Wolf, der sie innerlich zerriss, den sie sowohl ficken als auch töten wollte. Sie wollte so unendlich mehr von ihm, als er ihr jemals geben würde.

Fünf verdammte Tage mit stummem Herz.

Wie soll ich also ein ganzes Leben lang damit klarkommen?

Ihr Herzschlag begann aus dem Takt zu geraten, als hätte es sie gehört, und sie begriff, dass er in der Nähe war. Er hatte sie gespürt, als sie nach Hause gekommen war, ebenso sicher, wie sie ihn gespürt hatte. Juva wischte sich die Nase am Ärmel ab, dankbar für den Regen. Bei Gaula, er sollte sie nicht weinen sehen, obwohl sie den Verdacht hatte, dass es dafür zu spät war.

Die Mauer war kalt an ihren Schenkeln. Der Regen schien sich zu einer dichten Form hinter ihr zu sammeln. Sein Herz war wild. Unbeugsam, und sie hasste es, dass er ihres auch spürte. Fühlte er dieselbe Wut? Dieselben Nachbeben dessen, was sie durchgemacht hatte?

»Brauchst du eine Erklärung?« Seine raue Stimme sorgte für ein Ziehen in ihrem Bauch.

»Nein.«

»Brauchst du Blut?«

Es dauerte einen Moment, bis sie verstand, was er meinte. Er konnte helfen. Konnte sie zusammenflicken, ohne Stiche, ohne Narbe, so wie er es mit seinem eigenen Arm getan hatte, als Rugen Amok gelaufen war. Da er fragte, hatten Broddmar und die anderen ihm offenbar erzählt, was sie getan hatte.

»Nein.«

Er blieb hinter ihr stehen, legte aber die Hand aufs Geländer, neben ihre. Die Klauen, die ihr so fremd erschienen waren, als sie sie das erste Mal gesehen hatte, wirkten jetzt so natürlich, dass ihre eigenen Finger ihr armselig vorkamen. Unzureichend. Er war eine wandernde Waffe, und was hätte sie nicht dafür gegeben, heute Abend auch so eine zu sein.

»Zeig es mir«, sagte er an ihrem Nacken.

Juva drehte sich um. Er war so nah, dass sie den Rücken an die Mauer pressen musste. Er hatte das schwarze Wollhemd an, das sie ihm gekauft hatte, an den Schultern klatschnass vom Regen. Sie schluckte den Kloß im Hals hinunter, hob das Kinn und entblößte die Kehle, so trotzig, dass sie mit den Zähnen knirschte.

Er legte den Kopf ein klein wenig schräg und betrachtete die Wunde. Das Geländer knackte unter seinem Griff, als wollte es zerbrechen.

»Wage es ja nicht«, sagte sie und erkannte ihre eigene Stimme nicht wieder. »Wage es ja nicht, hierherzukommen und mich zu bemitleiden.«

»Würde mir nicht im Traum einfallen. Mitleid spare ich mir für die auf, die es brauchen. Die Machtlosen.«

Er legte die Finger an ihren Hals. Strich über die Wunde. Sie zuckte zusammen, als seine Krallen dort, wo das Blut getrocknet war, auf Widerstand trafen.

»Ich kann das heilen«, sagte er. »Nur ein paar Tropfen, tut nicht weh.«

Juva lachte bissig. »Damit sie sehen, dass ich dich habe? Genauso gut kannst du eine Fahne hier auf dem Dach hissen.«

Sein schwarzer Blick wurde hart. »Dann betäuben? Die Schmerzen nehmen? Oder brauchst du sie, um zu wissen, dass du existierst? Mögen die Wölfe wissen, wer du ohne Angst und Leid gewesen wärst.«

Juva stieß seine Hand weg. »Lass es! Das da wäre mir erspart geblieben, wenn du nicht gewesen wärst!«

Der Regen lief ihm aus den schwarzen Haaren auf die zitternde Lippe, die seine Reißzähne entblößte. »Glaubst du, ich weiß das nicht?«

Juva wusste, dass sie besser aufhören sollte, solange es noch ein Spiel war, aber sie konnte nicht. Sie wollte ihn genauso wütend sehen, wie sie war. Er hatte sie zerstört. Hatte ihr Herz zerfetzt, und es war nur gerecht, wenn sie seins auch zerfetzte. Herz um Herz.

»Die Götter mögen wissen, was du weißt und was nicht. Du warst nicht hier! Du hast kein Recht, zurückzukommen und zu rätseln, wer ich bin. Davon zu schwafeln, wovor *ich* Angst habe. Angst haben kotzt mich an! Ich will das nicht mehr. Das Einzige, wovor ich Angst haben will, bist du, und du bist abgehauen!«

Er drehte ihr den Rücken zu, als wollte er gehen. »Ich dachte, du brauchst keine Erklärung?«

»Ist mir scheißegal, warum du abgehauen bist, ich hätte nur gern eine Erklärung, warum du zurückgekommen bist!« Ihre Stimme brach.

Er drehte sich abrupt wieder zu ihr um und breitete die Arme aus. »Weil ich dachte, du hättest mich freigelassen!«, schnappte er.

Sein Herz raste in ihrem, stark und gehetzt. Das Hemd klebte an seiner Brust. Er schloss die Augen für einen Moment. Atmete aus und trat nah an sie heran.

»Ich dachte, du hättest mich freigelassen«, wiederholte er leise. »Aber je länger ich weg war, desto unfreier war ich. Ich bin zurückgekommen, weil ich immer noch ein Gefangener bin.«

Seine Worte löschten ihren Zorn, sie fühlte sich vollkommen erschöpft. Sie ließ die Stirn an seine Brust sinken und packte sein Hemd, um sich auf den Beinen zu halten. Sein Körper wurde steif, als wagte er nicht zu atmen. Sein Kinn berührte ihre Schläfe. Sie hob den Kopf und begegnete dem pechschwarzen Blick, den sonst niemand auf der Welt hatte.

»Komm«, flüsterte sie, und noch bevor das Wort ausgesprochen war, fanden seine Lippen die ihren. Wild. Fordernd vom ersten Moment an, und sie vergrub ihre Finger in seinem Haar, um ihn nah bei sich zu halten. Seine Reißzähne kratzten an ihrer Zunge, und sie hörte sich selbst schluchzen. Sie trank von ihm, trank vom Regen. Spürte, wie er an ihren Schenkeln hart wurde. Jäh erwachte ihr Körper. Blut schoss durch ihre Adern hinab und sammelte sich zu einem pochenden Knoten im Schritt.

Gríf …

Er riss sich los und wich um eine Armeslänge zurück. Die Tür hinter ihm schlug auf und Broddmar kam heraus. Sein Blick wanderte zwischen ihnen hin und her, als versuchte er, die Stimmung zu lesen. Dann blieb er an ihr hängen. Juva griff sich an den Hals, aber es war deutlich, dass er die Verletzung bereits gesehen hatte.

»Ich habe es geschafft …«, sagte sie, glaubte aber nicht, dass es einen Unterschied machte.

»Gut«, erwiderte Broddmar mit gepresster Stimme. »Nolan und Hanuk nehmen die Schlafzimmer oben, ich und Motte quartierten uns unten ein, dann haben wir die Halle unter Kontrolle.«

»Ihr braucht nicht …« Sie sah ihn an und erkannte, dass es sinnlos war, zu widersprechen. Sie wusste nur nicht genau, vor wem er sie beschützen wollte.

ZAUBEREI

Juva veränderte ihre Lage auf dem Sofa und stützte das Zeichenbuch auf den Schenkeln ab, aber die Worte für die Rede kamen deswegen nicht leichter. Die Vorschläge des Stadtrats waren ungefähr so nützlich wie die Wolfsseuche. Falsche Versprechungen und zahnlose Maßnahmen. Sie konnte nicht vor der halben Stadt stehen und dieses Blabla herunterleiern. Nicht dass es etwas ausgemacht hätte.

In der Bibliothek war es still, während die Männer um die Feuerstelle saßen und aßen. Juva hatte den Versuch aufgegeben, das Schlucken tat zu weh, obwohl es nur Suppe war. Gríf leerte den Topf und trank den Rest mit den Klauen, während die anderen ihm heimlich, wie sie meinten, dabei zusahen. Er tat das mit Absicht, da war sie sich sicher, um seine Fremdartigkeit zu betonen.

Die Männer wohnten nun schon seit ein paar Tagen bei ihr, aber sie waren immer noch unruhig, was ihn betraf. Hanuk war der Gelassenste, er war freundlich und scheute sich nicht, zu fragen. Juva hatte heimlich gelauscht, während er Antworten auf Fragen erhielt, vor denen sie sich immer gedrückt hatte.

Warum hätte sie auch fragen sollen? Je mehr sie über Gríf wusste, desto schwerer würde es ihr fallen, ihn zu vergessen. Und morgen Abend würde er weg sein.

Er schlief immer noch im Schacht, ohne dass sie verstand, wie er das aushielt, und sie hatte jede Nacht mit sich gekämpft, nicht zu ihm hinunterzuklettern, nachdem die Männer zu Bett gegangen waren. Jedes Mal, wenn sie die Augen schloss, spürte sie Regen auf ihrem Gesicht und fordernde Lippen auf ihren eigenen.

Skarr rollte sich zu seinen Füßen zusammen und Gríf kraulte ihn hinter den Ohren. Der Wolf würde krank sein vor Sehnsucht, wenn er weg war, hatte er je darüber nachgedacht?

Broddmar schnalzte schon wieder mit der Zunge, unruhig wegen des nächsten Tages, obwohl der Plan so einfach war. Sie waren ihn immer wieder durchgegangen. Die Kostüme, der Lauf, die Rede, der Brief und der Teil, der ihnen fremder als alles andere war: der Zeuge. Die turmartigen Wände, die Gríf in seine Heimat bringen sollten.

Motte kam herein und blieb mitten im Raum stehen. Er zupfte an seinem zottigen Kostüm, das ungefähr so gut an ihm saß wie ein Sack. Sein Gesicht schaute aus einem runden, braun angemalten Brett mit angeklebten Ohren. »Ich war letztes Jahr auch schon Bär, warum muss ich immer ein Bär sein?«

Juva biss sich auf die Lippe, um nicht laut zu lachen, und sie konnte sehen, dass die Männer ähnliche Mühe hatten, während sie sich über ihre Suppenschüsseln beugten.

Motte ließ sich in den Sessel neben ihr fallen und griff nach der einzigen unberührten Suppenschüssel. »Es gibt bestimmt über tausend Tiere auf der Welt, also warum ein Bär?« Er hob den Löffel zum Mund, aber das Brett um sein Gesicht war im Weg und er kleckerte.

Hanuks Lachgrübchen wurden immer tiefer, bis er in heiseres Gelächter ausbrach.

»Weil du so ein Brocken bist, Motte«, sagte Nolan. »Du kannst Bär oder Wal sein.«

Motte zerrte das Bärengesicht herunter und brummte: »Stimmt ja gar nicht, ich könnte auch ein sehr großes Kaninchen sein, zum Beispiel.«

Juva setzte sich auf und legte die Hand auf seine Bärenpranke, die das Kunstfertigste am ganzen Kostüm war. »Nächstes Jahr, Motte. Nächstes Jahr kannst du ein sehr großes Kaninchen sein.«

Motte grinste mit seinem Unterbiss und Juva verspürte einen Stich von Trauer. Was sie betraf, war noch nicht sicher, dass es ein nächstes Jahr geben würde. Vielleicht für die Männer auch nicht. Das Beste, was sie für sie alle tun konnte, war, die Stadt zu verlassen, bevor die Vardari begriffen, was passiert war.

Brüllendes Gelächter drang von der Straße herein, wo das Fest bereits in vollem Gange war. Es würde die ganze Nacht andauern.

Broddmar schob seine Schüssel weg. »Also … Juva, deine Aufgabe?«

»Bei Tagesanbruch aufstehen und mich in Schale werfen«, antwortete Juva sicher zum zehnten Mal an diesem Nachmittag. »Dann hoch zum Náklaring gehen, bevor die Massen sich dort versammeln. Ich verlese beruhigende Lügen, dem Stadtrat zuliebe. Anschließend zieht die ganze Meute hinunter zur Brücke. Ich stelle mich so dicht wie möglich an das Nordtor, zusammen mit den Zuschauern. Nafraím ist garantiert unter ihnen.«

»Und die andere Frau?«

Eydala …

Juva nickte und kämpfte gegen den Impuls, sich an den Hals zu fassen. Sie war in den letzten Tagen kurz davor gewesen, wieder Reißdorn zu nehmen, aber sie wusste, dass es aus alter Gewohnheit war. Er würde nicht helfen, weder gegen die Angst noch gegen die Schmerzen. Reißdorn hatte nur ihr Herz betäubt, und jetzt wusste sie ja, warum es wie zwei Herzen schlug.

Broddmar schaute zu Hanuk. »Und du?«

»Ich nehme den Brief mit und treffe Nolan am Nachtkerzendeckel. Wir tauschen die Kostüme, für den Fall, dass jemand mich von hier hat weggehen sehen. Dann gehe ich hinunter zur Brücke.

Der Lauf am Náklator beginnt. Ich warte in der Menschenmenge, bis die Wettläufer vorbeigerannt sind, und laufe mit dem Rest hinauf zum Náklaring. An der Kreuzung bei der Königskuppe halte ich nach euch Ausschau und gebe euch das Zeichen. Ich laufe weiter, folge dem Läuferstrom um den Steinkreis, finde Juva und gebe ihr den Brief. Dann tauche ich in der Menge unter.«

»Motte?«

»Ich gehe mit dem Rest von euch, und ihm …« Motte zeigte auf Gríf. »Wir brechen zusammen hier auf und gehen zur Ringstraße, wo die Läufer durchkommen. Wir sehen Hanuk im Hasenkostüm und … Wieso darf er Hase sein? Er ist nicht so viel dünn…«

»Motte!«

»Ja, ja! Nachdem Hanuk vorbei ist, mischen wir uns unter die Menge und ziehen hinauf zum Náklaring. Wenn wir dort ankommen, hat Juva den Brief erhalten und ist wahrscheinlich mit Nafraím beschäftigt, wir sind also nur für den Fall da, dass es Ärger gibt.«

Broddmar nickte. »Gut.«

»Gríf?«, fragte Juva, da Broddmar es nicht tat.

»Ich mache mich auf den Heimweg.«

Die Männer sahen sich an. Er schien es zu bemerken und war so gnädig, etwas genauer zu werden.

»Ich gehe mit euch zusammen von hier weg, warte, bis die letzten Läufer in Sicht kommen, und laufe mit zum Náklaring. Dort auf dem Rundweg halte ich mich dicht an den Steinen, sodass ich ausscheren und in die Mitte laufen kann. Nach Hause.«

Nolan rieb sich die Knöchel. »Wie sicher sind wir, dass der Zeuge ein Reisestein ist?«

Lok pflichtete ihm bei. »Das frage ich mich auch, ich habe noch nie was davon gehört.«

»Und muss da nicht irgendetwas Besonderes gemacht werden?«, fragte Hanuk. »Ihr habt von Zauberei gesprochen.«

Gríf starrte ihn mit seinen tintenschwarzen Augen an, und Juva hätte schwören können, dass er sie verdrehte.

»Zauberei?«, fragte er, als hätte er das Wort noch nie zuvor ausgesprochen. »Das hier ist kein Märchen. Ich muss umarmen, die Gabe in den Steinen wecken, das kann man weder sehen noch hören. Entspannt euch, das ist nichts, worüber ihr euch Gedanken machen müsst.«

Die Männer wechselten wieder Blicke.

Motte kratzte sich den kahlen Scheitel. »Tja, das … Nein, Zauberei ist es jedenfalls nicht, auf keinen Fall.«

»Hört sich wie Zauberei an«, sagte Hanuk, »denn so haben wir es nie gemacht. Aber das ist wohl nur eine neue Methode. Wir haben Wolfsblut benutzt, und das ist ja nicht weniger mystisch, wenn man es genau nimmt. Die Steine an sich sind ja die reinste Zauberei!«

»Sind sie nicht«, schnaubte Nolan. »Frag doch die Professoren oben in der Hochschule. Die Steinsäulen sind Wegweiser, die uns durch die Traumwelt reisen lassen.«

Lok verschränkte die Arme vor der Brust. »Und warum sind da dann keine Träume? Alles nur schwarz wie die Nacht?«

Die Frage löste ein leichteres Gezänk aus. Juva fing Grífs Blick auf. Er lächelte und schüttelte den Kopf. Sein Herz wärmte ihres. Es war, als führten sie ein heimliches Gespräch in einem vollen Raum. Und morgen würde er aus ihrem Leben verschwunden sein.

Juva erhob sich. »Ich fürchte, ihr werdet euch alleine einigen müssen, was die Steine nun sind. Ich habe einen Brief und eine Rede zu schreiben.«

DEN WÖLFEN ZUM FRASS

Juva trug Lippenwachs auf und sah ihren Mund im Spiegel schwarz werden. Sie sah aus wie Mutter. Eine junge, allerdings blonde Lagalune. Da war eine Ähnlichkeit, die ihr noch nie aufgefallen war, oder vielleicht hatte sie sie auch einfach nie sehen wollen in ihrem Drang nach größtmöglichem Abstand zu den Blutleserinnen.

Und jetzt stand sie hier und war alles, was sie geschworen hatte nie zu werden. Oberhaupt der Seidagilde. Blutleserin. Aber mit einem ganz anderen Verständnis von Blutlesen, als Mutter es jemals gehabt hatte. Oder die anderen. Vielleicht niemand, seit Hunderten von Jahren.

Die Kleider hatte sie aus Mutters kohlschwarzem Kostümfundus herausgesucht. Schwarze Spitzenbluse und knöchellanger Rock. Wolfszähne, Knochenrunen und Muune-Monde baumelten ihr zwischen den Brüsten. Der einzige Schmuck, der nicht von Mutter stammte, waren die blau-lila Flecken um ihren Hals. Die morbide Krönung des Ganzen, nach den schwersten Monaten ihres Lebens.

Aber es hatte sie das Wichtigste von allem gelehrt: mit wem sie es zu tun hatte.

Dass die Vardari gefährlich waren, bedeutete jetzt etwas ganz anderes als noch vor ein paar Monaten. Dieselbe Erkenntnis hatte sie in Mutters Augen gesehen, als sie starb. Zuerst der Unglaube, dann die bittere Einsicht, als das Wort »gefährlich« Wirklichkeit wurde. Es lag ein Abgrund zwischen Wissen und Verstehen.

Dasselbe konnte sie von Gríf sagen. Hatte Mutter eigentlich geahnt, was sie da im Schacht hatte? Es war naheliegend zu glauben, dass die oberflächliche Frau nie die Bedeutung von Grífs Blut verstanden hatte, von dem Geheimnis, das auch sie geerbt hatte. Aber ihre Worte flüsterten oft aus der Dränke herauf.

Lass sie ihn niemals bekommen.

Juva blickte verstohlen zu dem Brief, der auf dem Spiegelregal lag. Ein dicker, vergilbter Umschlag, mit schwarzem Wachs versiegelt. Nafraím würde ihn auf der Stelle öffnen und begreifen, dass sie ihn reingelegt hatte.

Das war dummdreist, und sie wusste es. Sie hätte es so machen sollen, wie die Männer vorgeschlagen hatten, ein paar Seiten hohles Zeug zusammenschreiben, ein paar erfundene Karten und Symbole zeichnen. Damit hätte sie sich zumindest ein paar Tage erkauft, bis es ihm aufgegangen wäre. Aber sie war fertig mit Vorsicht. Fertig mit Andeutungen. Es gab nur eine Sache, die in den Brief gehörte, und sie wollte sein Gesicht sehen, wenn er begriff. Das war ein Sieg, dessen Anblick sie verdient hatte.

Juva band sich ein dunkles Seidentuch um den Hals. Dann beugte sie sich zu Mutters zierlichem Spiegel vor und malte sich zwei weiße Dreiecke auf die schwarze Unterlippe. Sie sahen aus wie Reißzähne, wenn sie den Mund geschlossen hatte. Eine maßvolle Verbeugung vor dem Wolf an diesem Tag der Wölfe.

Gríf tauchte hinter ihr auf, in der Hand eine Pestmaske. Er war als Rabe verkleidet, mit Klauenhandschuhen und flügelartigen Stofffetzen um die Arme.

Das Spiegelbild von ihnen beiden war ein Anblick, den sie zu gerne verewigt hätte. Zwei düster gekleidete Abtrünnige, füreinander geschaffen.

Schwarze Tinte wirbelte in dem Blick, der auf ihren Lippen ruhte. »Reißzähne? Nicht besonders … wie heißt das? Effektiv?«

Sie zuckte die Schultern. »Überzeugender als deine.«

Er lachte. Ein vollkommener Laut, der durchs Herz schnitt wie eine Messerklinge. Sie würde ihn nie wieder hören. Ihn nie wieder sehen. Er lebte seit einer Ewigkeit, aber sie hatte keine Zeit mehr. Sie holte tief und nervös Luft und ballte die Fäuste im vergeblichen Versuch, Kraft zu sammeln.

Der Türklopfer hämmerte draußen in der Halle. Der Wagen war da. Broddmar steckte den Kopf herein, eine stumme Frage im Blick. *Bist du so weit?*

Juva nickte und reichte ihm den Brief für Hanuk. Broddmar verschwand damit, und der Türklopfer hämmerte erneut.

Sie sah Gríf an, ruhelos und verzweifelt. Was sollte sie tun, was sollte sie sagen? Er stand unerschüttert da wie ein Fels, aber die Schläge seines Herzens verlangsamten sich, wurden zäh und kalt, und sie hätte all ihren Besitz darum gegeben, ihn etwas Wärmendes sagen zu hören. Er fuhr sich durch das halblange, ungebändigte Haar und wandte den Blick ab.

Sie drehte ihm den Rücken zu und ging.

Die Männer standen in der Halle, alle in einer Reihe, als wäre sie auf dem Weg zu ihrer eigenen Stürzung. Die ernste Stimmung passte nicht zu den Verkleidungen. Hanuk als Hirsch, Nolan als Hase, Broddmar als Wolf und Motte … gesegneter Motte, als Bär. Lok würde später auftauchen, als Fuchs.

Juva zwang sich zu einem Lächeln. »Ihr solltet froh sein. Dies ist die einfachste Jagd, die wir je unternommen haben, und mit der größten Beute.«

Sie hängte sich den Rucksack um, vollgepackt mit Riemen, dem roten Anzug und der zusammengelegten Armbrust. Sobald sie die Rede hinter sich gebracht hatte, würde sie sich umziehen. Falls alles die Dränke runterging, musste sie sich verteidigen können und nicht im Rock und mit Schmuck behängt herumstolpern.

Sie trat auf die Treppe hinaus, ohne zurückzublicken. Der Zugmann wartete draußen. Er half ihr in den kleinen Wagen, schloss die Tür und ging nach vorn, um zu ziehen. Die Straßen waren bereits voller Menschen in allen erdenklichen Kostümen. Selbst die Zurückhaltendsten hatten sich einen Schweif oder ein Paar Fellohren spendiert. Geflochtene Ketten hingen zwischen den Häusern, geschmückt mit Federn, Tierschädeln und kunstvollen Eiern. Für Geburten. Die Frühjahrs-Tagundnachtgleiche war der Tag des Neubeginns. Aber es konnte nichts Neues kommen, ohne dass etwas anderes endete.

Der Zugmann scheuchte die Leute mit seinen Rufen zur Seite, während er den Wagen hinauf zum Náklaring zog, wo die riesigen kupfergrünen Tore noch geschlossen waren. Juva zeigte ihren Berechtigungsschein bei den Ringgardisten vor, die sie durch die kleine Tür einließen.

»Ah, Juva!«

Der dicke Fuchs war unverwechselbar. Der Stadtrat stand gleich hinter der Tür, zusammen mit einer Reihe vornehmer Gäste, die er anscheinend mit dem größten Vergnügen sich selbst überließ.

Er nahm seine Maske ab und sah sie mit großäugiger Hingerissenheit an. »Juva Sannseyr, du bist das Ebenbild deiner Mutter!« Er legte die Hand an ihr Haar, das sie zu einem geflochtenen Knoten aufgesteckt hatte. »Großartig. Wirklich großartig. Die Seidagilde hat ihren strahlenden Stern.«

Juva war, als müsse sie ersticken. Sie war nicht hier, um jemandes Stern zu sein, sie war hier, um den Ewigwährenden und den Wolfskranken ein Ende zu machen und um den Wolf zu verlieren, der ihr Herz ein Leben lang verzehrt hatte.

Drogg war hektisch rot im Gesicht; er zeigte hinauf zum Balkon, der aus der Galerie hervorragte. »Wir gehen zusammen hinauf, dann sage ich ein paar Worte zur Begrüßung und stelle dich vor. Du hältst deine Rede, du hast doch unseren Entwurf, nicht wahr? Vergiss nicht, damit abzuschließen, dass du das Yra-Rennen für eröffnet erklärst. Sobald du fertig bist und der Jubel sich gelegt hat, machen sich die Leute auf den Weg hinunter zur Brücke. Heilige Jól, wir haben Glück mit dem Wetter, nicht wahr? Die ehrgeizigsten Wettkämpfer sind ja schon unten an der Brücke; die nimmt das nicht leicht, die Bande.«

Er redete schneller, als Juva ihm folgen konnte, doch alles, was er sagte, erschien unwichtig.

»Aber der Lauf an sich dauert ja seine Zeit«, fuhr er fort. »Mach dir darüber keine Gedanken. Du kannst tun, was du möchtest, allerdings möchten dich viele sehr gerne kennenlernen, und wir geben später auf der Náklaborg ein Festessen, mit der Königin, wie du sicher weißt, und da solltest du ... Ach, zur Dränke, jetzt öffnen sie die Türen, gütiger Himmel!«

Drogg ging, so rasch er konnte, auf eine Gruppe zu, die im Begriff war, Absperrseile vor den Bogengängen zu ziehen, um die Zuschauer zurückzuhalten. »Der Siegerpreis! Wer hat den Siegerpreis! Hat jemand Sjur gesehen?«

Juva schluckte die Übelkeit hinunter und ging die Steintreppe hinauf zum Balkon. Ihr Herz hämmerte in der Brust, ohne Gríf oder Ewigwährende, allein vor purer Angst. Sie hatte noch nie in ihrem Leben eine Rede gehalten, und jedes Wort, das sie gestern Abend gekonnt hatte, war weg. Oben vom Balkon konnte sie den ganzen Steinkreis sehen, in all seiner Pracht. Sechzehn schwarze Monolithen. Das Herz von Náklav. Jeder Stein verjüngte sich zur Spitze hin, und sie standen paarweise, glatt an den Innenseiten, sodass man meinen konnte, sie seien einmal eins gewesen. Dass die Götter sie gespalten hatten.

Das Wolfsblut, das sie antrieb, floss verborgen unter dem Gitterrost, aber das Yra-Rennen war heilig, deshalb würden heute keine Besucher durchkommen.

Mit Ausnahme von Gríf.

Mitten im Ring der Steine thronte der Zeuge, unter der Säule aus Tageslicht, das durch die Öffnung in dem gewölbten Holzdach hereinfiel. Juva hatte die kupfergrüne Skulptur noch nie von oben gesehen. Drei riesige Wände, die sich in der Mitte trafen, wie ein Kleeblatt. Laut Gríf waren die Wände aus Stein und nur mit Kupfer verkleidet. Dekoriert mit dem berühmten Uhrwerk, das sich immer noch bewegte. Ganz oben auf jeder Wand standen die Tiere. Ein Rabe, ein Wolf und ein Hirsch.

Zwischen zwei der Wände lag also der unsichtbare Weg in Grífs Welt. Eine Welt, die nur er erreichen konnte, mithilfe dieser Gabe, von der er meinte, sie sei ein Teil von allem und jedem.

Wenn ich die Ringgarde jetzt warne, wird er hierbleiben müssen.

Die Tore begannen sich knarrend zu öffnen, und die Massen drängten herein, Scharen von wilden Geschöpfen mit Tierohren, Reißzähnen, Fellkragen und Schwänzen. Manche hatten ihr Kostüm offenbar den ganzen Winter hindurch geplant, andere hatten sich einfach eine Kapuze aufgesetzt. Sie entdeckte ein paar Männer mit echtem Geweih auf dem Kopf, als ginge es um einen Wettstreit, wer das größte Gewicht tragen konnte. Kinder mit geschwärzten Nasen und Schnurrhaaren trieben Schabernack mit den Wächtern, indem sie zwischen den Steinen hin und her liefen.

Ein Flimmern im Herzen verriet ihr, dass Nafraím da war. Sie suchte mit dem Blick, bis sie ihn in den Schatten des untersten Bogengangs entdeckte. Aber das Herzklopfen lag an ihr, nicht an ihm.

Was habe ich getan?

So viele Menschen … So viele Gesichter, die zu ihr heraufstarrten. Wie sollte sie hier stehen und so tun können, als sei sie etwas anderes als ein junges Mädchen? Sie war nicht Mutter oder Ogny. Sie war eine Jägerin, herausgeputzt mit schwarzer Spitze und klapperndem Knochenschmuck.

Der Stadtrat kam die Treppe hoch und wischte sich den Schweiß mit einem Taschentuch ab. Vor ein paar Wochen hätte er noch darauf bestanden, die Treppe hinaufgetragen zu werden. Jeder Tropfen Schweiß hätte vergeudete Herzschläge bedeutet. Ein erschütterndes Vermächtnis von Mutter, das Juva erfolgreich zerschlagen hatte.

Er irrt sich. Ich bin nicht das Ebenbild meiner Mutter, und ich werde es niemals sein.

Drogg trat auf den Balkon und brüllte seinen Willkommengruß hinaus. Er sprach mit echter Begeisterung, und ihr wurde schlagartig bewusst, dass er wirklich die richtige Person am richtigen Ort war. Im Gegensatz zu ihr.

Panik begann in ihrer Brust zu wachsen. Ihre Hände wurden klamm, und sie wusste, sie musste hier weg. Juva zog sich zurück, hinein in den Treppenraum. Sie ließ den Rucksack fallen und riss sich die Kleider herunter. Rock, Schmuck, alles. Das war nicht sie und würde es nie sein. Das Einzige, was sie behielt, war der dünne Seidenschal um ihren Hals. Sie zerrte den roten Anzug heraus und zwängte sich hinein, mit zitternden Händen. Schnürte das Mieder stramm, damit es sie zusammenhielt. Sie hängte sich die Armbrust über den Rücken und stopfte die anderen Kleider in den Rucksack. Sie hörte, wie Drogg lauter wurde, er kam zum Ende.

»Und damit übergebe ich das Wort an den neuen Stern der Seidagilde, Juva Sannseyr.« Sie hörte zögernden Applaus und Droggs Stimme, nervös jetzt. »J… Juva?«

Sie stellte den Rucksack hin und ging hinaus auf den Balkon. Drogg fiel die Kinnlade herunter, seine Lippen formten lautlos ihren Namen. Sie marschierte an ihm vorbei und blickte über den Platz. Die Menschenmenge war beängstigend still geworden, und sie konnte sich lebhaft vorstellen, was alle dachten. Sie war keine Blutleserin, sie war eine Ausbluterin. Was hatte sie in der Seidagilde zu suchen, und dann noch als Oberhaupt? Eine Jagdgilde würde besser zu ihr passen. Sie war noch ein Kind, verglichen mit der alten Ogny. Vielleicht glaubten sie, dass man sie dazu verlockt hatte, weil sich keine andere traute?

Ihr Herz stach. Einmal, zweimal.

Eydala!

Die Angst ließ ihr Blut erkalten. Sie zu spüren machte ihren Hals enger. Warf sie zurück in einen Saal voller Spiegel. Sie umklammerte das Geländer. Die Worte, die sie sagen sollte, weigerten sich zu kommen. Und das war genau der Grund, warum sie hier stand. Die Angst vor den Ewigwährenden. Die Angst vor der Wolfsseuche. Sie war nicht die Einzige hier, die Angst hatte.

Lass sie niemals eine schwache Blutleserin sehen.

Juva atmete tief durch und sagte genau das, was sie dachte.

»Angst«, rief sie. »Ich kenne sie. Ihr kennt sie. Wir kennen sie alle, und Angst ist der Grund, warum ich heute hier stehe.«

Ihre Stimme hallte hinauf zur Dachkuppel. Der Stadtrat räusperte sich hinter ihr, aber sie tat, als hätte sie es nicht gehört.

»Ich stehe hier, weil die Oberhäupter der Seidagilde tot sind. Die, die sie hätten beerben sollen, sind auch tot. Ich stehe hier, weil es keine andere gibt. Alle anderen haben Angst, und das aus gutem Grund.«

Das Lächeln erlosch im Meer der tierischen Gesichter unter ihr.

»Ich habe seit Mittwinter sieben Frauen gestürzt. Familie und Freundinnen, verloren an Reißzähne. Getötet von den Ewigwährenden und der Wolfsseuche, die sie verbreiten. Sie speien Blutperlen aus und vergiften uns aus dem Hinterhalt. Sie sitzen in Machtpositionen und haben sich nie für ihre Sünden verantworten müssen.«

Das Räuspern hinter ihr wurde hektisch, und immer mehr Leute unter ihr sperrten Augen und Münder auf. Die Menge wechselte Blicke, aber das spielte keine Rolle. Alles, was ihr etwas bedeutete, würde sie ohnehin bald verlieren.

»Der Rat der Stadt möchte am liebsten, dass wir darüber schweigen. Er wünscht, dass ich sage, die Wolfsseuche sei unter Kontrolle. Dass es jedes Mal, wenn das Totenhorn gellt und wir wieder welche verloren haben, eine Tragödie sei, es aber dennoch ein gutes Jahr werde.

Sieben gestürzte Frauen sind keine Tragödie, das ist Krieg! Die Vardari wollten die Seidagilde zerschlagen, und es ist ihnen gelungen. Aber nur fast, denn ich bin noch hier. Nicht, weil ich furchtlos wäre, sondern weil ich mein ganzes verdammtes Leben lang Angst hatte, und ich habe es satt, mich ihr noch länger zu unterwerfen.«

Niemand auf dem Platz wechselte mehr Blicke. Sie starrten alle zu ihr hoch, wie gebannt.

»Die Seidagilde ist der Angst mit falschen Weissagungen begegnet. Hat sich bezahlen lassen für etwas Ausgedachtes, das euch den Nachtschlaf zurückgibt. Sie sagen, ihr werdet lange leben, gesund bleiben und die Person heiraten, die ihr liebt. Schön einfach, nicht wahr? Aber das ist nicht Blutlesen, das ist Verrat an allem, was die Seidagilde sein sollte.«

Juva wusste, dass nur wenige dort unten begriffen, wovon sie redete, aber sie musste die erreichen, die so waren wie sie selbst. Diejenigen, die Ewigwährende spüren konnten. Sie musste das Gerücht verbreiten.

»Die ersten Blutleserinnen, die aus dem Märchen, nahmen ihre Bestimmung ernst. Sie waren da, um das Böse zu erspüren und um die Wolfsseuche und die Vardari abzuwehren. Sie waren Kriegerinnen.« Juva schlug sich an die Brust. »*Wir* waren Kriegerinnen. Denn ich bin nicht allein. Ich weiß, dass noch andere dort draußen sind, die mehr als ein einziges Herz haben. Die neue Seidagilde ist für euch.«

Die Angst, die sie fühlte, hatte sich jetzt übertragen. Lag wie eine erstickende Decke über ihnen allen. Sie musste sie wegnehmen. Ihnen klarmachen, dass sie ebenso wenig zu verlieren hatten wie sie selbst.

»Ist es gefährlich, Widerstand zu leisten?«, rief sie. »Bei Gaula, das ist es, aber es ist auch gefährlich, zu leben. Man kann daran sterben, habe ich gehört.«

Der alte Witz lockerte die Stimmung unter den Zuhörern. Vorsichtiges Lachen lief durch die Menge, wunderbar ansteckend. Juvas Blick suchte Eydala, aber sie konnte sie nirgends entdecken.

»Die Seidagilde hat ihre Schulden bei den Ewigwährenden bezahlt, und wir werden uns nie wieder beugen. Wir werden unseren Wurzeln treu sein. Und wer einer Blutleserin droht, den oder die werde ich jagen, und ich werde sie ausbluten, ganz gleich wer sie sind. Ich töte alle, die Reißzähne haben, mit oder ohne Wolfsseuche.

Und deshalb: Nein, ich werde nicht sagen, dass dies ein gutes Jahr wird. Es kann schlimmer werden denn je. Aber ihr seid Náklavinger, ihr steht das durch. Denn ich kann euch versprechen, dass wir morgen weniger Wolfskranke haben werden. Noch weniger in einem Monat. Und wenn ihr nächstes Jahr hier steht, wird die Welt eine andere sein. Eine Welt ohne Totenhorn, in der niemand – *niemand* – über dem Gesetz steht. *Das* ist die neue Seidagilde.«

Die Stille auf dem Platz war erdrückend. Sie hatte gehofft, dass einige wenige es wagen würden, zu klatschen. Plötzlich spürte sie einen Tritt gegen die Wade und fügte eilig hinzu:

»Hiermit erkläre ich das Yra-Rennen für eröffnet!«

Die Menschenmenge brach in Jubel aus. Für das Yra-Rennen konnten sie Beifall spenden, das war ungefährlich. Im Gegensatz zu einem Mädchen, das den Vardari den Krieg erklärte.

Der Stadtrat erschien neben ihr und tupfte sich die Stirn mit dem Taschentuch ab. »Weißt du … das Schlimmste ist, dass ich sie gewarnt habe«, sagte er matt. »Ich habe gleich gesagt, dass es mit dir nicht leicht wird. Aber selbst ich hätte nicht gedacht …«

»Ich bin kein Dummkopf, Stadtrat, ich weiß, dass es auf dich zurückfällt, und das tut mir leid.«

Er lachte nervös, während er der Menschenmenge zuwinkte. »Nun, die nächste Stadtratssitzung wird keine leise Veranstaltung, so viel steht fest. Aber ich bin fein raus, ich habe sie gewarnt.«

»Wovor denn?«

Er setzte seine Fuchsmaske auf und sah sie an. »Ich habe gesagt, wie es ist: Juva Sannseyr ist die Falsche, um sie den Wölfen zum Fraß vorzuwerfen.«

BLUTSPUREN

Die Leute drängten durch das Westtor hinaus, einige bereit für den Wettlauf, andere zum Feiern. Viele hatten ihre Kehlen schon mit Bier geölt und planten offenbar, sich durch das ganze Yra-Rennen zu singen. Der Platz war ein brodelndes Meer aus Geweihen, Reißzähnen, Schnauzen und Bierkrügen.

Juva nahm ihren Rucksack und folgte dem Stadtrat die Treppe hinunter.

Er schob die Fuchsmaske zurück und sah sie an, ebenso ängstlich wie aufgeregt. »Ich kann nicht glauben, dass ich das tue, aber das Yra-Rennen zu laufen erscheint mir im Vergleich zu dem, was du gerade geleistet hast, wie ein Spaziergang, also in Gaulas Namen, ich bin dabei!«

Er zog die Maske wieder herunter und ging auf eine Gruppe von Freunden zu, die auf ihn warteten. Juva glaubte zu lächeln, aber das war schwer zu sagen. Ihr Gesicht fühlte sie an wie in Stein gemeißelt.

Sie ging eilig weiter, ihr war klar, dass die besten Plätze schnell besetzt sein würden. Sie stellte sich in eine Öffnung des Bogengangs, so dicht an der Laufstrecke, wie es irgend ging, gleich neben dem Nordtor. Langsam, aber sicher leerte sich der runde Platz, während die Zuschauer in den Bogengängen rundherum stehen blieben. Die Plätze im ersten Stock waren die teuersten, und dort waren die Reichen und Schönen eifrig damit beschäftigt, gesehen zu werden. Sie beugten sich vor und winkten bekannten Gesichtern zu.

Nafraím stand im Schatten, wenige Bögen von ihr entfernt. Er sah sie mit stummem Beifall an, was darauf hindeutete, dass ihre Rede ihm gefallen hatte. Juva wandte den Blick ab. Eydala war nirgends zu sehen, aber das gedämpfte Stechen im Herzen sagte ihr, dass sie nicht weit weg war. Ziemlich sicher hatte sie sich in den oberen Bogengang zurückgezogen.

Der hohle Klang des Geplauders pflanzte sich bis unter das Deckengewölbe fort, während die Leute auf die Läufer warteten. Kellner und Kellnerinnen gingen herum und verkauften überteuerten Wein und braune Wolfskekse. Sie schmeckten wie Asche, aber Tradition war Tradition.

Mehrere Zuschauer hatten neben ihr Platz gefunden und wollten ihr gerne einen ausgeben, aber sie lehnte höflich ab. Die Zeit schien stillzustehen.

Juva betrachtete die drei Skulpturen oben auf dem Zeugen. Sie wirkten roh und unfertig in der Ausführung. Als hätte ein verängstigter Künstler sie in aller Eile geschaffen. Der Wolf machte einen Buckel und fletschte die Zähne. Ein versteinertes Ungeheuer, das ihr ihren eigenen Wolf wegnehmen würde.

Ein Horn tutete über dem Westtor, und ein Mann von der Ringgarde rief laut etwas aus, was sie nicht verstand, aber die Spannung pflanzte sich unter den Zuschauern fort.

Jetzt kommen sie.

Das Tor stand weit offen, und kurz darauf rannte eine Gruppe von fünf Läufern herein. Vier Männer und eine Frau, alle dicht hintereinander.

Die Zuschauer klatschten und johlten, während die fünf den ganzen Weg um den Steinkreis liefen und durch die zweite Tür im Tor wieder hinaus. Eine neue Gruppe kam und tat dasselbe. Es folgten weitere Gruppen, die immer größer wurden, und schließlich war der Platz wieder voll, ein unablässiger Strom von Läufern. Juva blieb dicht an der Säule, um nicht vom Sog mitgerissen zu werden. Schweißgeruch erfüllte die Luft, und sie redete sich ein, das sei der Grund, warum sie Mühe hatte zu atmen.

Sobald die Wettkämpfer vorbeigelaufen waren, kamen alle anderen, und sie tanzten beinahe mehr, als dass sie liefen, aber die Zuschauer jubelten trotzdem. Juva starrte in die Menschenmenge, während ihr das Herz bis zum Hals klopfte, gepeinigt von Eydalas Nadeln und Nafraíms unruhigen Schlägen.

Ein Mann in vertrauter Hasenmaske näherte sich rasch.

Hanuk!

Er hielt sich am äußeren Rand und steckte Juva den Brief im Vorbeilaufen zu. Er war einer von Tausenden, und niemand hatte ihn bemerkt. Juva sah den Brief an, der in ihrer Hand zitterte. Sie hob den Blick hinauf zur Galerie.

Eydala stand im Bogengang, direkt über Nafraím, und starrte mit groteskem Hunger im Blick zu ihr hinunter. Juva holte tief Luft und schob sich am Rand der Läufer auf Nafraím zu. Ihre Beine bebten. Trugen sie kaum. Leute tanzten an ihr vorbei, gekleidet wie wilde Tiere. Sie schrien und johlten ausgelassen, als wäre nichts. Als hielte sie nicht das Ende der Welt in den Händen.

Sie näherte sich Nafraím und sah, wie Eydala sich oben auf der Galerie bewegte, um sie nicht aus den Augen zu verlieren. Sie blieb vor Nafraím stehen und reichte ihm den Brief. Er nahm ihn und blickte sie an. Juva zweifelte nicht daran, dass er die nackte Unruhe in ihren Augen las, aber das spielte keine Rolle. Nicht mehr.

Nafraím strich zärtlich über den Umschlag. Juva spähte hinauf zu Eydala, die träge lächelte und wieder im Schatten verschwand. Gleichzeitig zogen sich die Nadeln aus ihrem Herzen. Die unheimliche Frau hatte gesehen, was sie sehen sollte. Nafraím hatte den Brief bekommen. Er wusste, wo der Teufel war.

Für ihn war alles vorbei, aber das wusste er noch nicht.

Nafraím blickte sich um und öffnete den Brief. Er schaute in den Umschlag und zog die Karte heraus. Mutters bleiche Blutlesekarte aus Walbein, darin eingebrannt das Bild des Teufels. Er starrte darauf. Drehte die Karte um.

Juva konnte sehen, wie seine Erinnerung zurückkam. Er besann sich darauf, dass er die Karte schon einmal von ihr bekommen hatte. Das Verstehen erwachte in seinem Gesicht, langsam, wie in einem Traum. Sein Gesicht wurde fahl, als ihm aufging, dass er hereingelegt worden war. Hintergangen.

Juva trat einen Schritt zurück. Nafraím sah zur Galerie hoch, mit suchendem Blick, sich bewusst, dass er von den Seinen beobachtet worden war. Aber er würde sie nicht entdecken. Eydala war gegangen.

Er blickte Juva wieder an. Ihr wurde klar, dass sie mit Zorn gerechnet hatte. Mit einem Wutausbruch, einem Angriff. Irgendeiner Form von Wahnsinn, aber in seinen Augen lag nichts als bodenlose Trauer. Seine Lippen formten Worte, die in dem Lärm fast untergingen.

»Was hast du getan, Juva?«

Juva schluckte. Er hatte begriffen, dass er nie erfahren würde, wo der Teufel war, und dass sie ihn an seine eigenen Leute verraten hatte. Aber der Siegesrausch, von dem sie geträumt hatte, kam nicht. Vielleicht, weil sie eine tiefere Finsternis gesehen hatte als Nafraím. Der Mann, der Solde und die Oberhäupter der Seidagilde ermordet hatte, wirkte geradezu menschlich nach der Begegnung mit Eydala. Seiner misslungenen Schöpfung.

Er legte die Karte zurück in den Umschlag und steckte ihn mit der steifen, ungelenken Hand in die Tasche. Er zupfte an den Aufschlägen seines Mantels, wie um sich zu sammeln.

»Er ist schon fort, nicht wahr?«, fragte er mit heiserer Stimme. »Verstehst du nicht, Juva? Er wird zurückkommen, mit den Wölfen. Du hast uns alle getötet. Jeden Menschen in Náklav.«

Ein Hauch streifte ihr Herz. Dann weitere. Sie wuchsen zu einem neuen Puls, der neben ihrem hämmerte. Vertraut. Geliebt und gehasst. Gríf.

Nein! Es ist zu früh!

Er sollte doch unter den Letzten sein! Er sollte Nafraím genug Zeit lassen, zu reagieren und das Weite zu suchen.

Juva drehte sich um. Gríf stand auf dem offenen Platz, innen im Steinkreis, der einzige unbewegliche Punkt mitten im Mahlstrom von Menschen. Verkleidet als Rabe mit Pestmaske. Jäh erkannte sie, dass sie ihn anstarrte und dass Nafraím dasselbe tun würde, aber es war zu spät.

Nafraím blickte mit großen Augen auf das Wesen. Die Erkenntnis stand ihm ins Gesicht geschrieben, aus dem alle Farbe gewichen war. Gríf nahm die Maske ab, und die beiden Männer starrten sich über die Menschenmenge hinweg an.

Juva schlug sich die Hand vor den Mund und unterdrückte ein Aufschluchzen. Das war gegen den Plan. Er sollte Náklav in aller Stille verlassen, Nafraím sollte es nicht wissen! Niemand sollte es wissen!

Juva ließ den Rucksack fallen und drängte sich durch die Läufer. Sie wurde von den Massen mitgerissen, kämpfte sich aber durch, bis sie stolpernd zwischen den Steinen herauskam. Sie dachte, sie würde fallen, aber irgendwas hielt sie auf den Beinen. Etwas, das aus der Erde in sie hineinwuchs. Eine unbegreifliche, gewaltige Kraft, die das Blut zum Herzen jagte und die Zeit stillstehen ließ.

Die Gabe!

Es war eine Gewissheit, stark wie ein Gebirge. Es war das, wovon er gesprochen hatte. Das war die Kraft, die dazu gedacht war, die Steine anzutreiben, alles Leben anzutreiben. Sie rang nach Luft. Hatte eine Vision von einem leeren Platz. Die Náklamauer zerfiel in einem Traumbild, wurde zu einer Ruine. Juva stand regungslos da, während die Ewigkeit vorbeiraste. Trotzdem konnte sie die Läufer sehen, als wären sie Gespenster. Warum hielten sie nicht an? Merkten sie nicht, dass die Welt im Begriff war, einzustürzen? Konnte nur sie das spüren?

Gríf stand vor dem Zeugen, nur einen Schritt von ihr entfernt, aber er schien sie überhaupt nicht zu bemerken. Sein schwarzer Blick unter den wilden Haaren brannte sich in Nafraím. Ein entsetzliches Versprechen nach fast siebenhundert Jahren Gefangenschaft. Er warf den Kopf in den Nacken und fletschte die Zähne.

Ihr Herz wuchs über sich hinaus, hämmerte wie zwei, kurz davor, zu zerreißen. Etwas Rotes bewegte sich auf dem Boden. Sie drehte sich um und sah das Blut kommen. Es quoll aus den Blutrinnen rund um den Steinkreis und kroch über die Erde, in Gríf hinein. Wuchs wie Adern. Die Läufer schien es nicht zu kümmern. Sie tanzten weiter, traten mit den Füßen in Wolfsblut und bedeckten den Platz mit roten Spuren.

Sie stand mit geborstenem Herzen in einem Meer von Blut.

Nafraíms Weissagung. Vom Rabenschrank daheim.

Juva hörte einen fernen Ruf und sah den bleichen Schatten eines Ringgardisten, der angelaufen kam, um sie zu jagen. Gríf schien zu erwachen, und urplötzlich war die Wirklichkeit zurück. Der Ringgardist hob die Armbrust, während er auf den Platz zwischen den Steinen rannte.

Gríf warf die Maske fort und packte Juva. So heftig, dass die Knöpfe von ihrer Jacke absprangen. Er hielt sie wie einen Schild vor sich. Seine Krallen gruben sich in ihre Brust, brennend heiß. Juva schrie. Gríf schleifte sie ein Stück mit sich, bevor er sie von sich stieß wie einen Sack. Sie fiel auf die Knie und fasste sich an die Brust. Der Knoten auf ihrem Kopf hatte sich gelöst, und die Haare hingen ihr in wilden Strähnen vor dem Gesicht.

Sie blickte zu Gríf hoch. Seine Nase zuckte, als wolle er sie gleich fressen. Sie sagte seinen Namen, aber es kam kein Laut heraus. Er drehte ihr den Rücken zu und ging zum Zeugen, während er sich das schwarze Kostüm herunterriss. Er warf es auf die Erde und entblößte den breiten Rücken. Dann verschwand er zwischen den Wänden. Juva starrte in die leere Ecke, wo sich die Wände trafen, aber er war weg.

Weg.

Der Sturm in ihrem Körper erstarb, so plötzlich, dass sie auf der Erde zusammenbrach. Ihr Herz setzte mehrere Schläge lang aus, und sie rechnete damit, dass es jeden Moment stehen blieb. Aber dann schlug es weiter. Holpernd zuerst. Dann in einem gleichmäßigen und schmerzhaft einsamen Rhythmus.

Wächter liefen an der Blutrinne entlang, auf der Jagd nach einer undichten Stelle, die sie niemals finden würden. Sie war umringt von Tausenden, aber sie hatte sich noch nie so allein gefühlt.

Broddmar kam angelaufen und half ihr auf die Beine.

Der Wächter mit der Armbrust starrte auf den Zeugen, unsicher, was er gesehen hatte. Er blickte zu Broddmar. »Hast du …?«

Broddmar zeigte zum Westtor. »Ja! Er ist in *die* Richtung gelaufen.«

Der Wächter blinzelte und schüttelte sich selbst aus der Benommenheit. Er lachte kurz, offenbar überzeugt, dass ihn seine Augen getäuscht hatten, dann lief er auf die Tore zu.

»Ist alles in Ordnung?«, fragte Broddmar.

Juva nickte und verbarg die Wunde an ihrer Brust. Sie hielt Ausschau nach Nafraím, aber sie wusste, dass sie ihn nicht finden würde. Wusste es, weil sie nur ein Herz im Körper hatte, und das war noch nie so klein gewesen. Eine spröde, zerbrechliche Schale mit einem einsamen Puls. Zart und scheu, wie ein Hauch.

TODGEWEIHT

Nafraím schloss die Tür auf und wurde von Ofre empfangen, der herbeieilte, um ihm den Mantel abzunehmen, aber er behielt ihn an.

Der Hausdiener zeigte auf einen Brief, der auf dem Regal neben der Tür lag. »Der ist gekommen, während du aus warst, Herr.«

Nafraím warf einen Blick auf den roten Umschlag mit Eydalas weißem Siegel und lächelte bitter. Er ließ ihn liegen, er wusste auch so, dass er nichts anderes enthielt als eine leere Karte. Er war todgeweiht.

Sie verliert keine Zeit.

Er legte dem Hausdiener die Hand auf die Schulter und schob ihn in die Halle. »Ofre, ich fürchte, wir sind am Ende des Weges angekommen.«

»Herr?«

»Meine Zeit ist um, und die letzte gute Tat, die ich vollbringen kann, ist, dich freizugeben. Ich weiß, das kommt völlig unerwartet, aber du musst mich verlassen. Und wenn dir dein Leben lieb ist, handelst du unverzüglich. Pack deine Sachen, entlass die Bediensteten und sieh zu, dass du von hier wegkommst. Ich habe für dein Auskommen gesorgt, selbstverständlich, es ist genug, dass du dir nie wieder Sorgen machen musst. Geh zur Náklabank, dort sind die weiteren Anweisungen hinterlegt. Wirst du auf mich hören, Ofre?«

Ofre zögerte. Nafraím konnte sehen, dass er gerne gefragt hätte, aber er würde es nicht tun.

»Natürlich, Herr. Danke, Herr.«

Nafraím nahm Ofres Hand und umschloss sie mit seinen beiden. »Ich bin es, der zu danken hat, Ofre. Du warst mir viele Jahre lang eine einzigartige und unschätzbare Hilfe. Ich gehe jetzt in mein Arbeitszimmer und mache ein Paket fertig, das du für mich ausliefern musst.«

Ofre senkte den Blick. Seine runzeligen Wangen liefen rot an. Wann war er so alt geworden? Die Zeit verging zu schnell, war schon immer zu schnell vergangen.

»Selbstverständlich, Herr. Soll ich Tee machen?«

Nafraím zwang sich zu einem Lächeln. »Wir haben keine Zeit mehr für Tee. Geh nun, und falls du jemanden kommen hörst, machst du dich nicht bemerkbar, unter gar keinen Umständen. Verlass das Haus, durchs Fenster, wenn es sein muss. Hast du verstanden?«

Ofre hob das Kinn, nickte und entfernte sich mit schnellen Schritten. Oben auf der Treppe blieb er stehen.

»Herr, was ist mit dem kranken Jungen im Schuppen?«

»Mach dir darüber keine Gedanken, Ofre. Geh jetzt packen.«

Nafraím ging die Wendeltreppe hinunter in den Weinkeller. Er hob den staubigen Deckel von der Kiste in der Ecke, nahm einen zweihundert Jahre alten edlen Martheng heraus und ging mit der Flasche ins Arbeitszimmer. Er hatte kein Glas und hob die Hand, um an der Glockenschnur zu ziehen, aber dann fiel es ihm wieder ein. Ofre arbeitete nicht mehr für ihn.

Nafraím legte den Mantel ab und schaute aus dem Fenster. Das Meer war trügerisch ruhig. Spiegelglatt und schwarz, mit Reihen von Schiffen, die für das Yra-Rennen geschmückt waren. Er öffnete die Weinflasche und nahm einen Schluck, einen süßen und brennenden Mundvoll von kandierten Früchten, Leder und Tabak.

Er zog Juvas Brief aus der Jackentasche. Starrte auf die bleiche Beinkarte mit dem Bild des Teufels.

Siebenhundert Jahre zu Staub zertreten, von einem Mädchen, das noch keine zwanzig Sommer gesehen hatte. Der Tod war zu ihm gekommen. Endlich.

Das Mädchen hatte ihn seiner Glaubwürdigkeit und Macht beraubt. Hatte den Teufel nach Hause geschickt und den Rest der Vardari davon überzeugt, dass er, Nafraím, im Besitz des Geheimnisses war, wo sich der Teufel befand. Oder zumindest hatte sie ihnen erzählt, dass er die Absicht hatte, ihn zu töten. Seine eigenen Leute auszulöschen.

Er hatte mit dem allerhöchsten Einsatz gespielt und verloren.

Nafraím blickte sich im Zimmer um, das geprägt war von einer Ewigkeit des Forschens. Modelle, Zeichnungen, Chemikalien und Gewebeproben. Er hatte immer geglaubt, Gutes getan zu haben. Aber heute hatte er die Wahrheit in einem schwarzen Wolfsblick gesehen. Einen beinahe tausendjährigen Hass und ein Versprechen von Rache. Die schlimmste aller denkbaren Möglichkeiten war eingetreten.

Ihm brannte die Schulter, in die Juva geschossen hatte. Eine angemessene Art, Vergeltung zu üben, hatte er gedacht, ohne zu ahnen, dass die Strafe, die sie für ihn vorgesehen hatte, so unendlich viel schlimmer war.

Hatte er sich das gewünscht? Hatte er auf irgendeine Weise den Untergang selbst heraufbeschworen? Und den Schwindel, den sie mit ihm getrieben hatte?

Eydala würde kommen, mit den Ewigwährenden, die bereit waren, sich ihrer Angstherrschaft unterzuordnen. Vor ihm lag eine Welt von Qualen. Danach würde der Tod kommen, wenn er Glück hatte.

Nafraím fürchtete den Tod nicht, auch nicht die Schmerzen, sie wären ohnehin gekommen. Er fürchtete die Verderbnis, die gnadenlos den Leerraum nach ihm ausfüllen würde. Er fürchtete für Náklavs Schicksal. Und das von Juva.

Er trank noch einen Schluck und ging zum Bücherregal. Zog die wichtigsten Tagebücher heraus, die ihn überleben sollten, und legte sie in den Seesack für Ofre. Dann schrieb er in aller Eile einen kurzen Brief und steckte ihn ebenfalls in den Sack.

Ein Geräusch ließ ihn zusammenzucken. Zerbrechendes Glas. Aufruhr. Stimmen.

Schon?

Nafraím warf den Sack unter die Treppe und setzte sich auf die Fensterbank, mit der Flasche auf dem Schoß. Er hörte Eydala oben in der Halle ein Kommando bellen, gefolgt von einem Poltern, vermutlich von einer Tür, die aus den Angeln gerissen wurde.

Er wappnete sein Herz gegen die Geräusche der Zerstörung und starrte zur Treppe, auf der jemand herunterkam.

Rugens verschwitztes Gesicht tauchte zwischen den Geländerstreben auf. Der todkranke Bengel grinste und rief die Treppe hinauf: »Er ist hier!«

Dann starrte er Nafraím an, den Blick satt von Schadenfreude.

Das war das Allerschlimmste an der Wolfskrankheit. Sie tat mehr, als zu töten, sie spielte mit den Leuten. Förderte das Übelste in ihnen zutage und verstärkte es, ohne dass sie in der Lage waren zu begreifen, was mit ihnen passierte.

Nafraím nahm einen Mundvoll Wein und schaute hinaus aufs Meer, zum unwiderruflich letzten Mal.

DIE FEUERSCHLANGE

Juva schlüpfte ins Bad, kaum dass sie in der Schinderhalle angekommen waren. Sie musste sich den Schaden ansehen, bevor die Männer mitbekamen, dass etwas nicht stimmte.

Eine Jagdgruppe war nur so stark wie ihr schwächstes Mitglied, und Verletzungen mussten sofort mitgeteilt werden, aber das hier war etwas anderes. Diese Wunde ging tiefer, als irgendwer von ihnen begreifen oder lindern konnte.

Er hat mich verraten.

Gríf hatte sie benutzt. Hatte sie vor sich gehalten wie einen Schild. Hatte sie aufgekratzt und weggeworfen. Warum hatte er sich nicht einfach aus dem Staub gemacht und sie in dem Glauben gelassen, dass er sich etwas aus ihr machte? Dass zwischen ihnen etwas entstanden war? Was für ein Ungeheuer war er, dass er auf so groteske Weise enthüllen musste, was für ein Schwachkopf sie gewesen war?

Juva zog die rote Lederjacke aus, während sie an die Decke starrte und blinzelte, um die Tränen zurückzudrängen.

Reiß dich zusammen. Du kanntest ihn kaum.

Sie pumpte Wasser in die Waschschüssel und schnürte das Wollhemd auf. Es klebte an getrocknetem Blut fest. Sie feuchtete es an und löste es von der Wunde. Entblößte die Brust, während sie die Zähne zusammenbiss, weil es so wehtat. Der Sinn des roten Anzugs war nie deutlicher gewesen.

Sie nahm das Seidentuch ab, das die blauen Flecken am Hals verbarg, und tauchte es ins Wasser. Dann nahm sie den Handspiegel von der Ablage und hielt ihn hoch, während sie ihre Brust abwusch.

Die Wunde war kleiner, als sie befürchtet hatte. Zwei seiner Krallen hatten sich mitten über den Brüsten in die Haut gebohrt und sie bis zum Halsansatz aufgerissen. Er musste auch irgendeinen Dreck darin gehabt haben, denn der hatte sich in die Haut gebrannt. Hatte zwei daumenlange Risse verursacht, die nach oben hin dicker wurden. Sie spiegelten einander so perfekt, dass es aussah wie ein zerbrochenes Herz. Oder wie zwei Reißzähne.

Sie starrte auf das Wundmal. Der Hohn war so poetisch, dass sie hätte schwören können, er hatte es mit Absicht getan.

Es brannte immer noch, und vielleicht würde es das auch immer tun. Vielleicht war sie dazu verdammt, selbst zu verbrennen, so wie sie all die vielen Wölfe verbrannt hatte. Den Rest des Lebens diesen Schmerz aushalten?

Juva hätte sich am liebsten erbrochen. Ihr Körper war schwer vor Übelkeit und Wut. Vor Sehnsucht. Sie versuchte, die Wahrheit zu ersticken, aber die Wahrheit hatte sie jetzt fest im Griff und ließ sie nicht entkommen.

Sie hatte geglaubt, geliebt zu werden.

Wie dämlich konnte man eigentlich sein? Grif lebte seit beinahe einem Jahrtausend und würde es noch für weitere Jahrtausende tun. Sie könnte kaum eine Welle kräuseln in seinem unendlichen Meer von Zeit. Sie war bloß die, die ihn zufällig gefunden und die Macht gehabt hatte, ihn freizulassen.

Ihr Herz fühlte sich undicht an, es blutete aus den Rissen. Es pumpte nicht, es tröpfelte, und sie ertappte sich dabei, dass sie hoffte, es würde aufhören zu schlagen. Sie war am Ende.

Sie hatte ihren Teil des Plans erfüllt, und sie konnte die Männer draußen in der Gemeinschaftsstube darüber reden hören. Sie hatten gemischte Gefühle, das war deutlich zu merken. Sie hatten gewonnen, auf lange Sicht gesehen, und die Freude war groß. Aber sie hatten auch Angst vor Rache. Keiner von ihnen war überzeugt gewesen, dass sie damit durchkommen würden, aber sie hatten trotzdem mitgemacht.

Und weil niemand wusste, dass die Männer ihren Beitrag dazu geleistet hatten, waren sie sicher, sogar falls Nafraím es schaffen sollte, seinen Leuten begreiflich zu machen, was sie getan hatte. Für sie selbst würde es das Klügste sein, aus Náklav wegzugehen. Alle und alles hinter sich zu lassen. Die Seidagilde würde sich ohnehin nicht um sie sammeln.

Die Stimmen schlichen sich durch die Ritzen der alten Holztür. Motte und Lok machten sich Sorgen wegen der Schinderhalle. Sie hatte Ester gehört, und alle hatten sie dank ihres Wohlwollens für lächerlich wenig Geld nutzen dürfen. Vermutlich würde sie verkauft und das Wirtshaus vergrößert werden. Bier brachte mehr Geld ein als die Jagd.

»Fragen müssen wir schon«, sagte Lok. »Die Kinder sind teuer, ich brauche die Arbeit.«

»Ich auch«, erwiderte Motte. »Du bist besser dran, Broddmar, du bist ja roter Jäger. Verdienst immerhin etwas damit.«

Broddmar stieß ein kurzes Lachen aus. »Tja, wie lange noch? Ich schätze, die Wolfsseuche ist bis zum Winter verschwunden. Sie haben jedes Jahr frisches Blut gebraucht, um sich ewig zu halten, hat Gríf gesagt.«

Gríf …

Sein Name war ein Faustschlag gegen die Brust. Wann zur Dränke hatte sie zugelassen, dass sie so verletzlich wurde? Sie wusste, dass er sie benutzt hatte, aber es war, als hätte ihr Körper es noch nicht verstanden. Er reagierte nur blind darauf, dass er für immer gegangen war.

Ich könnte auch für immer gehen.

Der Gedanke war verlockend. Gar nicht so unheimlich, wie sie gedacht hatte. Warum sollte sie weitermachen, wo sie doch alles erledigt hatte, was sie sollte? Im besten Fall musste sie weiterhin eine Seidagilde leiten, von der sie gehasst wurde. Im schlimmsten Fall musste sie Eydala wieder Auge in Auge gegenüberstehen und sich für den Schwindel verantworten. Die Männer würden vielleicht auch dafür leiden müssen.

Aber wenn es sie nicht mehr gab … Sie konnte das Haus an die Jagdgruppe vererben, dann würde keiner von ihnen sich jemals wieder Sorgen machen müssen.

Juva band das Wollhemd am Hals zu und verdeckte das Wundmal. Sie holte tief Luft, dann ging sie hinaus und setzte sich zu den Männern. Die sahen sie an, alle zusammen, mit diesem besorgten Blick, den man hat, wenn man glaubt, dass es zu viel gewesen ist. Mottes Gesicht steckte immer noch in der braunen Holzscheibe mit den runden Ohren.

Juva setzte ein steifes Lächeln auf und griff nach dem Bierkrug, der auf sie wartete. »Motte, ich weiß, warum du jedes Jahr als Bär gehst.«

»Ach ja?«

»Weil du es liebst.«

Die Männer wieherten, während Motte nachdenklich an die Decke starrte, als sei er sich selbst nicht sicher. Sie waren schon einzigartig, die Jungs, und sie hatte jetzt die verdammte Pflicht, ihnen zu helfen. Sie hatten ihr auch geholfen.

Sie trank das Bier langsam aus, während sie die Ungerührte spielte. Broddmar war der Erste, der Grífs Benehmen zum Schluss ansprach. Wie er zu früh aufgekreuzt war und den ganzen Plan aufs Spiel gesetzt hatte. Juva zuckte die Schultern und ließ sich nichts anmerken.

Sie blieb so lange sitzen, wie sie musste, dann stand sie auf, um zu gehen. Broddmar und Motte wollten mitkommen, aber sie bestand darauf, alleine zu bleiben. Die Vardari waren mit Nafraím beschäftigt. Heute Nacht würde sowieso nichts mehr passieren.

Juva schnürte ihre Schuhe zu, absichtlich langsam, um möglichst viel von den Stimmen der Männer mitzunehmen. Dann verließ sie die Schinderhalle und ging durch die Nebelgasse hinauf Richtung Königskuppe. Das Fest hatte gerade erst begonnen. Die Leute tanzten in den Straßen, standen in Gruppen vor den Wirtshäusern und tranken. Frühjahrs-Tagundnachtgleiche. Ein neuer Anfang für alle, und dennoch wussten sie nicht, wie einzigartig dieser Anfang war. Sie ahnten nicht, dass fünf Jäger und eine Jägerin den Ewigwährenden, der Geißel der Stadt, den Todesstoß versetzt hatten.

Alles hatte sich verändert, in aller Stille. Ein unsichtbarer Sieg.

Juva bog ab in Richtung Laternenkoppel. Sie ging ein Stück, und das Gefühl beschlich sie, dass irgendetwas anders war, ohne dass sie hätte sagen können, was. Dann ging es ihr auf.

Die Laternen …

Die Straße war genau so, wie sie es aus ihrer Kindheit in Erinnerung hatte. Die roten Laternen brannten. Hunderte von ihnen. Sie leuchteten neben den Türen, rote, orangefarbene und gelbe, eine unendliche Schlange aus Feuer.

Juva wäre beinahe gegen einen Laternenpfahl gelaufen, geblendet von dem Anblick, und so ging es ihr den ganzen Weg bis nach Hause. Sie bemerkte jemanden auf der Eingangstreppe. Da saß ein junges Mädchen und wartete.

Kefla!

Die zwölf Jahre alte Blutleserin saß zurückgelehnt da, die Ellenbogen auf die nächsthöhere Stufe gestützt, und aß von einer Handvoll Wolfskekse, die sie vermutlich geklaut hatte. Sie blinzelte zu Juva hoch und grinste.

»Hab von deiner Rede gehört«, sagte sie betont gleichgültig. »Und ich denke, du bist entweder die mutigste oder die dümmste Frau in der Stadt.«

»Kann ich nicht beides sein?«, fragte Juva und kramte den Hausschlüssel hervor.

Kefla stand auf. »Also, ähm … Bilde dir jetzt bloß nichts ein oder so, aber ich denke, in der nächsten Zeit wird es schlimmer werden, und ich glaube, bei dir ist es am sichersten.«

Juva lachte und war überrascht, wie gut das tat. »Eher am gefährlichsten.«

Kefla zerbiss den letzten Wolfskeks und wischte sich die Krümel von der Hose. »Wie wär's mit beidem?«

Juva schloss auf und ließ das Mädchen eintreten.

Kefla schlenderte in die Halle und blieb abrupt stehen. »Hol mich Gaula, was für eine Hütte!« Dann lief sie kreuz und quer herum, fasste alles an und staunte.

Juva schloss die Tür und hob einen Brief vom Boden auf. Er musste gekommen sein, nachdem sie am Morgen weggegangen war. Sie öffnete den Umschlag und las, während Kefla ihre Begeisterung herausfluchte.

Der Brief war von der Náklabank, eine Einladung zu einer Besprechung wegen der Erbsache. Das musste ein Irrtum sein, die Erbangelegenheiten waren doch abgeschlossen. Sie drehte den Brief um und entdeckte Esters Namen. Er stand mitten in einem unwirklichen Satz, der besagte, dass Ester ihren gesamten Besitz *ihr* vermacht hatte.

Juva fiel der Schlüssel aus der Hand, aber sie las weiter.

… weisen wir darauf hin, dass es sich um bedeutende Geschäftsimmobilien und Geldreserven handelt und ein baldmöglichstes Erscheinen daher geboten ist …

Kefla kam auf sie zugetänzelt. »Dieses Haus ist das Beste, das ich je gesehen habe! Kann ich mir ein Zimmer aussuchen? Und ich weiß von – aber das ist streng geheim, klar? –, ich weiß von noch einem Mädchen, das auch mehrere Herzen von Ewigwährenden hat. Na ja, sie hat ein Zuhause, aber ihr Vater ist ein lebensgefährlicher Scheißkerl. Kann sie auch hier einziehen? Platz hast du ja genug, wie es aussieht.«

Juva sah sie an. Das Mädchen mit den Sommersprossen, die aussahen wie Schürfwunden, war völlig aus dem Häuschen, aber das verbarg nicht die inbrünstige Hoffnung in ihrem Blick. Und sie hatte recht, die Welt würde schlimmer werden, und solche wie sie würden mittendrin gefangen sein.

Juva fuhr sich mit der Hand übers Gesicht. »Weißt du … wir werden viele Probleme bekommen, aber Platz gehört nicht dazu.«

Kefla schlang die Arme um ihren Leib. »Glaub bloß nicht, dass ich jetzt heule oder so was«, murmelte sie an ihrer Brust.

»Würde mir nie einfallen«, sagte Juva lächelnd.

Kefla umarmte sie noch fester, als wäre sie eine Rettungsplanke. Juva strich ihr übers Haar, sich allzu bewusst, dass es eigentlich umgekehrt war.

Siri Pettersen, geboren 1971, wurde 2013 mit der *Rabenringe*-Trilogie schlagartig bekannt und eroberte in der Folge nicht nur in ihrer Heimat die Bestsellerlisten. Die Serie wurde mehrfach ausgezeichnet, in insgesamt zwölf Länder verkauft (zuletzt in die USA) und hat international eine Auflage von über einer Viertelmillion erreicht. *Eisenwolf* ist der lang erwartete Auftakt ihrer neuen Fantasy-Reihe. Die gelernte Designerin lebt in Oslo.

Dagmar Mißfeldt ist Skandinavistin und Übersetzerin aus dem Schwedischen, Dänischen, Norwegischen und Finnischen, u. a. von Werken von Liza Marklund, Jonas Moström und Torger Holtsmark. Sie übersetzt zudem für Fernseh- und Kinoproduktionen. Sie lebt in Hamburg.

Dagmar Lendt ist Skandinavistin und übersetzt aus dem Norwegischen, Schwedischen und Dänischen. Bisher hat sie rund neunzig Bücher ins Deutsche übertragen, u. a. von Jon Fosse, Kjetil Try, Karin Alvtegen und Liza Marklund. Sie lebt in Berlin.

AURE
Tengnok
DRAUMHEIM
Ulfherred
NORRANA
Steinnhed
Baugur
SKORT
Hølne
Preik
UNDST
Daupa
Tjærvik
DUGE
Hjólmeer
Haeyna
Martheng
GRIMSE
Thervia